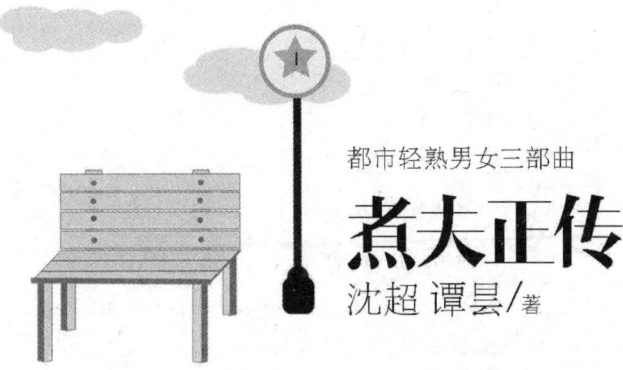

都市轻熟男女三部曲

煮夫正传

沈超 谭昙/著

图书在版编目（CIP）数据

煮夫正传 / 沈超，谭昙著 . — 重庆：重庆出版社 ,2015.7

ISBN 978-7-229-07071-7

Ⅰ. ①煮… Ⅱ. ①沈… ②谭… Ⅲ. ①长篇小说 – 中国 – 当代 Ⅳ. ① I247.5

中国版本图书馆 CIP 数据核字 (2013) 第 228896 号

煮夫正传
ZHUFU ZHENGZHUAN

沈超 / 谭昙　著

出 版 人：罗小卫
责任编辑：罗玉平
责任校对：罗　婧

重庆出版集团
重庆出版社　出版

重庆市南岸区南滨路 162 号 1 幢　邮政编码：400061　http://www.cqph.com
重庆国丰印务有限公司印刷
重庆出版集团图书发行有限公司发行
E-MAIL:fxchu@cqph.com　邮购电话：023-61520646

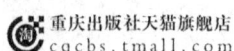
重庆出版社天猫旗舰店
cqcbs.tmall.com

全国新华书店经销
开本：700mm×1000mm　1/16　印张：24.5　字数：447 千
2015 年 7 月第 1 版　2015 年 7 月第 1 版第 1 次印刷
ISBN 978-7-229-07071-7
定价：36.80 元

如有印装质量问题，请向本集团图书发行有限公司调换：023-61520678

版权所有　　侵权必究

| 前言 |

从一个故事开始我们的前言吧！

很久很久以前，有一个不知名的电视剧小编剧，他优点很少，唯一能称得上优点的也就是勤奋了（当然，勤奋的原因一般都是因为和别人较劲）。缺点却非常显而易见：利欲熏心、追名逐利、小心眼、睚眦必报、心比天高命比纸薄……

一天，这个满身缺点的小编剧应朋友邀请去参加一个聚会。在聚会上，小编剧认识了很多新朋友，而朋友对另外一位陌生朋友的介绍，却触动了小编剧那阴暗卑微的内心。

"嗨！XXX，来，介绍你们认识一下。这位是我的一个编剧朋友，这位是我们圈里的非著名文艺女青年XXX，你们多聊聊。"

内心阴暗卑微的小编剧很高兴，因为对方是一个年轻漂亮身材好的大美女。

"哦？编剧？呵呵，你是写什么的啊？"美女很感兴趣。

"呵呵，我是写电视剧的，主要写现代都市题材。"小编剧说完，心里美滋滋地等着美女问自己写过什么作品。因为该小编剧前段时间正好写完一个勉勉强强算是热播的电视剧，他内心中热切地盼望着跟美女得瑟得瑟。

"哦，我很少看国内电视剧的！"美女翻了一个白眼说道。

内心卑微的小编剧头上出现三道黑线，身后乌鸦嘎嘎叫着飞过……

美女补充道："国产电视剧，尤其是现代戏的真没法看，除了家斗就是家斗，不就婆媳二叔小妹妯娌丈母娘女婿挨着个地互相看不上吗？不就是每个人轮番打一遍之后大团圆吗？除了房子买不起、父母对儿女的各种不同意之外，你们就编不出来点儿新鲜事吗？"

美女说完转身离去，让嘴角还挂着泡妞之前那经典的、优雅的招牌笑容的小编剧很受伤。

小编剧回家后很郁闷，为了让美女闭嘴，也为了以后能顺利泡到各种美得冒泡的文艺女青年，他立志要写一部没有家斗、没有婆媳、没有买不起房、没有父母各种不同意各种不讲理、没有三姑六婆的掺和、没有兄弟姐妹的互相看不上、没有妯

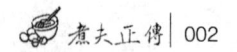

娌的攀比、没有……总之是没有各种已经被无数电视剧用过的矛盾的电视剧。

但是在碰了几次壁之后，小编剧发现这样行不通，最简单的原因就是这样的剧本创意没人要，因为所有人都说小编剧在忽悠，所有投资方都觉得这样的戏没有电视台会买……

小编剧没辙了，这时他身上的另一个不知道是缺点还是优点的特质发生作用了，这个特质就是较劲，一定要较到底！

剧本的路走不通，那就写小说！从来没写过小说的小编剧努出血来、翻烂了好几本别人大卖的小说后，终于写出来这么一个不知道是好东西还是一坨屎的……《煮夫正传》。

目前这个小编剧正在内心忐忑地等待着广大衣食父母的意见，正在雪地裸体360度全方位地跪求着各位衣食父母的阅读，正在……总之就是正在等着被夸或者被骂！

废话一样的前言完毕，正文开始！

哦，对了，顺便说一句，那个小编剧就是我。

煮夫正传

第一章　煮夫失业了　　//001

第二章　艰难的一万二　　//21

第三章　和老婆竞赛　　//40

第四章　诡异的171号分店　　//68

第五章　韩雪儿的危机公关　　//98

第六章　谎言怪圈　　//137

第七章　被总裁爱上　　//164

第八章　潜在的威胁　　//206

第九章　裂缝　　//226

第十章　危机前夜　　//260

第十一章　糟糕透了的二十八号　　//287

第十二章　阴差阳错　　//318

第十三章　大决战　　//329

第一章..................煮夫失业了

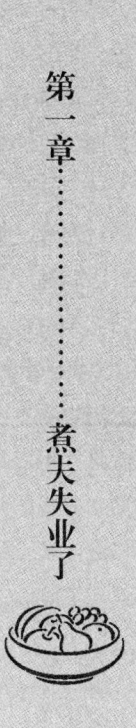

1

早春里,一个普通得不能再普通的周日下午,韩雪儿像往常一样在家里打扫着卫生,丈夫刘立冬像往常一样躺在客厅的沙发上,就着午后暖人的阳光呼呼大睡,女儿妮妮像往常一样在客厅角落里玩着过家家,那条名叫小问的小狗也像往常一样眯着眼睛摊在客厅中央的地板上,如同一坨肥肉。

这一切,都和上个周日、上上个周日、上上上个周日毫无区别。

韩雪儿一边弯着腰用吸尘器吸着沙发前面的地毯,一边看着刘立冬那睡得有些扭曲的脸,突然气就不打一处来了。结婚七年,头三年过的那才叫日子呢,周末不是出去露营就是窝在咖啡馆里一整天,平时下了班,不是和闺蜜逛街就是在去和闺蜜逛街的路上。但自从妮妮出生,这一切都改变了,她就奇了怪了,明明结婚之前不是说好不要孩子,要坚定不移地贯彻丁克路线吗?怎么转眼间闺女都马上要过五岁生日了?

想到这儿,韩雪儿不禁对老公怒目而视,都是因为他,这个随风倒的墙头草,顶不住公婆想抱孙子的压力就来对自己软磨硬泡!唉,也怪自己啊,革命意志不坚定,革命经验不丰富,架不住敌人糖衣和炮弹一起轰。明里谈条件,暗里使阴招,什么维生素C换避孕药啊,把家里的保险套都扎破啊,什么阴招损招都用了,最后自己也就有条件地、半推半就地把妮妮给生下来了。

条件?对了,还有条件呢!韩雪儿一步窜到冰箱前,把贴在冰箱门上那张有些发黄的协议扯了下来,一个飞踹把刘立冬踢醒。

刘立冬刚睁开带着眼屎的惺忪睡眼,就看到了那张发黄的协议,耳边传来老婆熟悉的吼叫声:"睡!睡!睡!你就知道睡,不是说好帮我大扫除吗?刘立冬,你自己看看,你当年是怎么说的,念!"

刘立冬拿过协议,迷迷糊糊地"哦"了一声之后,继续闭上眼,可是嘴却没闲着,直接开始背诵:"第一,生孩子之后,孩子必须由刘立冬或者韩雪儿亲自教育,双方父母不得插手。第二,韩雪儿自愿辞去工作,在妮妮上小学之前,全程陪伴孩子成长。第三,刘立冬应当充分担当起丈夫的责任,努力工作,努力生活,并自愿配合韩雪儿一切正确的行动。第四……"

"呵呵,刘立冬,背得够熟的啊,你把眼睛给我睁开,就刚才那个第三条,你做到了吗?"

刘立冬一脸委屈:"雪儿,我当然做到了啊,你说自打你辞职当家庭主妇之后,我工资翻了两番了吧？这丈夫的责任我担当得多充分啊！你就再让我睡会儿吧，大礼拜日的，扫除什么啊？今儿我查黄历了，不宜动土，真的，再说了，这第三条它……它就是不平等条约啊！"

"怎么不平等了？这里面不是说了吗？配合我一切正确的行动，又没让你配合我不正确的行动，你说，我周末要大扫除哪点不正确？"

刘立冬不乐意地站起身来："好好好，您正确，您一贯正确，我干，我配合啊！太后，您吩咐吧，反正您是待在皇宫内院里，哪知道我们这些混在江湖上的上班族的苦啊！"

"什么意思啊？我也上过班啊，怎么苦啦？刘立冬，你别站着说话不腰疼啊，你知道当主妇有多难吗？哼，我倒宁可去上班，去去去，床单被罩洗好了，赶紧帮我晾上，弄完了还得陪妮妮去公园呢。"

刘立冬臊眉耷眼地乖乖去厕所拿床单了，韩雪儿不依不饶地跟在后面："还有啊，你别觉得工资翻了两番你就得瑟，你原来那是基数太低，税后四千你翻完现在才一万二，你有本事在一万二上翻一番啊，切，半番也行啊！"

"喷喷喷，唉，你这个同志啊，只看结果不看过程，韩雪儿同志，你要看到你老公的趋势你懂吗？再说了，你看看别人家，都是两口子一起上班，孩子交给老人带，就你，偏偏非要……"刘立冬忽然不说了，翻了个白眼，老老实实从洗衣机里掏床单去了。

结婚七年，刘立冬可不傻，对于老婆要真生气的预感能力，已经堪比草原上的野生动物预感暴风雪的能力了。他明白，孩子的教育是韩雪儿的死穴，究其原因就是因为他的丈母娘是个感情……哦，不，是个情感比较丰富的女人。自从老婆生下来之后的三十三年里，丈母娘就没跳出过感情破裂到离婚，然后再谈恋爱结婚，再破裂再离婚这个死循环，如今这个死循环已经往复……三次了。

综上所述，成长经历导致韩雪儿的育儿理念非常的与众不同，什么老人的溺爱会导致孩子的依赖啦，老人不懂得通过赞美来树立小孩的自信心啦，什么成功就是一颗毒药啦，等等。

总之，就是各种担心、各种不安全，虽然他不理解也不赞同，但是每次还都辩论不过韩雪儿。人家都是一套一套的，自己现在满脑袋都是销售额下滑的数据，要放在十年前可能还有得一拼，那个时候的自己可是标准的文青，市艺术学院戏文系的。呵呵，想当年，老子不论人生观还是价值观，挨着个地灭她韩雪儿一长安街，唉，时过境迁啊……最重要的还不是谁能辩过谁的问题，而是谁让自己在生妮妮之前就答应了呢？关键是口头答应了吧，还能臭不要脸地反悔，反正也吃准了她韩雪儿不敢跟自己离婚，要命的是，自己答应的事还全都白纸黑字地写下来了，唉，这可就不能赖社会啦……算了，老老实实晾床单吧。

韩雪儿撇着嘴看着老公在阳台上研究床单正反面的样子，暗暗得意，这个刘立冬虽然相貌一般，能力一般，挣钱一般，什么都一般，但是对自己确实好得不一般，就冲听老婆话这点儿上，就很不一般。韩雪儿又突然心情大好，笑逐颜开地招呼着女儿："妮妮，换衣服，咱们去公园啊。"话音没落，小问一个激灵翻起身来，叼起狗链一屁股就坐在门前，韩雪儿看着小问那一脸贱样，又回头看了看刘立冬笨手笨脚的样子，笑了。

2

刘立冬开着车，小问人模狗样地坐在副驾驶座位上，妮妮和韩雪儿坐在后排。

刘立冬瞥了一眼小问："干吗还带狗啊？什么公园让狗进啊？"

妮妮："我答应小问要带它一起去公园的，妈妈说过，承诺的事情一定要办到。"

韩雪儿："去狗公园啊，正好那里大狗小狗都有，让妮妮多接触接触动物是很好的。"

刘立冬听完，浑身一哆嗦，大狗？太可怕了，从小在北京郊区长大的刘立冬没少被狗咬，现在晚上遛弯的时候看见大狗他都躲着走。要不是小问在韩雪儿生命里出现的时间比自己早的话，要不是小问还算是条小型雪纳瑞犬的话，家里是肯定容不下它的。

刘立冬无奈地从后视镜里看了看正唱着儿歌的母女俩，又侧头看了看好奇地向外张望着的小问，摇了摇头。刘立冬可不打算认这个怂，一个大男人怕狗，原来在老婆面前都没敢承认的事情，怎么可能在闺女面前露馅？他本以为小问岁数大了，自己结婚之后熬几年就能给它养老送终，可谁料把自己鬓角都熬出白头发了，小问健康依旧，宝刀未老地还经常能在小区里制造点强奸案件什么的。

刘立冬悄悄地从裤兜里把手机拿了出来，熟练地把闹钟定在十分钟以后。

十分钟后，手机铃声如约而至。刘立冬不愧是混过艺术类院校的，若无其事地从兜里掏出手机，一副实力派演员的架势，瞟了一眼手机后，皱着眉头长叹一口气。

"怎么了？谁啊？"韩雪儿关切地问道。

"还能有谁啊，客户呗！"刘立冬又假模假式地叹了口气，骂了几句娘之后，不情愿地接起了手机，接听的一瞬间，脸上充满了谄媚，"喂，刘经理啊，哦……没关系没关系，不打搅，什么？上次给您超市供的货出问题啦？不可能吧，出库的时候我特地检查了啊……哦，好好好，那我立刻过去解决。"

刘立冬狠狠地把手机摔在副驾驶座位上，小问也被吓了一跳。接着刘立冬愤愤地说："真烦！他们就仗着连锁店多，欺负我们这帮供货商，都不是鸡蛋里挑骨头的事了，他们是生生能从鹌鹑蛋里挑出两斤大棒骨来。唉，妮妮，老婆，对不起啊，我真的得过去一趟。"

刘立冬说着就把车停到了路边，妮妮的嘴已经撅起来了，韩雪儿摸了摸妮妮的头："妮妮乖啊，妈妈不是和你说过吗？爸爸妈妈和你都生活在一个大幼儿园里，妮妮的幼儿园规定要听老师的话对不对？"

妮妮点了点头。

"爸爸的幼儿园也规定要听老师的话啊，刚才就是爸爸的老师打来的电话，让爸爸赶快回去，虽然爸爸不愿意回去，可是你说爸爸应不应该服从幼儿园的规定呢？"

妮妮想了想，又点了点头，像个成年人似地拍了拍刘立冬的肩膀，奶声奶气地说道："爸爸，你要乖乖听话，不要和幼儿园老师顶嘴哦。"

刘立冬使劲亲了亲妮妮："放心吧，爸爸幼儿园里的老师特别凶恶，爸爸不敢和他顶嘴的。"

"爸爸好可怜啊，我们吴老师就不凶，她对妮妮可好了。"

"对啊，所以你要乖乖听话啊，老婆，对不起喽，你们开车去吧，带着小问也没法打车。"刘立冬说着拉开车门下了车。

韩雪儿换到驾驶座位："晚上早点回来，有什么问题别和人家急啊。"

"放心吧，我处理完就回来，你路上慢点开。"

韩雪儿点了点头，开车离去。刘立冬长出一口气，坏笑着掏出电话，拨了出去："喂，老黄，干吗呢？"

3

老黄，人如其名，很黄很暴力，独身主义者，美其名曰是不想受到婚姻的束缚，其实是娶不起媳妇。这个大龄单身社会败类男经营着一家皮包婚恋网站，为了节约办公费用，老黄干脆就把公司安在了家里——一套父母用拆迁款给儿子购置的公寓。全体员工就两人，一个老黄加一个小左，老黄是老板，小左是黑客。小左负责从知名婚恋网站里偷出舍得花钱买VIP服务的大龄剩女资料，老黄则负责联系剩女，并以自己网站促销为由免费安排一次极品钻石男相亲，彰显自己网站男会员的优秀，以便勾引剩女会员缴纳会费。当然，这个扮演钻石男的任务非老黄莫属。原因有二：一是老黄很帅，属于不捯饬也穷帅穷帅的那种类型；第二老黄干这个是专业的，因为老黄和刘立冬是市艺术学院同一届的，只不过老黄不是学写剧本的，而是表演系的。

　　刘立冬和老黄本来不认识，可是立冬和雪儿结婚后，韩雪儿为了提高生活质量，坚持要拿家里的全部积蓄作为一套公寓的首付，而不是全款买一套20世纪90年代建成的二手房，刘立冬倒也没反对，反正也不要孩子，以后一点压力没有，买套好点的房还不是应该的？两个人对比来对比去，买得起又看得上的，就只剩老黄住的这个小区了，立冬和老黄阴差阳错地成了邻居。

　　像刘立冬这样早出晚归，经常被客户灌成烂醉如泥状的销售族，一般是没有晚饭后遛弯的习性的，所以刘立冬是没有机会通过遛弯来结识一个经常吃饱了在楼底下混的同学的。二人的相识是在毕业十周年的校友聚会上，两个同样混得特惨的人，看着其他同学在身上各部位明晃的驴牌LOGO的光芒下，大谈特谈影视圈里的奇闻异事时，他们都很失落，一起用最快的速度把自己灌醉了。刘立冬骂着那个把自己最得意作品改得面目全非之后弃用自己的制片，老黄骂着永远给自己龙套角色的演员副导演，刘立冬给老黄讲着自己为了生存不得不放弃创作的痛苦，老黄给刘立冬看着包里永远放着的那本书——《一个演员的自我修养》……总之，最后，他们成了好朋友，更准确的说法是，他们成了通过咒骂各种不公平而得到正能量的一对——倒霉蛋。

　　坐在公交车上去找老黄的刘立冬脑子也没闲着，他知道老婆为了家庭而放弃事业很委屈，想当年韩雪儿的第二任父亲很有钱，为了不让韩雪儿打扰自己，直接花钱买清净，把韩雪儿送到美国去读书了。五年之后，随着韩雪儿母亲婚姻的再一次崩溃，韩雪儿从美国顶着市场营销硕士的光环荣归故里，此后韩雪儿便一路高歌猛进，名片从来就没用完过，因为还没等用完，上面的头衔又变了。比起韩雪儿，刘立冬的职业生涯只能用"坎坷"二字来形容，他一直热爱的戏剧事业除了给他带来了一个能干漂亮的媳妇之外，其他什么都没有。

　　那是一个冬天，刘立冬弄起了一台话剧，倾家荡产、背水一战。当然，虽然倾家荡产了，但是由于可倾可荡的东西太少，这台话剧的编剧、导演和唯一一个演员都是他自己。在一个四处漏风的小剧场里，刘立冬站在台上卖力地追求着自己的艺术理想，台下观众的数量十个手指头不用完就能数得过来，演完之后的谢幕没有掌声，一切都那么静悄悄的。在后台一边痛哭流涕一边准备彻底告别艺术的刘立冬，迎来了他二十三年生命里最大的转折，因为那八个观众中有一个人的名字叫做韩雪儿。

　　之后的刘立冬像变了一个人，为了生存也为了世界上唯一欣赏他的女人，他抛掉了所有的自尊和艺术追求，他去中关村卖过盗版光盘，去亚运村车市当过二手车贩子，闲暇时间还去高尔夫球场捡过球。这一切的努力没有白费，在他终于得到了一份相对体面的工作的同时，他也终于让那个女人成为了自己的妻子。

按照正常规律，几乎婚后所有夫妻要面对的问题都一样，那就是要孩子。虽然婚前刘立冬答应了韩雪儿的要求，一起做一对无拘无束的丁克，可是他低估了父母的能量，一年，两年，到了第三年，他扛不住了。

被各种阴谋诡计弄大了肚子的韩雪儿不想妥协，她并不是不爱孩子，当得知自己肚子里拥有了小生命的那一刻，韩雪儿也被母爱包围着，可是她不想糊里糊涂地、不负责任地就把一个小生命带到这个世界。面对着苦苦哀求的丈夫，韩雪儿还是保持了冷静，她拿出人流预约单，开始了那场改变未来四年二人生命轨迹的对话。

"立冬，你告诉我，这个孩子生下之后怎么养？"

"雪儿，你别急，我算过了，我们家庭的月收入现在是一万四，足够负担一个孩子多出来的开销了。呵呵，当然了，这一万四里面的一万都是你贡献的，不过你放心，我一定会努力的。"

"我们两个都出去工作，那孩子谁带？"

"我父母带啊．他们都盼星星盼月亮地巴不得帮咱们带孩子呢。"

"让老人们带孩子你放心吗？"

"当然了，我妈心特细，她……"

"我指的不是生活方面。"

"这……"

"立冬，我下面要说的话希望你仔细听，而且正确理解，我不是为了谴责我们的父母，而是希望阻断原生家庭对我们成长的负面影响继续往下一代延续。我们两个都生在20世纪70年代末，父母出生在三年自然灾害前后，成长在'文革'时期，人生观和世界观初建时经历了上山下乡，刚刚结婚生子又改革开放了，他们都只有我们这一个孩子，他们教育我们的方式方法大多是按照他们的父母，也就是我们的祖辈的方式来的，所以一些他们当时没有在意的细节，在我们未来的人生中造成了很大的影响。"

"啊？雪儿，这……有这么严重吗？"

"好，我问问你，小时候你父母吵架之后，你有没有被问到过，如果他们离婚了，你跟谁之类的问题？"

刘立冬点头。

"当邻居、朋友在咱们父母面前因为考试成绩或者其他什么事夸奖咱们时，父母是不是永远不会承认，永远会谦虚地说我们这儿也不好，那儿也不好？"

点头。

"他们是不是在回忆当年时，经常挂在嘴边的一句话是'要不是因为你，我早就怎么怎么样了'？"

点头。

"你只要努力学习，成绩好，能考上大学，其他的事都不重要，这话你听过吗？不止一遍吧？"

"嗯，无数遍。"

"事实怎么样呢？你寒窗苦读十年，考上市艺术学院，全班第三名的成绩毕业，可是你现在在干什么？如果我没去过国外，不懂得成绩不重要、能力才重要的道理呢？那我也只是一个就会做最没用的数据统计的市场专员。"

刘立冬没说话，低下了头。

"坐车时，他们会为了怕麻烦人家而让自己的孩子忍住不去尿尿。考完试，成绩好的话，一个孩子的天性就是骄傲，可是呢？冷冰冰的一句话就抹杀了你的人性，谦虚使人进步，骄傲使人落后。我问你，哪怕是成年人在做了一件对的事情之后，也会沾沾自喜，难道这就会让人落后吗？更何况是个孩子！立冬，我说这些不是在说你的父母怎么不好，我明白，他们那一代很难，在那么恶劣的物质条件下，能把我们养大成人就很不容易了。可是我希望我的孩子从小能够享受到真正的爱和尊重，我要让他成为他自己，而不是为了我们任何一个人而活着，我希望他能拥有热情和自己真正的爱好，而不是为了升学加特长分而去学那些琴棋书画，你明白吗？"

"雪儿，我懂了，你说吧，你打算怎么办，我尊重你的选择。"

"如果让你辞职在家带孩子是肯定不可能的了，立冬，我问你，你有信心一个人承担起家庭的重担吗？如果你有，那这个孩子我们就要，直到他上学前，我会辞职在家好好地陪他，如果你没有，那就……"

"老婆，我有信心！"

"立冬，我相信你，可是我希望你能再仔细考虑考虑，孩子不是小猫小狗，你失业的话，给小问一块馒头都可以，可是对我们的亲生孩子可不能这样，所以我希望你冷静地考虑清楚。还有一点，那就是经济基础决定上层建筑，你有信心是一回事，你的信心能不能产生好的结果是另一回事。如果孩子生下来了，你工作不顺利的话，我是必须要为孩子负责的。这一点请原谅我把丑话说在前面，如果你不能负担起家庭的开销，那我就去上班，你来照顾家庭。总之，我不允许我们的原生家庭影响到我的孩子，我自己的亲妈也一样会被我拒之门外，对不起，请原谅一个母亲对自己没出生的孩子的执拗。"

"韩雪儿！我答应你！这孩子生下来吧！"

4

刘立冬进屋时，一身假名牌的老黄正在镜子前面捯饬着。

"哟，立冬，你怎么这么慢啊？快点快点，今天约了俩相亲的，你去帮我对付一个。"

"啊？不管不管，上次不是都说好了嘛，最后一次，下不为例。我跟你说啊，那帮剩女都爱用那种啥香啥香的香水，上次相完亲回家，差点让我老婆闻出来，幸亏我急中生智，对着西服放了俩臭屁才蒙混过关的。"

"你最近缺钱吗？"

"啧！什么叫最近啊？我一直缺，永远缺！"

"嗨，我说私房钱呢，要不要补充补充啊？我跟你说啊，这次不让你白干，车费饭费实报实销，再加二百辛苦费，怎么样？"

"二百？人民币？上次你说的也是二百，结果你孙子给了我二百日元，你说说你，特地去他妈中国银行换的吧？"

"嘿嘿，上次灯下黑，看错了，这次绝对是货真价实的人民币。"

"先拿来再说。"

"好好好。"老黄不情愿地从钱包里掏出钱递给刘立冬，"赶紧走，剩女最烦迟到了。"老黄说着就拉着刘立冬要走，忽然想起什么，一路小跑回到办公桌旁，"呵呵，差点忘了带道具"。

老黄说着，拉开抽屉，只见里面乱七八糟全是名车钥匙。

"哎，立冬，今天你开什么车？"

"阿斯顿马丁吧，上次那个宝马的钥匙真假。"

"行行，那我就玛莎拉蒂吧。"老黄边说边从抽屉里翻着钥匙。

这时，一旁关着的门打开了，一个留着乌黑油腻长发还点缀着头皮屑的脑袋探了出来，这就是非著名屌丝黑客——小左。

"黄总，啥时候也让我去见见那帮白富美啊，不能总让我在后台工作吧？"

"得了吧，瞧你那个屌丝样，还白富美呢，见着你直接吓成黑穷挫了，你信不信要是你去的话，人家给的会费都得是冥币。你赶紧再多黑几个服务器吧，咱客户储备量可是严重不足了啊。"

老黄一边说手一点没闲着，准确地挑出了阿斯顿马丁和玛莎拉蒂的钥匙，拉起刘立冬急匆匆地走了。

5

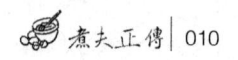

京郊小院，立冬父亲坐在院里，面前摆了个放着茶壶的小方桌，有一搭没一搭地和立冬奶奶聊着天。

立冬奶奶一边嗑着瓜子一边述说着："唉，当年日本鬼子是真坏啊，把东村李老头的鸡全抢光了，唉，这个李老头也真是想不开，竟然生生给气病了，幸亏当时你爸他……"

这时立冬母亲从屋里走了出来，立冬父亲立刻喊了起来："你给立冬他们打电话了吗？他们什么时候回来吃饭啊？"

"要打你自己打，我不打，你说说现在立冬都三十四了，你还在他面前摆什么老爹的谱啊？自己想知道他们干吗呢，就自己去问，别等我打完电话之后又赖我什么都没问清楚。"

"啧！你个老太太，我摆什么谱了？我就是……咳咳咳……"立冬爸说着半截突然咳嗽起来。

立冬妈一边拍着老伴的后背一边埋怨着："跟你说了多少回了，少抽点烟，你看看，又咳嗽了吧！"

立冬爸止住了咳嗽："我今天就抽了四根烟，刚才是呛着了。我跟你说啊，对于立冬的问题，我就是随便问问，他们爱回来不回来。这清清静静地和妈聊会儿天多好啊！"

"行，那你跟你妈慢慢聊吧，我去趟张婶家啊。"

"等会儿，你……你还是打一个问问吧，看看他们今天回不回来，要是回来你好准备晚饭啊，我……又不是我想他们了，是妈想了，妈刚跟我说的，是吧，妈？"立冬父亲捅了捅沉浸在往事里的奶奶，"妈，你想立冬了吧？"

"我不想！我更想念毛主席他老人家！"立冬奶奶坚定地说。

立冬父亲有些尴尬："嗨，妈糊涂了，刚说完了就忘。"

"你啊，别老让立冬他们回来，孩子们多忙啊，尤其立冬他媳妇又不工作，这挣钱养家的事儿全都得靠着立冬啊！唉，说起来我就生气，你说我怎么想都想不通，放着咱俩搁这儿闲着，也不把妮妮给咱俩带，人家不都是老人帮着带孩子，两口子全出去工作吗？"

"让你打个电话，怎么又把这些陈芝麻烂谷子的事给唠叨出来了？我觉得这样挺好，男人嘛，就该挣钱养家，这样腰杆才硬，在家里才能说了算。立冬一个月一万多，你想想，他媳妇还不得什么都听他的！"

"哼，我看未必，再说了一万多叫多啊？他们房贷每个月就得四千多，一家三口吃喝拉撒怎么也得两三千吧？妮妮快五岁了，再有一年多又该上学了，你算算还能剩多少？这要是她韩雪儿也出去工作，就算只挣个三四千也行啊，苍蝇也是肉啊！"

"行了！絮絮叨叨絮絮叨叨，你比妈还啰嗦！你走吧，甭打电话了，妈，你接着说啊。"

立冬奶奶叹了口气，继续说道："唉，当年四人帮是真坏啊……"

立冬母亲插话道："哟，今天进度挺快嘛，都讲到四人帮啦？"

"跳了一段，嗨，我说你去不去？你要不去你来听妈讲？"

"别别别，我去！"立冬母亲边说边逃命似的跑出了院子。

立冬奶奶拍了拍立冬爸："你们别老唠叨，我接着给你讲啊，嗯……讲到哪了？"

"妈，你讲到改革开放了。"

6

韩雪儿一手拎着菜一手牵着小问正在等电梯，妮妮蹲在小问面前数落小问。

"小问哦，你是只坏狗你知道吗？你刚才为什么要欺负其他小母狗？"

小问一副死猪不怕开水烫的样子，对妮妮爱搭不理，这时，楼门外传来嘈杂的狗叫声，小问顿时一副警觉的样子。

只见七八只狗像拉雪橇一样把一个女孩踉踉跄跄地拉了进来，女孩年轻漂亮身材好，天刚暖和一点就迫不及待地穿上了小短裤，在黑色大腿袜的映衬下，露出来的那一段大白腿格外诱人。小问突然见到这么多同类，立刻龇着牙进入战斗模式，韩雪儿连忙一把将小问抱起来。

女孩笑了笑："你家狗爱打架啊？"

"没有没有，在外面不爱打，它应该是有幽闭空间恐惧症，就爱在楼道里和电梯里打架。"

女孩笑了，摸着小问的头："真好玩，你这么点的小脑袋里还有这么多事呐？"小问最受不了的就是被美女摸，尤其是拥有大白腿的美女，小问立刻吐着舌头又进入了谄媚模式。

"阿姨，你家的狗狗好多啊，它们是不是特别能吃啊？"妮妮面对着一地的狗，好奇地问道。

"小朋友，我不是阿姨哦，我是姐姐。"

妮妮点了点头："姐姐好"。

"哎，真乖，小朋友，你叫什么名字啊？"

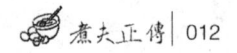

"我叫刘佩妮，马上就要五岁了，我在望湖幼儿园大班。"

女孩笑了："嚯，真够全面的啊！"说着向妮妮伸出手，学着妮妮的口气，"你好，我叫杨菲菲，马上就要二十五岁了，我在15楼2号。"

妮妮小大人似的和杨菲菲握了握手，这时，电梯来了，韩雪儿抱着小问和妮妮上了电梯。杨菲菲冲电梯里摆了摆手："你们先上去吧，我再等一趟，这里面更幽闭，我要是带着它们都进去，估计你家狗该崩溃了。"

电梯门关上，韩雪儿把小问放了下来："韩小问，你可真沉，减肥啊！"

妮妮拉了拉雪儿的裙子："妈妈，菲菲姐姐的衣服真好看，我也想要。"

韩雪儿笑了："你个小丫头，这么小就爱臭美，妮妮，你说姐姐好看还是妈妈好看啊？"

妮妮撇着嘴，一副努力思考的样子，这时，电梯到达16楼，门开了，妮妮飞快地跑出电梯，边跑边喊："妮妮最好看！"

韩雪儿气得笑了起来，嘟囔着："小破孩，跟他爸一德行。"

7

刘立冬叼着根烟，瘫在沙发里正在看着电视剧，老黄推门进来："哟，回来得够快的啊，怎么样啊？看上你没有？"

刘立冬姿势都没变："必须的啊，在我卓然的人生观和世界观的双重攻势下，那姑娘就差直接刷卡买钻戒向我求婚了，你那个呢？"

老黄撇了撇嘴，一屁股坐在沙发上，点了根烟，狠狠地嘬了一口："靠，我那个不怎么样，整个一视金钱如粪土啊。我刚一把车钥匙拿出来，嗨，你猜怎么着，人家瞟了一眼，直接买单走人了，临走撂下一句话，说什么我这样的没法给她安全感。唉，真他妈够倒霉的，你说说这姑娘是真不讲究，买单走人无所谓啊，您倒是把单给全买了啊，人家玩了一AA制。唉，现在的年轻人，不讲究啊。"

刘立冬笑了笑，从兜里掏出几张发票扔到茶几上："喏，刚才的费用，赶紧报销。"

老黄抄起发票看了看，急了："我靠，我说你怎么能成啊，相个亲喝个咖啡您整进去四百多，太败家了，不报不报！"

刘立冬一听也急了："废话，这么贵的地方又不是我带那姑娘去的，是你和人家约的那儿啊，你赖我？我都特地没捡贵的咖啡点！"

"啧啧啧！真是不专业，你啊，过几天抽工夫我得给你进行一下职业培训，约的地方贵没关系啊，你看我的！"

老黄说着，立刻换上一副装B的神态，半眯着眼，慵懒地说："唉，这个地方比起北爱尔兰那些咖啡厅还是少了一些感觉的,其实我觉得像北京这样有历史的城市,我们更应该去感受一下它古老的历史积淀,咱们换个地方吧!啧,怎么样,你看看,出门随便找个成都小吃不就完了?哦,对了,当然了,进了成都小吃那范儿也一定要端好,具体人物内心的拿捏,请参考周润发演的《吉星拱照》,就是那个假扮成穷人去饭馆打工的电影。"

"你就扯犊子吧啊,人物内心的事儿你还真别跟我提,你刚才塑造的那个人物就不对,情绪线你懂吗?一个人物在戏里必须要有成长,有心路历程!我跟你说啊,中国的电视剧就是让你们丫这帮人给毁了。"刘立冬挺激动,指着电视上正在播放的电视剧,"你看看,这破玩意演他妈什么呢?除了掀桌子摔盘子砸碗之外,还有什么可看的?要人物没人物,要情绪没情绪,要张力没张力,就是他妈家里人挨着个地吵一圈之后,都他妈释然了,最后再整个大团圆,你说这……"

老黄听不下去了,打断刘立冬:"得得得,艺术大师,我服了行吗?您别给我上戏剧理论基础了啊,这钱我给您报还不成吗?再说了,您说毁了艺术的是我们这号的,可是怎么没见着您这号的把艺术给重建起来啊?说句实话啊,您呐,想毁都他妈没人让您毁!"

刘立冬气得够呛,狠狠地把烟头戳进烟缸里,刚要摆出架势和老黄好好辩一场,只见老黄笑嘻嘻地从钱包里掏出四张百元钞票:"要不要?"

刘立冬哼了一声,一把将钱抄了过来。

老黄摆出一副巴掌不打笑脸人的贱样:"立冬,这大礼拜日的你不回家,跟我这儿耗什么啊?"

"唉,不想回家,我老婆现在越来越跟怨妇似的,我在家干啥啥不对。你老实坐着吧,说你懒;你帮着干活吧,说你笨;你陪孩子玩吧,说你教育方法不对。总之现在在家,除了每个月发工资的那一天之外,我是一点存在感都找不着。"

"不都这样嘛,我跟你说啊,你老婆就是闲的,你赶紧让她上班去不就完了,天天累不死她小样儿的。"

"你当我不想啊?唉,算啦,别说了,再说全是眼泪了。我啊,现在最后悔的就是当初我爸妈那边和我老婆这边,哪边都没扛住。我爸妈是死活想让我们俩要孩子,扛住了的话,现在我多美啊,一个月一万多,我想吃红糖吃红糖,想吃白糖吃白糖,还有我老婆那边,拿着人工流产预约单和我谈条件啊,那气势绝对不亚于八国联军。人家说想要孩子可以啊,条件就是两个人的事业必须牺牲一个,必须有一个人完全负担起孩子的教育,直到妮妮上学为止。唉,不过还好,八国联军还给咱留了条后路,没让我辞职在家带孩子,真的,我现在都不敢想,我这要是万一失业

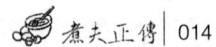

的话，这日子怎么过啊？"

正说着，手机响了起来，刘立冬一看是韩雪儿打来的，赶紧把电视关成了静音。

"喂，老婆，我这儿完事了，已经快到家了。"

"唉，风萧萧兮易水寒呐……"刘立冬带着一副上刑场的表情离开了。

老黄摇了摇头："唉，壮士一去兮不复还呐。"

8

刘立冬躺在床上，两只眼睛直勾勾地盯着天花板，浴室传来开门声，刘立冬连忙翻过身去，把被子盖在头上，还打起了呼噜。韩雪儿穿着一件性感的丝质吊带睡衣，迈着猫步走进卧室，结果看到刘立冬呼呼大睡的样子，韩雪儿不禁噘起了嘴。

躺在立冬旁边，韩雪儿推了推刘立冬："立冬，你去洗澡嘛。"推了好几下，刘立冬一点反应没有，韩雪儿急了："刘立冬，你出去跑了一天了，怎么连澡都不洗就上床啊？"

刘立冬不敢再接着装睡了，迷迷糊糊地说道："雪儿，我今天真累了，咱们别那个了啊。"

"哪个哪个啊？让你洗澡去呢，刘立冬，你怎么越来越不注意卫生啊？刚结婚那会儿你怎么不是这样啊，一到晚上你洗澡洗得比谁都欢。"

"唉，那还不是因为不洗澡你不让那个吗？"

韩雪儿急了，坐了起来，一下把刘立冬盖在脑袋上的被子掀开："刘立冬，你什么意思？哦，你洗澡就是为了那个？现在不洗了，就是因为不想那个了呗？你说，你现在是不是不爱我了？你起来，我问你话呢，你别装睡！"

刘立冬不得不坐起身来："老婆，我特爱你，真的，其实我今天特别想那个一下，可是吧，我一想明天那个大事，我就心不在焉了。"

没心没肺的韩雪儿果然被刘立冬转移话题的花招迷惑了，立刻好奇地问道："什么大事啊？"

"明天是你老公事业上的一个转折点，你知道吗？"

"什么事啊？快说！"

"约了半个月都约不出来的那个管采购的李总监，终于让你老公——我，给约出来啦！就明天晚上，你知道他们集团多大吗？光北京就有四百多家社区超市啊，哼哼，联华士多集团这块硬骨头，明天晚上我就能给啃下来喽！"

刘立冬说完，一脸兴奋地准备接受老婆的嘉奖，可是韩雪儿却好像并不感兴趣似的，轻轻叹了口气，躺了下去。

"怎么了老婆？能拿下联华士多，以后光提成每个月就能多出三四千来。"

"唉，你知道我今天在狗公园碰上谁了吗？"

"谁啊？"

"余蕊。"

刘立冬挠了挠脑袋："哪个余蕊啊？嗨，算了，先不聊了，我听老婆话，去洗澡了啊。"

然后逃也似的跑了出去。

刘立冬站在楼道里抽着烟，庆幸着幸亏刚才跑得快，因为韩雪儿下面会絮叨出什么来他太清楚了。

余蕊，韩雪儿原下属，韩雪儿辞职后，余蕊一步一个脚印地爬到了如今市场总监的位置。当然，如果韩雪儿不辞职、不出什么意外的话，那个位置肯定是跟她余蕊没有一毛钱关系的。她和韩雪儿是同一年结的婚，余蕊和她老公经受住了各方压力，坚决没要孩子。现在的生活，照刘立冬的话就是，豆浆买两碗，喝一碗倒一碗，逢年过节只要是有假期，不是去马来西亚潜水就是去韩国滑雪，关键是余蕊这人还特爱得瑟，每天IPAD不离手，碰上熟人就能又是照片又是视频的生生得瑟个两三小时。

韩雪儿白天碰上了她，心里的滋味可想而知，刘立冬经过权衡之后，决定今晚以身相许。刘立冬掐灭烟头，用贱到骨髓的声音冲着卧室喊道："老婆，我来啦……"

9

刘立冬供职于一家专做进口酒水饮料的商贸公司，公司的主要客户都是各类卖场超市，刘立冬这次能把联华士多这个在全国拥有数千家连锁超市的客户拿下，让老板王总极为高兴。今天他破例不到9点就来到了公司，坐在销售部刘立冬的座位上笑嘻嘻地等着。

9点10分，刘立冬着急忙慌地跑进公司，一看老板坐在自己的座位上，愣了一下之后连忙满脸微笑地迎了上去。

"王总，哎哟，实在不好意思，我………"

王总宽容地拍了拍刘立冬："在北京上班，谁还没迟到过啊，理解理解，立冬啊，今晚拿下联华士多没问题吧？"

"王总，您放心，绝对没问题，那个李总监的前戏已经做足了，今晚就是走个过场，主要是说清楚以后他回扣怎么拿。您放心，明天一早，他签了字的合同保证放在您办公桌上。"

"哦？这么有信心？"

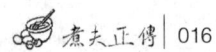

"当然了,您看看。"刘立冬说着,拉开抽屉,从抽屉里拿出厚厚一摞报销凭证,每张凭证上都粘好了发票,刘立冬如数家珍地说道,"您看,这一个多月的前戏都在这儿了,九万多。这张,他老婆弟弟的儿子出国留学前,我送的IPAD;这张,他妈家洗衣机坏了,不到一天,新的滚筒洗衣机送货上门;还有这个,上回他和咱竞争对手喝多了,我帮着找的代驾公司,还有这个……"

王总打断刘立冬,对着销售部其他人员大声宣布:"听听,你们都来听听,这才叫销售呢,明白吗?知道为什么每个月刘经理都是TOPSALES吗?这就是原因!我告诉你们,做销售就要做成这样,哪怕是客户他二叔家对门的狗死了,你都得有反应!"

王总训完话,拍了拍刘立冬的肩膀:"好样的,等协议一签,你把这些立刻拿到财务去,我签字,优先给你报销。"王总说完,腆着肚子满意地走了。

老板刚走,同桌一个新来的销售凑了过来:"刘经理,咱公司规定是签了合同才能报销这些公关费,您看我这样刚出校门的,也不像您似的,手头这么宽裕,您说我怎么办啊?"

"我宽裕?嘿嘿,你还真是新来的,咱公司谁不知道啊,我每个月就留五百零花钱,剩下的全都得交给老婆。呵呵,我宽裕,真逗!"

"啊?合着您还没我富余呐?那这公关费拿什么垫啊?"

"信用卡呀,银行先帮你垫啊。"

"啊?这……这要是一个月没能拿下客户,到了还款日咋办啊?再说了,像我们这样的穷光蛋,信用卡的额度撑死了也就能申请出一两万来,哪够对付管采购的那群狼啊?"

"客户也是人,人心都是肉长的,这帮管采购的爷爷们,只要礼数到了就会在合同上签字的,说到底咱们靠的还是产品质量,不是歪门邪道,这个你得有信心。再说了,一张卡不够,咱多来几张,以卡养卡啊,喏,你看。"刘立冬说着拿出钱包,只见里面插满了各类信用卡,"我跟你说啊,销售这事就是舍不得孩子套不住狼,舍不得媳妇抓不住色狼,只要你敢下狠手再加上持之以恒,没有拿不下来的客户。你看,我这九万多公关费不就回来了吗?比起以后联华士多能带来的提成,这点算什么啊?"刘立冬志得意满。

10

每天早上6点起床为老公和闺女做早餐,半小时后叫老公起床,7点吃完早餐和帮老公打完领带之后,8点又要送妮妮去幼儿园,折腾一圈到家后就11点多了。吃完午饭洗洗擦擦,又该去接妮妮了,带着妮妮买买菜做做饭,天就黑了。这样规律的生活，韩雪儿用了4年多的时间都没有完全适应，她不怕事多，她最怕的就是时间被分割成一小坨一小坨的，想干点什么自己的事情，都无法一次性完成。

算了，还有一年多，妮妮就可以上学了，上了学应该就好多了，也终于能出去工作了，韩雪儿几乎每天都要这么安慰自己一遍。她最害怕的事情就是跟社会脱节，和社会脱节对一个曾经是跨国集团市场总监继任者的女人来说，和2012世界末日没什么区别。

现在，这个即将和社会脱节的，接完了妮妮的，买完了菜的，想好了晚上吃什么的女人，已经走到小区门口。资深月光族韩雪儿正在满脑袋算着数：妮妮幼儿园该交费了，三千七，信用卡账单除了刘立冬那些垫付的公关费外，一共不到三千，加上房贷四千二，现在银衙账户里的钱正好够付的，虽然只剩两千块生活费了，可是还有四天立冬就开工资了，不算提成的话也能有一万二，看来下个月能好过不少。

"哟，这不是妮妮妈吗？快，文文，用你今天在幼儿园新学的句子打招呼。"说话的是旁边楼里的周丽倩。

周丽倩的儿子文文用着中国式英语说道："好毒有毒？(How do you do?)"

韩雪儿偷偷翻了个白眼，这个周丽倩算是在这个怪人云集的小区里，她最不想碰到的人了。

周丽倩，年龄不详，看眼角的鱼尾纹应该比自己岁数大吧，虽然大部分人都不知道她的年龄，可是她老公年薪百万的职位和她儿子上的年费二十万的双语幼儿园却是人尽皆知的。

"妮妮，小朋友用英语和你打招呼，你怎么不回答啊？"韩雪儿有意显摆显摆。

"妈妈，什么叫好毒有毒啊？我没学过这样的英语啊？"妮妮一脸茫然。

"就是What's up 或者 How's it going。"

"Nothing much!"妮妮想都没想地回答道。

周丽倩和文文傻了，周丽倩捅了捅文文："她说的对吗？"

文文摇了摇头："不对，她应该回答 Fine thank you and you？"

这次轮到韩雪儿傻眼了，她真是没想到，这种在她父母那辈上学时期就开始教的How do you do的固定回答方式至今仍在沿用。在美国，估计只有80岁以上的老人，经过5分钟的思考后，才能在脑海的深处找到这种盖满灰尘的回答方式。

韩雪儿尴尬地笑了笑，也不知道该说什么，冲周丽倩嘿嘿傻乐了两声之后，拉着妮妮跑了。

"哼！班门弄斧！"周丽倩一边嘟囔着，一边寻找下一个熟人。

一首跑调跑到三体星系的《大约在冬季》唱完，刘立冬带领着包房里的几个女孩大声鼓掌，夸张地喝彩。总监李永全很是满意，回到座位上，顺手搂住了坐在旁边的一个女孩。

刘立冬端着杯酒，脸上挂着魏忠贤似的笑脸，腿上迈着李莲英似的步子，凑到李永全旁边："哎哟，李哥，您唱得是真好！哎，对了，您最近没去过浙江那边吧？"

李永全被刘立冬问傻了："什么？没去过啊，怎么了？"

"嗨，我说呢，您要是去了，浙江卫视肯定就得给您扣下，您想啊，中国好声音啊！什么吴莫愁、平安的，全都得玩蛋去啊！"

刘立冬的阿谀换来了李总监一阵开心的大笑，刘立冬趁机塞给了李永全一句话，一句至关重要的话："哟，对了，李哥，还有个小事麻烦您，过几天方便的时候，得劳烦您给我个账号，上回说的那个事啊，回报方案的比例出来了。"

李永全顿时很感兴趣："哦？百分之多少啊？"

刘立冬凑到李永全耳边："百分之十，您看可以吗？"

李永全大为满意，连连点头："嗯，不错不错，这个事情好啊。"

刘立冬连忙趁热打铁，用更加谄媚的语气说道："那您看那个合同今晚咱们是不是……"

"呵呵，你小子啊，合同给我吧，明天你来集团取，不过呢……"

"嗨，李哥，还有啥不过啊，您有啥要求您说，您随便说，今天就算您说把星星给我摘下来都没问题，您话音刚落，我立马奔动物园给您抓一头来。"

"哈哈，小刘啊，我就喜欢你这点，逗，听你说话，跟他妈说相声似的，好玩！"

"要不我现在给您说一段？"

"呵呵，清醒着说没劲，这样吧，我还没见过喝醉的人说相声呢，尤其像你这样的，跟专业的似的。小刘啊，你先跟屋里的姑娘们喝三圈再说，怎么样啊？"

刘立冬兴高采烈："没问题啊，喝！"

卫生间里，刘立冬趴在马桶上使劲地抠着嗓子，努力地想把刚刚下肚的酒都吐出来。别人不知道，他自己最清楚，两个月前的体检已经查出他血尿酸高了，再这么喝下去无疑是自杀行为，干销售的，尤其是干低端销售的，只有自己疼自己。

当刘立冬满面通红、手舞足蹈地说出那句侯宝林最经典的相声台词"逗你玩儿"时，全场笑翻。刘立冬醉了，迷迷糊糊中他感觉现在不是在KTV的包房里，而是又回到了那年上演他第一台也是最后一台话剧的、四处透风的小剧场。台下面坐的也不是年轻姑娘和李总监，只有一个人，韩雪儿。刘立冬使劲地眯了眯眼睛，

只见韩雪儿在台下笑得很开心，刘立冬幸福极了，他努力地想着那些看过无数遍的话剧里，人艺的老艺术家们是怎么谢幕的，刘立冬跟跟跄跄地、有板有眼地做

了一个他认为最有艺术家范儿的谢幕动作之后，一阵大笑把刘立冬拉回了包房。突然回到现实中的刘立冬，一眼看到李永全那张油亮且肥硕的脸，喉头一热，一股混着胃酸的酒差点喷出来，刘立冬连忙蹲到屋角，肆无忌惮地吐了起来。李总监很开心。

刘立冬和李永全一前一后地从KTV里走了出来，李永全满面通红，一看就是喝美了。李永全走到停在路边的那辆白色宝马车旁，刘立冬立刻殷勤地拉开后车门。李永全拍了拍刘立冬的肩膀，舌头已经大了："小刘啊，以后咱们好好合作。"

出来一着风，刘立冬的脑袋更晕了，只能把头点得和鸡啄米一样，口齿不清结结巴巴地说道："感……感谢李哥栽栽栽培。"

正说话间，一个乞丐模样的老人推着一辆装满易拉罐的自行车走了过来，老人看到路边上有个矿泉水瓶子，支好自行车就弯腰去捡。不知道是因为车太破了还是没支稳，那辆自行车不偏不倚地砸在了白色宝马的前盖上，司机立刻从车里钻了出来，指着老人大骂，老人好像被吓傻了一样，站在原地不知所措。

李永全的脸色顿时大变，一个箭步上前就给了老人一个耳光，老人被抽了一个跟头，李永全不依不饶，边踢边骂："你个穷逼，没他妈长眼啊？"一群路人立刻开始围观，纷纷掏出手机或拍照或录像，但是没有一个人上来劝阻。

刘立冬见状，连忙拉住李永全，老人被打得在地上翻滚哭号着，李永全挣脱开刘立冬，揪着老人的头发让老人跪下，指着老人的鼻子骂道："你他妈傻逼啊，你赶紧给老子认错赔钱，听见没有？"

老人跪在地上，手指着自己的嘴，呜呜地叫着，原来是个聋哑人，李永全又是一个耳光抽了过去："妈的，别他妈给我这装哑巴！"

刘立冬实在看不下去了，大喊一声："够了！别他妈打了！"

李永全回过头，用手一下一下狠狠地戳着刘立冬的脑袋："你说什么？你跟谁说他妈的呢？"

刘立冬被戳得一步一步往后退，李永全还是不依不饶，嘴里不干不净地骂着："你们这帮穷逼，全他妈靠我活着，你还敢跟我说他妈的？"

刘立冬像个木偶一样，被推搡着一步一步地向后退着，聋哑老人趁乱推起自行车就想跑，被李永全看到了，他几步追了上去，一脚又将老人踢翻在地。伴随着老人的哀嚎声，刘立冬膝盖一软，跪倒在地，他捂住耳朵想屏蔽掉那骇人的惨叫声，可是那无助的哀嚎声好像更加清晰了。

一阵风吹来，刘立冬更晕了，他晃晃悠悠地站了起来，跟跟跄跄地走到还在一脚一脚踢着老人的李总监背后。刘立冬拍了拍李总监的肩膀，李永全回过头来，刘立冬一个右勾拳把他打倒，而自己也因为用力过度，失去重心倒在了地上……

一阵呜呜的叫声将躺在路边的刘立冬惊醒，刘立冬努力地睁开眼，只见那个聋哑老人正一脸关切地看着自己。李总监和那辆白色宝马已经不知所踪，自己的头很疼，应该是被打了，刘立冬支撑着站了起来，只见脚底下都是撕碎的纸片。刘立冬俯下身，拿起一片看了看，果然是那份本来明天就可以签的协议，刘立冬仰起头，深深地吸了一口气。

"我就操你妈啊！"一句尖利的脏话划破了北京的深夜。

第二章 艰难的一万二

1

联华士多总部门前，孤注一掷的刘立冬拿出那叠票据，现在唯一能救自己的办法就只有揭露李总监贪污拿回扣这么一招了。今天一早，刘立冬的老板在得知昨晚的事情之后，不出所料地立刻让刘立冬滚蛋。刘立冬明白，如果不把自己开除以平息李总监的怒火，联华士多这块肥而不腻的大肉，老板这辈子是别想吃到了。现在刘立冬手里的最后一根稻草就是，期待着联华士多的老板能够深明大义，得知真相后炒掉李永全，保住自己的饭碗。刘立冬又把已经反复练习多次的说辞在心中过了一遍，他相信，任何一个正常的老板在听到这样的事情之后，都会勃然大怒。

心思缜密的刘立冬掏出手机，直接拨通了总裁秘书的电话。

"您好，联华士多总裁办。"

"你好，我是佐藤资本新来的总裁秘书，我们社长想和柴总进行一次电话会议，请问柴总他到公司了吗？"刘立冬在以前和李总监的闲聊中，得知联华士多最近和佐藤资本走得很近。

"哦，柴总早就到了，请问会议要安排在什么时间？"

刘立冬没有回答，直接挂断了电话，他只要确认柴总在办公室就行了。

"哼！姓李的，多行不义必自毙，你受死吧！"

"先生，您不能就这么进去！"伴随着前台小姐的惊叫，刘立冬径直闯了进去，联华士多财大气粗，在CBD中心区整整包了三层写字楼，刘立冬清楚，如果动作不快等保安出动的话，那么这最后一根救命稻草也就完蛋了。脚底下飞快地跑着，刘立冬心里的感觉挺不错，好像自己就是那万军丛中直取上将首级的关二哥。

柴东林站在大落地窗前看着脚下的CBD核心区，他很喜欢这种感觉，所以特地把办公室选在了这栋高60层的写字楼顶层。最近这个家族式的、庞大的超市帝国已经逐渐显露出越来越多的问题，那些所谓的开国功臣们，占据着所有重要的职位，正在肆无忌惮地享受着当年浴血冲锋的成果，阻碍着帝国的发展。从父亲那里继承联华士多不久的柴东林，一个有着先进企业管理理念的后辈，现在面临的最大问题就是如何给帝国注入新鲜的血液，让这个庞大的集团能够屹立不倒。

注入新鲜的血液说起来容易，做起来难，普通人很难想象，你一个堂堂的总裁，有着生杀予夺的权力，难道连人事任免权都没有吗？问题就是这样，柴东林有，可是他不敢用。集团里所有的命脉都掌握在这些人手里，市场、加盟、管理、采购、运营、人事行政，元老们已经组成一个看似松散，实际上紧密无比的利益集团，牵一发而动全身。只要免掉一个元老的职位，那其他人都会人人自危，稍有不慎局势就将大乱，到时候柴东林只能吃不了兜着走，被车裂的商鞅和被砍头的谭嗣同就是他的榜样。柴东林没有纸上谈兵失败后我自横刀向天笑的勇气，忍耐和等待是柴东林现在唯一能做的事。

2

总裁办公室的门被一脚踢开，柴东林一惊，只见门外的刘立冬被几个保安架着正在往外拖，他那条踢门肇事的腿还高高地抬着，总裁助理 Amy 站在一旁催促着保安，不远处围着的众多员工正在窃窃私语。

"柴总，你们集团的人吃拿卡要，贪污受贿，你管不管？"刘立冬大喊着。

柴东林冲保安摆了摆手，回到宽大的办公桌后坐下，轻轻地说道："让他进来吧。"刘立冬重重地哼了一声，甩开保安，整理了一下衣服，总裁助理刚要把门关上，柴东林制止了："Amy，你不用关门，在我柴东林这里，没有任何需要关上门说的事情！"

远处围观的员工，纷纷走到总裁办公室门口，都伸长了脖子往里看着。刘立冬走到柴东林桌前，把那叠贴得整整齐齐的发票放到柴东林面前。

"柴总，我叫刘立冬，是中天商贸的销售，这是近一个月来给贵公司采购总监李永全上的供，您自己看看吧，本来今天还要签采购合同的，他要的回扣是百分之十，您知道吗？这些钱都是羊毛出在羊身上，如果没有他，合同单价至少能下降百分之十五，换句话说，您每年至少有二百万的利润就这么流到了李永全的腰包里。"

柴东林没说话，看着刘立冬。刘立冬也没继续说，而是目光坚定地盯着柴东林，用手把那些票据往前推了推。柴东林拿起发票翻看着。

"每张发票后面都写明了用途，您仔细看看吧。"刘立冬补充道。

柴东林粗略地翻看了一下之后，直接就把发票扔进了垃圾桶："李总监是我们集团的栋梁，怎么可能要你这些蝇头小利，刘立冬是吧？我不管你和李总监之间有什么个人恩怨，总之路边捡几张破发票，就说我们集团的人贪污受贿，这样的事，我柴东林不信！请你走吧！"

刘立冬惊了，刚要辩解，保安们又上来了，这次一点没客气，直接就把刘立冬架了出去。被架出去的刘立冬还在不依不饶地喊着："你不信可以去调查啊，你们超市采购的哪样商品他李永全没扒层皮啊？你们又不是只有我一个供应商……"

刘立冬的喊声渐远，柴东林对助理 Amy 说道："叫李总监来一趟。"

3

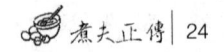

刘立冬坐在路边还没回过味来,到底是怎么回事啊?怎么这世界上还有不在乎利润的老板?忽然,刘立冬的手机响了起来,刚一接听,自己老板的吼声就传了出来:"刘立冬,你放在公司的那些破烂我都给你扔门口了,你这辈子也不用再进我公司的门了!"

"不是,王总,我还没和财务结账呢,这还有三天就该发工资了啊。"

"结账!结个屁账!因为你,联华士多这辈子都不会跟我合作了,我没让你赔偿损失就不错了!"

"可是劳动法规定……"

"劳动法爱他妈怎么规定就怎么规定,你有本事告我去啊!"

刘立冬举起手机就要摔,想了想,没舍得,狠狠踢了一脚路边的花坛。

有什么大不了的?当年老子一没专业,二没背景,不是照样混成月薪过万的白领了吗?工作了这么多年,别的没有,人脉有啊,这年头老婆不好找,老板还不好找吗?

有什么大不了的?

4

李永全低着头站在柴东林桌前,助理Amy端着一杯咖啡进来,恭敬地放到柴东林面前,然后就要离开。

柴东林叫住了自己的助理:"Amy,麻烦你帮我把对面书架上的书整理一下。"Amy点头去整理书架,柴东林从垃圾箱里拣出那叠发票,放到了李永全面前。

"李叔,刚才的事你听说了吧?"

"东林,你别信那小子胡说,你想想,我跟你爸打江山几十年啦,当年在广州番禺,你爸开第一家士多店的时候我就在,我怎么可能做出这样的事呢?"

"李叔,你别激动,这事我当然不会信了。唉,不过就是影响真是不好啊,今天这事在公司闹得是沸沸扬扬,我是怕李叔您以后……"

李永全不客气地打断柴东林:"我怕什么啊?那小子就是一派胡言嘛!东林啊,我跟你说,成大事者不拘小节,再说了,市场部你沈阿姨也被说过拿回扣啊,人事部你谭叔叔还让人议论说任人唯亲呢,我们这些高层管理啊,没办法,树大招风啊!"

柴东林忽然变了脸色:"李叔,你这话就不对了吧,沈姨和谭叔的为人谁不知道?那都是谣传!你呢?真凭实据在这儿放着呢!"柴东林说完,拿起那叠发票,砸在了李永全脸上。

柴东林站起身来，指着李永全鼻子说道："李永全，今天在我办公室门口围着多少员工你知道吗？我是为了给你留面子才把那个人轰出去的，现在一个人都没有了，你还是给脸不要脸。行啦，我也不多说了，你五十八了吧？自己去申请退休吧！"

柴东林说完，挥了挥手，李永全还想再说什么，柴东林大吼一声："滚！"

李永全悻悻离开了。

看着还在收拾着书架的Amy，柴东林的脸上闪过一丝笑意，他仿佛清楚地看见那庞大的利益集团出现了一道缺口。

5

市场总监办公室，Linda沈桌上的电话响起。Linda沈拿起电话，听了一阵后说道："好，知道了，谢谢你啊Amy，哎对了，我这儿还有几张充值卡，我也用不完，一会我让助理给你送过去啊。"

Linda沈挂上电话，沉思片刻，拿起电话又拨了出去。

"喂，老谭啊，李永全的事听说了吧，我跟你说多少次了，他这人不行，你知道今天在东林那儿，他是怎么说咱俩的吗？"

"怎么说的？"电话那端的声音稍显急促。

"说我贪污拿回扣，说你任人唯亲。"

"什么？那柴东林怎么说？"

"东林没事，东林和他爸不一样，富二代嘛，都是糊里糊涂的。今天东林急了，让老李直接退休回家了，不过老李也是活该，东林已经够给老李留面子的了，可是老李还是指着鼻子教训人家，东林再傻再迷糊，总裁这点面子也得给他呀。"

"嗨，他李永全不就这德行吗？素质太低，天天就觉得他是开国第一大功臣。要我说啊，这事咱俩就别管了，东林从小就让他爸给惯坏了，别的本事没有，脾气肯定是有的，咱俩啊，低调点，闷声发大财呗。"

"嗯，我给你打电话就是这意思，李永全滚蛋也好。哎对了，还有个事啊，我不是打算把我的一个远房亲戚给招进市场部吗？这事儿麻烦你给弄隐蔽点，咱现在不去碰这个风头。你啊，从外面找点应聘的当个陪衬，反正咱公司不是规定所有人都要先去门店考察一个月吗？考察成绩谁好谁坏不就好做文章了吗？"

"成成成，我知道啦。"

柴东林站在落地窗前，喝了口咖啡，满意地笑了，谁说养虎为患不对？为了名正言顺万众归心地杀掉老虎，只有纵容和默许它为患了。呵呵，幸亏那个人没头没脑来闹了这么一场，要不这次机会还不定得等到什么时候呢！哎，对了，那个人叫刘什么来着？嗨，反正也无所谓了，这个头总算是开了。

6

刘立冬抱着鱿鱼箱（被炒鱿鱼后用来装东西的纸箱，简称"鱿鱼箱"）走到小区门口，刘立冬想了想，放下箱子，从里面拿出一个相框，照片是韩雪儿与妮妮的合影。刘立冬拆出照片，放进钱包，把剩下的东西一股脑地扔进了垃圾桶。

"如果孩子生下来了，你工作不顺利的话，我是必须要为孩子负责的。这一点请原谅我把丑话说在前面，如果你不能负担起家庭的开销，那我就去上班，你来照顾家庭。"韩雪儿那晚的话一直回荡在刘立冬的耳边，刘立冬不打算也不敢把失业的事告诉韩雪儿。

刘立冬刚一进家，妮妮穿着围裙就跑了过来。

"妈妈，你快点！"妮妮着急地招呼着韩雪儿，韩雪儿也穿着围裙跑到了门口。

母女俩异口同声地说道："爸爸（老公）你辛苦啦！"母女俩说完，一左一右地亲了一下刘立冬的脸。

刘立冬被弄得很诧异："这……这什么情况啊？"

韩雪儿："这都是你闺女导演的，因为今天她们幼儿园来了……"

"妈妈，我说，我说！"妮妮着急地揪着韩雪儿的裙子。

刘立冬抱起妮妮，坐到沙发上："好，妮妮说。"

"今天，我们幼儿园来了好多工人叔叔，他们搬了好多好多的砖头来。"

"啊？干吗啊？"刘立冬问道。

"她们幼儿园要修围墙。"韩雪儿回答。

"妈妈你走！不许你讲，我给爸爸讲！"妮妮急了，韩雪儿笑了笑，坐到了刘立冬身边。

"工人叔叔很辛苦，老师让我们去给工人叔叔送水喝，我负责的叔叔也有一个女儿，他说我和他女儿长得可像了。他还说他很想很想他的女儿，因为他挣钱少，所以他的女儿上不了城里的幼儿园，他一年才能和他的女儿见一面，我觉得工人叔叔好可怜啊。工人叔叔这么努力地工作，钱都不够让他女儿上幼儿园的，可是我能上幼儿园，所以爸爸肯定要比工人叔叔更辛苦，妈妈也说我说得对，所以，今天我和妈妈要一起感谢爸爸。"

妮妮说完，跑到餐桌上拿了一个剥好的煮鸡蛋，一路小跑地扑进刘立冬怀里。

"爸爸，你吃，我不会像妈妈一样做好吃的饭，可是，今天妈妈教了我煮鸡蛋，我把我煮的第一个鸡蛋送给爸爸吃。"妮妮说着就把鸡蛋整个塞进了刘立冬嘴里。

刘立冬心里的滋味只有自己知道,他嚼了两口鸡蛋,连忙站起身来。

"爸爸,不好吃吗?"

"好吃好吃,太好吃了,爸爸噎到了,喝点水去。"刘立冬含混不清地回答。

"我给你拿水。"韩雪儿说着就要起身去拿。

刘立冬挥了挥手,示意不用之后,连忙走进了卫生间。

妮妮好奇地问韩雪儿:"爸爸怎么去厕所喝水啊?"

韩雪儿摸了摸妮妮的头:"爸爸感动了,因为妮妮懂事了。"

卫生间里嚼着鸡蛋的刘立冬,眼眶泛红,半响,对着镜子狠狠地给了自己一个嘴巴。

7

刘立冬坐在书房的电脑前正写着简历,忽然韩雪儿推门进来了,刘立冬大惊,连忙把简历的窗口最小化了。

韩雪儿一脸疑惑:"你干吗呢?"

刘立冬支支吾吾:"没干吗啊,上网随便看看。"

"那怎么我刚一进来你就给关了?不行,你让我看看你干吗呢。"韩雪儿说着就要抢鼠标。

刘立冬一下子急了,直接拔掉了电脑的电源线。

韩雪儿也急了:"嗨,刘立冬,你说,你是不是和小姑娘聊天呢?"

刘立冬:"嘁!聊个屁聊,大晚上的也不让我安静会儿,你说我一个成年男子看看刚下载的岛国爱情动作片怎么了?"

韩雪儿噘着嘴看着刘立冬,刘立冬一脸纯洁,韩雪儿没看出撒谎的迹象之后,甩下一句"臭流氓"就要离开。刘立冬刚松了一口气,韩雪儿就杀了个回马枪。

"刚才让你一打岔,我都忘了跟你说了,咱家车保险到期了啊。你还有三天就发工资了,等工资到账,你就先别开车了,我去4S店连带上保险带保养。"

"啊?这……要不等周末我自己去弄吧,不用麻烦你了。"

"这周末该回你爸妈家了,都三礼拜没回去了。没事,又不是第一次去4S店,我会弄。"

"老婆,咱……咱还上全险啊?我觉得没必要吧?等于每年四千多全白送给保险公司了,要我说啊,咱以后开车多注意点,只上个交强险就完了。"

"不是,刘立冬,你这毛病怎么还没改啊?什么叫白送给保险公司了?上全险这叫防患于未然你懂吗？只上交强险的话，万一出个事怎么办？我跟你说多少遍了？咱们都步入中年了，别总是为了几个小钱弄得那么不从容，像我们这样的家庭最需要什么？安全感！"

刘立冬已经后悔死了，这车上多少钱的保险其实和自己现在的危机没有一分钱关系，只不过是惯性思维把自己带入了一失业就省钱的模式里。这辆十万出头的中产阶级专用车是用韩雪儿的嫁妆钱买的，平时韩雪儿就对这辆车爱护有加，换机油从来都是去4S店。有一次刘立冬为了省钱去汽配城换的机油，让韩雪儿好一通教育，从思想到灵魂，刘立冬都接受了一次洗礼。

"好好好好好好……"刘立冬一连说了无数个好，"我错了，我错了，听你的啊，对对对，安全感最重要，明白！了解！老婆，咱不说了啊，我再看会儿，一会儿就去睡觉。真的，今天白天发生的事太多了，累崩了我了，我赶紧抓紧时间再看会儿，减减压啊。"

"你声音关小点，别让妮妮听见！这不流氓吗？看这玩意儿减压！"

刘立冬一边答应着一边把韩雪儿"请"出了房间，关上门后，刘立冬长出了一口气。

安全感，唉，今晚上她韩雪儿光这三个字就能聊半宿！算了，大丈夫能屈能伸，爱上什么保险就上什么保险，现在时间就是金钱，效率就是生命，摆在自己面前最关键的问题是赶紧找到工作和在三天内凑到一万两千块钱。

8

"什么？借钱？刘立冬，你看我像钱吗？你要是看着像的话，把我赶紧借走还不用还，包吃包住就成。"老黄说完站起身来，撇着嘴重重哼了一声，背着手溜达进了小左的房间。

"什么人啊！"刘立冬气得够呛，狠狠把烟头戳进烟缸里，追了进去。

刘立冬推开小左房间的门，只见小左坐在摆着四个显示器的桌前正在专心地玩着手机，老黄站在后面，伸着脖子也是认真地看着。刘立冬想挤到老黄身边，可是无奈根本无处立足，因为小左的房间很乱，已经乱得无法用语言形容，只能说是脏乱差到了一个层次。

"哎，老黄，我这儿是真急用啊！"

"别闹别闹，你先让我看看这玩意，好像挺好玩。"

"什么东西啊？"刘立冬问道。

小左没抬头，继续忘情地在手机上摁着："寂寂。"

刘立冬还是不明白："鸡鸡？"

老黄："什么鸡鸡啊？寂寞的寂，寂寂！"

刘立冬依旧没明白："寂寂是啥？"

没人回答。

9

联华士多集团会议室，中高层管理们分坐在会议桌两侧，市场总监 Linda 沈对人事谭总监低声说道："一会儿看看东林怎么说。"

谭总监赞同地点了点头。这时门打开了，柴东林走入会议室。

"不好意思啊各位，刚才接了个电话，久等了。"柴东林说着就坐到了圆形会议桌顶端那把空着的椅子上。

柴东林不紧不慢地喝了口咖啡："昨天有人闯进我办公室，举报采购部李总监和下午李总监申请提前退休的事，想必大家都有所耳闻了吧？"

没等众人回答，柴东林继续说道："行政部刘总监，希望你会后和物业沟通一下，以后要避免这类事情的发生，你们知道吗？正是因为昨天那个人对李总监的诬告，让我们集团失去了一位栋梁。李永全总监是我们联华士多集团的功臣，他辛辛苦苦一辈子，把所有的青春和热情都奉献给了集团，可是却还有一些不知道出于什么目的的人诬告他，让李总监是心灰意冷啊，我呢，也很是痛惜。采购部是集团业务的重中之重，没有了李永全总监，我心中一时还真的没有合适的人选。昨晚我一夜没睡，想来想去也没个办法，你们说这没有李永全总监的采购部，该由谁来领导呢？"

柴东林说完，众人开始窃窃私语，柴东林不紧不慢地环视了一圈，默默地喝起了咖啡。

Linda 沈捅了捅谭总监，低声道："东林对老李挺够意思啊。"

"嗯，是，很留面子了，哎，刚才东林后面那些话什么意思啊？"

"我觉得他是不是昨天一激动，把老李给挤兑走之后害怕了？不知道该让谁管采购部了吧。"

"要不咱们推荐小陈上去？他反正也是自己人。"

"算了吧，采购部是人人都知道的肥肉，这事儿不是一般人吃得下去还能消化得了的。要我说啊，干脆咱俩一起推荐总裁监管采购部，这样一来，他天天还不累得贼死，到时候富二代的脾气一上来，撂挑子不干了，那时候咱们再慢慢消化这块肥肉多好。"

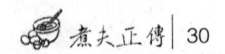

"行啊,沈玉娥,可以啊你!"

"啧!叫我 Linda! 老谭,你先说,我补充啊。"

谭总监点了点头,站了起来:"柴总,李总监提前退休的事我们人事部是一点准备都没有啊。按公司规定,我们是应该提前半年就开始从中层干部里考核提拔的,现在情况这么突然,作为人事总监,我建议由总裁暂管采购部,我们抓紧从中层管理中筛选。"

Linda 沈刚要说话,没想到柴东林开口了:"嗯,谭总监说得也对,这次的事情是有一些突然,好,那采购部就暂时先并入总裁办吧,谭叔啊,你可一定要抓紧啊。"

Linda 沈有些疑惑:"他怎么这么痛快就答应了?会不会……"

"没事,年少轻狂,你想想,他从英国回来之后,除了开豪车泡模特之外,经营上他干过什么?放心吧啊!哟,对了,你亲戚进市场部那个事我干脆也汇报一下得了。"

谭总监低声和 Linda 沈说完,又站了起来:"柴总,最近市场部和财务部都需要进一些人,我们准备还是按公司规定走,采用先面向社会招聘,再复试,最后以在基层门店一个月的工作考核成绩为最终评判依据,您看……"

"没问题,谭叔,你就看着办吧,我一会儿还得参加我朋友的一个模特比赛,就先这么着吧啊,散会!"

10

老黄坐在沙发上玩着手机,刘立冬凑了过去:"老黄啊,你给句明白话,能借还是不能借?"

老黄挺不耐烦地拿出一张银行卡,扔在桌上:"拿走拿走,密码是 6 个 2,里面大概有个三四千,我全部身家,你别都取了,我一个礼拜生活费 500,你自己算多长时间能还,然后把生活费给我留下就成。"

刘立冬拿起银行卡:"行,谢谢啦啊,兄弟,我是知道你穷,真不知道你这么穷啊。"

老黄捅了捅刘立冬,往小左的屋里努了努嘴:"你找他借,我一个月给他开五千呢,他一天一天不出门,肯定傻有钱。"

刘立冬有些犹豫:"这……这合适吗?"

老黄急了:"嘿!管我借就合适啊?"

两人正说着,小左突然风风火火地从屋里冲了出来:"靠!什么人啊,刚说几句就把我给举报了，黄总，借你手机用用。"

老黄疑惑地问道："啊？举报？举报什么啊？人家举报你，你借我手机干吗？"

"唉，举报我太直接呗，总之你借我用用，我手机让人家给永久封停了。"

"不借不借，你没看见我这儿也玩呢？你管你立冬哥借。"

小左听完，嘿嘿地对着刘立冬傻乐，刘立冬掏出手机递给小左："小左啊，哥有个事求你啊。"

小左连忙抓过手机，迫不及待地摁了起来："什么事啊？"

刘立冬挠了挠头，觉得太直接还是不太好意思："你这是玩什么呢？"

小左头也没抬地回答道："嗨，就是个……怎么说呢，就是个神器，我也是今天上网乱逛时才发现这玩意的。"

"神器？什么神器啊？"

"啧！这个……这个……？"小左支支吾吾地不好意思说。

老黄在一边急了："嗨！你这又当婊子又立牌坊的，那就是个约炮的！"

"约炮？什么叫约炮啊？"

"照咱的说法，就是个搞破鞋的软件！"

"哦，明白了，能搞上？"

"立冬哥，我也不知道呢，这不正试验呢吗。"

刘立冬听完，挺感兴趣："这除了搞破鞋，能借钱吗？"

"你先把胸给隆了，弄出一条深深的事业线来再说吧啊，立冬，你磨叽什么呢？赶紧问啊！那破软件你个已婚男瞎看什么啊？小心你们家雪儿知道了，把你给咔嚓了！"老黄用手恶狠狠地比画着。

"啧！我又不吃猪肉，看看猪跑怎么了？你别瞎管，我慢慢来。"刘立冬说着，坐在小左旁边，饶有兴趣地看了起来。

小左边操作边给刘立冬讲解着："你看，这样就能搜索出咱附近的美女，哟，这姑娘漂亮啊，立冬哥，你看看怎么样？"

刘立冬点了点头："嗯，是不错，名字也好，菲杨跋扈，听这名够横的。"

小左按出了菲杨跋扈的详细资料，念道："人生就像是一场俄罗斯方块的游戏，不停地有不规则的事件突如其来地掉下来，你必须在很短的时间内判断该把它们放在哪里。最糟糕的是，有时还没想好放哪里，新的麻烦又接踵而至了。不错不错，就她了。"

小左摁下发送信息键，直接开始输入：姑娘你可真漂亮啊，我今年28岁，帅得有味道，诚意约见面。

刘立冬越看越不对劲："怪不得你被举报呢，你这么发肯定不行。"

"啊？这还不行？我都够间接的了，刚才发的比这露骨多了。"

"当然不行了，我跟你说啊，这事儿，你得先从文字上揣摩对方。"

"文字上？咋揣摩啊？立冬哥，你教教我呗！"

刘立冬对着小左嘿嘿傻乐："嘿嘿，小左啊，我遇上了点困难，怎么说呢，我吧就是想……"

"想借钱是不是？"

刘立冬一愣，连连点头。

"行，没问题，反正我一会儿要取钱，我自己留两千零花，剩下的你都拿走。不过呢，你先教教我怎么把这姑娘给约出来。"

刘立冬喜出望外："好啊好啊，那可太谢谢你了，哟，小左，用不用先跟银行预约啊？"

"先约出来啊，约不出来我就不借了！"

刘立冬点了点头，苦思冥想了片刻，说道："就这么写，俄罗斯方块告诉我们：犯下的错误会积累，获得的成功会消失，所以不必在乎该把麻烦放在哪里，因为天下没有不GAME OVER的游戏。记住，你不是蒙娜丽莎，你不必对所有人都微笑。"

小左一边努力地输入着，一边问道："这行吗？网上攻略可是说要赞美女人啊，我发了好几百条了，都没人搭理我，这她能回复？"

"放心吧，肯定回，你记住了，女人虽然需要赞美，但是她们更需要的是你站在一个更高的高度上指导她们。"

说话间，手机提示音响了起来，小左连忙念道："呵呵，挺厉害啊，那你说说植物大战僵尸呢？"

刘立冬托着下巴，思考着："我想想啊，嗯，好，这么写。植物大战僵尸告诉我们：须常调整状态，方能应付不同挑战。"

小左输入完毕，发了出去，不多时，消息回来了，小左念道："呵呵，好玩好玩，我还爱玩愤怒的小鸟和水果忍者，这两个游戏你能说出什么？"

"愤怒的小鸟我玩过，忍者那个是什么？"

"嗨，就是玩命挠着切菜那个。"老黄再次忍不住插嘴道。

"哦，知道了，玩过，这样写啊，愤怒的小鸟告诉我们：有时沉下身心，是为了飞得更高。水果忍者告诉我们：蔬菜与炸弹同在，机遇与挑战并存！"

小左发送完成后抱怨道："这也太麻烦了，啥时候才能见面啊？摁这么多字太累了！"

刘立冬耐心地说："哎呀，这个事情不能着急啊，咱们慢慢来啊。"

"啧！这根本就不是我的作风啊，这事吧，我觉得就得简单直接，广泛撒网重点培养。我直接问她了啊，可以见面不？磨磨叽叽，成何体统。"小左说着，直接输入了：我今年28岁，帅得有味道，可以见面吗？

发送完毕后，半天没有回应，刘立冬盯着手机说道："你说说，功亏一篑吧，这可不赖我啊，走吧，咱去银行吧。"

话音刚落，提示音响起，小左急不可待地念道："好啊，我叫杨菲菲，见面没问题，可是我是拉拉，你觉得见面还有必要吗？"

小左念完，把手机往沙发上一扔："妈的，啥世道啊，好不容易有个靠谱的，还是个拉拉，好逼都让狗操了！"

刘立冬再次好奇："拉拉？啥意思？"

老黄叹了口气："刘大叔，拉拉就是女人喜欢女人的意思，明白吗？你啊，踏踏实实回火星去吧啊，地球太危险了。"

刘立冬没搭理老黄，冲小左笑了笑："嘿嘿，左儿啊，我就最多借一个月，真的，一个月之后保证还。"

小左点了点头，起身就往出走："走吧，取钱去。"

刘立冬站在小区马路对面的ATM机旁，小左从里面钻了出来，递给刘立冬一叠百元钞票，刘立冬一看傻了，那叠钱最多也就五六千。

"不是，小左，这些钱加上你自己留的两千就是你的全部身家啦？"

"是啊，我看你是真困难，我自己才留了一千，你看。"小左说着从兜里掏出一千块钱。

"可……可是老黄说你一个月工资五千多，你平时也不出门，怎么……怎么就这点钱？"

"嗨！谁说不出门就不能花钱啊？我淘宝三钻买家！"

11

摄影棚里，三个身材极其标志的大野模穿着比基尼正在搔首弄姿地拍照。柴东林西装革履坐在角落里，对镁光灯下的嫩模们看都不看，柴东林面前的桌子上摆着一杯咖啡一杯清茶，对面的椅子空着，明显是在等人。

这时，一个大约30岁左右的红衣美女走了进来，身后跟着两个标准黑超特警组打扮的男人。红衣美女落落大方地走到柴东林面前，径直坐了下来。

"你好，今天我是代替我父亲来的，他身体有些不舒服，我叫佐藤静子。"

柴东林微微起身，和佐藤静子握了握手："哦？佐藤女士，佐藤老先生的身体没事吧？改日一定去拜访。"说着指了指那杯清茶，"呵呵，这本来是给佐藤先生预备的，他最喜欢的安溪铁观音，不知道佐藤女士喜欢喝点什么呢？"

佐藤静子彬彬有礼地微笑着："没关系，我也很喜欢铁观音的，哦对了，柴先生，请不要称呼我女士，呵呵，我未婚，叫女士显得我好老啊。"静子边说边把手摊开，指了指没有戒指的无名指，再一次礼貌地微笑着。

好精致的手啊！柴东林不禁在心里称赞着："哦，不好意思，佐藤小姐。"

"叫我的中文名字吧，藤静。"

柴东林点头。

藤静左右看了看："柴先生很特别嘛，我帮父亲做事的时间也不短了，这是我第一次被约到这样的地方谈资本的事儿。"

柴东林尴尬地笑了笑："不好意思，我最近准备投资娱乐业，所以嘛，呵呵，考察考察。"柴东林话锋一转："请问佐藤资本对于我的提议感兴趣吗？"

藤静浅浅地呷了一口茶："柴先生，我们对于你的魄力很是欣赏，你打算进军大型卖场的想法我们佐藤资本也很是认同。不过呢，联华士多是一个很典型的家族式企业，多年一直都是经营小型社区超市，而且你们没有上市，依然采用着比较原始的管理方法，我想，这些都是收购胜和超商集团的障碍吧？"

"我明白，集团上市我现在正在着手去做，之所以想和你们佐藤资本合作，就是想要借助你们丰富的资本运作经验来帮助我完成对联华士多的转型，我想我们第一步的目的是一样的，都是首先完成联华士多的上市工作，对吗？"

"可是这么做对于我们佐藤资本有什么好处呢？"

"我们联华士多经历了三十年的成长，已经成为一个名副其实的实业集团了，能够分享我们庞大超市体系带来的利润，是很多投资公司梦寐以求的事，我想藤静小姐应该很清楚我们每年的利润数额吧？否则你们佐藤资本也不会来和我谈了，对吗？"

藤柴静转移话题："关于联华士多的问题，我会和父亲以及股东们好好商量一下，柴先生，那今天就先到这儿？下次我会主动拜访您的。"

藤静说完，彬彬有礼地起身和柴东林告别。

这时，嫩模们拍摄完毕，其中一个蹦蹦跳跳地跑到柴东林身边，一屁股就坐在柴东林的腿上，撒起娇来："东林，刚才累死我了，你要奖励我哦？"

柴东林对藤静尴尬地笑了笑。

藤静笑道："看来柴先生在娱乐业的投资已经看到回报了。"

藤静说完，礼貌地微微鞠躬，告辞了。

柴东林不耐烦地推开嫩模，重重地哼了一声，转身离开。

12

失业第二天，离发工资的日期还有两天，哦不，确切地说还有一天半。刘立冬利用上午半天的时间，从老黄和小左那儿凑到了8700元人民币，离目标还差3300百元。

刘立冬坐在路边的小花园里，脑子一直没停，想来想去除了坑蒙拐骗偷之外，好像没有任何办法能在36小时之内凑到这3300块了。

要不和老婆坦白？这个念头刚刚冒出来就被刘立冬否决了。韩雪儿憋着上班不是一天两天了，尤其是近两年，两个人每次吵架时，韩雪儿都委屈地哭诉说当个家庭主妇有多么多么的不容易，刘立冬有多么多么的不理解自己，多么多么想让刘立冬辞职在家试试操持家务等等，刘立冬光想想头就大了。

一个男人在家当煮夫？怎么可能？不说邻居的议论，也不说朋友的眼光，光是如何去面对自己那望子成龙的父亲，就够刘立冬崩溃一百遍啊一百遍。

从小就是班里前三名的父亲，最看不上的就是刘立冬的不学无术，因为上山下乡而被取消的高考让父亲的大学梦破碎了。1977年，恢复高考的那年，立冬妈刚刚怀孕，父亲为了家庭的生存和那个未出生的孩子，毅然放弃了大学梦。父亲所有的理想都寄托在刘立冬的身上。刘立冬忘不了自己考上市艺术学院时，父亲那眼含热泪的双眼；刘立冬也忘不了，被迫改行之后，在街头贩卖盗版光盘被父亲撞见时，父亲那失望的眼神。大学毕业后四年都没有正经工作的刘立冬，终于用各种谄媚，各种下作达到了月薪一万的标准时，父亲才开始偶尔夸奖自己几句。

想到这里，刘立冬不禁觉得韩雪儿的育儿理论挺对的，自己活了四舍五入快四十年了，自己要什么生活连自己都忘了。为什么这么痛苦，为什么这么不快乐，刘立冬又想起了临产之前，韩雪儿对自己宣讲"成功就是一颗毒药"的那一幕。大着肚子的韩雪儿一手撑着腰，一手拿着一本名为《有一种毒药叫成功》的书，慷慨激昂地念着："当全民成功变成狂热风潮，成功上升为绝对真理，成为人人趋之若鹜的主流价值观，那么成功就是一粒毒药。而人，就沦为了牺牲品。在一个社会结构中，成功人士不过百分之一，且离不开长期实干和机遇，如果成功一学就会，成王败寇，成功人士光荣，非成功人士可耻，那么，社会中百分之九十九的大多数人还怎么活下去？生活中有许多美好的事物、美好的情感，是成功所给不了的。立冬，我们作为孩子的父母，未来要教给孩子的，是如何发现美好，不是如何出类拔萃，

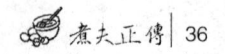

你同意吗？"

刘立冬狠狠地拍了拍自己的脑袋，把自己从各种情绪里拉了出来，哎哟，都什么时候了，没时间去评判功过得失了，赶紧先想办法渡过眼前的难关吧。

手机突然响了起来，刘立冬刚摁下通话键，一个甜美的女声从听筒里传了出来："刘立冬先生您好，我是利丰银行信用卡部的，工号 2002。根据您订制的还款提醒业务，我们遗憾地提醒您，您已经超过了本月的规定还款期了，为了避免您的循环利息损失，请您尽快还款，您本月账单为九万一千六百七十二元整，最低还款额为……"

刘立冬挂断电话，唉，屋漏偏逢连夜雨啊，这永远报销不了的九万多可怎么办啊？

电话再一次响了起来，这次没有什么甜美的女声，一个不紧不慢的男中音传了出来："刘立冬先生吧？"

"哦，对，我是，你是哪位？"刘立冬回答道。

"我是利丰银行信用卡催缴部的，今天我们同事在给您公司打电话，进行您订制的还款业务提醒时，得知您已经被公司开除了。由于您的信用卡是用公司开具的收入证明进行担保的，所以今天我打电话提醒您，您本月的规定还款期是三天前，请您尽快还款，谢谢。依据我行规定，本次通话进行了录音，特此向您知会。"

"什么叫我被开除啊？我是跳槽行不行啊？你们什么银行啊？说话那么难听，你叫什么名字？工号多少？我要投诉你！"刘立冬急了。

电话那边还是那不紧不慢的男中音："我的工号是 9527，本次通话是我行对您信用卡欠款的第一次催缴，谢谢。"

刘立冬还想说什么，电话那边已经挂断了，刘立冬气得够呛。唉，真是黄鼠狼只挑病鸭子咬啊，谁能想到，因为自己害怕忘了还款期，而每个月多花五块钱服务费特地订制的还款提醒业务给自己惹了这么多麻烦。

手机还没放回兜里，又响了。

"你们银行有病吧？晚点还钱怎么了？不就是利息吗？"刘立冬气急败坏地说道。

"哟，立冬，怎么了？我是大郑啊。"电话那头的刘立冬朋友——大郑莫名其妙。

"哦，没事没事，刚才正跟银行制气呢，怎么了大郑？"

"求你帮个忙啊，现在有个话剧特火，叫什么来着，主演就是……"

刘立冬打断大郑："叫什么啊？"

"啧，话剧的名字，就叫《什么来着》！"

"哦，这样啊，知道了，这名真够怪的啊，大郑，你接着说。"

"这主演是现在大名鼎鼎的实力派演员，你们市艺术学院的赵一鸣。我是想来想去啊，我唯一认识的跟艺术圈沾边的人就是你了，我老婆死活想去看，所以想问问你，你跟这个赵一鸣认识吗？能不能帮着弄两张票，当然了，不白弄。"

"这……大郑啊，我脱离艺术圈也挺长时间的了，这恐怕……"刘立冬为难地说道。

"哥们，你帮着问问呗，现在这票炒得可火了，价钱都翻了一倍了，我不是说了嘛，不让你白帮忙，只要你能弄到票，我按翻一倍的价格给你，怎么样？"

"嗯……成吧，我问问去，哎对了，那你想要多少钱的啊？"

"现在只剩 1680 的了，无所谓啊，只要能进去看就成。唉，立冬啊，你可一定帮我这个忙啊，你可不知道，我老婆那儿都快跟我闹翻天了，天天就说我不爱她了，说我不在乎她，你说我冤不冤啊？她当时说想看这个话剧我也没在意，谁知道这么火啊，现在想多花钱买都买不到了，唉。"

"行，我知道了。"刘立冬挂断电话，一算计，真是天无绝人之路啊，一张票1680，两张票翻一倍就是 3360，这缺的钱不就够了吗？可是再一想，刘立冬犯愁了．和这个比自己高一届的表演系师兄——赵一鸣早就失去了联系，再加上刚入学时发生的那件事……，这票能弄到吗？

13

十六年前，十八岁的刘立冬来到了市艺术学院报到，当年的艺术类院校都有着学哥学姐整刚入校的学弟学妹的传统，刘立冬自然也不会幸免。入校的第一天，刘立冬行李刚放进宿舍，就被以赵一鸣为首的表演系学哥们拉到了操场上。

学弟学妹们整整齐齐地站成了一排，赵一鸣巡视一圈后，开口了。

"你们是不是觉得自己都特牛逼，特懂艺术啊？我告诉你们，从今天开始，从你迈进校门的那一刻开始，把你们的自尊和牛逼都给我收起来，老老实实地夹着尾巴给我好好从头学起！你们……"

赵一鸣说不下去了，因为他看到整齐的队伍里有一个人掉头就走，赵一鸣一挥手，两个学哥追上那个人，不由分说地拉了出来，这个人就是当年那个年轻气盛的刘立冬。

"你怎么回事啊？前辈训话的时候，谁让你走的？"赵一鸣指着刘立冬鼻子问道。

"我走怎么了？我自己牛逼不牛逼，你管得着吗？你一个比我高一届的学生，有什么资格说我不懂艺术？"刘立冬说完，掉头就走，赵一鸣下意识地拉住了他。

"你别拉我啊,再拉我报警!"刘立冬甩下这句话后,大摇大摆地溜达走了。

赵一鸣傻了,自己也不是流氓,不可能追上去打他一顿。

这一年的新生训话也因为这个特立独行、自命牛逼的刘立冬而没有进行下去。

市艺术学院还有一个传统,那就是每年年底表演系、戏文系和导演系要联合排一出话剧,话剧的剧本,则是由戏文系全体投票,选出得票数最高的原创剧本。

当年得票数最高的剧本竟然就是出自刘立冬之手,让大家意想不到的是,刘立冬这个刺头,竟然在排练的时候径直上台,走到了演男一号的赵一鸣面前,刘立冬一句话没说,对着赵一鸣嘿嘿傻乐了半天之后,留下一句:"你觉得我懂艺术吗?"然后背着手再一次大摇大摆地溜达走了。

此后二人再无瓜葛,生命轨迹也完全不同,出身艺术世家的赵一鸣扶摇直上,而没有背景只有背影的刘立冬,却是被生活逼着一步一步地走进了那间四处透风的小剧场。

想起那些往事,刘立冬笑了,生活这个无情的砂轮,已经把刘立冬打磨得毫无棱角,当年那个敢和师哥叫板的刘立冬没了,只剩下现在这个要去用自尊换那三千多块钱的刘立冬。

14

像平时上班一样的、西装革履的刘立冬迈出家门。用尽一切关系,终于摸清了赵一鸣行踪的消息让刘立冬挺开心。昨晚在第五剧场外等到半夜,希望用撞大运的方式与赵一鸣偶遇的刘立冬,并不是一无所获。除了得了点小感冒之外,他还等来了自己同学的师弟的在一个剧组工作过三天的化妆助理的朋友的消息,赵一鸣这几天并没有在剧院排练话剧,而是在一个电视剧剧组里客串,更内线的消息是,剧组今天就在通州一个小区里拍戏。

由于今天尾号限行,刘立冬特地早早出了门,刚走出小区不远,身后就有人问道:"是刘立冬吗?"

刘立冬下意识地回答了"是啊"之后,还没等回头,就忽然眼前一黑,紧接着拳头和皮鞋雨点般地落在了身上。

刘立冬抱紧脑袋,身体缩成一团,把最抗打的后背留给对方。

这时,一阵警笛声响了起来,顿时打在刘立冬身上的拳头就消失了。刘立冬一把扯掉套在头上的布袋,只见一辆110巡逻车停在不远处,几个警察追着三五个流氓模样的人越跑越远,一个警察站在自己面前,关切地问道:"没事吧?"

鼻青脸肿的刘立冬,被这一顿突如其来的殴打弄得一时没反应过来,只是傻傻地对着警察点了点头。

"刚才打你的那些人你认识吗？"警察问道。

刘立冬摇了摇头，用手摸了摸后脑，拿到眼前看看，还好，没出血。

警察上前扶住了刘立冬："走，上车，我送你去医院。"

"哦，不用不用，我没事，谢谢你啊，警察同志，我还有急事就先走了啊。"刘立冬说着就要离开。

"嗨！你不能走啊，这可是故意伤害啊，作为受害者你得跟我去验伤，然后去所里报案录口供啊，这光天化日之下，那帮流氓这么打你，咱必须……"

警察还没说完，刘立冬撒腿就跑了。

刘立冬边跑边感谢着警察同志，今天要是没他们，自己不定得被打成什么样呢。这事想都不用想，肯定是联华士多那个李总监干的，要不是今天必须得去找赵一鸣，必须得把票给大郑，必须得在晚上回家上交那一万两千块钱工资的话，他刘立冬是肯定不会善罢甘休的！无所谓，反正你李永全住哪儿我又不是不知道，君子报仇十年不晚，更何况过几天乎？

第二章　和老婆竞赛

1

一个装修华丽的房间里，除了客厅里整整齐齐以外，其他房间都是堆满了各种照明、摄像器材，地板上布满了乱七八糟的线缆，客厅周围立着高高矮矮的镝灯，一看就知道这里是个正在拍戏的片场。

赵一鸣坐在客厅的沙发上，脸色很是不好。

"你再去催催导演，我今天只有半天档期，剧本现在还没拿来，怎么演啊？"赵一鸣很不耐烦地对助理说。

助理点头离开了，这时，嘈杂的喧闹声忽然从屋外面传来。

"你谁啊你？进去干吗啊？"场工的声音传来。

"我认识赵一鸣老师，我来找他有事。"

"哼，只要是家里有电视的，谁不认识赵老师啊？不行，不许进去！"

赵一鸣苦笑着摇了摇头，估计又是哪个粉丝想来要签名吧。忽然门打开了，鼻青脸肿的刘立冬闯了进来，由于走得太急，一下子让地上的线缆绊了个马趴，刘立冬当当正正地摔在赵一鸣脚前，两个场工追了进来，抓起刘立冬就要往外架。

赵一鸣扶起刘立冬，场工见状，连忙松开手。

赵一鸣严厉地训斥着场工："你们对待影迷要耐心一点，知道吗？观众就是我们的衣食父母！"说罢，转头面向刘立冬，结果被鼻青脸肿的刘立冬吓了一跳："哎哟，怎么摔成这样啦？没事吧？"

刘立冬立刻点头哈腰、满脸堆笑地说："没有没有，不是刚摔的，学哥，还认识我吗？刘立冬啊。"

"学哥？刘立冬？"赵一鸣一脸茫然，显然忘记了当年刘立冬给自己造成的不愉快。

"赵老师，您忘了？当年我比您低一届，市艺术学院，我是戏文系的。"刘立冬一边努力地提醒着赵一鸣，一边适时地把称呼换成了老师。

"哦，你好你好。"赵一鸣礼貌地回答着，明显还是没想起来他刘立冬是谁。

"师哥，我就是那个当年刚入学时，没听您训话，还要报警的那个。"刘立冬不得已，只能说出最有代表性的记忆点，称呼也由老师变成了师哥，希望借此能让赵一鸣舒服一些。

"哦，你啊！想起来啦，最近怎么样啊？"这次赵一鸣终于想起来了。

刘立冬的脸堆上了更灿烂的笑容，好像说的事事不关己一样："嗨，还能怎么样啊？您想啊，就我这样的，不懂艺术还玩命装懂的，能混成什么样啊？我早就不干编剧了，干不下去啊，我现在混销售圈呢。真的，师哥，我现在才知道，艺术类院校那些学哥对新生训话的传统真是重要。唉，后悔当初没听学哥您的啊，我这前后两条尾巴都没夹住，结果……嘿嘿！"刘立冬指着自己，傻乐着。

赵一鸣不是个小肚鸡肠的人，但是这样的阿谀还是让他暖洋洋热乎乎的，这也是刘立冬多年销售得到的经验。不管什么人，只要你让他有高山仰止的感觉，他心里多多少少都会有这种暖洋洋热乎乎的感觉的，对于下面那要求人的事，这种感觉会让成功率高出不少。

赵一鸣笑了，没话找话地说："嗨，哪有你说的那么悬啊，不过销售圈也好，呵呵，也好也好。"

刘立冬刚要继续自己的说辞，忽然意识到一个小破绽，刘立冬偷偷把戴在无名指上的戒指摘掉后，继续说道："赵老师，我有个事求您，您那个话剧，就是《什么来着》，我女朋友特想看，您看我这都快奔四十了，一直穷得没结成婚，这次好不容易碰上个视金钱如粪土的文艺女青年，可是……"

赵一鸣打断刘立冬："要票是吧？"

刘立冬立刻点头哈腰，"是是是是，您看这方便吗？"

赵一鸣有些为难地说："唉，这个票确实很抢手，第五剧院给我们留的关系票很少啊。"

这时，助理带着导演沈超走进房间。

助理："沈导儿，您自己和赵老师说吧，这话我没法说。"

赵一鸣撇下刘立冬，立刻板起脸："怎么回事啊导演，这次要不是董姐说了半天，我是不可能来串这个戏的，这好不容易腾出半天档期，你这剧本到底出得来出不来啊？你们组里的编剧是干什么吃的？"

沈超导演带着和刘立冬同样阿谀的笑容："赵老师，实在对不起啊，您看要不咱拿这分集梗概凑合拍得了？我承认是编剧的问题，嗨，这不我妹妹就是编剧吗，她病了，实在来不及飞页了，都是自家人，您也体谅体谅。"[1]

赵一鸣拿过那两页分集大纲看了一眼，说道："观众天天骂电视剧粗制滥造，你知道为什么吗？嗨！算了，我也懒得说了，我这个演员没水平，只会照着剧本演，不会照着分集大纲演。"

赵一鸣说完，气哼哼地坐回沙发上，站在沙发旁的刘立冬连忙往旁边让了让，恭恭敬敬地站在一旁。

1　飞页指的是剧本没有提前写好，而是在拍摄现场由编剧现写，导演现拍的"艺术创作"形式。

赵一鸣看了一眼刘立冬，忽然问道："哎，你以前是戏文系的吧？"

"是啊，赵老师，我是啊。"刘立冬连忙回答，这时，刘立冬口袋里的手机响了起来，刘立冬把手伸进口袋，凭着记忆摁下了挂断键。

"这样，你……"赵一鸣刚开口，就被刘立冬手机再一次响起的铃声打断了。

"不好意思啊，赵老师。"刘立冬说着，掏出手机接听。

听筒里再次传来信用卡催缴部那个不紧不慢的男中音："刘立冬先生，今天这是第二次催缴提醒……"

"9527，我告诉你，我现在忙着呢，别再打扰我！"刘立冬恶狠狠地说完，挂断电话，还关了机。

赵一鸣笑了："95277呵呵，你这是演星爷的唐伯虎点秋香啊，还是发哥的监狱风云啊？"

刘立冬傻乐着："嘿嘿嘿嘿，没事没事，赵老师，您接着刚才的说。"

"哦，我是说你还能写吗？你要能写，凑合着给飞个页。

"能写啊，要不我试试，不过写得不好，师哥您可多担待。"刘立冬再次把称呼变成了师哥。

这样下作的小细节发生在刘立冬身上一点也不奇怪，因为他早就麻木了，为了能达到小小的目的，刘立冬愿意也习惯了这样的阿谀。

要么保持尊严去死，要么卑微地活，刘立冬毅然地选择了后者。他经常觉得，自己就是个演员，一个生活的演员，上天的摄像机从各个角度在不停地拍摄着，而作为自己生命这部戏的主演，他觉得自己演得很有张力。很多时间，他都在默默地被自己感动着，只不过自己生命这部戏，永远没有从头看到尾的观众，一批一批的观众来了走，走了来，就算最忠实的观众，也经常会错过很多很多的镜头和细节，从而无法真正地理解自己这个主演塑造的人物……

赵一鸣笑道："好好好，你帮我这个忙，我帮你弄两张票。"

刘立冬屁颠屁颠地拿起那两页分集大纲，找了个角落窝着琢磨去了。

2

韩雪儿和自己母亲拎着装满了菜的购物袋，在小区里边走边聊。

"雪儿，你这家庭妇女真打算就这么当下去啦？我这一辈子觉得结得最对的一次婚，就是和老邢的那次。虽然我俩没结果，可是把你给送到美国镀金了啊，有美国硕士学历的家庭妇女，你妈我可是真没见过。"

"妈，我也没打算在家待一辈子啊，这不妮妮还有一年多就能上学了嘛，等妮妮上学了，从早上八点到下午四点我就能有整段的时间了啊。到时候我准备找个班上，大不了我少要工资呗，每天我早退两个小时，每月我工资减半还不行吗？"

"这样能行吗？能有公司答应？"

"嗨，行不行的到时候试试呗，反正立冬他现在也能负担起家里的开销了，我这儿就算不行的话，也不会影响到我们的正常生活。"

"他还能负担家里的开销？你们俩现在月月光吧？一分钱存款都没有吧？他玩命了这么多年，月薪才刚过万。哼，要我说啊，当初还不如你接着上班呢，你想啊，你辞职前月薪都已经一万了，这要是不辞职，至少翻番啊。"

"妈，立冬他挺不容易的了，当年生妮妮之前我们的约定，立冬他哪样都做到了，我都结婚这么多年了，你怎么还是挑三拣四的啊？你再说我老公我可不高兴了啊。"

"好好好，不说啦，哎，对了，你公公婆婆他们最近还消停吧？他们后来没再闹着要帮你们带妮妮？"

"立冬爸妈又不是没文化，把道理都说明白了人家才不会闹呢，现在好着呢，你就踏踏实实享受你的退休生活吧啊，别天天打听这个操心那个的了。"

"你当我愿意操心你啊？我就是随便问问，不过闺女啊，我是觉得你说得挺对的，是不能让男方父母帮着带孩子，他们教育不好。你知道吗，你赵阿姨的儿子上个月刚离婚，就是因为赵阿姨他们在教育孙子的问题上瞎掺和，一个男孩子让你赵阿姨给疼得哟，腼腆极了，跟个大姑娘似的。还有咱家老邻居你王叔叔也一样，陪孙子玩的时候，让小孩一脚把门牙给踢掉了，孩子他妈刚骂了孩子一句，你王叔叔就玩命袒护啊，现在呢？小孙子更是不知轻重，经常把你王叔叔脸上弄得青一块紫一块的。所以吧，我觉得刘立冬他爸他妈肯定也好不到哪去，不过呢，像我这样懂事理明是非的姥姥可就不一样了。雪儿啊，妈最近也没什么事干，要不你也去上班得了，我帮你带妮妮呗，你放心，我绝对在教育上和你保持一致。"雪儿妈可怜巴巴地说道。

"妈，当初我生妮妮之前是谁说要享受退休生活，不管帮我带孩子的？"

"我没说过这话。"雪儿妈开始耍赖。

"好好好，就当你没说过，你最近怎么闲下来啦？上次不是听你说，新认识的那个教跳舞的老头不错吗？怎么了？人家没看上你啊？"

"哼，别提他，一提他我就一脑子门气，男人没一个好东西，要这么一比啊，刘立冬真算是个不错的老公了。"廖梅芳忽然意识到女儿正在转移话题，连忙又追问道，"不是，咱说帮你带妮妮的事呢，怎么说上我的事了？"

两个人正边说边走着，碰上了杨菲菲，杨菲菲手里拿着一摞传单正在向路人分发，杨菲菲看见了韩雪儿，边打招呼边跑了过来。

"哟，你家狗是叫小问吧？来来来，你看看，免费帮忙遛狗啊，24小时服务，小区里随叫随到。"杨菲菲说着就塞给韩雪儿一张传单。

"啊？免费遛狗，哦，那些狗不是你养的啊？是你帮人家遛的啊？"韩雪儿问道。

杨菲菲点了点头："是啊，我特喜欢狗。"

韩雪儿一脸问号："喜欢狗你遛自己养的不就完了？"

杨菲菲脸上闪过一丝忧伤："我自己没有养狗，算啦，不说啦，你要是没时间遛小问的话，给我打电话啊。"杨菲菲说完，蹦蹦跳跳地又奔向其他路人，继续散发着她的传单。

韩雪儿拿着传单边看边接着往前走，雪儿妈拉了韩雪儿一把。

"雪儿，你倒表个态啊，我帮着你带妮妮怎么样啊？我实在是闲得难受啊。"

"妈，你要闲得难受的话，我给你也养只狗吧？"韩雪儿笑道。

"哼！你个死倔的丫头，跟你亲爹一德行，认准了的歪理，天塌下来都不改！"

3

刘立冬手上拿着两页写满字的A4纸，一路小跑地跑到赵一鸣和导演沈超身边。

"赵老师，导演老师，我写完了，写得不好，您二位老师多批评指教。"刘立冬说着把纸递给了赵一鸣。

因为只有一份，刘立冬见沈超导演没事干，生怕冷落了导演，连忙补充道："我看大纲里写的这个赵老师演的前夫入狱了，具体为什么入狱也没说，所以我加了一个角色，也加了一个事件，就是解释前夫为什么入狱。当然了，这一段是不会影响以后的剧情的，只是给了前夫推了邻居一把，而邻居撞破窗户摔死这么一个失手杀人的事件。我觉得这样前夫这个人就立起来了，他未来的无奈，他冲动的性格都能通过这样一个事件体现出来，这样前夫这个人就会比原来有血有肉得多。"

没想到沈超一下子急了："你这不胡写吗？赵老师就半天的档期，这已经耽误很久了，你还突然加出个人来，还得撞破玻璃掉楼底下摔死，你让我现在哪找人去啊？"

赵一鸣开口了："我觉得改得不错，这么短时间，能通过一个事件就把人物立住，已经很不容易了，比你那个编剧妹妹强多了。你自己想想，她写的这些人物哪个是立得住的？哪个不是脸谱化的？"

沈超脸色很难看。刘立冬连忙解释："对不起啊导演老师，给您添麻烦了，要不我加的这个人物我来演，我也学过半年表演，反正也不难，就是骂几句人，然后把玻璃撞破掉出去不就完了？"

沈超点了点头："行吧，也只能这样了。"沈超说完，气哼哼地走了。

赵一鸣对着刘立冬伸出大拇指，点了点头："票我让助理取去了，写得不错，有咱市艺术学院的范儿！"

刘立冬鼻青脸肿的脸上笑得很灿烂，但是这次很真实。

"你再跟我废一句话？你再敢骂我一句试试？"赵一鸣面红耳赤地说道。

"怎么着？骂你王八蛋怎么了？你们一家子王八蛋！"刘立冬也是气势汹汹。

赵一鸣急了，狠狠地推了一把刘立冬，刘立冬跟跟跄跄地后退。

"好！卡！"沈超喊道。

由于推得太狠，刘立冬一个屁墩坐在地上。赵一鸣把刘立冬拉了起来，打趣地说："呵呵，这要把人推下楼也不容易啊，顶多推你个屁墩，你写的这前夫点儿也够背的。"

刘立冬傻乐着揉着屁股，心中暗想，靠，也不知道今天早上哪个王八蛋踢了自己的屁股数十脚，妈的，这一个屁墩摔下去，疼死了。

"导演，还用不用再补个近景？"赵一鸣对坐在监视器后的导演喊道。

"不用了，赵老师，咱再拍个您在楼上，看见邻居摔死后的表情特写就成了。"沈超回答。

赵一鸣："那我去拍看你摔死后的表情了啊，拍完我得先走了，你在这儿等我助理就成，我都吩咐好了。"

刘立冬回答："好好，赵老师，谢谢您啊，这次您真是帮大忙了。"

赵一鸣拍了拍刘立冬："写得不错，以后要是有机会，别干销售了，回来再坚持坚持吧。"赵一鸣说完离开，刘立冬若有所思。

"准备好了吗？我说开始你就仰着头就往后退，用脑袋撞碎玻璃，然后摔出去就成。"沈超向站在落地窗边的刘立冬说道。

刘立冬往窗外看了看，窗外是一块土地，摔出去应该不会受伤，幸亏是一楼啊，知道自己已经得罪导演的刘立冬暗自庆幸。

刘立冬又用手敲了敲窗户，够硬的，能撞碎吗？只演过话剧的刘立冬一咬牙一跺脚，豁出去了！

"好，导演老师，我这准备好了，就等您了。"刘立冬毅然回答道。

沈超走到放在另一个屋子里的监视器前，刚坐下，道具组的一个工作人员忽然想起了什么，对导演说道："哟，坏了，导演，您先别喊开始，我忘了给他头上绑'安全头'[1]了。"

沈超一听，乐了："绑它干吗？这小子头硬得很，没事，不用了。"

沈超说完，对着客厅大喊："开始！"

监视器里的刘立冬犹豫了一下，忽然仰起头，向着落地窗快速地后退着……

"砰"地一声闷响，落地窗完好无损，监视器里的刘立冬蹲在地上，痛苦地捂着头．坐在监视器前的导演沈超乐开了花。

"哈哈哈哈哈，太逗了，哎，你们看啊……"周围的工作人员没有一个人在笑，沈超意识到失态，咳嗽了一声，对着道具组的工作人员说道，"嗯……你，去给他绑上吧。"

蹲在地上的刘立冬疼得龇牙咧嘴，使劲地用手搓着脑袋，道具组的工作人员跑了过来。

"哎哟，实在对不起啊，刚才忘了给你绑这个了，没事吧？"工作人员为了继续能在剧组混饭吃，他选择了撒谎，他不敢得罪睚眦必报的沈超导演。

"没事没事，兄弟，幸亏你想起来得早啊。"刘立冬苦笑着。

"哎哟，你头流血啦。"正在帮刘立冬绑"安全头"的工作人员惊呼。

"啊？流血啦？严重吗？"

"嗯，倒是不太严重，就是起了个大包，有些往外渗血。"

"兄弟，你确定绑了这个窗户肯定碎吗？要是再不碎的话，我脑袋可就碎了。"

"放心吧，肯定碎。"工作人员肯定地回答。

"好！开始！"沈超导演的声音从外面传来。

刘立冬大口大口地喘着粗气，仰起头，一闭眼，疯狂地向后撞去。

哗啦！玻璃应声而碎。

满身碎玻璃渣子，躺在窗外泥地上的刘立冬睁开眼，下意识地摸了摸自己的脑袋。

刘立冬刚要起身，沈超的声音又传来了："等会别动！再拍一个死人的特写！"

沈超导演面前的监视器里，鼻青脸肿的刘立冬闭着眼，一脸满足地"死"着。

4

接下来的事情很顺利，没让刘立冬等多久，助理就送来了两张座位极好的《什么来着》话剧票，刘立冬要给钱，助理死活不要，说赵老师特地嘱咐的。

---

[1] 安全头：是剧组的常用特技道具之一，由汽车上常配的安全锤改装而成，将能轻易敲碎玻璃的小尖头锯断后，用透明鱼线固定在演员的头上，然后将其隐藏在头发中，从而达到用头撞碎玻璃效果逼真，而演员不会受伤的道具。

导演留下了立冬的电话，弄不好真的像赵一鸣所说的，以后要是有机会，别干销售了，回去再坚持坚持吧。

大郑特爽快地塞给刘立冬七千块钱，还非不让刘立冬找钱。

用这笔额外收入，刘立冬去了趟医院，把自己的各种伤口处理了一下，他死活没让医生给头上缠绷带，而是贴了一块小小的创可贴。

兜里揣着一万五千七百元人民币的刘立冬还去了趟银行，他把多出来的3700存了起来，第一关算是过了，后面还有一系列的问题，还信用卡九万块，还老黄和小左八千七百块，最重要的就是，尽快找到工作。

坐在公车站的刘立冬被一阵叫卖声吸引了："三十块钱真不多，去不了一趟新加坡，三十块钱真不贵，看不了电影约不了会，借问老婆咋高兴，牧童遥指按摩器，山外青山楼外楼，买回家老婆乐悠悠，洪湖水来浪打浪，买完绝对不上当，厂家前天已倒闭，卖不出去我嗝屁。最后一天了啊，明天您就见不着我啦，为啥？我跳楼去喽。"

韩雪儿经常抱怨说低头洗碗切菜的时间太长，颈肩痛最近犯得越来越勤，刘立冬决定给老婆买一个，毕竟自己欺骗了她，买一个多多少少能减轻一点心中的歉意。

5

"老婆，我回来啦！今儿发工资了啊！"刘立冬边喊边推门进屋。

家里没有了平时熟悉的饭菜香味，妮妮和小问也没有像平时一样从屋里飞奔出来迎接自己，刘立冬换完鞋，诧异地走进客厅。

刚一进客厅，刘立冬傻了，手里拿的按摩器也掉在地上，只见沙发上并排坐着五个人：两个警察、一个穿西服的男人、一个丈母娘、一个韩雪儿。

所有人脸上都没有笑容，齐刷刷地看着刘立冬，鼻青脸肿的刘立冬嘴角抽了抽，挤出了一个笑容："这……这什么情况啊？"

警察最先开口："刘立冬是吧？今天早上你跑什么啊？走吧，等你半天了，跟我们走一趟吧。"

刘立冬："啊？不是，警察同志，我……我是受害者啊。"

"受害者你跑什么啊？"

"我……我……"

另一个警察说道："呵呵，小马，你别逗他了，刘立冬，找你比抓流氓都难啊。今天早上打你的流氓抓住了三个，审了一天，那边咬死了没人指使，你得跟我们回去指认，我们才能拘留了这帮杂碎。"

刘立冬瞥了一眼韩雪儿，韩雪儿把头扭到一边。

刘立冬点了点头："哦，好好，辛苦您了，警察同志，那……那咱现在走？"

"稍等！"穿黑西服的男人开口了，只见他从包里拿出一份文件，放在面前的茶几上之后，继续说道，"刘立冬先生，这是欠款催缴单，我代表利丰银行正式通知您，希望您能尽快偿还您信用卡的欠款。另外我需要告诉您的是，只要欠款超过一万元，经过两次催缴仍然不还的，就构成了恶意透支。根据我国刑法第196条规定，恶意透支数额较大的，处五年以下有期徒刑或者拘役，并处两万元以上二十万元以下罚金，您的欠款是九万一千六百七十二元整，属于数额较大的，希望您能配合我们的工作，谢谢，再见。"

黑西装男说完，干脆利落地离开了。

刘立冬瞥了一眼丈母娘，丈母娘面色铁青，刘立冬连忙收回目光。

两个警察站起身来，对韩雪儿和廖梅芳说了一声"打扰了"之后，拍了拍刘立冬的肩膀，先走出了房间。

刘立冬支支吾吾地："雪儿，我……我……"

韩雪儿心疼地看了一眼满脸是伤的刘立冬，轻声道："你脸疼吗？上药了吗？"

刘立冬点了点头："嗯，我去医院了，老婆，你听我给你解释。"

"先别说了，你先去警察局吧，回来再说。"韩雪儿说道。

雪儿妈发话了："还解释什么啊？今天你没开手机，警察来找你的时候，我们都给你们公司打过电话了，我们什么都知道了。"

"妈，我……"刘立冬真不知道该怎么对这个一直看不上自己的丈母娘解释。

"妈，你别说了，立冬，没什么大不了的啊，你先换件衣服再去吧，你看看你衣服都弄脏了。"韩雪儿柔声道。

刘立冬点了点头，换了身衣服，跟着等在门外的警察走了。

6

刘立冬探头探脑地进了家，只见韩雪儿正在等他，面前摆了不少纱布和药水。

刘立冬往屋里看了看，怯生生地问道："妈呢？"

"我让她回去了，她在这儿，你太难受。"韩雪儿不紧不慢地说着。

刘立冬长出了一口气，他从心底里感谢自己这个善解人意的老婆，丈母娘在这儿的话，他这个满脸青紫的落魄女婿实在是无地自容。

"妮妮呢？睡啦？"刘立冬没话找话。

"我让我妈把妮妮带回家了，我明天一早去接妮妮，来，坐着，让我看看要不

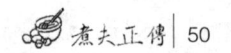

要再上点药。"韩雪儿指了指面前的椅子。

刘立冬老老实实地坐了过去，心想看来韩雪儿今晚应该是有事要和自己谈了，要不她不会把妮妮送走。

韩雪儿一边轻轻地帮刘立冬处理着伤口，一边问道："立冬，你跟我说实话，到底是怎么回事啊？"

刘立冬原原本本地把打了李总监后被开除的事和盘托出，但是今天在剧组的遭遇，他没有说，没有原因，只是本能地不想让韩雪儿知道自己有多惨。

韩雪儿听完，拉住了刘立冬的手："老公，你做得对，因为这件事丢了工作没什么可惜的。哦，对了，我刚才问我妈了，她除了那些买了理财的死钱之外，手头有些活钱，大概五万多吧，她已经答应借给我们去还你信用卡的账了，不过还差四万，是不是我们去管你父母借点呢？"

刘立冬听完一惊．第一丈母娘这五万坚决不能拿，拿完了自己这辈子都别想在丈母娘面前翻身了；第二，失业和欠钱这事儿也绝对不能让自己父母知道，自己都三十四了，在外面惹了麻烦还得让父母帮着擦屁股，实在是说不过去，刘立冬心里已经作出了死要面子活受罪的决定。

"哦，没事，雪儿，这钱公司不会不给报销的，你放心吧啊，你赶紧和你妈说一声，这钱不用借。"

"真的？"

"当然了，我在公司干了这么多年了，没有功劳也有苦劳啊，放心吧啊。"

韩雪儿点了点头，继续说道："立冬，我有点事想和你商量商量。"

正题来了，刘立冬想道。他没说话，点了点头，看着韩雪儿。

"老公，我……我想上班，妮妮现在也懂事了，过了最需要费心的年纪了，还有一年多点她也该上学了，到时候就更省心了，所以……所以我想……"韩雪儿支支吾吾地。

"老婆，我支持你，上班吧，这一年多怎么都好凑合。"刘立冬心想，老婆终于撑不住了，看来要向父母求援了。

韩雪儿听完很高兴："啊？真的，你愿意在家带妮妮？"

"什么？"刘立冬瞪大眼睛，"我带？不是，你想上班就上呗，干吗让我带孩子啊？"

"你什么意思？妮妮也是你闺女啊？你怎么不能带？"

"不是不是，我不是这意思，你的意思是让我在家当家庭妇男？"

韩雪儿点头。

刘立冬皱着眉头说："这怎么可能啊？我？一个大男人，在家，当煮夫？"

"老公，为了这个家，为了孩子，我已经牺牲四年多了。刚生妮妮的时候，孩子小，带起来费心又费事，没问题，我来。但现在除了每天接送幼儿园之外就没别的事了，再说了，又不是让你永远在家带孩子，我不是说了嘛，等妮妮上学了，时间就宽裕了，到时候咱们两个都可以上班工作了。"

刘立冬挺不高兴，从兜里掏出烟来，狠狠地抽了一口。

"立冬，你别生气，要不然这样，我也出去试着找找工作，你也继续找工作，咱们谁先找到工作，谁的工作工资高，咱们就谁上班，好不好？我也是觉得咱们家现在经济有问题，你看你每个月在外面拼死拼活地挣钱，可是咱们家每个月一分钱都存不下来，这以后妮妮还要上学，我想……"

韩雪儿的话刺中了刘立冬的要害，刘立冬一下子急了："你不就是嫌我挣钱少吗？我就奇了怪了，人家两口子都可以上班挣钱，孩子都可以让父母带，为什么你就不行？为什么你就死活得留在家一个人？"

韩雪儿也不高兴了："怎么了？我就这样！当初结婚前我就说过不想要孩子，因为我们负不起这个责任！生妮妮之前我也说过，必须由我们自己来带孩子，你全都答应了，现在你怎么说翻脸就翻脸啊？我哪句话说嫌你挣钱少了？我是心疼你在外面受这么罪，吃这么多苦，付出和回报根本就不成正比！"

"呵呵，笑话，我一个大老爷们用你心疼？哦，怎么着，韩雪儿，你出去上班挣钱就能付出和回报成正比啦？是，你学历高，你美国留学归来，韩雪儿，你知道不知道，现在CBD的随便一块广告牌掉下来，能砸死小一百号海归！而且就像你这样的，孩子快满五岁的已婚女人，你连工作都找不到！靠你养家，还不如我呢！"

刘立冬的话也戳中了韩雪儿心里的那个点。

"刘立冬，你说什么呢？你终于说实话了是不是？你就是觉得我和这个社会脱节了，我过时了，我没用了，对不对？"

"不是，我哪句话是那个意思了？行了行了，你爱怎么着就怎么着，我今天烦死了，不想跟你吵架，我出去走走！"

刘立冬说完，摔门离开，韩雪儿的眼泪随着门被重重关上的声音，应声而落。

7

咯吱"咯吱"

一阵阵有规律的老旧机械摩擦声，诡异地回荡在小区花园里。

夜里，社区的露天健身区，没有了白天挤满老头老太太的喧哗，刘立冬一个人站在漫步机上，有一搭没一搭地晃悠着，随着每次动作，疏于保养的漫步机都会发出咯吱咯吱的声音。

刘立冬的心情很沮丧，想来想去也不知道自己到底做错了什么？从生下来之后的每一步都没错啊。幼儿园的事刘立冬记不清楚了，从小学开始，第一批入的少先队，连续四年三好学生，刚上初中就入团了，还被评为先进分子，成绩算不上最好，可怎么也能算是前十名啊。高中时更加努力，虽然没搞头悬梁锥刺股那类的行为艺术，但也算是寒窗苦读了。

上了大学之后就更符合主流价值观了，除了自命不凡这点招人讨厌之外，自己算是个好学生，没有逃过一堂课，把别人用来谈恋爱的时间都花在了图书馆，最后还以不错的成绩毕业了。毕业后为理想执着过，为生存动摇过，最后选择了生存放弃了理想，这难道不对吗？为了生存下去而选择妥协，难道不对吗？

结婚之后自己更是保持了一个丈夫的革命先进性啊，工作上吃苦耐劳忍辱负重，在家除了因为鸡毛蒜皮的小事和韩雪儿拌拌嘴以外，没干过任何出格的事。人在江湖飘，确实经历过那么几次姑娘投怀送抱的事，虽然比不了人家柳下惠，可是除了手被热情的姑娘抓住放在大白腿上，而自己没拒绝之外，其他过分的事儿一律没干。即便是在那次摸大腿的事件中，自己的手都只是乖乖地放着，摩擦抚弄这类行为一律没有。

父母想要抱孙子这类要求貌似也不过分啊，大家不都是这样屈服于"不孝有三无后为大"的古训的吗？老婆要自己教育孩子也对啊，确实妮妮经过老婆这四年多的教育，明显比其他孩子懂事得多。

什么都对，谁干的都对，那他妈哪出问题了？难道是自己不对？那天晚上就不应该阻止李总监？任由那个聋哑老人被抽得满脸是血？唉，现在由心而发地理解那种良心被狗吃了一半的痛苦，还不如就做个彻头彻尾的浑蛋呢。

想到这，刘立冬停了下来，仔细地揣摩着纯浑蛋的心态，尝试着让那另一半良心被狗吃掉。十秒钟后，他放弃了，继续恶狠狠地折磨着那台公益健身器，咯吱咯吱的诡异声响又开始有节奏地回荡起来。

韩雪儿在家用手洗着刘立冬那件沾满了泥巴和血渍的衬衣，水很凉，韩雪儿的心里也很凉。

这件衬衣是刘立冬32岁的生日礼物，对自己很抠门的刘立冬一直没舍得买过上千的衣服，韩雪儿心里挺过意不去，都是因为自己的执拗才让老公这么的辛苦和精打细算。韩雪儿打算送给老公一个像样的生日礼物，可是没钱，确切地说是没有自己的钱，用老公拼命赚来的钱去给老公买贵重礼物这样的事，韩雪儿做不出来。

后来，韩雪儿在网上给自己找了个兼职英语家教的活儿，用一个月的时间终于凑够了这一千三百块钱，当刘立冬收到这个礼物并得知这个礼物的来历后，他紧紧地抱着韩雪儿一遍一遍地说着老婆我爱你，那晚韩雪儿幸福极了。

想到这，韩雪儿的眼泪又忍不住流了下来，难道自己错了吗？生孩子之前，自己为了对孩子负责而辞掉了那个人人羡慕的工作，心甘情愿地当起家庭主妇，老公虽然挣钱不多，家里的生活挺拮据，可是自己从来没有说过刘立冬一句不好。当年面对着那么多的追求者，自己选择了这个一穷二白的傻小子，拒绝了向自己频频招手的富家少奶奶的生活，难道错了吗？

今天看到自己的老公为了这个家，受了那么多的罪，被人打了都不敢报警，自己心疼老公，想让老公在家休息一段时间，自己出去挣钱，难道错了吗？耳闻目睹了各种老一辈惯坏小孩的事之后，选择由自己对这个小生命负责，难道错了吗？

自己已经妥协了，从一个彻底不敢对孩子负责的人，变成了勇敢地用牺牲自我的方法对下一代全权负责的人，难道错了吗？

想到这儿，韩雪儿感同身受地理解了那句话：我不断地向生活低着头，可生活还嫌我的腰弯得不够。

这时，楼道里传来的声音打断了韩雪儿的思绪，这个楼隔音很不好，每次隔壁吵架，刘立冬都是兴致勃勃地趴墙上听个够。

"哎哟，你赶紧找钥匙啊，冻死我了！真是奇怪，都春天了，怎么还这么冷！"这是隔壁家男人的声音。

"急什么急，你越催我越慢！"女人说完之后不多时，响起了开门的声音。

外面很冷？韩雪儿立刻打开门，跑到楼道里试了试，确实很冷。

8

刘立冬恶狠狠地折腾着各类健身器材，一边折腾一边暗自懊悔，怎么刚才就直接摔门出来了，怎么连件外套都没拿啊？刘立冬看了看表，才出来半个小时，唉，这么短时间就臊眉耷眼回去的话，压根就不能引起她韩雪儿的重视，不行不行，再坚持会儿。

不远处的韩雪儿拿着一件外套看着刘立冬的各种折腾，韩雪儿被气乐了。确实，男人都是长不大的孩子，都被冻成这样了，还像跟妈妈较劲一样地不回家。

看着那个孩子一样的男人，韩雪儿心想其实刘立冬也不错，他没有别的男人身上那些坏毛病。结婚七年了，每次吵完架摔门出去之后，都是来这儿耗着，从来没有出去找哥们瞎混或者喝酒买醉。

韩雪儿把外套放在身边的长椅上，转身回去了。边走边拿出手机，发了一条短信：要冷的话，回头看看。

刘立冬是个很容易就能满足的男人，现在站在长椅边的他就是一脸满足。

有什么大不了的啊，不就是一起找工作谁先找到谁上班吗？哼，她韩雪儿都脱离职场四年多了，找工作谈何容易？我刚脱离职场不到四天，我肯定能赢啊！呵呵，真逗，因为这么个破事还较劲吵架，真无聊。穿上外套之后，暖和了不少的刘立冬想道。

"铃铃铃……"闹钟声将韩雪儿吵醒，迷迷糊糊的韩雪儿发现身边的刘立冬没了，枕头上放着一张字条：老婆，别生气了啊，我答应你，咱公平竞争，谁先找到工作谁就去上班，嘿嘿，我已经笨鸟先飞了啊！

拿着字条的韩雪儿笑了："傻瓜！"

韩雪儿幸福地捶了旁边空着的枕头一拳。

9

刘立冬坐在CBD里一个花园的长椅上，一手拿着手机一手拿着一摞名片，正在一个一个地对着名片上的电话拨打着。

"喂，宋总，我是立冬啊，您上次喝酒的时候不是说想让我过去吗，我现在从中天商贸出来啦……"听着宋总讲话的刘立冬脸色有些郁闷，"哦，好好，那等您缺人时别忘了我啊。"

"张哥，我是立冬啊，对，我离开中天商贸了……哦，是吗，呵呵，那天晚上的事您都知道啦……哦，好好，您先忙，再见啊，张哥。"

"喂，杨姐，我是立冬啊，我听说您那儿缺销售是吧？……哦，好好，我知道了，不是，杨姐，您听我说啊，联华士多那事儿没有那么严重，他们不会因为我就不和您合作的……哦，好好，您先忙，再见啊。"

无数个这样的电话让刘立冬如梦方醒，卖场超商供应商的这个圈子，看来是因为自己的那一拳而再也混不下去了。这些年来认识的各类老板、各类大哥大姐们都已经听说了自己的英雄行为，稍有正义感的会表扬两句后再拒绝他，浑混蛋的刚听到刘立冬的声音就立刻挂断了电话，好像生怕和刘立冬有了关系就会让联华士多知道似的。

刘立冬很绝望，原本以为靠着这些所谓的人脉找个工作不是难事，现在才发现，不论是非对错，只要在一个圈子里被冠上殴打客户，尤其是像联华士多这样的大客户的"恶名"之后，在这个圈子里就基本上没有立足之地了。

韩雪儿这边也没闲着，早上起来先是忙忙叨叨地从母亲家把妮妮接了出来，之后立刻把妮妮送到幼儿园，连菜都没来得及买就飞奔回家，刚一进门立刻扑到电脑前写起了简历。

等到了该接妮妮的时候，韩雪儿已经在网上发出去将近一百份简历了。

晚餐时间，一家三口坐在餐桌边，今天的晚餐明显简单了很多，一人一碗炸酱面。

韩雪儿先递给自己乖乖吃面的妮妮一根黄瓜，之后又递给了正在呼噜呼噜吸溜面条的刘立冬："你今天怎么样啊？"

"挺好啊，很顺利，你呢？"刘立冬口齿不清地回答着。

"我发出去了不少简历，可是到现在还没回应。"很明显，韩雪儿比刘立冬实诚多了。

刘立冬把一大口面条咽了下去，开始打压竞争对手："我不是都说了嘛，你没戏，现在的职场我了解。你想啊，现在还在网络上发简历的都是什么人啊，都是刚毕业的90后，虽然没经验吧，但是人家要价低啊，在这种低端市场，你的竞争力肯定不如人家啊，是吧？"

韩雪儿想了想，委屈地点了点头。

刘立冬更来劲了："现在高端找工作的，不是靠猎头就是靠人脉，人家要的是经验，这点上你脱离职场这么多年了，也竞争不过，还有你想想，每年呼啦呼啦地回来这么多海归，又呼啦呼啦地毕业这么多，全是没家没业的单身，干起活来都跟狼似的不要命，你这样又要顾家又要顾孩子的，肯定又竞争不过了，是不是？"

韩雪儿叹了口气，更加委屈地点了点头。

"呵呵，不过没关系啊，试一试总归是好的嘛，别灰心啊，小韩同学。"刘立冬一脸坏笑地假装鼓励着老婆。

这时妮妮乖乖地自己吃完了饭，拿起碗走到水池边，打开水龙头就要洗碗。

"妮妮，你放那儿吧，一会儿妈妈一起洗啊。"

"不用了，妈妈现在正在和爸爸打仗呢，妮妮乖，我自己的事情自己做，我不会拖妈妈的后腿。"妮妮说完，踮着脚尖认真地洗着碗。

一阵欣慰感向韩雪儿袭来，一个不到五岁的小姑娘，能这么懂事的真是少之又少。

这时刘立冬吃完了，放下碗就要起身离开，韩雪儿一把拉住了刘立冬。

"你看看你闺女，去！自己洗碗去！"

刘立冬刚要辩解，韩雪儿的手机响了起来。

"喂您好……哦，我是韩雪儿，啊？什么？明天下午面试？"韩雪儿一脸惊喜，

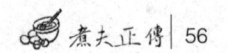

"好好，您稍等啊，我拿笔记一下。"

韩雪儿忙忙活活地找出纸笔："哦，您说……"

一旁的刘立冬脸色难看起来，他拿着碗走到妮妮旁边。

"妮妮，帮爸爸也洗了呗。"

"不管！"妮妮斩钉截铁地说道。

10

吃完饭后找了个借口溜出来的、目前正一脑门子官司的刘立冬挤在小左身边的小板凳上，正在上网干着自己口中"刚毕业的90后"才干的事。刘立冬认真地看着电脑屏幕上的每一个职位要求，这时老黄溜溜达达地进来了。

"啧！刘立冬，你们家又不是没电脑，你要上网发简历你别影响我们技术部的工作啊，最近生意惨死了，再加上你把我的身家财产都借走了，你得给老实人留条活路吧？"

刘立冬不耐烦地回答："别废话，再唧唧歪歪老子不还钱了啊。"

老黄果然不再废话，伸着脖子看起刘立冬找工作，刘立冬刚打开一个职位信息的网页，老黄就评论上了："啧，要求5年以上工作经验，本市户口，唉，立冬，你这个郊区户口算本市吧？"

刘立冬没搭理老黄，点下了发送简历的按键，继续又打开了一个新的职位介绍。

"女性优先，要求相貌端庄，声音甜美，没戏没戏，关了，这哪是找销售啊，这不找花瓶呢吗？"老黄继续评论道。

刘立冬哼了一声，依旧没搭理老黄，继续搜索着新的职位。

老黄忍不住了："不是，立冬，你以前不是说过吗，这网上找工作的都是刚毕业的小屁孩，你现在怎么混成这样啦？"

刘立冬烦了，恶狠狠地说道："老子就是刚毕业，怎么啦？别烦我！"

老黄贱兮兮地也不生气，继续看着刘立冬投简历，这时，刘立冬的手机提示音响了起来，刘立冬看了一眼，只见是寂寂上有条新消息。

（菲杨跋扈：怎么了？不敢见面了？我好无聊啊，陪我聊十块钱的？）

刘立冬把手机递给小左："喏，你那个拉拉，叫什么杨菲菲的找你呢，想跟你聊十块钱的。"

小左正凝神打着网游，不耐烦地说道："删了删了，别烦我，我们工会都快被干趴下了。"

老黄一把抢过刘立冬的手机："别删别删，我聊会儿，我手机也因为违规让寂寂给封了。"

刘立冬瞥了一眼老黄，挤对道："哎，你们技术部的工作就是打游戏啊？"

老黄正感兴趣地看着那个拉拉——菲杨跛崽的照片，此时找到事情做的他不想跟刘立冬继续斗嘴了，应付地说道："劳逸结合，你懂个屁啊！"

刘立冬也不再搭理老黄，继续认真地投起了简历。

老黄一边看着杨菲菲的相册，一边评论道："啧！这现在什么世道啊，这么漂亮一妞，怎么就喜欢女人啊？唉……"

没人搭理老黄，老黄继续兴致勃勃地看着杨菲菲的相册。

忽然，老黄重重地拍了刘立冬的肩膀一下："哎，立冬，我有办法了！"

刘立冬被吓了一跳："不是，你他妈有办法改变人家性取向，你拍我干吗啊？"

"不是不是，我是说你还钱的事我有办法了，哎，你看。"老黄说着把手机凑到刘立冬面前，一张一张地翻着杨菲菲的照片。刘立冬一听跟还钱有关，也挺感兴趣地看上了。

"怎么样？"老黄问道。

"身材挺好，人也漂亮，怎么了？"除了一堆性感照片外，刘立冬啥都没看出来。

"啧！你这个二，怎么这么迟钝啊。"老黄说着，指着一张照片说道，

"你看，这张里面是 LV。"老黄手指一划，打开下一张照片，"这里面，包是 PRADA，车是宝马 X5，这妞有钱啊。"

"她有钱关我还钱什么事啊？黄大哥，我求求你了，你别烦我了行吗？我不是跟你说了嘛，我还欠银行九万多呢，我得赶紧找工作还钱啊。"刘立冬哀求着。

"找这妞借钱啊，你想，这妞应该是对你很有兴趣，上次说完见面的事之后，你不搭理她了吧。你看，今天她还主动搭理你。我数了数，这妞一共有十二张照片，所有照片里的行头加起来能有小三十万，找这样有资源的妞借钱，是本年度最靠谱的事了！"老黄兴致勃勃，刘立冬翻着白眼盯着老黄，没说话。

闲得无聊，死活想生事的老黄继续游说着刘立冬："你想啊，这妞还是个拉拉，不喜欢男的，你就算跟她睡一张床上，都不会犯原则性错误，这她要万一答应借钱，你连以身相许都不用，多合适一事啊，真是你这样的已婚老男人居家必备的神器啊。"

这要是刘立冬也闲得无聊，估计他也会兴致勃勃和老黄一起与这个拉拉扯会儿淡，可是韩雪儿那边明天就要面试了，极度恐惧成为家庭煮夫的刘立冬，现在自然没有心情干这个。刘立冬现在就想赶紧再多发点简历，他敷衍老黄："好好好，你随便啊。"

老黄点了点头："行吧，兄弟，你就看我的吧！"老黄说完，兴致盎然地拿着

刘立冬的手机去客厅了。

11

"叮"两个晶莹剔透的红酒杯撞在一起，发出悦耳的声音。

一家情调优雅的红酒吧里，柴东林和藤静喝着红酒。

"藤静小姐和佐藤资本真是有效率啊，没想到这么快就对我们联华士多上市的事做出了回应。"柴东林一边晃着手里的红酒杯，一边说道。

藤静今天穿了一件低胸的黑色小礼服，显得性感异常。

"呵呵，效率是我们佐藤资本最重视的，不过不得不承认的是，联华士多这些年优秀的业绩，也是我们这么快就做出决定的重要原因。柴先生，希望我们未来合作愉快。"藤静说完，举起杯和柴东林轻轻地碰了一下。

"藤静小姐，你们提出的上市方案我看了，非常满意，你们打算第一步在香港上市的计划和我的计划是不谋而合啊。"

"以你们联华士多优秀的盈利状况，再加上我们佐藤资本的经验和资金，我相信，用不了多久就可以在香港上市了。这样，我们就离成功收购胜和集团更进了一步，也离柴先生称霸大陆超商卖场的梦想更进了一步。"

柴东林若有所思地点了点头，轻声说道："希望一切顺利吧。"这时，柴东林的手机响起，柴东林礼貌地对藤静说了一声"不好意思"之后，走到一旁接听。

藤静对眼前这个优雅的男子很有好感，除了花心之外，柴东林其他方面都很符合她对未来老公的要求。

不久，柴东林接完电话，回到了座位上。

"柴先生，想问你一个私人一点的问题可以吗？"

"哦，请讲。"

"刚才是女朋友催你回家吧？这么晚还在外面谈生意，女朋友在家一定不高兴了吧？"

"女朋友？"柴东林疑惑地问道。

"嗯，是啊，难道是柴太太吗？可是我看你手上没有戴婚戒啊。"

"哦，你是说上次的那个模特吗？"

藤静听完，心里开始讨厌眼前这个花心的男人，略带讽刺地说道："难道柴先生真的把那个女孩看成投资娱乐圈的回报啦？"

柴东林听完笑了，对着藤静帅气地摆了摆手。

"呵呵，看来藤小姐是误会我了，你现在心里一定在骂我这个合作伙伴花心吧？"

"难道不是吗？柴先生的人品如何，也是我们佐藤资本不得不考虑的因素啊。就我个人而言，对于和一个善变的男人进行深度的合作，我多少是有一些担心的。"这是藤静第一次把个人情绪带到商业合作中，藤静也不知道是为什么，只是心底隐隐觉得这个花心的柴东林比别的男人要可恨得多。

"我理解藤静小姐的担心，怎么说呢，从今天开始，我们就是站在同一条战线上的伙伴了，对于那些掩人耳目的小花招，我也不用在你面前耍了，那些模特其实都是用来麻痹我们未来的共同敌人的。"柴东林不紧不慢地解释着。

"敌人？柴先生什么意思？"藤静一脸不解。

"不知道藤静小姐对于中国明朝和清朝的历史了解吗？"

藤静点了点头："嗯，略知一点，我父亲很喜欢中国历史，从小他就经常给我讲中国的历史故事。"

"明朝的崇祯皇帝和清朝的康熙皇帝，他们刚刚即位的时候，也有着和我现在差不多的敌人。"

藤静一听就明白了，连连点头："嗯，柴先生的比喻非常恰当，一个简单的例子就让我明白了。如果我没记错的话，崇祯皇帝刚刚即位后，最大的敌人是前朝留下的权倾天下的魏忠贤，而康熙皇帝要面对的也是前朝的重臣，位高权重的鳌拜，那么柴先生现在要面对的就是集团里的元老们喽？"

柴东林听完，频频点头，对眼前这个美女刮目相看，现在的女人对于香榭丽舍和第五大道的了解，已经远远超过了对历史的了解，未来能和这样的伙伴合作，让柴东林放心不少。

"藤静小姐果然厉害，不知道有没有兴趣听一听未来我对联华士多的计划？"

藤静点了点头，柴东林滔滔不绝地讲了起来。

眼前这个侃侃而谈、雄才大略，而且并不花心的男人在讲什么，藤静竟然一点没有听进去，她就着红酒欣赏着这个男人，不由得醉了。佐藤静子在心中暗暗地加上了一条计划，那就是征服眼前这个男人，帮助联华士多收购胜和集团的任务，在藤静心里也变成了帮助未来老公战胜敌人的任务。

12

刘立冬推门进家，一边换鞋一边脑子里还想着刚才老黄还给自己手机时，那一脸的坏笑，肯定没干好事。刘立冬想看聊天记录，可是老黄已经眼疾手快地给删了，只告诉自己一个结果：对方没答应借钱。

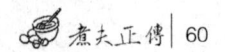

妮妮拿着好几套韩雪儿的衣服，哒哒哒地飞奔进了刘立冬和韩雪儿的卧室，对刘立冬视而不见。刘立冬很奇怪，跟着进去了。

只见韩雪儿穿着一件职业套装，正在镜子前仔细地照着，床上摊了十多套各式衣服，一看就是为了明天的面试正在挑选衣服。女人这种生物真奇怪，自己有多少套衣服还不知道吗？为什么每次要出席重要场合的时候，都要提前花无数时间和精力来走这么无聊的一遍过场。

"妈妈，这套不好看，你再试试这套吧。"妮妮小大人似的拿起手上的一套衣服，向韩雪儿使劲地推销着。

韩雪儿看了看之后，竟然还非常认真地思考起来，而且还更加认真地问起了刘立冬的感觉。

"老公，你觉得呢？哪套好？"

"都挺好的。"刘立冬应付道。

"啧！问你跟没问一样。妮妮，你觉得这件上衣搭你手里的裙子呢？是不是好些？"韩雪儿懒得理刘立冬，她明白，在男人眼里，衣服只有露腿的裙子和不露腿的裤子之分，裙子只有露大腿的短裙和不露大腿的长裙之分。

"就一个面试，不用搞这么隆重吧？"刘立冬不由得酸溜溜地说道。

"谁说是一个啊？刚才你走的时候，又来了一个电话，明天我都排满了，一共两家呢。"韩雪儿很得意。

刘立冬听完，下意识地看了一眼自己那静默的手机，信号满的，没关机啊。

"妈妈妈妈！你快试试这套啊，别和爸爸聊天了！"妮妮着急地想要韩雪儿赶快试试自己手里的这套衣服。

"你们慢慢试吧，我看电视去了。"刘立冬很不爽，明显感觉自己已经被家里这个女人帮边缘化了。

刘立冬刚走没几步，忽然又折了回来，一把推开卧室的门，只穿着内衣的韩雪儿正在换上妮妮推荐的裙子。韩雪儿惊叫一声，手下意识地遮挡着重要部位。

"你怎么不敲门啊？吓我一跳！"韩雪儿责怪刘立冬。

"啧！都老夫老妻的了，有什么啊。"刘立冬虽然嘴上这么说，可眼睛还是不由自主地在韩雪儿身上打量着。

韩雪儿虽然已经三十三岁了，可是光看身体不看身份证的话，百分之九十九的人都会猜韩雪儿刚刚二十三岁，看着眼前这个只穿着黑色高跟鞋和内衣的女人，刘立冬的心中不免有了一丝悸动。

使劲咽下口水，刘立冬强装正经地说道："哦，我待会儿出去一趟啊，去见一个工作上的朋友，他们公司可能缺人。"

"都九点多了还去啊？"韩雪儿已经想起来刘立冬是自己结婚七年的老公了，穿着内衣大刺刺地说道。

刘立冬不放过每一个打压竞争对手的机会："啧！说你不懂上班这点事吧你还不服，这正经事都是晚上谈，行了，你们娘俩慢慢换吧啊。"

刘立冬说完，背着手溜达走了，临走之前，刘立冬使劲扫了韩雪儿浑圆的大腿两眼。

13

高尔夫球场前的停车场里，手拿大板砖、带着大口罩和墨镜的刘立冬摸到了一辆白色宝马车旁边。

刘立冬口中的那个朋友就是让他白挨了一顿打的李永全李总监。

经过周密计划，刘立冬决定把报复李永全的地点选在这里。李永全家住大别墅区，想进去一趟都难，更别提砸车报复了，而对于李永全生活习惯非常了解的刘立冬来说，李永全每周今天这个雷打不动打高尔夫夜场球的习惯，就是他最好的机会。

刘立冬左右看了看，这个偏僻的球场周围，连个鬼影都没有，他举起大板砖，深吸了一口丹田之气，对着宝马车怒目而视……

砖头恶狠狠地向着宝马车的前挡风玻璃飞了过去，"砰"的一声之后，玻璃布满了裂痕，刘立冬还不解气，不知道从哪抄出一根铁棍，一下一下地砸了起来。

耳边响起了迈克尔杰克逊的 Beatit，随着那富有感染力的节奏，刘立冬跳上车顶，像演 MV- 样把宝马四周的玻璃都砸了个粉碎。站在车顶上的刘立冬气喘吁吁，他张开双臂仰起头，闭上眼睛深深地吸了一口气，感觉到复仇的快感已经充满了自己的每一个细胞……

当刘立冬的眼睛再次睁开时，那辆白色宝马车完好无损地停在面前，那块复仇的大板砖依旧还在手里。

刚才阿 Q 式的意淫已经让刘立冬的后背出了汗，"砰"的一声闷响，复仇大板砖被扔到了旁边的草地上。刘立冬蹲下身体，扯下口罩，掏出烟点上，使劲地嘬了一口后，心想要不算了吧？冤冤相报何时了，像他李永全这样的疯狗型败类，车被砸了肯定不会善罢甘休，自己的老婆那么漂亮那么性感，自己的闺女那么乖巧那么听话，何必呢？

想到这儿，刘立冬如释重负，站起身来，狠狠地踢了一脚宝马车的轮胎之后，叼着烟美吧滋地走了。

要是此时的刘立冬知道未来十几天之后要发生的事的话，他肯定会后悔没在今晚就给李永全留下一个毕生难忘的教训。

14

趁着韩雪儿出去面试，家里没人时溜回家赶紧发简历的刘立冬，终于等到了通知面试的电话。用了不到一分钟时间，刘立冬就已经西装革履，准备出门了。当然，他还忙里偷闲地给韩雪儿发了条得得瑟瑟的短信，说自己今天也要去面试了。

车今天被韩雪儿开走了，刘立冬坐在公车站一边等着公交，一边想着韩雪儿那边的面试结果，不得不说，打死也不想当煮夫的刘立冬有点紧张了。

"韩雪儿是吧？"一个胖乎乎的人事主管放下简历问道。

多年没有面试过的韩雪儿也不由得紧张地点了点头。

"已婚了是吧？有孩子吗？"

"哦，有，女孩，已经快五岁了。"

"哦……"人事主管点了点头，"你的学历和以前在OBT公司的经验，很适合我们市场经理的职位，可是我们这个职位需要经常出差和加班，我想可能不太适合你这种还需要照顾孩子的吧？这样吧，你等我们通知，好吗？"

以前也参与面试过新人的韩雪儿，心里很清楚，这样的话翻译过来其实就是：你走吧，我们这儿不要你这样拖家带口的职员。

韩雪儿点了点头，礼貌地和对方道别后离开。

"你结婚了？"这次面试韩雪儿的是一个戴着眼镜的部门经理。

"嗯，是啊，不过我没孩子。"韩雪儿把"没孩子"三个字加上了重音。

"哦，有没有孩子倒无所谓，只是我们招的是公关主管，经常得和媒体的人吃饭喝酒，以前做这个职位的女孩就是因为要结婚，老公不让她在外面应酬而辞职了。这样吧，我再考虑考虑，你等我们通知吧啊。"

"哦，好的。"韩雪儿叹了口气，这是今天第二个让自己等通知的了。

刘立冬坐了四个半小时的公交车，山长水远地终于到了这个地处偏僻的公司。刘立冬推开那扇常年没擦的玻璃门，看到那个乡土气息迎面袭来的前台小姐后，心凉了一大半。

果然，经过极其简单的面试后，对方直接让自己明天就来上班，职位是销售主管，具体干的就是挨家挨户地到写字楼卖办公用品，底薪两千五，提成另算。

经过五分钟等待、三分钟面试的刘立冬，又坐上了需要四个半小时才能回到家的公车。回家的路上，刘立冬又陆陆续续接到了几个要自己去面试的电话。

这次刘立冬学聪明了，在电话里他就先问了问底薪，最高没有超过三千的。

刘立冬很郁闷，三十四岁这个尴尬的、上有老下有小的岁数，让自己真的很难在销售这个低端的职位上重新再开始一遍了。

开车堵在路上的韩雪儿也很郁闷，二十分钟了，堵得一动不动，长期不穿高跟鞋，已经不适应的脚疼得要死。韩雪儿脱下高跟鞋，隔着丝袜揉着脚。

唉，果然如刘立冬所说，找工作这事儿自己想得太简单了。一个已经三十三岁的、结过婚生过孩子的女人，确实比那些年轻漂亮身材好的、没家没业没老公的女孩们差多了。

有些绝望的韩雪儿，拨通了刘立冬的手机，打算在鼓励老公的同时，顺便也寻求一下老公的鼓励。

"老公啊，你那边怎么样？"

"不咋样！"经历了打击的刘立冬，不得瑟了。

三个简简单单的字让韩雪儿感到电话那头的刘立冬和自己一样绝望："没事，慢慢来吧，机会多的是。"

韩雪儿说了句连自己都不信的话后挂断了电话，放下手机的那一瞬间，一股使命感突然充满了韩雪儿浑身上下。这种莫名其妙的感觉让韩雪儿忽然有了种要放弃一切保护家庭的冲动，可能这就是有老公有孩子的中年妇女遇到危机后的正常反应吧？韩雪儿一边揉着脚一边向自己解释着刚才的感觉。

这时手机响了起来，韩雪儿看了一眼，是个陌生的号码。

"喂你好。"

"韩雪儿小姐是吗？"一个声音甜美的女声问道。

"是啊，您哪位？"

"我们是联华士多集团，昨天收到你的简历，想问问你现在可不可以来面试一下？"

联华士多，怎么听着这么耳熟，嗨，管他呢，有面试就成。

"可以可以，没问题，不过我现在正在开车，麻烦您能把公司的地址发短信给我行吗？"

"好的，请收到短信后马上给我回个电话，我得通知人事经理你多长时间后能到公司面试。"

"好的，一定。"韩雪儿挂断电话，努力地回忆着联华士多这个名字到底是在那儿听说的。不多时，短信来了，韩雪儿一看，离自己不远，回完电话后，找了个空当，一把轮把车掉过头，幸亏往面试公司去的方向不堵车，韩雪儿加大油门，飞驰而去。

15

联华士多集团人事部会议室里，人事谭总监正在嘱咐着一个矮矮胖胖的姑娘。

"我和你沈阿姨已经都弄好了，你就记住，一会儿什么都别说，老老实实坐在一边，等到抽签时，不管你拿到的纸上写的是多少号，你就都说是第9分店，之后把纸条放在兜里，别给别人看，记住了吗？"

胖姑娘点了点头，傻乎乎地说："哦，明白了。"

谭总监心里暗骂 Linda 沈，这都什么鸟人也往集团弄啊？市场部都快成她们家开的了。唉，算了，联华士多又不是他老谭家的产业，管这么多干吗啊？自己待的这个人事部虽说重要，可是没油水啊，要是不靠 Linda 沈的话，光靠自己这百万年薪，哪住得起大别墅开得起大奔驰养得起大野妞啊？算了，爱咋咋地吧，反正联华士多这么大的集团，就算垮，也不会垮得那么快，赶紧趁着自己还有机会，多捞点才是王道。

韩雪儿着急忙慌地跑进联华士多所在的写字楼，本来以为不会堵车的韩雪儿跟人家说二十分钟就到，谁知道刚挂断电话就立刻碰上了大堵车。把车停在路边，一路跑过来的韩雪儿，还是迟到了五分钟。就在韩雪儿拐弯要进电梯间的时候，突然眼前一黑，撞进了一个人的怀里。

"对不起！对不起！对不起！"韩雪儿连头都没抬，一边道着歉一边跑了。

伴随着一阵高跟鞋敲打大理石地面的清脆声响，韩雪儿加速冲进了马上就要关门的电梯里。

现在的姑娘啊，怎么都跟小熊似的这么有劲儿，柴东林揉着被撞得生疼的胸口，无奈地笑了笑。

"不好意思啊，刚给你打完电话就堵上车了。"韩雪儿风风火火地跑进人事部后，连忙向那个给自己打电话的人事助理道歉。

"没关系，你先把这张表填了吧。"助理说着，递给韩雪儿一张个人信息表。在填到婚否这栏时，刚才那种莫名的使命感又来了，韩雪儿非常想得到这个工作，不再是为了上班而上班，也不是为了和刘立冬制气，只是为了让自己的家庭能继续生存下去而已。

韩雪儿郑重地写下了"未婚"两个字。

人事部会议室里，谭总监正在有一搭没一搭地和胖姑娘瞎聊着，这时，敲门声响了起来，人事助理带着韩雪儿进来了。

谭总监连忙换上一副正经的表情，让韩雪儿坐下后，"认真"地拿起桌上的简历和韩雪儿刚填写的个人信息表看了起来。

谭总监抽空瞟了一眼坐在对面耐心等待着的韩雪儿，这个女人很有味道嘛，心根本没放在招聘上的谭总监想着。唉，可怜啊，这个一开始就注定要被牺牲的棋子，长得可比那个胖姑娘养眼多了。啧！简历上写着三十三了，怎么看都不像啊，谭总监又从下到上地打量了一遍韩雪儿。穿着一套白色套装加肉色丝袜的韩雪儿看到面试官正在看着自己，礼貌地微微一笑。当然，这一笑并不影响谭总监最后的视线锁定在韩雪儿那露着的半截大腿上。

"嗯，看完你的简历我觉得你很合适我们集团这个职位嘛，挺好。"看够了韩雪儿大腿的谭总监满足地说道。

啊？这……这么简单？韩雪儿惊得下巴差点没掉下来，这个在CBD核心区包了三层写字楼的大集团，面试竟然这么与众不同？

"不好意思啊，我……我还不知道我要干什么职位呢？另外，这个……这个薪水呢？"韩雪儿磕磕巴巴地问道。

"哦，呵呵，忘了给你介绍一下了，我们联华士多集团是干什么的就不多说了，你回去上网一搜就都能知道了。我们今天面试的这个职位是市场部执行经理，具体呢就是干一些招待会啦、酒会啦、新闻发布会之类的活动执行。哦，当然了，还有一些品牌推广的线下活动的执行和策划。我看你简历里写着，有过在OBT公司市场部工作的经验嘛，反正市场这块啊，大同小异，薪水呢，税后一万，年底双薪，奖金另算，试工期一个月，试工期间薪水拿百分之七十，怎么样？满意吗？"

"满意满意！"韩雪儿一脸喜色地点头。

谭总监又看了看韩雪儿的简历，突然发现了问题。

"诶，你这个简历里写的是已婚啊，怎么个人信息表里写的是未婚啊？"谭总监问道。

"啊……这个，这个可能是简历里我打错了吧。"韩雪儿心虚地赶紧摸了摸无名指，在确认婚戒已经提前摘掉后，踏实了不少。

"哦，反正无所谓啦，还有一点要和你说一下啊，我们集团的规定是每个职位都要有两个以上的候选人。候选人通过面试后，都要去基层门店先锻炼一个月，然后进行考核，集团只留下考核成绩最好的一个人。另外，因为我们光在北京就有四百多家社区超市，出于公平考虑，每个候选人由抽签决定去哪个门店考核。"

听到这里韩雪儿终于想起了这个联华士多为什么自己听着耳熟了，这个集团就是害老公失业的罪魁祸首啊！不过韩雪儿转念一想，月薪一万的诱惑实在是大于和老公同仇敌忾啊，谁和钱过不去呢？再说了，害刘立冬失业的那个坏人是采购部的，自己干的又是市场部的工作，完全是两回事嘛，韩雪儿已经开始在心里为自己开脱了。

"怎么样？韩小姐，有什么问题吗？"谭总监问道。

"哦，麻烦问一下，那去门店考核的时候，工资怎么算呢？"

"在门店考核的一个月就是试工期啊，刚才不是说了嘛，百分之七十。"

"好的，明白了。"韩雪儿很满意。

"好，那没问题的话就抽签吧，这个职位市场部要的很急，抽完签今天就走入职手续，明天就去门店上岗。"谭总监说完，从桌子下面拿出一个小纸盒，晃了晃之后放在了桌上。

这时，一直坐在角落里的胖姑娘走了过来，直到现在，韩雪儿才注意到自己的这个"竞争对手"原来长得这么低调。

韩雪儿对胖姑娘笑了笑，礼貌地说："你先来吧。"

胖姑娘也没客气，伸手进去就抽出了一张纸条，随后，韩雪儿也抽了一张，两个人都抽完后，谭总监连忙把纸盒拿了下去。

"韩小姐，你是多少号？"谭总监问韩雪儿。

韩雪儿打开纸条，回答道："哦，上面写着第171号分店。"

"你呢？"谭总监问胖姑娘。

"第9分店。"胖姑娘回答。

"好，那你们跟我来办入职手续吧。"谭总监拿着里面全是171号分店纸条的纸盒，率先离开了会议室。

韩雪儿也高兴地跟了出去，估计等她明天去第171号分店报到时，她就笑不出来了。

16

面试之后的入职手续挺繁琐，韩雪儿跟着人事助理又是复印身份证又是填表地折腾了半天，当人事助理得知韩雪儿是去第171号分店考核时，脸上不禁露出了同情的表情。

可是韩雪儿却没有注意到，她现在所有的注意力都集中在那份要签名的入职声明上。

"喏，在这里写上，本人提供的信息，包括但不限于学历证明、身份证件和基本信息完全属实，如有虚假，将被即刻开除并放弃本人应有的索取赔偿金的权力，本人愿意承担提供虚假资料的一切责任和给联华士多集团带来的一切相关损失,写完这些,然后签名就可以了。"人事助理正在教韩雪儿如何填写入职声明。

韩雪儿叹了口气,早知道人家根本就不在乎结不结婚,自己何必自作聪明地写上未婚啊?现在倒好,搬起石头砸了自己的脚,骑虎难下了,只能把隐婚进行到底了。

韩雪儿苦着脸写下了那份入职声明。

"什么?联华士多录用你了?还月薪一万奖金另算?"吃完晚餐后,刘立冬得知这一消息后的反应和韩雪儿预期的一样。

"是啊,不过我做的是市场部的工作,不是采购部的,他们集团人挺好的,像今天那个人事助理,一直忙前忙后地帮我办入职手续呢。"韩雪儿解释着。

刘立冬深深地吸了一口:"唉……"想反对的千言万语随着一声叹息都没了,自己还能说什么?老婆用铁一样的事实证明了自己的无能,罢了,当煮夫就当煮夫吧,还能怎么办呢?

"老婆,我出去走走啊。"刘立冬很郁闷,想出去透透气。

韩雪儿把外套塞到刘立冬手里:"老公,谢谢你,我爱你。"韩雪儿亲了亲刘立冬的脸。

哼着歌站在厨房里,韩雪儿准备着明天的早餐和刘立冬中午的午餐,她心情很好。韩雪儿准备做完饭之后再做个面膜,然后穿上那套刘立冬最喜欢,但是自己最讨厌的短裙加黑色丝袜加高跟鞋的组合,今晚她打算好好"安抚"一下受伤的老公。

第四章　诡异的171号分店

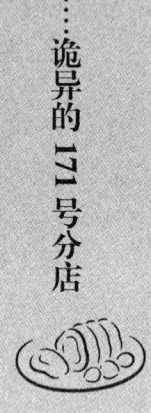

1

  韩雪儿早上不到六点就出门了，她可不愿意第一天回到阔别达四年之久的职场就迟到。第171号分店位于北京南五环外，住在北五环边上的韩雪儿每天要横穿整个北京城才能到达。

  以每小时10公里的速度，缓缓地在环路上一点一点往前蹭的韩雪儿心想，也就幸亏一个月，要不光上班花的油钱都划不来。

  韩雪儿看了看表，已经快七点了，也不知道一会儿刘立冬能不能听见闹钟响，早上那么多事他能应付得过来吗？韩雪儿不由得担心起昨晚对于干家事信心满满的刘立冬来。

  昨天晚上，在韩雪儿短裙加黑丝的安抚攻势下，在外面溜达到半夜的刘立冬，刚一回家就乖得像只小猫一样。

  夫妻双方在进行了"亲切友好的会谈"后，达成一致。刘立冬就家庭未来分工的变化发表了简短演说，表示坚决拥护韩雪儿的决定，并就未来自己在新岗位上的工作表示了信心。韩雪儿高度赞扬了刘立冬，并对刘立冬干家事的信心给了充分肯定，夫妻双方在友好的气氛中结束了这场会议。

2

  闹钟还没响，刘立冬就已经在厕所刷上牙了。

  哼，你个韩雪儿，还开始学会用美人计了。唉，算了，看在昨晚那"热烈"的气氛下，刘立冬也不打算跟韩雪儿较劲了。不过昨晚韩雪儿对自己那怀疑的态度让刘立冬很不爽，不就是送送孩子做做饭吗？有什么的啊？这么简单的一个问题，韩雪儿昨晚竟然絮絮叨叨地嘱咐了一个多小时，不就是那么点事吗？唉，这个女人干一点家事就委屈得要上天似的，哼，让她出去工作工作也好，省得天天觉得工作有多容易，干家务有多累，既然换位思考不管用，那干脆就直接换位尝试吧。

  这时，卧室的闹钟和刘立冬的手机同时响了起来，刘立冬想都不用想，肯定是韩雪儿打来的，肯定是怕自己睡过头忘了送妮妮上幼儿园。

  刷了一半牙，一嘴沫的刘立冬接起手机，不耐烦地说道："韩大人，我早起了，牙都快刷完了，您放心吧啊。"

  刘立冬说完，还没等韩雪儿回答，直接挂了电话。

  其实刘立冬心里早就有了计划，韩雪儿嘴里的那些繁琐工作，刘立冬早就在心里安排得井井有条了，归纳起来不就是：起床，叫妮妮起床，把冰箱里的速冻包子蒸上，把昨晚韩雪儿已经煮好的粥热了，把已经搅拌好的综合蔬菜汁给妮妮喝了，让妮妮穿好衣服然后吃早饭，然后送妮妮上学，最后回家遛狗。多简单的一个事啊，连着说十遍都用不了五分钟，刘立冬真是不知道韩雪儿每天都喊累到底掺杂了多少虚假成分。

不过昨晚韩雪儿的絮叨里有一条很有用，那就是小区里有一个可以帮忙免费遛狗的人，韩雪儿把那人的电话贴在冰箱上了，刘立冬决定让那个人帮忙遛小问，这样自己就能腾出时间来解决那九万块钱欠款的问题了。

刘立冬打算用这大半天的空余时间，去一趟银行，把自己的实际情况说清，看看能不能通融出个分期还钱之类的方法来。

计划周详的刘立冬顺利地把妮妮叫了起来，妮妮这孩子就是乖，叫起床从来不费劲。起床之后自己就乖乖地去刷牙洗脸，刘立冬觉得轻松极了。

刘立冬走进开放式厨房，打算开始蒸包子热粥，自打刘立冬起床后就一直跟着刘立冬的小问有些不耐烦了。着急出去拉屎撒尿的小问立起前爪，使劲地扒着刘立冬，催刘立冬赶紧带自己出去遛遛。

在冰箱里翻了半天才找到速冻包子的刘立冬，正在琢磨蒸锅里应该放多少水时，坚持不懈扒着刘立冬的小问终于把刘立冬给弄烦了，刘立冬拿出根狗绳，顺手就把小问栓在了冰箱门把手上。

"你给我老实点啊，现在是我当家作主啦！"刘立冬训斥了小问几句之后，竟然忘了蒸包子的事，思维直接跳到热粥的步骤上。

拧开粥锅下的火之后，刘立冬拿出手机，按照冰箱上贴的帮人免费遛狗的电话拨了过去，刚一接通，电话那边就传来一阵不耐烦的喊声："不是让你别给我打电话吗？我说了，不借你钱！"

刘立冬莫名其妙："啊？什么借钱？你不是帮人免费遛狗的吗？"

"……啊？你不是'流氓有文化'？"

"什么流氓有文化？我老婆说你能帮人免费遛狗啊。"

"哦，不好意思啊，我以为是我一个网友呢，奇怪，我可能把电话给存错了，你家住哪？什么时候需要遛狗？"

"现在吧，可以吗？我家是6号楼1601——……"

没等刘立冬说完，电话那边说道："哦，小问家吧，好，我十五分钟就过去。"

刘立冬收起电话，从榨汁机里把韩雪儿为妮妮特别调配的，胡萝卜加芹菜加苹果的综合蔬菜汁倒了出来，端着碗走进了妮妮的房间。

只见妮妮的床上放着两套衣服,还穿着睡衣的妮妮正在像韩雪儿一样,思考着今天该穿哪套衣服。真是有其母必有其女啊,刘立冬撇着嘴把蔬菜汁递给妮妮。

"妮妮,先把菜汁喝了,喝完赶紧穿衣服啊,别犹豫了,你穿哪套都好看。"刘立冬催促着妮妮。

妮妮接过蔬菜汁,刚喝了一口,就皱着眉头说:"爸爸,这个菜汁你倒出来前是不是没有再搅拌一下啊?"

"是啊,怎么啦?"刘立冬不明就里地问道。

"这菜汁放的时间长了,渣子和水都分开了,好难喝。"妮妮噘着嘴,很不满意。

刘立冬大言不惭地说:"你把水喝了,把渣子倒了不就完了。"

"不行,妈妈说了,营养都在这些渣子里。"妮妮理直气壮。

"好好好,我再倒回榨汁机里给你弄均匀,行了吧。"刘立冬说完,挺不耐烦地转身回厨房去了。

妮妮冲已经走出房间的刘立冬喊道:"爸爸,今天多少度啊?我想穿裙子。"

"好,我一会给你查查天气预报啊。"刘立冬的声音从走廊传了回来。

被拴在冰箱门把手上的小问终于老实了,一脸郁闷地乖乖趴在地上。刘立冬把菜汁倒回榨汁机里之后,一边拿出手机打算上网看看天气预报,一边顺手就按下了榨汁机的启动摁钮。

"我靠!"随着刘立冬的一声惊呼,没盖上盖子的榨汁机里的菜汁喷薄而出,溅了刘立冬一身一脸。与此同时,趴在地上的小问也吓了一跳,本能地就要往前蹿,这逃命的一蹿之力,通过狗绳的传递,直接就重重地把冰箱门拉开了,冰箱门上放的软包装牛奶和鸡蛋还有辣椒酱全掉在地上,黄黄白白红红地糊了一地。

听到惨叫声的妮妮来到厨房之后直接就傻了,刘立冬苦笑了一下,故作轻松地跟妮妮说:"今天最高才十多度,别穿裙子了啊。"

吃惊过度,张大嘴的妮妮乖乖地点了点头。

厕所的水龙头哗哗地开着,刘立冬终于把脸上头发上的混合蔬菜渣子洗干净了。

"爸爸,给我梳小辫。"刚穿好衣服的妮妮也从房间里出来了,刘立冬擦了擦脸,没理妮妮。

"爸爸,小问怎么睡了?它不是每天都要闹着出去尿尿吗?"站在走廊里的妮妮,指着厨房里倒在地上的小问。

"闹累了吧?爸爸给你拿包子啊。"刘立冬边说边走到灶台边,隐隐地闻到了一股臭味,"妮妮,你看看小问是不是在地上拉屎了?"

刘立冬边说边打开了蒸锅,傻了,包子还是冻着的。

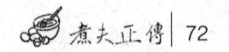

刘立冬叹了口气，很无奈地说："妮妮，今天咱们就喝粥啊。"

拿起粥锅，刘立冬又傻了，他终于知道刚才那股臭味是什么了。只见灶台上都是扑出来的粥，火也不知道什么时候就被浇灭了，刘立冬连忙关上阀门，转念一想，抱起不知死活的小问就要往外跑。

原来小问哪是在睡觉啊，是煤气中毒了，煤气比空气重，小问本来就矮，再加上被拴在冰箱前，等闻到煤气味时，想跑都跑不了。

刚打开门，杨菲菲就来了，杨菲菲一看到家里这满地狼藉和不知生死的小问时，也傻了。

刘立冬慌乱地说："煤……煤气中毒！麻烦……麻烦送妮妮去医院，我送……送小问去幼儿园！"

刘立冬说完，抱着小问就要跑，被杨菲菲一把拉住了。

虽然刘立冬胡言乱语，杨菲菲却听明白了："什么乱七八糟的，我哪知道妮妮在哪上幼儿园啊，你送妮妮去幼儿园，我送小问去医院，你一会儿去小区东门外的宠物医院找我。"

杨菲菲说着，一把抢过小问就跑了。

一对乱七八糟的父女走在去幼儿园的路上，辫子也没梳早饭也没吃的妮妮，一手拿着充当"综合蔬菜汁"的半根黄瓜，另一手拉着刘立冬。

头发上还星星点点有着混合蔬菜残渣的刘立冬，一手拉着妮妮，另一手拎着一袋热气腾腾的、路边刚买的包子。

一路上，两个人谁都没说话。

3

韩雪儿使劲捶了捶踩刹车踩到麻的右腿，唉，终于快到了，明天说什么也不开车了，坐地铁！打死也不在早高峰的时候自虐了。

虽然堵车堵得快烦死了，可是离第171号分店越近，韩雪儿的心里就越雀跃，不知道他们人好不好相处？年龄大不大？今天会不会还搞一个小的欢迎仪式？虽然未知的问题很多，可是韩雪儿却一点都不担心，她感觉自从身体进入到上班模式后，原来的各种信心都回来了。她还相信，凭着自己在OBT公司多年的工作经验，和那个胖姑娘竞争市场执行经理职位的成功与否，已经没有任何悬念了。

终于到了，韩雪儿下车后往左右看了看，这个联华士多第171号分店和自己想象中的也差太远了吧。路两边散落着星星点点的垃圾，几条流浪狗在街边晃着，马路对面是一家打工子弟小学，此时充当校车的一辆破旧面包车上正在下学生，差不多二十多个孩子陆陆续续地从车里下来。韩雪儿有点不相信自己的眼睛，这么一辆微型面包车里，竟然能装下这么多学生，简直神了。

韩雪儿推开这个位于北京南部城中村黄金位置的第 171 号分店的大门时，没有想象中的欢迎仪式。欢迎韩雪儿重回职场的，是几根闪烁着的日光灯管，还有一股扑面而来的酒味。

韩雪儿左右打量着这家没有一个顾客的小型超市，货品凌乱地摆在货架上，收银台后面站着一个瘦高的男孩，岁数大概二十多岁左右，带着一顶毛线帽子，正在直勾勾地看着自己。

"你好，我叫韩雪儿，是总部新派来实习的。"

男孩还是那么直勾勾地盯着韩雪儿，没有表情也没有回答。

正在韩雪儿不知所措的时候，一个穿着职业套装、大概不到三十岁的女人快步走进超市，径直走到收银台前，问男孩："钱箱里有钱吗？昨天的营业款是不是又被拿走了？"

男孩没说话没点头也没摇头，直接蹲下身去，缩在收银台后的角落里玩起了手机。

女人走到收银台后，输入密码打开 pos 机，只见钱箱里空空如也，一分钱都没有，女人也不奇怪，直接熟练地从包里拿出一张报表，随即走到货架边，盘起货来，一边点货一边在报表上记录着。

韩雪儿连忙快步走到女人身边："你好，我叫韩雪儿，是总部新派来实习的。"

那个女人一边清点着货架上的各类货品，一边回答道："哦，你好，昨天人事部的打电话来说了，欢迎啊。"

女人说完，走到冷藏柜边，若无其事拿起一个三明治放进包里，继续点起数来。

韩雪儿愣了一下，心想这是什么超市啊？点货的人，随随便便就能拿走商品，一脑子疑问的韩雪儿，决定还是先搞清楚状况再说。

"你好，我应该干点什么呢？"韩雪儿问那个女人。

那个女人停下手里的工作，看了一眼表，语速极快地说道："不好意思啊，我赶时间，你呢，今天愿意干什么都可以，店长就在后面的办公室里，不过估计他今天也不能给你分配工作了。一是因为本身也没工作，二是他不知道醒了没有。

哦，对了，忘介绍了，我姓钱，这个超市除了收银之外的一切工作都归我干。"女人指着角落里蹲着玩手机的男孩继续介绍，"他是收银，患有自闭症，不说话，店长我就不介绍了，反正他一天都窝在办公室里，一会儿你自己去看吧。"

女人说完，继续盘点起其他的货架来。

韩雪儿站在原地愣住了。那女人一边点货一边看了一眼韩雪儿，可能觉得自己过于简单粗暴了，对韩雪儿笑了笑："这样吧，今天你先在这儿混一天，店长要是醒了的话，你先和他聊聊工作，要是店长不理你的话，我晚上七点还过来，你可以等着我，到时候我再慢慢给你介绍，我真是赶时间啊，盘完货我还得赶紧去别的公司上班呢。哦，对了，欢迎你加入联华士多集团最特别、销售额最低的第171号分店。"

女人说完，冲韩雪儿笑了笑之后，风一样地消失了。

女人刚走，一个客人进来了，韩雪儿下意识地冲客人说了句"欢迎光临"，没想到客人吓了一跳，莫名其妙地看了一眼韩雪儿之后，熟练地从货架上拿了一包牛奶和一个三明治走到收银台边。

这个客人应该是经常光临这个超市的，他见怪不怪地喊着自闭收银："哎，别玩啦，结账。"

自闭收银站起身，拿起扫码器扫了商品后，也不说话，冲着POS机上显示的金额努了努嘴，示意消费十二块五。

客人从钱包里拿出一张二十元的钞票递给自闭收银，自闭收银没接，摇了摇头。这个客人很自然地把钱放在收银台，扔下一句"又没零钱啊？算了，我晚上来再找钱吧。"之后，急匆匆地走了。

目睹了这一切的韩雪儿脸上的表情，已经不能用目瞪口呆来形容了，韩雪儿跑出超市，抬头看着招牌，对啊，是联华士多第171号分店没错啊！

韩雪儿很崩溃。

4

当刘立冬推开杨菲菲家的门时，一直悬着的心才放了下来，只见小问正舒舒服服地趴在杨菲菲身上晒着太阳。

话说送走妮妮后，刘立冬就飞一样地跑到了宠物医院，一路上越想越害怕，这要是自己当煮夫的第一天就把元老韩小问害死的话，那韩雪儿晚上回来非得跟自己离婚不可。

到了宠物医院，刘立冬已经做好了最坏的打算，可是问了一圈之后，医院的人都不知道今早还送来了一只煤气中毒的雪纳瑞，直到刘立冬拨通杨菲菲的电话找到杨菲菲家后，才真正放心。

刘立冬小心翼翼地问道："小问没去医院啊？"

杨菲菲摇了摇头："没有，去医院的路上小问就醒了，估计是发现及时吧，反正它刚一醒就闹着要玩了，我看它生龙活虎的，应该是没什么大问题。"

刘立冬点了点头，刚刚定下神来的刘立冬这才打量起眼前这个女孩来，一头长发的杨菲菲沐浴在早晨的阳光里，显得那么的青春逼人。杨菲菲穿了一条很短的牛仔短裤，而趴在那两条雪白大腿上的小问，脸上充满了享受的表情。

刘立冬越看越觉得眼前这个女孩眼熟，没等自己发问，杨菲菲先开口了。

"你叫刘立冬是吗？"

"啊，是啊，呵呵，你跟我老婆很熟啊？"刘立冬以为是韩雪儿告诉杨菲菲自己名字的。

"不是，我就见过你老婆两次，加起来也没说过十句话。"杨菲菲回答。

刘立冬奇怪了："啊？那你怎么知道我名字的？"

"我不光知道你的名字，我还知道你失业了，你为了蒙你老婆还去剧组撞了个头破血流，我还知道你欠信用卡九万块钱呢。"

刘立冬惊了："啊！这……这……你是谁啊？你怎么知道的？"刘立冬仔细打量着杨菲菲，努力地从脑海里搜索着关于这个姑娘的一切记忆。

"哦！想起来了，菲杨跋扈！你就是寂寂上那个姑娘，对不对？可是你怎么知道我这么多事啊？"刘立冬恍然大悟。

杨菲菲笑道："呵呵，你还记得今天早上你给我打电话的时候，我上来就说不借钱吗？"

刘立冬点了点头。

"你的电话号码和你的故事都是你朋友用你的手机，在寂寂上给我讲的，一开始我还不相信呢，以为又是编故事骗钱骗同情的。直到今天早上我看到你家都那样了，我才相信，能用一个早上就把家挥霍成那样的人，肯定就是这故事里讲的那个刚失业的老男人。"

刘立冬听完，终于明白老黄那晚为什么笑得那么邪恶了，原来是把自己的糗事全告诉这个女孩了。

刘立冬尴尬地笑了笑："呵呵，也不是啦，今天早上是出了些意外，呵呵，这个……谢谢你帮我照顾狗啊，我……我带小问先回去了啊。"

刘立冬说完，招呼小问就要走，小问压根不搭理刘立冬，赖在杨菲菲大腿上继续享受着。

"你先别走，我有些事想问问你。"杨菲菲说道。

这时的刘立冬有些为难，说实话，自从来到杨菲菲家之后，他莫名其妙地有种很刺激的感觉。杨菲菲家收拾得很利落，房间每一个角落里，都散发出一种年轻女孩闺房才有的感觉。这一切都让刘立冬想起第一次偷偷去韩雪儿闺房的感觉，这种感觉是那么的既熟悉又陌生，再加上眼前这个穿着性感、青春逼人的女孩，想想那个被自己破坏成战场一样的家，本能上刘立冬就想和小问一样赖在这儿不走，可是理智上又觉得和这么一个年轻漂亮身材好的美女邻居走太近是不对的。

天人交战中的刘立冬站在沙发边，扭扭捏捏、吭吭哧哧地问出了一句傻到家的话："我……我问个私人点的问题啊，这个……这个……我朋友，哦，就是和你聊天那个，他说……说……"说到这，刘立冬还是没能问出那个很私人的问题。

杨菲菲倒是很大方："怎么了？他说我什么啊？"

"呵呵，这是他说的啊，你别生气啊。"刘立冬立刻把责任推给了无辜的老黄。

"到底是什么啊？我不生气，你说。"

"就是……就是他说你是那个……就那个。"此时的刘立冬扭捏得和黄花大闺女一样。

"我说这位大叔啊，你朋友到底说我哪个啊？"

"就是你喜欢女的，不喜欢男的，是吗？"刘立冬终于说出来了。

杨菲菲听完，忍不住掩嘴乐了。杨菲菲心想，眼前这个大叔傻乎乎的，真是可爱死了，自己当初随口编的一个不见面的理由，竟然让他扭捏地绕了这么大个圈子才问出来。

"对啊，怎么啦？"杨菲菲决定继续逗逗这个好玩的大叔。

刘立冬听完，放心了，想起老黄的话来：你想啊，这妞还是个拉拉，不喜欢男的，你就算跟她睡一张床上，都不会犯原则性错误，这她要万一答应借钱，你连以身相许都不用，多合适一事啊，真是你这样的已婚老男人居家必备的神器啊。确认完对方不喜欢男性之后的刘立冬很踏实，他嘿嘿傻乐了两声之后说道："行，那我和小问就在你这玩会儿。"

刘立冬说完，放松地一屁股坐在沙发上，他准备享受享受这种"安全的"和一个陌生年轻女孩相处的感觉。

5

柴东林今天没有像往常一样，站在60层楼高的落地窗前，喝着咖啡俯视整个CBD，而是坐在自己的车里。经过几天的思考以及和藤静之间越来越深入的谈话，柴东林打算开始把自己的计划付诸实施了。

简单地说，他目前要做的事就是两件，第一，了解业绩垫底的门店，找出原因并裁撤它们。第二，人事部招人的那些小伎俩虽说不高明，可是它却实实在在地阻断了真正的人才进入集团的渠道。柴东林准备通过微服私访的形式，找到一两个中下层里真正有能力的人，大胆地提拔，形成"神话效应"，给予集团基层员工们信心。他明白，高层的元老们这么肆无忌惮地破坏着集团，而联华士多还能茁壮成长的根本原因就是，联华士多拥有着高质量的、强大的中下层员工，只要善加利用他们，自己就能摆脱处处受高层制约的现状。

趁着等红灯的间歇，柴东林拿起去年北京所有门店业绩排名的表格，他准备从最后一名下手。

柴东林把第171号分店的地址输入GPS，打开车里的音响，随着门德尔松e小调小提琴协奏曲第一乐章的旋律，柴东林出发了。他相信，从今天开始，以后的门店业绩排名里，第171号分店将不复存在。

6

而此时的韩雪儿却不知道即将到来的命运，在那个钱姓兼职走了以后，韩雪儿试着和自闭收银聊了聊，不过效果很差，连对牛弹琴都不如。不管你说什么，自闭收银不是窝在角落里玩手机，就是直勾勾地看着你。

无所事事的韩雪儿走到了位于超市后面、小库房对面的店长办公室。韩雪儿敲了敲门，没反应，难道这个店长真的像钱兼职说的那样，整天都窝在办公室里睡觉？带着疑问，韩雪儿轻轻推开了店长办公室的门。

眼前的景象让韩雪儿更加崩溃了，办公桌上放着吃了一半的盒饭，地上、桌上，只要是有空当的地方，都堆满了各式各样的空酒瓶，二锅头、啤酒、黑方芝华士等中外结合的混合酒气，熏得韩雪儿都有点晕了。

在一堆酒瓶和烟头堆里，韩雪儿终于发现了那个传说中的、熟睡着的店长，看样子应该是六十多岁了，头上已经开始谢顶了。韩雪儿往前走了几步，轻轻拍了拍他，试着把酒鬼店长唤醒。

没拍几下，酒鬼店长迷迷糊糊地醒了，韩雪儿连忙对酒鬼店长礼貌地笑了笑，没想到他连看都没看一眼韩雪儿，就直接摸索着掏出根烟来点上。酒鬼店长深深地抽了口烟之后，又醉眼朦胧地从酒瓶堆里摸出半瓶没喝完的啤酒，一仰头，半瓶啤酒瞬间下肚。

韩雪儿彻底傻了，如此嗜酒如命的人，貌似只在武侠小说里看过。

"店长您好，我叫韩雪儿，是总部派来实习的。"这话已经是今天第三遍说了，韩雪儿期待着对方能有些正常的反应。

结果却是让韩雪儿大跌眼镜，只见酒鬼店长晃晃悠悠地站起来，就像屋里没有韩雪儿这个人一样,摇摇晃晃地出去了,就连自闭收银都至少是直勾勾地盯着自己看,没想到山外有山,酒鬼店长竟直接把自己给忽略了。

韩雪儿跟着店长回到超市,自闭收银刚看见店长,就径直推门出去了,站在马路对面直勾勾恶狠狠地盯着酒鬼店长。酒鬼店长的嘴角轻微地抽动了几下后,走到冷藏柜前,随便拿起一个面包就吃上了。

酒鬼店长边吃着面包边抬头看着闪烁的灯管,终于开口了:"换一根吧。"

作为目前超市里除了酒鬼店长之外,唯一拥有语言沟通能力的人,韩雪儿相信这句话应该是对自己说的。

"好的店长,我这就去买灯管。"时隔四年多,重回职场的韩雪儿,终于得到了第一个工作任务——买根日光灯管换上。

开着车在城中村里寻摸着灯管的韩雪儿,实在是不能相信一个这么牛 X 的超市集团里,竟然能有这样的分店。韩雪儿决定等这店里唯一的正常人——钱兼职晚上回来后,一定要问个清楚。

7

"不是!这钱我可不能要啊!"刘立冬面对着茶几上摆得整整齐齐的九沓人民币,激动地说着,"我这钱借了还不定能不能还呢,咱俩刚认识,我怎么能管你借钱啊?"

"为什么?"杨菲菲笑眯眯地看着刘立冬,她好像特别喜欢看这个大叔坐立不安的样子。

"我不是说了嘛,我现在一没工作,二没收入,在家当家庭煮夫呢,这钱我借走了,你不怕我还不上啊?"刘立冬认真地说道。

"不怕!"

"不是,你一个小姑娘,白天又不上班,你哪来的这么多钱啊?"

杨菲菲眼珠一转,说:"你管得着吗?我爸山西有煤矿,大庆有油田,北京有地皮,别说九万了,九十万你不还我都不怕,我富二代!傻了吧?"

"这……不是,老黄……啊就是我那个跟你聊天的朋友,他说你没答应借我钱啊,怎么今天突然就主动借了啊?"

"我看你可怜!"杨菲菲说话很简短。

这话要是从韩雪儿嘴里说出来,刘立冬估计又该急了,可是不知为什么,从眼前这个比自己小十多岁的小萝莉嘴里说出来,刘立冬觉得还挺顺耳。

顺耳归顺耳,刘立冬离丧失理智还很远:"不行不行,这事儿太不靠谱,快把钱收起来吧啊，富一代们的钱也不是大风刮来的。大叔我今天劝你一句，低调点，懂事点，行吗孩子？"

杨菲菲好像没听见刘立冬的话，继续道："我想交个朋友，不想老一个人待着。"

刘立冬："你没有朋友吗？"

杨菲菲："有很多，都是狗，人，没有。"

刘立冬看着这个"小屁孩"，嘴里那个脏字只发出一个声母"C……"，到底还是咽回去了。

刘立冬："好，我尽量顺着你的逻辑啊，那请问作为朋友，你看上我哪点了呢？"

杨菲菲："离得近，闺蜜嘛，就是要离得近，没事能聊天、能……怎么说呢，能厮混在一起的，就像所有的闺蜜们那样，你离得近，多方便。"

杨菲菲脸上露出向往的神情，刘立冬却更困惑了："得，闺蜜都出来了，不是，杨小姐，你这取向我真是……跟男的当闺蜜，跟女的……那啥？算了算了，大叔我还是赶紧撤吧，再不走三观就要崩溃了。"说着起身就要走。

杨菲菲突然站了起来，走到门口，抄起了地上堆着的大黑垃圾袋，翻腾起来。

离开了温柔乡的小问呜呜地表示着不满，刘立冬莫名其妙地看着杨菲菲。片刻，杨菲菲从垃圾袋里拎出一个沾满食物残渣、满是污渍的"垃圾"，晃了晃，说道："你要是实在不好意思拿钱，那这个给你，反正也要扔了，倒不如给你救个急。"

刘立冬眨眨眼，调整了一下焦距，看出那"垃圾"是什么了，一个橘红色的手提包，爱马仕，透过粘在上面的海带丝儿和鱼骨头，能看出纹路属于稀有动物皮系列的，刘立冬懂点这个，知道这"垃圾"的价值。

杨菲菲："你拿到店里去清洗一下，卖给二手店，不止九万块钱呢。"

长久的沉默后，刘立冬终于回过头，郑重地看着茶几上的那几叠人民币，脑子里开始认真地思考这事的可行性——如果九万块对这姑娘来说真就如九块钱的话，那……

"刘立冬，你快走，你危险了，你不能在这儿继续待下去了，你不能对不起家庭，对不起韩雪儿，对不起妮妮！"刘立冬脑子里穿着一身白衣，脑袋上有个光环的天使突然冒了出来，对刘立冬厉声说道。

"扯犊子吧你！刘立冬，拿走这些钱你的所有困难就都能解决了，反正她是个拉拉，就算你想干对不起家庭的事，人家都不乐意，和这样的美女做个好朋友多好啊！"拿着三叉戟，长着尾巴的恶魔刘立冬也出现了。

"男女之间根本就不可能做真正的朋友！"

"你这个愚昧的家伙！男女之间是有纯洁的友谊的！"恶魔刘立冬说完，一叉

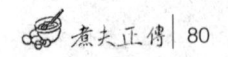

子把天使刘立冬给扎死了。

刘立冬思考完毕,对着杨菲菲笑了笑,指了指茶几上的钱,真诚地说:"好吧,这钱我借了,谢谢你啦,我给你写个借条吧。"

杨菲菲想了想,歪着头噘着嘴说:"嗯,借条不用了,不过你要答应我一个条件,就是在你还钱之前,我让你干什么,你就得干什么!"

刘立冬听完连连摆手:"那算了,我有家有老婆有孩子的,哪能你让我干什么我就干什么啊!再说了,你要让我杀人呢?我咋办?算了算了,这钱我可不敢借。"

"刘大叔,你想什么呢?怎么着,你还以为我要破坏你家庭啊?我要破坏也是跟你抢你老婆啊,你这样的大叔真是不解风情!其实我就是一个人太无聊了,想找个人陪我买买菜,做做饭,聊聊天。这样吧,刘大叔,我答应你,保证不让你干违法乱纪的事,行了吧?"

刚被扎死的天使刘立冬原地复活了:"刘立冬,这话不能信,张无忌就是因为信了这样的话,结果被夹在赵敏和周芷若之间左右为难的,你别忘了,越漂亮的女人越会说谎!你要是信了的话,早晚有一天你得后悔死!"

"你他妈倚天屠龙记看多了吧?杨菲菲能和赵敏、周芷若一样吗?人家菲菲就是看刘立冬可怜,我可告诉你啊刘立冬,现在信用卡的循环利息一天就是好几百,过了这村可就没这店了。杨菲菲在你生命里,就是和老黄一样的朋友,只不过长得比老黄好看点罢了!"恶魔刘立冬说完,扔出手里的三叉戟想再一次扎死天使刘立冬。

天使刘立冬敏捷地躲了过去,刚想说话,就被刘立冬一巴掌拍死了。

"行!那咱们一言为定,谢谢你啊,我还是给你打个借条吧。"刘立冬真诚地对杨菲菲说道。

杨菲菲笑了笑,举起手中的爱马仕,问道:"那这个……"

刘立冬尴尬地摆摆手:"不要不要。"

杨菲菲于是把爱马仕扔回了垃圾袋。

8

柴东林站在销售额连续五年垫底的第171号分店里,嘴撇得和八万一样。进店没人问好,店里的货物摆放杂乱,收银没穿制服,灯竟然还是坏的,这难道是要拍鬼片吗?柴东林看了看闪烁着的灯管,又看了看那个怎么问都不说话的收银,终于明白这家分店根本就用不着费心去找理由裁撤,这样的店要是还能继续存在下去,那可真是见了鬼了。

柴东林一边在超市里转悠着，一边奇怪，按照公司规定，垃圾成这样的分店早就该裁撤或者整顿了，可是它竟然在自己的眼皮底下存活了这么长时间，真是太滑稽了。

忽然，门外传来"砰"的一声，柴东林循声往超市门口看去，只见自己停在路边的黑色奔驰跑车被一辆正在倒车的尼桑蓝鸟撞了。一个女人慌乱地从车上下来，围观的路人指指点点，那个女人连忙从包里掏出一张纸条，在上面写着什么。不多时，那个女人写完了，把字条压在了奔驰跑车的雨刷器下之后，跳上车就跑了。

柴东林没出去，一是撞得也不严重，二是明显那个女人在给自己留电话，多一事不如少一事，被这个第171号分店气得够呛的柴东林，现在只想立刻给营业部打电话，让他们立刻把这个破店给关了。

这时，超市的门开了，刚才撞自己车的那个女人风风火火地进了超市，手里还拿着两根灯管。那个女人不是别人，正是刚才出去买灯管的韩雪儿。柴东林很奇怪，既然已经给自己留了电话，为什么还要把车驶离事故现场呢？

韩雪儿一进门，看到店里有客人，想也没想就对柴东林说了句"欢迎光临"。柴东林更奇怪地看着韩雪儿，从逻辑顺序上讲，这句"欢迎光临"怎么也轮不上这个刚进门的人对自己讲吧？

韩雪儿可没想这么多，她从库房拖出梯子，爬上去就准备换灯管。这时，自闭收银竟然晃晃悠悠地走了过来，帮她扶住了梯子。韩雪儿友善地对自闭收银笑了笑，自闭收银本色不改地把头转向一边。

一边的柴东林则是兴致勃勃地看着这家奇怪分店的奇怪员工的奇怪举动。

换完灯管的韩雪儿也没闲着，把包往收银台后面一放，挽起袖子就开始整理起摆放凌乱的货品，自闭收银则是依旧窝在收银台后的角落里，继续玩着手机。

呵呵，看来这家店还是有一个负责任的员工嘛。柴东林已经忽略了韩雪儿撞了自己车的事实，他饶有兴致地走到正在蹲着收拾货架的韩雪儿身边，问道："哎，你们这家店的人怎么不穿联华士多统一的制服啊？"

韩雪儿站了起来，回答着柴东林的问题："哦，不好意思，今天是我第一天上班，我也不是很清楚。"

"第一天上班？你没有接受店里入职前的培训吗？"柴东林问道。

韩雪儿看了看眼前这个奇怪的客人，这个人从自己回来后就在店里转悠着，既不买东西也不走，真是奇怪，看他西装革履的样子，也不像是个小偷啊。算了，甭管他是谁了，在这么奇怪的地方，还是老老实实回答问题吧。

"入职培训？这个我不太清楚，我是昨天刚刚在集团面试成功的，今天是第一

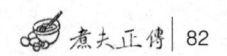

天到这个店里进行考核的新人，请问有什么能帮您的吗？"

柴东林点了点头，他对这个第一天上班就辛勤工作的员工有些好感："哦，你面试的是什么职位啊？你叫什么名字？"

柴东林的问题让韩雪儿很疑惑，难道这店里的客人在买东西前都要先盘问员工吗？

"先生，这……请问您是？"

"哦，我是集团营业部的巡店，这不今天看你面生嘛，随便问问。"柴东林给自己胡编了一个身份。

韩雪儿听完肃然起敬，热情地说道："哦，您好，我叫韩雪儿，我面试的职位是市场部的执行经理，请您多多关照。"

柴东林点点头，对韩雪儿说："嗯，好，那你忙吧，我再转转。"

说完，柴东林溜达走了。韩雪儿继续收拾起货架来。

柴东林在超市又转悠了一圈之后，出了门。

来到自己的车旁，柴东林拿起韩雪儿给自己留的那张纸条，拉开车门坐了上去。

背对着门努力收拾货品的韩雪儿，没有看到柴东林竟然是那辆被自己刮掉一大块漆的奔驰跑车的主人。

车里，看了那张纸条后的柴东林，被生生给气乐了。

纸条上写着：不好意思，我刚才撞了您的车，我是个穷人，我车的保险也刚刚过期，我实在是赔不起您这么贵重的车，只能跟您说声"对不起"了，现在很多人都在看着我，他们都以为我在给您留电话，其实……并没有。

柴东林隔着车窗，笑眯眯地看着那个穿着一身职业套装，却撅着屁股努力地收拾着货架的韩雪儿。

这个女人有点意思，呵呵，韩雪儿，市场部的。

柴东林一边微笑着，一边把车开走了。

不过，这个有点意思的韩雪儿，却无法打消柴东林撤掉第171号分店的念头。

柴东林一边开车，一边拨通了营业部总监的电话。

"我是柴东林，刚才我去了一趟第171号分店，我想问问你，这么差的店为什么还能继续营业？"

"柴总，这个……"电话那边的营业部总监支支吾吾。

"好，原因我就不追究了，请你立刻把这家店撤了，明天一早我不希望再看到它开门营业！"柴东林的口气不容置疑。

"这……柴总，这家店不能撤啊。"营业部总监为难地说。

"为什么？"柴东林追问。

"……"电话那边是长时间的沉默。

柴东林怒了，就算这里面有猫腻，其他部门的元老们至少还编个理由糊弄糊弄自己，可是现在这个营业部的总监，竟然连个理由都懒得编了。

"赵总监！我不管是为什么！总之现在你立刻马上把这家店关了！"柴东林说完后，狠狠地挂断了电话。

不多时，扔在副驾驶座位上的电话响了起来，柴东林一看，竟然是自己父亲，也就是那个亲手创造了联华士多帝国的人打来的电话。

"喂，爸，您找我？"柴东林接起了电话。

"东林，我刚才听老赵说你要撤掉第171号分店？"电话那头是一个苍老的声音。

"是啊，爸，这个分店管理混乱，连续五年都是全国六千一百二十五家分店里，销售额最低的，这样的店还留着干什么？"柴东林激动地说道。

"东林啊，你听我说，这个店不能撤。'

"啊？为什么？"竟然连父亲都这么说，到底是为什么？

奔驰跑车停在路边，眼眶有些发红的柴东林拿着电话认真地听着，一边听着电话，柴东林一边点头。

"好的，爸，我知道了，这家店我是永远不会撤的！"柴东林说完，挂断了电话。

电话上显示的通话时间是三十五分钟。

9

提前半小时就到幼儿园门口等着接妮妮的刘立冬心情挺好，从杨菲菲家出来后，直接就去银行把钱给还了。手头宽裕了的刘立冬直接从家政公司叫了三个小时工，不到一个小时，家里就恢复成早上自己进厨房前的样子了。

心怀鬼胎的刘立冬决定收买妮妮，让韩雪儿永远不知道今天早上家里到底发生过什么。

临近幼儿园下课时间，越来越多的老人聚集在幼儿园的门口，刘立冬左右看了看，除了一两个岁数和自己差不多的妈妈之外，其他来接孩子的都是老人。

这时幼儿园的门开了，一群孩子呜泱呜泱地拥了出来，每一个老人脸上都挂着笑，不是拿出随身携带的水壶给孩子喝水，就是立刻从孩子身上抢下书包帮着背，更有甚者还从包里掏出水果糕点来喂孩子吃。为了讨好妮妮的刘立冬，有样学样地要帮妮妮背书包，妮妮奇怪地问道："你干吗啊？"

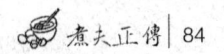

刘立冬指了指旁边的"楷模"，说："人家都帮着背啊，不用这样吗？"

"妈妈说过，这样不好，小朋友应该自己的事情自己做。"妮妮认真地践行着韩雪儿的教育理念。

"好，妮妮真棒！"刘立冬说完，左右看了看，顿时觉得自己的孩子特优秀，看着周围那些嘘寒问暖的家长们，一种鹤立鸡群的优越感油然而生。

父女两人并排走在路边的人行道上。

妮妮手里拿着个刘立冬刚才硬塞给她的冰激凌边走边吃，刘立冬很清楚，妮妮爱吃冰激凌，可是好像因为什么脾胃不和的原因，韩雪儿严格控制着妮妮每天吃冰激凌的数量。

不一会，妮妮吃完了，拿着冰激凌盒继续往前走。

"妮妮，拿着盒子干吗啊？怎么不扔掉啊？"刘立冬问道。

妮妮左右看了看，说："没有垃圾桶啊。"

"哦。"刘立冬觉得挺惭愧，貌似随手乱扔垃圾这类行为自己经常有，他决定以后要严格要求自己做到"五讲四美三热爱"。思想觉悟没多高的刘立冬倒不是为了以身作则地教育妮妮，他主要是害怕妮妮有样学样地跟自己学坏，韩雪儿要是万一发现了，那唠叨劲刘立冬想想就害怕。

"妮妮，还想再吃一个吗？"刘立冬问道。

毕竟是小孩，妮妮听完两眼放光："啊？还能吃一个？"

刘立冬点了点头，问："如果还能吃的话，你要不要啊？"

妮妮想了想："可是妈妈说一天只许吃一盒啊。"

刘立冬一脸坏笑："如果妈妈不知道妮妮偶尔一天多吃一盒冰激凌呢？"

"可是……妈妈不知道的话，不对吧？"妮妮犹犹豫豫地说。

"妈妈不知道怎么不对啦？妈妈不知道的事多了，比如太阳离我们有多远，宇宙里有没有外星人，妈妈全不知道啊。妮妮，妈妈不知道的事情并不一定就是不对的。"刘立冬开始对一个不到五岁的小女孩使起了偷换概念的把戏。

"那还能再吃一个？"妮妮的是非观开始动摇了。

"嗯……今天可以，但是不可以经常这样，偶尔做一些妈妈不知道的事情还是可以的，比如一年里只有一天多吃一个冰激凌，那就没什么关系，但是自己一定要把握住分寸，一定不能过分，你懂吗？"刘立冬还算有点良心，没有在第一天就彻底摧毁韩雪儿四年多的教育成果。

"什么事情是过分呢？"妮妮没明白，追问着刘立冬。

"嗯，比如……"刘立冬一时还真找不出个合适的例子来。

妮妮天真地问:"那偷偷穿妈妈的衣服是不是就是过分啊?"

"这个没关系,你要愿意的话,随便穿呗,这个过分的事情就是呢……比如妮妮偷偷打了幼儿园的小朋友之后不告诉妈妈,这就是过分;再比如妮妮偷东西,这也是过分;还有把毛毛虫放在老师的抽屉里,揪女同学的辫子什么的。"刘立冬实在是不知道小女孩能做什么过分的事,只能把自己小时候干过的坏事说了出来。

妮妮困惑地点了点头,刘立冬趁热打铁:"那今天就再吃一个?"

妮妮高兴地说道:"好!那就再吃一个!"

10

此时的第171号分店,货品摆放整齐、窗明几净,经过韩雪儿的打扫,已经焕然一新。而韩雪儿却被累得够呛,正坐在库房的一箱饮料上揉腿捶背。

外面传来"收货"的喊声,韩雪儿连忙跑了出去,只见一辆带有联华士多标志的货车停在超市门口,一个穿着制服的人正在从车上往下搬货。

韩雪儿跑了过去,问道:"这是给我们店补的货?"

送货人看了一眼韩雪儿,点头道:"是啊,哟,你新来的啊?"

"对,我叫韩雪儿,今天第一天上班。"

"哦,你好,对了,下回你们早点把非食品类的补货单子发公司啊,每次都是大中午的才发,弄得我天天都得特地为你们店再多跑一趟。要是早点发的话,早上我送食品类的货时,跑一趟不就行了?"送货人跟新人使劲抱怨着。

"好的,一定,真是麻烦您了,那这些货我搬进去啦?"韩雪儿很客气,说完弯下腰就要搬货。

"别别别!你别管,我来就成。"送货人赶紧制止了韩雪儿,"这要是让我们领导知道了,我这个月奖金就没了。"

送货人说完,搬起货品就进了店,刚一进来,看到店里竟然变得这么整洁了,不禁愣了一下,而后直接打开箱子,把里面的各类货品开始往货架上瞎码。

韩雪儿跟着进店后,看见送货人胡乱地往货架上补着货,她心疼自己的劳动成果,于是说道:"师傅,麻烦您放这儿吧,待会儿我自己往货架上码就成。"

送货人点了点头,说了句"好吧"之后,转身就要走。

韩雪儿很奇怪,她叫住送货人问道:"补了多少货不用清点清点数量签个字吗?"

送货人回头说:"你们店当然不用了。"

送货人说完,上车就走了,留下了一头雾水的韩雪儿。

"你们店当然不用了。"那么就是说别的店还是用的。

太奇怪了，还不能让店里的人搬货，否则他就会被扣奖金，联想起早上钱兼职和酒鬼店长都是随便拿起东西就吃，再想想这个第171号分店的种种诡异，韩雪儿决定，今晚等钱兼职回来，必须要问个清楚。

11

刘立冬和妮妮坐在小区花园里的长椅上，妮妮正在津津有味地吃着今天的第二个冰激凌。

刘立冬笑眯眯地看着妮妮，问："怎么样啊？好吃吗？"

"嗯！"妮妮使劲地点了点头。

看着已经上钩的妮妮，刘立冬说道："妮妮啊，今天你吃了两个冰激凌的事，怎么才能让妈妈不知道啊？"

"我不说，爸爸也不说，妈妈就不会知道啦。"妮妮回答道，看来真是学好不容易，学坏很简单啊。

"可是爸爸为什么要不告诉妈妈啊？又不是爸爸吃了两个冰激凌。"刘立冬语气严肃起来。

"可是……可是是爸爸让我吃的。"妮妮害怕了，瘪着嘴委屈极了。

"明明是你自己要吃的嘛，刚才谁说'好！那就再吃一个！'的？"刘立冬学着妮妮的口气。

妮妮快委屈死了，低下头轻声说："是我……"

刘立冬笑了，要想让这个小丫头帮自己保守秘密唯一的方法，就是把两个人变成拴在一根绳上的蚂蚱。

俗话说得好，最铁的关系是什么？一起扛过枪，一起分过赃啊。

刘立冬摆出了语重心长的姿态："不过呢，爸爸也有事情不想让妈妈知道啊，所以呢……"

妮妮到底是聪明，立刻打断刘立冬，说道："爸爸，今天早上小问要死了和厨房爆炸的事情，妮妮不说，爸爸也不说。我吃了两个冰激凌的事情，爸爸不许说，妮妮也不说，我们拉钩！"

"拉钩上吊，一百年不许变。"父女俩高兴地拉钩。

刘立冬满意地抱起妮妮往家走去，远远地就看见小区公告板前面围了好多人，以看热闹为终身爱好的刘立冬自然不能放过，抱着妮妮就挤了进去。

不认字的妮妮也挺好奇，问刘立冬："爸爸，这上面写的是什么啊？"

刘立冬给妮妮念着公告："由于成本增加，物业管理部决定从即日起调整本小区的物业费标准,由原来的每平米 2.5 元,调整成每平米 3.5 元。另由于本小区物业费拖欠严重,90% 的业主都存在拖欠行为,本物业公司决定,三十日内如果还有一半以上的业主不能补齐拖欠的物业费的话,本物业公司将撤出小区,并停止一切修缮维护工作,由此带来的事故及一切后果,与本物业公司无关。"

刘立冬刚念完,周围的人群就炸了锅。

"这什么破物业啊!平时什么活都不干,凭什么交物业费啊?"

"就是!再说了,凭什么他们说涨价就涨价啊?"

"不交!他们滚蛋了更好!"

"对,就是不交!你看看,草地全是秃的,电梯一个月坏了四次,小区里什么人都能进来,保安天天在岗楼里睡觉,谁交物业费谁有病!"

"呵呵,这上面还说有百分之十的人交物业费呐?谁啊?这不二逼吗?"

"我家门上天天塞满了小广告,什么送餐的、按摩的、开锁的、疏通下水道的、情感陪护的,都是因为保安不管,谁都让进,这样的破物业,早点滚蛋吧!"

"就是!这钱不能交!什么时候他们能像当年我们贝勒府里的内务部一样,服务周到了再说吧。"

贝勒府?刘立冬不禁向说话的人看去,说这话的是一个秃瓢老头,右手放在胸前,竖着的大拇指上还戴着一个扳指。

"什么贝勒府!哼,要是我手里还有当年的侦察连,我第一个就把你给专政了!"一句中气浑厚的话音传来,让贝勒爷撇了撇嘴,不敢说话了。

这回说话的是一个两鬓斑白的老人,他穿着一身洗得发白的旧军装,老人站得笔直,那身板一看就是当过兵的。

"#¥@#¥@#¥@#¥@#¥#@#¥@#¥。"一阵不知何处的方言传来,情绪激动的群众们都没听懂,顿时全不说话了,齐刷刷看着那个说方言的老太太。

老太太穿了一身大红的、乡土气息浓烈的碎花外套,脖子上却不搭调地系了一条 LV 围巾。

贝勒爷开口了:"土根爹啊,土根他娘说什么呢?"

"她说这钱太贵了,三块五一平米,都赶上俺们村里半亩地撒农药的钱了。"站在土根娘身边的土根爹,用虽然不标准,但是还能听懂的"普通话"翻译道。

"就是,土根娘说得对!老好人,你们家小区多少钱物业费啊?"贝勒爷对着身边一个满头白发,穿着极为普通的老人问道。

"不贵!"被贝勒爷称为"老好人"的老头回答。

"真是,多一个字都懒得说,走,请我吃饭去吧,今天我给你讲讲当年我爷爷觐见皇上的故事。"贝勒爷说完，也不等老好人答应，径自走了。

老好人向老连长、土根夫妇点了点头，示意再见后，一句多余的话都没说，直接跟着贝勒爷走了，一看就知道这几个怪人之间还挺熟。

刘立冬抱着妮妮离开了继续讨论着的人群，拿出手机给韩雪儿拨了过去。

"老婆，物业说要涨价，而且还催交物业费呢，说一个月内要是半数业主没补齐的话，他们就跑了。我看所有邻居都不想去补交，我问问你啊，咱家物业费交了吗？要是交了的话，我赶紧去要回来，看这架势，估计他们肯定得撤了。"

"什么？就这破物业还有脸涨价？你放心，咱家一直没交过。自从上次咱家楼上漏水，我给物业打了八十多个电话，等了三天，他们都不来看看之后，我就再也没交过，就这样的物业，谁交钱谁有病。"韩雪儿一听就来气了。

"哦，那我就放心了。'

"立冬，我晚上估计回家早不了，你带妮妮出去吃吧，吃点健康的啊，别带她吃路边的羊肉串。"

"哦，知道了。"

刘立冬挂断电话，抱着妮妮回家了。

12

店里已经没有任何活可干的韩雪儿马上要无聊死了，整整一天，除了进来13个客人，一共消费五百四十二块五毛之外，剩下的时间都是和自闭收银大眼瞪小眼地干耗着。

韩雪儿看了看表，已经七点半了，钱兼职早上不是说七点就能回来吗？这都晚了半小时了，怎么还没回来啊？看来这店里唯一正常的人也够不靠谱的。

这时，酒鬼店长晃晃悠悠地从后面走了出来，看到干净整洁的店面时，愣住了。不过一秒钟之后，他又恢复成原来的样子，向收银台晃了过去。

自闭收银看见店长出来后，立刻像早上一样，拉开门就出去了，站在马路对面，直勾勾恶狠狠地盯着酒鬼店长。

这次的酒鬼店长没像早上一样离开，而是与店外的自闭收银眼对眼地互相盯着……

韩雪儿看了看表，两个人保持这样的姿势已经足足有五分钟了，已经见怪不怪的韩雪儿一边看着斗鸡似的两个人，一边给他们掐着表。

六分三十秒后，酒鬼店长败下阵来，他走到收银台后，输入密码直接打开POS机，一把将里面的现金都拿了出来，直接塞进裤兜里。

忽然，酒鬼店长抬起头来，对着韩雪儿说："吃饭了吗？"

韩雪儿一愣，随即摇了摇头。

酒鬼店长拿出一百元，递给韩雪儿："出去买点饭吃吧，帮他也带一份。"

酒鬼店长说着，指了指门外的自闭收银。

说完后，店长就拉开门出去了，马路对面的自闭收银好像很害怕酒鬼店长一样，后退了几步。直到看见店长没过马路，直接右转弯走远后，自闭收银才回到超市。

韩雪儿拿着那一百块钱，问自闭收银："你想吃什么？"

自闭收银没搭理韩雪儿，走到冷藏柜前，拿了两个寿司一个奶油布丁，回到收银台后，自顾自地吃了起来。

这时，钱兼职风风火火地回来了。

"哟，不好意思啊，回来晚了，临下班的时候老板非要开个会，呵呵。"钱兼职边说边把身子探进收银台，打开钱箱，"嗨，老头今天怎么这么早就把钱拿走了？"

"哦，店长刚出去，他留了一百块钱给我，说让我买点晚饭吃。"韩雪儿把手里的一百元钱放在收银台上。

钱兼职拿起钱，对韩雪儿说："走，那咱俩出去吃点东西去，正好我今晚上没什么事，估计你有一肚子问题要问我吧？"钱兼职说完，捅了捅自闭收银，"你吃不吃？"

自闭收银摇了摇头，这是韩雪儿第一次看到他对一句话竟然能做出反应。

钱兼职没搭理自闭收银，直接从收银台下面拽出一个大垃圾袋，向冷藏柜走去。这时，她才发现店里竟然发生了翻天覆地的变化。

钱兼职惊讶地问韩雪儿："这……这你弄的？"

韩雪儿点了点头："是啊，白天闲得没事，我就给收拾了一下。"

"强大，太强大了！"钱兼职一边说着，一边把冷藏柜里的三明治、小蛋糕、寿司等食品往垃圾袋里扔。

韩雪儿奇怪地问道："你要把这些都拿走？"

"不是，都扔掉，这些公司自制的食品，保质期都只有十六个小时。公司规定了，这些没卖出去的食品在过保质期前一定要都扔掉，反正待会儿咱俩吃完饭也就不用再回来了，现在顺手带出去扔了，这不省得再多跑回来一趟嘛。"钱兼职一边说着，手底下却没停，继续往垃圾袋里扔着那些食品。

"啊？这……这都扔掉多可惜啊。"

"这有什么可惜的，联华士多这么大个集团，扔它点吃的怎么了？再说了，它自己这么规定的，我管得着吗？"怨气冲天的钱兼职拿起垃圾袋，对自闭收银说，

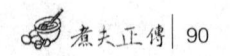

"我们俩走了啊，一会别忘了锁门。"

钱兼职说完，拎着大垃圾袋就走了，韩雪儿愣了一下，连忙拿起包，对自闭收银说了声再见后，跟着跑了出去。

<h2 style="text-align:center">13</h2>

刘立冬、老黄和妮妮坐在被韩雪儿明令禁止不许吃的路边羊肉串摊前，妮妮手里拿着十来串羊肉串，吃得正香，老黄和刘立冬则是边喝啤酒边聊着天。

老黄用嘴狠狠地从签子上拽下一块羊肉，说道："真的假的？那个杨菲菲这么有钱？"

刘立冬喝了口啤酒，点头道："是啊，扔爱马仕包就像扔个塑料袋似的，爱马仕啊！我他妈连个购物袋都舍不得扔。"

"不行，从今天开始，我天天上你们家楼下垃圾桶边上转悠去。这家伙，就算她一礼拜扔一个也行啊，比我那相亲网站靠谱多了。"老黄嘴里说着话，可是一点都没耽误吃，一句话工夫，又吃完了一串。

"我觉得那姑娘不像个富二代，你想想，一个家里山西有煤矿、大庆有油田的孩子，还能住在咱们这样的小区里？这不胡说吗，再说了，她说她是因为可怜我才借给我钱的，富二代会可怜咱这样的屁民？反正我是越想越不对劲。"刘立冬说完，又递了几串给妮妮。

"喊，说得跟你认识多少富二代似的，别人不知道，我还不知道啊？你对富二代那点了解，都是从电视剧里面学来的。哎，对了，我问你个正经事啊，那姑娘真的是个同性恋？"

"应该是吧？我也不知道，反正白天她自己说，就是因为太孤独了，想找个朋友一起聊聊天。我一开始也不信，还怕她破坏我的家庭呢，结果人家说了，要破坏也是和我抢我老婆。哎，老黄，你问这个干吗啊？"

老黄一本正经地说："啧！我琢磨着吧，我有个远房表妹，长得不错，她杨菲菲要真是同性恋的话，我打算把我表妹介绍给她，弄不好咱也能跟人家攀个亲家啊，这以后还不要风得风，要雨得雨……"

刘立冬直接打断老黄："你傻帽吧，人家杨菲菲长那么漂亮，她还找漂亮的干吗啊？你得弄个春哥那样的，我估计还能有点戏，要不你自己去趟泰国，直接把自己给自宫了得了，不过丑话可说在前面啊，即便自宫，也未必成功啊。"

老黄听完，笑骂着拿起签子就要扎刘立冬，这时，刘立冬的手机响了起来。刘立冬冲老黄比画了个噤声的手势之后，小声说道："别闹，杨菲菲的电话。"

老黄顿时严肃起来，安静了。

"喂，杨小姐，咋了？……哦，我在小区西门外的烧烤摊正吃饭呢……哦，好，好。"

刘立冬挂断电话，老黄好奇地问："咋了咋了？"

"她要过来。"刘立冬回答。

"啊？"老黄听完，连忙站起身来，开始整理衣服。

"不是，人家姑娘要来，你瞎捯饬什么啊？怎么着，还真想自宫一下啊？"刘立冬朝老黄扔出一根签子。

"你懂个屁啊，我这叫有礼貌，争取给富人留下个好印象，弄不好以后分我个煤矿啥的。"

"你就做梦吧啊！"

"喊，一切皆有可能！'

刘立冬和老黄正斗着嘴，杨菲菲穿着一条短到不能再短的裙子，蹦蹦跳跳从小区西门里出来了。

老黄色眯眯地看着正往这儿走的杨菲菲，感叹道："真是暴殄天物啊！"

"刘大叔，你就带你闺女吃这个啊？"杨菲菲跑到烧烤摊旁，拍着刘立冬的肩膀说道。

没等刘立冬回答，认识杨菲菲的妮妮先开口了："姐姐好！"

"哎，你也好啊，妮妮小朋友。"杨菲菲说着就亲了妮妮的脸一口。

老黄看着很羡慕，也连忙说道："杨小姐好！"

杨菲菲白了老黄一眼，没搭理他。没有像妮妮一样，用问好就能换到香吻的老黄很郁闷。

刘立冬指了指一边空着的小板凳，问杨菲菲："吃点吗？"

杨菲菲点了点头，坐了下来，小板凳实在太矮了，穿着短裙的杨菲菲为了不走光，只能侧着坐，这样的坐姿使杨菲菲那漂亮的大腿暴露无遗，坐在杨菲菲对面的老黄大饱眼福。

杨菲菲刚坐下，就不客气地拿起一根烤串咬了一口，边吃边对刘立冬说："刘大叔，你老婆呢？"

"不是，杨小姐，我已经很可怜了，麻烦你别打我老婆的主意了行吗？而且别老叫我大叔了，这是不良心理暗示，你叫我名字吧行吗？"刘立冬可怜巴巴地说道。

"行啊，立冬，不过你也不许叫我杨小姐了，多难听啊，跟小姐似的，你叫我菲菲吧。"杨菲菲说完，拿起一瓶啤酒，给自己倒了一杯之后，冲老黄努了努嘴，

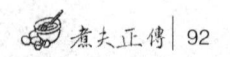

问刘立冬,"你朋友啊?"

没等刘立冬说话,老黄就站起身来,左手贴在肚子上,右手伸出,微微躬身,自认为像英国绅士般的老黄,用自认为最有磁性的声音说了句:"你好!"。

老黄做出这样的举动后,坐着的三个人全笑喷了。

围坐在烧烤摊边的四个人笑声不断,也不知道妮妮怎么招惹老黄了,老黄板着脸假装厉害地冲妮妮说:"你个小泥巴!"

妮妮也不甘示弱,更厉害地冲老黄说:"你个大黄狗!"妮妮说完,做了个鬼脸就跑了,老黄起身就要追,结果被脚底下的啤酒瓶绊了一下,一个屁墩坐在地上。

刘立冬自然是要帮着女儿的,他冲着已经跑到不远处的妮妮喊道:"妮妮,你应该叫他老黄狗。"

坐在地上的老黄快要气死了,对着刘立冬一连喊出无数个跟"刘"字发音相关的骂人词汇:"臭流氓、大盲流、溜肩膀、刘老根……"

看热闹的杨菲菲笑得花枝乱颤……

14

韩雪儿和钱兼职坐在一家小菜馆里,钱兼职拿着打开计算器功能的手机,一边点菜一边在计算器上累加着菜价。

"好,就这些吧,再加上两碗米饭。"点完菜的钱兼职给韩雪儿看了看计算结果,九十八块钱——店长给的一百块钱饭费,被完完全全地吃光花净了。

韩雪儿的大脑已经处理不了眼前的情景了,实在不知道该说什么的韩雪儿只能嘿嘿傻乐两声。

"说吧,想问什么?"钱兼职问韩雪儿。

"这……我……"脑子里全是问题的韩雪儿已经不知道该从何问起了。

钱兼职笑了笑,善解人意地说道:"是不是问题太多了?这样吧,我先给你讲讲,等我讲完,你要是还有什么不清楚的地方,你再问,怎么样?"

韩雪儿感激地点了点头。

"首先呢,我仅代表我自己,欢迎你来到联华士多集团全国六千家分店里,连续多年被评为销售最差、管理最糟、挣钱最少的第171号分店。我姓钱,哦,对了,早上说过了哈。"

韩雪儿没说话,微笑着点了点头。

"我呢,在这儿工作两年多了,其实我应该算是店里的全职员工吧,可是因为压根就没人管,所以我就出去又找了个兼职。呵呵,也不能算是兼职吧,那个公司的工作倒好像应该是全职。嗨，不说这个了，总之我就是每天早上来店里一趟，盘盘货，看看缺什么，然后去公司上班，抽空把补货清单给配送部发过去。当然了，这个补货清单就是只针对于非食品类的货，食品类的货因为天天都要更换，所以每天早上配送部都会定量地把食品类的货送过来。"

钱兼职说了半天，一点都没说到点儿上，韩雪儿却听得很认真，至少她了解了一些店里的工作流程。

韩雪儿说道："哦，这个今天来送货的人说过了，他们说以后让早一点把补货清单发过去。"

钱兼职一听，有点不高兴了："我哪有时间啊，上班之后忙着呢，我能趁中午午休的时候给他们发过去就不错了。"

韩雪儿说："要不以后我弄吧，也省得你天天这么辛苦。"

"好啊，那你可是帮了我的大忙了，感谢啊。"钱兼职说着，一点不客气地就从包里掏出一大摞补货清单递给了韩雪儿。

钱兼职继续介绍着："我接着和你说啊，咱们店长是个酒鬼，这你今天也应该看见了，他每天唯一清醒的时候，就是去买酒的路上。收银呢是个自闭症，我来这儿两年多了，他除了冲我点头摇头之外，就只和我说过一句话。"

"什么话啊？"韩雪儿很好奇。

"就一个字，哦！"

韩雪儿听完，乐了："其实他挺好的，今天我换灯管的时候，他还帮我扶梯子呢。"

"是，收银他人不错，就是脑子有毛病。"钱兼职很赞同韩雪儿的观点。

"可是这家店这么乱七八糟的，集团就没人管管吗？"韩雪儿开始发问了。

"没人管，这一点我也特奇怪，别的店每天的销售额都要报账，每隔三天集团都会派财务来收钱，可是就咱们店，完全没人管，不但一分钱销售收入不用上缴，而且要补什么货随便，单子只要一发过去，想要什么给什么。你今天应该也看见了吧？不管白天卖了多少钱，店长都直接拿走买酒喝了，生意好的时候他就喝洋酒，不好了他就喝二锅头，总之只要是含有酒精的液体，他都喝。"钱兼职挺啰唆，跑题的本领很高强。

"这……你不觉得这也太奇怪了吗？"

"嗨，管他呢？没人管不是更好，我劝你啊也像我一样，再出去找个工作。你看我，现在店里每月给我开三千块工资，外面的公司给我六千五一个月，每周一三五晚上我还去教英语，这一个月又是两千八，再加上我顺手开个淘宝店，生意最差了每个月也能挣四五百，运气好了，最多一个月挣过五千呢。不算淘宝店的话，我每个月固定收入就是一万两千三，你别忘了，这可都是纯利啊，除了租房每个月八百以外，平时生活用品我一分钱都不用花。"钱兼职不愧是姓钱，说起钱的事来，眉飞色舞。

"啊？为什么买生活用品不用花钱啊？"

"嗨，店里拿啊，又没人管，随便拿。呵呵，不过我也尽量不多拿，平时用的时候也挺节约，毕竟不太好，是吧？哎，有一点我可要和你澄清一下啊，我淘宝店是卖衣服的，都是我一件一件从动物园批发回来的，我可没偷店里的东西卖啊，我虽然爱钱，可是每一分钱都是我工作挣来的。"钱兼职挺激动地解释着。

"明白明白，我知道。"

"你还有啥问题吗？"钱兼职很热心，虽然自己也是啥都不清楚，可是还是想尽量多地回答韩雪儿的问题。

"我不是来这个店上班的，我是昨天在集团面试通过后，被派到这个店来考核的，我想问问你，以前有人来这个店考核过吗？"韩雪儿最关心的不是这个店怎么样，而是一个月后的考核成绩。

"有啊，不少呢，算上你应该有二十多个了。"

韩雪儿很感兴趣地问："啊？那他们怎么样啊？考核通过了吗？"

"没有，一个都没有，你想啊，看到咱店里这个德行，谁还有信心啊？我想想啊，最多的好像撑了四天就跑了，最少的报到当天就撤了。"上菜了，钱兼职一边吃着一边给韩雪儿解释。

"哦……"韩雪儿若有所思地点了点头。

"哎，你吃啊，哦，对了对了，有个事一定得提醒你啊，那个自闭收银的手机你可千万不能碰，也不能看他在玩什么。"

"啊？为什么啊？"

"啧！你十万个为什么啊？我也不知道为什么，反正上次我想看看他天天都窝在那儿玩什么呢，结果刚把脑袋伸过去，嚯，他就疯了，嗷嗷叫唤着要咬我啊。

幸亏我反应快，立刻跑到店长办公室了，嘿嘿，他就没敢进来。"钱兼职一边嚼着鱼香肉丝一边得意洋洋。

"是啊，为什么收银那么怕店长啊？今天只要店长一出来，收银就跑出去，恶狠狠直勾勾地盯着店长看。"

"我哪知道啊？你整个一个十万零一个为什么，店长那德行你又不是不知道，他没比自闭症开放多少，虽然偶尔说句人话，可是哪句话有内容啊？哎，你赶紧吃吧，要不都凉了。"

韩雪儿点了点头，想了想店长今天说过的两句话，确实没什么实质性内容，随后，韩雪儿拿起筷子夹了口菜放进嘴里，若有所思地吃了起来。

15

刘立冬和妮妮坐在沙发上，有一搭没一搭地看着电视。

妮妮看了看表，已经快十点了，不禁问刘立冬："爸爸，妈妈怎么还不回来啊？你要不要给妈妈打个电话啊？"

刘立冬说："不用打，妮妮，你知道吗？在外面工作是非常非常辛苦的，而且有很多很多身不由己的事情，像咱们这样在家闲着的，是不能总打电话影响在外面拼命工作的人的。这一点你妈妈原来就做得非常不好，爸爸在拼命工作的时候，妈妈总是打电话问'几点回家啊''今天回不回家吃饭啊'这类无聊的问题，非常干扰爸爸的工作，所以呢，现在我们也不能因为自己闲得无聊，就去干扰妈妈，明白吗？"

刘立冬说完，觉得自己特伟大，韩雪儿特不懂事。

妮妮点了点头："可是都十点了，我该睡觉了，妈妈不回家，没人给我讲睡前故事啊。"

"嗨，就这点事啊，爸爸给你讲啊，走，上你房间去，爸爸给你讲故事啊。"刘立冬不以为然地抱起妮妮，向妮妮房间走去。

妮妮躺在床上，瞪着大眼睛看着刘立冬，坐在床边的刘立冬撇着嘴，一脸便秘的样子。

"爸爸，快开始啊。"妮妮催促着。

刘立冬低头看了看手里那本全英文的童话故事书，很无奈。刘立冬努力地翻着，终于找到了一句自己能读的英语。

"狼狼啊狗，啊比格道哥意思……"（Long long ago, a big dog is……很久很久以前，一只大狗是……）

刘立冬用标准的 Chinglish（中国式英语）困难地朗读着。

"不对！爸爸，你发音难听死了。"妮妮抱怨着。

"这……妮妮，咱换个故事讲吧，这玩意你能听懂？"

"大部分都能，一开始一点都听不懂，可是妈妈每天都是一句英文一句中文地念给我听，听着听着就能慢慢听懂了。"妮妮认真地给刘立冬解释着。

才和妮妮相处了一天的刘立冬很震惊，一是他觉得韩雪儿要自己教育孩子的想

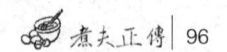

法是非常正确的。二是很内疚，自从妮妮出生后，自己是玩了命地工作挣钱，按时回家和没喝醉回家的次数是越来越少，自己好像除了妮妮长什么样之外，对于妮妮的成长是一无所知。

刘立冬叹了口气，既然韩雪儿把自己最擅长的英语教给了妮妮，那自己就把自己最擅长的讲故事的方法教给妮妮吧。

"妮妮，你喜欢讲故事给别人听吗？"刘立冬问妮妮。

"喜欢啊，可是我讲得不好，我们幼儿园的小明最会讲故事了，我们都爱听他讲。"

"那爸爸教你怎么给别人讲故事，好不好啊？"

"好！"妮妮高兴地欢呼着在床上跳了起来。

刘立冬想了想，说道："讲故事呢，关键就是要让别人愿意听下去，什么故事能让人愿意听呢？那就是让人听了不知道为什么的故事，别人才愿意听，妮妮，你能听明白吗？。"

妮妮摇了摇头，"不懂！"

刘立冬又想了想，说："比如啊，小明捡了十块钱，他可高兴了。和刚挨完爸爸一顿揍的小明，忽然高兴了。这两句话里，哪一句话你愿意听？"

妮妮想都没想地回答："第二句，爸爸，小明为什么高兴了？他爸爸不是刚揍完他吗？"

刘立冬笑了："对，这就是怎么讲故事，你看，你对小明好奇了吧？爸爸告诉你啊，小明为什么高兴呢？就是因为小明刚捡了十块钱，怎么样？好玩吗妮妮？"

妮妮使劲在床上跳着，边跳边喊："好玩好玩，爸爸，你快点接着讲！"

卧室里，妮妮躺在床上，认真地听刘立冬讲着相同意思但是叙述方式不同的故事，刘立冬努力地把自己学过的戏剧理论转化为儿童故事，父女两个都很投入……

16

开车走在回家路上的韩雪儿还是一头雾水，经过钱兼职的答疑后，根本性问题一个都没解决。

韩雪儿仔细地回忆着刚才吃饭时钱兼职说的每一句，忽然，灵光一现，韩雪儿一拍大腿，恍然大悟。

"没有，一个都没有，你想啊，看到咱店里这个德行，谁还有信心啊？我想想啊，最多的好像撑了四天就跑了，最少的报到当天就撤了。"

这句话至关重要，韩雪儿听说很多大公司在面试时，都会让应聘者做一些稀奇古怪的测试，有测试合作能力的，也有测试心理健康的，更有甚者还要看应聘者的星座呢。可是所有的这些测试都是理论上的，只有联华士多集团，才会用这样实际的方法去测试一个应聘者的素质。

想到这儿，韩雪儿不禁佩服起联华士多的人事部来，只有这样的测试，才能真真正正地把一个人面对极端困难时的能力体现出来。

想明白了之后的韩雪儿信心满满，她决定一定要坚持坚持再坚持，从明天开始，竭尽自己的全力，也要让这个第171号分店改头换面。

17

深夜，韩雪儿轻轻打开了房门，只见客厅里的灯亮着，电视开着，刘立冬和妮妮都没在。韩雪儿一边换鞋一边往厨房里看了看，刚才在回家路上已经无数遍幻想家里一片狼藉的韩雪儿，此时很欣慰，只见厨房里异常干净，甚至比自己早上走的时候还干净。

韩雪儿轻轻推开了妮妮卧室的门，只见刘立冬趴在床边，和妮妮一起睡得正香。

"老公，谢谢你。"韩雪儿轻声说道。

第五章 韩雪儿的危机公关

1

十来天后，刘立冬已经可以"熟练"地操持家事了，他现在很清楚什么事是自己力所能及可以做的，什么事是自己竭尽全力也做不了的。

比如厨房，就是刘立冬不愿意再触碰的禁区。进行了三次厨房挑战，均由小时工来善后的刘立冬现在就很清楚，厨房的那些事儿，自己可能永远也弄不好。现在每天早上刘立冬都会早起半个小时，从早点摊把包子豆浆油条买好，再回家叫妮妮起床。反正韩雪儿走得早，妮妮和刘立冬的联盟关系也早建立起来了，只要不让韩雪儿看见和知道，他刘立冬偷点奸耍点滑也是OK的。

偷奸耍滑唯一的坏处就是花销太大，韩雪儿最近很忙，忙到晚饭几乎都不回家吃。一日三餐都在外面吃的父女俩，这才不到半个月的时间，就已经把韩雪儿给的整月的生活费花光了。

刘立冬也试着和韩雪儿商量过增加生活费的问题，可是韩雪儿却振振有词地说自己带妮妮时，花在吃饭上的钱一个月八百就够了，现在已经额外增加了四百了，已经属于法外开恩了。其实韩雪儿也知道刘立冬懒得在家做饭，肯定是顿顿都带妮妮出去吃，可是自己已经累得够呛了，实在是懒得和刘立冬掰持做饭的问题。她只能装傻，另辟蹊径，用经济制裁的方法来让刘立冬走进厨房，乖乖去学习做饭了。

上有政策，下有对策，背着一身债的刘立冬白天一点没闲着。他本着搞活经济、自寻出路的原则，从以前卖话剧票时大郑多给的三千多的私房钱里，拿出一大半，去天意批发了一堆小商品，每天送完妮妮后，就直接当起了无照游商。

除了一次被城管堵在过街桥上无路可逃损失惨重之外，其他大部分时间竟然生意不错成绩斐然，这才干了十来天，再加上帮老黄的网站又相了两次亲，刘立冬的"资产"已经翻了快两倍了。

老黄和小左的钱在韩雪儿知道部分真相后，已经都还完了，现在压在刘立冬身上的就是欠杨菲菲的那九万块钱外债了。刘立冬本想凑够一千就还杨菲菲一千的，谁知道杨菲菲好像根本就不在乎刘立冬还不还钱，每次刘立冬还钱时，杨菲菲都是让他先存起来，等攒够了再一起还。

这些天杨菲菲很够意思，除了白天经常缠着刘立冬要帮他一起摆摊之外，晚上韩雪儿回家后，杨菲菲从来没有打扰过刘立冬。

一开始刘立冬还有些害怕这个天天穿着各种性感衣服的杨菲菲，怕自己一个把持不住对不起家庭，可是现在看来自己是错了。杨菲菲除了让他陪着混时间之外，

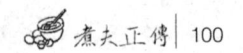

没有任何其他过分的要求。

看来杨菲菲就是一个像她自己所说的那样：闲极无聊、性取向异常的富二代。

生活费已经见底儿了的刘立冬，不得不从还债基金里拿出五百块，作为自己后半个月继续带妮妮下馆子的费用。

刘立冬打算结束这种当煮夫当得还得自掏腰包填补生活费的亏本买卖，他打算今天早点收摊，去菜市场看看，再次挑战一下那可怕的厨房。

2

此时刚到店里的韩雪儿累得够呛，自从上班第一天堵车堵恶心了之后，她就坚持坐地铁上班了。一是店离家太远，开车上班花的油费实在是不值；二是开车还没坐地铁快，选择坐地铁上班的韩雪儿，每天都可以晚起半个小时呢。

不过，坐地铁就是太挤太热太累了，韩雪儿每天到店里的第一件事就是得先找个地方坐下休息半小时，说实话，现在对韩雪儿来说，上班本身倒成了休息，而去上班的路上才叫拼命。

休息完毕的韩雪儿开始工作了，经过这十来天的适应，韩雪儿已经可以熟练地一个人撑起这家店的日常运营了。每天来了先休息一会儿，之后点点货，把补货清单发给公司，擦擦桌子拖拖地，然后就是在店里闲待着。

虽然工作清闲，可是韩雪儿却对即将到来的考核充满信心，现在这个第171号分店，就算大傻子来了，也能看得出变化有多大。

其实韩雪儿一开始也不踏实，她不知道那个和自己竞争的胖姑娘干得怎么样，可是自从她在网上查到那个胖姑娘所在的第九分店的地址并抽空去看了一趟之后，韩雪儿彻底放心了。那个业绩名列前茅的第九分店窗明几净，员工态度异常和蔼，韩雪儿刚一进店，就听到了来自四面八方的"欢迎光临"的问候声。

韩雪儿挺高兴，按照她的逻辑，在这么优秀的第九分店不管做出多大的成绩来，都不容易被发现，可是在第171号分店就完全不一样了，只要自己简单地扫扫地摆摆货，那效果就能像秃子脑袋上的虱子一样显而易见。韩雪儿觉得自己的运气特好，还觉得以前那些刚来就逃跑的人真傻，他们永远也不明白的道理就是，一个吃过满汉全席的人虽然品位高贵，可是不论你的厨艺有多精湛，他都不会惊叹。可是对于一个乞丐来讲就不同了，虽然这个乞丐破衣烂衫，可是只要你做出个馒头夹肉来，他都会赞不绝口。那个优秀的第九分店和自己这个乱七八糟的第171号分店之间的差别，就是那个贵人和乞丐之间的差别。

其实这些天，店里除了变干净整洁之外，也有不少其他的变化。比如自闭收银对韩雪儿的问题能有百分之八十的概率用点头和摇头来回答了，可能因为韩雪儿比钱兼职在店里待的时间长，自闭收银至今已经和韩雪儿说过五句话了。当然，最长的没超过四个字，它们分别是"嗯"、"啊"、"哦"、"我要出去"和"再见"。

韩雪儿还发现，每天中午太阳最好的时候，自闭收银都会出去两个小时，有一天韩雪儿好奇，锁上店门偷偷跟了出去，结果没有发现任何惊天大秘密，自闭收银只是去了马路斜对面的打工子弟小学门口，蹲在铁栅栏外，一边晒着太阳，一边看着里面的小孩在那个尘土飞扬的操场上追跑打闹。

自从韩雪儿对店里的事大包大揽之后，钱兼职就没怎么出现过，偶尔出现一下，也是来拿些生活用品的。从钱兼职的只言片语里，韩雪儿了解到她又找了一份为期一个月的日语培训工作，看来钱兼职是打算充分利用韩雪儿在店里考核的这一个月时间来增加收入了。

让韩雪儿奇怪的是，到底是什么动力能让钱兼职这么爱钱呢？她那一个月只有八百租金的住处，韩雪儿不用看就能想到有多破烂。有一天，正在店里"采购"生活用品的钱兼职接了个电话，当钱兼职用发音标准的英语，对着手机讲一些连韩雪儿都听不懂的机械类专业词汇时，韩雪儿很吃惊，这个不谈恋爱、不买衣服、不化妆、不追IPHONE12345的挣钱狂到底是为什么？

韩雪儿曾经猜想过，这个女人是不是因为吸毒赌博等恶习欠下外债，现在这么玩命就是为了还钱。可是这个猜想还没到十分钟就被铁一样的事实打破了。挂断电话继续"采购"的钱兼职和韩雪儿有一搭没一搭地聊起理财来。当钱兼职炫耀地用手机给韩雪儿看自己买的高回报理财产品明细时，那一连串的零让韩雪儿傻了，整整六个零啊，七位数的存款，天哪！

当然，这个店里还有个不得不讲的人就是酒鬼店长了。这些天里店长的举动，变得让韩雪儿越来越奇怪，每天晚上七点多，是酒鬼店长一天最清醒的时候。

每天的这个时候，他都会雷打不动地拿出收银机里的钱，一言不发地交给韩雪儿一百块钱饭费后，继续一言不发地把剩下的钱拿出去买酒。

直到前天晚上之前，韩雪儿和酒鬼店长都没有过任何交集，可就在那晚，清醒的酒鬼店长在拿钱时，问了正在发呆的韩雪儿一句话。

"十多天了吧？你为什么还把店弄得这么干净？为什么不像小钱那样出去挣外快？"

韩雪儿愣了一下，回答道："店长，我……我是要参加集团考核的，我是这个店的全职员工。"

"哦，去集团啊？呵呵，集团好啊，人有希望真好啊。"

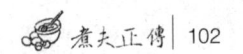

"……"韩雪儿没说话,她实在不知道该接什么话。

酒鬼店长照例留了一百块钱饭费之后,把剩下的钱都放进了裤兜里,冲韩雪儿点了点头,说道:"真羡慕你们这些有希望的年轻人啊,好好努力吧。"

酒鬼店长说完,神神叨叨地走了,韩雪儿也没把这个醉鬼的话当事,继续发起呆来。

这次酒鬼店长回来得很快,他拿了一大瓶二锅头跟跟跄跄地走进店里,二话没说站在超市中间一仰头就把那瓶二锅头全灌进了肚子里。当然了,此时自闭收银肯定是在马路对面,仍然恶狠狠直勾勾地盯着店长。

韩雪儿见怪不怪,也没搭理店长,酒鬼店长虽然贪杯,可是他酒德很好,每次喝多了都是窝在办公室里睡觉,除了偶尔的呼噜声之外,没有做出过任何影响韩雪儿的举动。

不过这次酒鬼店长没像往常一样乖乖地回到办公室,而是发疯一样地把货架上的货品都一胳膊扫到了地上,他一边嘴里大声骂着:"希望管个屁用!努力管个屁用!老子这一辈子创造的奇迹还不够多吗?你个傻逼老天爷,就他妈这么玩我?你他妈对我公平吗?你个王八蛋!"他边说边开始疯狂地推倒货架,乱砸东西。

韩雪儿完全被吓傻了,站在原地没敢动。

忽然,一只手把韩雪儿拉出店外,只见是自闭收银鼓足勇气把韩雪儿拉出来的。收银吓得不轻,哆哆嗦嗦地就往韩雪儿怀里钻。

一开始韩雪儿没反应过来,很反感地把收银推开了,可是当雪儿看到自闭收银那已经吓白了的脸和瑟瑟发抖的身体时,一种女人特有的母爱突然涌上心头,韩雪儿紧紧抱住了那个大男孩,两个人站在店外就那么安安静静地看着店长在里面发疯。

十来分钟之后,骂骂咧咧的酒鬼店长好像忽然被谁用遥控器按了暂停键一样,呆立在店里一动不动,十几秒后,酒鬼店长慢慢地动了,像个魂魄一样,缓缓地走进了自己的办公室。

第二天一早,韩雪儿就发现了贴在店长办公室门外的一张字条,上面写着对不起!我有病!

3

刘立冬手里拿着本《家常菜大全》,那是他刚才收摊前,从旁边卖旧书的游商那儿以一块二的低价购入的,而此时他站在菜市场里像个举目无亲的孩子一样茫然失措。在《家常菜大全》里对比过各类菜肴的难易度后,刘立冬准备回家试着做一个西红柿炒鸡蛋和一个大葱炒鸡蛋。刘立冬发现,从理论上讲,做菜不难,只要掌握住一个规则就成,那就是……鸡蛋炒一切。

走到一个卖西红柿的摊位前,刘立冬假装行家地问道:"西红柿怎么卖啊?"

摊主一看刘立冬拿着菜谱来买菜的德行,就知道这人能坑:"十块一斤。"

刘立冬撇着嘴摇了摇头,犹如逛过北京所有菜市场般老道地说:"太贵了,便宜点,九块一斤吧。"

摊主差点没乐出声来,连连点头:"行,你要多少?"

刘立冬连忙看了一眼菜谱:"来二百克。"

摊主傻了,连忙捅了捅旁边卖芹菜的:"哎,二百克是多少啊?"

旁边卖芹菜的正忙活着给人称重,想也没想地顺口说道:"二斤吧?"

摊主点了点头,给刘立冬认真地挑了两斤快烂了的西红柿:"看看啊,两斤高高地,十八块钱。"

刘立冬老老实实地交完钱,一边往前走着一边想,这在家做饭也不便宜啊,十八块钱的西红柿才能做一盘菜,饭馆里的西红柿炒鸡蛋最多也就卖十八块钱,人家还都炒好了,这韩雪儿非说八百块生活费够了,怎么可能啊?

不到一分钟,刘立冬就知道确实是可能了。

路过另一个摊位时,一个老太太和摊主砍价的话传到了刘立冬的耳朵里。

"西红柿怎么卖啊?"

"两块一斤。"

"太贵了,一块五?"

"成,您要几斤?"

刘立冬傻了,不过善于总结经验的刘立冬立刻发现了逛菜市场的秘籍,那就是跟着一个老太太,头发全白的最好,听老太太砍完价后,再以迅雷不及掩耳之势用同样的价格跟着买进。

凭此经验以市场价成功购入三百克大葱的刘立冬很高兴,但是他可能永远也不会知道,其实他手里的大葱只重一百克。

4

午餐时间是第171号分店一天里最忙碌的时间,附近打工的人都喜欢来店里买一些既便宜还干净好吃的联华士多自制食品。

虽然收银台后排起了队,可是自闭收银仍是不紧不慢地扫码收钱。

想过去帮忙的韩雪儿没有动,因为上班第二天时,韩雪儿因为看排队的人多,就要去替一下自闭收银。结果没想到,这个自闭症自尊心还挺强,虽然没说什么,可是一直哭丧着脸直到下班。在这之后，不管排队的人有多多，韩雪儿都不会再去多管闲事了。

这时，忽然有一个背着书包的七八岁小孩，拿起两个三明治撒腿就跑。韩雪儿二话没说就追了出去，虽然店里丢了东西没人追究，可是眼看着小孩子偷东西不管，韩雪儿心里实在是过不去。

小孩跑得飞快，韩雪儿玩命追。估计这偷东西的要是个大人，韩雪儿也就算了，可是这么小的孩子如果偷东西没有受到教育的话，未来很有可能走上犯罪的道路。充满了正义感的韩雪儿如有神助，一直没被小孩甩掉，小孩一边跑一边对马路对面的两个同样大的孩子喊道："快跑！"

最终，三个孩子被气喘吁吁的韩雪儿堵在了一条死胡同里，这三个小孩两男一女，看着他们没穿校服却背着书包的样子，韩雪儿已经知道他们就是马路对面那家打工子弟小学的学生了，因为只有这家打工子弟小学的家长，才没闲钱给孩子买校服。

韩雪儿跑得上气不接下气，冲偷东西的孩子伸出了手，意思是让小孩把赃物交出来。

小男孩把那两个三明治使劲地抱在怀里，眼神很坚决，看来是不打算交出赃物了。

韩雪儿很生气，语气严厉地说："拿出来！这么小就偷东西！"

小男孩害怕了，慢慢地拿出三明治，因为挤压，三明治已经变成了乱糟糟的一团。忽然，小男孩一下子把包装纸撕掉，递给身后的小女孩。小女孩狼吞虎咽地吃了起来，另外两个小男孩则伸开双臂护住了正在努力吃着三明治的小女孩。

韩雪儿一下子惊呆了，心里忽然热乎乎地，眼睛里也好像湿润起来。

每人吃完一个韩雪儿从店里拿出来的三明治和两个奶油布丁之后，三个孩子冲韩雪儿挥了挥手，背着书包走进了那间破烂不堪的打工子弟小学。

韩雪儿心里很难受，原来那个小女孩的妈妈在前一段时间的扫黄行动中被抓走劳改了，爸爸在桶装水站送水，收入明显不足以支撑这个家。突然少了那些用肉体换回来的钱，这个家庭每天中午给女孩带的饭只能是两个冷冰冰硬邦邦的馒头了，那些咬不动的馒头很不好吃，小女孩看着对面超市里那些好吃的东西很想吃，两个男孩为了让女孩尝尝那些自己也没吃过的好东西，用一对一篮球决斗的方式选出了一名勇士，这个劫富济贫的勇士，就是偷走那两个三明治的男孩。

5

拎着菜的刘立冬正站在幼儿园门口等妮妮，这时手机响了起来，刘立冬刚一接听，老黄的怒吼声就传了出来："刘立冬，我告诉你，你赶紧把那个杨菲菲给我弄走，我一分钟都受不了了！"

刘立冬笑了，自从杨菲菲和老黄相识后，杨菲菲对于老黄的婚托儿事业极有兴趣，每天比上班都准时地去老黄家报到。一开始老黄很高兴，一是因为杨菲菲漂亮性感，老黄一直没有开拓出来的剩男市场终于有了希望；二是杨菲菲当婚托，不但不计报酬，还经常自掏腰包地垫付各类相亲费用。

可是，当杨菲菲相了几次亲后，老黄就乐不出来了，大小姐脾气的杨菲菲怎么可能忍受那些极品剩男们呢？据说一共三次相亲，两次把热咖啡泼在了对方脸上，另一次更严重，直接拿烟灰缸给对方开瓢了。

相亲相到被开瓢的剩男各种投诉，最后老黄为了息事宁人，不但给剩男报销了各类医疗费用，还赔了一笔精神损失费，据称老黄为此一共损失了五千块人民币。

从此以后，老黄务实地停止了剩男相亲市场的开拓，无奈的是请神容易送神难，这么好玩的事杨菲菲怎么可能放弃呢？每天蹲点守候，各种骚扰，严重地影响了老黄的事业和健康，刚才这个电话就是忍无可忍的老黄发自内心的怒吼。

"好好好，我这就给她打电话啊，我让她来我家待着。"刘立冬安慰完老黄之后，妮妮正好放学了。

妮妮高兴地跑到刘立冬身边，撒娇地抱住了刘立冬的腿，通过这些天的感情培养，刘立冬和妮妮的关系已经越来越好了。

"爸爸，今天晚上去吃披萨好不好啊？"妮妮高兴地计划着晚餐。

刘立冬晃了晃手里拎的菜，无奈地说道："妮妮，你太能吃了，爸爸快养不起你了。我宣布，从今天开始咱家进入节约模式啊，今晚不许吃披萨了，爸爸在家给你做饭吃。"

妮妮想了想，担心地说："爸爸，要是做饭的话，能不能让小问和我离得远一点？"看来上次刘立冬做饭导致小问濒死的经历让妮妮记忆犹新。

刘立冬听完，假装生气地杵了妮妮脑门一下，说道："你个坏小孩，好吧，那今晚爸爸负责做饭，妮妮负责遛小问，怎么样？"

妮妮想了想后，仍然担心地说："好吧，不过爸爸你小心啊，千万别把自己弄死啊。"

刘立冬被气乐了，假装恶狠狠地打了妮妮屁股一巴掌，妮妮笑着跑了，刘立冬继续"恶狠狠"地追了过去。

这时，停在不远处的一辆白色宝马车的后窗玻璃降了下来，联华士多集团前采购部总监李永全冷笑了一声后，宝马车疾驰而去。

6

刘立冬正在专心致志地切着西红柿，忽然门铃声响起，刘立冬手一歪，一刀把自己的手指给切破了。

刘立冬打开门后，连忙竖着手指满屋子找创可贴。杨菲菲进来，看到刘立冬那正在流血的手，关切地问道："哟，怎么啦？手破啦？你哪是做饭的料啊？"

已经找到创可贴的刘立冬，一边往手上贴着，一边不以为然地说："嗨，没事，常在厨房走，哪能不切手啊。"

杨菲菲笑了笑，走到厨房看了看刘立冬准备做饭的食材："你就打算做各种炒鸡蛋糊弄妮妮啊？"

"那怎么着？总不能天天出去吃吧？不健康。"刘立冬边说边走回厨房，准备继续开始自己的厨房挑战之旅。

刘立冬的各种笨手笨脚，让杨菲菲实在是看不下去了，她一把将刘立冬推开："行了行了，你一边看着去吧啊，笨得跟猪似的。"

刘立冬压根就不信像杨菲菲这样的女孩会做饭："切，我笨？那你给来一个不笨的啊？"

杨菲菲轻蔑地扫了一眼刘立冬，没说话，直接打开冰箱，打算看看有什么食材。冰箱里除了十几个孤零零的鸡蛋乱七八糟地躺在里面之外，竟然没有任何其他有机物了。

杨菲菲叹了口气："你说说你们父女俩过的这叫什么日子啊，你等着啊。"

杨菲菲说完，回家拿东西去了。

站在灶台前，杨菲菲熟练地用松肉锤敲打着一块牛排。

刘立冬靠在冰箱上，叼着根烟，正在研究那些摆满一灶台的各类奇怪用具和琳琅满目的瓶瓶罐罐，刘立冬拿起一瓶瓶的未知物品，挨个问杨菲菲是什么。

"这是罗勒。"

"这个呢？"

"小豆蔻种子。"

"哎，这玩意是啥？"

"鼠尾草粉，不是，你烦不烦啊？你这儿啰啰嗦嗦地让我怎么做饭啊？"杨菲菲烦了。

刘立冬老老实实地放下调料瓶，为了口吃的，不敢再发问了，刘立冬靠在冰箱上，开始饶有兴趣地看着杨菲菲用松肉锤一下一下地砸着牛排。

看了一会之后，刘立冬又忍不住了："哎，你这也太凶残了吧？这不整个一个鞭尸吗？你说你把人家小牛吃了也就算了，干吗还玩命地拿大锤子砸人家啊？"

杨菲菲气得够呛，停下手里的活，拿着松肉锤对着刘立冬的脑袋说道："你怎么这么恶心啊？什么叫鞭尸啊？这叫松肉锤，用它破坏牛排的肌肉组织之后，做出来的牛排才地道。我告诉你啊，你要再废话，我先拿它把你脑袋的肌肉组织给破坏了！"

刘立冬彻底不敢说话了，老老实实地靠在冰箱上，好奇地看着杨菲菲做西餐。

彻底安静了几分钟后，杨菲菲瞥了刘立冬一眼，不高兴地说："我这儿这么辛苦，你就这么傻看着啊？"

刘立冬很委屈："不是，我说话吧您要砸死我，我不说话吧您又数落我，这年头您给老实人留条活路行吗？"

"不行，就不能给你们这样的人留活路，这样吧，你给我讲个笑话。"

刘立冬想了想，讲道："从前吧，有个牙签走在路上，它走啊走啊走累了，突然间它遇到一个刺猬，于是它停下来对刺猬招手说……"刘立冬戛然而止。

"说什么啊？"果然杨菲菲很好奇。

"公交车，等会儿我！"

几秒的静默之后，杨菲菲笑喷了。

杨菲菲把牛排放进装满各类调料的盘子里，用保鲜膜严严实实地封了起来，对刘立冬说道："行了，大功告成，腌半个小时之后就能煎着吃了。"

"啧！真是看不出来啊，你做西餐竟然这么专业。"刘立冬由心而发地夸奖着杨菲菲。

杨菲菲轻蔑地一笑："哼，这算什么啊？哪天等我心情好了，你带妮妮去我家，我给你做一顿正宗的法餐。"

"这都是你哪学的啊？哎，你们家不是开煤矿的吗？呵呵，不会是在矿上开食堂的吧？"

"你们家食堂供应法餐啊？你知道什么是法餐吗你？"

"嘿嘿，不是不是，我是很真诚地想问问你，为什么做西餐做得这么专业啊？"刘立冬一脸虔诚。

"我在法国学了两年厨艺，我从小就喜欢做饭。"

刘立冬听完肃然起敬："哦，这样啊，小的真是有眼不识泰山啊。哎，菲菲，你给我看看法国学历长啥样呗，我还没见过全是法文的厨师证是啥样呢。"

刘立冬说完，平时阳光无比的杨菲菲脸色顿时黯淡了下来，轻声说："我没毕业就回国了。"

"啊？为什么啊？"

杨菲菲没回答，轻轻叹了口气，默默地走到客厅里，拿起刘立冬放在茶几上的烟，抽出一根就点上了。

刘立冬莫名其妙地看着杨菲菲，就算他再迟钝，这时也能感觉到肯定是刚才的问题触动了杨菲菲的伤心事。

刘立冬想找个别的话题岔一岔："哎，对了，你知道老黄现在天天在咱楼下垃圾桶边上转悠吗？"

杨菲菲明显还没有从之前的情绪里走出来，淡淡地问："为什么啊？"

一心想逗杨菲菲开心的刘立冬说道："嘿嘿，他想捡你扔的包啊，他说了，就算是你一个月扔一次的话，都比他那个皮包网站挣得多。"

刘立冬说完，按照惯例等着杨菲菲大笑，没想到的是，杨菲菲竟然更不高兴了。

"我就扔过那一次包！而且这辈子我也不希望再扔了！"杨菲菲说完，把烟头狠狠地往烟灰缸里一摁，摔门离开。

实在不知道自己到底说错了什么的刘立冬，看了一眼那块安静地躺在盘子里的生牛排，傻了。

不久之后，妮妮带着小问探头探脑地回来了，妮妮躲在门外，冲屋里的刘立冬喊道："爸爸，屋里安全吗？"

还在愣神的刘立冬反应过来，冲门外的妮妮说："安全，马上就大功告成啦。"

刘立冬说完，拿起装着生牛排的盘子，想了想，然后一股脑地全都倒进锅里煮了。

7

韩雪儿看了看表，已经是晚上七点多了，酒鬼店长现在还没出来拿钱，看来是因为昨天生意好，店长买的酒多。

不过现在韩雪儿可不在乎店长什么时候出来，她在乎的是自己白天向对面那所小学的三个孩子做出的承诺。

韩雪儿拿着一个布袋走到冷藏柜前，把那些要扔掉的快过保质期的自制食品统统装进布袋之后，走出超市。

当韩雪儿拿着布袋走进马路对面的那家打工子弟小学时，操场上聚集的十几个孩子大声欢呼，韩雪儿圣诞老人般地从袋子里拿出各种三明治、咖喱饭团、寿司、焦糖布丁……

韩雪儿一边分发着食品，一边催促着孩子们："快吃啊，不要留着，还有一个小时就该过期了，明天阿姨还给你们带啊。"

小朋友们高兴极了，咬一口左手的三明治，再咬一口右手的芝士蛋糕，每个人脸上都洋溢着幸福，韩雪儿被围在中间，笑脸盈盈。

忽然，一个孩子停下来了，捅了捅身边还在大口吃着的孩子，第二个孩子也停下来了，不到十秒钟，所有的孩子全不敢吃了。

韩雪儿很奇怪，只见所有孩子们的目光都聚焦在学校门口，韩雪儿回过头，只见自闭收银站在不远处，直勾勾地看着自己，落日的余晖把自闭收银的影子长长地投在地上，很像恐怖片里变态杀人狂要肢解活人前的镜头。

自闭收银一步一步地走了过来，几个胆小的孩子不由得后退了几步，韩雪儿也有点蒙了，不知道自闭收银要干什么。只见自闭收银面无表情地走到韩雪儿面前，弯下腰，从布袋里掏出一块草莓蛋糕，递给了离自己最近的一个女孩子。

韩雪儿和孩子们都松了一口气，被打断的狂欢继续进行着。

吃饱喝足的孩子们开始三三两两地玩了起来，男孩子们聚在尘土飞扬的操场上，围着一个千疮百孔的篮板打着篮球，女孩们则是在两棵树间拴上皮筋，跳得不亦乐乎。

韩雪儿坐在一边的破凳子上，一脸满足地看着嬉戏的孩子们。通过刚才的交谈，韩雪儿知道这家打工子弟小学每天没有固定的放学时间，所有的孩子都要等到在外奔波一天的父母下班后才能被接走。

自闭收银本色不改地蹲在不远处的角落里，直勾勾地看着操场上打篮球的孩子们。这时，一个孩子传球失误，篮球飞出场外，滚到了自闭收银的脚下。自闭收银弯腰捡起了篮球，跑过来捡球的几个男孩中，有一个男孩歪着脑袋好奇地问道："哥哥，你是哑巴吗？"

自闭收银没说话，另一个男孩开口了："大伟，你怎么这么没礼貌啊？老师说过，不能直接叫哑巴，要叫聋哑人。"

第一个男孩知道错了，诚恳地对自闭收银说："对不起，聋哑人哥哥，你会打篮球吗？"

话音刚落，自闭收银毫无表情的面孔竟然有了变化，只见他嘴角微微抽动一下后，熟练地运球、起跑、过人、跃起、扣篮，动作一气呵成，小朋友们和韩雪儿全傻了。

自闭收银酷酷地撂下一句"我会说话"后，走到篮球架子后面又蹲了下去。

这下子小朋友们炸了窝似的围住自闭收银，七嘴八舌地要自闭收银教他们打篮球。一开始自闭收银还能保持本色，但不到一分钟后，自闭收银就被五个小孩给生拉硬拽进了"赛场"，开始了没有规则、没有时间限制的"尘土飞扬杯"小儿组篮球锦标赛。

汗流浃背的自闭收银把手机递给韩雪儿，冲一群等在旁边同样汗流浃背的小男孩们努了努嘴，示意韩雪儿帮着拍张合影，韩雪儿拿起手机为大家拍了一张合影。

拍完后，韩雪儿把手机递给了自闭收银，让人意想不到的是，自闭收银竟然自然地随口说了句"谢谢"。拿过手机后，自闭收银这次没有再躲着韩雪儿摆弄起手机来，好奇心促使韩雪儿偷偷看了一眼他到底在干吗。只见自闭收银打开微博，把刚才的照片发了上去，并输入"快十三年了，今天第一次笑，为了纪念今天，暂停删粉丝一天。"

暂停删粉丝？这是什么意思？哪个玩微博的不是粉丝越多越高兴？还暂停一天，难道这个自闭收银每天窝在那里都是在删粉丝吗？一堆问题在韩雪儿脑袋里转悠着。

韩雪儿努力记住了自闭收银的微博名字——我是自闭症你们都给我滚。她打算晚上回家好好地研究一下自闭收银的微博，因为韩雪儿有种预感，通过这条线索就能摸清整个第171号分店的所有秘密。

韩雪儿和自闭收银站在学校门外，向里面的孩子们摆了摆手，几个孩子异口同声地喊道："阿姨哥哥再见，明天你们一定还要来啊！"

韩雪儿和收银都没注意到，铁栅栏门边上的角落里，整整齐齐地放着两瓶没开封的芝华士。

8

手拿望远镜的刘立冬站在阳台上，正在仔细地监视着小区里通向自己家楼门的唯一一条小路。

刘立冬揉了揉肚子，想起刚才那块水煮牛排来还是忍不住恶心，妮妮是打死也不吃一口，刘立冬无奈之下，给妮妮叫了份外卖，为了节约生活费的刘立冬，和小问把那块水煮牛排分着吃了。想到这儿，刘立冬回头看了一眼躺在沙发上，极其满足的小问。心想：唉，狗这种东西真是神奇，什么东西恶心就爱吃什么。刘立冬不禁想起了有一次小问吃了吐、吐了吃的经历，这种单狗版人体蜈蚣的事，让刘立冬怎么也喜欢不起来小问这只重口味小狗来。

正胡思乱想着的刘立冬，忽然看见了韩雪儿那熟悉的身影走在了小路上，刘立冬立刻飞奔进卫生间，把浴缸上的热水龙头打开，然后轻轻地打开妮妮房间的门，确认妮妮睡得很熟之后，蹑手蹑脚回到客厅，把放在茶几上，摆成桃心型的蜡烛一个一个地点着。

刘立冬刚刚点完蜡烛，韩雪儿就开门进屋了。

刘立冬一脸讪笑地接过韩雪儿手里的包，殷勤地说："老婆，辛苦啦，我已经给你在浴缸里放好热水了，待会儿好好泡个澡吧。"

没等韩雪儿回答，刘立冬就把韩雪儿推到了卫生间门口，临走时还色眯眯地在韩雪儿胸脯上捏了一把。

韩雪儿看着那热腾腾的、还漂着几瓣玫瑰花瓣的浴缸，对刘立冬这么殷勤的目的已经了然于胸。可是现在萦绕在韩雪儿心头的却是那无数个为什么，她迫不及待地想打开电脑仔细看看那个叫"我是自闭症你们都给我滚"的微博。韩雪儿放掉浴缸里的水，匆匆地冲了澡后，对卧室里已经等候多时的刘立冬说道："老公，我今天累了，明天啊。"

韩雪儿说完，也没等刘立冬回答，直接冲进了书房，打开电脑。

"哼！累了你还玩电脑！"刘立冬不满的声音从身后传来，"老婆，你就躺着嘛，又不用你动。"

听完这露骨的、厚颜无耻的话后，韩雪儿还能说啥？只得老老实实地跟着刘立冬进了卧室。

黑暗中，很安静，只有轻微的布料摩擦声。

"老婆，你翻个身。"

一声轻轻的叹气后，轻微的布料摩擦声继续传来。

"老公，你快点。"

"啊？怎么了？你受不了啦？"

"是啊，你……你太厉害了！"

"嘿嘿嘿！那是……"

随之而来的是节奏加快的摩擦声，不久后，灯亮了。

韩雪儿穿着睡衣跑了出去，刘立冬一脸满足。

坐在沙发上抽着事后烟的刘立冬，看到刚完事就跑进书房上网的韩雪儿之后，明白了根本就不是自己厉害不厉害的事，是人家韩雪儿着急。这种感觉他也说不清，明明原来是自己找遍各种理由推诿的嘛，凭什么才刚上十几天班的韩雪儿就能对自己这样？

可是这话也没法说啊，刘立冬一口一口地就着烟，把郁闷全都吞了下去。

9

韩雪儿着急忙慌地打开电脑，搜出了"我是自闭症你们都给我滚"的微博。

没有个人简介，头像是一个拿着镰刀披着袍子的死神，关注是零，粉丝却是十好几万，只发过两条微博。最后一条就是今天傍晚发的和打工子弟小学的孩子们合影的那条，另外一条是：今天是妈妈被杀的十年忌日，人说十年是个轮回，我想我该走了，离开这个没有人关注我的世界吧，再见，生命！配图是一张血腥的照片，照片上的那只手血流如注，手腕处是一道深深的伤口。

韩雪儿不禁打了个寒战，她看了一下发送这条微博的时间，是两年多以前。

这条微博被转发和评论了不下五万次，点开转发记录，看到无数的网友都在或转发或评论着：别死，这个世界还有我在关注你呢。

联想到今天自闭收银发的第二条微博：快十三年了，今天第一次笑，为了纪念今天，暂停删粉丝一天。韩雪儿已经有了一个恐怖的想法，为了验证这个想法，她联系了一个最后转发过这条微博的网友。

韩雪儿给这个网友发去一条私信：请问他为什么要删粉丝？

不久后网友回了私信：啊？你不知道吗？这场较量已经持续很久了，我们每天都加他关注，他每天都删掉我们这些粉丝，当这个世界没有人再关注他时，也就是他微博的粉丝数是零的时候，他就会自杀。

韩雪儿看完，深深地吸了一口气，和自己想的一样，原来自闭收银每天只要有空，就会窝在收银台后持续不断地移除着粉丝，而那数量庞大的善良网友们则是不断地、一遍一遍地加着关注，这场关于生命的较量一直都在进行着。

韩雪儿打开"我是自闭症你们都给我滚"的首页，默默地点下了——"加关注"。

10

韩雪儿今天特地提前了半小时来到店里，因为自己不得不开车来上班了。

昨天晚上回家时，她在地铁里遭遇了电车痴汉（地铁里性骚扰女性的猥亵男，还被称为"顶爷"，即用下体顶女性臀部的男人）的袭击，大声斥责痴汉后，痴汉竟然面不改色地说道："地铁这么挤，我有什么办法？嫌挤自己买车啊！"

痴汉说完，继续享用着韩雪儿的屁股，地铁上那么多男人竟然没有一个人伸出援手，而是都兴致勃勃地看着韩雪儿，动弹不得的韩雪儿只能硬着头皮忍受着，她觉得很屈辱，好像吃了苍蝇还要说真他娘不难吃一样。

韩雪儿把那辆蓝鸟停在路边后，走进店里，果然自闭收银依旧还是窝在收银台后，用手机一个一个地移除着粉丝。知道真相的韩雪儿在来的路上就决定了，从此以后，自己也要加入自闭收银的粉丝队伍，并且在自己还剩的小半个月考核期里，一定要尽量多地对他好一些。

韩雪儿递给自闭收银一个路上刚买的，热气腾腾的鸡蛋灌饼，韩雪儿知道，自闭收银每天早上都只是吃一些冷藏柜里的冷食。

韩雪儿一边打扫着店里的卫生，一边时不时地拿出手机来看一眼，十来分钟后，果然被他删除了。韩雪儿瞟了一眼一手拿着鸡蛋灌饼时不时咬一口，一手熟练地操作着手机的自闭收银，韩雪儿笑了笑，在手机上摁下"加关注"后，继续开始打扫。

这时门外一阵喧嚣声传来，韩雪儿和自闭收银都循声往店外望去。只见一辆大货车上拉着一个崭新的，拥有着玻璃篮板的篮球架停在打工子弟小学门口，几个工人正在往下卸着篮球架，一群学生都好奇地围观着。

韩雪儿也好奇地跑了过去，自闭收银紧随其后。

"这是你们学校买的？"韩雪儿问一个昨晚一起玩过的小男孩。

小男孩点了点头："是啊，听校长说是一个大人物捐给我们学校的。"

另一个昨晚和收银打过篮球的小孩拉住自闭收银的胳膊，一边摇晃着一边说："哥哥，今晚我们用新的篮球架打球好不好？"

自闭收银没说话，对小孩郑重地点了点头。

11

刘立冬和妮妮手拉手走在去幼儿园的路上，父女两个进行着每天都玩的故事接龙游戏。

刘立冬说道："妮妮，今天你先开始吧。"

妮妮点了点头，指着路边的一个垃圾桶说道："这个垃圾桶突然活了过来，一口把爸爸给吃了。"

刘立冬笑了笑，接着说："爸爸从垃圾桶的肚子里，找到了一个垃圾小女孩，她的名字叫妮妮。"

占了下风的妮妮噘着嘴说："垃圾小女孩突然变身，变成了一个特别特别漂亮的女战士，一下子把垃圾桶怪兽给打飞了。"

刘立冬坏笑着："其实这个叫妮妮的女战士才是垃圾犯罪集团的幕后元凶，她这样做就是苦肉计，为了打入以爸爸为首的正义联盟里。"

妮妮没有继续讲下去，问道："爸爸，什么叫苦肉计啊？"

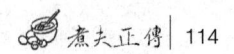

"这个苦肉计嘛，就是……"刘立冬没接着说下去，因为他看见前面不远处有几个小流氓，正是上次打他的那几个。

刘立冬不想惹事，低下头拉着妮妮快步走着，他希望小流氓们没有认出自己。

但事与愿违，这几个小流氓直接就把刘立冬和妮妮围住了。

"你们要干吗？"刘立冬厉声问道，妮妮已经意识到了危险，紧紧地抓着刘立冬的手。

"我们不干吗。"

刘立冬抱起妮妮，快步就要往外冲，小流氓们没有阻拦，而是紧紧地跟着刘立冬，其中一个还拿出手机开始摄像。

"傻逼！"

"弄死他！"

"下回先抽那个女孩！"

流氓们嘴里不干不净地一边跟着刘立冬，一边骂着。

刘立冬停下脚步，回头厉声道："你骂谁呢？你们敢碰我闺女一下，我弄死你们！"

"嗨！这年头有捡钱的，有捡物的，怎么还有捡骂的啊？"一个小流氓说道。

刘立冬伸手指着说话的流氓，怒道："你找打啊？"

一边用手机摄像的小流氓说道："哎，小子，你别瞎指啊，我这儿可都拍下来了啊，我们哪句话骂你了？"

被刘立冬指着的流氓气势汹汹地说："我告诉你啊，我们哥几个被拘留了十五天，昨晚上刚放出来，你放心，我们不打你，别怕啊，我们都是知法守法的好公民。"

"就是！我们就是在马路边上骂骂人怎么了？中国哪条法律规定了不许站马路上骂人啊？"

刘立冬掏出手机就要报警："行啊，有本事你们别走，我报警！"

"好啊，报警好啊，来来来，我也报，刚才这小子是不是威胁你来着？"摄像的流氓问刚才被刘立冬指过的流氓。

"是啊，你不是都拍下来了吗？他刚才要打我，还要弄死咱们呢，真可怕啊！快快快，快报警，我觉得我的人身安全都受到威胁了！"

面对着这帮只想恶心死你的流氓们，刘立冬没辙了，怀里的妮妮已经因为害怕而哭了起来，刘立冬加快脚步，往幼儿园跑去，小流氓们继续紧紧地跟着，嘴里的话越来越不干净。

终于把妮妮送进了幼儿园的刘立冬松了口气，流氓们围在幼儿园门口挑衅地看着刘立冬。

刘立冬说:"我打也挨了,你们到底要干吗啊?"

"我们不干吗,我们就是天天闲得没事,每天早上和下午就喜欢在这条路上待着,这事儿警察不管吧?"流氓有恃无恐地说着。

看来这帮流氓是打算跟刘立冬耗上了,刘立冬无奈地点了点头,说道:"行,是不是李永全让你们来的?你告诉我,我怎么着才能让他满意,让他放我一马?"

"那我就不知道了,你自己去问吧啊!"小流氓指了指停在不远处的那辆白色宝马车。

刘立冬走到宝马车旁,车窗降了下来,李永全坐在车里,笑眯眯地看着刘立冬。

刘立冬的脸上再次充满了很久没有过的谄媚:"李哥,您大人不计小人过,放过我吧,我错了。"

李永全冷笑了一声:"刘立冬,你小子成啊,还有胆儿去集团闹呐?反正现在你把我给闹成个闲人了,我天天闲得实在是没事干,所以只能找几个小弟兄来逗你玩玩了,我也好看着解解闷啊。"

"李哥,真的,我错了,我千不该万不该就是不该去集团啊,真的,求求您了,放我一马吧?"

李永全没回答,摇了摇头。

"李哥,您说,我怎么做您才能解气?"

"我不生气,我一点都不生气,我呢,就喜欢看小孩哭,尤其是你的小孩。我想好了,反正我现在每天都无聊死了,从今天开始,以后每天早上和晚上,我这帮小兄弟们都会在这儿逗小孩哭,我呢以后每天上学和放学的时候,也都过来一趟,看个热闹呗。"

李永全说完,根本就没给刘立冬继续说话的机会,拍了拍司机,宝马车飞驰而去。

李永全从车后探出脑袋,对刘立冬喊道:"今天下午幼儿园放学时见啊!"

握紧双拳的刘立冬恶狠狠地喘着粗气。

12

在店里闲来无事的韩雪儿又用手机注册了七八个微博马甲,她不断地切换着账号,开始和自闭收银玩起了你删我加的游戏。同时,她还注意到昨天自闭收银那条和孩子们合影的微博已经被转发了七千多次了。

韩雪儿看着评论,无数网友都在猜测这张照片是在哪照的,而且据说还有人已经开始人肉搜索了。看着网友们对周围建筑物的各种分析,韩雪儿不禁感叹,现在这帮网友真是够闲的,干了坏事要人肉,干了好事一样也要人肉,真是一帮刨根帝啊。

还没等韩雪儿感叹完,一辆黑色奔驰跑车"刷"地在超市门外一个刹车,端端正正地停在了韩雪儿那辆蓝鸟的后面。

韩雪儿一惊,立刻想起来这就是自己第一天上班时撞了的豪车。这几天一直没时间的韩雪儿也没去修车,后保险杠上那还沾着黑色奔驰车漆的划痕很是扎眼。

没等车上的人下来,做贼心虚的韩雪儿立刻兔子一样溜进了超市后面的小库房里。

柴东林和藤静从车上下来,柴东林看了前面那辆曾经"肇事逃逸"的蓝鸟一眼,不由得笑了笑。

"东林,怎么了?你乐什么?"藤静边说边自然地挽起了柴东林的胳膊。

"没事没事。"柴东林边说边转过身,自然地摆脱了藤静刚挽上自己臂弯的手,"哎呀,这篮球架都装好了啊,呵呵,挺有效率嘛。"转过身后的柴东林看到了马路对面的小学里那已经安装完毕的新篮球架。

藤静笑了笑,没说话,也没有继续做其他的亲昵动作,她明白,像柴东林这样的男人,是不容易被俘获的。如果要是容易被俘获的话,今年已经三十三岁的柴东林怎么可能还是单身?经过这些天的接触,两个人的关系已经拉近了不少,但是藤静很清楚,他们之间拉近的只是生意上的合作关系,而藤静希望的那种关系却一直没有实质性进展。不过藤静不着急,她相信,像自己这么优秀的女人,现在唯一要做的事就是等待,只要时机到了,柴东林早晚会是自己的老公。

柴东林很绅士地为藤静打开了超市的门,藤静和柴东林一前一后走进了第171号分店。

看着灯管不再闪烁、货物摆放整齐、窗明几净的这家分店,柴东林想起了那个撞了自己车后假装留电话的、穿着一身职业套装撅着屁股打扫的、总是着急忙慌风风火火的、长得还很漂亮的韩雪儿,柴东林不由得赞许地点了点头。

"这家店变化很大嘛。"已经从柴东林那里听说过这家著名分店前史的藤静说道。

"是啊,这些都是一个叫韩雪儿的员工做的,呵呵,她很有意思。"柴东林说着,脸上不由得又浮上笑意。

"韩雪儿?"女人的直觉让藤静心里一紧,一个小小分店的员工怎么可能会让整个集团的总裁记住名字呢?还有意思,哼!藤静想着,左右看了看,除了那个直勾勾盯着自己的收银外,店里并没有其他人。

"走吧,我带你去看看店长。"柴东林的话打断了藤静的思绪,藤静点了点头,跟着柴东林进了店长办公室。

两人进入店长办公室后，藏在对面小库房里的韩雪儿蹑手蹑脚地走了出来，她打算赶紧把车给挪走，这辆豪车的主人什么来路她不清楚，但没准就是来缉拿她归案的，一会儿万一人赃俱获的话就惨了。

店长办公室很不隔音，里面柴东林和店长的对话让刚出来的韩雪儿听得一清二楚。

"东林，真是谢谢你了，你看弄个篮球架这样的小事也得麻烦你一趟，唉，真是人老不中用啦。"店长的声音一反常态地清醒。

"您别这么说，您的事我爸都跟我说了，以后您有什么吩咐随时找我。"柴东林的声音很诚恳。

"你爸爸他身体怎么样啊？唉，好多年没见喽。"店长说道。

"嗯，我爸身体很好，集团的事他现在一点都不管了，全交给我打理了，他每天就是种花养鱼，前几天我还听说他准备写一本关于回忆我妈妈的书呢。"

集团的事？门外的韩雪儿惊讶地用手捂住了嘴。

我靠，不会吧？难道自己真的这么倒霉，把集团总裁的车给撞了？不会，这家伙肯定是别家公司的，绝对不可能是联华士多集团的，韩雪儿执着地掩耳盗铃。

长长一声叹息后，酒鬼店长说道："老柴比我运气好啊，他能回忆的全是美好啊。唉，算了算了，不说了，东林，好好干吧，联华士多这块牌子以后就靠你啦。"

完了完了完了，果然就是顶头上司！要不是怕惊动了办公室里的人，韩雪儿现在就想用头撞墙。

"叔叔，您好，我是佐藤资本的藤静。您的故事东林已经和我说了，我前几天让我们日本公司的同事咨询了一下，现在日本有一种很先进的技术能够治疗自闭症，我觉得您还可以再尝试一下治疗的。"藤静用很恭敬的语气说道。

治疗自闭症？什么意思？难道店长和自闭收银之间的关系是……韩雪儿果然没心没肺，听到八卦后，就把刚才还想用头撞墙的事给抛到九霄云外了。这个酒鬼店长怎么会和集团大老板这么熟？一大堆疑问逼得韩雪儿就差推门进去直接问个明白了。

"不用啦，治了这多年了，不治啦，我儿子现在这样都是我的报应啊，谢谢你啦，真是麻烦你费心了。"店长的回答证实了韩雪儿刚才的猜想，果然，他们两个是父子关系。

"明白了，那我们就先告辞了，以后您有什么事随时给我电话。"柴东林说完，门外的韩雪儿立刻不敢继续听八卦了，撒腿就跑了出去，钻进车里，飞一样地把那辆蓝鸟给开走了。

柴东林和藤静走出超市，藤静拉开车门就要上车，柴东林看见刚才那辆还停在自己车前的蓝鸟没了，就知道受惊的韩雪儿又一次"逃逸"了。

柴东林这回忍不住哈哈大笑起来，片刻后，他对藤静说："咱们待会儿再走，我等个人。"

藤静莫名其妙，柴东林则是笑容满面地左右张望。

不一会，柴东林果然看见了躲在不远处广告牌后面偷偷往这边张望的韩雪儿。柴东林冲韩雪儿招了招手，韩雪儿左右看了看，确认是在叫自己之后，只得低着头臊眉耷眼地走了过来。

"领导好……"韩雪儿假装无辜，内心祈祷着这人不知道自己就是那辆肇事蓝鸟的主人。

"我姓柴。"

"哦，柴总好。"

这时坐在车里的藤静下了车．看到柴东林和韩雪儿这样的美女说话，心里很不舒服，一脸敌意地冷眼旁观着。

"韩雪儿，你看看这是什么？"柴东林从钱包里掏出那天韩雪儿给自己留的字条。

已经人赃俱获的韩雪儿还在努力地装着无辜："这……这个是什么啊？"韩雪儿装起无辜来绝对和刘立冬有一拼，只不过因为长得比刘立冬好看，显得比刘立冬可爱多了。

"你那辆蓝鸟呢？又给停旁边那条马路上啦？"柴东林一语道破天机。

完了，韩雪儿还是没有尽得刘立冬的真传，立刻慌了。

"柴总，我……我错了，我那天真不是故意的，我……我……"

柴东林笑了，很开心："算啦，你不是都说了吗？你是个穷人，我也不让你赔了，看在你把这样的店都能打理得有起色的份上，算了吧，不过呢，以后好好工作啊。"

柴东林说完，心里暗爽，赔不赔车对他来说是小意思，把这个韩雪儿吓成这样才是他的本意，哼，让你那天玩我……

柴东林美滋滋地拉开车门，对低头认罪的韩雪儿说道："以后撞了别人的车可一定要赔啊。"柴东林说完，直接关门上车。

站在一旁的藤静从始至终也没说话，可是柴东林对眼前这个女人的那种……那种"劲儿"是对自己从来没有过的。柴东林上车后，藤静冷冷地瞥了这个女人一眼。

韩雪儿，甭管真的假的我得先记住你，我佐藤静子不怕有情敌，怕就怕情敌站在眼前我认不出来!"

藤静面若冰霜地跟着柴东林上了车。

13

刘立冬手里拿着一摞报纸,提前两个多小时就到了幼儿园附近,他躲在一处离幼儿园大门不远但能观察到周围情况的路边广告牌后面,左右看了看,白天的那些流氓和白色宝马车都还没来。刘立冬掏出烟,靠在广告牌上,踏实地等着……刘立冬看看表,离妮妮放学还有半小时,他从广告牌后探出头来,只见幼儿园门口已经聚集了不少家长,经过仔细观察后,确认流氓和李永全都没来后,刘立冬如释重负般地长出了一口气……

离放学还有十分钟,躲在远处的刘立冬再次探头观察,还是没来,刘立冬自嘲地笑了笑,心想李永全应该不会和自己这样的小人物较劲到底吧?

离放学还差三分钟,刘立冬彻底踏实了,除了那群接孩子的老头老太太以外,幼儿园周围再没有一个可疑人员了。

刘立冬拿着那摞报纸刚要从广告牌后面出来,却见白色宝马从天而降,一个急刹车,停在幼儿园对面的路边。李永全降下车窗,用胳膊肘架着头饶有兴致地往幼儿园门口看着,街旁拐角处,那七八个流氓也出现了,晃晃悠悠地向幼儿园门口行进着。

刘立冬连忙掏出手机,拨通了杨菲菲的电话:"菲菲,我说好邻居,我有点急事,今天不能接妮妮了,麻烦你帮我接一下吧,我可能晚上也不能回来了,麻烦你等妮妮妈妈回来后,把妮妮交给她,谢谢了啊。"

刘立冬挂断电话,下意识地捏了一下手里的那摞报纸,确定那硬邦邦的东西还夹在里面后,信心大增,他深吸一口气,拔腿就冲了出去……

五秒后,腿软了的刘立冬又回到广告牌后,他背靠广告牌,呼吸急促,大口大口地捯着气儿。刘立冬下意识地又看了看表,还差两分钟,两分钟后幼儿园的大门将准时打开,那时妮妮可能已经忘了早上的惊吓,她会像往常一样,高高兴兴地、蹦蹦跳跳地从幼儿园里面跑出来,着急地告诉爸爸白天她都玩了什么……

想到这儿,刘立冬忽然感觉裆部一热,一股热血顺着下体经由丹田直冲天灵盖,大腿根儿紧绷绷的,两个睾丸像突然受寒一样地缩了起来,身体上一系列的变化,让刘立冬浑身不由得一激灵……

刘立冬猫着腰从藏身的广告牌后蹿了出来,几下窜到宝马车旁,一下拉开另一侧的车门一屁股坐了进去,李永全吓了一跳,刘立冬从那摞报纸里抽出菜刀,一下

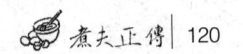

子抵在李永全的脖子上,一系列动作干净利落,俨然职业杀手。

"开车!走!给那帮人打电话,让他们立刻滚!"低沉的命令声从刘立冬的喉咙深处传了出来。

李永全脸色发白,一时竟然没反应过来,刘立冬手上使了些劲,架在李永全脖子上的刀抵得更紧了。李永全连忙点头,吩咐司机:"走,开车!"

"打电话!让他们滚!'

李永全看着刘立冬,忽然他有种错觉,感觉刘立冬的眼睛都变成了绿幽幽的,像狼。李永全害怕了,老老实实地拿出手机,让流氓们赶紧离开。

"大……大哥,咱去哪?"坐在前排开着车的司机问道。

刘立冬看了一眼窗外,说:"前面路口右转,走到头。"刘立冬说完后,一言不发地盯着李永全看。

李永全被看毛了,不知道刘立冬要把自己带到哪去,他生怕被激怒的刘立冬做出什么不冷静的事来。

"立冬,这事就是误会,你看要不算了,咱俩的事一笔勾销。"李永全很诚恳。

刘立冬没说话,依旧直勾勾地盯着李永全,一言不发。

李永全也不敢再说话了,车里一片静默……不多时,到达目的地。

车停了下来,司机看见路边的派出所后,像抓住救命稻草一样拉开车门就往派出所跑,边跑边喊:"杀人啦!救命啊!"

刘立冬一手用刀抵着李永全的脖子,另一只手指了指窗外:"看见派出所了吗?"不知道刘立冬要干吗的李永全惊恐地点了点头。

"以后离我女儿远点!记住了啊!"刘立冬说完,举起刀,狠狠地剁向李永全的大腿。李永全杀猪似地嚎叫着,刘立冬拉开车门下了车,扔掉菜刀高举双手,冲已经从派出所里冲出来的民警缓缓地走了过去……

14

"事情就是这样,当时我想了,他们这么干我连报警都没用啊,就只能拿刀吓唬他去了。"此时坐在派出所讯问室的刘立冬原原本本地把事情经过给警察讲了一遍。

对面坐着的是一个上了岁数的警察,他听完刘立冬的讲述后,长长地叹了口气,没说话。这时讯问室的门打开了,一个年轻警察走了进来,附在老警察耳边轻轻说道:"我刚才查了,他说的是真的,那几个流氓确实是因为打他被拘留过十五天。"

老警察点了点头,知道了所有事情的前因后果后,他很是同情刘立冬。他拿起个一次性纸杯，接了杯水递给刘立冬："你啊，太冲动了，他们那么骚扰你，你也可以报警啊，治安处罚条例里面有一条就是寻衅滋事，你不知道啊？"

刘立冬苦着脸："唉，我就以为他们骂我吓唬我闺女不犯法呢，要不我也不敢拿刀剁他啊。"

年轻的警察问道："司机说当时是你让他把车开到这儿的，按你的说法也是想找个派出所附近砍他，为什么啊？"

"警察同志，我害怕啊，说实话砍人这事儿我也是第一次干啊，谁知道这一刀下去他害怕不害怕啊，万一要是没吓唬住他，再把他给招急了，抢过刀来砍我的话，我这不是能就近逃进派出所嘛。"刘立冬老老实实地说道。

老警察听完不禁乐了，干警察快三十年了，头一次听到一个持刀砍人的犯罪嫌疑人说出这样的大实话。

刘立冬问："警察同志，我……我问个问题啊。"

老警察点了点头："嗯，你说。"

"我想问问像我这样的，得拘留多少天啊？这……这事我媳妇还不知道呢，我闺女也在我朋友家呢，您看您告诉我一声，我也好安排安排后事啊。"

老警察听完，强憋住笑："对方现在正验伤呢，怎么处理你，得看那边的结果了。"

老警察正说着，刘立冬放在讯问桌上的手机又一次响了起来，在刘立冬讲述的过程中，手机已经响了无数次了，可是按照规定，嫌疑人在接受警察讯问时，是不能接打电话的。

老警察看了一眼来电显示的姓名，指着手机问刘立冬："这个杨菲菲就是今天帮你接孩子的人？"

刘立冬点了点头，一脸着急的神情，明显是想知道杨菲菲找自己到底是什么事。

老警察拍了一下还在做笔录的年轻警察，说道："哎，先别写了，跟我出来一趟。"年轻警察点了点头，站起身来。

老警察拉开抽屉，拿出一本《中华人民共和国治安处罚条例》递给刘立冬："你的事呢都说清楚了，现在就是等事主验伤了，趁这工夫，你好好学习学习，以后别干这么冲动的事。你说要是有什么问题都用菜刀解决的话，还要我们警察干什么啊？行了，你自己学习吧啊。"

老警察说完就要出去，年轻警察看了一眼放在桌上还在响着的手机，不禁问道："哎，那手机……"

老警察重重地咳嗽了一声，打断了年轻警察的话："刘立冬，按照规定你现在

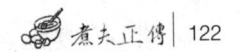

还是犯罪嫌疑人啊,不能接打电话,听见没有?"

老警察说完,对同事使了个眼色,两个人都出去了。

警察也是人啊,也是有血有肉有正义感的人啊!

门刚关上,刘立冬连忙接起手机:"喂,菲菲,妮妮在你家吗?……哦,哦,我没事,我现在在派出所呢……"

15

天色已经有些暗了,听说刘立冬进了派出所后的杨菲菲,把妮妮放在老黄家后,飞奔过来,可是不论自己怎么询问,警察都没有正面回答。无奈的杨菲菲只好坐在派出所门口,焦急地等待着刘立东。

这时一辆黑色的阿尔法罗密欧8C开了过来,停在杨菲菲面前。大多数人对于这个意大利生产的低调轿车品牌很陌生,认为它和宝马奔驰保时捷等名车根本不是一个档次的,可是如果知道这辆价值二十万欧元的8C全世界只有五百台时,估计大部分人都会对这辆不熟悉的轿车肃然起敬。他的主人和这辆轿车一样,他的名字对大部分人来说都是陌生的,可是当知道他的职位后,大部分人也会像对这辆8C一样,对他肃然起敬。

萧居正,男,48岁,律师,英国皇家法学院博士,现任五家上市集团首席法律顾问,擅长经济类、刑事类案件。

萧居正从车上下来,关切地问杨菲菲:"菲儿,怎么了?没事吧?"

杨菲菲冷着脸:"是不是我今天联系你了,有事要求你,你特高兴啊?"

萧居正笑了:"你到底怎么了?什么事啊?"

"我男朋友持刀伤人,进去了,你帮我把他给救出来!"杨菲菲挺横,一点没有求人帮忙的样子。

"男朋友?"萧居正的脸色变了一下,随即恢复。点了点头,萧居正笑着说道:"好,我知道了,立刻办。"说完后,掏出手机拨了出去,"帮我查一下望香湖派出所的所长是谁,查到马上给我回电话。"

萧居正挂断电话后,一脸爱意地看着杨菲菲:"最近好吗?"

杨菲菲白了萧居正一眼:"我快结婚了。"

萧居正还是那副笑眯眯的模样:"好啊,到时候别忘了给我发请帖啊,我给你随个大分子。"

杨菲菲双手抱胸,冷着脸,不再说话了。

16

韩雪儿拎着装满快过期食品的布袋，站在收银台前，对自闭收银说道："去不去？"

自闭收银点了点头，跟着韩雪儿走出超市。

打工子弟小学操场上，饕餮狂欢之后，韩雪儿和女孩们跳着皮筋，自闭收银光着膀子和一群男孩正在打篮球，自闭收银胸前的一处圆形的伤痕很明显，枪伤！

第171号分店门口，酒鬼店长一脸欣慰地眺望着打工子弟小学里开心的儿子。

学校门口有个陌生人也在隔着铁栅栏门往操场里面看着，时不时地拿出手机拍照。

韩雪儿和自闭收银走出校门，回过身去向孩子们挥手道别，酒鬼店长刺溜一下钻回店里。

归于平静的操场上，那个陌生人从垃圾箱里掏出孩子们刚吃完的那些食品的包装纸，拿出手机拍照之后，把一大堆包装纸都塞进了包里……

17

派出所所长办公室里，萧居正放下刚看完的刘立冬持刀伤人的相关资料后，对所长说道："我有几个问题啊，第一，我的当事人当时拿的是菜刀，中华人民共和国治安处罚条例第二十条第三款规定，非法制造、贩卖、携带匕首、三棱刀、弹簧刀或者其他管制刀具的，处十五日以下拘留、二百元以下罚款或者警告，菜刀不属于管制刀具，所以我的当事人没有触犯此条。第二，根据第二十二条第一款规定，殴打他人，造成轻微伤害的，处十五日以下拘留、二百元以下罚款或者警告，可是同时根据第五条规定，对于因民间纠纷引起的打架斗殴或者损毁他人财物等违反治安管理行为，情节轻微的，公安机关可以调解处理，我当事人的行为应属第五条规定的范畴内。第三，我的当事人在纠纷后的第一时间就主动投案自首，根据第十六条第一款和第二款规定，违反治安管理情节特别轻微的和主动承认错误及时改正的，可以从轻或者免予处罚，所以我认为对我当事人应该采取口头警告并处二百元罚金的处罚。对方如果对于处罚结果不服的话，可以提起诉讼，我将奉陪到底。"

派出所所长听完之后很无奈，刚才他已经尝到这个职业大律师的可怕之处了，平时这点打架斗殴的小事怎么可能惊动这样的人来啊？本来一开始自己打算直接把这个律师给拒之门外的，可是没想到对方竟然手眼通天，当所长接到市局副局长要求接待这位律师的电话时，才发现根本就不可能把这个人给轰走。

所长正在为难，了解刘立冬伤人的原委后，他本来也不打算从重处理刘立冬，可是法律毕竟不是人情，如果刘立冬因为自己的冲动而导致对方法医鉴定结果为轻伤或重伤的话，那就必须走刑事处罚的程序了。这时，敲门声响起，之前讯问刘立冬的那个老警察进来了，他走到所长旁边，低声说道："所长，被砍事主的验伤报告出来了，轻微伤，连血都没流，就是大腿上紫了一大块。"

所长听完如释重负，法医鉴定结果竟然是轻微伤，那就一切都好办了，他对萧居正说道："好的，萧大律师，您说得对，我们就这么处理吧。"

萧居正对所长微笑道："谢谢您的合作，再见。"

交完二百块钱罚金后就被释放的刘立冬很纳闷，怎么拿刀砍个人交二百就成了？连拘留都不用？刘立冬当然不知道个中原委了，其实毫无砍人经验的刘立冬根本就不知道，菜刀压根就不是这么用的。有教唆之嫌。如果手持菜刀直上直下狠剁的话，除非手里的这把菜刀能像专业卖肉摊位的刀那么锋利，否则充其量效果就只能达到手持铁板砸人的效果。

当然了，刘立冬家里的这把菜刀不是什么九天玄铁材质的，天天懒得做饭的刘立冬，自然菜刀也锋利不到哪去，各种各样的因素最后造成被吓了个半死的李永全，无法让警察叔叔为自己报仇雪恨了。

刘立冬被老警察带着走出派出所，只见杨菲菲和萧居正站在门口正在等他。

老警察对刘立冬说道："你啊，回去好好跟你这个律师朋友学习学习啊，以后记住了，有事找警察，这次你命好，下次可就不一定了啊！"

刘立冬点头道谢。

杨菲菲走上前来，关切地问："立冬，你没事吧？"

"没事没事，你朋友啊？律师？"刘立冬问杨菲菲。

杨菲菲没说话，点了下头算是回答。

刘立冬热情地走到萧居正面前："谢谢啊，才罚了二百就能出来都是您帮忙吧？"

没等萧居正回答，杨菲菲立刻紧紧地挽起了刘立冬的胳膊："走！回家！"刘立冬一惊，杨菲菲把自己挽得太紧了，以至于杨菲菲胸前那坨软乎乎的东西都碰到了刘立冬的臂弯。要说刘立冬心里一点没荡漾那是胡说，但是在荡漾了不到一秒后，刘立冬就要推开杨菲菲了，谁料到刘立冬刚一用劲，杨菲菲却把他挽得更紧了。

杨菲菲使劲连拖带架地把刘立冬弄走了，刘立冬还没忘回头用空闲的那只手冲萧居正挥了挥："谢谢你啊！"

看着杨菲菲和那个男人的"亲密"背影，萧居正摇头苦笑。

18

从老黄家接完妮妮后，折腾了一天的刘立冬到家时已经快十点了，他抱着已经迷迷糊糊快睡着的妮妮，推门进家，只见韩雪儿已经回来了，坐在沙发上正在等着自己。

韩雪儿的脸色挺不好看："这么晚了你带着妮妮干吗去了？怎么手机也不开啊？"

刘立冬听完连忙摸出手机看了一眼，原来是白天打电话太多，没电了。

"哦，手机忘充电了，我先带妮妮去睡觉啊。"刘立冬感觉到气氛有些不对，想躲。

"外面待了一天了，先洗洗再睡。"韩雪儿说着，从刘立冬手里抱过妮妮，就要带妮妮去洗澡。

妮妮迷迷糊糊地想睡觉，不乐意地说："不洗了，妮妮困了，要睡觉。"

"是啊，今天就先别洗澡了，折腾一天了，让妮妮睡吧。"刘立冬帮妮妮说话。

韩雪儿看了一眼怀里困得眼皮打架的妮妮，也有些不忍心，白了刘立冬一眼，抱着妮妮去了卧室。

刘立冬撇了撇嘴，走进厨房，翻出一碗方便面来，一直没时间吃晚饭的刘立冬饿了。

刘立冬坐在沙发上呼噜呼噜吃着方便面，韩雪儿哄妮妮睡着后，冷着脸走了过来。

"刘立冬，我想和你谈谈。"韩雪儿很严肃。

刘立冬连忙把嘴里还没嚼完的面条咽了下去，一脸郑重地点了点头。

"最近我一直忙，实在是没工夫管你们俩，你看看，最近你和妮妮都把日子过成什么样了啊？像今天，大晚上的不回家，你带着妮妮干吗去了？"韩雪儿很不满。

"我……"刘立冬的脑子像被识破了的特务一样飞快地转着，如果向韩雪儿交代了白天进派出所的事，那么肯定就要交代出杨菲菲和她那个律师朋友帮忙的事，如果交代了杨菲菲的事呢，就要交代为什么会和杨菲菲那么熟，如果继续深挖为什么和杨菲菲熟了呢，就会挖出那韩雪儿至今仍不知道的九万外债。

想到这儿，刘立冬很后悔，一个谎言要用一连串的谎言去弥补的江湖传说果然是真的，本来还想向老婆显摆一下白天自己为了家庭、为了女儿勇斗歹徒的"英雄壮举"呢，现在却只能……唉……

"我带妮妮去老黄家打牌了，斗地主，他们缺一个人……"刘立冬一边说一边观察着韩雪儿的表情。说到这儿,韩雪儿的脸色已经不善了,刘立冬连忙补充道:"没赌博,玩贴纸条的,妮妮挺高兴的。"刘立冬补充完毕后,不由得看了一眼屋门紧闭的妮妮卧室,心想明天又得用冰激凌来巩固自己和女儿的联盟关系了。

韩雪儿的脸色没有因为刘立冬的补充而好多少:"你带妮妮去玩可以,可是不能这么没有时间观念啊,玩到这么晚,手机也不开,要不是看你一贯表现良好,再加上带着妮妮,鬼知道你是不是出去找小三了!"

"嘿嘿,不能够啊,就以我现在这经济实力,就算我想找小三也没人搭理我啊。"刘立冬说完,本能地感觉到危机已经过去,又开始吃起方便面来。

韩雪儿撇撇嘴,对刘立冬说道:"哼,现在这帮小姑娘,对你这样的老男人最没免疫力,甭管有钱没钱,都是先扑上去再说。哎,刘立冬,你别光吃面啊,用不用我给你卧个鸡蛋去?"

刘立冬摆了摆手,心想自己老婆虽然事 B 事儿的,讲起道理来跟小学政治课老师似的,但是就是这点好,没心没肺的善良。

刘立冬使出自己那对付妮妮母女俩百试不爽的杀手锏——转移话题:"老婆,最近怎么样啊?你那一个月的考核都过了一大半了,有戏通过吗?"

韩雪儿果然吃这一套,说到工作,立刻一脸得意地说:"当然没问题了,你知道吗,今天我们集团的总裁都表扬我了呢。我不小心把他的大奔驰给刮花了,他都没说我,还鼓励我好好工作呢。"

"总裁?就那个柴东林?傻逼呵呵的,他懂个屁啊!"刘立冬对柴东林很有敌意,想当初要是柴东林为自己主持公道的话,自己哪会失业?

"人家英俊潇洒,这么年轻就管理着这么大的集团,还那么有风度,刘立冬,你怎么能这么说我们集团总裁啊?"还处在试用期的韩雪儿,已经把自己归为联华士多集团的人了。

"有风度?他有个屁风度!你刚才说的那些,除了他长得帅这点我承认之外,其他的我哪样都没看出来。就他,哼,要不是他老子牛叉,就凭他那一脑袋浆糊,能有份工作就不错了!"刘立冬气坏了。

韩雪儿也不高兴了:"不是,刘立冬,你嘴里能不能干净点啊?天天骂骂咧咧的,我告诉你啊,要是妮妮跟你学了一个脏字的话,我立马跟你离婚!"

"嗨!韩雪儿,他柴东林是你什么人啊?我骂他几句怎么了?我就骂他怎么着!傻逼傻逼大傻逼!你还敢跟我离婚?"刘立冬说完,为了加强气势,特地重重地把手里的方便面碗放在了茶几上。

"你……"韩雪儿被气得够呛,站起身来,指着刘立冬的鼻子,"粗俗!无聊!

哼！你对人家就是羡慕嫉妒恨！"

韩雪儿说完，转身就进了书房，"砰"地一声关上了门，压根不给刘立冬反驳的机会。

刘立冬气势汹汹、不依不饶地跟了过去，还想跟韩雪儿继续辩论。当他打不开从里面反锁住的书房门之后，和韩雪儿多年的婚姻经验告诉他，如果韩雪儿锁门的话，那么就是真生气了。刘立冬不敢惹韩雪儿真生气，自己乖乖地坐回客厅沙发上，抽烟生闷气去了。

19

第171号分店里，晨光透过紧紧关着的卷帘门上的几个小洞，洒在搭在货架边的一个行军床上，自闭收银睡得正香，嘴里还在说着梦话，梦话是一口纯正的英文："Full-CourtPress!（全场紧逼'一种篮球的防守战术'）"。

酒鬼店长静悄悄地站在库房与办公室的小过道上，远远地看着自己的儿子，一脸满足。自从儿子开始继续打篮球后，他就不会再整夜整夜地辗转反侧难以入眠了，更不会像原来那样经常因为梦到那个晚上而尖叫着惊醒。店长害怕听到儿子每晚的尖叫，他没办法，只能用越来越多的酒精麻痹着自己的听觉。

现在这样真好，酒鬼店长满足地想。

"咣咣咣"一阵砸门声传来，自闭收银被惊醒了，坐在行军床上惊恐地看着那紧紧关着的铁卷帘门。

酒鬼店长很奇怪，这么早会是谁呢？酒鬼店长沿着墙根蹭到卷帘门旁边，他尽量离儿子的床远一点，因为他知道，这时儿子没有地方躲开自己。

店长打开卷帘门，只见门外全是人，几个堵在门口的人手里还拿着照相机，闪光灯"咔嚓咔嚓"的一顿乱闪，把店长晃得够呛。

"啊！"随着自闭收银的一声尖叫，店长迅速地把卷帘门拉了下来，把外面那群来历不明的人挡住了。

自闭收银窝在超市的一个角落里，满眼都是恐惧，店长伸出双手，像靠近一个猛兽一般，一边安慰着儿子，一边渐渐地靠近他……

20

开车走在路上的韩雪儿还在生气，昨晚整整一晚上都没再搭理刘立冬。昨晚在书房里，自己一怒之下把电脑里刘立冬的岛国爱情动作片全删了，哪天刘立冬再想看它们"减压"，就会发现它们已经不复存在了，可以想象出他脸上的那种表情。

想到这，韩雪儿顿时觉得心情好多了。

　　车拐过一个弯，还陶醉在"报复"了刘立冬之后的那种快感里的韩雪儿惊呆了，只见一群人围着第171号分店。韩雪儿连忙停好车跑上前去，对面那间打工子弟小学门口还有几个人打起了一个条幅，上面写着一行大字："民工孩子也是人，他们不要你们那些过期的爱心！"

　　还在不明就里的韩雪儿没搞清楚状况时，人群里不知是谁喊了一句："就是她！就是她给孩子们吃过期食品的！"之后，人群迅速地包围了韩雪儿。

　　一个记者模样的人把一个麦克风塞到韩雪儿面前，说道："我是三观网的，请问你拿过期食品给孩子们吃的时候，心里是怎么想的？"

　　"你好，你可以接受我们网站的独家专访吗？"又一个麦克风塞了过来。

　　"作为这次火爆微博'过期门'的主角，你现在想对网友们说什么？"第三个麦克风也塞了过来，因为用力过度，差点没直接塞到韩雪儿嘴里。

　　围在外围的网友们群情激奋，不知道是谁喊了句："抵制过期爱心！抵制联华士多！"之后，众人跟着喊了起来，声势震天。

　　这时在人群外围，根本挤不进去的钱兼职很着急，她拿出手机拨通了店里的电话，简单地说了句："店长，我是小钱啊，一会我带雪儿逃进店里，现在门口没人，你把铁门打开。"

　　"呀！这人怎么死了啊？都吐白沫了！"钱兼职的一声尖利的大喊让群情激奋的人群瞬间转移了注意力。趁这机会，钱兼职钻进人群，一把将韩雪儿拉出包围圈，两个女人快速地逃到店门口，店长开门的时机正好，钱兼职和韩雪儿连滚带爬地钻进店去，店长连忙将卷帘门关死锁上。

　　"这……这怎么回事啊？"惊魂未定的韩雪儿问道，此时人们已经发现了主角逃脱，又开始聚集在店门外，敲打起卷帘门来。

　　"是啊，他们到底要干什么啊？半小时前就开始一直砸门。"酒鬼店长也是一肚子疑问。此时韩雪儿和钱兼职才注意到，酒鬼店长问话时，自闭收银竟然躲在店长身后，紧紧抓着店长的胳膊，瑟瑟发抖。

　　钱兼职顺手从货架上拿起一瓶饮料，打开喝了一口后说道："你们不上微博啊？这事儿从昨晚上开始，在微博上就已经火了，有个人发了一系列的照片，有雪儿和收银给小孩发东西吃的，还有咱店里那些食品的包装纸，还有过了保质期的标签的特写。他说民工孩子也是人，不要你们那些过期的爱心，网上管这事叫'过期门'，咱们店的地址已经被公布出来了，好多网友都约好了，今天要来讨伐你们，要不然今天早上我哪会过来帮忙啊。"

韩雪儿听完沉默不语，酒鬼店长说话了："这微博是啥啊？这帮人真是闲的啊，他们也没给小孩们吃过期的食品啊，都是快过期的啊，怎么干好事倒挨骂啊？"

钱兼职回答："你天天喝酒当然不知道什么是微博了，你说没过期，有什么证据证明呢？店长啊，你是不知道，现在微博上好多人就是为了骂人而骂人的，他们什么不骂啊？他们一天不骂人就得憋死。"

自闭收银看到店里熟人多了之后，不再那么害怕了，他捅了捅韩雪儿，问道："今晚不能打球了？"

自闭收银问完，没人回答，店里陷入沉默，只有"咣咣咣"的"敲门"声。

"雪儿，你看，集团的官方微博发消息了。"钱兼职拿着手机念道："联华士多集团对于某位女员工用超过保质期的食品，赠与小学学生食用的个人行为向全社会郑重道歉。集团决定，立刻开除该名员工，并向全社会做出保证，未来联华士多集团将会严格控制所有分店过期食品的回收工作，保证所有超过保质期的食品不会流向社会。"

钱兼职念完，所有人的目光都聚焦在低着头的韩雪儿身上。

"呵呵，咱公司就是这样，出了事一推二五六，立刻把自己给摘干净了，呵呵，这就是他们市场部所谓的危机公关。"钱兼职冷笑道。

"没事，我做出来的事儿我自己承担后果。"韩雪儿说着就要拉开卷帘门。

钱兼职一把拉住韩雪儿："雪儿，你要干吗啊？"

韩雪儿笑了笑，说："没事，我出去和那帮媒体的人说去，我让集团看看，什么才叫危机公关！"

"刷"的一声，联华士多集团第171号分店的卷帘门打开了，韩雪儿一脸自信地走出店门，顿时被记者们的各类问题淹没了。

"请大家静一静，我有话要说。"韩雪儿没有回答一个问题，而是不温不火地一直重复着这句话。

这句简单的话，以中间的记者群为核心传递出去，没过多久，人们都安静了，全等着韩雪儿说话。

韩雪儿清了清嗓子，对众人说道："作为微博上所谓'过期门'的主角，我有两点声明：第一，我给孩子们的食品，不是过期的，而是即将过期的。对于这一点有疑问的，我可以提供两种方法让你自己去求证真伪，一是问一问孩子们，每次我交给他们食品时，是不是都叮嘱过他们，让他们赶快吃不要留着，二是大家看这儿……"韩雪儿说着，用手指着附近路口对着学校大门的摄像头，"记者朋友们可以去交管局调出这些天的监控，看一下我每天是几点走进校门的，大家自己再对比一下网上那些包装纸的照片，看一下过期时间到底是几点几分。我们联华士多集团的所有食品类商品标签上，都会以分钟为单位注明保质期时间的，我说的话各位可以不信，所以我提出办法，请大家自己去求证。"

韩雪儿这番有理有据有节的演说，让不少人都低声议论起来。韩雪儿顿了顿，继续说道："我的第二点声明是，这件所谓的'过期门事件'，只可能发生在我们联华士多集团，为什么？因为我们集团下属的所有分店里，所有超过保质期的自制食品都是每天销毁的，并不像有些超市那样，过了保质期之后贴上新的标签继续出售。试想，如果我在那样的超市里工作，是绝对不会有机会成为此次过期门的主角的，虽然我现在已经被开除了，但是作为联华士多的员工，我工作得问心无愧！作为一个有良心的人，我对那些孩子也是问心无愧！我说完了！谢谢大家！"

韩雪儿说完，转身回到店里，外面的人群都沉默了。大家纷纷低声议论起来，除了几个记者站在店外拍了几张照片以外，没有人再来继续声讨了，人群渐渐散去……

21

店门上贴着一张写有"暂停营业"的 A4 纸，韩雪儿、钱兼职、酒鬼店长和自闭收银四人或靠或坐地分散在收银台附近，没有一个人说话。

酒鬼店长率先打破了沉默："小韩，要不我和集团总裁说一声吧，撤回开除你的决定，我……我和他挺熟的。"

钱兼职听完一脸惊讶，而知道真相的韩雪儿却平静地摇了摇头："不用了，我毕竟是来应聘市场部的职位的，作为一个市场部的员工，这次危机公关该做的我都已经做了，如果集团没有任何反应的话，那么我也不想在这样不专业的集团里继续干了。"

店长点了点头，不说话了，店里再次陷入静默。

"是不是……因为我……打篮球……才这样？"自闭收银的声音再次打破静默，可能因为好久没说过如此长的句子了，自闭收银生涩地、三字一顿地说道。

韩雪儿笑了笑，对收银摇了摇头。

"那今天……还能打……篮球吗？"自闭收银的话今天"格外多"。

韩雪儿低下头，她不知道该怎么回答。

这时，店长气哼哼地拿起收银台下的那个布袋，走到冷藏柜前，也不管什么保质期了，一股脑地把食品往里乱装。

店长一边装一边对钱兼职说道："你搬上几箱饮料，他娘的，老子过去给孩子们送吃的去,我看看谁他娘的敢开除了我!我再看看网上谁他娘的还敢说三道四!"

酒鬼店长说完,拎着装满了食品的布袋生气地走了出去,没想到,第一个响应号召的竟然是与他"不共戴天"的儿子——自闭收银。

只见自闭收银搬了两箱饮料,孩子似地跟了出去。

韩雪儿和钱兼职相视一笑,每人搬了一箱饮料也跟了出去。

打工子弟小学的校长听完钱兼职的讲述后,今天破例改了全体学生的课表,统一都改成了体育课。

钱兼职走了,去公司请假去了,她临走前说中午一定回来,让韩雪儿一定等着她,她说一定要请大家一起吃顿散伙饭。

在校长的组织下,今天操场上正在进行着一场由体育老师担任裁判的、正规的五对五篮球赛,当然,是半场的,因为操场太小,只能摆得下一个篮球架。

几十个小孩围在"赛场"周围,一边吃喝着那些昂贵的食品和饮料,一边为球赛加油助威。韩雪儿和店长并排坐在最外围,看着球场上开心的儿子,店长递给韩雪儿一瓶饮料,感激地说:"小韩,真的,谢谢你!"

韩雪儿笑着指了指孩子们,说道:"没关系,你应该谢谢这些孩子。"

店长点了点头,若有所思地说:"是啊……"

"店长,我……我能问你个事吗?"韩雪儿试探性地问道。

"哈哈,你别问了,我知道你想知道什么,这个店是不是你见过最奇怪的超市啊?"

韩雪儿重重地点了点头。

"我给你讲个故事吧……"

很多年前,店长当时才三十多岁,他和几个年轻人,在一家叫做联华士多的小公司工作,那时这家公司很小很破很穷,老板也是个年轻人,姓柴。

……

几年后,公司变大了,员工变多了,店长也变得比以前有钱了。当时店长是负责全国市场开拓的,也就是管在全中国开分店的,在哪开,怎么开,开了怎么不赔钱,全是他管。他当时很忙碌也很充实。

……

不久后,公司更大了,员工更多了,店长也更有钱了,可是他更忙了。他变得在飞机上睡觉的时间比在床上睡觉的时间长了,变得中午还在四川吃火锅晚上就可以在云南吃米线了。忙忙碌碌中,好像唯一能记得住的事就是,这一年,他结婚了。

……

一年后，店长变成爸爸了，一起有了变化的是他的财富和空闲时间，前者是越变越多，可后者却是越变越少。他隐隐约约记得，好像在这一年，联华士多也变了，变成集团了，自己好像还有了些股份，有多少忘了。哦，对了对了，还有一个东西也变了，自己老婆和儿子的国籍变成了美国。听说美国比中国好，店长随大流地也把老婆和儿子送去美国了。

……

再之后的十年里，店长过得几乎没有任何印象了，生活好像就是起飞、降落、谈判、签合同、再起飞、降落……其中偶尔掺杂几次去美国的长途飞行，几次？忘了。还能记得住的是住在美国的老婆在电话里告诉他，儿子很喜欢打篮球，店长知道后，让秘书找了个美国NBA少年篮球学校，好像交了几万或者十几万美金吧？也忘了，反正钱不多。后来据老婆说，儿子很高兴。

……

距今十二年又257天前的那个晚上，店长记得很清楚，那天是他儿子的十岁生日，他在电话里答应儿子一定赶过去，他还答应全家在儿子十岁生日当天，一起去看当年火遍美国的篮球电影——《极致乔丹》。

临出发前一天，深圳的一家正在装修的新分店失火了，一名工人被严重烧伤，负责开拓分店的店长赶了过去。处理完赔偿问题后，在他着急地往机场赶的路上，因为把车开得太快，发生了交通事故，受了些轻伤的店长没有赶上那班飞机。

当儿子十岁零一天时，终于赶到美国家里的店长惊呆了，别墅已经被一层一层的警戒线拦了起来，不断有闪烁着警灯的警车出出入入，很多警察在那宽大的客厅里忙碌着……

当他再次见到儿子时是在医院，刚刚抢救完，脱离生命危险的儿子昏迷不醒。

原来母子两个人在得知生日当天店长无法赶到后，决定退掉已经买了的电影票，当晚不出门了，明晚等店长回来了，再补过这个十岁生日，全家一起去看电影。

而这个决定改变了一切，当晚三个黑人持枪潜入他家，在把别墅里所有值钱东西洗劫一空后，他们看着已经被绑起来瑟瑟发抖的母子俩，兽性大发，于是三个人当着儿子的面轮奸了他的妻子……

一声枪响后，儿子眼睁睁地看着母亲的头在自己面前被打爆，还没来得及感到伤心，另一枪就击中了儿子的右胸……

……

儿子是半个月之后醒来的，当儿子睁开眼看到父亲的那一刻，浑身颤抖，拔掉插在手上的输液针头，滚下床就要逃跑。

从此以后，儿子不再说一句话，也不愿看到他。

他用了八年时间，花光了所有的积蓄，卖光了所有的股份，带着儿子跑遍了全世界的医院，试过了电击、心里暗示、药物辅助、中医针灸、催眠等所有方法后，他绝望了。

而且真正打垮他的是一次对儿子进行的深度催眠，被催眠后的儿子说出了心里话，他恨父亲！

他明白了，儿子恨自己。如果那天他没有为了工作而赶不上飞机，在持枪黑人进屋的时候，他们一家三口应该是在电影院，正在其乐融融地看着电影……

如果他能经常多回家陪陪妻儿的话，母子两个是不会为了自己而更改看电影的时间的……

如果自己没有把妻儿送去美国的话……

如果自己没有努力工作挣够移民的钱的话……

如果当初就没有进联华士多的话……

太多太多的如果了，他开始怀疑起自己所做过的一切……

之后，他回到中国，开始买醉，因为他觉得儿子每晚因为噩梦而惊醒的惊叫声都是对自己最恶毒的咒骂，他只能用越来越多的酒精来麻醉自己的听觉，来毁掉自己的大脑，吞掉自己的记忆……

当年，那个也不再年轻的姓柴的年轻人给了店长一家店，让店长和儿子不会被饿死，这家店就是第171号分店……

酒鬼店长断断续续地讲完了这个故事，他的大脑连续五年来被大量酒精毁坏得已经相当严重了，可是无论如何，他还是会记得那个日子，距今十二年又257天前的那个晚上……

"现在能这么安安静静地看着他，我很满足，谢谢你。"酒鬼店长看着赛场上正在运球的儿子说道。

韩雪儿没答话，因为她已经泪流满面。

22

超市附近的一家小火锅店里，钱兼职、韩雪儿和自闭收银围坐在桌边，火锅热腾腾地翻滚着，韩雪儿和钱兼职都没动筷子，只有自闭收银自顾自地吃着。

酒鬼店长站在门外，探头往里看着，韩雪儿使劲地冲酒鬼店长招了招手，示意让店长进来。店长笑了笑，冲韩雪儿先摇了摇手，然后又挥挥手，示意不进去了，再见。

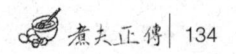

韩雪儿起身走出火锅店，生生地把酒鬼店长给拉了进来。

店长说："小韩，你别拉我，我不去了，要不我儿子一见到我就跑，弄得怪尴尬的。"

"店长，你试试，他要是敢叽歪还有我和小钱呢，我们俩吓唬他。"韩雪儿执意要店长进来一起吃，她从心底里希望这对父子能开始慢慢地相处。

韩雪儿按着店长坐下，自闭收银果然不继续吃了，但是也没有像以前一样夺路而逃。

"你老老实实吃你的，你要跑的话，以后再也没人陪你打篮球了啊。"韩雪儿假装厉害。

自闭收银嘴唇微微颤动，好像想要说什么，忍了半天也没说话，拿起筷子夹了一大口肉塞进嘴里，低下头使劲地嚼着。

看到儿子竟然没有跑，酒鬼店长很欣喜，身体都开始有些微微发抖。韩雪儿轻轻地拍了拍店长，店长感激地冲韩雪儿点了点头。

这顿散伙饭吃得很奇特，奇特在没人说话，钱兼职觉得这顿饭请得有点亏，努力地开始找话题。

"哎，店长，要不要喝点酒啊？"钱兼职问店长。

店长摇了摇头："不喝不喝，我打算戒了。"

"咦？奇奇怪怪的，最近我没来店里，你们怎么搞得这么神秘兮兮的啊。算了算了，雪儿，今天怎么说也算是散伙饭，要不咱俩喝点？"钱兼职问韩雪儿。

韩雪儿点了点头，她觉得能让视财如命的钱兼职请客不是件容易事，喝点酒调节调节气氛这点面子还是应该给人家的。

"老板，来瓶二锅头！"钱兼职高兴地喊道。

一瓶二锅头已经见底，酒鬼店长一口没喝，几乎也没吃几口饭，他倒像是得了自闭症一样，直勾勾地盯着儿子看，不过脸上充满了慈祥。

自闭收银被钱兼职逼着喝了几杯白酒后，倒是脸红扑扑的，一直对着火锅傻乐。

韩雪儿也只是象征性地喝了几口，只有钱兼职喝大了。原来钱兼职叫上来二锅头后，怎么劝大家也都是只喝一点，她觉得买了酒喝不了的话太亏，就直接把剩下的大半瓶自斟自饮了。

钱兼职坐在椅子上晃晃悠悠地搂住韩雪儿，满嘴酒气地说道："痛快！舒服！我……我今天也歇一天，嘿嘿嘿嘿。"钱兼职说完，拿起面前的杯子还要喝，韩雪儿连忙劝住了她。

"你别喝了，明明今天是给我送行嘛，你倒喝得像是自己被开除一样。"韩雪儿开着玩笑劝钱兼职别继续喝了。

"我心里难受啊，唉，要不是借着你被开除了我今天喝点酒，我哪敢休息啊？"

"你想休息就休息嘛，干吗那么玩命啊，钱这个东西挣多少才叫够？"

韩雪儿和钱兼职说着话，旁边的父子俩像没事人一样，一个对着儿子傻看，一个对着火锅傻乐，各玩各的。

钱兼职摆了摆手："你以为我愿意那么玩命啊？你知道我为什么这么爱钱吗？"

韩雪儿心想，真是自己要走了啊，看来今天所有第171号分店的秘密都要揭开了。

"为什么啊？"韩雪儿诚心打听。

"你知道眼睁睁地看着自己亲妈死在面前，而自己兜里一分钱都没有，连抢救都抢救不起的感觉吗？"钱兼职眼圈有点发红，她拿起杯酒，一口喝了下去，打开了话匣子，"我是农村的，我爸我妈身体特好，挑着一担水小跑着都能走五里山路。我们老家山清水秀，空气清新，哪都好，就是穷，我玩命读书，结果我成了我们村里的第一个大学生，你知道吗？我英语专业八级，我还会说日语韩语，可……可是我找到的工作一个月最多才能挣八千块钱。"钱兼职说着，又给自己倒了杯酒，一饮而尽。

"八千不错了，这年头刚从学校出来就能挣八千的人可不多啊……"韩雪儿说道。

钱兼职大着舌头打断韩雪儿："你听我接着讲啊，八千是不错，可是不够啊，我刚才不是和你说过吗？我爸我妈身体特好，可……可是自从村里为了提高什么GDP，引进外资办了个造纸厂后，就……就全变了！山不清了，水也不秀了，浑了！不到五年，村里病了好多人，我妈病了，老咳嗽，越来越严重，后来我把我妈接到北京，一查，癌症！这咱得治吧？可是农民没有社保啊，你知道没保险的农民病了就是等死吗？根本治不起！我一个月挣的钱，就够我妈做三天化疗。后来我妈死了，她死前说她特高兴，因为临死前她看见了天安门，看见了毛主席，她说她特满足。当时我就疯了，从那天开始，我就玩命地挣钱，玩命地省钱，除了没卖过淫，什么钱我都挣，你知道为什么吗？"

韩雪儿摇了摇头，她没想到钱兼职身上竟然也有这样的故事。

"我爸也开始咳嗽了！和当初我妈一样！"钱兼职说完，又是一口就把杯子里的酒喝光了。这次韩雪儿没劝，她也默默地陪着钱兼职喝了一杯。

23

韩雪儿和自闭收银架着喝多了的钱兼职往店里走着，酒鬼店长跟在后面，手里拿着钱兼职的包。

韩雪儿远远地就看见超市门口有一大群人，韩雪儿很奇怪，怎么网友又来了？怎么又开始新一轮的声讨了？

自闭收银早上早被吓得不轻，他看见那群人后，直接不管不顾地撂下钱兼职就跑到马路对面去了。钱兼职一下子摔倒在路上，酒鬼店长连忙扶起了钱兼职。

韩雪儿对酒鬼店长说道："店长，你先扶着她，我悄悄过去看看，这到底什么情况啊。"

韩雪儿说完，溜着边走近了一些。

只见超市紧闭着的卷帘门外，人们没有像早上一样乱糟糟的包围着，而是整整齐齐地排着队，韩雪儿傻了。

夜幕降临。

柴东林办公室里，助理 Amy 站在柴东林面前汇报着："柴总，那个叫韩雪儿的员工的讲话视频已经在微博上转发十多万次了。另外，根据营业部刚刚采集的数据显示，今天全国所有分店的销售额大增，截止到现在，今天一天的销售额就已经超过以往五天的总和了。"

柴东林笑了，很开心，他对 AMY 说道："麻烦立刻给人事部谭总监打电话，让他现在过来一趟。"

晚上十点了，联华士多第 171 号分店门外还排着长长的队伍，店里的货品像被洗劫过一样，已经寥寥无几了。很多人买完东西，都要站在收银台前自拍一下，然后发到微博上，好像今天不在第 171 号分店买东西就被信息时代抛弃了一样。

韩雪儿和自闭收银忙着结账，店长正一箱一箱地从库房里往外搬着货。

韩雪儿的手机响了起来，按下通话键后，韩雪儿用肩膀夹着手机，手里一点没耽误干活。

"喂，你好，哪位？"

"是韩雪儿吧？"电话那边的甜美女声让韩雪儿感到似曾相识。

"对，我是。"

"我是联华士多人事部的，集团人事部现在正式通知你：一、由于你的工作过失，集团决定给予你扣发本月工资的处罚；二、由于你恰当杰出的危机公关，集团决定给予你五万元现金奖励；三、你的考核提前通过，请明天早上九点准时来集团报道。"

这就是柴东林，赏罚分明！

韩雪儿似乎对这一天的到来早有预感，她的脸上浮上一丝满足的笑意，挂断电话，继续扫码收钱……

第六章　谎言怪圈

1

一大早，刘立冬和妮妮还都在呼呼大睡，韩雪儿却已经在厨房忙活上了。

她今天心情很好，一是上班再也不用穿越整个北京城了，以后每天可以至少晚出发一个半小时，这样她就有时间为妮妮准备早饭了。

眼看着自己的经济制裁对刘立冬根本就没有效果，人家依旧是我行我素地压根就没有走进厨房的意思，韩雪儿也曾经私下里打算争取一下妮妮。如果妮妮对每天的伙食都很不满意的话，那么自己就有足够的理由让刘立冬去学做饭了，可惜妮妮这个小丫头，貌似对现在的伙食非常满意，还经常无意中说出一些连自己都没吃过的西餐菜名。

韩雪儿很惊讶，追问下去却是一无所获，妮妮这个小丫头对自己是守口如瓶，关于细节的事竟然一个字都没吐露。韩雪儿一头雾水，打算等工作上的事稳定些后，再查明这个穷了吧唧的刘立冬到底是用什么方法，拿着有限的生活费还能让妮妮吃到那些玩意。

第二个让韩雪儿心情大好的原因就是今天要去集团上班了，自己正式的职业生涯即将重新开始。这个联华士多集团让韩雪儿很有信心，从昨天对自己赏罚分明的裁决就能看得出来，一会儿自己要面对的肯定是一个管理正规、制度严谨的大集团。

韩雪儿一边煎着鸡蛋，一边憧憬着自己新的办公环境，那宽大的办公桌上堆满了各种需要自己处理的资料。

哦，对了，最好自己的工位能够挨着窗户，不管窗外是天天堵车的路口还是绿草如茵的中心花园，都可以。想象着自己从今天开始就要在宽大的办公室里，喝着咖啡处理那些工作，可能还时不时地需要出差后，韩雪儿高兴极了。

自从妮妮出生后，韩雪儿就没离开过北京，最远的地方就是去刘立冬那个在近郊的父母家了。其实有不少次，韩雪儿都计划着一家三口能够一起外出远游，可是都因为捉襟见肘的经济问题而被搁浅。可是上了班就不一样了，万一要是集团需要自己出国办活动呢？那样虽然有些对不起家庭，可是人在职场身不由己嘛，自己也能打着工作的幌子，离开北京一小段时间了。

韩雪儿正在憧憬着，卧室的闹钟忽然响了起来，刘立冬竟然一分钟都没有赖床，滚下床迷迷糊糊地就进了妮妮卧室，这一点让韩雪儿很满意。不多时，迷迷糊糊的父女两个睡眼朦胧地出来了，姿势一模一样，都是打着哈欠揉着眼睛，一脸怠懒。

当迷糊父女二人组看到餐桌上那丰盛的早餐和厨房中忙碌的韩雪儿时，顿时睡意一扫而空，妮妮高兴地问："妈妈，今天你怎么不用去上班啊？"

刘立冬也很奇怪："是啊，怎么了？被辞啦？"

韩雪儿对刘立冬翻了一个大型的白眼后，蹲在妮妮面前，说："妮妮，妈妈的考核通过了啊，今天妈妈就开始在离家近的地方上班了。妮妮，今天晚上你想吃什么啊？妈妈请客。你知道吗，公司今天会给妈妈五万块钱的奖金哦，妮妮今晚想吃什么都可以。"韩雪儿在说到五万块钱奖金的时候，特地把脸转向刘立冬，并在数字上加重了语气。

"妈妈真棒！"妮妮特高兴。

刘立冬哼了一声，自言自语地边说边往洗手间走去："唉，这大公司可是和小超市不一样啊，公司政治可怕得很呐。"

韩雪儿没搭理刘立冬的冷嘲热讽，接着问妮妮："妮妮，那你今晚想吃什么啊？"

妮妮听完，为难地说："可是今天晚上我和爸爸已经约好要去……"

妮妮还没说完，刘立冬飞快地从洗手间冲了出来，直接打断妮妮："妮妮想吃披萨对不对？"刘立冬说完，使劲地朝妮妮挤眉弄眼。

经过多日的耳濡目染，妮妮已经被刘立冬同化了不少，顿时明白了刘立冬的意思。为了巩固和爸爸的联盟关系，妮妮点了点头，说道："好吧，那就披萨吧。"

刘立冬生怕夜长梦多，被老婆发现自己天天带着妮妮去杨菲菲家蹭饭的秘密，连忙拉着妮妮的手，带妮妮进洗手间刷牙洗脸去了。

韩雪儿迷惑地看着洗手间里正在刷牙的父女两个，动作一致，连表情都是一致的，韩雪儿觉得很奇怪。

2

Linda 沈昨晚放下人事部谭总监的电话后，心情极其不爽，倒不是因为这个叫韩雪儿的女人。这个韩雪儿只不过是命好而已，歪打误撞地就赶上这么个事，只不过有一点危机公关的能力而已，她就算进了市场部也不足为患，集团市场部的整个利益链条已经是铁板一块了，多她一个韩雪儿根本就无所谓。

Linda 沈主要是感到了来自柴东林的压力，这个纨绔子弟上次开董事会时，竟然说因为觉得在香港上市很有面子，所以从现在起让所有部门配合佐藤资本开始做上市的准备工作。其实上市了也是好事，像自己这样的核心管理层，上市之后手里干股的价值会翻几倍，可是 Linda 沈却总是有种预感，觉得不对，可是具体哪里不对她也说不出来。

她其实还是更喜欢原来老总裁那种家族式的管理方法，因为这种方法对于自己来说更熟悉。Linda 沈很清楚，联华士多要想上市的话，绝对不是一件难事，至今仍然迟迟没有上市的原因就是老总裁和自己一样，对于那种今天富得流油明天穷得掉渣的资本市场，有一种天然的恐惧。

其实 Linda 沈也想过，自己已经快六十了，前半辈子跟着老柴总裁打天下，累得已经只剩半条命了，后半辈子想尽办法捞钱，也已经身心俱疲了。她算过，自己手里的现金加房产加股份再加上自己苦心贪下来的钱，总资产已经达到九千多万了。Linda 沈很清楚，其实现在自己已经是油尽灯枯，人这辈子要这么多钱干吗？说白了，没用！尤其是想起那个人，那个原来曾经和自己并肩战斗过的，那个当时把联华士多分店开遍全中国的人时，他妻儿在美国的遭遇和他酗酒买醉的结局，让 Linda 沈现在想起来还是一身鸡皮疙瘩。

想当年一帮相信我命由我不由天，天欲灭我我灭天的年轻人，一起站在人生的十字路口上，所有人都执着地、努力地携手选择了同一个方向，当他们成功到达"终点"后，才发现原来终点不是伊甸园，而是又一个十字路口。

这时的他们已经不再年轻，已经不再无所畏惧，因为他们已经拥有了很多，金钱、家庭、爱人、孩子……在这个十字路口前，他们没有办法再次选择一样的方向了。有的人因为习惯而选择了向左走，有的人因为爱情而选择了向右走，有的人因为体力不支选择了原地休息，只有她自己，因为儿子，只能义无反顾地、别无选择地向前走。

想到这儿，Linda 沈拿起电话，想给已经第三次出国度蜜月的儿子打个电话。

"对不起，您所拨打的号码已关机。"

Linda 沈轻轻地叹了口气，唉，这孩子，太不懂事了，不说打个电话来报平安，现在竟然连手机都不开了。

Linda 沈早已离婚，她一个人把儿子拉扯大，一个人撑起家庭，可是因为疏于管教，今年还不到三十岁的儿子，已经离过两次婚了。其实离婚没什么，反正儿子名下一分钱也没有，财产上根本就没有损失。可是问题是，儿子每离一次婚，都会为这个家庭增加一条生命，Linda 沈现在已经是两个孩子的奶奶了。

最大的问题是，儿子在自己的有生之年，还会结几次婚，离几次婚，生几个孩子完全是未知数。九千万说起来很多，可是随着除数的不断增加，被除数只能越来越少。九千万除以一还是九千万，除以二就变成四千五百万了……如果除以十呢？才九百万，这点钱在北京买一套位置不错的，面积大点的普通公寓房后就几乎没了，这样的算法还是忽略了那可怕的通货膨胀呢。

其实 Linda 沈也想过，为什么自己的儿子会这样呢？其实不赖别人，就赖自己。

她不得不承认自己对儿子的教育是失败的,她对自己下终审判决书的根据就是摆在眼前的事实:杳无音信的儿子,刚摆脱第二任妻子就带着第三任妻子去了阿姆斯特丹度蜜月,新儿媳肚子里还怀着第三个却未必是最后一个孙子,如此集不靠谱、不负责任、不合常理于一身的旅程,居然还能让儿子满心欢喜。

此间种种,Linda 沈根本不愿深想也羞于启齿,儿子能够乐此不疲地重复如此荒唐的婚姻,仅仅是因为无法控制自己对女人的欲望。每次婚变,儿子都几乎称得上是被捉奸在床,而后又以毫不内疚的嚣张气焰气走前任,再与继任的女人奉子成婚。

可是对于这个失败的教育成果,Linda 沈不后悔,因为如果自己当年不拼命,别说管教了,自己和儿子能不能生存下来都成问题。

人的精力就这么多,却要被分成五份——父母、孩子、爱人、朋友、事业。平均分配很简单,问题是如果平均分配的话,每一份都会得不到足够的精力,每一份都会做不好。说实话,就算是把精力全投入到孩子身上,不考虑生存问题的话,都未必能把孩子教育好,更何况这世界上谁能不考虑生存呢?

Linda 沈觉得自己很幸运,这世界上有很多把所有精力都投入到事业上,却一生都毫无建树的人,比起他们来,Linda 沈很满足,至少自己在事业上是成功的。另一个让她满足的原因就是,她这辈子就从来没见过能平均分配好每一个项目,人生一点问题都没有的人。

3

韩雪儿站在电梯间正在等电梯,她已经从早上的幻想中出来了。一路上韩雪儿都在不断地告诉自己,不要有太大的希望,希望越大失望越大,第一天到第 171 号分店时的情景历历在目。

没有欢迎仪式,没有热情的同事,没有舒适的工位,什么都没有都可以,只要别再有那闪烁的灯管、自闭的同事、满屋的酒味就成。

推开市场部办公区的门之前,韩雪儿又在心里跟自己念叨了一遍。

大门一开,"砰"的一声,两个婚礼上才用的彩带棒炸开了,然后是满屋热烈的掌声。韩雪儿愣住了,如果现在忽略韩雪儿的一身职业套装的话,只看韩雪儿那沾满彩条和彩纸沫的头部的话,韩雪儿今天可真不像是来上班的,而像是来结婚的。

Linda 沈热情地走上前,拉住韩雪儿的手说道:"你好,韩雪儿,昨天的危机公关非常成功,我们市场部欢迎你的加入,我是市场部总监 Linda 沈,以后你叫我 Linda 就可以了。"

韩雪儿受宠若惊，没想到这个大集团的市场部一号人物这么好相处。

"哦，Linda 总，谢谢您，我……我一定努力工作，请大家以后多多关照。"

韩雪儿说完，冲着众位同事鞠了个躬。

Linda 沈笑了，接着开始给韩雪儿介绍同事，介绍工位……

她可不会像李永全那么低级，来了自己不喜欢的人，就直接穿小鞋让人家滚蛋。Linda 沈很清楚，面对着经过自己多年经营，铁板一样的市场部，这个韩雪儿只能有两个选择，妥协或者逃跑，没有第三个。

4

当刘立冬把妮妮送进幼儿园大门，刚一转身后，傻了。只见那辆白色宝马车阴魂不散地停在不远处的路边。

刘立冬想起老警察的话，流氓滋扰也是犯罪，他悄悄把手伸进裤兜，凭着记忆按下 110 三个数字。刘立冬把手插在兜里，手指放在通话键上，只要情况不对，手指一摁，立刻就能报警。

做好这一系列准备后，刘立冬面无表情、强装冷酷地向宝马车走去，李永全拉开车门也下了车，一瘸一拐地向刘立冬走来。看来刘立冬的那一刀虽然没把李永全砍出血来，但是这个所谓的"轻微伤"也让李永全疼得够呛。

两个人对着越走越近，李永全虽然一瘸一拐的，可是却比心里已经虚了的刘立冬走得快些。

快到刘立冬面前时，李永全站住了，不知道李永全要干什么的刘立冬此时很紧张，放在裤兜里的手已经出汗了，手指紧贴着手机上的发送键。

突然，李永全腰一弯，一个深躬给刘立冬鞠了下去。刘立冬吓了一跳，手指一紧，110 报警电话竟然拨了出去。看出对方不是来抽自己的刘立冬连忙从兜里掏出手机，按下了手机上的挂断键。

"立冬，对不住啊，咱俩的事就算了啊，都是我的错，你也别生我气了。我知道你认识我们家住哪，真的，我也上有老下有小的，你大人不记小人过啊，你放心，我以后再也不来这边了。"李永全一脸诚恳地说道。

刘立冬没说话，点了点头。李永全也不知道刘立冬到底是什么意思，也点了点头后，站在原地没敢动弹。

刘立冬勉强地笑了笑，挥了挥手，示意李永全走。

李永全连忙也笑了笑："立冬，真的，这事你别跟我计较了啊，我以后肯定不惹你闺女了，我再也不来这边了啊，那……那我先走了，再见啊。"

李永全说完，连忙走了，一瘸一拐地走得挺快，明显是被刘立冬吓得够呛，不想跟他多待一分钟了。

等那辆白色宝马开走后，刘立冬哑然失笑，早知道这个李总监这么怂，去砸他车的那个晚上就该连他带车全给砸了。

这年头，真是软的怕硬的，硬的怕不要命的，自己被逼得"不要命"了一回，果然解决了李永全这个心头大患。呵呵，流氓会武术，谁都拦不住啊，刘立冬想着想着就把自己想乐了。沉醉在以暴制暴的快感里的刘立冬很爽，因为他知道，自己既不是流氓也不会武术，这辈子能以暴制暴，估计也就是那天瞎猫碰上死耗子的这么一回了。

5

果然，经过一系列热情的介绍后，韩雪儿坐在工位上已经闲了一上午了，除了接到刘立冬的一个电话，让这周末和他一起回一趟父母家之外，没有任何活干。

所有人跟自己说的都是套话，全都是什么公司历史啦、公司文化啦、以往成功案例啦、市场理念啦之类没有任何实用价值的话。

当韩雪儿去找了总监 Linda 沈后结果也是一样，Linda 沈"热情"地让自己先好好适应一下新环境之后，再没有任何实质性的工作分配给韩雪儿了。

市场总监办公室，Linda 沈刚挂下电话，敲门声就响起来了。总裁助理 Amy 走了进来，Amy 刚要说话，Linda 沈先摆了摆手，说道："稍等我两分钟啊。"

Linda 沈打开网页，在搜索栏中输入荷兰飞机失事几个字后，确认欧洲没有任何飞机事故之后，才放心了些。原来刚才她又给去荷兰蜜月的儿子打了个电话，儿子还是没有开手机，Linda 沈就开始胡思乱想。

"AMY，怎么了？"Linda 沈问道。

"哦，柴总让我叫新来的韩雪儿去他办公室一趟。"

"哦？东林要干吗啊？"

"柴总说那个韩雪儿很厉害，他想亲自给她发奖金，而且想问问她关于那个打工子弟小学的事情，听柴总口气，好像是要给那个小学捐钱。"Amy 回答。

Linda 沈听完，放心地点了点头，自从放了 Amy 这个自己人在柴东林身边后，柴东林每天的行踪 Linda 沈都很清楚。

"好，那你直接去找那个韩雪儿吧。哎，对了，这个给你，前几天别人送我的电影院储值卡，我也不爱看电影，送给你吧。"Linda 沈说着，从抽屉里拿出一张卡递给 Amy。

Amy 高兴地接了过来。

6

"今天开车来的？"柴东林饶有兴致地问道。

坐在总裁办公桌对面的韩雪儿点了点头，左右看了看，心中暗暗惊叹，哇，好奢华的办公室啊！

"那你在这儿停车的时候可要小心点儿了啊，这附近好车比较多。"不知道为什么，柴东林很喜欢挤兑这个女人。

韩雪儿听完，想翻白眼但是没敢，老老实实地点头说道："哦。"

这时，敲门声响起，没等柴东林说话，助理 Amy 就端着杯咖啡进来了。Amy 把咖啡放在柴东林面前。

柴东林对 Amy 点头示意谢谢后，从手边拿过一张支出凭单，递给韩雪儿，对韩雪儿正色道："你的表现很好，一会儿拿着这个到财务去领奖金吧。哦，Amy，你先出去吧。"

Amy 点头离开，暗想：今天真倒霉，手机费又用完了，Linda 也不给充值卡了，给个破电影卡，要是没让我出去的话，一会再去报告一下，弄不好手机充值卡就有了。

Amy 关门离开，柴东林清了清嗓子，问韩雪儿："你是通过什么渠道，怎么来公司面试的？"

"哦，柴总，我是在网上投的简历，刚投完第二天，人事部就通知我来面试了。"

柴东林听完放心了，看来这个韩雪儿不是元老团嫡系的。

"韩雪儿，你对清朝的历史熟不熟啊？"柴东林总是喜欢用历史去考察别人。

韩雪儿心想这个人真是奇怪，有事说事啊，没事聊什么历史啊？她快速地想了想脑子里所有关于清朝历史的事，除了自己闲在家里看过电视剧《康熙王朝》和小说《鹿鼎记》之外，好像对于清朝其他的历史都不太了解。

"哦，我对清朝康熙当政时的历史有些了解。"韩雪儿讨巧地说道。

柴东林点了点头，问道："哦，也好也好，康熙可是千古一帝啊！你知道清朝初期，在取消了明朝的东厂、西厂、内厂和锦衣卫这些特务机构后，为了能了解基层事务，康熙帝建立了一种叫做'密折专奏'的制度吗？"

看过并且非常喜欢电视剧《康熙王朝》的韩雪儿当然知道了，她连连点头："嗯，这个我知道，当时康熙要打台湾时，就授予了李光地密折专奏之权。"

没看过《康熙王朝》电视剧的柴东林听完有点蒙，他仔细地想了想，印象中这个"安溪先生"李光地虽然很得康熙的信任，可是在历史上却是争议很大啊，关于李光地是不是有密折专奏权的问题，自己怎么是一点印象也没有？

韩雪儿看到柴东林有些疑惑，补充道："那个李光地就是康熙的女儿蓝齐儿格格特别喜欢的那个。"

柴东林听完更蒙了，印象里康熙帝的二十个女儿里没有一个叫蓝齐儿格格的啊？柴东林对眼前这个女人的敬仰有如滔滔江水连绵不绝，顿时准备一会儿等韩雪儿走后，好好地补一下康熙朝的历史，不过现在谁有密折专奏之权和蓝齐儿格格是谁并不重要，重要的是联华士多集团的问题。

"嗯，其实咱们集团现在就和清朝初期一样，基层里面有很多问题，可是呢我都不知道，而且一些在集团工作时间长了的人，对这些问题就不会那么敏感了，而新人却往往可以看出问题的所在。所以呢，我想让你这个新人好好地观察一下集团的工作流程，如果你看出什么问题了，不用管对错，都可以直接向我汇报，喏，这个是我的手机号。"柴东林说完，把自己的名片递给了韩雪儿。

韩雪儿很高兴，因为在电视剧里，李光地可是因为深得康熙信任才能直接向康熙汇报的，现在自己竟然也有这个权力了，当然高兴了。

韩雪儿走后，柴东林陷入了思考，他选择韩雪儿是有自己的道理的。一是当柴东林在微博上看完昨天韩雪儿的"即兴演讲"后，他首先能确定的是，这个女人是个好人，其次他觉得这个女人的脑子很好用，能在那样的场面下还能条理清晰地说出那些话来，就已经可以证明了。二是这个韩雪儿随机应变的能力很强，这一点从撞了自己车后"逃逸"的经历就能看出来。

柴东林只总结出了两个原因，可是在他的潜意识里还有第三个原因，就连他自己可能都不知道，那就是这个叫做韩雪儿的女人很有意思，比那个做所有事都认真仔细、条例分明、浑身上下都有日本人那种特有的态度的佐藤静子要有意思得多。

其实现在柴东林的计划很简单：第一，上市。等上市完成后，自己剩下的那些宏伟计划才能有平台施展。第二，从底层的员工里培养和塑造出一个神话，这样就能激励集团里所有中下层员工的积极性，当然，柴东林此刻也不知道这个韩雪儿能不能成为神话，不过至少先试试吧。

柴东林在搜索引擎中输入"蓝齐儿格格"后，结果让他啼笑皆非。"蓝齐儿——电视剧《康熙王朝》中的角色，是虚构的人物，而不是历史上真实存在的。

剧中的蓝齐儿是一个幸福、快乐的格格，很多人疼她、爱她……"

这个韩雪儿太有意思了！

7

周末,刘立冬一家三口坐在车上,还是刘立冬开车,韩雪儿和妮妮坐在后排,不过这次副驾驶的座位上不是小问了,而是一大堆放在塑料袋里的农副产品,小米、栗子、绿豆……

"妮妮,今天中午吃得饱不饱啊?"刘立冬问妮妮。

"嗯,饱,爷爷奶奶家的饭好好吃,连菜叶子都是甜的。妈妈妈妈,为什么爷爷奶奶家的菜要比你买的好吃啊?"

韩雪儿:"因为这都是爷爷奶奶自己种的啊,这叫做有机蔬菜,不像咱们买的菜,都是化肥和农药养大的。"

"真棒,我的理想就是以后也要自己种菜自己吃。"妮妮又给自己加了个理想。

妮妮的"理想"引来刘立冬和韩雪儿的一阵大笑,妮妮明显很不满,问刘立冬:"爸爸,你不许笑我的理想。"

"妮妮,你可以问问爸爸的理想是什么,然后你也笑话他的。"韩雪儿使坏。

妮妮听完,站在后座上使劲地往前探着身,纠缠起刘立冬:"爸爸,你快说,你小时候的理想是什么啊?"

本来心情很好的刘立冬忽然心里掠过一丝苦涩,是啊,自己小时候的理想说实话还不如妮妮的实际呢。刘立冬从小立志做一名穿着白大褂的,站在堆满瓶瓶罐罐的实验室里的,手里玩命晃悠着装有各种不知名液体试管的"科学家";或者是一名拿着手枪,百步穿杨,黑猫警长一样威武的警察叔叔。

被妮妮纠缠得没办法的刘立冬,自嘲地说:"爸爸的理想只实现了一半。"

"啊?什么叫实现了一半啊?"妮妮好奇地问。

"爸爸小时候想当警察叔叔,现在只当上了叔叔,所以叫实现了一半的理想。"

妮妮听完,笑得可开心了,韩雪儿也是不禁莞尔,刘立冬的自嘲精神让难得能共度周末的一家人都很开心。

"哎,对了,老婆,用不用趁着今天你不上班,晚上去你妈家看看啊?咱也好久没去看你妈了。"刘立冬说道。

结婚时间长了,夫妻双方自然而然地就会形成一种"等价交换"的关系,刘立冬和韩雪儿也不例外。

"不用了,我现在都不知道我妈在哪呢,前段时间她闲得无聊想帮我带妮妮,我没让,后来她就迷上了一个什么旅游论坛,天天研究什么四千元玩遍欧洲之类的帖子,现在她不定在哪穷游呢。"韩雪儿回答。

"哦。"刘立冬点了点头，正合他意，其实刘立冬挺害怕自己丈母娘的，她人不坏，就是说话太直接，再加上刘立冬在丈母娘面前腰杆一直就没硬起来过，所以他对韩雪儿妈一直抱着能不见就不见的态度。

刘立冬继续开着车，经过刚才的欢乐气氛渲染后，车里再次陷入沉默。自从上次刘立冬和韩雪儿因为柴东林的问题吵架后，两个人就都小心翼翼地不再触碰关于韩雪儿工作的话题。人说时间是把杀猪刀，刀刀催人老，可是婚姻呢？

随着婚姻时间的增长，各种问题就像搜索引擎里的敏感词一样，只会多不会少，而且哪个都不会被解禁。目前摆在刘立冬和韩雪儿面前的敏感词就是"柴东林"和"联华士多"。过日子就像发微博，总不能因为新浪小秘书删了带有敏感词的微博，就连其他普普通通的微博也不发了吧？

韩雪儿现在就是这样，她绕过目前的敏感词，没话找话地问刘立冬："老公，你觉不觉得刚才吃饭的时候，你妈怪怪的？"

"没有啊，我觉得很正常啊，怎么了？"

"我觉得你妈和你爸吵架了，情绪不对，或者就是跟你奶奶吵了。"

"是吗？我奶奶现在除了每次都痛述一遍一模一样的革命家史之外，她还会吵架？"

"不知道，反正我就是觉得有些不太对。"

"哦……"

婚姻生活果然就像是发微博，没有敏感词的没人关注没人转发没人评论。

又是一阵沉默后，妮妮像是翻墙软件一样，把刘立冬和韩雪儿带进了新天地，开启了新话题。

"爸爸，刚才爷爷问你最近工作怎么样时，你为什么要撒谎啊？"

刘立冬当着韩雪儿的面不敢对妮妮胡说八道："这……"

韩雪儿替刘立冬解围："妮妮，你知道吗？很多时候我们不得不撒谎，今天爸爸就是不得不向爷爷撒谎，因为爸爸说了实话的话，爷爷就会不高兴。"

"可是……可是老师说小孩不应该撒谎啊。"妮妮迷惑地问道。

韩雪儿抓住每一次机会，用自己的理念教育着孩子："妮妮，你知道老师为什么不让小朋友撒谎吗？"

妮妮摇了摇头。

"妮妮，比如从现在开始，一直到你老了，一辈子只许你吃十个冰激凌的话，你怎么办？"

"只有十个？"

韩雪儿点头。

妮妮想了想，说："那我会把它们都留着，等到特别特别特别想吃的时候，才吃一个。"

韩雪儿笑了，对妮妮语重心长地说道："对啊，撒谎和冰激凌一样，人这一辈子只能说十次谎话，所以只有在不得不说谎话的时候才能说。现在你是个小孩，除了吃饭睡觉之外没有任何值得撒谎的事情，所以老师让你们不要说谎话，谎话要留到长大以后，在不得不说的时候才能说一次。"

妮妮明白了，郑重地点了点头，用怜悯的语气对刘立冬说道："爸爸真可怜，今天就用了一次，爸爸，你还剩多少次说谎话的机会啊？"

刘立冬脑子转得很快，为了给自己留后路，他回答妮妮道："爸爸今天这是第一次，爸爸还剩九次呢。"

妮妮一脸羡慕的看着爸爸，韩雪儿看到刘立冬正在后视镜里看着自己，用嘴型对老公比画道："撒谎！"

8

刘立冬和韩雪儿这几天过得都不错，至少是风平浪静。

韩雪儿每天上班时间虽然依旧没有实际的活干，可是只要是市场部有会议，不论大会小会，只要能参加的都参加。她努力地听着、看着、发现着公司运作里的问题，希望能把自己那所谓的"密折专奏权"发挥得有用。

慢慢地，韩雪儿发现了问题，那就是集团市场部的品牌宣推方式很落后，除了常见的打折促销、媒体广告和软文之外，几乎没有任何新鲜的方法。韩雪儿冥思苦想后，终于找到了方法，她决定等自己深思熟虑把方案做好后，再上报给总裁。

韩雪儿不知道，她的方法和柴东林的不谋而合，都是"造神运动"，只不过目标不同，柴东林把"神"定位在了韩雪儿身上，而韩雪儿要造的神则是柴东林的父亲——老柴总。

刘立冬这边可是过得比韩雪儿滋润多了，尤其是自从他接到导演沈超的电话之后，刘立冬隔三差五地就去剧组里忙乎一天，不是帮着飞个页，就是帮着改几场戏。报酬虽然比起正规编剧来差远了，可是刘立冬却非常满意，最少给三百，最多时给过五百块钱呢，而且还有免费盒饭，还能报销往返车费，当然，只限公交车。

钱包渐渐鼓起来的刘立冬完全把打扫家务的事像做项目一样给外包出去了，他每天花二十块钱请小时工来打扫后的成果，比自己动手要强得多，至少让不知实情的韩雪儿很满意。

刘立冬自己有自己的道理，做事情一定要扬长避短，而不是以勤补拙，因为拙是永远补不了的。比如自己就是个例子，花同样多的时间和精力，打扫卫生的话，只能让韩雪儿各种不满，可是如果出去摆摊捞外快呢，自己不但能落下钱，结果还能让韩雪儿满意，何乐而不为？

现在到哪吃饭和伙食费的问题刘立冬也不用担心了，因为现在韩雪儿一周五个工作日，最多才加三天班，韩雪儿在家当然就有饭吃了。韩雪儿不在家的时候，杨菲菲家就成了刘立冬和妮妮的食堂，哦，说错了，是天堂。

从来没出过国的父女俩，现在用嘴就已经把欧洲吃遍了。据杨菲菲说，以后该换南美风味了，甚至有几次得知妈妈加班不能回家做饭时，妮妮竟然高兴地跳了起来。

艰苦朴素的刘立冬虽然大钱小钱都不放过，不去剧组打编剧零工时，就去当无照游商，可是他的积蓄离那九万外债还差得远呢。杨菲菲有几次都已经流露出不用他还钱的意思了，可是刘立冬却从来没想过赖账，刘立冬的信念是，你有钱是你的事，我还钱是我的事。

夫妻两个这样"平静"的生活，被刘立冬母亲的一次到访打乱了。

9

那天刘立冬送完妮妮去幼儿园后，因为剧组那边今天没活，所以刘立冬从阳台上那多年没人动的柜子里，把装在编织袋里的那些小商品拿了出来，准备出摊。

当他拎着编织袋下楼时，和拎着个小箱子正在上楼的母亲狭路相逢。

立冬妈吃惊地问："哟，你今天怎么在家呢？没上班呢？雪儿呢？"

"额……今天公司放假，这个……这个今天是西方的复活节，我们公司不是合资的嘛。"刘立冬信口胡诌道。

立冬妈信以为真，点了点头后，继续追问："你老婆呢？这是干吗去啊？这大袋子里是什么东西啊？"

"雪儿她……她妈病了，她去照顾她妈了，妈，走走走，咱回家说啊。"刘立冬边说边拉着母亲回家了。

刚进家门，刘立冬害怕母亲继续追问，连忙以攻为守地问道："妈，你今天怎么自己来了？我爸呢？你来之前怎么也不打个电话，我好去接你啊。"刘立冬拿出百试不爽的话题转移大法，打算用一连串的问题让母亲的思路断掉，不再继续追问自己。

立冬妈的回答将刘立冬的问题一一解答："嗨，我找了个辙跑出来了呗，你可是不知道啊，你奶奶现在越来越糊涂，老年痴呆症越来越严重，天天都是唠唠叨叨地讲原来那些陈芝麻烂谷子的事。前天你爸又开始咳嗽了，他去镇上的药店买药去了，我做饭时没工夫理她，嘿，她还跟我生气了，一天没搭理我。你爸现在也是老糊涂，他不说他妈有问题，他数落我，给我气得，一晚上没睡着觉。正好昨晚上我和你爸要睡觉时，你奶奶非说我们俩是未婚同居，作风有问题，不许我俩睡在一张床上，你说我嫁给你们刘家快四十年了，嗨！我倒成未婚同居了！我倒作风有问题了！这不，今天一早我就借着这个事假装生气跑出来了，手机我也没拿，让他们找不着我，所以也没办法提前给你们打电话，我来你这儿躲躲啊，饿他们俩几天就全老实了。"

刘立冬听完乐了，不禁暗自赞叹了一下韩雪儿察言观色的能力，点头笑道："行行行，没问题，你在我这儿躲着吧。"

立冬妈不愧是刘立冬的亲生母亲，一点也没被刘立冬转移话题的花招迷惑，喝了口水后，续上了刚才的话题："你那袋子里是什么啊？"说着，直接一把就把编织袋上的拉锁拉开了，立冬妈看见里面琳琅满目的小商品后，一脸疑惑。

刘立冬赶紧解释："这是老黄的，我这不正要给他送去吗，他的那个网站最近倒闭了，他现在靠摆摊活着呢。"如果按照韩雪儿那"一生只能有十个谎言的理论"来衡量的话，刘立冬最近已经快把下辈子的谎言额度都用完了。

立冬妈将信将疑地点了点头后，刘立冬拿起母亲的小箱子，说道："妈，你行李我先给你放妮妮屋里了啊，晚上你就睡妮妮那屋。"刘立冬说完，拎着箱子就走进了妮妮卧室。

立冬妈将信将疑地左右看了看，看到家里很整洁后，刚放心地想拿起杯子再喝口水时，开门声响了起来，只见杨菲菲拉着小问大咧咧地直接用钥匙把门打开了。原来自从韩雪儿上班后，遛狗的任务就由杨菲菲来承担了，刘立冬嫌每天把小问送来送去的麻烦，直接把自己家钥匙就给了杨菲菲，反正杨菲菲那么有钱，也不怕她入室盗窃。

看到一个年轻女孩带着小问，竟然像回自己家一样地用钥匙开门后，立冬妈惊讶得一口水差点喷了出来。刘立冬连忙从妮妮卧室里跑了出来，看到杨菲菲后，赶紧对母亲解释："妈，这是邻居，帮忙遛狗的，呵呵，这是我妈。"

没做贼不心虚的杨菲菲冲立冬妈笑了笑，问了声"阿姨好"后，对刘立冬说道："哎，再跟我拍张照，我爸又跟我唧唧歪歪的了！"杨菲菲说完，没等刘立冬回答，直接掏出手机，一搂刘立冬的脖子，亲密地把脸贴在刘立冬脸上后，就要用手机自拍。

立冬妈看到这样的情景后，下巴就差砸到地上了。刘立冬一把推开杨菲菲，小声地说道:"一会我去你家你随便拍,你没看见我妈在呢?赶紧走。"

杨菲菲"哦"了一声,点了点头后转身走了。

原来自从上次杨菲菲那个律师朋友出现后,刘立冬发现每隔三四天,杨菲菲就会要么愁眉不展地发呆,要么不分青红皂白地欺负刘立冬一顿。要光是这样的话,为了口吃的,刘立冬也不会和杨菲菲计较,可是有一次杨菲菲这样后,非要逼着刘立冬用手机自拍几张异常亲密的合影。这下刘立冬可不干了,追问下,杨菲菲终于说出了"实情"。

她那个有煤矿有油田的富豪爸爸坚决不能接受女儿异常的性取向,为了息事宁人,杨菲菲谎称自己已经有了男朋友。当然,所谓的男朋友就是刘立冬了,而菲菲父亲坚决不信,唠叨依旧,所以父亲每次唠叨后,杨菲菲都很烦躁,现在唯一能让父亲相信的方法就是有图有真相了,所以杨菲菲要和刘立冬拍亲密合影,以证明自己是个正常人。

听到如此合情合理的解释后,再加上杨菲菲反复强调,假装亲密的合影绝对不属于违法乱纪的范畴,没有违反当初说定的九万块钱"利息"的约定,在杨菲菲指天发誓说这些照片她绝对不会发到网上,并且这世界上只有三个人知道此事后,刘立冬只能屈从了,从而导致了刚才让立冬妈看到的那一幕。

杨菲菲走后,刘立冬脑子飞速地运转着如果解释这件事时,立冬母亲开口了:"立冬,她是谁啊?你是不是和雪儿出问题了?你们不会已经离婚了吧?"

"没没没,我俩啥事都没有,怎么可能离婚呢?雪儿晚上就回来,你不信可以问她啊,我俩好着呢,一点矛盾都没有。"

"刚才那个女的是谁?"

"她……"刘立冬大脑中所有的细胞都已经活跃起来了。这时,他必须立刻马上编出一个故事,这个故事还不能牵扯到韩雪儿,而且这个故事让母亲听完后,必须有理有据有节地让她帮助自己瞒住老婆。

刘立冬不愧是个编剧,一秒后,就解决掉了所有的问题,开始滔滔不绝地给母亲讲起了故事。

"她是邻居,特可怜,她妈在她小时候就死了,她爸又给她找了个后妈,后妈对她特不好,天天嫌她找不到工作在家混吃等死。你也知道,现在工作难找嘛,这个女孩为了挣钱让后妈高兴,她就帮着邻居们遛狗,每次十块。她后妈怕她贪污遛狗挣的钱,所以不许她收钱,每次她帮着遛完狗后,都和狗主人照一张合影,她后妈每个月就按照合影的次数来找我们结账。"

立冬妈相信了,连连摇头,感叹着命运的不幸。

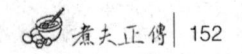

刘立冬连忙补了一句："妈，这事你可别让我老婆知道啊，雪儿要是知道我找别人帮着遛狗，又该跟我不高兴了，你也知道，我从小就怕狗。"

立冬妈郑重地点了点头，说道："好，你放心。"

10

韩雪儿和刘立冬躺在床上，两个人都没睡。韩雪儿白天在公司时接到刘立冬的短信，在了解了故事背景后，韩雪儿回家配合刘立冬演了一出母亲病了自己疲于照顾的戏，两个人演的都挺累。

"让妈和妮妮住那个小屋合适吗？"韩雪儿问刘立冬。

"没事吧，要不你说怎么住？我住客厅沙发上，你和我妈睡？"刘立冬回答。

"我怎么和你妈睡啊，唉，也只能这么住了，我就是怕委屈你妈，你现在不上班的事就不打算告诉你爸你妈了？就这么一直瞒着了？"

"也不是，我今天下午接到一个导演的电话，他约我这几天出去聊聊剧本的事。我想了，要是这事靠谱的话，我就和我爸我妈摊牌，说我要开始重操旧业了，这样我爸就比较能接受。其实我觉得这事要真能成了的话也挺好，我就既可以在家照顾妮妮，又能挣到钱了，两全其美啊。"刘立冬说的这话倒是实话，下午他确实接到了沈超导演的电话，不是再让他去剧组干点杂活，而是约刘立冬谈一谈新的剧本，定位是现代都市题材，看来是真的希望能和刘立冬合作一部戏。

"是吗？哟，那这事可是太好了，哎，当编剧挣钱多吗？"韩雪儿财迷地问道。

"大编剧当然多了，写电视剧的一集十万的都有，随随便便写部戏，三百多万，不过像我这样没有作品的，我估计人家也就给五六千一集。"

韩雪儿算了算，很高兴："那也不错啊，就算五千一集的话，写三十集也能挣十五万啊。就算一年写一部的话，这年薪十五万也比以前你天天跑销售，累得贼死强，而且最关键是能在家上班，再也不用出去喝酒了，你血尿酸本来就高，呵呵，这可是太好了。"

听完老婆的话，刘立冬心里美滋滋的，他今天和韩雪儿说要重操旧业的设想并不是空谈。经过这些天他在沈超导演剧组的观察，他那个所谓的"金牌编剧"妹妹其实就是徒有虚名，写出来的戏不但桥段老套、人物生硬，就连写作基本的速度都保证不了，经常是全组小一百个工作人员眼巴巴地等着她的剧本"飞"到现场，要不是那个"金牌编剧"这么差劲的话，刘立冬压根儿也没有机会能被叫过去打编剧零工。

不靠谱的事最好先别说，等稍微靠谱点了再说，这也是刘立冬多年婚姻经验的总结之一。另外一条就是：该让老婆知道的就让，不该让的绝对不让，当然，本条只限于在刘立冬吃苦受罪、挨人白眼、头撞南墙等不好的方面。

11

自从母亲来了后，刘立冬舒服多了，天天在家休息，因为他告诉母亲，复活节是西方某国很重要的节日，就像中国的春节一样，所以公司要放十多天的假呢，由于有了韩雪儿的配合，老实巴交的立冬妈信以为真。

自此，接送妮妮上幼儿园、早中晚饭、家里的卫生全都有了着落。韩雪儿则是该上班上班，该下班下班，因为韩雪儿妈妈的"病"很严重，需要韩雪儿每天都去照顾。

当然了，立冬妈也强烈要求过要去看望亲家母，刘立冬眼珠一转，又用掉了一次"谎话机会"，给自己母亲分析了一大通。什么亲家母性格刚毅不希望别人看到她的软弱面啦，什么得病期间的亲家母脾气暴躁容易发怒啦等等……总之结果就是，刘立冬成功说服母亲不用去管亲家母的"死活"了。

对婆婆照顾妮妮这个事，韩雪儿也是睁一只眼闭一只眼，因为毕竟婆婆又不是来常住的，人家只是来避避难，她相信最多一个礼拜，不是婆婆忍不住回去了，就是公公忍不住来接了。

其实，韩雪儿对于立冬妈还是非常满意和理解的。第一，婆媳关系不好相处这一点是千古不变的真理，自己的婆婆和婆婆的婆婆之间那些事，光是让韩雪儿想想头就大了，立冬奶奶已经快九十岁了，除了糊涂和爱一遍一遍地讲相同的故事之外，其他方面就是个老小孩，经常还不如妮妮懂事呢，这些年也确实难为立冬妈了。第二，就是立冬父母确实明事理，虽然韩雪儿知道他们对于自己不让他们带孩子的决定有意见，可是在韩雪儿和刘立冬摆事实讲道理之后，人家二老本着尊重子女的原则，从此虽然意见依旧存在，可是却真的不再插手韩雪儿和刘立冬的家务事了，看惯了电视上那无数婆媳对着互相抽大耳光的电视剧之后，韩雪儿觉得自己幸运极了。

刘立冬这几天也不出摊了，因为有了母亲之后，自己再也不用自掏腰包地往生活费里填钱了，家务资金链自然也就不会断裂。当然了，做戏要做足这一点刘立冬很清楚，母亲来之后第二天，他就邀请杨菲菲作为领衔主演，出演了那台自己用一秒钟编出来的戏。闲得冒烟的杨菲菲自然是满口答应，经过对角色充分的剖析和延展之后，杨菲菲还自己加了很多桥段故事，最后惹得立冬妈是泪流满面，就差抄起菜刀去剁杨菲菲的"后妈"了。

不当无照游商的刘立冬最近也没闲着，为了和沈超导演见面，他只要有空就窝在电脑边，在网上把近期现代都市题材的电视剧都看了个遍。看完后，刘立冬觉得很有问题，现在也不知道是怎么了，除了十根手指头能数得过来的那几部非常好看和优秀的戏之外，电视剧市场充斥着各类家庭成员打成一锅粥的题材。从媳妇开始，到儿子、婆婆、公公、丈母娘、老丈人、舅舅哥哥姐姐弟弟妹妹、小姨二姑三婶四叔等等等等。

总之是各种罗圈架，最近的一部戏竟然连女婿都扯进来了。

刘立冬认真地分析着，他觉得有句话太对了：做现代都市题材的电视剧，就像在一片别人已经挖过无数遍的地里找土豆一样难。

刘立冬忽然灵光一现，他终于找到了能抓住沈超导演和自己合作的契机，那就是突破和变革，做一部没有婆媳矛盾，没有买不起房，没有家庭成员挨个吵架的电视剧。这部电视剧里，别人怎么干他偏偏不这么干，别人的戏里富二代都是白痴，他不，他要把富二代写成牛逼闪闪放光芒；别人戏里的婆婆都是王八蛋，他不，他要把婆婆写得明事理懂是非；别人戏里的反角都是没理由的坏，他不，他要把反角写成有血有肉有原因的各种坏……

在论坛上，网友对比美剧、韩剧、英剧和中国电视剧之后的各种吐槽和要操编剧导演妈的各种骂声中，"顿悟"了的刘立冬信心倍增，有什么的啊？虽然美国、韩国、英国都没有广电总局，可是老子照样夹缝里求生存，照样能写出一部让老领导、老百姓，这二老都满意的东西来。

刘立冬坐在家里书房的电脑前，好像自己已经身处影视圈的核心利益层了一样，觉得自己开悟了，觉得自己那可真是小母牛坐火箭——牛B轰轰带闪电啊！五分钟之后，回到现实中的刘立冬泄气了，他颓废地关掉电脑，走了……

因为刘立冬"顿悟"的这个"道理"，别说影视圈里的人了，就连路边正在和小贩砍价的老太太都了解，可是这道理你不能接着往下想，一接着想就完了，知易行难，具体怎么实现？怎么执行？写什么故事？怎么写？怎么开头？怎么铺陈？怎么结尾？……

他刘立冬的智商使劲地往高了、四不舍五全入地说，也就只能勉强算是个中上水平，这个智商只是中上水平、已经脱离编剧行业多年、没有过任何作品、只在剧组临时给人家写过加起来不到十万字的"小母牛"，是无论如何、就算努出血来也不能达到刚才给自己制定的能让"二老"都满意的标准的。

所以，"小母牛"只能走了……

12

韩雪儿独自坐在公司附近的成都小吃里，正在一边想事一边吃着一碗酸辣粉。好像在白领圈盛行的中午一起AA制吃饭的原则，并没有在独自吃午饭的韩雪儿身上体现出来。是不是在Linda沈的授意下，市场部的人都在刻意疏远韩雪儿？不是，其实是韩雪儿在刻意疏远着市场部那些"热情"的同事们。

韩雪儿第一天上班时，刚一到中午饭点儿，同事们就纷纷邀请韩雪儿一起吃饭。初来乍到的韩雪儿自然是很高兴地同意了。到了饭馆刚一坐下时，一个眼尖的女同事指着韩雪儿戴在无名指上的婚戒问道："哟？你结婚啦？我怎么听人事部的同事说你是未婚啊？"

韩雪儿这才意识到这里和第171号分店的不同，在店里时，就算韩雪儿无名指上带二百个婚戒，自闭收银和酒鬼店长估计都不会发现，还是该干吗干吗。可是在集团里可就不一样了，拉帮结派、八卦、排挤、嫉妒、小报告……联华士多绝无例外地拥有其他所有大公司的通病。

"哦，不是不是，我这不是大龄剩女吗，听说婚戒能带来桃花运，呵呵，对自己也是个良性心理暗示。"韩雪儿连忙解释。

"雪儿，这话你哪听说的啊？这不胡说吗！这婚戒哪能招桃花，整个一个挡桃花运！你想啊，如果有人对你感兴趣的话，一看你手上的婚戒，哪还敢追你啊？"另一个连韩雪儿都没记住名字，却对韩雪儿亲热地叫着"雪儿"的女同事说道。

"是是，呵呵，摘了摘了。"韩雪儿连忙把婚戒摘掉。

"来来来，快点菜吧，我今天要一份港式牛腩饭和石斛花旗参煲竹丝鸡的套餐。"一个戴眼镜的男同事连菜谱都没看，就熟练地点了一饭一汤的套餐。

其他同事也纷纷熟练地报出了自己今天想吃的东西，只有韩雪儿在翻着菜谱。不看不知道，一看吓一跳，这家位于CDB核心区装修极度考究的港式茶餐厅，随便一个套餐都是200块起价，韩雪儿连忙点了一份最便宜的套餐——西红柿牛筋饭加柠檬汁，就算这样，韩雪儿的这顿午饭都要花去98元。

席间，同事们三五成群地开始议论起各种事情，两个女同事吃着每份580元的西冷牛排配拉菲红酒，聊着Alexander Mc Queen的本季新款；三个男同事吃着每份298元的西洋菜鱿鱼虾配米猪肉馅煎饺加生菜丝支竹瑶柱猪颈肉生滚粥，议论着北京哪家温泉才是用的真温泉水；一个据说身体有些不舒服，只想喝汤的女同事打着电话，正在用最新出的IPADMINI在网上预定着马上要在保利剧院上演的法国人演的英文版歌剧《巴黎圣母院》，她面前摆的是一碗价值128元的鲜霸王花猪骨螺片汤；两个男同事一边用刀切着每份430元的大块整熏果木牛扒，一边对于Kasc016度铁木杆究竟是美规S杆身好使，还是R杆身好使得不亦乐乎，韩雪儿听了半天，凭直觉判断应该是与高尔夫相关的话题；还有两个面前摆着价值88元的甜品——特级澳门杏仁糊的女同事正在等着主菜上桌，她们纷纷拿出刚上市不到两个月的IPHONE5，讨论起掉漆的问题……

坐在一边的韩雪儿完全一句话都插不上，对于偶尔征询到自己意见的几个问题时，也只能用"嗯啊这是"四字真言来抵挡。韩雪儿想不明白，这些同事和自己职位一样啊，那应该和自己工资也差不多啊，就算没家没结婚没孩子，消费等级也不应该差这么大吧？

韩雪儿听着耳边的各种话题，哪样听上去都是花费巨大啊，姑且就算这些都是他们在吹嘘的话，可是每天中午随随便便就敢吃这么贵的套餐，这一点可是铁一般的事实啊。

从此以后，不知道市场部的人为什么都这么有钱的韩雪儿就开始疏远这些同事了，主要原因是就算想不疏远，也实在是负担不起那每天中午最低都要100元的饭费了。韩雪儿觉得还是每天中午花个十来块，在成都小吃吃个酸辣粉最为划算。

韩雪儿已经吃完了粉，正在用筷子仔细地捞着碗里剩下的炸黄豆，这时，一直困扰着她的问题忽然灵光一闪出现了答案，对！就是这样，对于自己那个要通过"造神运动"，达到让联华士多品牌增加知名度的方案细节就这么定了。韩雪儿决定了，明天就去找总裁柴东林，开始第一次行使自己那"密折专奏权"。

当晚，韩雪儿回家后，照例跟着刘立冬胡编一顿对付立冬妈。

临睡前，刘立冬也带给了韩雪儿一个好消息，那就是今天下午刘立冬接到了沈超导演的电话，约明天就见面聊新戏的事。韩雪儿可高兴了，她觉得生活特别有质量，特别有希望，虽然自己没有IPHONE 5，也没打过高尔夫，更不爱看歌剧，当然也不知道啥是Alexander Mc Queen，可是韩雪儿感到，新生活正在向自己招着手……照例，夫妻两个又进行了一次"亲切热烈但安静的会谈"。

13

刘立冬怕迟到，提前不少就到了和沈超导演约好的咖啡厅里。这家咖啡厅位于北京东部，朝阳公园附近，据说是圈里人的据点之一。

刘立冬走进咖啡厅后，只见里面人很多，平时没怎么进过咖啡厅的刘立冬很奇怪，这大白天的怎么都不上班啊？闲人真多啊！刘立冬一边感叹着一边找了个座位。

刘立冬坐下后没敢先点喝的，他怕自己怡然自得地喝着咖啡的样子，让沈超导演感到自己不尊重他，卑贱惯了的刘立冬一直都特注意细节。

　　刘立冬喝了一口咖啡厅的免费白开水后，闲得没事就开始竖起耳朵，想听听周围那一桌桌的人们都在热烈地讨论着什么。

　　左手边的一桌人里是一个人玩命说，两个人安静地听着，还时不时地点着头。玩命说的那个人是一个戴着眼镜，下巴上留着小胡子，个子挺高的秃头，刘立冬打算从这桌开始听起。

　　"我跟你们说啊，这戏没问题，就凭我和滕华涛老滕的关系，和我跟文章小文的关系，只要你们资金一到位，咱合同一签，他们俩那是随叫随到啊，你说说你们还有什么不放心的啊？"

　　刘立冬偷听完秃子的话后，顿时对那个秃子的敬仰之情犹如滔滔江水，滕导滕华涛老师和文章老师的戏是刘立冬几乎看完所有电视剧后，认为确实好看的那屈指可数的几部。尤其是滕华涛老师，刘立冬一直认为永远能走在别人前面的这位导演真是强大。

　　不行，这边段位太高，还是听听右手边的那桌吧，刘立冬想道。

　　右手边的那桌是一个女人正在说话，那个女人大概三十多岁，挺漂亮，胖乎乎的，眼睛很大，一头烫得蓬蓬的短发显得很是可爱。

　　"哎呀，你们真是幸运！这不去年我刚和三家公司签了三个戏吗？档期都排到2016年了，这哪写得过来啊。其实我现在这三个月的空闲时间，本来也是没有的，这仨月我没打算写戏，打算去美国欧洲玩的，结果这不签证出了点问题嘛，所以没走成。再加上你们又是好朋友介绍的，我一想，算了，那就干吧，反正写出个既叫好又叫座的三十多集电视剧来，也不是什么难事，仨月足够了。哎，对了，不过我可没时间先写什么故事大纲和分集大纲啊，你们要是让我写的话，把定金打过来之后，我就直接出文学剧本了啊。"

　　对方听完，满脸喜色，连连点头。

　　啧！这可真是大编剧老师啊，牛！真牛！仨月就能写一个电视剧！刘立冬听完倍儿羡慕，觉得人家编剧老师那叫一个有范儿。

　　偷听完各位前辈聊天后，刘立冬暗暗给自己鼓着劲，一会见到导演沈超后，一定要努力把这次机会争取到，刘立冬非常渴望通过自己的努力，以后也能坐在这个咖啡厅里高谈阔论。

　　其实刘立冬不知道的是，这二位老师，他们也就是蒙那些圈外面的大金主或者刚入行的小公司的。在业内对他们各自都有着特定的称呼，秃子是"喷爷"，只要合同一签，这个秃子可能会找一个叫滕画桃的人来做导演，男一估计是一个中文名字叫张问的美国人，因为人家美国人习惯把名字放在姓的前面，所以就成了"问张"。那个女的则是大名鼎鼎的"定金编剧"，顾名思义就是只要定金，不要尾款的编剧。拿完定金后，他们一般是闭着眼睛胡写点东西，甲方肯定不满意啊，自然合同就无法继续履行了，定金当然是不退的了。

"今天咱们长话短说啊，我时间不多，一会还得开个别的会去。"导演沈超刚一坐下，就语速极快地说上了，"现在的电视剧已经到了一个求新求变的时候了，尤其是现代都市剧，几乎所有的题材都已经被拍烂了，我这次找你呢，主要就是想让你去琢磨个提案，看看能不能找到一个脱离了那些家长里短、婆媳关系的题材。"

果然，刘立冬顿悟出来的"道理"确实是人尽皆知。

刘立冬郑重地点了点头："好，导演，我一定回去好好琢磨琢磨，有了想法我就联系您。"

"好，我手机号你知道吧？"

刘立冬点头。

"行，那你还有什么问题吗？要是没问题的话我就先走了啊。"看来导演沈超很着急。

"导演，这……我想问问关于稿酬的事。"

"哦，这个啊，你呢没作品，一般来说价钱都不高，不过呢，要是你的提案好的话，我可以给你一万一集。"

人家给的价格超过了自己的心理价格一倍多，刘立冬听完后眼睛都瞪大了，惊喜得连连点头。

"没问题了？"导演沈超问道。

"没了没了，导演，真的！谢谢您啊！"刘立冬特诚恳地说。

沈超笑了笑，放在桌上100元算是结账之后，冲刘立冬比画了一个打电话的手势后就着急地离开了。

高兴坏了的刘立冬手舞足蹈地走在人来人往的路上。

当然，刘立冬没有忘记把刚才喝咖啡找的那十五块钱拿走。

14

联华士多总裁办公室里，韩雪儿此时正站在柴东林面前侃侃而谈，柴东林则是非常感兴趣地认真听着。

"柴总，我现在发现公司的品牌推广手段非常单一和普通，除了电视和报纸上的硬广之外，就是一些普通的关于产品质量和企业文化的软文，虽然我不知道集团具体每年要在这上面投入多少钱，可是我想肯定不是一个小数目吧？"韩雪儿的开场白很吸引人。

柴东林点头道："嗯，去年光硬广的费用就是六千万。"

韩雪儿听完撇了撇嘴，心想真是人傻钱多。

"我想不管是硬性广告，还是软性文章，现在的受众对于广告的免疫力和判断力已经越来越高了，就像是吃药治病一样。比如一个人睡眠不好，他天天都吃安眠药的话，用不了多久，他对于安眠药就会产生出抗药性。我认为我们的目标客户对于这种普通的、每家公司都在用的推广方式已经产生了抗药性，如果还希望能通过广告的方式让客人脑子中还留有联华士多的话，集团就只能每年都追加广告费用，这样下去对于集团来讲是非常不健康的。"韩雪儿生怕柴东林对自己的计划不感兴趣，卖力地铺垫着。

"韩雪儿，这些问题我都了解，你直入主题。"对于每年越来越多的广告费和越来越差的效果，柴东林已经很头疼了，他现在不需要韩雪儿在他伤口上再撒把盐，他最需要的是有人能找到治疗伤口的药物。

"哦。"韩雪儿点了点头，老老实实地直入主题了，"我想通过以少量的资金在人群中制造出一种神话效应的方法，来达到增加集团品牌知名度的效果。具体地说就是为老总裁著书立传，塑造一个传奇。"

"哦？继续说，这个很有意思嘛。"柴东林很感兴趣。

"我想老柴总白手起家创造这么大的一个集团，这中间肯定能有很多很多故事，比如第 171 号分店的故事就已经足够曲折了，其实通过创造神话来推广企业成功的例子也有很多。比如美国通用电气集团的杰克·韦尔奇自传，FACEBOOK 的 CEO 的创业经历也被拍成了电影《社交网络》，还有……"

"苹果的乔布斯。"柴东林高兴地打断韩雪儿后，继续说道，"这个设想很棒，你有没有想过具体实施的方案和预算？"

韩雪儿点了点头，说道："我想了，首先找一个作家采访一下老总裁，看看究竟能从老总裁身上挖出多少有价值的、有传奇性的故事。当然，作家著书需要的费用相对于集团每年的广告费来讲，几乎可以忽略不计。"

柴东林点头："然后呢？关键是怎么推广，怎么让大家知道这本书，让大家去读这本书，没人知道没人读的话，这个计划就完全没有任何价值。"

"对，您说得非常对，对于这本书我的推广计划是一个字，送！我们不打广告，只是把书派送到我们全国所有的分店里，只要顾客买东西，无论多少，我们就送一本。我们在书里故意留出二十二处明显的错误，然后在书的封面或者扉页上注明，只要能挑出这二十二个错误来,就可以来联华士多任意一家分店领取五十元代金券。这样做的目的有几个:第一,如果想挑出错误的话,前提就是阅读完整本书,只要老总裁的故事足够有意思,我们这本书的内容足够好的话,目标客户挑着挑着就能读得下去了。第二,这个计划的预算非常少,除了写书、印书、派送、和后期每本书衍生出的五十元代金券以外,没有任何费用。我大概算了一下,如果我们印一百万本书的话,所有费用加起来也没有超过做两次报纸整版广告的费用。如果万一这个计划效果不好的话,也不会给集团带来很大的损失,而且后期赠送的五十元代金券也不能算是五十元的成本,因为这里面还没有刨除我们自己的利润呢。第三,根据一般性的购物习惯,人们在花代金券的时候是没有花钱的感觉的。

根据调查统计,百分之三十五的顾客在使用代金券购物时,都会超过没有代金券时,自己对于本次消费的计划数额,所以这五十元的代金券一定程度上还能拉动我们分店的销售额。"

"好!非常好!"柴东林兴奋地拍了一下桌子,关于自己父亲的传奇,别人不知道,他可是知道得一清二楚。柴东林很清楚,韩雪儿的计划绝对能独辟蹊径获得成功。

"韩雪儿,这个计划我通过了,不过呢你还需要征求另外一个人的意见。"柴东林高兴地说道。

"啊?谁啊?您都通过了,我还要征求谁的意见啊?"

"废话!我爸啊,他不同意,你怎么干?"柴东林由于过于开心,已经和下属员工用上"废话"这样不合适的单词了,"这样吧,我爸没在北京,他在老家住着呢,过几天正好我要回去看望他,你和我一起回一趟家,要是你能说服他的话,咱们立刻开始你的计划。"

"好的,我知道了。"得到了肯定的韩雪儿非常高兴。

15

果然如韩雪儿所料,立冬妈住了五天后就着急忙收拾行李回家了。原来立冬妈在前一天闲得没事,抱着看笑话的心情坐公交车回了趟自己家,她没打算妥协,而是打算过去看看"敌情"。当她中午时分到达后,看到坐在院里一人抱着一碗清汤面条吃着的母子俩时,立冬妈心软了。立冬奶奶可能因为吃不饱饭,也不再神采奕奕地痛述革命家史了,立冬爸更是蔫头耷脑,左手一共五个手指头,除了大拇指,其他四个手指头都包着纱布,一看就知道是切菜切的。

看到眼前的一切,立冬妈心软了,直接就进屋去了。在婆婆和爱人诧异且惊喜的目光注视下，立冬妈挽起袖子径直就进了厨房，厨房里的情景让立冬妈目瞪口呆，就像韩雪儿第一天上班时立冬家厨房的情形。

半小时后，三碗肉丁炸酱面摆在了桌上，立冬奶奶端起炸酱面，破天荒地对立冬妈展露了一个灿烂的笑容，然后开始狼吞虎咽。立冬爸则是一边大口吸溜着面条，一边对立冬妈做着深刻的自我批评，当然，临了他也没忘了补充一句："哎，下回多放点肉丁啊。"

立冬妈看着眼前的这一切，她明白了，除非自己能永远地离开这个家，离开伴随了自己四十年的这个老头和这个迷迷糊糊的老太太，否则像自己躲出去几天这样的事，完全就属于搬起石头砸自己的脚。

刚才立冬妈做完饭后在家里简单地巡视了一番，自己躲出去五天，回来至少需要半个月的满负荷劳动才能把家收拾利落。看着眼前那个吃饱喝足后满脸殷勤屁颠屁颠跟着自己的老头时，立冬妈决定了，回家！立刻回家！再不回家的话，弄不好这个一辈子不会做饭的笨老头都能把房给弄塌了。唉，这帮男人的破坏力怎么就能这么强啊！

16

"写得不错，以后要是有机会，别干销售了，回来再坚持坚持吧。"

著名演员赵一鸣老师的那句话，这几天一直回荡在刘立冬的脑子里。现在机会终于降临到刘立冬头上了，而且现在还不是一个普通馅饼砸在了刘立冬头上，是一特级纯肉馅的香河大肉饼砸了下来。

要知道沈超导演那可是近年来炙手可热的现代都市题材电视剧的大导演啊，执导过多部脍炙人口的作品，现在刘立冬能得到这样的大馅饼的青睐，心情比刚一出门就被两吨普通馅饼砸在头上还要高兴。

虽然母亲走了，家务活没人干了，可是刘立冬却毅然决然地动用了还债基金。他不去出摊了，也不去帮老黄相亲了，用还债基金每天请小时工收拾家务，除去接送妮妮之外，所有的空闲时间都投入到了寻找新题材的事业中。

刘立冬很郁闷，他发现如果自己是个观众的话，完全可以像以前一样，站着说话不腰疼地说中国的电视剧艺术都被毁了，可现如今这个"毁"的机会终于落到自己手里了，他才进一步发现了一个更重要的问题，那就是没得可毁的了！

从剩女到离婚，从婆媳到女婿，从剩男到出轨……所有的题材都有至少五部以上电视剧表现过了。

怎么办？凉拌！刘立冬绞尽脑汁地开拓思路，忽然，灵光一现，对啊，这个题材还没人碰过呢。想到这儿之后,刘立冬很兴奋,他直接拨通了沈超导演的电话。

"喂,导演老师,我刘立冬啊,我想到了一个题材。"刘立冬很兴奋,导致声音都有些颤抖了。

"哦?说说。"电话那边的沈超导演好像挺感兴趣。

"选秀这个题材目前还几乎没有人碰过呢,我想了,做一个叫做《选秀人生》的戏,主要就是描写几个年轻人通过一次选秀后,人生的轨迹都发生了不同的变化。"

"……"电话那边是一阵沉默。

刘立冬有点心虚,连忙问道:"喂,导演,您听得见吗?"

"嗯,听得见,选秀这个题材还蛮不错,可是……可是怎么说呢,我想要一个那样的题材,就是刚一听见,就能让我眼前一亮的那种感觉的,你能明白吗?"

"明白明白。"

"没事啊,立冬,你再想想,别着急,慢慢来。"沈超导演说完后就挂断了电话。

刘立冬的第一个提案就这样被否掉了。

刚挂断电话,门铃声响了起来。刘立冬连忙打开门,只见门外站着两个穿着物业工作服的人。

"你好,我们是物业的,你们家的物业费已经拖欠很久了,小区里的公告你看到了吗?"物业的工作人员上来就挺不客气。

刘立冬此时正郁闷呢,口气更不耐烦地说道:"不交不交,你们什么破物业啊,一天就知道收钱!那个什么公告我看了,要我说啊,你们赶紧撤吧啊,你们撤走了,我们立马换物业!"

刘立冬说完,也没管对方的反应,直接就把门关上了。一屁股坐在沙发上,刘立冬点着一根烟,继续思索起那个能让沈超导演眼前一亮的题材来。

17

韩雪儿这几天总算是有点事干了,公司要开在香港成功上市的新闻发布会了。

按理说这样的活动,应该就是韩雪儿这个市场执行经理的分内工作,可是韩雪儿除了帮着干点收发传真之类的杂活外,没有一个正经差事。为什么?因为联华士多市场部有三个市场执行经理!

跟着瞎忙乎的韩雪儿又发现了一个问题,那就是联华士多办活动的方式方法和自己以前的经验严重不符。韩雪儿认为办一个新闻发布会的流程首先应该是找场地,对比位于北京三环内的五家以上酒店的报价后,选定性价比最优的一家,然后就是根据场地尺寸设计制作背板、准备相关物料、准备新闻通稿、邀请媒体等一系列的工作。

而韩雪儿发现联华士多跳过了所有的程序，他们是直接把所有的活动项目都外包给了一家公关公司，所谓项目执行经理的工作就是和那家公关公司开开会，聊聊天而已。

一次会议后，帮忙收拾会议室的韩雪儿发现了同事忘在桌上的一份资料，韩雪儿打开资料一看，傻眼了。这份资料就是那家公关公司给联华士多新闻发布会的报价，林林总总的项目加起来，竟然是二十四万，这还不包括给媒体的车马费。

韩雪儿根据自己的经验简单核算了一下，包半天五星级酒店的场地费往高了说也就是六千块打住；背板设计加喷绘制作安装，两千块；媒体车马费按八十家媒体算的话，五百一家总共四万，礼仪小姐一个一天四百块，就算请五十个才两万；其他的什么鲜花摆放、X展架、易拉宝、摄影摄像等小玩意，满打满算一万块就足够了，这些全加起来也就才七万八千块啊，还是包含了媒体车马费的价格，再看看公关公司报的天价，韩雪儿觉得柴东林说得确实很正确，集团里的问题太多了。

发现了问题的韩雪儿并没有直接去向柴东林报告，她知道柴东林的性格，柴东林真正需要的不是发现问题，而是解决问题。韩雪儿决定了，她准备自己开始打电话询价，做一份实际的发布会预算及流程和对未来类似活动的规划之后，再去找柴东林报告。

正琢磨着，韩雪儿的手机响了，韩雪儿一看是柴东林来电，连忙接起了电话。

"喂，柴总，您找我有事？"

"嗯，我这周末回家去看我爸，你的机票已经订好了，具体时间和航班号一会儿我发短信给你。"

"哦，柴总，别麻烦您发短信了，我一会去找您助理问具体时间就成。"韩雪儿很体贴，毕竟是大领导嘛。

"别别别，不用，还是我给你发短信吧，不麻烦。"没想到韩雪儿的体贴竟然让柴东林的语气很慌乱，韩雪儿不知道，之所以柴东林不敢让她找助理的原因就是因为Amy的间谍身份。

"韩雪儿，我父亲可是很固执的哦，你可一定要想好怎么说服他啊。"柴东林补充完，直接挂断了电话。

韩雪儿拿着手机若有所思，自从她得知酒鬼店长和自闭收银的故事后，她就对那个一开始白手起家、现在功成身退的老柴总裁身上的故事极为感兴趣。

第七章　被总裁爱上

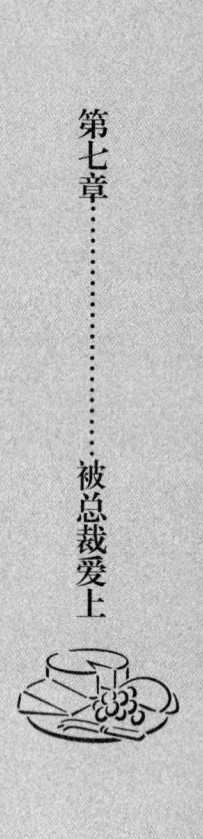

1

韩雪儿怕迟到，早早就坐机场快线到了候机大厅。韩雪儿看了看办经济舱登机手续的柜台，那排得长长的等着换登机牌的队伍，使她暗自庆幸，幸亏自己有先见之明，早早就来到了机场。

韩雪儿一边排队，一边回想起昨晚老公那不寻常的举动来。昨天吃完晚饭后，韩雪儿向刘立冬说起了自己周末要出差的事情，没想到刘立冬竟然毫不关心似的，说了"哦"这一个字后，自顾自地收拾完碗筷，就走进书房去了。

奇怪，也不问问她去哪，也不问她什么时候回来，也不问她和男的还是女的一起出差，这家伙吃完饭就窝进书房。自己不是都已经把他那些爱情动作片删了吗？一连串的疑问促使韩雪儿连门都没敲，就直接推门进了书房。

只见书房里的刘立冬没有干任何"违法乱纪"的事，而是目光呆滞地看着天花板，好像在思考着什么深刻的问题一样。

她突然闯进去，把刘立冬吓了一跳。

刘立东转过身来依旧是目光呆滞地看着韩雪儿，没等韩雪儿审问，刘立冬就站起身来，说了句："别闹，想正经事呢。"之后，就把韩雪儿请出了书房。

"小姐，请出示您的身份证。"柜台后面的地勤工作人员的一句话，把韩雪jL拉回到了首都国际机场。

韩雪儿点了点头，从钱包里掏出身份证递给了地勤。

地勤在电脑里输入了韩雪儿的身份证号后，疑惑地对韩雪儿说："小姐，您……您排错队了吧？"

韩雪儿大吃一惊："啊？我的电子客票不是你们航空公司的？"

"没有没有，是我们公司的，只不过您是头等舱的客人，不用在这儿排队的，您应该在那边排。"地勤说着，用手指着旁边那空无一人的、铺着红色地毯的头等舱VIP通道。

韩雪儿茫然地点了点头后，问道："那……那我能在这儿打印登机牌和托运行李吗？"

地勤人员点了点头后，开始操作起来，周围的旅客都像看神经病一样地看着韩雪儿。

2

"哎呀,轻松啦!"刘立冬冲着自己家那辆已经开走的蓝鸟车挥手道别后,伸着懒腰自言自语地说道。

开车的是杨菲菲,坐车的是妮妮,自打杨菲菲自告奋勇要带妮妮去海洋馆之后,刘立冬就意识到,这个没有老婆没有孩子的周末,将是一个安静的周末,将是一个能创作的周末。

自从上次的《选秀人生》被否定后,刘立冬又陆陆续续地给沈超导演报过几个其他的方案,遗憾的是,这些方案里没有一个能让沈超有那种"眼前一亮"的感觉。

不过这些挫折是打不倒那个一心想挣到一集一万稿酬的刘立冬的,刘立冬坐在书桌边,看了一眼面前沏好的茶水,点着了一根烟,微微闭上眼睛,让自己缓缓地沉入那戏剧的海洋中,希望今天能在这片海里找到那个闪闪发光的贝壳……

当刘立冬刚把脚后跟沉入到"戏剧的海洋"中时,一阵无情的手机铃声一把将刘立冬拉回到"现实的岸边",刘立冬愤怒地拿起手机,看到是老黄的电话之后,他愤怒地摁下了挂断键。老黄找刘立冬除了帮忙相亲就是侃大山,马上就要进入戏剧海洋里的刘立冬,怎么可能搭理老黄这个世俗的家伙呢?

关掉手机后,刘立冬再次重复了一遍刚才的动作,他感觉到了,自己的整个身体都在慢慢地沉入着……

3

韩雪儿过完安检后,看了看表,离和柴东林约定的见面时间——登机前20分钟,已经不远了。其实按照韩雪儿到机场的时间,再加上她头等舱的特殊待遇,韩雪儿应该是很早就能过完安检的。可是,韩雪儿这个从来没坐过头等舱的土鳖,在安检处排了半个多小时的队后,才发现原来拿着头等舱的登机牌是可以走VIP安检通道的。

韩雪儿挺着急,得知自己竟然是头等舱后,韩雪儿本想去看一看那个从来没进去过的VIP候机室的,可是现在离和柴东林约定的时间只差五分钟了,韩雪儿不敢乱逛了,只能老老实实地在约见地点等着柴东林了。

西装革履的柴东林和穿着一身高级套装的藤静是一起踩着点儿到的,他俩到的时候,机场里已经开始广播该航班可以登机了,可是柴东林还是不紧不慢地向韩雪儿介绍着藤静。

"这位是佐藤资本的藤静,我亲密的战友,这次和我们一起回去,拜会一下我父亲，藤静，这位是……"

藤静打断柴东林："韩雪儿嘛，我们见过的，你忘了？在第171号分店门口。"藤静自从再次看到韩雪儿后，就充满了敌意。

"哦，你好，藤静小姐。"韩雪儿说完，友好地向藤静伸出手去。

藤静笑了笑，没有和韩雪儿握手，直接挽起柴东林，说道："东林，走吧，我们该登机了。"

韩雪儿尴尬地笑了笑，缩回了伸出去的手。

柴东林又是自然地转了个身，摆脱藤静挽着自己的手后，对藤静和韩雪儿说："稍等我一下，我去一下洗手间。"

"好啊，我等你。"藤静对柴东林说完，微笑着看了韩雪儿一眼后，优雅地坐在离洗手间不远的座位上。

韩雪儿一听还有时间，连忙也假装优雅地向不远处的VIP候机室快步走去。说实话，韩雪儿坐过不少次飞机了，可是每次都是经济舱，原来上班的时候，也是因为级别不够，所以一直没坐过头等舱。当每次拉着行李经过VIP候机室的时候，韩雪儿总是很好奇这里面到底是什么样？今天，趁着柴东林上厕所的时间，韩雪儿终于有机会去看看了。

往洗手间走着的柴东林心思也没闲着，他不是傻子，藤静对韩雪儿的敌意他很清楚，藤静对自己的意思他也很清楚。可是问题来了，他不爱藤静，虽然这个叫做佐藤静子的日本女人有着一系列的优点：漂亮、能干、有气质、懂规矩等等，可是柴东林对她就是没有感觉，用句最俗的话说，就是不来电。

柴东林也想过拒绝藤静，可是问题又来了，藤静压根就没有直接对柴东林表白过，总不能人家对自己刚有意思，连确认都没确认呢，就直接对人家说"对不起，我不爱你"吗？现在柴东林唯一能做的事就是尽量疏远藤静，可是两家集团之间亲密的合作关系又让柴东林无法真正地疏远藤静，他现在只能是压根就不接藤静的招儿，除了生意以外的事，都尽量不和藤静接触。

不过这个藤静也真有意思，她为什么要对韩雪儿那个傻乎乎的女人这么有敌意呢？关于女人的直觉和预知能力，柴东林到现在为止还是不相信的。在感情和婚姻这个问题上，柴东林唯一确信的就是，他要找一个"对"的女人，藤静就不"对"。

那"对"的女人是什么样的呢？柴东林自己也形容得不太清楚，或许不能太张扬，或许不能太任性，或许不能常规得没有特点，或许不能执着到愚蠢的程度，或许不能理智到让人害怕，或许不能完美得让人紧张，或许……或许像韩雪儿那样，那样的就不错，起码让人舒服。

想到这儿柴东林哑然失笑，他好像明白自己纠结在哪儿了，他对女人的外表是绝对有要求的，得漂亮，但漂亮女人很少让人感到舒服，韩雪儿在这点上算是个特例，挺好的。可是他柴东林要的是一个"对"的女人，而不是一个"好"的女人，所以他还得继续寻找，是的，不是等待而是寻找，因为那个终极目标要得以圆满，他需要伙伴。

想着心事的柴东林走到洗手间门前，这时，洗手间的门从里面打开了，一个清洁工推着一辆装满清洁用具的小车从洗手间里出来，柴东林没有在意，直接一闪身就进了洗手间。

柴东林前脚刚进去，清洁工就从小车上拿起一块写有"小心地滑"的警示牌，立在了洗手间门口。清洁工放完警示牌后，推着小车走了，只见小车上的拖把还在一滴一滴地滴着水。

……

伴随着一声闷响，洗手间里的柴东林两脚一滑，直接一个劈叉，"刺啦"一声，他那条极其修身的西裤报销了。柴东林揉了揉被抻得生疼的韧带后，低头看了看，这条纯手工制作的西裤以两边的膝盖为起点被生生地扯开了裆，前后两片散架的裤腿像两个半圆的旗子一样，飘荡在柴东林的中段。

前后不到两秒钟，这位堂堂的集团总裁就陷入了尴尬的境地，被困在了机场洗手间里。柴东林皱着眉头，看着镜子里的自己，一时间觉得脑子都空白了，他自打小时候不再尿床后，就再也没有在个人生活自理的问题上出过丑。他那天秤座与生俱来的完美主义，使他具有一种能力，那就是永远能够保持优雅的外表，"外表"一词涵盖了穿着打扮、言谈举止、气质风度等内容，而"优雅"一词则涵盖了一切与目前处境相悖的特质。

柴东林是自恋的，或者可以说非常自恋，有那么一瞬间，他甚至宁愿放弃自己的宏图大略，也不愿为了实现它而导致自己如今在这犯难。

那崩溃的一瞬间过后，柴东林轻叹一口气，笑了笑，接受了现实，想想办法吧。

……

藤静坐在椅子上，腿上摊开着一本时下很畅销的书，大概类似心灵成长类的作品，她眼睛看着书，脑子却不在书上。她知道她得好好计划一下，不是关于此次出差的计划，而是关于柴东林的，拿下这个男人才是她此行的主要目的。藤静的性格就是如此，大情大性不是她的强项，理智严谨才是她运用自如的武器。为了不被工作打扰，藤静掏出手机来，提前将它转换到了飞行模式下。

男洗手间的门打开了一条小缝，一脸尴尬的柴东林从里面探出头来，当他看到藤静就坐在离洗手间不远处的座位上时，他松了口气，连忙从兜里掏出手机给藤静拨了出去。片刻后，柴东林绝望地放弃了向藤静求救。

就在这时，拿着一纸杯免费咖啡的韩雪儿快步从VIP候机室里走了出来，她终于见识了传说中的VIP候机室，其实除了比外面多了几个沙发、一台电视，提供免费咖啡和茶点以外，也没什么新鲜的，于是韩雪儿打算去和那两位会合，准备登机。

无法脱困的柴东林此时正观察着周围的环境，于是一眼看见了晃晃悠悠走过来的韩雪儿，他干脆也不打电话了，情急之下直接朝韩雪儿挥起了手。

刚走出VIP候机室的韩雪儿第一时间就看到了对面男洗手间门缝里的总裁脑袋，也看出了总裁的意思，那是在招呼自己过去呢。

虽然奇怪得不得了，韩雪儿也必须遵命，她端着咖啡快步走了过去。

……

韩雪儿经过藤静身边时，引起了藤静的注意，藤静一扭头，就看见了那让她百思不得其解的一幕。只见柴东林从洗手间露出半个头来，韩雪儿凑了过去，突然惊呼了一声，然后就被柴东林一把拽进了洗手间里。

藤静如果是动画片里的人物，那么她的下巴肯定已经掉到地上了，她站起身来，急得团团转，她也不清楚自己到底在急什么，她只知道出事了，出大事了！可是具体出了什么事，她可能此生都无法得知，因为她既不能冲进男厕所去看个究竟，也不能事后像个八婆一样询问当事人。

藤静觉得，她干脆死了算了。

洗手间里，韩雪儿还没反应过来是怎么回事，就又被柴东林塞进了一个小隔间。柴东林反手锁上了隔间的门，看着抓狂的韩雪儿，为防止韩雪儿大喊大叫，他赶紧将食指架在嘴唇上："嘘……"

韩雪儿手里还端着咖啡，呆呆地看着柴东林，见总裁一脸严肃，便默默地点了点头，等待总裁开口说话，同时由于地势狭窄又得跟总裁保持一定距离，她几乎是骑在了马桶上，绷紧的一步裙把大腿勒得生疼。

柴东林倒也不需要解释了，除非韩雪儿是瞎子，于是他直接掏出钱包，边掏钱边说道："你去帮我买条裤子，欧码31或者……34吧大概，反正就是我这个码数的，要快！"

韩雪儿一听，明白了个七七八八，目光本能地顺势往下一扫。柴东林见韩雪儿往自己下身看，也本能地护住了下体，他尴尬极了，简直想拿到裤子后就立刻开除掉这个员工。

于是，韩雪儿就看到了此生难得一见的奇观，平时西装革履不苟言笑的柴东林，现在正穿着一条开裆的西裤捂住下体，脸颊上甚至都浮起了两朵红云。

这要是韩雪儿当姑娘的时候，她肯定会觉得不好意思，可对于已经是孩子妈的她来说，这种事早就见怪不怪了，柴东林再狼狈，还能比刚撤掉尿片后一裤裆屎尿的妮妮狼狈，还能比喝醉了之后把内裤穿在西裤外头回家来的刘立冬狼狈？

生活的磨砺已经让韩雪儿在面对同类事件的时候，只关注事情本身以及解决问题的方法了，对于掺杂在其中的各种情绪，她可以直接忽略。生活嘛，麻烦事儿已经够多的了，谁还有工夫处理你的情绪啊？

于是韩雪儿扔掉手里的咖啡，调整了一下骑马桶的姿势，淡定地直奔主题了："31码还是34码？这俩码数差很远的。"

柴东林愣了，他不知道。每次去买裤子，他都是直接告诉导购小姐，自己要什么款式，告诉人家是自己穿，人家就直接给他拿了。韩雪儿一看柴东林的样子，就要伸手去翻看他裤子的标牌，被柴东林躲开了。

韩雪儿："怎么了？赶紧让我看看啊，飞机马上就飞了！"

柴东林倒不是羞涩，他也着急，只是他偏爱的这个品牌有个缺点，所有的标识都印在一块让人不舒服的布条上，所以他家的保姆向来是把他西裤上的标牌统统剪掉的。

柴东林边比画边说："不是，你别找了，那个……我们家阿姨都给剪掉了。"

这时，机场广播再次响起，催促着还没登机的客人。

韩雪儿觉得头都大了，这个平时高高在上的联华士多集团总裁就是个孩子嘛，怎么上个厕所都能把裤子弄开裆呢！真耽误事儿！于是她不由自主地用平时对待妮妮的语气对柴东林说道："那你还不赶快把裤子给脱了，我照着出去给你买！"

这话后面还有四个字"我的祖宗"，不过幸好她忍住了，毕竟面前这人不是妮妮。

柴东林听到这话，忽然心里头一热，像被戳中了心里某个隐秘的角落一般，呆呆地看着韩雪儿。柴东林没回答，也没动。

广播中又响起了礼貌的催促声。

韩雪儿急了，不由得口气严厉了起来："赶紧的，脱啊！"

柴东林忽然乖得像只小猫一样，就像身上有个神秘开关被"啪"地一下打开了，他鬼使神差地点了点头，顺从地脱了裤子，连他自己都理解不了自己，为什么突然就这么想听面前这个女人的话呢？为什么突然就这么想无条件信任这个女人呢？只穿着内裤的柴东林捂着下身，低着头，等待着被安排、被解救。

韩雪儿可没工夫想那么多，拿起那条开裆的裤子就冲了出去，临走还没忘嘱咐柴东林一句："你去隔壁等我吧，隔壁那个宽敞一点，就那个残疾人专用的啊……"

韩雪儿的声音和画面一起淡出着柴东林的视线，柴东林赶紧喊道："等等！你拿着我的……"

韩雪儿消失了，柴东林只能无奈地发表完自己的意见："……皮带去就行了，用不着整条裤子拿走，唉……"柴东林苦笑着摇摇头，把头靠在隔间的门板上，叹了口气。他突然想起了什么，低头看了看自己的内裤，还好，是宽松的平角裤，还不至于太失礼。

韩雪儿风风火火地从洗手间出来时，藤静已经平静了许多，她正紧张地观察着男洗手间门口的动向，见韩雪儿拿着柴东林的裤子冲了出来，她心里顿时又翻江倒海了，她简直想直接推门进去质问柴东林这是怎么回事，可是她不能。

此时的洗手间内，一个温柔的笑容浮现在了柴东林脸上，他觉得韩雪儿这个女人……怎么说呢，"对"了，这个女人"对"了。

柴东林正想着，只听隔间外有个男人"呀"地叫了一声，随后有人急促地敲起了自己隔间的门，他知道韩雪儿回来了，于是伸手就要开门，突然一条运动裤从天而降，搭在了门上。

门外传来韩雪儿的声音："对不起啊，您继续。"然后，"嗒嗒嗒"的高跟鞋声远去了。

柴东林不禁拍了拍自己的脑袋，对啊，没必要让人家进来亲手给你穿裤子吧，真是脑子进水了。

……

当上半身穿着西装打着领带，下半身穿着一条运动裤的柴东林从洗手间里出来的时候，韩雪儿和藤静已经整装待发地站在一旁了。

藤静朝柴东林挤出一个微笑，就独自向登机口走去了，看样子韩雪儿已经向她解释了事情的原委。柴东林但愿韩雪儿复述的事件是经过美化的。

韩雪儿和柴东林跟在藤静后面，也向登机口走去。

韩雪儿低声说道："柴总放心，我跟她说水龙头坏了，把你裤子弄湿了，没说别的。"

柴东林也低声道："你怎么给我买了条运动裤？为什么不买西裤啊？"

韩雪儿："卖正装的商店离这儿远着呢，最近的就是这家运动用品店了。"

说完，她看了看柴东林，可能觉得确实挺傻，就伸手过去要替柴东林补救，手伸到一半突然反应过来不合适，于是又问道："我……我帮你弄一下？"

暖流再一次蔓延了柴东林的身体，他不动声色地点了点头。

韩雪儿三下五除二，解了柴东林的领带，吩咐他把西装脱去，又猫腰直接把柴

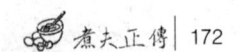

东林还塞在裤子里的衬衣拽了出来，最后，韩雪儿帮柴东林把衬衣的纽扣解开了两粒，对柴东林说道："好了，这么穿就正常多了。"一系列动作干净利落，丝毫不带暧昧，宛如一名专业的外科手术医生。

柴东林透过两旁商店的玻璃门看了看自己，果然，这样的穿法还挺帅。

头等舱里，柴东林意味深长地看着身边的韩雪儿，而韩雪儿却根本无暇顾及总裁对自己的关注，她正好奇地摆弄着面前那个只有头等舱才有的影音娱乐系统。

看着眼前的韩雪儿，柴东林的思绪回到了自己小时候……

今年三十三岁的柴东林，1980年出生于广东番禺附近的一个小镇上，当时刚刚实行的计划生育政策在这个偏僻的小镇上还没有被严格地执行。喜得贵子的东林爸一直希望妻子能给儿子再生个伴儿，当年的东林妈幸福地点了点头，答应了丈夫。

柴东林一岁多时，大着肚子的东林妈再次进了妇产医院，东林爸则是抱着柴东林，一脸兴奋地等在手术室门口，他希望妻子能为家里添一个女儿。

……

但是，东林妈因为胎位不正并且宫缩无力而导致难产，大出血。

当医生问东林爸是保大人还是保孩子时，东林爸毫不犹豫地做出了保大人的决定。

……

四年后同一天，柴东林五岁。东林爸带着已经懂事了的柴东林跪在两个坟头前。一个坟头前的墓碑上写着爱妻联华，另一个墓碑上什么都没有写，正是那个还没有来得及起名的孩子。

东林爸哭得很伤心，对着墓碑，向妻子和那个未出生的女儿忏悔着，他痛恨自己当初的决定。

那一天，柴东林也哭了。

……

柴东林上小学一年级的时候，每天放学后最大的乐趣就是去父亲的士多店玩耍。

那个时候，柴东林家很穷，父亲卖掉了家里的房子开了一间士多店，和几个朋友开始靠这家小小的店铺养家糊口。

柴东林每天放学后，总是偷偷地从店里把父亲算账的大算盘偷出来，在上面栓上一根绳子，拉着满大街跑。因为他家穷，爸爸给他买不起当时最流行的玩具小卡车。

"小子！你赶紧把算盘还我！"小镇上，几乎每天都会上演这出爸爸满大街追着儿子要算盘的戏。

……

柴东林有一次和小伙伴一起爬树掏鸟窝，两个人因为不小心，都把裤子给弄开裆了。

两个孩子大大咧咧无所谓地拿着一窝鸟蛋一起回家，碰上了小伙伴的妈妈：

"你还不赶快把裤子给脱了！"当柴东林听到小伙伴妈妈说的那句带着嗔怪也带着慈爱的命令后，他心里很难受，从来就没有女人对他发出这种温柔的指令。

而今天，这句话再次在柴东林耳边响起，而且是明确地说给他听的，是给他柴东林的指令，严厉的、嗔怪的、温柔似水的，并且还是自然而然的……柴东林不行了，三十三年的感情缺口莫名其妙地一下子被填补上了，寻寻觅觅多年都不知道在寻找什么的柴东林，知道自己在找什么了，他在找眼前的这个女人韩雪儿。

柴东林思忖，我难道爱上了韩雪儿吗？不，韩雪儿何止是我的爱情，韩雪儿是我的生活必需品！等了三十三年了，等着我要的爱出现，它如今出现了，那么今后谁也别想再从我身边夺走它！

其实就连和自己最亲近的父亲，都不知道柴东林的终极目标是什么，父亲一直以为柴东林是一块做生意的料，而他接管集团后的所作所为也证明了柴东林就是希望能把联华士多发扬光大而已。只有柴东林自己知道，什么上市，什么收购胜和超商集团，什么肃清吏治等等，都是为自己的那个终极目标做着铺垫，而老天爷今天终于让他的目标圆满了。

是的，娶了眼前的这个女人韩雪儿，将会让他的目标圆满，非常圆满。

柴东林用余光偷偷瞄向韩雪儿，这女人正自顾自地摆弄着所有经济舱里没见过的暗道机关，竟然还时不时地发出一小声惊呼，太可爱了。

柴东林占有这个女人的欲望，让他自我膨胀到几乎要转过身去命令韩雪儿来爱自己了，可是当韩雪儿无意中转头看他时，他却慌乱地躲开了韩雪儿的目光，为了掩饰，他低头伸手去拿报纸，脑袋结结实实撞在了餐桌上。

真邪了门了！

柴东林一边硬着头皮保持优雅，一边暗骂自己。强势和怯懦两种截然相反的态度在他心里交战，犹如两名困惑的战士，不知道它们的主人到底要选择谁来对付眼前的女人。

柴东林无法对心中的战士们发出进攻指令，终于绝望地掏出安眠药来，服了一粒，虽然一点没累着，但是他自己觉得累得不轻，他必须歇一歇。

柴东林闭上眼睛后，韩雪儿方向持续传来的窸窸窣窣各种翻箱倒柜的声音更明显了。柴东林奇怪，头等舱有那么好玩吗？唯一的区别不就是能躺着吗？她折腾什么呢？

这么想着想着，柴东林的安眠药就失效了，他对韩雪儿又产生了怀疑。

按理说，以韩雪儿在公司的地位，能够得到这次出差的机会，能够被委以重任，是多么难得的啊，她不好好养精蓄锐准备战斗也就罢了，至少她也该安安静静地坐在那紧张兮兮才对吧？如果把她这一副轻松自在的样子解释成胸有成竹，柴东林没法相信，那么难道她真的毫无功利心吗？虽然这个解释是柴东林所期望的，但是他也不敢妄下断言，毕竟是个浮躁的年代，出淤泥而不染谈何容易。

那么……

韩雪儿不会是有点傻吧？那可不行！柴东林知道自己是个计划性很强的人，即使韩雪儿触到了他心中最温柔的地带，他也不会忘了自己想要的是一个脱俗并且聪明的女人。好吧，时间还长，继续观察观察，还有一些重要的信息需要确定呢……

飞机刚一降落，柴东林就迫不及待地把手机打开了，他给人事部的助理发了一条短信：速将市场部韩雪儿的一切相关资料发我邮箱！

不到五分钟，韩雪儿的入职表格就发了过来。柴东林掏出IPAD着急地打开邮箱，看到了自己最关心的那一项——婚姻状况：未婚。

柴东林笑了，很满意地笑了。

坐在柴东林旁边的藤静，一直在冷眼旁观着，在这短短的几个小时内，柴东林身上发生的所有变化，都被这个敏感的女人尽收眼底。而最让人懊恼的是，当飞机落地打开手机后，藤静发现自己有一条未接来电，是柴东林打来的。

在仔细地分析过来电时间后，藤静终于发现，柴东林在首都机场出状况后，是首先给自己打的电话，而这个关键的电话被愚蠢地错过了。

藤静知道真相后，愈发无法克制对韩雪儿的怨恨了，就算韩雪儿并非故意跟自己竞争，但实际上，柴东林的那份"好感"，确实是她韩雪儿从自己手中"抢走"的。

4

已经抽完一整包烟的刘立冬长长叹了一口气，他发现，这个"戏剧的海洋"浮力是真 TM 大，无论自己怎么使劲地想往里沉，都沉不下去。想来想去，现代都市无非就是那么些个题材，果然如沈超导演所说，全被拍过了。而自己貌似也没什么独辟蹊径的天赋，刘立冬开始进入了剧本创作的第二阶段：沮丧自疑。

已经开始自暴自弃破罐破摔的刘立冬打开手机，他觉得还是跟老黄扯会儿淡比较靠谱，当然，刘立冬安慰自己说，采访一下有着丰富生活经历的老黄，也算是创作的一部分嘛。

很奇怪，老黄的手机打通后，一直没有人接听。

刘立冬站起身来，拿起外套，准备离开这个不利于自己创作的书房，去老黄家扯淡去，哦，不，是去老黄家采访去。

当依旧蓬头垢面的小左打开门，说自己也在急着找老黄的时候，刘立冬才知道，老黄已经"失踪"了，"失踪"时间是从今天早上老黄出去买早点的时候开始的。

对于老黄的安危，刘立冬和小左倒不太在意，本来就是个神龙见首不见尾的人嘛。刘立冬正打算回家，手机就响了，他一看，是个陌生的号码。

"喂，你好，哪位？"

"是刘立冬吗？我是北京市公安局的。"电话那头的声音让刘立冬吓了一跳，北京市公安局啊！能接到这个单位来电的人，不是罪大恶极就是奇冤待雪。"啊？这……您找我啥事啊？"刘立冬战战兢兢地问道。

"你认识一个叫左志国的吗？"

刘立冬看了一眼就在眼前的小左，犹犹豫豫地回答道："认……识啊。"

"你叫上那个左志国，现在马上过来一趟，有一些问题要向你们核实一下，地址是前门东大街九号三楼305。"对方说完，立刻挂断了电话。

刘立冬有点懵，他不知道对方找自己是什么事，难道是李永全上次被自己"砍"成了内伤，现在不治身亡了？可是也不应该啊，要是李永全不治身亡的话，对方找小左干吗啊？

而此时没心没肺的小左已经坐在电脑前，继续和他网游工会里的兄弟们浴血奋战上了。

5

下了飞机后又坐了大半天的车，柴东林一行此时已经快到目的地——老柴总的住所了。一路上，韩雪儿都在幻想着老柴总那奢华别墅的模样，弄不好都不是别墅，可能是庄园，可能里面还能骑马呢，从来没真正和有钱人相处过的韩雪儿一路上是浮想联翩。

来接他们的是联华士多广东分公司的一辆商务车，和藤静一起坐在后排的柴东林，一路上眼睛就没离开过韩雪儿的后脑勺。通过后视镜，柴东林还能偶尔欣喜地看到一下韩雪儿的脸。此时的柴东林哪像什么超大集团的总裁啊？整个就是一个情窦初开的小处男。

当然，柴东林此时是不会注意到身边那脸色铁青的藤静的。

如果要用动画片里的夸张手法，形容现在的韩雪儿的话，那就是到达目的地后，刚下车的韩雪儿下巴"咣当"一下砸到地上，嘴里卷着的舌头"叽里咕噜"地滚了

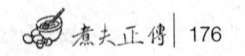

出去……

原来目瞪口呆的韩雪儿，此时正站在一栋普通得和周围所有二层小楼一模一样的一栋建筑前。这栋普通得不能再普通，和别墅庄园一毛钱关系都搭不上的，甚至比旁边房子还破旧些的小楼，竟然就是联华士多老总裁的住所。

一个白发苍苍的老人，穿着一身普通的运动服，笑脸盈盈地从房子里走了出来。柴东林亲热地叫了声："爸，我回来了。"

韩雪儿此时才确信，这个扔在人堆里一点都不显眼的小老头，竟然就是那传说中的老柴总。

"柴叔叔好。"韩雪儿脑子里琢磨了一大圈，在柴总、老柴总、前辈、领导和叔叔之间，选择了一个最稳妥最合适的称呼。

老柴总微笑着冲韩雪儿点了点头，算是回答。

"您好，我是佐藤先生的女儿，佐藤静子，初次见面，请多关照。"藤静彬彬有礼地向老柴总鞠了一躬，日本式的。

"你爸爸最近身体可好啊？呵呵，想当年他就劝我上市来着，我没答应，现在我儿子和他女儿终于合作上了。呵呵，挺好挺好，你们年轻人好好弄吧。"老柴总回答道。

没等藤静回答，一个四十多岁穿着围裙的妇女从屋里走了出来，边走边向柴东林打着招呼："呀，东林啊，你回来啦？今晚给你煲了你最喜欢的莲藕猪骨汤啊。"

韩雪儿一看这架势，这位不用说啊，肯定是柴东林的母亲了，虽然岁数和老柴总差了不少，可是听这口气应该没错。韩雪儿连忙有礼貌地对那个妇女问候道："阿姨好。"

柴东林捅了韩雪儿一下，小声说道："她是我爸家的保姆，叫赵小燕。"

韩雪儿听完后，只能尴尬地向老柴总笑了笑。

知道人物关系后的藤静，优雅地续上了刚才的话题："哦，我父亲最近身体不太好，可能是年轻的时候为了工作透支了太多精力的原因吧，现在公司的事务父亲都交给我打理了。"藤静一边说着，一边自然地将手里行李箱的拉杆交给了保姆。

看到这一细节后的老柴总嘴角轻轻地动了一下，随即满脸堆笑地说道："走走走，咱们屋里说去。"

老柴总说完，带领大家走进了自己那间简朴但整洁的两层小楼里。

6

刘立冬和小左来到了北京市公安局305房间门前，小左那油乎乎的长发没有像往常一样披在肩上，而是用一根猴皮筋扎了起来，一看就知道来之前还特意捯饬了一下。

刘立冬看见门上悬挂的牌子——公共信息网络安全监察处之后，心里踏实多了，他知道今天这事跟砍伤李永全肯定是没啥关系了。

刘立冬捅了捅小左，指了指牌子，低声说道："这可就是传说中的网监处啊，一会儿进去了你老老实实交待问题啊。"

小左被吓得不轻，哆哆嗦嗦地躲在刘立冬后面，跟着刘立冬进了那间办公室。

"警察同志您好，我就是刘立冬，您找我？"

办公室里坐着两个警察，其中一个说话了："哦，你就是刘立冬啊。"又指着小左问道："他就是左志国了？"

小左连忙诚惶诚恐地点了点头。

那说话的警察转头对同事说道："你带左志国过去吧，这个刘立冬我来。"

另一个警察点了点头，站起身来就把小左给带走了。临走前，刘立冬看到小左的眼神中充满了恐惧，和家里的小问过春节时听见放鞭炮声时的眼神一样。

在刘立冬得知警察要讯问的是老黄那个皮包婚恋网站的事后，还没等警察问话呢，就立刻竹筒倒豆子一样干脆利落地全交待了。刘立冬本着"坦白从宽、抗拒从严"的原则，准备把自己每一次相亲经历的一切细节都说个遍。

可是刚交待了半次，警察就不耐烦了，问道："不是，刘立冬我还没问你呢，你这儿交待什么呢？"

刘立冬点了点头，老老实实地回答："那您问我问题吧，我这不也是希望争取个积极交待的态度嘛，咱们政府的政策不是坦白从宽、抗拒从严嘛。"

警察："你啊，光说事实就成，不用把细节描述得这么清楚。我问你啊，这个相亲网站的事你除了帮着当婚托相过亲以外，还干过什么？"

"我……我就相亲，没别的，我也就会相亲啊。"

"真的？我看你对政策挺清楚啊，我就不跟你说坦白从宽的事了。今天呢，把你们叫过来，那是因为我们已经掌握了大量的证据，现在就是看你态度的时刻了，你明白吗？"

"不是，警察同志，我明白，我特明白，我刚才正使劲交待呢，不是您说让我先停一停的吗？"刘立冬挺委屈。

警察一想，也是，眼前这个家伙交代问题的态度确实是异常积极的。

"你每次帮着相亲都收多少钱啊？一共挣了多少钱？"警察开始发问。

"我大概也就帮着相过十来回吧，一开始觉得挺好玩的，反正闲着也是闲着，就没收钱，还倒贴了不少请人家姑娘喝咖啡吃饭的钱呢。后来玩了两三次之后吧，觉得也就没啥意思了，关键是那时候我工资全上缴给我老婆，兜里剩的钱也不多，这每次相亲的费用吧还挺高，然后我就不玩了，也……其实也主要是玩不起了。后来有一次老黄约了两个，实在是没人去了，他就说给我点跑腿费，那次说好是给二百块钱的，结果完事之后他给了我二百日元。再后来……"

"不是，刘立冬，让你交代问题呢，怎么又讲上故事了？"

"哦，对不起警察同志，我错了，我仔细算算啊……这相亲一共有个十二或者十三回吧，具体真记不清楚了，一共挣了不到一千块人民币加二百日元。不过警察同志，这可不是纯利润啊，不算以前倒贴的，每次老黄都能想尽办法把给我的跑腿费弄回去。"

"哦？弄回去？怎么弄啊？"警察感兴趣地问道。

"吃呗，他能吃着呢，有一次给了我二百，然后非让我请客吃羊肉串，我心想羊肉串能吃多少钱啊，就答应了。结果一结账，嗨！二百二，我还亏二十。"

警察听完忍不住乐了，刘立冬也不知道什么情况，跟着傻乐。

"严肃点，交代问题呢，你乐什么乐？不是，刘立冬，你是干什么的啊？说相声的啊？"

"不是不是不是，我原来是干销售的，现在是编剧，呵呵，我不是说相声的。"刘立冬一脸诚恳。

警察没接茬搭理刘立冬，根据对老黄的审讯结果表明，这个没有和老黄串过供的刘立冬，说的是实话。他对刘立冬点了点头后，站起身来就要出去。

"哎，警察同志，我这问题不严重吧？"刘立冬问道。

"呵呵，严重不严重我说了不算错，法律说了算。我实话告诉你吧，你们这事啊算是情节不严重的，这个涉案金额嘛，也够不上判刑的标准，主要现在就是看对方追究不追究了。"

"对方？什么对方啊？是相亲的那帮姑娘们吗？"

警察觉得眼前这个二二呼呼的刘立冬挺好玩，再加上本案往大了说，也就能够得上治安处罚标准的，所以他回答了刘立冬的问题。

"不是那些受害者……嗨，也不能算是受害者，其中有四个还真在你们这破网站相上对象了，听说结婚证都领了，你们这次主要是人家正规的相亲网站报的案，现在就看他们追究不追究了。"

"哦，哎，警察同志，我能问问你们是怎么抓住老黄的吗？"

警察一听，再一次忍不住乐了："你们这个老黄啊，绝对是个人物，我们接到案说有黑客入侵了他们的电脑系统，偷走了很多会员资料，然后就开始搜集证据，没直接抓捕。要说这个左志国是真挺厉害的，竟然让我们专业的技术人员弄了半个月都没找到证据。这个事呢，我们也让你们那儿的派出所帮忙协查了，结果今天早上，据说那个老黄出去买早点的路上，碰上了个卖切糕的，因为切糕的重量纠纷双方打起来了，然后你们那儿派出所的民警就介入了。本来这个老黄是受害者，结果聊着聊着得知民警是单身，嗨，他就开始向民警推销起你们那个相亲网站了，民警因为看了协查通报，对他直接一吓唬，立马就全招了。这不，我们的协查通报发过去还没一天呢，人就自己撞枪口上了，派出所直接就把他给送我们这儿来了。"

刘立冬听完也忍不住乐了："嘿嘿，合着您这边的枪刚抬起来，那边的鸟儿就蹦出来直接往枪口上撞啊。"

"行了行了，严肃点啊，你先跟这儿待着吧啊，我去那边看看对方公司是什么态度。"警察说完，推开门出去了。

真是一块切糕引发的血案啊！刘立冬想着想着，忍不住大笑起来，当然这笑中还带着点自嘲，这回又得罚多少钱呢？天知道。

7

当韩雪儿在老柴总面前做完那个关于"造神运动"的煽动性极强的演说后，老柴总没有直接表态，而是缓缓站起身来，慢慢悠悠地说了句："哎呀，坏了坏了，忘了浇花了，你们先坐着啊，我得赶紧浇花去了。"

老柴总说完，径自走了，留下了一脸茫然的韩雪儿和轻轻冷笑着的藤静。韩雪儿迷茫地看向柴东林，柴东林微笑着轻轻摇了摇头，做了个没关系的手势之后，跟着父亲出去了。

小楼后面的小院子里，老柴总拿着喷壶正在浇花，柴东林慢慢走了过去。

"东林，我问你个事啊。"老柴总听到脚步声，头也没回就知道肯定是儿子来了。

"爸，您说。"柴东林边说边蹲下身去，拿起一把剪刀，帮父亲修剪起枝叶来。

"佐藤资本虽然是家大业大，可是有些事情他们做得可很不地道啊。"

"爸，我知道，可是目前手里能有大量可用资金的资本集团，也就只有佐藤家了。"父子俩都是嘴里说着话，手里的活一点也没停下来。

"嗯，你自己有分寸就好，虽然上市的事我不太同意，可是毕竟现在联华士多是你的嘛。不过我有个问题，能帮你上市的人有很多，为什么选择佐藤家？"

"因为他们手里有大量的可用资金。"

"要那么多现金干什么？碰上麻烦了？"

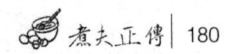

"没有，我想收购胜和超商。"

"哦，收购胜和那个半死不活的集团干什么？想进军大卖场可以买别的超商集团啊。"

"我想用胜和集团单立起一套独立运行的体制来。"

老柴总听完点了点头，他明白了儿子的意思，利用新体系"胜和超商"，达到为老体系"联华士多"输血的功能。元老团的所作所为老柴总心里是清楚的，之所以他没有出手解决的原因就是，他希望儿子能自己解决这个棘手的问题。

听到儿子的计划后，老柴总很佩服儿子，充分利用元老们分身乏术无法管理新集团的死穴，让新集团成为联华士多培训锻炼高层管理人员的平台，然后就可以大刀阔斧地为联华士多注入新鲜血液了，这样的手段，不能不说很高明。

"嗯，好，输血站，不错不错。"老柴总对此事的总结很简单，但足以表达他对儿子的理解和赞许了。

柴东林抬头对父亲笑了笑，没说话。

父子两人沉默了一会儿之后，老柴总又发问了："然后呢？"

这次面对父亲的问题，柴东林没有立刻回答，他停下手里修剪枝叶的工作，站起身来，很严肃地对着父亲说出了八个字："我想解体联华士多。"

"什么？解体？你指的是把集团解体？分成很多小公司？"老柴总听完很吃惊地问道。

柴东林点了点头，接过父亲手里的喷壶，放在地上，扶住老柴总后，说道："爸，咱们去你书房说吧，尝尝你上次说的新茶，我们边喝边说。"

老柴总点了点头，父子二人离开了。

8

北京市公安局公共信息网络安全监察处，小左被单独关在一间办公室里。小左很奇怪，来了之后也没人搭理他，直接往这儿一放，就不管了，这什么情况啊？

小左正在奇怪，门开了，一个警察带着两个身着正装的人进来了。小左一看害怕了，连忙说道："不是，您不用刑讯逼供，您想问什么我立刻全招。"

警察心想这三个案犯真是一个赛一个坦白从宽啊，警察说道："什么逼供啊？人家是受害公司的，来和你谈谈，你坐好了。"

"哦。"小左听完，连忙端端正正地像个小学生一样手背后坐直了。

"你就是左志国？"一个两鬓有些斑白的中年人问道。

小左连忙点了点头。

"我们公司的数据库你是怎么黑进去的?"两鬓斑白的中年人继续发问。

"这个……说不太清楚,你们有电脑吗?要不我给你们演示一下得了。"小左依旧保持着小学生上课的坐姿,就差发言前先举手了。

对方两个人交换了一下眼神后,一直没有说话戴着眼镜的那个人,从包里拿出一台笔记本电脑,递给小左。

小左开机后,习惯性地先用右键点开"我的电脑",查看了一下电脑的配置:"哎呀妈呀,你们这机器配置真够高的,呵呵,用这个演示得更快。"

小左说完,自顾自地开始操作起来,一边操作一边自言自语地嘟囔着:"你看啊,我先从网盘上把我自己编的密码破解算法下载下来,然后直接进你们的远程办公服务器……"

那个戴眼镜的中年人打断了小左:"什么?你能进我们远程服务器?"

小左此时已经陶醉在了自己的世界,头都没抬说道:"是啊,你们那个服务器跟摆在大街上一样,咋不能进啊?"

两鬓斑白中年人发问:"那密码呢?"

这时,小左已经下载完成了自编的破解软件,已经开始运行了,只见电脑屏幕上飞快地显示着各种数字和符号。

小左惊叹道:"哎呀,这电脑配置高就是他妈快啊,你看看,要不了四五个小时,就能进去了,唉,我那个破电脑得运行小一礼拜才能算出来。"

站在一边的警察口气严厉地说道:"左志国,回答问题。"

小左吓了一跳,连忙问道:"啊?啥问题?"

此时那个戴眼镜的中年人眼睛直勾勾地盯着电脑屏幕,已经傻了,两鬓斑白中年人又说了一遍自己的问题:"我是问你密码怎么得到的。"

小左冲着电脑努了努嘴:"喏,就是这个我自己编的破解软件啊,利用暴力破解法,说白了就是挨个试呗,还有一堆从网上下载的密码字典,反正就是瞎试呗。"

两鬓斑白中年人严厉地质问眼镜男:"这么简单的黑客方法你们都防御不了,要你们技术部是干什么吃的?一个用户名的密码短时间输入错误三次以上,你们还不能及时知道吗?"

眼镜中年人摇头叹气:"唉,蒋总啊,这破解软件根本就不是他描述的那么简单,首先他不是破解一个用户名,他是利用多线程方式,同时至少穷解着五十个以上的用户名;第二,他这个程序在随时地换着IP地址,也是充分地利用了多线程的运算方式,只要网速够快,这个软件不到一秒钟就能把IP地址在全世界范围内更换。"

两鬓斑白中年人没太听明白,追问道:"第二条什么意思?"

"唉,也就是说他这个破解软件的隐蔽性太强了,他破解我们的时候,在我们这边看来,就是无数的员工在世界的各个角落同时登陆着服务器,只不过都输错一次密码而已,我们是根本就没有办法知道的。"眼镜中年男情绪很沮丧。

那个被称为"蒋总"的两鬓斑白中年男想了想之后,对警察说道:"警察同志,能麻烦您出来一下吗?"

警察点了点头,和蒋总出去了。

两个人站在走廊里,蒋总问道:"同志,我们想和他私下调解解决,您看可行吗?"

警察点头道:"嗯,可以,他们这个情节太轻微了,关键是涉案金额太低了,根本就不够量刑的标准,除了你们能评估一下经济损失。要是你们不追究的话,他们最多按治安处罚条例警告一下和罚款,现在主要就是看你们追究不追究了,你们要是追究的话呢,让你们公司法务部门估量一下相关损失,这样就能够得上判刑的标准了。"

"好的,我明白了,非常感谢您啊,我们还是打算不追究了。"

警察听完,说道:"行,明白了,那小子确实是个人才,那你们进去谈吧。"

9

广东番禺附近的小镇里,韩雪儿坐在老柴总家的客厅里正在烦躁不安,藤静已经不知道哪去了。

这到底是个什么结论啊?怎么也不给个结果就浇花去了?浇个花怎么浇了四个多小时了啊?各种问题让韩雪儿很纠结,在顶头上司的爹的家里,韩雪儿也不敢乱逛,只能老老实实地坐在客厅里等着。

哦,对,还有那个藤静,自己招她惹她了?怎么总是对她不阴不阳的?

韩雪儿无聊极了,开始想别的事,藤静喜欢柴东林而柴东林不喜欢藤静这一点韩雪儿也能看出来,可是关自己什么事啊?自己就是个想好好工作,讨好上司,争取涨工资的最普通的小员工啊。这帮富二代们的情情爱爱韩雪儿可不想掺和,其实就算想掺和也没资格了,相比那个英俊潇洒、西装革履、腰缠万贯的柴东林,韩雪儿倒是更喜欢自己的那个贼眉鼠眼、二二呼呼、穷了吧唧的刘立冬。

韩雪儿打定主意,不管那个藤静怎么招惹自己,也不去理她,绝对不跟她正面接触,反正也是联华士多给自己发工资,我又不是你们佐藤资本的员工。

老柴总的书房里,柴东林正在滔滔不绝地说着什么,而老柴总则是面色凝重,认真地听着。

10

刘立冬自己在办公室里坐了一会儿之后，一张苦瓜脸的老黄就被押解进来了。

见到老黄后刘立冬就忍不住想乐，知道老黄被抓原因的刘立冬想再逗逗老黄，他幸灾乐祸地问道："哎，到底怎么回事啊？你怎么被抓的啊？"

老黄叹了口气："唉，真是够倒霉的，这都不是喝凉水塞牙缝的问题了，我今天整个是喝口水把自己给淹死了啊。哎，你说我早上老老实实出去买早点吧，回来路上碰上个买买提大叔拉着一车切糕，我一看花花绿绿的挺好看，估摸着也应该挺好吃，我就问了，怎么卖啊？人家买买提大叔说了，四块。我一想，不贵啊这玩意，就让他给我来点。嗨家伙，人家买买提那一刀下去，切下巴掌大一块切糕，完了管我要二百！我靠，我刚争辩几句，人家拿出个小条来，上面写着四元一两，划多少切多少，有多少算多少，切下来不能退。这么块破玩意要我二百，我能干吗？结果刚骂了几句，我靠，四面八方冲出来好几个买买提大叔，整个一张导儿的十面埋伏啊，我把那块切糕往买买提脸上一扔，撒丫子就跑……"

此时刘立冬已经笑得不行了，老黄说不下去了，皱着眉头说道："啧！你这人怎么没点同情心啊，你这样把快乐建筑在我的痛苦上，很不道德你知道吗？"

刘立冬使劲地忍住，义正辞言地冲老黄点了点头："我明白，我……"说了一半的刘立冬还是没忍住，扑哧一下笑出了声，老黄极其不满。

而此时就在刘立冬和老黄的隔壁房间里，小左却迎来了人生的转机。

两鬓斑白的蒋总回来后，开门见山地问了小左一句话："你愿意来我们公司上班吗？"

小左想了想，回答道："上班时间能玩游戏吗？"

蒋总沉默了两秒后，点头道："能！"

"你们公司里女同事多吗？"

"多。"

"都漂亮吗？"

"漂亮。"

"那行，我去！"

蒋总听完，差点没从椅子上掉下来，自己面试过不下二百人了，头一次见到连工资都不问就答应来上班的"应聘者"，蒋总服了。

"好，那从明天开始你就来我公司上班，底薪一万。你的工作就是两件事，如果你能防御住自己的破解方法的话，我奖励你一万；如果你再能用其他方法黑进来的话，我再奖你一万。就这两件事，只要你能不间断地干下去，我就不间断地给你奖金。"蒋总说完这个极其诱惑的条件后，等着小左高兴地点头答应。

可是小左听完后却和蒋总预期的效果完全不同，只见小左歪着脑袋想了想之后，对蒋总说道："要不算了吧，我还是不去了，我得和我那两个朋友患难与共。他们给关起来了，我去你那儿挣钱，多不合适啊，不行不行，这事干得太不地道了。"

蒋总哭笑不得地说："你放心，只要你答应去我公司上班，你和你的那两个朋友都不会被起诉，马上就能回家。"

小左疑惑地问道："真的？"

蒋总长叹一口气，郑重地点了点头。

正在生气的老黄坐在墙角，压根就不搭理那个正在劝着自己的、幸灾乐祸的刘立冬。

这时，门打开了，警察带着小左和那两个中年人进来了，老黄一看这架势，估计是要宣判了，也顾不上生气了，连忙和刘立冬一起站了起来。

警察说道："根据《中华人民共和国治安管理处罚法》第二十九条第一款规定，违反国家规定，侵入计算机信息系统，造成危害的，情节轻微的，处五日以下拘留，情节较重的，处五日以上十日以下拘留。像你们这样的行为，本来应该从重处罚，可是人家受害公司表示谅解你们的违法行为，所以根据第十九条第二款规定，主动消除或者减轻违法后果，并取得被侵害人谅解的，可减轻处罚或者不予处罚。现在对你们宣布处罚结果：没收所有相关违法设备并提出警告。我可警告你们啊，你们的这种违法行为和刑法第二百八十五条第二款规定的非法获取计算机信息系统数据罪只有一步之遥，那样的话你们面临的就不是没收设备了，而是三年以上七年以下的有期徒刑了，知道了吗？"

老黄、小左和刘立冬三人连连点头，纷纷表示悔改。

11

窗外夕阳斜下，桌上摆着一套功夫茶具，柴东林拿起紫砂壶，往公道杯分茶器里倒着茶，只见茶的颜色已经变淡了，看来父子两个的这场谈话耗时已久。

"爸，要不要换一壶？"柴东林倒掉公道杯里已经没味的茶水后问父亲。

老柴总摇了摇手，说道："不用啦，你的意思我已经很清楚了。东林，我尊重你的决定，虽然你的计划很冒险，不过为了达到你所说的终极目标，这样冒险是值得的。不过爸爸求你一个事情，如果失败了的话，一定留下一家名字还叫联华士多的店好吗？你也知道，这个名字是我和你妈妈之间唯一的联系了。"

柴东林对父亲郑重地点了点头,他知道,联华是妈妈的名字,爸爸为了纪念妈妈,第一家店就叫联华士多店。

父亲站起身来,从身后的柜子里拿出一个破旧的小提琴盒子,交给了柴东林,柴东林小心翼翼地打开了小提琴盒,用手轻轻抚摸着里面的小提琴。

老柴总说道:"东林,好好干吧,等你成功的那天,别忘了回家拿走它。"

"好的,爸,谢谢你,到时候我再给你拉一次门德尔松的 e 小调小提琴协奏曲,第一乐章,小提琴独奏部分。"

老柴总欣慰地看着儿子:"儿子,我在三十多岁的时候,思考的深度比你可差远了,努力地去试试吧,你比我强!"

"哪里啊,要不是你给我这么好的平台,我怎么可能思考人生啊?估计我每天要想的第一件事就是怎么吃饱饭。哎,对了爸,韩雪儿的建议你觉得怎么样?你愿意吗?"

"唉,老了老了还得让你们拿出来炒作,算了,只要是对你有帮助,我就答应了吧,不过我可是有个条件啊。"

"啊?什么条件啊?"

"我一直想写一本回忆你妈妈的书,可是说实话,我只会做生意,写字这个事我还真干不了。这不,坐在书房里写了一个多月了,才写了一百多字,你们不是要找个会写书的人来采访我吗?我的条件就是写一送一,你出钱,我口述,让人家帮我把回忆你妈妈的书也写了。"

"行!没问题!"

12

傍晚时分,刘立冬、老黄和小左三人坐在空空荡荡的小左房间里,警察同志的效率很高,直接就把老黄的所有"犯罪工具"都没收了。

老黄看着家徒四壁的样子,忍不住一脸哀怨地长长叹了口气。

小左拍了拍老黄的后背,鼓励老黄道:"黄哥,你放心,我明天就去上班了,他们那个破网站漏洞多的是,我估计有一个月时间,我至少能挣它四五万块,公司没了不打紧,我出去挣钱去。"

老黄勉强挤出个笑脸:"算了吧兄弟,你又不是我媳妇,你凭啥养着我啊?没事,你放心去好好上班吧啊,你黄哥饿不死。"

"黄哥,那这样,我以后还住这儿,反正我也有工资了,我付你房租怎么样?"

"行,这事靠谱。哎,立冬,你还跟这儿待着干吗啊?我没事,你赶紧回家陪

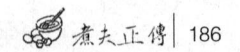

妮妮去吧啊。"老黄一听以后有了收入，心情立刻好多了。

"不用，今天杨菲菲带妮妮去海洋馆了，到现在都没打电话呢，我估计她带我闺女说不定又哪吃高级大餐去了。"刘立冬回答。

"走，咱今儿出去喝点儿去，祛祛晦气，立冬，你请客。"老黄像打不死的小强一样又缓过来了。

"成，没问题，但不是请你，我请小左，恭喜小左走上正路。对了，左儿，明天你去上班前一定记得洗头啊。"刘立冬说着，站起身来。

"成，没问题。"小左说道。

哥儿几个浩浩荡荡出了门，结果发现两部电梯全停了，三人一边骂着物业，一边走下楼去。

13

三人正在小区里走着，只见物业管理处前面围着一大群人，以刘立冬和老黄的性格，这热闹是必须去看的。三个人正慢悠悠地往人群处走呢，一老头冲了过来，刘立冬一看想起来了，有一次自己带着妮妮看热闹的时候见过他，他就是那个自称"贝勒爷"的老人，只见他急火火地拉着一个穿着一身破旧工作服，背着个写有"安全生产"的老式工具袋的老人，正往十号楼方向跑去。

"快点，劳模张，十号楼电梯里也困住了五个人，咱得赶紧去救去。"贝勒爷边跑边催促着劳模张。

刘立冬三人很奇怪，看这架势是小区里出大事了。这时，刘立冬的手机响了起来，杨菲菲打来的，刘立冬刚一接起手机，就听到手机里传来妮妮的哭声。

"立冬，你快点到咱楼下来一趟，我和妮妮刚才被困在电梯里三个多小时，手机一直没信号，妮妮都快吓死了。"杨菲菲着急地在电话那边诉说着。

刘立冬听完，撒丫子就往自家楼下跑去，老黄和小左也跟了上去。

妮妮见到爸爸之后好多了，乖乖地让刘立冬抱着，刘立冬问杨菲菲："到底怎么回事啊？"

"我也不知道啊，正坐着电梯呢，忽然就停电了，把我们俩给关里面了，我就使劲拍门，后来是两个老人把我和妮妮给救出来的。听邻居说，今天物业要撤走，他们把电梯全停了，听说他们还要把电梯拆走呢。"

刘立冬听完，总算明白刚才那群人在那干吗了，原来都是去跟物业翻脸的。

闺女在电梯里被关了三个多小时，刘立冬能不生气吗？他对其他三人说道："走，去物业算账去！"

杨菲菲是属于无事都要生非的主儿，老黄正好今天也气不顺，没等刘立冬说完，杨菲菲、老黄和小左就已经冲向物业管理处了。

14

以刘立冬和老黄为首的愤怒的居民们砸开了物业门口的锁，冲进办公室，只见里面已经人去楼空，除了几套破桌椅之外，没剩任何有价值的东西。

众人突然没有了发泄的目标，都挤在物业那窄小的办公室里沉默着。

忽然，人群里爆发出一声喊叫："这狗日的物业，早点滚蛋早点好！"之后，人们开始大声地议论着，咒骂着。

"就是！这破物业公司真是王八蛋，他们走了正好，咱换！"

"换什么啊？天下乌鸦一般黑，你去网上其他的小区论坛看看去，哪个小区都是把物业骂得狗血喷头。"

"那怎么办？"

这个问题一出，人群中各种热闹的议论声停了下来，是啊，怎么办？

忽然，刘立冬身边的老黄发话了："怎么办？咱自己办！连国家都允许有内蒙古自治区呢，咱就来一个小区自治！这年头缺了谁活不了啊？"

老黄的话换回了成片的叫好声，老黄挺得意，刚刚失业不到半天的老黄，果然如他自己所说，他是饿不死的，这不，他现在就立刻开始积极地下岗再就业了。

老黄继续说道："这样啊，邻居们要是信得过我的话，我就来试试，咱自己弄个物业公司，有没有想跟着我一起干的，有的话举手。"

老黄此话一出，刚才的叫好声没了，人群里只寥寥地举起了几只手。

老黄捅了捅身边的刘立冬，低声说道："啧！你个闲在家待着的人，怎么也不赶紧举手支持我一下啊？"

刘立冬低声回答："谁说我闲得没事啊，我现在正找题材准备写电视剧呢。"

"你傻啊你？这眼巴前儿不就是个题材吗？名我都帮你想好了，就叫《物业那些事儿》。"老黄忽悠着刘立冬。

刘立冬听完，忽然之间有了沈超导演说的那种眼前一亮的感觉，是啊，物业那些事儿，多新颖的题材啊，没有婆媳，没有家斗，刘立冬眼前仿佛打开了一个全新的天地。

"我也干！"刘立冬豪迈地喊道，满身鸡皮疙瘩地把手举了起来。

杨菲菲一看刘立冬也干，自然要搭伙了，连忙也举起了手。

15

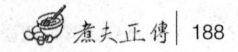

物业办公室里，愤怒的人群已经散去，只留下了老黄、刘立冬、杨菲菲和刚才举手的那几个人。

刘立冬刚才抽空给沈超导演打了个电话，说了一下关于《物业那些事儿》的构想，没想到沈超导演大呼过瘾，让刘立冬立刻开始项目，还说过几天碰个面儿详细聊，刘立冬高兴坏了，没想到天上又掉下来个大馅饼。

刘立冬数了数剩下的那些大爷大妈们，一共八个人，这八个人里竟然还有几个那天一起围着看物业通知的熟人。

老黄开口了："邻居们，以后咱们就要一起共事了，咱们要不先都自我介绍一下各自的长项？"

"还自我介绍个啥啊？我来给你介绍。"贝勒爷热情地说着，当然，他那只右手还是端正地放在胸前，大拇指上还是戴着那枚扳指。

贝勒爷最先指着和自己关系最近的老好人说道："他是我朋友，为人热情，不爱说话，就爱看热闹，不过呢，他不是住咱小区里的，他是住旁边那个便宜小区里的。"

刘立冬顺着贝勒爷的手指看去，只见那个老人自己也见过，他穿着很一般，一看就是个普普通通的退休老人。

"这两位是土根夫妇，儿子土根和儿媳都在大公司上班，经常要出国，他们是来这儿帮着带孙子的。"贝勒爷指着一对老夫妇说道。那对老夫妇里的妇——土根娘，就是那个不会说普通话只会说方言的人，她依旧穿着那件大红的、乡土气息浓烈的碎花外套，脖子上依旧系着那条 LV 围巾。

"%￥#%￥#%#￥%￥#%。"土根娘热情地开口了。

这次土根爹没用别人提醒，直接就翻译上了："她说这事干得对，俺们小时候实行土改后，农民种地都可积极了。"

贝勒爷指着刚才和自己一起救人的劳模张说道："这是劳模张，退休以前是造船厂的，修船的，人家年年都是劳模。"

只见背着"安全生产"工具袋的劳模张手里拿着一个大搪瓷缸子，果然上面写着"劳动模范"四个字。劳模张冲大家点头微笑，算是问好。

"这位是蒋教授，老北京人，复旦大学世界经济系的教授，退休之后从上海回来北京这边儿投靠儿子儿媳，顺便落叶归根。"

"大家好。"蒋教授带着一副大眼镜，彬彬有礼地对大家问好。

"这位是陈老师,咱们区重点中学的语文老师,呵呵,当然,也是退休了的。"贝勒爷很威武,小区里的人他几乎都认识,看来每天提笼架鸟地瞎溜达,也不完全是"瞎"溜达。

陈老师穿着干净利落,也是彬彬有礼地向大家问好,大家纷纷回礼。

"行了,最后介绍一下我自己啊,我们家以前是紫禁城旁边贝勒府的,我爷爷是……"贝勒爷的自我介绍被一个愤怒的老人打断了。

"什么贝勒府啊?你就是个封建余毒!你凭什么不介绍我啊?"说话的人刘立冬也认出来了,就是那天看热闹时要把贝勒爷"专政"了的老连长,只见他还是穿着那身洗得发白的旧军装,依旧是站得笔直。

"我叫丁长顺,沈阳军区某部队的侦察连长。"老连长说完,还咔地冲大家敬了个礼。

"什么叫我是封建余毒啊?你打过仗吗?哼!你不就是有个和什么亮剑里面的李云龙是战友的爹吗?"贝勒爷和老连长极其不对付,每次在小区里碰上,都得吵半天。

"不是李云龙,李云龙是虚构的,我爹的战友是李云龙的原型——王近山中将。1942年的时候,我爹就是八路军第一二九师第三八六旅的,当时王近山中将就是他们的旅长。"老连长认真地纠正着贝勒爷。

贝勒爷刚要开口还击,被老黄阻止了:"这样啊,咱们新物业的第一次会议先到此结束啊,明天下午两点,咱们继续开啊。"

老黄看到竟然是这么一群不靠谱的人响应自己的提议后,灰心丧气,准备回家直接洗洗睡了。

16

老柴总家里,柴东林父子、韩雪儿、藤静和保姆围坐在桌边一起吃着饭,老柴总和柴东林对保姆说话都很客气,就连帮着盛碗饭这样的小事,都会用"麻烦"一词。

这一点和韩雪儿的想象又差了很多,韩雪儿本以为像柴氏父子这样的有钱人,都应该是坐在起码长五米的桌子的两端共进晚餐的,桌上要有鲜花,还点着蜡烛,一起吃饭的两个人想说句话都基本得靠喊。

韩雪儿真是没想到,今晚的晚餐竟然是这么一桌普通的广式家常菜。

藤静从来了这里后一直都表现得彬彬有礼,有一句没一句地偶尔说几句毫无内容但礼节十足的话。韩雪儿更是不敢乱说话,因为她能明显感觉到藤静对自己的敌意,她觉得如果自己对藤静来说是个大"电灯泡",那么这灯泡还是能关上就关上吧。

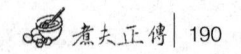

这顿晚饭的气氛相当沉闷。

老柴总的话打破了沉闷的气氛:"东林,你有没有告诉小韩我同意出书的事呢?"

还没等柴东林回答,韩雪儿兴奋地说道:"啊?叔叔,您同意了?"

老柴总点了点头:"是啊,为了集团,我这把老骨头就再让你们炒一炒吧。"

"太好了,那我马上就联系作家,叔叔,您什么时间方便接受采访呢?"韩雪儿问道。

"呵呵,我都可以啊,反正现在我也没什么事,除了伺候花就是伺候鱼,讲故事的时间有的是啊。不过小韩我还有一件事,这件事我和东林说过了,我同意帮你们炒作,可是有条件的啊。"

"啊?什么条件啊?"

柴东林笑着替父亲回答:"韩雪儿,你联系作者的时候和人家说一下,我们要写两本书,一本是你要的,另外一本是我爸爸自己要的,一部关于回忆我母亲的书。"

"哦,好的柴总,我知道了。"韩雪儿回答。

"嗯,那明天我们回北京之后,你马上就开始运作这个事情吧。回去之后我们就该有得忙了,在香港上市的事多亏藤静的帮忙,现在都已经差不多了。"柴东林说道。

藤静听到柴东林提到自己,对柴东林微微一笑,俨然一副大家闺秀的样子,藤静对柴东林说道:"这都是我应该做的,东林,你难得回家看父亲,在饭桌上不要总是说工作的事情啦。叔叔,您养的都是些什么花啊?一会吃完饭能不能带我去欣赏欣赏?"藤静的一番话,说得自己俨然已经是柴东林的妻子了一样。

"呵呵,都是些大路货,我养得也不好,没什么好看的。"老柴总明显对藤静的提议没什么兴趣。

柴东林也是尴尬地笑了笑,没有答话,闷头吃饭。

韩雪儿听完,也是老老实实地埋头吃饭,她虽然大大咧咧,可是刚才藤静献殷勤没成功的事,韩雪儿还是看得出来的,她生怕自己惹祸上身,所以赶紧闷声发大财。

藤静却依旧穷追不舍:"东林,这里的空气真的好好啊,我刚才看到外面漫天都是星星,比北京和东京这样的大城市好太多了,一会儿你陪我出去走一走,看看星星好吗?"

柴东林听完头都大了,自从他发现藤静对自己有意思之后,尽量都不给藤静单独和自己相处的机会。柴东林一直希望藤静能够知难而退,别再继续把感情掺和进生意里了,可是藤静却执着得很,这一点让柴东林极其头疼。现在上市的事已经是开弓没有回头箭了，在和佐藤资本合作前，柴东林已经把所有的可能性都考虑到了，可是柴东林千算万算也没有算出来，原来和自己合作的佐藤新之助这个老头，忽然变成了一个未婚女子，而这个未婚女子竟然还不知道怎么回事就喜欢上了自己，唉，没办法，现在只能拉个垫背的了。

"嗯，是啊，这里的空气确实很好，韩雪儿，一会吃完饭要不要和我们一起出去走走啊？"柴东林第一个想拉下水的，就是自己那仍待考察的"准妻子"——韩雪儿。

韩雪儿一听傻了，这不等于往枪口上撞吗？你个柴东林要是谈工作的话，我韩雪儿绝对奉陪，你想甩掉这个喜欢你的富家女，可是跟我韩雪儿一毛钱关系都没有。

"呵呵，不了不了，你们去吧，一会儿吃完饭，我还得赶紧上网查一下作家的事呢，我想找一个有过类似作品的作家来写这两部书。"韩雪儿一推二五六，把柴东林撂在那儿了。

柴东林尴尬地笑了笑，对韩雪儿说道："好……好，那你弄吧。"

老柴总看出了儿子的尴尬，帮儿子解围道："呵呵，一会儿我们一起去吧，儿子啊，你有多久没陪爸爸遛弯儿了？"

柴东林感激地看着父亲，对藤静说道："是啊，很久啦，呵呵，一会儿咱仨一起去啊。"

韩雪儿听完，几乎把脑袋都快埋到碗里了，她可不想再继续蹚这趟浑水了。

一时间，餐桌旁只听得见碗筷的碰撞声，谁都不再说话，各自想着心事。

自认为已经安全了的韩雪儿稍稍放松了些，她才敢举起筷子去夹菜了。

就在此时，韩雪儿偷偷抬眼瞄了瞄老柴总，只见老柴总埋头专心地对付着一个硕大的鱼头，动作很是娴熟，拨开姜丝、剔鱼鳃、清鱼刺……有条不紊，眼前的尴尬场面丝毫没有影响他享受美食的心情。

韩雪儿见状，不自觉地开始替那未知的传记作家打起了腹稿——历尽风雨，终见彩虹，老柴总用一生的勤奋和辛劳，换来了功德圆满后的平静。韩雪儿自己虽然还没见着彩虹是啥样，但是她觉得自己总得没错，能够专心于简单如吃鱼头这样的小事，一定是一种境界，所谓的一花一木皆菩提，也不过就是如此吧。

想到这里，一个"慈爱"的微笑浮上了韩雪儿的面容。或许连她自己都不知道，自从当了妈妈之后，她看别人的目光中多了一种情怀叫做"母爱"，因为自从有了孩子她就没有了自己，自从没有了自己她就很容易被感动。所以偶尔，她能用忘掉自我后的胸怀去包容世界，包容让她感动的人。此刻韩雪儿目光中闪现的"慈爱"，正如一个母亲赞许地看着她的孩子，这就是韩雪儿的世界，是妮妮送给她的礼物。

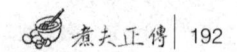

韩雪儿向老柴总奉献了两秒钟的"慈爱"之后，把自己的筷子从盘子里的另一个鱼头上移开，转而选择了一块尾巴上的鱼肉夹进碗里，她甚至还把那最后一个鱼头朝老柴总的方向拨了拨，就像她平时对妮妮做的那样。

收回筷子的时候，韩雪儿又顺便瞄了一眼藤静，只见藤静深深埋着头，几乎是在一粒一粒地用筷子尖挑起米饭往嘴里送，不夹菜，只是重复着单一的动作。韩雪儿估计她连吃进嘴里的是什么都不知道，能把饭吃成这样，说明这女人心里确实难受了。

食不甘味的滋味韩雪儿是体会过的，那次刘立冬和客户谈判失败，连累全组人跟他喝西北风，他连续好几天过了午夜才回家睡觉，那次韩雪儿就食不甘味来着，因为她知道刘立冬非要等自己睡了才回家，是不想让她看见他脸上的颓丧，他心疼她，她更心疼他；那次妮妮喝奶粉喝坏了肚子又不愿吃药，韩雪儿几乎是用集中营里灌辣椒水的方法灌妮妮喝下药水的，她觉得自己是个刽子手她肝胆俱裂，那次她食不甘味来着，因为当时的妮妮还是个脆弱的婴儿，而伤害了这个婴儿的正是拒绝母乳喂养的愚蠢的孩子妈，她厌恶自己她痛恨自己；还有那次，刘立冬的奶奶要住院却抢不到床位，立冬每天背着奶奶去医院治疗，并且拒绝轮岗非要一个人二十四小时地陪护，那次韩雪儿也食不甘味来着，因为她知道老公近乎自虐般地照顾奶奶，是对自己弄不到床位的无能的惩罚，而她韩雪儿什么忙也帮不上怎么有脸吃饭呢？

于是此时，韩雪儿看藤静的目光中就出现了怜悯，真诚的怜悯，她甚至还轻轻地叹了一口气，轻轻地摇了摇头。正因为韩雪儿自己经历过现实生活的无奈，她才看不得别人因为无奈而痛苦，就如现在的藤静，拼命想摆脱失恋这种人间悲剧却又无计可施。

如果她韩雪儿不是一尊正在过河的泥菩萨，而是一名真正法力无边的菩萨的话，她是真的愿意帮助藤静得偿所愿的。可是，她自己偏偏就是泥菩萨，除了看着自己已经化成泥水的下半身哀叹之外，她难道还有资格悲天悯人吗？

唉，人啊，灵魂在天堂，肉体在地狱啊……

心中百转千回的韩雪儿，不由自主地往天上望去，用弗洛伊德的"潜意识"一说来解释的话，可能她是想看看天堂或者菩萨什么的，可是她的目光还没到位，就被一个人截留了下来。韩雪儿发现柴东林并没像另两位那样埋头吃饭，而是正在毫不掩饰地看着自己，而且是盯着自己的双眼。

柴东林面无表情，他看着韩雪儿，似乎能够透过韩雪儿的瞳孔看穿她的一切思想。

电光火石般的几秒钟，韩雪儿已经向柴东林完整地展示了自己，不是作为一名员工，而是作为一个人。韩雪儿的考核通过了，因为柴东林不仅确切地知道这个女人的可爱，不是来自于"傻"而是源于心中有爱，而且他还相信，这女人有着跟自己一致的信仰—那个终极目标。还有什么可说的呢？就是她了！

柴东林看懂了韩雪儿的那两种目光，看懂了韩雪儿的每一个小动作，如果能够把刚才的几秒钟拆分成无数个定格的瞬间，那么每一个瞬间都够柴东林品味一整天的，因为这个女人太丰富了！虽然柴东林不知道是什么样的境遇，赋予了眼前这个女人丰富的内心，但是他可以肯定，自己欣赏这女人如今修成的正果——敏感、善良、温柔似水并且冰雪聪明！

韩雪儿慌了，她忙低下头，躲开了柴东林的注视。她觉得从表情来读解的话，柴总是生气了，而且是非常生气．自己的不知深浅惹怒了领导，如果刚才柴总一直在观察自己的话，那他一定看出了两层意思：第一，自己并没有像表现出的那般敬畏老柴总，这多少显得有点虚伪；第二，自己嘲笑他被姑娘纠缠，这是个误会，但是无从解释。

韩雪儿很尴尬，无奈之下只好使出绝招"鸵鸟遁地大法"，就是假装看不见柴总责怪的目光。不过在把脑袋扎进土里之前，韩雪儿告诫自己，在这次出差任务完成之前，再不能这么放松心情了，一定要藏好自己，专心工作。

柴东林那边呢？他是根本想不到自己的表情能够传达出谬以千里的信息的，而且就在韩雪儿低头的一瞬间，一个洋溢着爱意的微笑就浮现在了柴东林的脸上，可是这个微笑的浮现，晚了那么零点一秒，韩雪儿没有看见。

自知不会泡妞的柴东林其实不知道，泡妞简单得不能再简单了，一切不过是万分之一秒的灵犀一点，你看着我我看着你，灵魂竟可以穿透层层伪装直接对话。

于是，"我"真的看见了"你"，"你"真的看见了"我"，然后周围的一切都不存在了。整个世界响起了曼妙的乐曲，阴冷黑暗的角落都开出了鲜花，时间在他和她的身上停止，温柔的暖流在胸口涌动，灿烂的焰火在身后绽放。

这样……足够了。

可是柴东林偏偏错过了这零点一秒，这看似不起眼的零点一秒，造成的损失却是不可估量的。与一个姑娘发生爱情虽然如此简单，可这简单的背后却极其复杂，爱情对天时、地利、人和的要求之严苛程度令人发指。如果柴东林早一点微笑，如果这个微笑能让韩雪儿看到，那么她作何反应虽然不得而知，但毫无疑问这个女人是会知道柴东林的心意的，那么，一切就都不一样了。

17

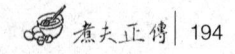

杨菲菲和老黄坐在刘立冬家的客厅里，茶几上摆着几样小菜和啤酒，老黄一脸郁闷地吃菜喝酒。不多时，刘立冬从妮妮卧室里走了出来。

"妮妮睡着啦？"杨菲菲问道。

"嗯。"刘立冬点了点头，坐到了沙发上，问老黄："哎，小左呢？"

"喝了没一会儿就撤了，说回家捯饬捯饬去，明天上班争取给女同事留下好印象。"老黄回答。

"哦，看来小左对上班这事还挺上心。"刘立冬边说边喝了口啤酒。

"立冬，你老婆呢？"杨菲菲问道。

"嘿嘿，出差了，好像明后天才回来呢。你放心吧，今晚上就咱哥仨啊，来，喝酒喝酒。"刘立冬说道。看来通过这段时间的接触，刘立冬已经完全把杨菲菲当成和老黄一样的哥们了。

杨菲菲听完，也没说什么，端起酒杯就和刘立冬碰了一下，二人想跟老黄碰杯时，老黄长叹一声，直接把杯中酒给喝了。

"老黄，你怎么了，垂头丧气的？不就是没收了三台破电脑吗？至于吗？"杨菲菲已经听说了老黄网站被剿灭的故事了。

"唉，不是因为那事啊，那个网站本来就半死不活的，生意好了够吃顿饺子，生意不好时也就够吃碗面条，就算人家警察不来查封，我也不打算开了。"老黄说完，更郁闷了，又自己干了一杯啤酒。

"那你到底怎么了？再说今天你不是也有正经活干了吗？物业管理公司，这家伙，你一句话，直接下岗再就业，变总经理了，多爽啊！"刘立冬说道。

老黄听完，脸更黑了："得了吧，你不提还好，这事你一提我就生气。你看看响应我一起弄物业公司的那几块料，都什么人啊！俩农民，一个当兵的，一个劳模，一个教授，哦，对，还他妈竟然有个带扳指的贝勒爷！一群退休了没事干的老头老太太能干什么？我跟你说啊，明天开会时我就宣布小区自治失败，大家各回各家各找各妈吧啊。"

刘立冬听完连忙开始劝老黄，这现在好不容易抓住了一个能让导演沈超眼前一亮的题材，刘立冬哪肯轻易放弃，尤其是现在他都已经跟沈超说了，要是老黄现在不干了的话，就算刘立冬想胡编乱造一个关于物业的故事，也编不出来了。对于物业那些事儿，刘立冬知道的就只有催缴物业费和修理各种东西这两件事，总不能写个两集的电视连续剧吧？第一集修东西，第二集催物业费。

"别啊,老黄,这事你不能不干啊。"刘立冬劝道。

"为什么啊?你先给我个干的理由。"老黄回答。

"这……菲菲,你说说,是不是应该干?"刘立冬向杨菲菲求救。

"我不管,你们随便,愿意干呢,我一起和你们玩会儿,不愿意干呢,我也无所谓。"杨菲菲立刻事不关己高高挂起,她和刘立冬老黄一起吃饭喝酒时,更愿意当一个捡乐儿的听众。

老黄听完,理直气壮地说道:"你看看,连人家菲菲都觉得不靠谱。"

"怎么不靠谱啊,我跟你说啊,这个物业嘛,就那么点事,你想啊,这个首先嘛……"刘立冬说到一半停了下来,他喝了口啤酒,想赶紧拖延出点时间来,好找到理由说服老黄。可是想来想去,能想出来的理由连自己都说服不了,可是为了能写出《物业那些事儿》挣到那一集一万的编剧费,刘立冬开始废话连篇地继续说道:"这个首先嘛就是做好服务,然后呢业主们满意了,你就能收到物业费,然后呢……"

老黄不客气地直接打断了刘立冬:"不是,你这不废话吗?这事大傻子都知道。"

"不是,这事你让傻子知道干吗?"刘立冬没话找话胡搅蛮缠。

"哎,别说弄物业公司了,弄个煎饼摊那帮人都没戏!我刚才不是说了嘛,你也不看看愿意干的都是些什么人啊?"老黄是彻底灰心丧气了。

刘立冬听完老黄这话,忽然间灵光一闪,他想起了自己小时候,也就是八十年代初看过的一部火遍中国的电视剧,那部比《神探亨特》、《成长的烦恼》还火的电视剧,每晚播放时街头巷尾空无一人,所有人全提前十分钟就守在电视机前面,生怕错过一分钟剧情的——《加里森敢死队》[1]。

刘立冬兴奋地狠狠一拍老黄,说道:"老黄,这事绝B能干!我有辙了!"

18

广东番禺附近的小镇街道上,昏黄的路灯下有两个人影正在缓缓地散步。

"呵呵,这么多年了,这条街还是没变啊。"这是柴东林的声音。

"是啊,还记得那时候你一放学就去店里把算盘偷走,当成小卡车玩的事吗?"老柴总说道。

在街上散步的两个人是柴东林父子,而藤静呢?原来小镇和城里不一样,每家的狗都不拴,一到晚上,狗们都开始满街乱溜达,藤静因为害怕早早地跑了回去,

---

[1] 作者注:年轻的朋友可能不了解加里森敢死队,特此从百度百科中摘抄了一段注解。剧情简介:二战后期,战争越来越残酷,中尉加里森从监狱里找来一些杀人犯、骗子、强盗、小偷组成一支前所未有的敢死队。这些人各有所长,但极具个性,抱着各自的目的加入到这支队伍中来。队长:加里森(美国陆军中尉,骁勇善战,足智多谋,是敢死队的灵魂人物)。"酋长"(因擅长使用小刀得名,神刀手,飞刀既准且狠,还是高明的偷车贼)。

导致她没能和柴东林浪漫地看成星星。

而父子两人却抓住这难得的清净,开始聊一下跟生意无关的事了。

"儿子,你对那个佐藤静子是怎么打算的?"

"唉,我也没想到她会这样啊,我现在也是骑虎难下了,只求她慢慢能明白我的意思吧。"

"我对资本市场不太了解,不过看人还是比较准的,你和这个佐藤静子之间的关系可一定要处理好,因为我觉得这个女人不是很简单的。"

"嗯,我明白。"

"东林啊,你也三十三了,是不是也该考虑考虑结婚的事了?怎么样?有没有中意的人啊?"

柴东林没有回答父亲的问题,而是抬起头来,对着满天的星星笑了笑。

知子莫若父,更何况阅人无数的老柴总了:"有了?谁啊?"

柴东林忽然又变成一个大男孩,有点腼腆地问父亲:"爸,你觉得那个韩雪儿怎么样?"

"哦,明白了。嗯,那个女人不错,虽然我和她没什么接触,可是我觉得她心里的弯弯绕少,但是人不笨,脑子好使,是个不错的女人。"

柴东林听完,对着父亲嘿嘿傻乐,一点也没有了联华士多总裁的样子。

老柴总看到儿子这样,更明白了儿子的心意,继续问道:"你和人家说了吗?"

柴东林摇了摇头:"没呢。"

"那她知道吗?"

"应该不知道吧。"

"那你还跟我这儿瞎溜达什么?赶紧找人家看星星去啊,你个傻小子,还不如人家佐藤静子呢!"老柴总说着,打了柴东林屁股一下。

柴东林笑着跑了,边跑边说:"爸,那我去了啊。"

这世界上估计没人知道,一对在商界叱咤风云、身家过亿的父子两个私下里竟然是这么相处的。

19

"这事能干?能怎么干啊?"老黄一脸疑惑地看着刘立冬。

"你看过《加里森敢死队》吗?现在这帮老头老太太整个就是一个老年版的加里森敢死队啊,你想啊,物业公司需要保安吧?让老连长管啊,连一个侦察连都能管,一堆小保安那管起来还不跟玩似的。"刘立冬说完,因为兴奋,狠狠地喝了一大口啤酒。

"是啊！对，还有那个劳模张，专门管维修，人家连船都修得了，修个灯管电梯啥的，还不跟玩似的。"老黄果然聪明，一点就透。

"对对对，还有那个复旦大学的教授，蒋教授，人家是教世界经济学的，当会计肯定没问题啊。"杨菲菲听完也兴奋了。

"我想想啊，咱平时还经常给物业提什么意见……哦，对，绿化问题。这事也好解决，土根夫妇啊，人家专业种地的，种点花花草草的肯定跟玩儿似的。"刘立冬补充道。

"还有谁来着？"杨菲菲问道。

"我想想啊，还有个陈老师，就那个长得倍儿慈祥的语文老师，哎，不是说土根夫妇要带孙子吗？还有你们家妮妮，看看还有谁有孩子没人管这类后顾之忧的，都可以让陈老师一起解决嘛，以后小孩们就都归陈老师了。"老黄越说越兴奋。

"对对对，以后让陈老师帮我接妮妮，我也能安心写剧本了。"刘立冬特高兴。

"什么写剧本？你得干活！我想想啊，你就管催缴物业费吧。"刚才还准备放弃的老黄，现在俨然已经是物业公司的总经理了。

"好好好，我管，我业余时间写还不成吗？我想想啊，还有那个贝勒爷和特别不爱说话的那个老好人，他们能干什么呢？"刘立冬仔细地琢磨着。

"嗨，总归有用的，人多力量大嘛，现在先不管了，来来来，咱碰一下。"

老黄高兴了，举起杯来和刘立冬碰了一下。

杨菲菲也挺兴奋，对她来说，有事干总比没事干强，尤其又是这么好玩的事，虽然她这岁数的压根就不知道啥是《加里森敢死队》。杨菲菲举起杯来，也要和刘立冬、老黄碰杯。

没想到老黄一下子把手缩了回去，不跟杨菲菲碰杯。老黄说道："哎，杨菲菲，你先说说你能干什么，然后咱再干杯，我可跟你说啊，我们公司可不养闲人。"

"我……我会做饭，物业食堂归我！"杨菲菲回答。

老黄就等杨菲菲这句话呢，他早就从刘立冬处听说杨菲菲做饭好吃了，可是每次腆着脸去蹭饭，总是被杨菲菲给哄走。老黄借着办物业公司的机会，解决了蹭饭的问题，这样他以后就能名正言顺地蹭杨菲菲做的各国美食了。

"好！干杯！"老黄高兴地和杨菲菲碰杯。

杨菲菲一口把啤酒喝完后，问道："黄总，那咱新物业公司叫什么名啊？"

"嗯，我想想啊……叫新蜜蜂物业管理有限责任公司咋样？"老黄提议。

"新蜜蜂？咱物业叫这么奇怪的名字啊？"杨菲菲很疑惑。

刘立冬笑道:"呵呵,菲菲,你想想像老黄这样没素质的人能起什么好名啊?你把'新蜜蜂'翻译成英文试试。"

杨菲菲按照刘立冬说的想了一下,乐了:"NEWBEE物业管理有限责任公司啊?这名太三俗了吧?"

老黄不服:"怎么啦?这名儿多低调啊?"

刘立冬不紧不慢地喝了口啤酒后,说道:"要我说啊,就叫'新加里森物业管理有限责任公司',怎么样?"

"好!这名好!"杨菲菲和老黄听完,异口同声地说道。

20

吃完饭后的韩雪儿压根就没工作,她等柴东林三人一起去"看星星"之后,就直接来到了老柴总的小花园。

此时的韩雪儿正坐在花园里的一个石墩子上,独自看着星星。

韩雪儿心想,藤静说得果然不错,这里漫天的星星确实好看,连银河都能看得清清楚楚,确实和北京城里那只能看到一两颗星星的夜空不是一个档次的。韩雪儿决定,以后等钱富余了,一定要买个IPAD。因为她从IPAD广告里得知,可以用IPAD看星空,只要拿着IPAD对着天,它就能告诉你每一颗星星的名字和所属的星座。

韩雪儿还决定了一件事,那就是以后一定要带刘立冬和妮妮来一趟这个小镇,她可以对着IPAD给妮妮讲讲哪个是大熊星座,哪个又是小熊星座,等妮妮睡了后,自己可能还会和老公多留一会儿,偷偷地亲个嘴儿……

由于想到和刘立冬亲嘴,韩雪儿才突然想起来自己竟然忘了给家里打电话报平安了,韩雪儿连忙拿起手机,拨通了刘立冬的电话。

"喂,老婆,咋了?"电话那边刘立冬的声音透出睡意。

"哦,没事,我就是告诉你一声,我这边工作都顺利,明天就回去。下午到了之后一直忙,忘了给你打电话了,没事了,你赶紧接着睡吧。"韩雪儿说完,挂断了电话,继续欣赏起那漫天的星星来。

韩雪儿不知道,其实刘立冬压根就没睡,老黄和杨菲菲走后,刘立冬一头扎进书房,在小区各位怪人的启发下,刘立冬不到十分钟就做出了一套《物业那些事儿》的人物关系架构图来。终于沉入"戏剧海洋"的刘立冬,是懒得跟老婆废话,他现在一心一意地只想把这部《物业那些事儿》的根基砸实,尤其是在见导演沈超之前,刘立冬明白,自己只要提前多努力一分,沈超导演确定开始这个项目的希望就能多加一分。

　　韩雪儿却不知道老公的计划，她现在正一心一意地憧憬着未来：老柴总已经答应了，再加上总裁柴东林的支持和配合，韩雪儿相信，自己的造神计划肯定能够成功。到时候不但能加薪，弄不好柴东林一高兴再给个五万奖金，呵呵，到时候有可能都能带妮妮去新西兰看星星了，和刘立冬去澳洲亲嘴儿了……

　　沉浸在希望里的韩雪儿手机响了，是短信。韩雪儿拿出手机看了一眼，柴东林发过来的：雪儿，你没在房间？

　　柴东林得到父亲的支持和鼓励后，急火火地跑回了家，敲了半天韩雪儿房间的门，也没人开，无奈之下只能给韩雪儿发了条短信。

　　而韩雪儿看着这条短信有点蒙，首先，柴总为什么叫自己雪儿？第二，自己和领导说是在忙工作，结果现在跑出来玩儿了，怎么跟领导交代？

　　几秒钟后，惯性思维使韩雪儿有了答案：第一，柴总日理万机，因为懒得多打字浪费时间，所以就把"韩"字给省略了，当然，大大咧咧的韩雪儿没有深想，为什么不把"雪儿"两个字省略呢？这样不是更简单？第二，就和领导说自己出来思考一下造神计划的具体实施步骤，呵呵，这也算是工作嘛。

　　韩雪儿一边安慰着自己，一边给柴东林回了短信：哦，我在花园里呢，我正在想出书计划的细节呢。

　　短信发出去不到半分钟，韩雪儿就看见柴东林着急忙慌张地跑了过来。

　　韩雪儿一看总裁竟然这样了，以为是有什么大变故呢，连忙问道："柴总，怎么了？发生什么事了？"

　　"哦，没事没事，我就是问问你在哪儿呢。"柴东林回答。

　　韩雪儿看了看柴东林，他除了因为跑得太快而微微有些气喘之外，脸上没有一丝慌乱的神情，只是月光下的柴东林和在公司里不一样了，他现在又像个大男孩了，就像白天在机场洗手间里那样，脸上有一丝尴尬，还有一些扭捏，很奇怪。

　　韩雪儿不禁下意识地低头看了一眼柴东林的腿，穿着裤子呢，那他这又是怎么了？

　　"嘿嘿，星星挺好看哈？"柴东林没话找话。

　　韩雪儿点了点头，她往周围看了看，看到周围没有藤静的身影后松了口气，不知道为什么，韩雪儿从心里挺害怕藤静的。对了，藤静，总裁该不会是来兴师问罪的吧？刚才饭桌上那一幕……完了，目睹了皇上糗事的宫女，会被扔进井里的！

　　"柴总，您找我有事？"韩雪儿怯生生地问道，一边还想象着柴总的回答："韩雪儿，你还是主动辞职吧，我觉得你知道得太多了……"

"哦，没事，这不晚上闲得没事，看看你干吗呢，哦，别叫我柴总了，叫我东林吧。"柴东林慢慢地暗示着韩雪儿。

韩雪儿听完放下心来，是自己小人之心了，她傻乎乎地还挺高兴，觉得总裁真是平易近人，自己的运气真好，撞车逃逸后竟然能引出个伯乐来，而且这伯乐还宽宏大量。

"哦，好的。"韩雪儿回答。

柴东林此时却不知道该说什么了，他现在手心里全是汗，柴东林发现了一个严重的问题，那就是自己活了三十多年，竟然不会向女人表白。

说实话，自从柴东林成年后，"女人"这个词在他生命的词典里不仅有，而且词义解释下面的例句很多，可问题是词义解释本身寥寥无几，他对女人的了解相当不全面。从他的第一个女人开始，柴东林在两性问题上向来都是手握选择权的一方，他只需要决定接受或者不接受这个女人的爱就可以了。从柴东林留学时的初恋开始，就注定了一直是这种模式。那次还没等柴东林向那个自己有好感的法国女同学表白呢，人家热情的法国女人已经直接把柴东林扑倒在床上了，这就是柴东林的初恋加初吻。

柴东林绝对算是个不好色的人，如果好色的话，连话都不用废，只需要勾勾手指，他的床上每晚都能换个女主角。

一共谈过三次恋爱的柴东林，此时面对着韩雪儿真的不知道该说什么好了，他努力地组织着语言，憋了半天，终于开口了："雪儿，我……"

柴东林说不下去了，在短信里叫人家雪儿柴东林还不怎么尴尬，只觉得还挺甜蜜，可是现在当面叫了，柴东林忽然觉得特肉麻也特唐突，他连忙改口道："呵呵，韩雪儿，这个……你喜欢看电影吗？"

问完这话，柴东林特想抽自己一个耳光，太傻了，可是说出去的话泼出去的水，现在已经没办法补救了。

韩雪儿看着眼前这个奇奇怪怪的总裁，犹犹豫豫地回答道："还行，我挺喜欢看的。"

柴东林的脑子飞快地转着，想找到突破口，估计柴东林现在要是面临商战的话，他已经能想出至少三个方法来解决问题了，可是最倒霉的是，现在不是商战。

"这个……要不陪我走走吧，哦，对了，你不怕狗吧？"柴东林决定了，先用缓兵之计。

"哦，好啊，我不怕，我还养狗了呢。"韩雪儿听完柴东林的话后，有些明白了。柴东林现在肯定是碰到难处了，需要自己帮他又不知从何说起，可是韩雪儿不知道的是，柴东林眼前最大的"难处"就是她自己——韩雪儿。

柴东林挺高兴，觉得这招缓兵之计真是神来之笔啊，他和韩雪儿一前一后地从花园里走了出去。

柴东林和韩雪儿都没注意到，此时二楼一个亮着灯的窗户后面，伫立着一脸铁青的藤静。

21

不知道离自己2294公里外的那个小镇上，自己的老婆已经被一个强大的竞争对手爱上了的刘立冬，此时正在客厅里兴奋地转着圈，他手里拿着那张手写的人物关系架构图，时不时地举到眼前看看。

刘立冬兴奋极了，这时他感觉到故事根本就不用编，这些人物在他的脑子里就像手拉着手围着篝火起舞一样，故事源源不断地涌了出来。这时的刘立冬才彻底地理解了那条理论：人物先行。只要有了扎实的人物，编剧只需要记录便可以了，根本就不需要生编硬造地把人物通过故事往一起勾勒。

刘立冬兴奋地掏出手机就想给沈超导演打电话，想让他和自己一起分享这兴奋。可是刘立冬看了看表，已经十点多了，他怕打扰沈超导演休息，本想放弃打电话的念头，可是那种兴奋和快乐的感觉让刘立冬难受坏了，最后他决定给沈超导演发短信。

"沈超老师，实在抱歉这么晚了还打扰您，可是一想到之前和您说的《物业那些事儿》的人物和故事，我就特别兴奋，希望您能从百忙中抽出时间来，我们一起聊聊这个题材。"刘立冬编辑完短信之后，又读了三遍，确认没有错别字和措辞合适之后，按下了发送键。

刘立冬发完给沈超导演的短信后，感觉轻松了许多，他现在能安静地坐在沙发上抽烟了。刘立冬今晚的思维被新鲜的创意搞得非常活跃，他不知不觉地又开始思考起几乎所有戏剧都会囊括的四个要素——婚姻和爱情、快乐和不快乐。

爱情是两个人走到一起的起点，开始婚姻是爱情的证明和誓言，可是在结婚两三年后，新鲜劲过了，婚姻就成了爱情的坟墓。爱情这东西很奇怪，来的时候莫名其妙，来势排山倒海，跟葵花点穴手的"指如疾风、快如闪电"绝对有一拼，可是去的时候却是悄无声息，如烟雾般缓缓消散。当你终于察觉到并开始寻找它时，才发现它已经离你很远了，远到根本够不到。可是爱情这东西却又跟植物大战僵尸一样，不知道啥时候，就会突然从婚姻的坟墓里爬出来，冷不丁弄你一下之后，继续消失。

刘立冬觉得其实就像自己和韩雪儿的婚姻一样，平日里，吃饱喝足之后，带着小问去遛狗过马路时，如果路上有车，刘立冬会不由自主地拉一下韩雪儿的手。

虽然就像左手拉右手，可是竟然偶尔心里能忽然涌出一种很幸福的感觉来。刘立冬管这个东西叫婚内亲情，它和父母兄弟姐妹之间的亲情完全不同，所以叫它"婚内亲情"。

可是，为什么这样能让人忽然感到很幸福的婚内亲情来得越来越少呢？

刘立冬认为应该是压力，生存的压力。其实，经营了四年以上的婚姻说白了就是个经济共同体，应该和欧盟之类的差不多。像刘立冬现在这样，对韩雪儿出差不出差无所谓的表现，不就正是因为压力吗？

刘立冬压根儿就不想当煮夫，而且自打无奈之下被迫当了以后，也没有一天正经干过煮夫该干的事。刘立冬认为，男人就应该去战斗，如果男人哪天不战斗了，那就是被淘汰的一天，不光会被社会淘汰，还会被自己的女人淘汰掉。

别看女人们说得好听，可是哪一句都不能不信也不敢全信。比如现在的韩雪儿就是，她说自己出去工作是因为心疼老公，是为了让老公休息休息，可是这话你要是当了真，真的乖乖在家做起煮夫就完了。

韩雪儿是人，是人就有思想有情感有喜怒哀乐有攀比有自尊，当韩雪儿在外面为了生存而战斗时，自己却在家里带带孩子做做家务，时间长了韩雪儿必然就会拿别的男人来和自己相比，自然就会越来越看不上自己了。这不是韩雪儿人品好不好的问题，这是人性，只要是人都会这样。

刘立冬非常清楚，人和动物差不多，当男人不去战斗时，周身散发的荷尔蒙气息就会消失，女人就会去找其他散发着强烈荷尔蒙气息的男人。刘立冬想到这，觉得金庸先生写的倚天屠龙记真是经典，尤其是张无忌他妈殷素素自杀前对儿子说的话："孩儿，你长大了之后，要提防女人骗你，越是好看的女人就越会骗人。"

那么快乐又是什么呢？快乐是一种状态，更确切地说是一个时间点上的状态，而且这个快乐的时间点会随着年龄的增大而越来越少，越来越短。

比如一个二年级小学生的作文里一般都会写道：今天爸爸妈妈带我去动物园了，我很快乐。这时，这个小学生能快乐的时间点很多，多到都几乎能连成一个时间段了，比如在他得知要去动物园的消息时就会快乐，去的路上会快乐，看见狮子大象老虎都会快乐，就连他写这篇作文时都会快乐。

可是成年人呢？你会因为每天要去上班而快乐吗？你会因为每天要加班而快乐吗？你会因为每天都能看见老板和上司而快乐吗？都不会！

但是，几乎可以百分之百确定的是，发工资的那天你会快乐，当然，一定要排除被扣工资的情况了。可是如果想要发工资那一个时间点快乐的话，你就需要用一系列的不快乐去铺垫。

　　快乐就像一个高高长在树上的苹果，如果你想摘到它，需要一块一块地把一种叫做不快乐的砖头垫在脚下，才能够得着这个快乐的苹果。

　　问题又来了，小时候政治课上就讲过，党的十三大报告指出：社会主义初级阶段的主要矛盾就是：人民群众日益增长的物质文化需求同落后的社会生产力之间的矛盾。

　　这事想想就可怕，这物质文化需求可是日益增长啊，而自己的生产力呢？工资呢？收入呢？别说日益增长了，就算能达到月益增长就不错了。换句话说，也就是那棵结着快乐苹果的树很高很高，越往上的苹果越大越甜，摘到了底下的苹果后，没有精神病的、拥有正常行为能力的人都会想着去上面摘那些更大更甜的苹果，所以大家都在玩命地搬砖，树越来越高，砖头越来越多，所有这一切，都为了那些更大更甜的，叫做更快乐的苹果。

　　如果再往深了想的话就会更可怕，因为这棵树上只有苹果，不吃苹果就会饿死，可是吃多了苹果就会腻，人们只有两个选择，吃！或者不吃！所以当二十多岁刚开始摘苹果的时候，吃的苹果虽然又小又不甜，虽然两口就吃完了，可是挺高兴，所谓快乐的时间点也会长一些，因为那时没吃过苹果。

　　但是，等你吃了十年之后，哪怕是摘到了比一开始吃到的大十倍的苹果，你也不会很开心了，因为吃腻了，这样，所谓快乐的时间点就变短了。吃？很难吃！不吃？饿死！

　　如果二十年之后呢？而且更可怕的是，刚才所有的假设都建立在砖头被码得很结实，不会倒塌的情况下，根据刘立冬这三十多年的生活经验来看，大部分人都不是一个好的码砖头师，不少人都是码得越高摔得越狠……

　　刘立冬的思考被手机的短信提示音打断了，刘立冬拿起手机，只见是沈超导演回的短信：太好了，明天上午我们就见面。

　　刘立冬立刻放下了刚才所有的思考，这个时间点上，他很快乐，因为他离那个一万一集的苹果越来越近。

22

　　还是那昏黄的路灯下，还是那"珠三角味道"十足的小镇街道上，这次散步的主角换成了柴东林和韩雪儿。

　　在柴东林胡扯了一通什么"今晚的月亮真圆啊"、"明天天气如何"之类的废话后，柴东林手心里的汗越来越多了，他到底也还没能把"韩雪儿，我喜欢你"这句话说出口。

韩雪儿此时正蹲在一个小路口旁，一边逗狗一边喂它们吃零食。这里聚集了五六条大小不一的狗，狗们有的追跑打闹，有的懒懒地仰面躺在地上，韩雪儿喜欢狗，再加上柴东林说的话实在是无聊，韩雪儿一看见有这么多好玩可爱的小狗就直接跑了过去，拿出随身携带的零食喂起了狗。

柴东林在一边看着，此时他眼中的韩雪儿并不是在一个小镇的路边喂着野狗，而是仿佛在巴黎那个始建于1757年的，坐落于塞纳河北岸的，世界著名的协和广场喂着鸽子，柴东林自己忽然觉得浪漫极了。

柴东林琢磨来琢磨去，最终决定这事不能听自己老爹的，这个老头在女人方面的经验不比自己高明多少，他决定对韩雪儿采取暗度陈仓加声东击西加英雄救美的策略。翻译过来的说法就是，柴东林打算以工作为由，先把韩雪儿稳住，加大她的工作量，让韩雪儿整天在自己身边忙活，然后瞅准了机会，在韩雪儿需要帮助的时候，再挺身而出。

有了主意后的柴东林，终于从一个思春小男生又变回了集团总裁，他慢慢走到韩雪儿身边，不经意地说道："韩雪儿，最近在工作上你还有没有发现什么其他的问题呢？"

韩雪儿听完，觉得总裁终于开始说有内容的话了，她把所有的零食都给了狗后，回答道："柴总，我觉得市场部在做活动这块有些问题，尤其是快要启动的上市新闻发布会。"

柴东林心里对韩雪儿依旧称呼自己"柴总"感到很不爽，他不动声色地说道："哦？什么问题呢？"

"市场部把所有的活动都外包给了一家公关公司，有一次我无意中看到那家公关公司的报价了，说句实话，真是高得离谱啊。我以前在OBT公司做市场的时候，所有活动我们都是自己做的，毕竟公关公司只是起到了一个桥梁的作用，可是这座桥的过桥费太高了，不值。"

柴东林听完，在心里暗暗点头，这个问题他也知道，只不过和眼前的其他大事比起来，这样的小事自己根本没有时间和精力去处理罢了。

"哦，好，韩雪儿，这确实是个问题啊。这样吧，你把你的建议和如果我们自己做这次活动的预算做一个方案，到时候你来我办公室，咱们就着数字慢慢地谈。"

柴东林说完，心里暗暗佩服自己，他觉得以工作为由拿下韩雪儿的策略太对了，一箭双雕啊，既解决了市场部的问题，也增加了韩雪儿和自己单独相处的机会。柴东林准备下次找个浪漫点的西餐厅，最好旁边还有人拉着小提琴，桌上一定还铺着玫瑰花瓣，最好再开一瓶1982年产的拉菲，在这样的环境下和韩雪儿讨论做活动的细节问题，肯定多多少少对拿下韩雪儿的心能有点作用。

韩雪儿哪知道柴东林心里的小算盘啊？她听完高兴地回答道："好的，没问题。"

柴东林为了给自己以后多创造机会，对韩雪儿补充道："嗯，你的工作效率确实很高，以后我可要多找你了啊。"

韩雪儿听完，傻巴呵呵地更高兴了。

第八章 潜在的威胁

1

刘立冬开着自家那辆蓝鸟，依旧是提前半小时到达了和沈超导演约定的咖啡馆。

今天是周末，刘立冬一早接到韩雪儿的电话，说让自己去机场接她。刘立冬一算时间，韩雪儿到达的时间正好应该是自己和沈超谈完之后，所以刘立冬今天把车开了出来。

刘立冬刚停好车，一个收停车费的就走了过来，刘立冬降下车窗问道："多少钱啊？"

"十五一小时。"

刘立冬听完直肉疼，这就是他平时为什么不爱开车出来的原因了，现在在北京开车，不算油费光算停车费的话都比打车贵。

刘立冬一想，自己是提前半小时来的，如果马上就停车走人的话，那现在就开始计时了，反正在咖啡馆里面坐着也是坐着，还不如先在车里坐会儿呢。

刘立冬打定主意后，对收停车费的说道："我等个人，不走。"说完，刘立冬把车从车位里开了出来，停在了路边的自行车道上。

刘立冬坐在车里看了看表，还差二十五分钟，依他对沈超导演的了解，沈超肯定是踩着点儿到，只会迟到不会早到。刘立冬坐在车里有点无聊，开始乱翻，他先把汽车中间的扶手箱打开，只见里面乱七八糟的全是零钱，刘立冬正好闲得没事，他一张一张地把零钱都收拾好了，一数竟然有三十四块。

整理完后，刘立冬又拉开副驾驶座位前的储物箱，他知道韩雪儿会把保险单放在那里，刘立冬打算看看自己老婆到底买了个多少钱的车辆保险。

刘立冬拉开储物箱后，找到保险单，当他从储物箱中抽出保险单时，一个戒指被保险单带了出来，掉在地上。刘立冬好奇地捡起戒指看了一眼，是韩雪儿和自己的婚戒。

坐在车里，手里拿着老婆婚戒的刘立冬脸色不太好。

2

广州白云机场停车场，韩雪儿和藤静下了车。柴东林因为要去深圳分公司开会，所以没有和韩雪儿她们同行。

"韩雪儿小姐，我临时改了一下行程，要去上海一趟，所以你先进去吧，飞上海的航班要两个小时以后呢，我先去找个咖啡馆坐坐。"藤静拎着拉杆箱，笑眯眯

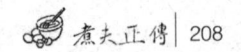

地对韩雪儿说道。

韩雪儿点了点头，她很奇怪，这个昨天还对自己冷冰冰充满敌意的藤静，为什么从老柴总家里出来后，忽然对自己的态度一百八十度大转弯？一路上藤静都是在主动地和韩雪儿聊天，虽然没话找话，但也不失热络。

"好的，那咱们周一公司见啊。"韩雪儿知道，周一藤静要来集团参加董事会，据柴东林说，是关于上市后高层股改的会议，韩雪儿也没特别仔细听，反正跟自己也没关系。

韩雪儿走后，藤静的脸色忽然变了，变得比以前还冷，她拿出手机，脸色极其不好地对着电话讲了一大通日语。

韩雪儿此时却是在机场里到处寻觅着广州最好吃的甜品——双皮奶，她想刘立冬一定会带着妮妮来接自己的，韩雪儿想第一时间让妮妮尝到这种由水牛奶制成的、妮妮从来没吃过的甜品。

本来出差之前，韩雪儿还是挺期待出去放松放松的，结果刚有一天没看到女儿，思念就开始蔓延了。现在的韩雪儿，真可谓是归心似箭啊。

3

果然如刘立冬所料，沈超导演迟到了半个多小时才到。可是刘立冬却挺高兴，因为首先他有种预感，很强烈的预感，那就是《物业那些事儿》这个提案，沈超肯定会非常喜欢并且全力支持的。第二个原因不说也罢，那就是刘立冬"英明神武、当机立断"的决定，让他省了一个小时的停车费。

"立冬，这个关于物业的戏好啊，快快快，你赶紧详细说说。"沈超导演刚一坐下就直入主题。

刘立冬从随身带的包里拿出几张 A4 纸递给了沈超，这是刘立冬昨晚上连夜写完后打印出来的人物小传。

"导演，这个是《物业那些事儿》的人物小传，故事大纲我还没有想好，您先看看这些人物够不够出彩。"刘立冬说道。

沈超接过人物小传仔细地看着，脸上没有任何表情。刘立冬很紧张，他现在特别希望沈超能看着看着忽然忍不住笑一下，可是没有，自始至终沈超导演的表情就没有任何变化。

沈超看完后，把那几张 A4 纸往桌上一放，没说话，他用一只手支住下巴，面向窗外，开始继续面无表情地思考起来。

刘立冬看到这种情况后，有点蒙，这什么意思啊？刘立冬此时的表情很怪，热切盼望的眼睛上面是皱着的眉头，一脸失望却又充满期待。

几秒钟之后，沈超忽然大笑起来，重重地一拍桌子，说道："有意思，太有意思了，这个戏肯定火！你想想啊，就这帮人凑一起，什么都不用干就能出来戏啊！好好好，太好了！"

刘立冬一下子放下心来，他感觉刚才的那几秒比几天都长。

沈超导演继续说着："这个事就这么定了，你回去赶紧开始。"

刘立冬连忙点头道："好的导演，不过我还需要一点时间整理一下素材，然后才能开始做故事大纲和分集大纲。"刘立冬给自己留了个后手，说实话，要是真的从今天开始就让他编一个关于物业公司的完整故事出来，那几乎就是不可能的，因为除了人物有了以外，新加里森物业管理公司到底会发生什么事，刘立冬心里是一点谱儿都没有，因为……那确实还没发生嘛。

"行，没问题，不过你也别写什么大纲了，直接开始写文学剧本。立冬啊，我跟你说，现在好故事好题材就这么点儿，咱们既然发现了，就要抓紧时间立刻开始，要是等到别人也发现了，那咱们就被动了。"沈超导演压低声音说着，好像生怕被周围的人听见似的。

"好，导演，我知道了。"刘立冬回答。

沈超继续问道："立冬，你算算，大概什么时候能出来前十集的文学剧本？"

"这个……一个月？"刘立冬虽然心里没谱，但也没敢把时间拖长。

"不行不行，太慢！立冬，这前十集剧本是最重要的，跟你说句实话啊，我得拿这前十集剧本去和投资方谈啊，你一个月才能出来，这黄瓜菜都凉了！"沈超导演挺激动，

"那……那我尽量快吧，争取半个月就出来。"刘立冬一咬牙一跺脚，他决定豁着干死了算，好不容易才遇到个伯乐，自己也得拿出千里马的范儿来啊。

"好，这样啊，你出一集就给我发一集，我这边也使使劲，争取咱们能拿头三集剧本就把资方给磕下来，投资方一定，我这边立刻开始谈演员，咱们争取两个月内就能开机！"

"啊？两个月开机？导演，这……这两个月我不可能写完啊。"刘立冬急了。两个月写完一部三十集的电视剧，别说自己不是千里马了，就算是，也打死写不出来啊。

"啧！谁说开机就一定要写完剧本啊？我这边拍着，你那边写着，哪都不耽误啊。你看看我，我和我妹妹以前做的那些大戏好几部都是只有分集大纲就开机了，这个事啊你听我的准没错，咱们现在最重要就是开机！只要开了机,什么事都好说。"

"行，导演，我明白了，您也知道，我不太懂这些事儿，反正我就抓紧时间写，写出一集来就给您一集。哎对了，导演，我想问问您，咱这戏您打算弄成多少集的啊？另外这……这……"刘立冬挠着后脑勺，想问问沈超什么时候签合同，定金是多少钱，可是他没好意思问出口。

沈超导演不愧是内行内行内内行，一看刘立冬这样立刻就明白了。

"你是说签合同付定金吧？立冬，现在合同没法签，因为投资方、制片方和出品方都没有呢，签合同这事你得和公司签啊，不过你放心，这事包在我身上，定金呢也没问题，我先个人付给你，等你头几集剧本出来了，投资方也定了，到时候你直接和他们签合同，你看怎么样？"

刘立冬刚想表示让沈超导演个人垫付定金这事不合适，那些客套话被他生生地给吞回去了，刘立冬毕竟也是混过社会的人了，他知道这时候不能客气，一客气的话弄不好竹篮打水一场空。

"没问题，导演，这可真是感谢您了，您放心，我一定抓紧抓紧再抓紧！"

沈超点了点头，笑道："行，你现在把你账号给我，我立刻给你转。我想想啊，这戏你按二十五集做，每集文学剧本要求四十场戏，两万五千字以上，按行规是百分之十的定金，一万一集，那就是两万五千块的定金。"沈超说到这儿，忽然不笑了，很严肃地接着说道，"哦，对了，立冬，这事儿上你可别坑我啊，你也知道，像你这样一部作品都没有的编剧，在业内都得是完成人物小传和故事大纲才能给定金的，我现在只看了你的一个人物小传就给你定金了，这可是充分地信任你啊。"

"导演，您放心，我绝对不会坑您，真的，您能给我这样的机会我特别感谢您。"刘立冬极其真诚地说道。

"明白！来，把账号给我，转完定金你就赶紧给我回家写去！"沈超导演笑道。

ATM机前，刘立冬不厌其烦地查了十多遍账户余额和今日明细，看着ATM机屏幕上那条两万五千元进账的明细时，刘立冬浑身上下充满了存在感。

二万五千块钱不多，可是对于刘立冬来讲，这可是迟到了十多年的肯定啊，对自己编剧专业的肯定！这也是自己从十八岁进入市艺术学院后的十六年里，用自己的专业挣到的第一笔，超过四位数的钱。

4

刘立冬顺利地接到韩雪儿后，开车飞驰在机场高速公路上，之所以把车开得飞快，是因为自己下午还要去参加新加里森物业公司的第一次正式会议。

韩雪儿手里捧着那份打包回来的双皮奶，脸色不太好。

上车后没看到妮妮的韩雪儿很不高兴，而刘立冬给的解释是去见导演谈剧本了，不方便带妮妮。

最近夫妻两个各忙各的，话越来越少，韩雪儿都不知道刘立冬最近在干什么，也不知道他的那个所谓的剧本怎么样了，韩雪儿觉得有必要和刘立冬谈谈了。

韩雪儿先开口了："今天上午谈得怎么样？人家要买你的剧本了？"

"哦，谈得不错，导演挺认可我的提案的，还没谈钱的事呢。"刘立冬没说已经收到定金的事儿，因为他想把钱攒起来，赶紧还给杨菲菲。

韩雪儿除了"哦"一声之外，她不知道该说什么了，其实韩雪儿心里有些生气，她感觉刘立冬现在有点魔障了，自己现在这么拼命地出去工作，而他却不管家也不管妮妮，大周末的去和乱七八糟的人瞎谈什么啊？

最关键的问题是，谈半天一分钱也没有。

韩雪儿觉得刘立冬做得非常不好，原来自己当主妇的时候，每天的心思全用在家里，刘立冬下班回家，马上就能吃到热饭热菜；刘立冬出差归来，她总会让刘立冬在第一时间就能抱着妮妮，用胡子扎妮妮的小脸；每天刘立冬上班前，她都会为刘立冬准备好熨烫整齐的衬衫。可是刘立冬呢？永远不会准备好现成的晚饭等自己下班回家后吃，加班的话就更不用说了；脏衣服能在洗衣篮里堆一周，有一次韩雪儿竟然还看到刘立冬因为往里放不下脏衣服了，脱了拖鞋用脚使劲踩……

这些还都好，至少刘立冬没把妮妮给饿死，韩雪儿勉强知足了，可是现在竟然大周末的把妮妮一个人放在家里，他倒出去假模假式地和人家谈事。

韩雪儿越想越生气，她现在特想指着刘立冬鼻子骂一顿，可是韩雪儿更清楚的是，吵架需要大量的时间和精力，有这闲工夫，还不如赶紧把上市发布会的预算做了呢。韩雪儿不想吵架也不敢吵架，她努力地让自己平静下来。

其实平静下来一想，刘立冬也不容易，自己上班这段时间，家里还算井井有条。刘立冬虽然不会做饭，也压根就没有学做饭的打算，可是毕竟在自己上班的时候，他把家收拾得还是挺整洁的。想到这儿，韩雪儿的心情好了些，她打算首先做出让步，那个新闻发布会的预算还是留到周一上班后再做吧。

想通后的韩雪儿又开口了："老公，最近我也忙，咱们好久都没带妮妮去公园玩了吧？要不今天下午咱们带她去海洋馆吧？妮妮不是总吵着要去吗？"韩雪儿做出让步之后，心里舒服多了，可是韩雪儿不知道的是，妮妮昨天已经被杨菲菲带着去海洋馆玩了一整天了。

刘立冬回答道："哦？今天下午？哟，下午可不成，今天下午我还得去参加物业公司的会呢。哦，对了，忘了告诉你，咱小区的物业撤走了，现在我们自己弄了个物业公司，准备搞个小区自治，我那个被导演看上的剧本的灵感就是从这儿来的，你知道吗？我们那个新戏叫《物业那些事儿》。哎，我包里有我昨晚上熬夜写出来的人物小传，你拿出来看看，特好看，导演看完一个劲儿地夸我。"

刘立冬说起剧本的事来，忍不住眉飞色舞。

韩雪儿听完，刚刚压下去的那股火噌地一下子又冒了出来，她对刘立冬说的什么人物小传压根没一毛钱兴趣。

"什么？你还弄上物业公司了？不是，刘立冬，你能不能干点正经事儿啊？你天天什么活都不干，窝在家里写写也就算了，怎么还越折腾越大啊？有这工夫你学学做饭成不成？你能不能让我辛苦一天，下班回家也能吃口热饭啊？"

刘立冬一听也火了："我怎么没干正经事了？你知道吗？我的剧本已经……"刘立冬说不下去了，一生气差点把拿到定金的事说漏了，这事要是一漏，其他所有的事就全漏了。

说了一半的刘立冬没有继续说下去，他重重地哼了一声之后，打算不搭理韩雪儿了。

可是韩雪儿却不依不饶："已经怎么了？啊？你倒是说啊？刘立冬，你说你都三十多岁的人了，怎么还像以前似的那么不切实际啊？我现在天天这么辛苦，你能不能多体谅我一下啊？"

以前韩雪儿眼中刘立冬那不羁的优点，经过七年的婚姻后，变成了不切实际。

两口子吵架，尤其是已经结婚七年的两口子吵架，特点就是双方都敢下狠手，绝对不像谈恋爱的时候，就算吵架也都是找些不疼不痒的事来攻击对方。现在的刘立冬就准备下狠手了，本来刚才发现韩雪儿不带婚戒的事已经忘了，听完韩雪儿的"攻击"之后，刘立冬立刻想了起来。

"你辛苦？是，真辛苦，辛苦得连多带个戒指都嫌沉了是不是？"刘立冬说着，右手离开方向盘，从兜里掏出韩雪儿的婚戒，直接扔给了韩雪儿，戒指在韩雪儿身上弹了一下之后，滚落到了地上。

趁着韩雪儿弯腰捡婚戒的时候，刘立冬再施重手："韩雪儿，我告诉你，公司那点事儿谁都清楚，你不带婚戒是什么意思啊？韩雪儿同志，我郑重地告诫你啊，你已经是一个有老公有孩子的，三十三岁的女人了！"

韩雪儿刚被刘立冬发现自己的过失时，已经有点准备服软了，可是刘立冬最后那句话里的一个定语激怒了她，"三十三岁的女人"，在韩雪儿听来，实在是太刺耳了，韩雪儿忍不了了。

"刘立冬，你有病是不是？我忘带戒指怎么了？我那天手干抹护手霜来着，随手就把戒指放车里了怎么了？你以前天天晚上不回家，不是去歌厅里面和一帮小姑娘喝酒，就是去洗浴中心找那些旗袍开叉都开到咯吱窝的女人给你捏脚，我说过什么？我不是照样天天伺候你？"

"你说的和我说的一样吗？我那是为了工作，你出去看看去，哪个销售不得陪客户喝酒洗澡？再说了，我现在干的怎么不是正经事儿了？韩雪儿，你别以为我不知道你心里想什么呢，你不就是嫌我不挣钱了吗？是！现在你牛B了，你上班第一个月就拿回家五万奖金了是不是？我告诉你，你等着，等老子我写完剧本，二十多万我砸死你！"

"刘立冬！你要再敢跟我说一句脏话，我立马跟你离婚，你信不信？"韩雪儿一下把手里的双皮奶摔到地上，指着刘立冬的鼻子说道。

刘立冬一看这架势怂了，他没再继续说话，而是恶狠狠地踩下油门，蓝鸟车一下子加速向前冲去。

5

刘立冬肯定是不会放心把妮妮一个人放在家里的，他临走前照例把妮妮和小问都托付给了杨菲菲。

而此时杨菲菲和妮妮正坐在小区里的长椅上晒着太阳，小问则是在不远处的草地上和别的狗子们进行着你骑骑我，我骑骑你的社交活动。

"菲菲姐，我妈妈什么时候才能回来啊？"妮妮一边吃着一盒哈根达斯冰激凌，一边问杨菲菲。

杨菲菲看了看表，说："应该快了吧。"

这时妮妮三口两口地吃完了冰激凌之后，举着盒子和杨菲菲撒娇。

"菲菲姐，我还要吃嘛，这个冰激凌比爸爸妈妈买的好吃。"

杨菲菲听刘立冬说过，妮妮因为脾胃不和不能多吃冰激凌，每天最多一个，所以她拒绝了妮妮的要求："不行，今天的已经吃完了，不许再吃了。

妮妮不愧是刘立冬的亲生闺女，完全继承了刘立冬的鬼心眼子。在嘬了一会儿嘴之后，妮妮用上了刘立冬的计策。

"菲菲姐，你有没有什么不能跟别人说的秘密啊？"比起刘立冬的循序渐进，妮妮显得比较简单粗暴。

"当然有啊。"杨菲菲回答。

"那你能跟我说说吗？我可以帮你保密哦。"妮妮使出以前刘立冬那一套互相保守秘密的把戏，准备从杨菲菲这里再骗个冰激凌吃。

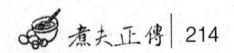

"我不跟你说，说了你也不懂。"杨菲菲干脆利落地把妮妮的美梦击碎了。

"谁说的，我懂的事儿可多了，比如……"妮妮使劲地想着自己知道的什么事能证明自己懂事。

"喊，说不出来了吧。"杨菲菲嘲笑妮妮。

妮妮不高兴了，皱着眉头噘着嘴说："哼，算了，我不吃了！"

杨菲菲刚要继续接着逗妮妮，忽然看到不远处站着一个人，杨菲菲看到那个人后像被定格了一样，一动不动。

那个人正是萧居正，那个开着阿尔法罗密欧 8C 的大律师。

萧居正笑吟吟地坐在了杨菲菲的身边，说道："菲菲，最近好吗？"

杨菲菲冷冷地回答了一句"很好"之后，拉着妮妮就站了起来，杨菲菲对萧居正说道："你等一下，我马上回来。"

杨菲菲说完，拉着莫名其妙的妮妮走到不远处的草地上，杨菲菲蹲下身去，和妮妮说道："妮妮，你是不是还想吃个冰激凌？"

妮妮点了点头后问杨菲菲："那个人是谁啊？"

"那个人是坏人，你别管了，妮妮，一会儿我叫你过来的时候，你不要叫我菲菲姐，你要大声地叫我妈妈，这样我就再给你买一个冰激凌。"

妮妮想了想，坐地起价："两个！"

"行行行。"杨菲菲故意大声地对妮妮说道："妮妮乖啊，你先自己玩一会儿啊。"

杨菲菲说完后，回到萧居正身边，冷冷地说："我已经结婚了，你以后别来找我了，当着我女儿的面不好。"

"你要当后妈啊？菲菲，我知道你一直想要个孩子，可……可你也不能这样要孩子吧？再说了，那个叫刘立东的有问题，你别被他蒙了，他其实是在玩弄你呢，他有老婆有家。"

杨菲菲皱着眉头说道："你调查我？"

"没有，我调查你干吗啊？我是调查他……"

杨菲菲打断萧居正："你管得着吗？他比你强，他马上就离婚！等你什么时候有资格管我的时候，你再来说这些话吧。"

"菲菲，我知道你恨我当初骗了你，我其实也恨我自己，你说想跟我分开，我也答应了，可是……可是你不能这么作践自己啊，我答应和你分手，也是为了让你过上正常的生活啊，可是你倒好……"

杨菲菲再次不客气地打断了萧居正："你别说了，我告诉你什么叫作践自己。

萧居正，我放弃学业跟你回北京才叫作践自己，我为了你和我爸妈闹翻才叫作践自己，我知道你有老婆有孩子之后，还天真地跟了你四年，那才叫作践自己呢！"

杨菲菲说完，一扭头对妮妮喊道："妮妮，走，回家了！"

妮妮听到后，为了两个冰激凌，卖力地一边大喊着"妈妈"，一边就跑到了杨菲菲身边。

杨菲菲得意地看了一眼萧居正，抱起妮妮，喊走小问，头也不回地离开了。

萧居正愣在原地，作为一个素质颇高的成功人士，他还是无法拉下脸来，继续纠缠杨菲菲的。

儿伸开的双臂还没有落下，那是听到女儿大喊"妈妈"后摆出的姿势，如今这姿势僵在半空了。

旁边的刘立冬看着远去的杨菲菲，咬牙切齿以至于脸都快抽筋了。

6

刘立冬家客厅里，刘立冬和妮妮并排坐在沙发上，两个人全低着头。

韩雪儿生气地站在父女两个对面，大口大口地喘着粗气。韩雪儿此时非常生气，看着自己亲生女儿大喊着另外一个比自己年轻漂亮身材好的女人"妈妈"，真是奇耻大辱。

更让韩雪儿生气的是，刚才从杨菲菲家里接走小问的时候，小问再也不是像原来那样疯跑着扑进韩雪儿怀里，而是恋恋不舍地、一步三回头地从杨菲菲怀里走了过来。

当时韩雪儿看不见自己的脸，如果能看见的话，她或许就更理解藤静了，因为她的脸色比失恋中的藤静好不了多少。

韩雪儿潜意识里觉得自己的地位被威胁了，自己养了快五年的女儿和养了十多年的狗，竟然一夜之间都投向了另外一个女人的怀抱，更重要的是，那个女人比自己年轻漂亮！

"说吧！这都是怎么回事啊？"韩雪儿开始审问起沙发上已经做出低头认罪模样的刘立冬父女俩。

妮妮抬头看了一眼韩雪儿，她从来没见妈妈这么生气过，妮妮瘪着嘴，一脸要哭了的模样，继续低下头。

刘立冬低着头左右看了看，只见小问这个压倒韩雪儿最后一根稻草的小狗，已经不知道躲到哪去了。狗这玩意人家都说是忠臣，可是刘立冬一点也没看出来自己家这条雪纳瑞跟"忠"字有一毛钱关系。每次有好事，它永远是第一个到达现场，

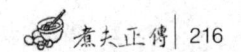

每次家庭气氛刚一不对，立刻消失得无影无终，让你自己都误以为家里从来没养过狗。

"刘立冬，你倒是说啊！那个女人是谁！"韩雪儿开始逼供。

刘立冬的脑子又开始转了，首先他想到，妮妮为什么不哭？平时不是挺柔弱的吗？今天是怎么回事？竟然这么坚强。刘立冬知道，一般这样的事儿发生了，妮妮只要一哭一耍赖一撒娇，这时候自己再巧舌如簧地哄哄韩雪儿，一般都能大事化小小事化了。刘立冬之所以不说话，就是等着妮妮哭呢，结果这个小丫头今天竟然打算顽抗到底就是不哭了。

唉，万事还得靠自己啊，刘立冬在心里总结道。他飞快地计算着究竟招供多少，招供到什么地步，那个九万块的外债肯定不能说的，要是今天说了，韩雪儿必然立刻就得踢凳掀桌翻脸。不到十秒的时间，刘立冬决定了，坦白！有底线、有原则、有技巧地坦白！

"老婆，其实她……"

"你别叫我老婆，人家都成妮妮妈了，你叫她老婆去！"韩雪儿一肚子的醋意昭然若揭。

"雪儿？"刘立冬试探地叫着老婆另外的称呼。

韩雪儿听完没辙了，谁让自己妈给自己起了个这么暧昧的名字呢？这次韩雪儿没有继续发飙，而是冷冷地看着刘立冬，等着他继续。

刘立冬用比在派出所里还诚恳的语气招供道："雪儿，这个杨菲菲就是和妮妮闹着玩呢，她就算想当妮妮她妈，想当我老婆，妮妮想认她当妈，我想娶了他，她也不行。"刘立冬充分利用了编剧技巧里埋伏笔的花招。

韩雪儿听完，冷冷地扫了刘立冬一眼，可是心里却已经开始好奇了，她冷着脸问道："为什么？"

都老夫老妻了，谁不知道谁啊？刘立冬一看韩雪儿这架势，立刻就明白对方心底里的坚冰已经开始有裂缝了。刘立冬看了一眼妮妮，叹了口气，站起身来就要往韩雪儿耳边凑。

"去！坐那儿去！你没给我说清楚之前，别想来以前那一套蒙混过关！"韩雪儿立刻警觉地警告着刘立冬。

"不是，老婆，这原因不能当着妮妮说啊。"

编剧准则第二条：加强悬疑感。

韩雪儿果然又上钩了，得知刘立冬不是凑过来献殷勤的之后，她默许了。刘立冬一脸神秘地凑到韩雪儿耳边，低声说道："她是个同性恋……"

韩雪儿没等刘立冬说完呢，立刻惊讶地看着刘立冬，可是刚才脸上的冷冰冰一时还没退去，所以现在韩雪儿的表情混杂着冰冷、惊讶、好奇，还透着那坚持不愿放下的尊严，那样子倒是蛮可爱的。

刘立冬笑眯眯地冲韩雪儿勾了勾手指，韩雪儿乖乖地附耳过去。

刘立冬继续说道："真的，不信的话你现在立刻问老黄和小左去，我没时间和他们串供，你问他们去。"

刘立冬此话一出，韩雪儿立刻就信了，关键就是刘立冬敢让自己向小左核实此事。在韩雪儿心中，老黄那是极为不靠谱的，他和刘立冬是攻守同盟，就算刘立冬说月亮是方的，老黄都会点头称是。可是小左不一样，小左绝对是一个韩雪儿可以信任的屌丝。

就在韩雪儿听完这惊天大秘密后惊呆的一刻，刘立冬极为臭不要脸地亲了韩雪儿的脸颊一口，快速回到沙发上坐好，继续摆出一副低头认罪的模样。

韩雪儿被这突如其来的一吻弄得哭笑不得，她指着刘立冬笑骂道："嗨！你怎么能这样啊？你……"

这时，妮妮忽然敏感地感觉到妈妈那愤怒的缓和，就像和跟刘立冬商量好了似的，一瘪嘴，"哇"的一声就哭了起来。

妮妮委屈地边哭边说："妈妈，你别生气了，我错了，我再也不敢多吃冰激凌了，我再也不为了多吃两个冰激凌叫菲菲姐妈妈了。"

闺女一哭韩雪儿立刻心软了，再加上刘立冬那个极其有力的理由，韩雪儿的气全消了，她吓唬了刘立冬一句："以后不许再带妮妮去找那个杨菲菲了！"说完之后，蹲下身去，把头埋在妮妮的怀里，说道："妮妮乖啊，妈妈不生气了，一会儿就带妮妮去海洋馆好不好？"

妮妮没心没肺地一边抽泣着一边说道："妈妈，昨天我去过……"

妮妮说到一半，已经看到了刘立冬那恶狠狠的眼神和狰狞的表情了，坐在韩雪儿视线盲区里的刘立冬，用口型无声地示意妮妮："住嘴！"

妮妮立刻明白了，她改口道："好啊好啊，我最喜欢去海洋馆了！"

刘立冬放下心来，他现在可以很确定的是，一场大战平息了……

刘立冬家门外，一个黑衣男子把一根细电线轻轻地从门缝里拽了出来，电线很短，末端是一个小小的黑色硬棍，电线的另一端连着黑衣男子手里的录音笔。

黑衣男子收好电线后，从兜里掏出一个耳机，插在了录音笔上，他熟练地按下播放键，耳机里传出了韩雪儿的声音。

"说吧！这都是怎么回事？"。

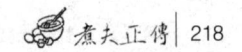

黑衣男子满意地按下停止键，快速地离开了现场。

7

刘立冬高兴地从单元门里走了出来，刚才的战争已经彻底平息，刘立冬不但保住了自己那九万外债的秘密，还取得了韩雪儿的谅解。

当然，这谅解是在刘立冬答应以后再也不带妮妮去杨菲菲家吃饭换来的，刘立冬心里很坦然，以后自己是肯定不会再带妮妮去杨菲菲家了，以后大部分时间妮妮都会由陈老师帮忙照顾。当然，这一点也是得到了韩雪儿的首肯的，当韩雪儿听说了陈老师退休前供职的那所名校后，热烈地肯定了刘立冬的安排。

可是未来父女两个在哪吃饭的问题怎么解决呢？没问题，刘立冬也想好了，自己答应的只不过是不去杨菲菲家吃饭了，又没答应不带妮妮去物业管理公司的食堂吃饭，虽然厨子都是一个人，可是这是有本质上的区别的。

刘立冬对自己的婚姻很自信，因为他知道，他爱韩雪儿，别说杨菲菲是个"同性恋"了，就算不是，他们之间也不会出任何问题，因为刘立冬现在心里只有一件事，那就是实现自己那迟到了十多年的理想——竭尽全力也要把自己的第一部作品《物业那些事儿》做好！

刘立冬兴冲冲地走向他的战场，在各种软磨硬泡之后，韩雪儿也算是勉强答应了刘立冬去物业采集写作素材的请求，刘立冬现在就是要去参加新加里森物业管理公司的第一次正式会议。

"咔嚓、咔嚓"的几声快门声后，兴高采烈的刘立冬定格在了相机的液晶屏上。

在离刘立冬很远的一个角落里，刚才的黑衣男子手里拿着一个带有长焦镜头的单反相机，正在像电影里的FBI一样给刘立冬拍着照。

刘立冬走远了，在黑衣男子刚要放下相机时，他忽然从取景器里看到远处一个长椅上，有一个人也在拿着单反相机偷拍刘立冬。职业的警觉性让他把镜头对准了那个偷拍者，长焦镜头的焦距对准了偷拍者的脸之后，又是一阵"咔嚓、咔嚓"的快门声。

8

物业办公室已经不像昨天那么凌乱了，信心满满打算再就业的老黄提前两个小时就来了，他破天荒地自己把办公室给收拾干净了。

在刘立冬和大家说完新加里森物业公司的构想后，除了贝勒爷和老连长因为谁当"酋长"谁当"队长"吵了一会儿之后，所有人对于刘立冬的构想都很支持，众志成城的气氛弥漫在物业办公室里。

但是，众志成城的气氛弥漫了不到十分钟就消散了，只因为经济学大拿——蒋教授的一句话。

"我想问问各位，我们这个物业公司的启动资金在哪？"蒋教授扶了扶大眼镜后，提出了自己的问题。

蒋教授的问题提出后，刚才还在议论纷纷，立志要解决小区所有问题的众人们都傻了，老黄可怜巴巴地看向杨菲菲。

"菲菲，要不你先随便捐个包出来应应急？"老黄求助着心目中的大金主杨菲菲。

杨菲菲的眼圈有些发红，一看就是刚才大哭过一场。杨菲菲摇了摇头，指着办公室角落里的几个行李箱，黯然地说道："我没包了，也没钱了，从今天开始，我连住的地方也没了。"

刘立冬听完，关切地问道："怎么了？出什么事了？"

杨菲菲平静地说："没事，我跟我爸闹翻了，我要从家里搬出来了。"

"啊？那你以后住哪啊？"老黄也挺担心。

"我一会儿回去拿行李，以后我打算就住办公室了，呵呵，正好，以后物业值夜班的事都归我了。"杨菲菲勉强挤出一个笑容。

老黄听完，很仗义地对杨菲菲说道："啧！这哪行啊？一会儿开完会你就跟我走，你住我那儿去，正好我那儿还空着一间房呢，你、我、小左咱仨拼居。"

杨菲菲感激地对老黄点了点头："没事，你们别说我的事了，继续说正经事吧，我经常和我爸闹翻。"

刘立冬没多想，豪门恩怨，太子女成长烦恼，那不是他这个阶级关心的事，于是会议继续进行。

刘立冬对大家说道："这样啊，咱们先忽略启动资金的问题，刚才说的未来分工大家都没意见吧？"

"我没意见，给我半个月时间，咱小区的保安我都能训练成以一敌十的水准。"老连长最先开口了。

土根娘捅了捅土根爹后，土根爹也表态了："俺俩也中！种啥不是种啊，不过俺俩不会种花种草，要不以后俺们还是种菜吧？俺们村好多人搞采摘也能挣不少钱，种花种草不但得往里搭钱，还没得啥赚头，要是让俺俩种菜，咱以后还能靠采摘挣钱哩。"

"好！太好了！土根爹，这主意好！咱以后不能光靠物业费活着，咱们大钱小钱全都挣，把咱小区弄成个生态采摘园。"老黄这个总经理一听到挣钱这事，就立刻眼冒绿光地同意了。

"我这儿也没问题，以前带四十多个孩子都行呢，以后接送照顾孩子的事我全包了。"陈老师也表态了。

"#￥@#￥@#￥@#￥#@￥@#￥……"土根娘听完，满脸兴奋地对陈老师说着家乡话，说了一半忽然反应过来，自己说话根本没人听得懂，连忙使劲捅了一下土根爹。

土根爹翻译道："她说俺俩的孙子刚上小学二年级，总是因为说不好普通话让同学笑话，麻烦陈老师了，您受累多给他补习补习中不？"土根爹说着，就给陈老师鞠了个躬。

陈老师笑着答应了。

劳模张举起那个永不离身的、写着"劳动模范"的大搪瓷缸子喝了口茶后，简单明了地表了态："我这儿没问题，修东西我在行。"

刘立冬听到这几个重要的人都表态后，心里安生了不少，剩下的贝勒爷和老好人反正也没啥特长，就让他们发挥"重在参与"的强项吧。

这时老黄凑到刘立冬身边，低声说道："唉，回避问题可不行啊，咱启动资金咋办啊？"

刘立冬想了想后，对蒋教授说道："这样啊，咱们大家都先把自己那摊事儿需要多少钱算算，蒋教授，麻烦您统计一下，然后我来想办法。"

刘立冬话音刚落，和贝勒爷一直不对付的老连长说话了："你想啥办法啊？有人不是天天吹吗？他们家贝勒府多有钱，这点启动资金对人家大贝勒爷来说，还不是九牛一毛？"

老连长说完，还不忘挑衅地看了贝勒爷一眼，问道："是吧？"

贝勒爷给气得脸都白了，刚要发火，贝勒爷身边的老好人说话了。

"钱我出，只要大家能把这事干下去就成，我也没有其他能帮上忙的地方。"

刘立冬一听，对这个不爱说话只爱听故事的老好人很感兴趣。贝勒爷曾经说过，这个老好人有事没事就爱请人吃饭，吃饭时自己几乎一句话不说，就是听别人讲故事。他还记得这个姓郝的老好人家里并不富裕，据贝勒爷说，他家连这个中档小区的房都买不起，只能住在附近的两栋老楼里。那两栋老楼刘立冬知道，很破旧，夹在自己住的这个中档小区和一个大别墅区之间，显得异常碍眼。

这时，脸都已经被气白了的贝勒爷发话了："老好人，你瞎掺和什么？你有钱啊？你平时连遛弯都来我们小区遛，还不是因为你住的那两栋破楼环境太差！"

老好人不愧是老好人，听完一点也不生气，对贝勒爷笑了笑之后就不再说话了。

贝勒爷继续指着老连长说道："你还别看不起我，蒋教授，你好好算算，一共需要多少钱，我去一趟官园花鸟鱼市，这点钱，哼！全出来了！"

贝勒爷说完，气哼哼地看着老连长。

老连长轻蔑地一笑："哼，你不就是有两只值几千块钱的蛐蛐吗？这都是封建余毒！再说了，你那两只破蛐蛐就算都卖了也不够啊！"

"你懂个屁！什么叫封建余毒啊？现在连政府都同意我们玩斗蛐蛐，我们都有合法的协会，你打听打听首都鸣虫专业委员会去！再说了，我说有办法能弄来启动资金就有办法，你管我怎么弄呢？有本事你弄去啊？"贝勒爷急了。

刘立冬连忙打圆场："这个启动资金咱们再想办法，您别用蛐蛐去赌博啊，这毕竟是违法行为啊。"

"谁说我要去赌博啊？我们就是玩一个乐儿，现在哪有用蛐蛐赌博的啊。"

贝勒爷对刘立冬印象挺好，说话的口气好多了。

"啊？那您打算怎么弄啊？"刘立冬问道。

贝勒爷听完自信地一笑，说道："呵呵，我去卖蛐蛐食儿去，你们不知道吧？这斗蟋蟀讲究的是三分虫七分养，也就是说你的虫再好，你不会养也是白搭。我从小就跟我爷爷学会了怎么给它们配食儿，这是我们贝勒府祖传的，我爷爷当年从宫里得着一本宋朝宰相贾似道养蟋蟀的方子，知道贾似道是谁吗？"

众人摇头。

"他写过一本专门讲如何养蟋蟀和斗蟋蟀的书，叫《促织经》，哎，有名吧？听说过吧？我们家养蛐蛐的秘方就是他的。"贝勒爷说着，转向了老连长，特地加重语气说出了下面的话，"别的不敢说，我配的蛐蛐食儿，拿到官园花鸟鱼市和十里河华声天桥市场去，我配多少人家买多少，而且还不敢跟我砍价，知道为什么吗？哼！平时他们拿钱都买不着！哎，要不这样吧，你这么有本事，待会儿等蒋教授算出来一共需要多少钱，咱俩人一人负担一半怎么样？"贝勒爷说完，挑衅地看着老连长。

老连长明显给噎没电了，重重哼了一声之后，背过手去不搭理贝勒爷了。

贝勒爷得意洋洋地又开口了："蒋教授啊，你赶紧好好算算，需要多少钱，我全包啦！哎，老好人，你不是爱看热闹吗？一会儿你跟着我一起走，我让你开开眼。"

老好人好像挺为难，他想了想之后对贝勒爷说道："要不一会儿你自己去吧，我想留在这儿看看会发生什么事，等你回来我请你吃饭，到时候你再慢慢给我讲一遍吧。"

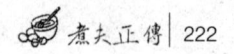

贝勒爷满意地点了点头，耀武扬威地一屁股坐在蒋教授身边，开始等着蒋教授算账。

刘立冬听完后对这个老好人更感兴趣了，这个看着穿着普普通通的老人究竟是为什么这么爱看热闹听故事啊？

不过，刘立冬疑惑归疑惑，新加里森物业管理有限责任公司的第一次正式会议算是成功结束了，解决了启动资金问题后的众人个个摩拳擦掌，准备在小区里大干一番。

而刘立冬此时也是兴奋异常，因为《物业那些事儿》第一集的故事他已经想好了，那就是"老物业破产离小区，贝勒爷威武创基业。"

9

入夜，刘立冬家，妮妮已经睡了。刘立冬和韩雪儿刚才又小吵了一架，原因是两个人都要用那家里唯一的一台电脑。

当然，最后的结果肯定是韩雪儿胜利。

今天下午，妮妮被韩雪儿带着又去了一趟海洋馆，韩雪儿在惊叹完妮妮为何对这些海洋动物如此熟悉之后，也没有想别的，其实她的心思全放在上市新闻发布会的预算及方案上呢。

没抢到电脑用的刘立冬已经睡了，不过他让韩雪儿用完电脑后把自己叫醒，刘立冬是准备挑灯夜战了，他不能辜负沈超导演对他的信任，更不能辜负这个好不容易才到来的机会。

坐在电脑前面的韩雪儿现在却没有在工作，因为她忽然想起了那个第171号分店，想起了那个自闭收银，还想起了酒鬼店长。

自从发现了自闭收银微博的秘密后，韩雪儿每天都要习惯性地去"我是自闭症你们都给我滚"的微博去看看，看看自己有没有被自闭收银再一次删除。韩雪儿发现三天之前，自闭收银就不再删除粉丝了，可是微博上依旧是没有任何更新，韩雪儿挺惦记他们父子两个的，她挺担心他们能不能相处好，可是又怕去了之后看到父子两个依旧势同水火。

人到了中年后，越来越怕看到自己无能为力的事情了，韩雪儿就是这样。

10

北京首都机场候机楼外，藤静拉着行李从候机楼里走了出来，一辆公务舱的车门打开，从里面下来一个助理模样的女人。女人迎了上去，接过了藤静手里的行李。

"白天我让你做的事情有结果了吗？"藤静问道。

"有了，他正在车里等您呢。"藤静助理回答。

藤静点了点头，一头钻进车里。车里坐着一个黑衣男子，就是白天偷听刘立冬和韩雪儿吵架的那个黑衣男子。

这时，藤静助理也上了车，顺手关上车门，公务舱疾驰而去。

"这就是你的委托人，所有的调查结果你交给她就可以了。"藤静助理对黑衣男子说道。

黑衣男子点了点头，从包里掏出一摞照片，有几张是韩雪儿和刘立冬的，还有一部分是刘立冬单人的。藤静看着照片，这时黑衣男子又拿出那支录音笔，按下了播放键。

今天白天韩雪儿和刘立冬在家吵架的录音回荡在公务舱里。

在韩雪儿和刘立冬吵架的背景音里，黑衣男子开始了介绍："被调查目标韩雪儿，已婚，丈夫刘立冬，目前无业，女儿刘佩妮，今年四岁，为韩雪儿和刘立冬亲生。请问还需要深入调查吗？"

藤静笑着摇了摇头，对助理比画了一个手势，助理连忙从包里掏出一个鼓鼓囊囊的信封交给黑衣男子。

黑衣男子老实不客气地直接拆开信封就数起钱来，而藤静却把头转向窗外，她看着车窗外北京那斑斓的夜景，陷入了思考。

藤静知道所有联华士多的员工在进公司前都要签署一份入职声明，而且她还清楚地记得这份入职声明上的一句话：本人提供的信息，包括但不限于学历证明、身份证件和基本信息完全属实，如有虚假，将被即刻开除并放弃本人应有的索取赔偿金的权利。

也就是说，如果现在藤静把韩雪儿已婚的消息扩散出去的话，那么不但柴东林将得知韩雪儿已婚的事实，而且自己还可以一箭双雕地把韩雪儿赶出联华士多。

可是藤静并不傻，她相信一句话，那就是天下没有不透风的墙。如果她把这个消息扩散出去的话，不论做得多隐秘，她都没有办法保证未来柴东林永远不会知道幕后黑手就是自己，她更没办法预测柴东林知道后的表现，有可能无所谓，也有可能会对自己留下心机太重、城府太深的印象，最有可能的是柴东林会迁怒于自己。

所以，藤静现在并不想简简单单地就把韩雪儿已婚的消息扩散出去，她明白，天下没有不透风的墙这一真理同样适用于韩雪儿。也就是说，不需要自己的推波助澜，她韩雪儿早晚也会保不住这个秘密，那样的话此事无论如何也不会影响到自己。而现在最需要判断的就是，在韩雪儿的秘密被柴东林发觉前，她会不会变成单身，也就是说她会不会和这个叫做刘立冬的人离婚。

想到这儿，藤静拿起了那摞照片，再一次仔细地看着。其中有一张照片是韩雪儿生气地瞪着刘立冬的，照片上的韩雪儿怒气冲冲，而一边的刘立冬则是梗着脖子看向另一边。藤静拿起这张照片仔细地看着，希望能从里面判断出他们的婚姻状况。

藤静刚刚三十岁，可是却跟着父亲叱咤商界多年了，她对事物的判断标准很简单，那就是值得或者不值得。比如现在如果韩雪儿和丈夫的婚姻状况很差的话，那么宁可冒着被柴东林知道的后果，自己也要立刻将这个竞争对手踢出去。反之的话，则不用着急，自己只需要等待着让对方自己暴露之后自然出局。

这时，那个黑衣男子已经数完钱了，从他的表情上看，应该是对于这样付款及时的客户很满意。黑衣男子的一句话打断了藤静的思路。

"还有一个事情需要你了解，今天我在调查的时候，碰到了一个人，他是我的同行。根据我的判断，他的调查目标也是这家人中的一个，不过我不知道他是不是也是你们委托的，所以没有贸然行事，因为像你们这样的客户，经常会同时委托两三家公司同时调查。"

藤静听完，疑惑地看了助理一眼。

"没有，我们只找了你们一家公司。"助理说道。

黑衣男子点了点头，又从包里拿出一张照片递给藤静，照片上是白天那个在长椅上偷拍刘立冬的人。

"需要我调查这个人吗？"黑衣男子说道，看来调查公司也会主动推销啊。

"嗯，需要。"藤静回答。

"调查同行的困难比较大，所以收费嘛……"

藤静直接打断了黑衣男子："费用无所谓，我要你一天之内给我一个结果，这个人是谁委托的。"

黑子男子听完很为难地说："一天不可能，如果像调查韩雪儿这样的普通人的背景，十二小时就可以给你结果，可是如果调查同行的话肯定快不了，他们的反侦察能力很强。"

"那需要多久？"藤静问道。

"不一定，不过我会尽量快的给你答案的。"黑衣男子回答。

藤静点了点头，这个突如其来的消息让藤静已经打定了主意，那就是按兵不动。一来她已经判断出韩雪儿和刘立冬的感情应该还不错，不会在短时间内离婚，二来依照藤静那谨慎的性格，在不知道这个同样也找了调查公司的神秘人是谁之前，她是肯定不会有任何动作的。

11

大律师萧居正这两天寝食难安，一想到几天前那个小女孩对杨菲菲喊妈妈的场面，他就不禁皱眉头，一个青春逼人的小姑娘，怎么就这么莫名其妙地当上妈妈了呢？萧居正虽然理智上能够认同岁月不饶人这种说法，可是当这把杀猪刀杀掉的，是自己所关心的人的时候，他还是接受不了，更何况杨菲菲这妈妈当得未免也太愚蠢了。

萧居正实在无法释怀，他觉得杨菲菲需要被提醒、需要被救赎、需要他。

于是此时，萧居正就站在了杨菲菲家门口，耐心地一遍一遍按着门铃，他是有这房子的钥匙的，可是他不敢擅自开门，因为杨菲菲不知道他有钥匙，而且他也知道杨菲菲不愿意被干涉，特别是不愿意被他萧居正干涉。

许久之后，没有人开门，萧居正在走廊里踌躇了有半个小时，终于掏出钥匙来，打开了杨菲菲家的门。

房子里窗明几净，跟他最后一次离开的时候几乎没有区别，可是说不上哪儿就是不一样了，萧居正小心翼翼地在屋子里巡视着，就像是非法入室的罪犯一样谨慎，他生怕杨菲菲回来后看出端倪。

不过很快，萧居正就明白自己用不着这么谨慎了，因为杨菲菲很有可能是不会回来了，洗手间里的个人用品没有了，卧室里的衣服细软没有了，就连厨房里的各色调味品也没有了，杨菲菲把这里搬空了。确切地说，是把所有属于杨菲菲自己的东西搬空了，把所有属于他萧居正的东西留下了。

杨菲菲这是什么意思？真要往孩子妈的火坑里跳吗？

不行，不能任由她走上这条路，就算她再抗拒，自己也得去拉她一把；萧居正这么想着，就离开了杨菲菲的家，他知道去哪儿找杨菲菲，也知道谁才是那个罪魁祸首。

第九章　裂缝

第九章 裂缝

1

　　一周之后，韩雪儿终于完成了上市发布会方案的所有细节和预算，这比她一开始预想的时间要长很多。韩雪儿刚开始时凭着以往的经验认为，这样一个方案最多两三天就能完事，可是当她真正操作起来才发现脱离职场四年多带来的恶果人脉资源的流失。四年前还做喷绘的厂家现在已经改行卖电脑了，以前熟识的财经类记者的手机早就停机了，酒店预订部经理早就升职了……韩雪儿看着这份几乎是从零开始做出来的方案，感触良多。

　　这期间柴东林找过不少次韩雪儿，每次不是以催方案就是以了解出书进度为由，每次约见韩雪儿的地方也不在办公室了，不是在咖啡厅就是在西餐馆。

　　韩雪儿隐隐感觉到了一丝不对劲，可是这种感觉刚一冒头立刻就被韩雪儿否定了。韩雪儿虽然大大咧咧，可是毕竟也是混过职场的"白骨精"（白领骨干精英），她深知自己的这份方案出炉之后，将会影响到很多人的利益，之所以市场部的同事们对于公关公司的虚高报价都是睁一只眼闭一只眼，而且还全都这么有钱，还不是因为所有人都有利可图？

　　这个事情虽然柴东林没和自己直接说过，可是总裁对于自己这个新人的器重，不正是因为此事吗？所以，韩雪儿顺理成章地把柴东林每次都约自己出来谈工作的原因，归纳成是为了保密。

　　韩雪儿拿着打印好的方案又从头到尾地检查了一遍，确认没有错误之后，她拨通了柴东林的手机。

　　这次柴东林没有像往常一样立即接听，隔了一段时间后，一个女人的声音从听筒里传了出来："您好，联华士多总裁办公室，请问有什么可以帮您？"

　　韩雪儿一愣，明明自己刚才打的是柴东林的手机啊，怎么会是他助理接的电话呢？

　　"哦，我是市场部的韩雪儿，我找一下柴总。"韩雪儿说道。

　　"柴总现在正在和胜和集团开一个很重要的会，所以他把手机呼转到我这里了，请问你有什么事吗？"电话那边的 Amy 说道。

　　"哦，没事，就是柴总让我做的一份方案我弄完了，这样吧，一会儿我给你送过去，等柴总回来，麻烦你给他看一下，谢谢你啊。"韩雪儿说完，挂断了电话。

　　韩雪儿拿着方案往总裁办公室走的时候，接到了采访老柴总的作家打来的电话。

　　"喂，小韩啊，我已经采访完老柴总了，我现在就想和你说一句话，那就是太感谢你找我写这本传记了！"电话那边的作家兴奋地说道。

"啊？为什么啊？您采访得怎么样啊？"韩雪儿好奇地问道。

作家一下打开了话匣子："你可是不知道，老柴总的经历太有故事性了！真的，我写过三本个人传记了，我相信这一本将会是最棒的！这书要是一出，肯定不比乔布斯的差！"

韩雪儿听完后非常高兴，果然和自己设想的一样。

"呵呵，那就太好了，不过我想问问您，大概什么时间能完成呢？"

"嗯，这个嘛……确实不好说，因为老柴总的经历太曲折了．我得好好地整理一下这几天采访出来的素材，我估计最快两个月，最慢三个月就差不多了。"

"好的，那就辛苦您了，有什么问题您随时找我，保持联络啊。"韩雪儿说完，挂断了电话。

此时韩雪儿的心情非常好，因为她知道，完成这本书就算是按照最慢的进度来说的话，也能赶上联华士多成功收购胜和超商集团的时间，到时候成功收购和老柴总传记出版，这两个新闻点就可以一起曝了，肯定能收到意想不到的市场宣推效果。

当韩雪儿把全套方案资料交给总裁助理 Amy 后，她不但没觉得轻松，反而感觉压力更大了。她明白，这份改革方案一旦公开，她将会成为市场部所有同事的敌人，到时候会不会壮志未酬身先死完全不得而知。

不知未来命运如何的韩雪儿，决定偶尔钻一下联华士多市场部考勤制度松散的漏洞，现在直接翘班，用女人特有的方式去好好地缓解一下最近的压力。

2

这一周的时间里，韩雪儿顺风顺水春风得意，可是刘立冬却疲于奔命日渐憔悴。自从贝勒爷用一天时间就带回了三万块启动资金后，老黄这个所谓的物业公司总经理就消失了，因为他去工商局注册了新加里森物业管理有限公司之后，顺手又注册了一个新加里森鸣虫文化传播有限责任公司。

从此以后，老黄和贝勒爷天天黏在一起玩起了蛐蛐，当然，老黄对于这种昆虫是没什么兴趣的，他主要是对这种昆虫能带来的经济效益感兴趣。

老黄有了新的盈利模式后，对于物业公司的事就不太上心了，经常是三天打鱼两天晒网，偶尔过来晃悠一圈，大事小情完全不管，这可就把刘立冬坑苦了。本来刘立冬的如意算盘是躲在老黄背后跟着混混，大不了垂帘听政个一两次，他自己的主要任务是观察和记录，尽快地完成《物业那些事儿》。

结果，现在因为老黄的严重不靠谱行为，刘立冬直接从幕后被推到台前了，他白天要管物业公司的事，晚上还得抓紧写剧本，每天睡眠时间严重不足，导致天天顶着个熊猫眼在小区里晃悠。

虽然刘立冬日子过得辛苦，可是他心里却很甜，自从第一集剧本交给沈超导演后，沈超导演在表达了强烈的赞美和肯定后，就开始每隔两天一个电话催要剧本，真是催稿比催命还准时。

刘立冬充分地发挥了豁着干死了算的不要命精神，竟然创造出在白天还上班的情况下，两天就能完成一集剧本的壮举。

加上今天凌晨五点发过去的，刘立冬已经交给沈超导演三集完整文学剧本了。当然，这也要归功于新加里森物业公司的特殊性，因为自打这帮人凑到一起后，故事就没停止过，刘立冬要做的只是充分地去记录和渲染而已。

第一个故事已经讲完了，那就是贝勒爷的传奇。第二个故事发生在老连长身上。

当贝勒爷拿回启动资金后，物业首先展开的工作就是招聘保安，因为在老物业撤走后，没有了保安的小区已经连续发生了三起自行车失窃的案件了，居民们怨声载道，所以刘立冬决定，在有限的资金内，先解决小区的安全问题。

刘立冬和老连长发生的第一次争执，是在招聘保安的工资问题上。刘立冬认为应该按照正常工资标准招聘，可是老连长却持反对意见，老连长在问了蒋教授关于保安方面的预算后，直接拍着胸脯说让刘立冬别管了，两周后让刘立冬去验收效果，如果不好，自己承担一切损失。

刘立冬听完这话，本来还想再操心一下，可是老好人的一句话却让刘立冬闭住了嘴："立冬啊，疑人不用，用人不疑，你要的是过程，不是结果，不要为了结果去干预过程。"

刘立冬听完这话后，对老好人的兴趣更浓厚了，尤其是自打老好人知道自己是编剧，要写的戏就是《物业那些事儿》后，这人几乎每天碰上自己都要问问进度如何。每次刘立冬写完几千字，他都要讨来仔仔细细地读上几遍，八卦如一个老太太般的内心上却披着一张蔫儿老头的皮儿，有意思。

刘立冬也找贝勒爷打听过老好人，可是对小区里几乎所有老人都熟识的贝勒爷，竟然不清楚自己这个好朋友以前具体是干什么的。他只是模模糊糊地告诉刘立冬说，老好人是个普通的退休老头，没有任何特长，除了爱听人讲故事和看热闹之外，也没有任何爱好。

本来刘立冬还在自己的剧本里给老好人也留了一个位置呢，听完贝勒爷的话后，他认为这个人物太不出彩，所以就给删了。一开始刘立冬还害怕老好人看完没有自己角色的剧本后生气呢，结果出乎意料，老好人依旧是看得津津有味。

当刘立冬看到老连长发出去的保安招聘信息后傻了，别的小区保安最多一个月两千工资，可是老连长开出来的底薪竟然多一倍：四千底薪，还包吃包住。

这招聘启事一发出去，应聘保安的人几乎挤破了那间小小的物业办公室，而老连长却压根就不考核，只是简单地通知所有应聘者都在三天以后的同一时间来小区广场进行考核。

刘立冬打算看看老连长到底有什么高招，在考核当天，刘立冬来到了现场。

只见小区里那个小广场上黑压压地站满了人，刘立冬大概估计了一下，怎么也得有个一二百人。

刘立冬有点担心，压低声音问老连长："这么多人一会儿怎么考核啊？"

老连长笑道："你就等着看吧，哎，那个贝勒爷呢？他怎么没来啊？"

"哦，老黄和贝勒爷最近正忙乎倒腾蛐蛐的事儿，我也好久没看见他们俩了。"刘立冬回答。

老连长叹了口气，有些失望，他又看了看表，提高声音对众人喊道："五分钟后考核开始。"

刘立冬还是挺担心的，他不知道老连长葫芦里卖的是什么药，继续问道："我算了算，咱小区最多也就需要十六个保安，而且蒋教授也是按十六个人，每人每月两千工资做的预算，您这一下子把他们工资提了一倍，咱们钱不够啊。"

"啧！这么个小辖区要十六个人干吗？一半，八个就够，你就别管了，等着我给你交答卷吧啊。"

刘立冬刚想接着说什么，这时只见一辆军用卡车开进小区，停在了小广场旁边。

从车上下来两个战士，一路小跑着奔向老连长。两个战士整齐地跑到老连长面前，敬了一个标准的军礼后，其中一个军衔高的战士用军人特有的语气向老连长报告着："卫戍区86609部队一营三连连长向老领导报道！"

老连长也敬了一个军礼后，拍着连长的肩膀说道："哎呀，小六子，不错啊，都混成连长啦？"

那个外号被称为"小六子"的连长恭敬地回答："哪啊，我这就算差的了，当年您的侦察连里现在都有少将了。"

"哦，谁啊？"老连长挺感兴趣。

"黑脖子啊，就是当年您天天踢他屁股那个。"小六子连长回答。

老连长一听乐了："哦，这小子啊，不错不错，哎对了，小六子，我让你帮忙的那个事儿你跟你们首长汇报了吗？首长同意吗？"

小六子连长点了点头："嗯，领导同意了，说把人带到咱们基地里集训半个月没问题。您知道现在我们领导是谁吗？您也认识。"

"哦？谁啊？"

"就是您退伍前参加的最后一次军事技能大比武时，和您挑战单人狙击项目的那个刚入伍的新兵。"

"哦，我记得这事，他名字我给忘了，不过那小子挺厉害啊，现在他是你们领导？"

"是啊，他一听说是您的要求，连磕巴都没打，立马答应了，他还说等您到了，想再跟您比比狙击呢。"

老连长听完笑得很开心："哈哈哈，好，到时候我再试试去，估计现在练枪都扛不动啦，哎，小六子，先不说废话了啊，咱们开始吧。"

小六子连长听完，"咔"地对老连长一个立正敬礼之后，对众人大声喊道："全体集合！列队！考核开始！"

众人一惊，一时之间没有反应过来，只见小六子连长和那个战士跑进人群，不一会儿，原本散乱的人群就列队完毕了。

老连长站在人群前大声说道："考核很简单，就是做俯卧撑！跟着我的哨音做，两秒一个！我们只招做得最多的八个人，所有跟不上哨音的，做得不标准的，糊弄事儿的，只要被这两人发现……"老连长说着一指站在身旁的两个战士，"就立刻丧失考核资格！现在所有没信心的人可以立即离开，正式考核三十秒后开始！"

老连长说完，干净利落地抬起手腕，对着手表开始计算时间。人群中已经有十几个人离开了，此时站在一边的刘立冬是彻底地看傻了。

三十秒后，随着老连长的一声令下，一百多人同时做着俯卧撑的壮观景象在一个普通的小区广场上出现了。

3

市场总监办公室里，Linda 沈面前的办公桌上放着韩雪儿的那份上市新闻发布会方案，Linda 沈拿起电话，拨了出去。

"Amy，韩雪儿的那份方案我看完了，没关系，你交给柴总吧。"

Linda 沈挂断电话后笑了笑，韩雪儿的这份方案让她更加确定了自己的判断，那就是柴东林根本不是什么纨绔子弟，他的每一步计划都已经想好了，并且都在有条不紊地实施着。当然了，Linda 沈也很清楚柴东林的目标是谁，那就是以自己为首的元老集团。

想到这儿，Linda 沈又笑了，其实这个柴东林还是年轻气盛，不过像他这个岁数能有如此的城府已经是很不容易了。Linda 沈稍微一琢磨就明白了柴东林的计划，首先上市，上市之后利用别人的钱来建造一个联华士多的输血站，然后开始培养新人，建立他自己的管理层体系后，找机会把这帮老头儿老太太都踢出局。

很完美的计划，不过就是风险太大，每一步都有着太多未知的可能性。

别人不清楚，Linda 沈心里最清楚，其实现在柴东林需要做的唯一一件事就是等待，等待自己退出。如果要是老柴总的话，他肯定不会冒着这么大的风险来踢开自己，因为 Linda 沈相信，老柴总会在充分地了解敌人后，再采取最有效的攻击手段。

而现在对于自己来说，最有效的攻击手段就是不攻击，因为自己的儿子除了钱以外，其他的一切都不想从自己身上继承，包括联华士多市场部这一个取之不尽用之不竭的宝库。而自己还能再贪多少年呢？这个问题连 Linda 沈自己都不知道。她现在唯一知道的就是，要给韩雪儿一个教训，其他的嘛，静观其变。

"呵呵，看来东林这孩子还是没有学会充分地审时度势啊，不过老柴啊，你能有子如此也算是成功了。" Linda 沈很羡慕地自言自语着。

自己那远在荷兰还蜜月着的儿子一直联系不上，这一点让 Linda 沈非常担心。想到这儿，Linda 沈再次掏出手机，给儿子打了过去。她也只能给儿子打电话，因为很简单，这第三个儿媳妇她才见过一面，连手机号码都没来得及问呢，俩人就跑荷兰蜜月去了。

忽然，Linda 沈的眼睛透出一丝光芒，因为儿子那永远关机的手机竟然通了，Linda 沈一下一下地数着听筒里传来"嘀、嘀"的响声，第十一声后，电话被接通了。

"儿子，你干吗呢？怎么一直不开手机啊？"电话刚一接通，Linda 沈就急了。

可是电话的那一头传来了一个女人的声音，声音里有一丝慌乱："喂，妈，是我。"

原来接电话的是 Linda 沈的第三任儿媳妇。

"我儿子呢？你们现在在哪儿呢？"

"我也不知道他在哪儿呢，自从我们来了阿姆斯特丹之后，我就找不到他了。妈，我身上没钱了，能麻烦您帮我订一张回国的机票吗？我找了很久也找不到他，我……我想回家了。"电话那边的女人此时已经是泣不成声。

"好，你一会儿把你的护照号和姓名发短信给我，我马上给你订回国的机票。"Linda 沈放心地挂断了电话。

当 Linda 沈听到儿子是在阿姆斯特丹失踪后，她彻底放心了。

因为对于自己的儿子，她太了解了，在一个卖淫和吸大麻都合法的国家，他要是不失踪才奇怪呢。Linda 沈很清楚，等儿子把身上的钱都花完后，自然就会出现了，类似事件已经不是第一次发生了。

想到这儿，Linda沈心里对于那个大着肚子、怀的不知是男还是女的第三任儿媳妇有些同情，唉，看来儿子的这第三段婚姻也维持不长啦，已经认命了的Linda沈叹了口气。

人说纵容就是犯罪，可是自己却真的狠不下心去管教儿子，尤其是当她每次教育儿子，儿子手里拿着刀，一句话都不反驳地一刀一刀当着亲生母亲的面剁自己的胳膊时，Linda沈就狠不下心来。她只能自我安慰道，唉，只要不吸毒就好啊，想抽大麻想嫖娼就让他去吧，至少他还挺懂事的，没在国内干这些。

Linda沈看着面前的发布会方案，在心里说道："唉，好吧，既然现在心里的石头暂时落了地，那韩雪儿，咱们就玩玩吧。"

Linda沈一脸苦笑，其实说实话，Linda沈挺喜欢这个韩雪儿的，尤其是在她得知韩雪儿来了市场部后，面对着其他同事们那些奢华的生活，她竟然没同流合污时，她就开始欣赏和喜欢起韩雪儿了。

不过喜欢归喜欢，为了自己已经有的那两个孙子和目前已知的那个正在孕育着的新生命，以及未来未知的无数新孙子孙女们，Linda沈不得不再次为了利益而战。

4

刘立冬现在终于安静了，从昨天凌晨五点完成了《物业那些事儿》）的第三集剧本后，他就一直没睡。刘立冬本想上午去趟物业，如果没事的话，就在那儿眯一觉，然后抽工夫给沈超导演打个电话。现在剧本都交了三集了，沈超除了催稿外，签合同的事却不提了。

刘立冬打算问问沈超导演，现在到底有没有公司看上这个项目，合同到底啥时候能签。

结果刘立冬刚一进物业办公室的门，就看见土根夫妇正等着自己，一打听才知道两口子闹别扭了。原来是土根娘打算在小区里多种几种蔬菜，而土根爹却不同意，土根爹打算把全小区都种上土豆，原因很简单，土豆好活好种。

结果两口子谁都不同意对方的意见，这不，来找刘立冬做主了。

由于土根娘不会说普通话，结果这场吵架是刘立冬这辈子见过的最有意思的一次吵架，自己和自己吵。

"¥#%# ¥%@ ¥#@ ¥#@%#@"

"多种点好，到时候园子里一年四季都有花开？你这不胡说嘛！北京这样的天气能种的菜就这么几种，种黄瓜要弄地膜，种西红柿要搭大棚，哪有那么多钱给你造去啊？再说了，好看管个屁用啊，从外面看，全是一个凑性。我说还是土豆好，绿油油的一大片，又好种又好活，最后挖出来卖不出去的还能在家放半年，多合算啊。"

"￥#%#￥%#￥%# # %%￥￥#"

"土豆秧子不好看，卖起来又便宜，不出数？立冬，你别理她，她不懂，谁说土豆不好看啊？土豆秧子开起花来可好看了，又是白的又是粉的，再说了，土豆最好卖了，一年四季都能吃……"

刘立冬打断了土根爹这种连翻译带吵架的对话，说道："土根爹，我就问你一个事啊，种啥最便宜，咱先别想着卖呢，先说种什么最快能让咱小区绿起来。"

"那当然是土豆了，先催芽个两三天之后就能种了，再有一个多礼拜就能出苗了，三四个月之后就能收了。"土根爹一看就是种土豆很在行。

"行，那咱就先种土豆，土根娘，你也别生气了啊，咱现在钱少任务重，等第一茬土豆收了，那时候咱也就富裕了，到时候你爱种啥种啥，咋样啊？"

土根娘听完点了点头，算是答应了，土根夫妇临走时，土根娘还使劲用手杖了土根爹脑门一下，骂了句刘立冬听不懂的话。

经过土根夫妇这一折腾，刘立冬也不困了，他一看表已经快十点了，决定先给沈超导演打个电话问问情况之后再说。

自从刘立冬开始交了第一集剧本后，每次给沈超导演打电话，都是保证三声以内必接。

"喂，立冬，第三集我看了，好看好看，再加快速度啊。"电话刚一接通，沈超导演就开始继续催稿。

"哦，好的导演，我知道了，有个事我想问问您啊。"

"说！什么事啊？"

"我这剧本都交了三集了，现在有没有投资方看上啊，这合同一直没签呢，我心里有点不踏实啊。"

"你有什么不踏实的啊？我跟你说啊，现在这戏投资方们都快抢疯了，你知道吗？现在制作公司遍地都是，就是缺好故事，现在哪是投资方选咱们啊，是咱们选投资方呢！立冬，你就放心吧啊，这样吧，今天下午我就带你去见投资方的老板，你等我电话就成了。到时候合同怎么签你就听我的就行了，我还能害你吗？现在可是你们编剧为王剧本为王啊，我得天天求你快点呢。"

刘立冬听完沈超导演的话，极为兴奋，他准备不睡觉了，趁着这会儿清净没事，赶紧回家再码个五千字出来。

刘立冬刚进家，电脑还没打开呢，敲门声就响了起来。刘立冬连忙打开门，只见门外是自己的父母。刘立冬由于睡眠不足，反应已经开始迟钝了，见到父母之后，第一反应竟然是赶紧想着怎么跟父亲解释自己为什么在家，愣了一会儿后，刘立冬才想起来自从收到定金后，自己已经向父母坦白过了。

立冬的父亲没进屋，站在门口说道："儿子，今天我们特地来看看你，我们就不进去打扰你创作了，来，我给你买了几张我平时爱看的电视剧的碟，你可以参考一下。"

立冬父亲说着，从随身的包里掏出了几套电视剧的DVD，刘立冬接过来一看，是根据二月河老师原著改编的《康熙王朝》、王海鸰老师的《中国式离婚》和六六老师的《蜗居》，全是经典啊！

立冬父亲接着说道："儿子，我也不知道你现在正写什么题材的电视剧呢，所以古代的和现代的我都给你买了点儿，希望能帮上你，行啦，你接着忙吧，我们走了。"立冬爸说完转身就要走。

"爸妈，你们都来了，这么着急走干吗？"刘立东说着一把拉住了父亲的手。忽然，刘立东感觉父亲的手非常烫，刘立东下意识摸了摸父亲的额头。

"哟！爸，你怎么了？发烧啦？"

立冬爸连忙扒拉开儿子的手："啊，是啊，没事，就是感冒了。"

站在一旁的立冬妈一副欲言又止的样子，连忙背过身去。

刘立东皱了皱眉头，绕到母亲面前，只见母亲正在默默地流着眼泪。

"妈，你怎么了？怎么哭了？"

"我……"

没等立冬妈说话，立冬爸说道："刚才来的路上跟你妈吵了几句，没事啊，老太太，别哭了，我错了啊！"

立冬妈忍住泪水，笑着点了点头。

"妈？真是吵架了？"刘立东问道。

"是，是吵了几句，不过……不过妈也是看着你心疼啊，你看看你都累成这样了。"

刘立东刚要说话，立冬爸又开口了："行啦，咱们走吧，别耽误孩子了！"立冬爸说完，没等刘立东反应，就拉了立冬妈一把。立冬妈连忙挽着老伴向电梯走去。

最终没能留下父母的刘立东，此时站在紧紧关上的电梯门前，手里拿着父亲给自己的那几张DVD眼圈红了。父母没有买车，还发着烧的父亲坐了五个小时的公交车就是来用自己的方式为儿子鼓劲。想到这儿，刘立冬发誓一定要把这个戏写好，让父母跟着自己享受一下这迟到十年的鲜花和掌声。

5

柴东林在与胜和集团开完会后的第一时间，就从助理手里拿到了韩雪儿做的那套方案。柴东林心想韩雪儿这个笨蛋，有这样"密折专奏"的吗？这样转交和把"密折"贴在写字楼门口的布告栏里有什么区别？

不过柴东林转念一想又高兴了，柴东林现在能确定的是 Linda 沈肯定已经知道，自己要对他们动手了。这样也好，虽然时机还没有完全成熟，但至少在新闻发布会的问题上，Linda 沈是肯定要弄韩雪儿了，这样自己就有"英雄救美"的机会了。

虽然韩雪儿乱交方案让柴东林有些被动，可是比起那英雄救美的效果来，柴东林觉得这样的安排挺完美。

柴东林打算和 Linda 沈摊牌，原本他是想等到成功收购了胜和集团，把联华士多所谓的输血站建立起来后再摊牌的，但既然韩雪儿冒冒失失地就先帮自己把牌给摊了，现在也只能这样了。

想到这儿，柴东林拿起电话，拨了出去。

"Amy，麻烦你叫 Linda 沈来我办公室一下。"

柴东林挂下电话后，开始思索起一会儿该如何面对 Linda 沈对韩雪儿这套方案的质疑和不配合来。

6

刘立冬坐在电脑前正一个字一个字地码着剧本，这时，敲门声又响了起来。

刘立冬有些不耐烦地站起身来，心想今天这是怎么了，好不容易能安静一会儿，这到底又是谁啊？

刘立冬打开门，只见是萧居正站在门外。

"刘立冬是吧？"萧居正问道。

刘立冬点了点头，他正在脑子里努力地搜索着眼前这个有些眼熟的人到底是谁，忽然他想到了，这个人就是当初砍完李总监后，把自己救出派出所的那个杨菲菲的朋友。

刘立冬连忙热情地把萧居正请进家里："哎呀，是您啊，上次派出所的事儿还没来得及好好谢谢您呢，来来来，快请进。"

"哦，没事，我不进去了，麻烦你能叫杨菲菲出来一下吗？我有点儿事想和她说。"萧居正原地没动，站在门外说道。

"啊？杨菲菲？她没在我这儿啊，她说和她爸闹翻了，搬到我一个朋友家住去了。"

"那……那能麻烦你带我去一下吗？"没等刘立冬回答，萧居正连忙又改口道："算了算了，不用去了，这样也好……"

萧居正一边说着一边径自转身下楼了，刘立冬疑惑地看着萧居正的背影消失在楼道里，刚关上门，还没来得及离开，敲门声又响了。刘立冬打开门，只见萧居正又回来了。

这次没等刘立冬开口，萧居正就一脸严肃地说道："能进去和你谈谈吗？"

刘立冬茫然地点了点头。

萧居正坐在客厅沙发上，开门见山地问刘立冬："你是杨菲菲的男朋友？"

刘立冬乍一听有些蒙，转念一想，他明白了。杨菲菲这样的富二代能有什么有本事的朋友啊，不用说，眼前这个警察口中的大律师，肯定是杨菲菲她爸的关系了，要不怎么能知道自己就是杨菲菲那个所谓的"男朋友"呢？

"这个嘛……算是吧。"刘立冬支支吾吾地回答。其实就算刘立冬想帮着杨菲菲圆谎蒙家里人也无从圆起，因为杨菲菲很少和刘立冬说自己的事，偶尔提起来，也都是以杨菲菲唉声叹气收场。

"到底是不是？"萧居正继续逼问。

"是！我是。"刘立冬承认了，他觉得杨菲菲对自己不薄，在最难的时候帮过自己，当然，已经把杨菲菲当成是哥们一样看待的刘立冬，此时肯定得帮衬"哥们"啊。

"刘立冬先生，我希望你能好自为之，不要做对不起自己家庭和杨菲菲的事情。"萧居正很诚恳地说道，好像他多对得起自己的家庭和杨菲菲似的。

"不是，您言重了吧？我……我没怎么着啊？"

"刘立冬先生，话不用说得太明白吧？你自己是怎么回事你还不清楚？"

"别别别，您还是把话说明白吧，我现在心里一点都不清楚，糊涂着呢。"

萧居正听完沉思片刻，极其真诚地说道："其实呢，我就是一个对不起家庭和爱人的人，我今天回来找你，就是为了告诉你，这样真的很痛苦，真的。作为男人一定要做出选择，最可怕的事情就是像我当初一样，犹豫不决，脚踩两条船，自作聪明地以为能解决好一切，其实最后所有人都会受到伤害。"

刘立冬听完更糊涂了，他除了听出来眼前这个人曾经有过婚外情之外，别的一律没听明白。刘立冬打算问问这个人，到底是不是杨菲菲父亲那边派来证明杨菲菲性取向正常的人，如果是，他为了杨菲菲绝对两肋插刀，如果不是，那这事里面绝

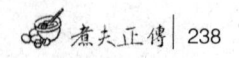

对有蹊跷。

"这个……您贵姓？"

"萧，萧居正。"

"萧先生，您认识杨菲菲的父亲吗？"刘立冬单刀直入。

萧居正听完一愣，下意识地回答道："啊？不认识啊。"

通过刚才萧居正的反应，刘立冬相信这个萧先生绝对不是杨菲菲父亲派来的。

"哦，这就好说了，那您可能是不知道实情，真实情况呢我也不好多说，啧，怎么说呢？其实吧，杨菲菲她……"刘立冬觉得两个大老爷们堂堂正正地讨论一个小姑娘的性取向问题有点不好意思，他凑到萧居正耳边，小声地说道，"她是同性恋。"

萧居正听完后本能地愣住了，他看着眼前这个一脸诚恳的刘立冬，萧居正皱着眉头疑惑地问刘立冬："同性恋？"

刘立冬严肃地点了点头，萧居正忽然忍不住笑了起来，他立刻就全明白了，这个刘立冬只不过是杨菲菲用来摆脱自己的道具，俩人压根就没有任何关系。

"刘先生，那现在能麻烦你带我去一下你那位朋友家吗？"得知真相后的萧居正对一脸茫然的刘立冬说道。

没等萧居正说完，刘立冬就已经开始盘算上了，眼前这个杨菲菲的"朋友"既不是她父亲那边的人，现在看来也不是什么和杨菲菲关系很近的朋友了，而且刚才明明又说不要去找杨菲菲，为什么听完之后就又要去了呢？

刘立冬决定不能贸然带这个人去找杨菲菲，人家可都是富豪圈里的人，哪能像平民老百姓一样地串门就像逛大街？

"这个……啧……怎么说呢？我现在手头还有点事，不能离开，要不过几天我再带你去？"

萧居正听完这意思明确的托辞后，站起身来，对刘立冬说了句"明白，告辞"之后就走了，留下莫名其妙的刘立冬。

刘立冬越琢磨越不对劲，不行，此事必有蹊跷，刘立冬决定一会儿先不写了，他得找杨菲菲去问个明白。刘立冬隐约感觉到，刚才自己口中那个不知道实情的人，应该是自己才对。

7

逛街购物向来是女人特有的减压方式，正在商场里瞎转悠的韩雪儿深谙此道，她手里拎着大大小小五六个纸袋子，心情明显舒畅了许多，何况自己买的都是刘立冬和妮妮的东西，既花了钱，又毫无负罪感，韩雪儿很满足。

可是公司偏偏这时候打来电话，让她立刻回去开会，韩雪儿只得抱着购物袋们向停车场狂奔……

联华士多市场部会议室里，柴东林和市场部的所有员工都到齐了，每个人面前都摆着一份韩雪儿做的方案，可是却唯独少了韩雪儿。柴东林环视一周，只见所有人都是面色严峻，一脸即将上战场的表情，除了那个低着头正在仔细研究着方案的Linda沈，柴东林简直有点不相信刚才自己和她的谈判竟然如此顺利。柴东林准备的摊牌演讲完全没有用上，Linda沈没有一点质疑地直接表示自己会对此全力配合，立刻召集市场部全体开会，并要求总裁列席。想到这，柴东林是既高兴又失落，高兴的是事业，没想到如此简单就能让铁板一块似的市场部出现变革，失落的是感情，如果Linda沈不出来当恶人的话，自己那个英雄救美的计划就要搁浅了。

柴东林正想着，会议室的门忽然打开了，只见是韩雪儿气喘吁吁地站在门口，会议室里的人不约而同地都抬起头看着韩雪儿。韩雪儿顿时感觉到了一股压力扑面而来，她低下头，连忙走到会议桌旁唯一的那张空椅子旁。韩雪儿刚一坐下，就看到了面前摆着的那套方案，也就立刻明白了本次会议的主题，当然，同事们全都冷着脸也就不奇怪了。

Linda沈放下手里的方案，轻描淡写地拿出手机，熟练地设置了一个一分钟后的闹铃提醒，轻轻地咳嗽了一声，说道："韩雪儿的这份方案想必大家已经都看完了，我想听听各位都有什么意见。"

Linda沈说完后，不出所料，会议室里静悄悄的，没有一个人发表意见，所有人的心里都打着小算盘，谁也不愿意在总裁面前当这个出头鸟。

Linda沈见没人说话，继续说道："那我先来说说我的意见吧，我呢……觉得这个方案还有一些不成熟的地方，比如……"

这时，Linda沈的手机按时地响了起来，Linda沈看了一眼手机后，对众人说道："各位，不好意思啊。"Linda沈说完后，特地对柴东林小声补充道，"柴总，不好意思，一个很重要的电话。"

柴东林点了点头，Linda沈假装接听电话，起身离开。

众人此时已经充分了解到领导的意图了，纷纷开始对韩雪儿方案的缺点畅所欲言。

"我认为这个不可行，我们市场部应该更多地起到监督的作用，而不是去具体执行。"

"对对对，而且这个方案里的预算也有一些问题，别的我不清楚，但是媒体车马费这一块的预算明显是太低了。

"嗯，对，这个酒店的场租费也有问题，据我所知，这个价格是纯场租，不含音响设备的。我们这是做发布会，没有无线麦克、没有音控台、没用主音箱怎么可以啊？"

韩雪儿连忙解释："哦，音响设备的租赁预算在后面呢，如果分开租的话，会便宜不少呢，而且……"

没等韩雪儿说完，会议桌的另一端又有人开炮了："你的这个方案哪都要省钱，为什么偏偏还要安排个自助酒会啊？新闻发布会不都是记者领了新闻通稿后就撤的吗？真是多此一举。"

韩雪儿继续解释："不是，我认为应该充分利用自助酒会的机会，增加和媒体记者的沟通，这样才……"

韩雪儿的解释继续被打断。

"小韩啊，你跟这个场地背板宝丽布喷绘的厂家合作过嘛？我觉得价格是不是太低了啊？靠谱吗？"

韩雪儿已经有些招架不住了："哦，这个价格只是纯喷绘和施工的价格，不含设计费的，我方案里已经注明了。

按下去葫芦冒起来瓢，那个质疑场租费的家伙又开口了："这个音响如果单独租赁的话，很有可能会和酒店的插口不兼容哦，这一点不知道你考虑了没有啊？"

没等韩雪儿说话，质疑自助酒会的人也开口了："那么你打算在这个自助酒会上，安排谁去和记者们沟通呢？"

"记者的事待会儿再说，重要的是前期的准备工作。"质疑背板喷绘的人也是不依不饶，"小韩，这个事上我可得提醒你一下啊，很多事情都是一分钱一分货的，未必最便宜的就是好东西。"

这时，韩雪儿手机短信提示音响了起来。

韩雪儿压根没搭理手机，刚想接着解释，而此时柴东林的咳嗽声恰如其分地提醒了韩雪儿，韩雪儿看了一眼柴东林，只见他若无其事地一边喝着咖啡，一边似笑非笑地听着众人对韩雪儿的质疑。

柴东林的咳嗽声成功吸引到了韩雪儿的目光之后，柴东林自然地把手机往会议桌上一放，韩雪儿顿时就明白了。

"看着我，别说话。"短信发送人：柴东林。

"这样可以吗？"韩雪儿回完短信后，老老实实地按照总裁的吩咐，直勾勾地盯着柴东林看。

柴东林放在会议桌上的手机震了一下，柴东林看完韩雪儿的短信后，一抬眼，就看到了韩雪儿那直勾勾的眼神。柴东林忍不住笑了一下，而后觉得不妥，连忙故作严肃地把眼神继续投入到那个征讨韩雪儿方案的战场上。

而此时的韩雪儿却感到了无比的踏实，这种可以依靠的感觉，韩雪儿已经很久很久都没有过了，一股暖洋洋热乎乎的感觉在韩雪儿心中荡漾着。

柴东林的方法果然凑效，不到五分钟，几乎所有人都注意到了韩雪儿目光的终点，各种征讨声越来越低，会议室里再次陷入沉默。

门外的Linda沈虽然不知道会议室里柴东林是用什么方法平息这场征讨的，但是她现在很清楚，老柴总的儿子不是个一般人，因为从始至终，Linda沈都没有听到柴东林说一句话。

8

"刘立冬，你瞎打听什么啊？你干吗这么关心我的事啊？"杨菲菲说完，直接把刘立冬留在了老黄家的客厅里，自己则径直进了房间，重重关上了房门。

果然没等刘立冬质问呢，杨菲菲就先急了，看来杨菲菲对于自己的前史还是一如既往地不想深谈。

刘立冬也站起身来，走到杨菲菲房间门口，抱着打破砂锅问到底的态度隔着门大声说道："菲菲，这次你必须跟我说清楚，你知道吗？刚才有个叫萧居正的来找我了。"

刘立冬话音刚落，门一下子打开了，杨菲菲冷着脸说道："什么？他找你了？他找你干什么？他和你说什么了？"

"他什么都说了！"刘立冬这次没有像以前一样，以前杨菲菲不愿说的话，他是不会这么追问的，但是这次不同，因为刘立冬感觉到这里面的事肯定和自己有瓜葛，而且应该是瓜葛得不轻。

"他跟你什么都说了的话，你还来找我问什么？再说了，我的事你管得着吗？你是我什么人啊？"杨菲菲压根就不吃刘立冬那一套。

刘立冬听完果然没话说了，是啊，自己又不是她什么人，撑死了两人的关系也就是债权人和债务人的关系，自己确实没资格管她。

"算了算了，我不问了，你爱说不说，我走了。"刘立冬说完，转身就要走。

"刘立冬，你别走，你说，他找你干什么？"这次轮到杨菲菲质问刘立冬了。

"你是我什么人啊？你管得着吗？"刘立冬也不甘示弱，拿出原话来反驳杨菲菲。

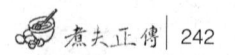

没想到杨菲菲忽然软了下来，带着哭腔说道："他到底和你说什么了？求求你告诉我吧，他……他有没有问我去哪儿了啊？"

刘立冬从来没见过杨菲菲这副模样，顿时口气也软了下来："他问了，还让我带他来找你，我没答应。"

杨菲菲听完长出一口气："你千万别告诉他我住这儿啊，他……他还说什么了？"

刘立冬看着眼前这个梨花带雨的女人，想起萧居正听到杨菲菲是同性恋时的大笑，刘立冬有些明白了，他决定诈一下杨菲菲。

"他说你根本就不是什么拉拉。"

"别的呢？"

"没了。"

"你过来。"

"干吗？"

"求你过来一下嘛。"

刘立冬这次没拒绝，往前走了一步，没想到杨菲菲说了句"借你肩膀用用"之后，忽然就扑到了刘立冬的怀里，嘤嘤地哭了起来，一边把头埋在刘立冬怀里哭着，一边还用拳头砸着刘立冬。

杨菲菲委屈地哭道："你们这些坏男人，都不是好东西，全骗人！"

刘立冬懵了，这时他忽然有种感觉，这种被需要被依靠的感觉，刘立冬已经很久很久都没有过了，一股暖洋洋热乎乎的感觉在刘立冬的心中荡漾着。就在刘立冬被这种暖洋洋热乎乎的感觉驱使下，刚想把手放在杨菲菲后背上时，刘立冬的手机响了起来，刘立冬顿时恢复了理智，一下弹出去老远。

刘立冬尴尬地冲杨菲菲指了指手机，说了句"导演找我"之后，连忙接起电话。

"立冬，你现在赶紧过来，我和投资方的老板都已经到了，地址我一会儿短信给你。哦，对了，别忘了带身份证啊，咱今天就签合同，快点啊。"沈超导演的声音从听筒里传了过来。

"好好，我立刻过去。"刘立冬挂断电话后，尴尬地冲杨菲菲笑了笑，没话找话地说了句"呵呵，那我走了啊"之后，逃也似的离开了老黄家。

9

Linda沈推门进入会议室，笑着说道："哟，刚才听大家讨论得很热烈嘛，怎么样？各位认为韩雪儿的方案如何？"

众人刚才已经很清楚地了解到韩雪儿的后台就是总裁柴东林了，所以现在又都恢复成会议一开始的状态，全都低头不做声。

Linda 沈环视一周，自然地继续说道："刚才我说了一半就出去了，那现在我继续说吧。我认为韩雪儿的这个方案还有一些不成熟的地方，很多细节没有落到实处，比如参加的媒体只列出了一个总数，并没有具体到名称和如何邀请，谁来操作这些问题等等。执行方面细节上也有一些瑕疵，比如场地背板的喷绘和安装如何监督，设备租赁公司的选择和比较等等。当然了，这些工作是不可能由韩雪儿一个人完成的，要不公关公司也不会动不动一个活动就来十几个人一起干了，是吧？"

Linda 沈说完看了一眼韩雪儿，对韩雪儿投以一个善意的微笑后继续说道："我想说的是，我非常支持韩雪儿的提议，这次的集团上市新闻发布会我们完全可以试一试自己做嘛。我刚才大致把需要干的工作分了一下，这次发布会的工作主要分成三个方面，媒体方面、执行方面和现场协调方面。韩雪儿毕竟来公司的时间不长，对于各位同事擅长哪方面的工作可能还不了解，所以呢，我想这次的具体分工由我来制定，韩雪儿呢则是这次发布会的总指挥，具体的分工我会给各位群发邮件，希望各位同事能够积极地配合韩雪儿，按时地保质保量地完成自己应该负责的工作。这次发布会的时间是定在下个月二十八号，离现在还有一个多月的时间，希望从今天开始，大家立刻进入状态，时间不等人啊。好，我说完了，柴总，您还有什么补充吗？"

柴东林微笑道："不不不，我今天就是来学习和旁听的，具体的工作安排上，我没有什么发言权。"

"好，那咱们就散会，抓紧时间开始干活！"Linda 沈说完后，拿起方案率先离开，市场部众人随后纷纷离开。柴东林趁众人没注意，偷偷地对韩雪儿竖起了大拇指，用口型比画道："加油。"

韩雪儿用力地点了点头。

10

刘立冬坐的出租车已经开出去十几公里了，坐在车上的刘立冬依旧是心猿意马，刘立冬努力地想把刚才那种久违了的、暖洋洋热乎乎的感觉驱散开，他试着想了一会儿签合同的事，失败，想剧本的事，同样失败，杨菲菲那句"借你肩膀用用"至今还萦绕在刘立冬耳边。

刘立冬连忙掏出手机，拨通了韩雪儿的电话。

"喂，立冬，找我啊？"当韩雪儿的声音从听筒传过来的那一瞬间，果然如刘立冬所料，那种感觉和杨菲菲的形象顿时就消散了。

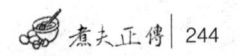

"哦，老婆，没事，今天晚上加班吗？"

"嘿嘿，今天不加班，我要早点回家，晚上我有一个好消息要告诉你。"电话那头的韩雪儿很兴奋。

"哦？是吗？我也有好消息哦，呵呵，那咱们晚上见吧。"刘立冬挂断电话后，顿时又被家庭的责任感和另一种暖洋洋热乎乎的感觉包围着。

他决定了，从今天开始，疏远杨菲菲，尽快把欠的那九万块钱还了，继续老老实实地做一个顾家顾老婆顾孩子的"窝囊男人"。

当刘立冬急匆匆地赶到咖啡馆的包房时，沈超导演和一个四十多岁的女人聊得正起劲。

"我跟你说，物业这戏我给你了绝对是帮你，你可不知道啊，就为这事，好几家集团都快跟我翻脸了，都是朋友啊……"沈超看到刘立冬后，连忙向刘立冬介绍道，"哟，立冬，你可来了，来来来，我给你介绍一下啊，这位是嘉和中天影视公司的栾总。"

刘立冬连忙客气地和栾总握了握手："栾总，您好。"

栾总也很热情："你好你好，你写的剧本我都看了，说实话，真不错，希望以后咱们合作愉快，物业那些事儿大火啊。"

"呵呵，这戏必火，咱们都是自己人就别客套了，赶紧说正事，签完合同赶紧让立冬回去接着写，现在时间就是金钱啊！"沈超导演直接开门见山了。

栾总点了点头，从包里拿出一份打印好的合同递给刘立冬。

"刘老师，您看看这份合同，我们是新公司，也不太了解行业规矩，这份合同是我从网上下载的剧本委托创作合同范本，您看看有没有什么意见。"栾总一看就是新入行的，完全没有一个制片人该有的气场。

不过栾总的那句"刘老师"，确实让刘立冬非常受用，刘立冬顿时不像以前那样猥琐了，好像真的变成了编剧老师一样，很有范儿地点了点头，接过了合同，开始研究起来。

人与人相处就是这样，你硬我软，你软我硬，其实都和狗一样。

狗见面之后都是先闻闻对方屁眼，根据某些不权威机构的说法是，狗能通过闻屁眼而得知对方的岁数，而狗的社会里，等级高低是不按个头大小排的，纯按岁数论资排辈。所以经常能看到小区里，一条小狗满世界地追着大狗咬。人比狗高级，见面不用上来就先闻屁眼，但是通过言行举止，语气态度，气场强弱也能立刻分出个等级来。

"刘老师，那您先慢慢看啊，导演，我去趟洗手间。"栾总说完，拎起包离开了。

栾总刚一走，刘立冬立刻就像过了午夜十二点的灰姑娘一样，从编剧老师摇身一变又变回了原来的样子。

"哎，导演，这家公司看起来规模不大啊？咱没找个大集团来投资啊？"刘立冬小心翼翼地问道。

"啧！你这就不懂了吧？这小公司好摆弄啊，你说开机就开机，你说剧本没问题就是没问题，大集团能一样吗？光剧本责编就十好几个，你每出一集剧本，光修改意见就能给你码出个一万字，等按照他们的程序都走过一遍，同类型的题材不但拍完了，恨不得连收视率都出来了，你耗得起吗？再说了，让你一集剧本改十遍你乐意啊？像这样的小公司多好，只要我说剧本没问题了，那就是没问题了。立冬，相信我，只有和这样的小公司合作，才能出来原汁原味的作品，像电视剧这样的东西，最重要的是什么？是呈现，是最后呈现在屏幕上的艺术！"沈超导演振振有词。

刘立冬听完连连点头，确实沈超导演说的话句句在理。

沈超导演补充道："立冬，现在对于咱们来说，最关键的问题是开机时间已经定了，就在下个月二十八号。离现在只剩一个多月的时间了，我要求你在开机前至少拿出前十五集剧本来，按照你之前的速度，两天一集的话，加上现在已经出了的三集剧本，这个要求你是完全有能力达到的，怎么样？没问题吧？"

刘立冬听完深深地吸了一口气，咬着后槽牙说道："行！没问题！您这么信任我这个小编剧，我就是豁出命来也得完成！"

"好！太好了，立冬，我相信你，你肯定没问题的，咱们一起加油！要是碰到什么困难和问题的话，你随时找我。"沈超导演义薄云天，就差拉个条桌点上三炷香和刘立冬磕头拜把子了。

"导演，我……我最近在经济上有点困难，您看……"刘立冬想试着争取一下，看看能不能多要出点钱来，他想赶紧把杨菲菲的那九万块钱给还了。说实话，自从刘立冬知道杨菲菲是个正常女人之后，他完全相信如果再像从前一样跟她相处的话，俩人肯定得出事。

"行！没问题，你缺多少？"沈超导演一口答应。

刘立冬算了算，自己现在已经有了将近四万多的还债基金了。

"导演，我缺五万。"

"好说！一会儿你别说话，我帮你管栾总要钱。"

刘立冬听完周身血液都沸腾了，顿时浑身上下充满了士为知己者死的冲动，他暗暗决定，一个月不睡觉算什么？就算自己家破人亡，也要报答沈超导演的知遇之恩！当然，他没忘抽空看了一眼署名的条款，乙方，也就是自己，拥有这部戏的署

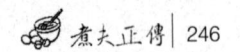

名权，刘立冬满意极了。

这时包房的门打开了，栾总上完洗手间回来了。

"刘老师，怎么样？合同没问题吧？"栾总问道。

没等刘立冬说话，沈超就开口了："这个其他的问题都没有，就是定金的比例太少了，现在立冬已经交了三集剧本了，我觉得把定金调成五万吧。"

"好好，没问题，我立刻就让公司的人去改。"栾总一听五万这个数字完全在自己可接受的范围内，立刻就答应了。

趁栾总背过身去打电话吩咐修改合同的当口，沈超导演冲刘立冬伸出大拇指，刘立冬感恩戴德地冲沈超重重点了点头。

11

韩雪儿在厨房做着饭，刘立冬和妮妮在客厅里分享着韩雪儿白天的购物成果，家里的气氛异常和谐。

看着闺女一件一件地试着新衣服，听着厨房里老婆炒菜的声音，闻着家中弥漫着的饭菜香味，刘立冬的幸福指数蹭蹭地往上涨。想起白天在老黄家和杨菲菲的那一幕，刘立冬顿时感到自己特别地对不起妻子，对不起女儿，甚至都觉得对不起自己。

刘立冬站起身来向厨房走去，他准备彻底向韩雪儿坦白，这次不再有任何隐瞒，原原本本地把所有韩雪儿不知道的事情都告诉她，包括管杨菲菲借的那九万块钱。

刘立冬走进厨房，轻轻地从后面抱住了正在炒菜的韩雪儿，韩雪儿嗔怪道："讨厌，妮妮在外面呢。"

刘立冬我行我素地没搭理韩雪儿，凑到韩雪儿耳边轻轻地说了句："老婆，我爱你"之后，直接从后面轻轻地含住了妻子的耳垂。

韩雪儿甜甜地笑了，她用胳膊肘将刘立冬顶开后，娇嗔道："讨厌，没看人家忙着呢？不帮忙做饭还瞎捣乱，去，旁边老老实实待着去。"

刘立冬听话地靠在冰箱上，看着韩雪儿炒菜，忽然刘立冬的脑海中又出现了杨菲菲拿着松肉锤做牛排的那一幕，当时自己也是这么靠在冰箱上看着杨菲菲做饭的。

刘立冬使劲敲了敲脑袋，他虽然不知道自己是不是喜欢上了杨菲菲，但是，不得不承认的是，自己肯定不讨厌她。刘立冬决定现在立刻马上，就把自己和杨菲菲的事告诉老婆，坚决断了自己的后路，不管喜欢还是不喜欢，总之从现在开始，让自己再也没机会去和杨菲菲接触肯定是正确的。

"老婆，我有个事想和你说。"刘立冬开口了。

"不嘛不嘛，我先说。"韩雪儿撒起娇来的可爱程度和妮妮绝对有一拼，但是韩雪儿比妮妮性感多了,刘立冬听完,立刻就想抱起老婆,直接把她扔到卧室床上去。

"好好好,你先说,乖啊。"刘立冬用哄闺女的口吻哄着老婆,不自觉地又开始在脑子里对比起韩雪儿和杨菲菲来,不过这一回合,韩雪儿完胜。

"老公,你知道嘛,我今天可厉害了,我现在是我们市场部的总指挥,下个月二十八号要做的上市新闻发布会全听我的。"韩雪儿得瑟道。

"哦,老婆这么厉害啊。"

"那是,这可是我们部门总监和集团总裁亲自任命的呢。"韩雪儿今天心情特好,所以顺手也就吹了个牛。

刘立冬一听到联华士多集团总裁这个称谓就忍不住地烦躁,他一想起柴东林那张帅气的脸就不爽,尤其是那张帅脸对自己说的那句话——总之路边捡几张破发票,就说我们集团的人贪污受贿,这样的事,我柴东林不信!请你走吧!

当然,不爽归不爽,现在这样的氛围下,刘立冬是根本就不会介意他柴东林是不是个二逼了,因为现在自己也牛了,都能被人称为刘老师了。

"哇,那可是很厉害哦,老婆,那今晚我好好奖励你一下吧,怎么样啊?"刘立冬色迷迷地对韩雪儿说。

"哼!我才不要呢,你哪儿是奖励我啊?纯粹是奖励你自己,不过呢,我也可以考虑一下今晚是不是奖励奖励你,当然了,要看看你的好消息给不给力了。"在这个没有孩子没有别人的厨房里,韩雪儿的这句话对丈夫讲得很骚很风尘。

"嘿嘿,好啊,你等着啊,我出去拿个东西给你看看。"刘立冬说完走出厨房,他打算把白天刚签的合同拿给韩雪儿。

刘立冬刚一进客厅,正在看动画片的妮妮就指着放在茶几上的韩雪儿的手机说道:"爸爸,刚才妈妈手机短信响了。"

刘立冬一边从包里拿出合同,一边冲着厨房大声喊道:"雪儿,刚才你手机有短信。"

"哦,你帮我看一眼。"韩雪儿的声音从厨房传来。

刘立冬拿起韩雪儿手机,打开短信,只见是一条贷款的垃圾短信。

"雪儿,让你借钱的,删了啊。"刘立冬边喊边摁下了删除键,短信被删除后回到了所有短信列表的菜单,下一条信息里,柴东林三个字异常惹眼。

结婚这么多年了,刘立冬和韩雪儿的手机从来都是摆在明面上的,两个人也从来不会查对方的手机,可是柴东林这三个字对刘立冬好像有魔力一样,让刘立冬忍不住打开了韩雪儿和柴东林的短信记录。

"看着我,别说话"这是柴东林发给自己老婆的。

"这样可以吗？"这竟然是自己老婆回复柴东林的。

刘立冬放下手机，一屁股坐在沙发上，皱着眉头点着了一根烟。

一片湛蓝湛蓝的大海边，韩雪儿穿着比基尼站在沙滩上，姣好的身材暴露无遗。

海的另一边，柴东林站在海边，远远地对着韩雪儿喊着什么。韩雪儿努力地听，可是海浪声盖过了柴东林的喊声，这时，韩雪儿的手机响了起来，是柴东林发来的短信。

短信上写着：看着我，别说话。

韩雪儿回复"这样可以吗？"之后，深情款款地、含情脉脉地看着海对面的柴东林。

"老公，你干吗呢？快进来啊。"韩雪儿的声音从厨房里传了出来，一下子把刘立冬从"大海"边拉了回来。

刘立冬看了看手里的合同，又看了看静静躺在茶几上的手机，这样的短信内容无法让他不胡思乱想。刘立冬苦笑了一下，拿着合同进厨房去了。

12

老黄、贝勒爷、老好人和经济学大拿蒋教授正围坐在老黄家的客厅里喝酒聊天。

贝勒爷喝了口酒后开口了："小黄啊，今天那两只黑金刚你最后多少钱卖的？"

"一千三一只。"老黄回答。

"什么？你小子也太黑了吧？我不是和你说了嘛，那种品级的虫最多八百一只。"贝勒爷皱着眉头说道。

"嗨，我也没辙啊，这价格又不是我订的，三拨人都想要，我就让他们自由竞价去了。"老黄夹了口菜，不以为然地说着。

这时，蒋教授开口了："小黄啊，我不想当会计了，没意思，你看看你和老贝勒天天玩得多高兴啊，凭什么就让我天天守在办公室啊？我辞职了，不干了。"

老黄一听着急了："别啊，蒋教授，您可不能辞职啊，您走了物业还不全乱了。"

贝勒爷拍了拍老黄："嘿嘿，他个老小子这是管你要活干呢，他啊，就是闲的。退休以前他一三五讲课，二四六帮人做资本分析和咨询，现在你就让他只管记账，他当然不乐意了。"

老黄听完，美了，问蒋教授："啊？您还会做资本方面的事？"

蒋教授一笑，摆了摆手："小菜一碟嘛。"

"太好了，这样吧蒋教授，我过几天再去注册个新加里森资本运作咨询公司，您当总经理兼首席咨询师，怎么样啊？"老黄立刻又看到了一条财路。

"呵呵，行，不过我可不当什么总经理，你当吧，我只要有事干就成，唉，忙乎了一辈子，闲下来可是真难受啊。"蒋教授很满意地说道。

"小黄，你把菲菲和立冬都给叫出来，咱一起聊天呗，光咱们几个没意思。"贝勒爷指着老好人继续说，"你看看他，光跟着傻乐也不说话，多没劲。"

"杨菲菲不知道怎么了，我刚才叫她了，好像生气呢，她脾气那么大，要叫你去，我可不敢惹她。"老黄说着，不由自主往杨菲菲那紧闭的房间门看了一眼。

贝勒爷也不太敢惹杨菲菲，他继续说道："那把立冬叫来。"

"我也叫过了，他说什么下午去签合同了，今晚得抓紧干活，说好像是下个月就要开机，哦，对，签的就是写咱物业的那个戏。"

老好人听完破天荒地问道："啊？签了？和哪个导演啊？哪家公司啊？下个月就开机？"

老黄回答："导演就应该是那个叫沈超的吧，和什么公司签的我哪儿知道啊？哎，老好人，你对这事怎么这么感兴趣啊？"

老好人好像没有听到老黄的问题似的，若有所思地自言自语道："啊？他导啊？"

这时一阵急促的敲门声响起，老黄一边念叨着"估计小左又把钥匙给丢了"一边起身去开门。

敲门的不是别人，正是萧居正。

"你好，麻烦找一下杨菲菲。"

老黄"哦"了一声之后，就冲着杨菲菲房间大声喊道："菲菲，有人找！"

杨菲菲房间的门打开了，杨菲菲看到萧居正后愣住，两行清泪顿时流了下来。其他人也都愣住了。

"菲菲，能出来一下吗？我说完就走。"萧居正说完后，转身离开。

杨菲菲愣了几秒后，跟着萧居正走了出去。

13

刘立冬一家三口围坐在餐桌边，韩雪儿拿出一瓶红酒，说："老公，我特地买的，今晚咱们一家好好庆祝一下。"

刘立冬勉强笑了笑，摆手道："算了，一会儿吃完饭我还得赶稿呢。"

韩雪儿有些失落，但是却没有影响到自己的好心情："好吧，不过你可一定注意身体啊，别天天熬夜。"

刘立冬点了点头，没再说什么，低下头开始默默吃饭。

刚才看完短信后，刘立冬的幸福感荡然无存，他其实也清楚，韩雪儿和柴东林肯定不会像自己想象的那样，在大海边含情脉脉地对视。可是，那条短信却仍然让刘立冬感觉如鲠在喉，韩雪儿顶多也就算是个中层员工，柴东林作为整个集团的总裁，为什么要和一个市场部的小员工发这样暧昧且含糊不清的短信呢？

这个疑问让刘立冬有些坐立难安，可是他又不知道该如何开口去问韩雪儿，这一点让刘立冬很是烦躁。在这样烦躁的感觉下，刘立冬自然没有向韩雪儿坦白，他只是淡淡地把合同递给了韩雪儿。

韩雪儿看到那张刚签的合同后，转过身来就在刘立冬的脸上亲了一口，可是刘立冬此时不但没感到任何甜蜜，竟然隐约还有一丝恶心。

一家三口就在这样的气氛下默默地吃着"庆祝"晚餐，韩雪儿却依旧大大咧咧，完全没有多想，她天真地认为刘立冬这样是因为时间紧、任务重而造成的。

韩雪儿从看到刘立冬的编剧合同后，就一直在计划着，为了自己而计划，为了老公而计划："老公，看来从今天开始的这一个月里，我们谁都没时间照顾家照顾妮妮了。刚才我想了想，要不你明天给你爸妈打个电话，这一个月的时间就辛苦他们一下吧？"

韩雪儿首先做出了让步，她明白，眼前这个机会是刘立冬盼望了十多年的一个机会，她不能再因为妮妮的教育问题而让老公牺牲了，况且就一个月嘛。韩雪儿还清楚地记得刘立冬对于未来的规划，那就是在家写剧本，工作挣钱和教育孩子两不误。

韩雪儿说完这番话，本来预计刘立冬会举双手双脚赞同的，结果没想到刘立冬连头都没抬，只是淡淡地说了句："好，我知道了。"

刘立冬简单而快速地吃完饭后，放下碗筷就钻书房里去了。韩雪儿轻轻地叹了口气，今天的晚餐跟气氛和她白天设想的太不一样了，本来刚回家时刘立冬还是很兴奋的啊，可是为什么突然之间态度就变了呢？韩雪儿若有所思地发着呆。

"妈妈，你和爸爸是不是要挣很多钱啦？"妮妮的问题把韩雪儿从发呆的状态里激活了。

"是啊，尤其是爸爸，妮妮，爸爸写的东西很快就要在电视上放了，你高兴吗？"

"嗯，高兴，特别高兴，妈妈，我想求你一个事情可以吗？"

"啊？什么事啊？"

"今天幼儿园的老师让我们讲故事来着，故事的题目叫'我和爸爸妈妈出去玩'。班里很多同学讲的都是他们和爸爸妈妈去国外玩的故事，我听得可高兴了，他们说一个叫做马什么亚的国家可美了，有大海看，有螃蟹吃，我也挺想去的。我想等爸爸妈妈挣到钱后，可以也带我去那儿玩吗？"

韩雪儿听完一阵心酸，连连点头："妮妮，妈妈答应你，不管爸爸妈妈挣不挣得到钱，今年都会带你去那个叫马来西亚的国家玩，好吗？"

妮妮高兴地回答："对对对，就是叫马来西亚，妈妈，你去过吗？那儿的大海真的有很多种蓝色吗？"

又是一阵心酸袭来，韩雪儿摇了摇头："妈妈也没去过，妮妮，从明天开始，你一定要乖乖地听爷爷奶奶的话啊，爸爸妈妈出去好好工作挣钱，妮妮在家好好听话，咱们争取在妮妮放暑假的时候就去看大海、吃螃蟹好不好？"

妮妮满脸向往地对韩雪儿使劲点了点头。

14

小区花园里，萧居正和杨菲菲坐在长椅上。

"菲菲，你搬回去住吧，我保证以后再也不会出现在你的生活里了，好吗？"

杨菲菲没说话，摇了摇头。

"为什么啊？你为什么要这么苦着自己啊？真的，我萧居正对天发誓，我绝对不会再来找你了。我想明白了，以前我的做法有问题，每次我忍不住来找你，心里都觉得不过是想看看你，我自以为我很高尚，自以为我的出现对你是无害的，自以为我不会让你难受，其实这才是对你最大的伤害，因为我根本就没有资格关心你。真的，很多时候我特别恨自己，我恨我为什么第一次见到你的时候要骗你说我未婚，我恨我为什么要去法国散心，我恨我为什么当初非要改变命运来北京上大学。如果这一切都没发生的话，我现在就是个普通的农民，和我太太过着日出而作日落而息的平淡日子，而你也会在法国继续你的学业，你现在可能都是巴黎四季酒店的行政总厨了。"

"算了，以前的事别说了。不怪你，要怪的话都怪我自己，怪我当时太年轻，我自以为爱情可以不顾一切，我自以为我爱你不关别人的事，我自以为只要有你在，其他的一切我都不需要。可是，事实证明我错了，我是个坏女人，我有了你之后我还想要家庭，我爱上你就是对你太太的不公平，我的不顾一切就是我最大的自私。"

萧居正沉默了一会儿，深深地吸了一口气，对杨菲菲说道："菲菲，搬回去住吧，我真的不会再打扰你了。"

"不了，那个房子里回忆太多了，生活在回忆里太痛苦，我可能永远也走不出去。"

萧居正听完，痛苦地把头低下，喃喃地说："对不起，对不起……"

杨菲菲凄然一笑："挺晚的了，你回家吧，以后别再让你太太等你了。我说过了,不怪你,怪我自己,我也不知道为什么,为什么我喜欢上的男人都有家。"

"啊?都有家,你……你是说那个刘立冬?"

杨菲菲站起身来,轻轻地拍了拍萧居正:"回家吧,今天是我们最后一次见面,你放心,我能处理好我自己的事。我现在已经想明白了,喜欢一个人未必就非要有什么结果,很多时候在旁边静静地看着他就足够了。你放心,我会过得很好的,我会忘掉你的。"

杨菲菲说完,头也不回地走了。

萧居正看着杨菲菲的背影,自言自语道:"傻丫头,恶人还是我来做吧……"

15

妮妮已经睡了,韩雪儿正在洗澡,刘立冬坐在书房的电脑前疾速地敲打键盘。这时敲门声响起,刘立冬手没停地喊道:"雪儿,你开下门去。"

洗手间里传来韩雪儿的声音:"我洗澡呢,你开一下去。"

刘立冬不情愿地站起身来,可是手却还留在键盘上,直到打完了一整句话后,才恋恋不舍地向客厅走去。

刘立冬打开门,只见门外竟然是稀客——老好人,刘立冬不禁一愣,问道:"哟,您怎么来了?这么晚了,有事吗?"

老好人笑了笑:"呵呵,没事没事,晚上闲得无聊,想来你这儿看看有没有新写出的剧本。"

刘立冬心想这老头可真是够无聊的,剧本又不是小说,有啥好看的?可转念一想,自己目前最忠实的读者只有杨菲菲和老好人这两个人,其实那个自己最希望争取到的读者——韩雪儿,却因为工作繁忙,根本没时间仔细地看刘立冬写的东西,而从今以后杨菲菲是肯定不能再多接触了,眼前剩的这最后一个忠实读者肯定还是需要维护一下的。

不知为什么,当想到以后每新写出一集来就不能叫杨菲菲立刻过来看了,刘立冬内心深处隐隐一疼。

刘立冬将老好人让进书房,从打印机上拿下刚刚写完的三千多字剧本,递给了老好人。谁料老好人这次没有像以前一样,接过剧本就如饥似渴地看下去,他竟然把剧本往旁边一放,一屁股坐了下来,破天荒地和刘立冬聊了起来。

"立冬啊,今天听小黄说这个戏你签合同了?"

刘立冬点了点头:"是啊。"

"那什么时候开……哦,什么时候能在电视上播啊?"

"这个我可不清楚,这得看杀青之后卖得怎么样了,估计怎么着最快也得大半年吧。"刘立冬内行一样地向老好人述说着。忽然,刘立冬意识到自己用了圈里的专业词汇,连忙解释道:"哦,杀青就是拍完戏的意思。"

老好人听完后,点头道:"哦,那可真挺快的啊,大半年就能在电视上看见了,呵呵,可是我怎么听说人家编剧光写剧本就得小一年啊?"

刘立冬很奇怪,这个平时不爱说话的老好人今天为什么这么多话啊?

"哦,我们这个戏比较着急,所以快,这样啊,您坐这儿慢慢看,我还得赶紧接着码字呢,就先不陪您聊天了啊。"刘立冬说完,自顾自地接着坐回到电脑前,继续开始敲键盘。

老好人坐在一边既不看剧本也不说话,而是静静地看着埋头工作的刘立冬。

半响,老好人又开口了:"立冬,我再问你最后一个问题啊,问完我就走,你为什么写东西啊?"

刘立冬继续敲着键盘,回答道:"为了挣钱啊。"

"如果挣不到钱呢?你还写吗?"

刘立冬依旧是边打字边有一搭没一搭地回答着:"饭都吃不上了还怎么写?"

"呵呵,如果能保证你最低的生活要求呢?你写吗?"老好人追问。

刘立冬听完笑了一声:"呵呵,您可真逗,我们家加上狗一共有四张嘴等着吃饭呢,就算我无所谓,我老婆我闺女也不行啊,亏待谁也不能亏待我闺女啊。"

"如果你没有老婆,没有闺女,没有狗,只有你一个人,写东西还挣不到钱,也拍不成电视剧,更不能让你扬名立万,你还写吗?"

老好人这个问题一出,噼里啪啦敲击键盘的声音停止了,刘立冬停下手头的工作,转过身来看着老好人,认真地想了想之后,回答道:"我写,我有很多东西想用文字来倾诉,呵呵,可是您说的这种情况根本就不会出现嘛。"

刘立冬说完冲老好人笑了笑,转过身去接着码字。

老好人站起身来,拿起了刚才放在旁边没来得及看的那几页纸,没有向刘立冬道别,静悄悄地走了。

16

第二天清晨,韩雪儿醒来后发现身边空空如也,刘立冬竟然一夜没睡。韩雪儿走到书房门口,里面的景象让韩雪儿心疼不已。只见书房里的台灯还亮着,刘立冬抱着键盘窝在椅子上睡得正香,书桌上还放着一张字条。

韩雪儿走进书房,拿起字条,上面写着:麻烦你起床后叫醒我。

韩雪儿心疼地看着丈夫，走进客厅，从沙发上拿起一块小毯子，轻轻地盖在了刘立冬身上。

此后韩雪儿不论是叫妮妮起床，还是刷牙洗脸做早餐，都尽量保持着安静，只是因为她想让丈夫多睡一会儿。

不多时，韩雪儿和妮妮收拾停当，韩雪儿走进书房，轻轻地拍了拍刘立冬。

"老公，老公……"

刘立冬睁开眼睛，第一件事就是拿起手机看了一眼时间。

"啊？怎么都快八点啦？你起晚啦？平时你不都是六点就起吗？"

"我想让你多睡会儿，就没叫你。"

"哎呀，这……这八点才起的话，再送完妮妮，这一上午的时间就几乎没了啊，唉，你怎么不叫我啊？"刘立冬埋怨着韩雪儿。

"妮妮一会儿我去送，早餐都放在桌上了，你一会儿给你爸妈打个电话说让他们帮忙带孩子的事就行了。立冬，你安心写吧，不过千万别太累了啊。"韩雪儿说完，又心疼地看了刘立冬一眼，带着妮妮走了。

韩雪儿走后，刘立冬乱七八糟地洗了把脸，抓起一个馒头就坐回到电脑边，刚敲了没几个字，忽然想起来还得给父母打电话呢。

刘立冬跑进客厅，拿起电话就拨了出去。

"喂，谁啊？"立冬妈的声音从电话那头传过来时，听到母亲声音的刘立冬顿时感到心中涌出一丝暖意。

"喂，妈，是我啊，我这儿有两个好消息，你想先听哪个啊？"刘立冬觉得不论是自己签约还是让父母住过来照顾妮妮，对于父母来说，都是好消息。

刘立冬说完后，等着听筒里传来母亲那往常一样的笑声，和着急同时知道两个好消息的催促。结果却大相径庭，听筒里传来了母亲焦急的声音："哎呀，你赶紧说，我这一会儿还得带你爸去……哎，你捅我干吗？哦，哦，一会儿还得带你爸去超市呢。"

"啊？去超市？"

"对对对，就是去超市，立冬，有啥事啊？你说吧。"母亲的声音里带出了一丝慌乱。

"哦，昨晚上我和雪儿商量了一下，想让你们过来住一个月，帮忙照顾照顾妮妮。我写的那个戏昨天签合同了，还有一个月就得开机，时间特紧，雪儿那边也是一样，她们公司要弄个发布会，也是一个月之后开，所以我想正好我爸不也一直想孙女呢吗？这样一举两得，虽然我这儿房子小点，但是一个月也不长，就委屈你们凑合凑合吧。"

"啊？签合同啦？哟，太好了，哎，老头子，你来跟你儿子说吧，立冬写的戏签合同啦。"立冬妈的声音很兴奋。

立冬爸在电话那头说道："儿子，好好努力啊，可千万别辜负了人家对你的信任啊，刚才你说的话我都听见了，这个……怎么说呢，我们就不过去了，我和你妈最近有点别的事要忙，你看要不叫雪儿他妈帮你们带妮妮吧，对不起啊儿子。

哎，对了，你的那个电视剧啥时候能播啊？"

刘立冬听完，明显感觉到父母是有事在瞒着自己，但是刘立冬没多想，毕竟父母有自己的生活，有自己的计划也不是什么不能理解的事。

"哦，估计怎么也得大半年吧，爸，你们有事要忙说啥对不起啊，这还不是应该的，没事没事，我到时候让雪儿问问他妈吧。"刘立冬回答。

"哦，要大半年啊？"立冬爸的语气明显带着一丝沮丧，"好，那不多说啦，你赶紧好好写吧，我和你妈一定等着看你写的戏在电视上播啊，呵呵，到时候我儿子的名字也能出现在电视上啦。'

挂断电话后，刘立冬隐约觉得父亲怪怪的。按照正常的逻辑来说，当他们听到能和儿子孙女住到一起后，都应该是高兴地一口答应啊，尤其是自己的父母。别人不知道，刘立冬很清楚，他们虽然嘴上不说，可是对于不能四代同堂的遗憾却是一直有的。

刘立冬正在琢磨着．一阵急促的敲门声伴随着老黄和杨菲菲的喊声响了起来。

"立冬，你赶紧出来，老连长带着队伍回来啦！"

17

韩雪儿刚到公司打开邮箱，就发现了 Linda 沈于昨晚十二点发的邮件，邮件里清清楚楚地把所有人员的分工及工作安排，全都分门别类地一一标明。除了这封邮件，Linda 沈还单独给韩雪儿发了一封私人邮件，里面也是条理清晰地把韩雪儿需要注意的事项一一列明。

看着这两封发送时间都是深夜的邮件，韩雪儿觉得 Linda 沈真是一个好领导，作为这么大一个集团的市场总监，能在宏观上指导一下工作就很不容易了，而 Linda 沈却竟然能如此事无巨细地把所有细节都安排妥当，而且竟然还不自己居功，把总指挥的位置拱手让给了韩雪儿。

韩雪儿又读了一遍 Linda 沈的邮件后，觉得自己真是幸运，来到联华士多刚过试工期，就歪打误撞地得到了总裁的器重。而这次递交改革方案前，本以为会因为影响到太多人的利益而受到排挤和冷落，结果竟然是这么意想不到地顺利，不但改革方案顺利通过，连自己的顶头上司都这么支持自己。

想到这儿，韩雪儿顿时觉得自己有些对不起 Linda 沈，自从柴东林授予自己那所谓的"密折专奏权"后，自己一直是越级报告，这一点可是职场大忌啊，没想到 Linda 沈竟然如此大度，不但没有追究自己，还事事处处为自己考虑。韩雪儿决定，以后再有什么想法时，一定要和 Linda 沈沟通，然后再上报柴东林。

此时，市场部的同事们三三两两地围到了韩雪儿的工位前。

"韩总指挥，老大的邮件我们都已经看完了，我们俩负责发布会现场前期的工作。刚才我们商量了一下，背板设计是最着急的事，我们打算从今天开始就找设计公司开始设计了，到时候先让他们出三稿，然后咱们再讨论定稿。"说话的是那个吃牛排讨论打高尔夫用什么杆好使的男同事。

韩雪儿点了点头，说道："好的，那辛苦你了，不过麻烦你们现在也得开始找具体的施工单位了，因为我觉得在一个月时间里，找一家性价比高、施工质量靠谱的公司，时间也很紧啊。"

"OK，没问题，到时候设计稿和价格对比表我们一起给你。"男同事异常配合。

"雪儿，老大让我们三个负责邀请媒体，这是我们列出的一个准备邀请的媒体清单，你看看 O 不 OK 啦。"那个爱看歌剧的女同事说完，递给了韩雪儿一份清单。另外两个同样负责媒体事宜的同事，则是讨论 Alexander Mc Queen 本季新款的奢侈品达人。

韩雪儿看了一眼，只见上面第一行就是《人民日报》、《北京青年报》、《南方周末》等几家极度知名的媒体。韩雪儿往下看了看，这张清单上全是各地一线的大报纸大杂志，甚至国外媒体一栏中还有《纽约时报》、《时代》周刊等国际知名的媒体，韩雪儿不免有些吃惊地问道："啊？这么多大媒体啊，能请得来吗？"

"这次上市发布会可是我们集团的重中之重啊，老大昨晚特地给我们三个都打了电话，要求我们必须全力以赴，请得来请不来我现在还不能肯定，不过试一试总归是好的嘛。"一个脖子上系着爱马仕今年新款丝巾的女同事回答道。

韩雪儿听完后，觉得这帮人也太用力过度了，要说努力一下能把国内知名大报请来还有戏，人家《时代》周刊怎么可能来参加这么个小集团的上市发布会啊？除非发布会上柴东林掏出冲锋枪，对着员工一通扫射之后饮弹自尽了，估计还能有百分之五十的希望请来他们。

不过韩雪儿转念一想，现在众同事都是如此热情高涨，自己怎么能泼凉水呢？

"好，太好了，真是辛苦你们了，那就麻烦你们尽早把邀请媒体后对方的答复告诉我，辛苦了。"韩雪儿语气客气地给自己留了一条后路，她打算就算她们请不来这么多媒体的话，早点儿告诉自己，也好让自己有时间回旋。

其他同事也都三三两两地把自己的工作计划报告给韩雪儿，韩雪儿应付得井井有条，并按照Linda沈邮件里的嘱咐，一一作出回应。

整个市场部办公室里，洋溢着一片热火朝天的工作气氛。

18

新加里森物业办公室里，老连长气宇轩昂地坐在中间，身后整齐地站着八个保安，哦，不，应该说是战士。刘立冬、老黄和杨菲菲刚一进屋，老连长就得意地说道："立冬，我们回来啦，从今天开始，小区的保安工作我接手啦，你们就不用费心了，从今以后，如果物业再收到关于保安工作的投诉，全算我的！"

刘立冬看了看老连长身后站着的那八个"战士"，站姿端正，面无表情，那气场就像电视上看到的特种部队一样。刘立冬刚想说话，忽然发觉杨菲菲正紧紧地站在自己身旁，刘立冬看了一眼杨菲菲，只见她正笑嘻嘻地看着热闹，注意力完全没在自己身上。刘立冬悄然后退一步，和杨菲菲保持出了安全距离。

老黄开玩笑道："哟，老连长，厉害啊。哎，我在电视上看那些部队大比武的时候，好多战士都能胸口碎大石，或者一脑袋把板砖撞一粉碎，你训练出来的这八个魔鬼筋肉人能这样吗？"

老连长没听出老黄的玩笑，认真地说道："唉，现在还不成，时间太紧了，要再给我一年时间，别说那些花架子了，我训练出来的人，一个人的警戒范围就能覆盖咱们整个小区，连只猫进小区来，他都能知道从哪个门进的，哪个门出的！"

老连长说完，开始左右环顾，找了一圈也没找到贝勒爷。

"哎，立冬啊，那个老贝勒呢？你是不是把他给开除了？"

刘立冬听完哭笑不得，这两个冤家啊，见面就掐，见不着面就想方设法地找辙见面接着掐。刘立冬回答老连长："没没没，哪能开除啊，他去花鸟市场了，这不物业最近又经费紧张了嘛，大部分业主还都在观望，看看咱们到底能给小区治理得怎么样，所以物业费还一直没收上来呢。"

杨菲菲插话道："根本就不是，刘立冬他天天忙着写剧本，他压根就没好好收过物业费，是不是，刘副经理？"

杨菲菲说完，笑脸盈盈地看着刘立冬。昨天借给杨菲菲肩膀的那一幕顿时又一次涌现在刘立冬脑中，刘立冬勉强挤出一个笑容后，把脸扭向一边，假装是在看老连长。

杨菲菲没再说话，秀眉一蹙。

"放心吧，只要我带着部队回来了，安保方面绝对没人能说出个不字来！"

老连长信心满满地说完，回过头用标准军人训话的音量，大声喊道："从现在开始，四个人一个班，每十二小时轮一次岗，休息的人自由活动，上岗的人每人负责一个门，以门为单位，把警戒区平分四份，谁的警戒范围里出了问题谁负责，听明白了吗？"

八个人异口同声地回答道："明白！"

声音大到振聋发聩，震得刘立冬都有房顶上往下掉灰的错觉了。

"向左转！"老连长继续发令。

八个"战士"齐刷刷地转了过去。

"跑步走！"以老连长为首的小区保安部队，踏着整齐的脚步离开了。

众人都有点发懵。

"啧！这老头还真有点邪性啊，弄不好真给咱小区整出个侦察排来。唉，不过就是数量少了一半，要是再多十个就好了，少林寺十八铜人啊。"老黄说完，背着手就要出去溜达。

刘立冬一把拉住老黄："哎，你小子最近得多管管物业的事了啊，别净整你那鸣虫文化公司了。《物业那些事儿》昨天已经签约了，一个月就开机，从今天开始，我得玩命赶稿子，不能像以前一样经常来物业转悠了。"

老黄想了想后，回答道："行吧，不过呢我有个条件，你剧本里多给我写点戏，开机前我托人看看能不能找到那个沈超导演，到时候弄不好我直接来个本色出演。嘿嘿，等戏火了之后，咱哥俩就都能重拾旧日梦想了。"

刘立冬乐了："成，我一定多给你加戏，什么强抢民女啦，逼良为娼啦，为富不仁啦，全给你加上。"

老黄捶了刘立冬一拳："放你娘的屁吧，别以为老子不懂，你写的这是现代都市戏，你以为你丫写的民国戏啊？你当总局是吃素的啊？毙不死你小样的。"

杨菲菲也跟着起哄道："刘立冬，你也得给我加戏，否则从今以后，你闺女没人管，你狗没人遛，你饭没得吃。"

杨菲菲说完，刘立冬严肃地回答道："哦，对了，杨菲菲，我忘了告诉你了，我老婆要请她妈妈来帮忙照顾我和妮妮了，以后就不用麻烦你了。哦，还有，我欠你的钱已经凑够了，下午我就去银行，取完了给你送过去啊。"

刘立冬说完转身就走，杨菲菲愣住了，看了看老黄，喃喃地问道："他……他怎么了？"

老黄凑到杨菲菲耳边,小声说:"货有过期日,人有看腻时,烦你了呗!"

杨菲菲听完,狠狠地掐住了老黄的耳朵,恶狠狠地说道:"你说什么?"

老黄吃疼,连忙改口讨饶:"没没没,我刚才说的只是一种可能,另一种可能就是刘立冬他爱上你了。"

杨菲菲听完脸刷地一下就红了,老黄揉着耳朵,用诧异的眼光看着杨菲菲。

第十章　危机前夜

1

　　十来天后,刘立冬已经累得不成人样了,不过成果却是斐然的,刘立冬的写作速度如有神助,加上签约前交上去的三集剧本,竟然已经完成十一集剧本了。当然,这一切还要归功于刘立冬创作素材的大本营新加里森物业公司,因为这十几天发生的事情太多了。

　　然而,在新加里森物业管理有限公司里发生的最为奇葩的一件事,当属由老连长负责的保安支队的事迹了。刘立冬的剧本里叙述这件奇事的小标题叫做:狗拿耗子得奖金,方圆十里再无鼠。

　　话说老连长一手训练出的保安支队果然屌爆了,因为保安岗亭里永远没人,所有保安个个神出鬼没,没事时看不见人,可是一旦有个什么风吹草动,立刻就能有当执的保安出现。刘立冬一直奇怪,这帮人执勤的时候都窝在哪儿啊?

　　这事儿一开始老黄也不信邪,试过一次之后,彻底拜服了,老黄现在管他们都叫伊森亨特(《碟中谍》男一号,汤姆克鲁斯扮演的超 NB 特工)了。那次老黄在小区里最偏僻的九号楼后面喊了一嗓子"救命"之后就开始掐表,不夸张地说,四十七秒后一个身影从天而降……

　　自从"伊森亨特"们负责起小区的安保工作后,丢自行车这类的恶性案件已经完全绝迹了,业主们个个拍手称快,物业费一下子收上来不少,这让老黄很是满意。

　　一天下午,老黄在花鸟鱼虫市场卖掉贝勒爷秘制的蛐蛐食儿后,又给蒋教授安排了工作,工作内容是给一家连老板带工人一共只有十八个员工的民营电子管公司做上市规划。

　　当然,这已经是老黄能给新加里森资本运作咨询公司找到的最靠谱的活了,可是蒋教授却不以为意,每次都很高兴地为各种不靠谱的、做着上市梦的小公司们耐心地做着咨询。听贝勒爷说,蒋教授准备出一本叫做《中国民营企业现状》的书,反正老黄是无所谓,只要对方付咨询费就成,就算是一个煎饼摊打算在纳斯达克上市也无所谓。

　　忙乎完的老黄在物业办公室沏上一壶茶,刚准备和贝勒爷斗会儿蛐蛐,两个彪形大汉径直推门进来了。

　　"你们这儿谁是负责人啊?"一个面色严肃、不怒自威的中年男人开口了。

　　老黄一下就怂了,哆哆嗦嗦地回答:"我……我不是,您有什么事吗?"

　　中年男人从兜里掏出证件,给老黄看了一眼后,说道:"我们是刑侦一队的,找你们这儿一个叫刘顺的保安了解点情况。"

妈呀,刑侦一队,那可就是香港重案组、美国CIA啊,这家伙,也不知道那个刘顺犯了什么事,能惊动刑侦一队的人来找。老黄一边想着一边往对方那鼓鼓囊囊的腰间看了一眼,乖乖隆地洞,估计这帮便衣刑警都是带着枪来的。老黄打算好了,要是刘顺一会儿拒捕的话,自己可一定得隐蔽好,省得白挨一枪流弹。

不过老黄害怕归害怕,一听对方不是来找自己的就正常多了:"哦,您稍等啊,我这就去把他给叫过来。"老黄说完,一溜小跑着走了。

不多时,老黄带着那个叫做刘顺的保安回到物业办公室。

"警察同志,这就是刘顺。"老黄介绍完,为了躲避一会儿的枪战,本能地往旁边迈了一大步。

中年刑警从兜里掏出一张照片递给刘顺:"这个人是你昨天抓住后送到派出所的?"

刘顺看了看,点了点头:"是俺抓的。"

老黄责备地插嘴:"啧!你抓他干吗啊?"

刘顺回答道:"昨天俺下夜班之后饿了,打算出去吃点东西,碰上这小子抢劫,我就给顺手抓了。"

中年刑警听完乐了:"顺手抓了?你知道他是谁吗?A级通缉犯啊,持刀抢劫杀人,上次抓捕他的时候,这小子厉害得很啊,捅伤了我们三个同事后逃跑了。"

刘顺憨憨地挠了挠后脑勺:"呵呵,他厉害?我两下就给摁住了。"

而此时在一旁的老黄和贝勒爷已经听傻了,两人目瞪口呆。

中年刑警拍了拍刘顺的肩膀,说道:"走吧,跟我们回局里做一下笔录,然后给你发奖金。"

刘顺高兴地问道:"啊?还有奖金呐?"

中年刑警回答:"当然了,抓住A级杀人在逃的通缉犯都有奖金啊。"

刘顺憨憨地笑着问:"呵呵,多少钱啊?"

"五万,赶紧走吧。"中年刑警说完后,转身离开,经过老黄身边时,开玩笑地说,"你们小区这保安哪儿招的啊?少林寺?"

刘顺兴高采烈地跟着刑警走了,留下瞠目结舌的贝勒爷和老黄。

半晌,贝勒爷缓缓冒出一句话:"那老小子估计打架也挺厉害的吧?"

老黄没回答,冲着贝勒爷点了点头。自此,贝勒爷见到老连长都很客气。

从那以后,新加里森物业的保安们都跟打了鸡血似的,人手一本从公安部网站上打印下来的通缉犯名单,只要是不上班,就天天拿着名单出去溜达。

通缉犯没抓住，倒是顺手抓了不少小偷和抢劫犯，每每事主都会酬谢见义勇为的保安们，这一下子更激发了保安们打击犯罪的热情，他们碰上任何违法犯罪的行为后，都及时将犯罪分子制服并立即扭送公安机关。

保安们已经把打击犯罪行为当成拿奖金的副业了，据不完全统计，至今新加里森保安队共抓获小偷17人，抢劫犯6人，A级通缉犯1人，奖励五万元，B级通缉犯1人，奖励一万元，方圆十几公里的治安状况大为改观。而保安们更是劲头十足，天天跟撞大运似的上街找通缉犯去。

当然，"伊森亨特"们偶尔也有失手的时候，有一次就错抓了一个"银行抢劫犯"。

一天，一个叫王强的保安去银行存钱，刚一进门就看见一个男子拿着存折快步地往外走，后面一个女的对着男子大喊大叫："你把存折还我！"。王强抓贼抓惯了，一套擒拿动作就把那个男子给摁住了。

结果没想到是人家两口子吵架，女的要往家里寄钱，男的不同意。幸亏那套擒拿动作没有弄伤那男的，要不估计王强不但拿不到奖金还得赔钱。

自此以后，老连长规定了所有出去"捞外快"的保安们，只许抓贼，不许伤人。

这帮"战士们"一口答应，也是，都是按特种兵的标准训练出来的，对付几个小毛贼确实能保证只抓不伤。

2

韩雪儿这些天来也是累得不轻，自从上次刘立冬要求公公婆婆住过来帮着照顾妮妮被拒绝后，韩雪儿只得找到自己母亲，把自己那在云南玩得乐不思蜀的母亲抓壮丁一样地抓了回来。为了避免矛盾，也为了给丈夫一个良好且安静的创作环境，韩雪儿让唠叨的母亲带着妮妮和狗回自己家住去了。

终于解决了后顾之忧的韩雪儿，把所有心思都投入到工作中。和刘立冬一样，韩雪儿的努力也得到了回报，给老柴总出书的事情异常顺利，作者已经完成了前五万字的写作，韩雪儿想看看效果，没想到被老柴总拒绝了，老柴总坚持全书完成后再给别人看。

发布会的事情也是进展得很顺利，虽然韩雪儿不能万事都亲力亲为，可是她不断地收到来自各位同事们的良好反馈：背板的设计已经完成、制作安装的厂家已经确定、礼品的方案已经通过并开始制作了、酒店的场租费用经过谈判又下降了百分之五。不过最让韩雪儿高兴的是，那份媒体清单上的大部分知名媒体竟然同意参加发布会了，这一点让韩雪儿对负责邀请媒体的那三个同事刮目相看。

要知道，一个企业做新闻发布会，最难的就是邀请媒体，当然，出现大丑闻后的危机公关另当别论，那时候的媒体是你不想让他来，他都挤破脑袋要来的。

韩雪儿最近和柴东林也没有什么接触了．一是因为柴东林最近好像很忙，听说是和佐藤资本在忙着和那个胜和超商集团谈收购的事情；二是韩雪儿也在刻意地疏远着柴东林，因为韩雪儿觉得Linda沈不但是个好领导，更是个好人，她不想再做像原来那样的越级报告了，善良的韩雪儿总觉得背着Linda沈向总裁报告是一种宵小行为。

同时，韩雪儿也不希望被同事们说成因为自己是总裁亲信，才备受重用的，她觉得联华士多市场部虽然有一些问题，可都不是大问题。韩雪儿相信原来那些问题只不过是因为Linda沈没有注意到而已，现在那些问题已经在柴东林的握权下和Linda沈的关注下改变了。

韩雪儿信心满满地期待着二十八日的上市新闻发布会，她希望这次由自己总指挥的发布会能成功举办，从而奠定自己在联华士多的地位。现在韩雪儿已经不像以前那么有野心了，其实她的要求很简单，一份稳定的工作和一份不错的薪水。现在的韩雪儿丝毫没有了当年不当上市场总监誓不罢休的劲头，她只想能在妮妮上学前带她出去好好地旅游一次而已，她只希望未来妮妮不会再把马来西亚说成马什么亚而已，她只希望能通过她和老公刘立冬的努力，安安生生地逐步提高生活质量而已。

3

一间宽敞明亮的会议室里，椭圆形的会议桌两边坐满了人，人人都是西装革履、面色严肃。柴东林一个人坐在会议桌的一端，会议桌的另一端是一个正在侃侃而谈的秃顶中年人。

"柴总，你提出的价格让我们实在是不能接受，光是我们胜和超商集团的固定资本总和就已经超过了您给出的价格。"这个秃顶中年人，正是柴东林要收购的胜和超商集团的老板。

柴东林听完后不紧不慢地说道："确实你们胜和集团在业内也是历经风雨，价格方面的问题我觉得现在谈是不是有些为时过早呢？我希望在并购计划生效前，先了解一下其他的重要问题。"

胜和老板点了点头："您请说。"

"根据我们第三方的数据分析来看，你们近一年的盈亏率比我们预期的低了十五个百分点，根据MAC条款，我可以了解一下关于毛利率的数据吗？"

柴东林此言一出，胜和老板故作镇定地说道："这个……这个毛利率的数据我会让我们财务总监在会后尽快发给你们的，柴总，你还有什么其他问题吗？"

柴东林不置可否地点了点头，继续说道："我还希望知道贵公司的投资回报率是如何计算出来的，你们使用的是哪种多重抽样算法？另外，根据我的合作伙伴——佐藤资本的数据显示，你们的资金链目前出现了一些小问题，所以这就直接导致我们联华士多的风险准备金需要大幅度增加，OK，我的问题问完了。"

胜和老板听完如此专业性的问题后有点懵了，他皱着眉头看向会议桌一侧坐着的胜和员工们，说道："你们谁来回答一下柴总的问题？我们的投资回报率是用什么抽样的？"

胜和员工们你看看我，我看看你，没人说话。

胜和老板有些急了，对着其中一个员工说道："赵鹏，你这个财务总监说说，咱们的投资回报率是怎么算的？"

那个叫做赵鹏的财务总监像小学生回答不出问题一样心虚地说道："我……我用的是年均利润除以投资总额后，乘以百分之百的公式算的。"

柴东林听完，对坐在会议桌另一侧离自己最近的藤静笑了笑，藤静开口了："你们这种 ROI 的算法优点是计算简单，缺点是没有考虑资金时间价值因素，不能正确地反映出建设期长短，以及投资方式不同和回收额的条件对项目的影响，分子、分母计算口径的可比性太差，无法直接利用净现金流量信息。你们的这种计算方法只有投资利润率指标大于或等于无风险投资利润率的投资项目时，我们的这次并购才具有财务可行性。"

藤静这一番话的轰炸后，对方全傻了。

柴东林适时地补充道："我考虑最多的投资风险因素是时间 time 和流动性 liquidity，另外希望贵方在考虑我方提出的收购价格时，尽量多的先考量一下净现金流量方面的信息。"

胜和老板听完后连连点头："好好，我们回去再商量商量。"

"好的，希望我们未来合作愉快。"柴东林说完，胜和集团的人逃也似的离开了会议室，随后坐在会议桌另一边的联华士多的员工也陆续离开了。

一个偌大的会议室里，只剩下柴东林和藤静两个人。

此时的藤静完全没有了刚才轰炸对方时的冷酷，对柴东林娇嗔道："东林，你刚才真坏，竟然拿出重大不利变化条款吓唬人家。"

柴东林笑了笑："呵呵，兵不厌诈嘛，再说了，虽然现在还不适用 MAC 条款，但是过一段时间就能用了嘛，我哪是吓唬他们啊，只能算是提前给他们提个醒。"

柴东林说完后顿了一顿，意识到自己这样的语气可能会让藤静更加误会，连忙正色道:"他们的资金链肯定有大问题,我觉得我们的收购价格还可以再下降百分之五。"柴东林自从确定韩雪儿是自己的追求目标后,现在和藤静都是只谈工作不谈其他,刚才因为心情很好和藤静开了句玩笑后,便连忙将话题扳回到工作上。

藤静对柴东林的心理变化一清二楚,但是她现在并不着急俘获柴东林,因为她知道韩雪儿已婚这一事实绝对是自己的王牌,像柴东林这样的正人君子,是绝对不会夺人所爱的。之所以藤静现在还没有打出这张王牌,是因为她在等那个私家侦探的调查结果。

"东林,恭喜你,你的第一步计划成功上市在二十八日就要实现了,现在看来第二步计划成功与否也没有悬念了。可是我有一个问题,如果你光是为了用胜和集团来培训中高管理层的员工,以替代现在的元老团,好像不用付出这么大的代价吧?"

"呵呵,当然了,这一切都是为了实现我的最终目标。"只要是说工作上的事,柴东林还是很愿意和藤静聊天的,因为在柴东林心里,藤静各方面都符合一个完美合作伙伴的条件,除了这个合作伙伴爱上自己这点之外。

"哦?还有最终目标?我记得第一次和你喝酒聊天的时候,你只提了你的三步计划,不知道柴总有没有兴趣告诉我你的后续计划呢?"

柴东林笑着喝了一口咖啡,说道:"我要先壮大联华士多,然后分裂它,把它变成无数个利益单位。"

藤静听完目瞪口呆。

4

自打答应刘立冬多操心物业的事而让刘立冬专心去写剧本后,老黄还是说到做到的,现在他就正坐在墙上挂满锦旗的办公室里打着瞌睡。

这时刘立冬顶着个黑眼圈走进物业办公室,拍了一下老黄。老黄惊醒后,看着刘立冬说道:"哟,咋又来了?又写不下去来找素材啦?"

刘立冬摇了摇头:"没,我今天给自己放天假,太累了,写不动了。"

"你交上去多少集了?"老黄问。

"十一集了,离要求就差四集了。"

"哦,我说呢,你平时对自己比黄世仁还周扒皮,今天怎么肯给自己放假了,敢情是心里有底了啊,怎么样?喝点儿?"

刘立冬点头:"对啊,我你来就是想喝点儿,我连着好几天睡不踏实了,一写就犯困,一躺下就清醒,好不容易睡着了,梦里全是人物关系,今儿想多喝点,回家睡个踏实觉去。"

老黄听完从抽屉里拿出一瓶白酒和一袋花生米，起身去找杯子了。

刘立冬看了看那面挂满了锦旗的墙，对忙乎着的老黄说道："最近保安抓贼的效率不高啊，怎么才多了两面锦旗啊？"

老黄一边找杯子一边回答："废话，咱这一片方圆十里都快能夜不闭户了，哪抓小偷去啊，这两面锦旗还是那帮小子坐了半天的公交车，跑到通州去抓的呢。"

刘立冬指着一面写着"见益勇为道德模范"的锦旗说道："哟，这字都写错了啊，见义勇为的'义'字写成利益的'益'了。"

老黄找到了杯子，坐了回来："写错了吗？我觉得人家写得挺对啊，那帮小子不就是见了利益才勇为的吗？"

老黄一边说着一边给刘立冬倒了一杯，然后又给自己倒上，老黄又拿出个空杯子来，在刘立冬眼前晃着，开玩笑道："我把杨菲菲也给叫来？"

"得了吧，你不知道我最近躲着她吗？"刘立冬脑袋摇得和拨浪鼓一样。

老黄明知故问："哟，为啥啊？躲债呢？你那九万还没还呢？"

刘立冬喝了口酒："钱是还完了，可是又欠别的了。"

老黄听完一脸坏笑地说："嘿嘿，活该，谁让你小子不听古代圣贤的话。"

刘立冬没明白，问道："什么古代圣贤的话啊？"

"远嫖近赌啊，现在傻了吧。"

"放你娘的屁，老子跟杨菲菲干净得很！什么都没有！"

老黄坏笑得更灿烂了："干净吗？没有吧？什么都没有你丫抱着人家哭。"

刘立冬听完叹了口气："唉，都他妈是你小子害的，要是当初你没用我手机跟人家瞎扯淡，哪会成现在这样？大老远地我看见她都得绕着走。"

老黄不甘示弱："是啊，要是当初没有我，你小子现在早就因为恶意拖欠信用卡而锒铛入狱了。"

刘立冬想了想，也是，要没有老黄，自己那九万多的信用卡账还真不知道该怎么还。

老黄举起杯子和刘立冬碰了一下："哎，说正经的，你和杨菲菲真没事？最近杨菲菲可是准备对你有所动作啊。"

"啊？她要干什么啊？"

"你先说到底有事没事。"老黄很八卦地问完后，连忙又补充了一句："反正这儿也没别人，我你还信不过吗？"

刘立冬喝了口酒："唉，要说有事儿吧，其实我俩还真没事，可是要说没事吧，也确实还是有点事儿。啧,怎么说呢,我就是挺愿意跟她在一起的,原来以为她是个同性恋,所以就压根也没把她当成个姑娘看,可是自从知道她压根就不是之后,我吧,就怎么说呢……"

老黄插嘴道:"心痒难搔,春心萌动,一肚子鸡鸣狗盗男盗女娼之事,对吧?"

"你他妈成语接龙呐?我跟你说啊,还真不是,我心里一点那方面的想法都没有,就是觉得和这样的小姑娘一起聊聊天,一起喝喝酒之后,自己好像有活力了,好像年轻了,生活好像也不那么死气沉沉了,好像……"

"好像你妹啊!刘立冬,你危险了啊,你要说就只想和杨菲菲上上床的话,我百分之百支持,你要是没地方的话,上我们家去,床单我都给你换成新的,可是你要是这么多情绪的话,你可真危险了,你知道吗?男盗女娼这事吧就怕有情绪,一有情绪全完!"

"啧!这什么事怎么从你嘴里说出来都这么三俗啊?"

"嘿嘿,话糙理不糙!来,干一个。"老黄美滋滋地举起杯,二人一饮而尽。

刘立冬放下酒杯,抓了几个花生米扔进嘴里:"你说这道理我明白,所以我现在看见杨菲菲就躲着走啊,这十好几天了,每次碰上她我都没搭理她。"

老黄撇着嘴说道:"你这孙子就是占着茅坑不拉屎,要是我有一个像韩雪儿那么漂亮的老婆,别说杨菲菲了,范冰冰我都不惦记!"忽然老黄一脸色迷迷地问刘立冬:"哎,现在你闺女和狗全让丈母娘带走了,你和你老婆天天二人世界,是不是……"

和老黄那一脸淫笑形成强烈对比的是一脸苦瓜相的刘立冬。

"哼,天天什么啊?我跟你说啊,这十来天我跟我老婆说的话还不如跟杨菲菲说的多呢。"

"你不是说不搭理人家杨菲菲了吗?"

"住一个小区里,天天抬头不见低头见的,人家跟我打招呼,我怎么着也得回一句吧,我说的不搭理她的意思是不一起聊天扯淡了。"

"哦,那你老婆呢?怎么着,现在不回家啦?跟你闺女和狗一起回娘家啦?"

"唉,不是,她忙我也忙,她天天加完班回到家累得一句话都不想说。我也一样,你想想啊,每天说了小一万字的话之后,谁还愿意再多说一句啊?而且我现在对我老婆意见挺大的,你说我写的东西也挺有意思的啊,每次写完了我自己看都能被逗乐了,你们看的时候不也都觉得挺逗吗?就她,从来不看!你说我也上过班,再忙再累再没时间,怎么着也能抽出半小时的工夫来随便看看我写的东西吧?人家韩总可不行,那家伙,天天日理万机啊,比他妈周总理都忙!丫他妈就差住到中南海去了！"刘立冬说完，气哼哼地又喝光了一杯。

老黄刚想劝刘立冬几句，这时物业办公室的门开了，只见土根夫妇气哼哼地走了进来，土根爹把手里拿着的铁锹往地上一摔。

"种土豆子这事俺不干了！也没法干了！"土根爹很生气。

"哟，咋了这是？你俩又吵架啦？"老黄问道。

土根爹看见刘立冬也在屋里后，对刘立冬说道："正好今天立冬也在，你俩给俺评评理，你说这城里人咋都那么没见过世面，那么爱贪小便宜啊？自打有人听说俺们种的是土豆子之后，这苗子刚出来，花还都没开呢，就有人开始偷偷挖了。"

"#@￥@#￥@#￥@#￥。"土根娘也很生气，叽里咕噜地说了一堆。

"孩儿他娘说太糟践粮食了，俺俩辛辛苦苦地刚种好，土豆子又不值钱，要是想要的话，等熟了谁想吃俺俩送都行啊，这现在还都是小苗子呢，你挖回去有啥用啊！不行，你俩得找保安队说说去，让他们给俺俩把土豆地看好了，谁偷就抓谁！"

刘立冬听完刚要点头答应，老黄开口了："别生气啊，来，咱一起喝两杯。这事啊不能找保安，那帮小子太猛了，万一抓住哪个业主偷土豆了，那家伙，上来就是擒拿手啊。咱跟业主关系闹僵了，更收不上来物业费了。"

土根爹不依不饶："那你说咋办？反正再这么糟践苗子的话，俺俩是打死也不干了！"

老黄想了想之后，回答道："这事我来弄吧，反正你俩放心，从明天开始，肯定不会有人再偷偷挖苗子了。"

土根爹将信将疑地问："真的？"

"那当然了，不过我有个条件啊，就是从今以后物业给你俩开工资，但是土豆的收成归物业，怎么样？"老黄回答。

"俺刚才不是都说了嘛？等土豆子熟了白送都行，开啥工资啊，俺儿子儿媳在大公司挣的多着哩！"土根爹说着，指着土根娘脖子上的 LV 围巾说道，"就儿子送的这叫爱鲁啥的围脖，能买一百斤土豆子！俺俩就是闲得慌，种一辈子地了，老了没活干，难受！"

老黄乐了："成成成，那就这么定了啊。"

土根爹撇着嘴点了点头，捡起地上的铁锹就要走。

"土根爹，不跟我们喝点儿啊？"老黄问道。

"不喝啦，糟蹋了的苗子我得补上，要不再过半个月，土豆子开起花来，一片有一片没有的，不好看！"土根爹说完，和土根娘一前一后地走了。

土根夫妇刚走，刘立冬就忍不住开口问老黄："你打算怎么弄啊？"

老黄不紧不慢地喝了口酒："嗨，这还不容易啊？人家哪儿是为了几个破土豆偷他苗子啊，城里人没见过土豆苗，图个新鲜才瞎挖着玩的，待会儿我找人做块牌子，上面只要写一句话就成。"

"啊？什么话啊？"刘立冬很好奇。

"土豆成熟后供业主免费采摘！嘿嘿，只要有了这句话，所有业主就都成了帮土根夫妇看地的人了。这玩意跟做买卖一样，你要弄明白顾客的心理，那就是顾客要的不是便宜，要的是感觉占了便宜。"

刘立冬听完对老黄大为佩服。自打老黄成立了各种新加里森公司后，刘立冬发现老黄简直就是个经营的天才啊。

"可以啊你，这话太经典了，不行不行，我不跟你喝酒了，我得赶紧回去把刚才这一段写剧本里去，这一段就叫……"刘立冬沉思片刻后，继续说道，"丢土豆夫妻罢工，黄某人道破天机！"

刘立冬说完站起身来，急匆匆地就往外走。

"哎，我还没跟你说杨菲菲准备要干吗呢！"老黄话没说完，刘立冬已经着急忙慌地跑了。

"唉，你小子，等着被杨菲菲堵着谈话吧啊！"老黄撇着嘴，自己又干了一杯。

5

会议室里，柴东林对藤静笑了笑，不紧不慢地说道："你没听错，我这么做的目的就是为了要把这个庞大的帝国，分裂成无数个各自为政的小公司。"

"啊？为什么？"

"为了能让我去自由自在地干自己想干的事啊。"

藤静听完更不明白了："可是你现在就可以啊，上市之后你可以出让一部分的股权，只要保证自己的绝对控股权就可以了啊，或者你还可以引入职业经理人来为你打理集团事务，为什么要分裂呢？还是分裂成无数个各自为政的小公司。"

"你说的方法我不是没有想过，可是如果你往长远了想的话，这种方法其实是最危险的。"柴东林看到藤静还是一脸茫然，解释道，"你说的第一种方法是出让股份，我保留控股权，可是这样除了能套现之外，我原来该操多少心还是得操多少心，一点没有省力。"

藤静点了点头。

"你说的第二种方法是让职业经理人来管理集团，那好，我问问你，就算是用股权激励的方式来奖励职业经理人的话，他们肯定还是拿利润里的小头吧？大部分利润还是我的吧？"

藤静点头。

"这样问题就出来了，人的欲望是无穷的，有能力的职业经理人拼死拼活地工作，而我每天自由自在。时间长了，他们就会问问自己，这到底是为什么，问过几次之后他们就会去改变这种状况。这是一个绝对真理，人类社会的发展就是基于这个真理，因为原始人不满足于钻木取火，所以我们现在才有打火机。"

藤静叹了口气："确实，你说得很对，可是这是一个无解的问题，世界上根本就没有一个正确答案。"

"对，这个问题确实没有一个永恒正确的答案，我们找到的方法都是在一个时间段里看上去对的方法，我现在就是要找一个相对正确的方法。这样吧，我先给你讲一个故事，然后咱们再继续讨论。从前，有一个卖牛肉面的老板，他为了留住厨师采用了一种激励机制，那就是每卖出一碗面厨师就能得到一块钱。厨师为了多挣钱，玩命地往面里放牛肉，结果厨师是留住了，可是老板却赔了。老板又换了另一种方法，那就是给厨师稳定的高工资，结果我不说你肯定也能猜到了，厨师从此以后就不再努力了，老板的生意还是没有起色。"柴东林说完，对藤静耸了耸肩膀。

藤静笑了："可是现代化的企业管理是不会用这么简单粗暴的方式的，你可以在纯利润里拿出一部分来奖励厨师啊，这样就能保证自己既不亏本也能留住厨师了啊。"

"理论上讲是对的，可是利润谁来算呢？自己算？这样就达不到真正自由自在的目的了，雇佣别人来算的话，你怎么保证他给你算出来的利润是真实可靠的呢？"

"你说得对，无论多么先进的管理方法，哪怕现在看上去正确无比，也不能保证在一个被无限拉长的时间段里始终正确。我觉得明朝开国皇帝朱元璋就是一个最好的例子，他建国以后，耗尽心力地制定了包罗万象的《太祖成法》，里面把一个国家从上到下，所有的事务一一列举唯恐不能穷尽，这个天才朱元璋认为可以用上千年万年的制度，才实行了几十年，就成了一个摆设。"藤静投柴东林所好地引经据典起来。

果然，柴东林听完异常赞许地点了点头："确实是啊，世间安得双全法。这就是我要分裂联华士多的原因，因为我认为，这是我能想到的在最长时间段里，唯一能保证正确的方法了。"

藤静摇了摇头："我还是没明白。"

"换句话说，就是把牛肉面店送给厨师，让厨师去操这个心，每卖出一碗面，老板拿走一块钱。这样的话，在一定的时间段内，厨师就会安心地工作，会努力地多卖面条，因为他的欲望被满足了，他会认为这家店原本是老板的，而现在自己拿大头，老板拿小头，他就会舒服很多，这就是我想出来的方法。"

"这不是一样吗？那你怎么保证厨师把真实的销售数据告诉老板呢？"藤静追问道。

"这就要引入一个总量控制和基数的概念了，如果这个老板能从所有的牛肉面店里都拿走一块钱的话，那么就容易计算得多了，因为顾客不论在哪一家吃面，牛肉面销售的总量是不会出现大变化的，这个小镇不会今天卖出去一百碗牛肉面，而明天只卖掉一碗，而以一个店为单位的话，这种可能性就会很大了。"

藤静点头道："哦，我明白了，这样老板就可以自由自在了，因为每天卖出的牛肉面数量基本是恒定的，老板就可以得到稳定的现金流了。"

"但是说起来容易做起来难啊，理论上是这样没错，可是不能深想，因为人的欲望膨胀速度是无法估量的，可能这个厨师刚高兴了一天就不开心了，因为他不想再给老板那一块钱了。所以还要引入两个概念，一是利益共享，二是三个和尚没水喝的概念。"

"哦？快说说，我很感兴趣。"

"利益共享这个概念，从我父亲创立联华士多时就开始用了，他把利益分享给了现在的元老们，但是就像我刚才说的一样，元老们欲望膨胀得太快了，所以为了抑制这种膨胀，就要再加上三个和尚没水喝的概念。只要你把利益分享给足够多的人，那么他们就很难形成联盟，更难形成的就是阴谋，每个人都有自己的小算盘，同时每个人也都害怕自己享受利益的权力被别人抢走，所有的这些因素加在一起，就能形成一个相对稳定的情形。当然了，是在一个不长的时间段里。"

"如果想达到这种效果，可能是需要十年甚至二十年的时间啊，等你成功了，那时候你也已经老了，难道为了自由自在地做自己想做的事那么重要吗？东林，你做这些究竟是为了什么呢？"

"为了我的后代！怎么说呢，我其实不喜欢做生意，可是联华士多是我亲眼看着我父亲用生命一点一点打造的，我如果选择追求梦想的话，那样就太自私了，可是为了责任而选择了子承父业呢，我又过得不快乐。我父亲用一生的时间给后代留下了殷实的经济基础，而我则希望用我的一生，给后代留下殷实的经济基础和自由选择梦想的权力。"

面对着这样的一个男人，哪个女人能不动心呢？藤静听完后，痴痴地看着眼前的这个男人，她暗自发誓，为了得到这个男人，她，佐藤静子，会用尽一切手段！

敲门声响起，是藤静的助理。

"腾总，不好意思，有个人找您有急事。"助理说道。

藤静不高兴地说："啧！谁啊？没看到我和柴总正在说话吗？让他等会儿！"

助理走到藤静身边，附耳低声说道："是那个私家侦探。"

藤静听完一脸喜色，连忙和柴东林道别，立刻站起身来快步走了出去。

6

电梯门刚打开，刘立冬就从里面急匆匆地走了出来，嘴里还神神叨叨地自言自语着："这个土根夫妇的儿子儿媳身上应该能挖出故事来，有意思。"忽然刘立冬愣住了，只见自己家门口站着一个人，正是已经等了多时的杨菲菲。

刘立冬对杨菲菲勉强挤出一个笑脸，也不知道该说什么，场面颇为尴尬。杨菲菲也没说话，气哼哼地盯着刘立冬。

半响，刘立冬终于用一句废话打破了尴尬："呵呵，你找我啊？"

杨菲菲一句话就道破了刘立冬废话的本质："我不找你我站这儿干吗？"

"我忙着……"刘立冬刚打算用忙着写剧本为借口逃进家去，就被杨菲菲打断了。

"你忙什么啊？平时怕耽误你写东西，所以没来找你，刚才我去物业了，看见你和老黄正喝酒扯淡呢，所以今天才来你们家门口堵你的。"

刘立冬无言以对，只能对着杨菲菲傻乐两声，算是回答。

"开门，进屋，我有话要跟你说。"杨菲菲用命令的口吻对刘立冬说道。

刘立冬点了点头，掏出钥匙打开了门，不知为什么，刘立冬心里竟然有一丝期待，期待知道杨菲菲到底要和自己说什么。

客厅里，杨菲菲主人一般地坐在沙发上，而刘立冬却像是客人一样站在一旁。

"别站着啊，坐啊？"杨菲菲对刘立冬说道，刘立冬点了点头，坐到了离杨菲菲距离最远的椅子上。

杨菲菲笑了笑，继续说道："刘立冬，你这人挺没劲的你知道吗？"

刘立冬连忙点头："对对对，我是挺没劲的。"

"你哪儿没劲啊？"

"我……我哪儿都没劲，不是，你到底想跟我说什么啊？"刘立冬觉得不能再这么和杨菲菲扯淡了，有什么大不了的啊，刘立冬决定不兜圈子了，直入主题。

"你为什么躲着我？"杨菲菲更直接。

"我……我……"话到嘴边，刘立冬又说不出口了。

"你是不是觉得我喜欢你，怕我破坏你家庭，怕你自己把持不住干了对不起你老婆的事啊？"杨菲菲的直截了当让刘立冬傻眼了。

人家一个姑娘都把话说到这个份上了，刘立冬也不好意思再装 B 了，刘立冬对杨菲菲点了点头。

"行，说清楚了就成。我走了，你以后不用躲着我了，本来咱俩之间也没任何事，现在你天天躲着我，弄得别人以为咱俩还真有什么事似的。"杨菲菲说完起身就走，刘立冬下意识地也站了起来。

杨菲菲走到门口后，回头对刘立冬说道："哦，对了，趁着你今天不忙，再跟你顺便道个别，你现在可是大忙人啊，别到时候我临走之前想说声'拜拜'都找不到你的人。"

杨菲菲说完，头也不回地离开了。刘立冬一下子没反应过来，等反应过来想问杨菲菲要去哪时，发现杨菲菲已经走了。

刘立冬想也没想地就追了出去。

7

藤静急匆匆地快步走出写字楼，走向停在路边的一辆公务舱，拉开车门就坐进去。助理紧跟在后，把公务舱的车门关上，静静地站在车外等着。

藤静一上车就着急地对那个依旧是一袭黑衣的私家侦探问道："查出来了？"

私家侦探点了点头。

藤静焦急地追问："他们为什么也调查韩雪儿？他们是谁？什么目的？"

私家侦探不紧不慢地说道："不好意思，由于这次的调查难度太大，所以需要先付款。"

藤静一听不耐烦地说道："行行行，多少钱？"

私家侦探知道眼前这个委托人有的是钱，所以狮子大开口地说道："只说调查结果的话是三万。"他说着从包里拿出一个快递包裹，把贴在包裹上的单据姓名给藤静看了看，只见上面收件人的姓名赫然写着"韩雪儿"三个字。私家侦探继续说道："如果你还想看看这个包裹里有什么的话，加五万。"

藤静轻蔑地一笑，二话没说就从私家侦探手里拿过了包裹。私家侦探笑了笑，他很清楚眼前这个叫做佐藤静子的日本女人身家过亿。

藤静拆开包裹，只见里面是十几张照片，每张照片都是两个人的亲密合影，藤静一下子就认出照片上的男人正是韩雪儿的老公，而另一个女人不认识。

"这女人是谁？这到底是怎么回事？"藤静问道。

"你慢慢听我讲，这里的事情很复杂。"私家侦探边说边从包里又掏出一打照片，从里面抽出一张萧居正和杨菲菲那天在小区花园里聊天时的照片，对藤静解释道，"照片上的男人叫萧居正，彝族，职业是律师，已婚。那家调查公司正是他找来的，他一开始要调查的目标是韩雪儿的老公刘立冬是否离异。后来调查的目标改了，改成这个照片上的女人的新住址。这个女人叫做杨菲菲，未婚无业，曾经是萧居正的情人，两个人和平分手后，杨菲菲和刘立冬走得很近，两个人的关系很暧昧，我个人感觉杨菲菲应该是喜欢上了刘立东。而这个包裹则是萧居正寄给韩雪儿的。萧居正此举的目的不详，我猜是为了成全老情人，所以想拆散刘立冬和韩雪儿。我觉得这个包裹对你至关重要，所以就给截下来了，OK，我的任务完成了。"

藤静听完心里是又气又喜，喜的是这八万花的太值了，要是这包裹让韩雪儿看见的话，弄不好现在离婚证都领了。气的是这消息来得太迟了，白白耽误了大把的时间，现在让自己很是被动。

藤静用埋怨的口气说道："你为什么不早点来告诉我？"

私家侦探耸了耸肩膀："自从接了你的任务之后，我就一直潜伏在那个小区里，可是那家调查公司的人很多天都没有再出现过。直到十几天前，他忽然又出现了，他这次出现是为了帮萧居正调查杨菲菲的新住址。从那时候开始，我才把目标转向了杨菲菲，跟着杨菲菲这条线索，才摸清了她和刘立冬之间的关系。没办法，这已经是我能达到的最快速度了。因为那个小区里的保安不知道为什么，每个人的反侦察能力都极强，我被逼无奈，最后在那租了个房子才躲开保安的。"

藤静点了点头，把照片和包裹都放进包里，拉开车门下车去了。

"给他八万现金。"藤静对助理说完后，头也不回地走了。

8

刘立冬家楼下，杨菲菲前脚刚从楼门里出来，刘立冬就追了上去。

"菲菲，你要干吗去啊？为什么道别啊？"

"我要回法国，继续完成我的学业。"

"啊？什么时候走啊？"

"八月就走，九月开学，我已经和学校联系好了，他们答应我可以回去继续完成最后一年的课程。"

刘立冬听完后点了点头，下意识地说："那离现在可没几个月时间了啊，嗯，这是好事，到时候我去机场送你。"

杨菲菲似笑非笑地看着刘立冬，问道："不躲着我了？"

刘立冬笑了笑，对杨菲菲摇了摇头。

此时刘立冬的心态，又回到了当初刚见到杨菲菲时的状态。

其实已婚男人就是这样，他们需要一个保护伞，一个能抵挡住自己良心谴责的，一个能冠冕堂皇地让老婆无话可说的，一个不会让他们犯错误的保护伞。

一开始刘立冬的保护伞是杨菲菲的性取向，在这个保护伞底下，刘立冬认为他和杨菲菲绝对不会发生任何不该发生的事情，所以刘立冬很享受和杨菲菲在一起的感觉。后来这个保护伞没了，刘立冬就开始恐慌了，他开始害怕起各种事情，他害怕自己和杨菲菲发生所有不该发生的事。

而现在，这个保护伞又有了，刘立冬心里用道德和责任筑起的警戒系统认为，眼前这个女人在不久后就要离开，而离开后可能此生都不会再相见，刘立冬潜意识里害怕的是随着时间的增加而让他和杨菲菲的友情变质，但是现在不同了。现在刘立冬脑子里的家庭责任感警戒系统2.0道德增强版认为，杨菲菲这个女人是安全的，是无害的，是不会和刘立冬发生任何不该发生的事儿的。

另一个问题随之而来，已婚男人为什么需要这把保护伞呢？难道他们就不能对除了老婆以外的女性免疫吗？很遗憾，不能！因为这把保护伞下面埋藏的是男人的天性，或者说是所有雄性动物的天性，那就是交配，和更多的、更年轻的、更能生育的异性交配。

自从一夫一妻制实行以来，男人的这种天性就被道德和舆论压得越埋越深，以至于这种交配的天性深到连男人自己都快不知道了。自从男人不能再拥有三妻四妾之后，自从在青楼和窑子里吟诗不再被称为风流才子而被说成是二逼之后，自从道德和舆论都开始抨击婚外性行为之后，男人们的天性使他们开始把注意力转移到合理合法的事情上去。

不能拥有三妻四妾了没关系，可以合理合法地喜欢无数个美女明星；不能在青楼里吟诗了没关系，可以去微博上抒发才情引得无数美女粉丝称赞连连；不能有婚外性行为了没关系，可以下载无数岛国爱情动作片，边看边跟着幻想在温泉在地铁在厕所在飞机在床上在地上在野外和一个和两个和三个和一群……

主流的道德标准也在补偿着男人那被深埋的天性，比基尼、黑丝、高跟、超短裙、吊袜带、PLAYBOY、AV、选美大赛等等一切取悦男人的玩意，都在弥补着他们天性的被压制。

人说上帝关上一扇门，亦会打开一扇窗，现在对于刘立冬来说，这扇窗就打开了，他现在就可以合理合法地、不受道德谴责地、不违背自己良心和家庭责任感地和杨菲菲聊起天来。

"怎么突然又想回法国了？"刘立冬坐在小区的长椅上问杨菲菲。

"不想留在这儿了，想弥补因为自己年轻时候的鲁莽而犯下的错误。"

"说句实话你别生气啊,我一直很想知道你到底是怎么回事,一个连爱马仕都随便乱扔的富家大小姐,为什么会突然就变得一贫如洗,还住到老黄那儿去了呢?"

杨菲菲听完后对刘立冬笑了笑,长长地叹了一口气,说道:"我给你讲个故事吧。"

刘立冬认真地点了点头。

"其实我根本就不是什么富二代,我爸就是一个普普通通的小老板,从我记事的时候起,他就在老家开了一间小小的西餐厅。我家的日子虽然算不上是大富大贵,可也算是小富即安了。而我呢,从小就是在西餐厅的厨房里长大的,小时候的玩具也都是什么松肉锤啦,打蛋器之类的,别人家的孩子都玩橡皮泥,我小时候是玩芝士块,呵呵,幸福的童年啊。"说起童年时的事情来,杨菲菲一脸向往。

刘立冬静静地听着杨菲菲述说,此时的刘立冬心里那些乱七八糟的情绪全没了,而编剧的天性又复苏了,他有一种直觉,那就是杨菲菲身上肯定有故事。

杨菲菲看了刘立冬一眼,笑着问道:"我讲的是不是特无聊啊,要不算了,我不打扰你工作了,你赶紧去接着写剧本吧。"

刘立冬使劲地摇了摇头:"没没没,真的,一点都不无聊,用我们写戏的说法来说的话,你这个人物原来就是个空壳,不贴地面,是飘在天上的,现在不一样了,现在的你有血有肉,你接着说,我特愿意听。"

杨菲菲点了点头,继续讲道:"后来我长大了,可能是从小就在厨房里玩的缘故吧,我特别喜欢做西餐,我爸说我很有天赋,经常我乱七八糟七拼八凑做出来的,连个菜名都没有的东西在餐馆里卖得很好,顾客们都说好吃。再后来,我就迷上了被称为西餐之首的法式大餐,我父母非常支持我,他们把所有的积蓄都拿出来让我去法国最好的厨艺学校——蓝带学院学习,当时我特别高兴也特别满足,觉得……怎么说呢?"

刘立冬插嘴道:"觉得特有存在感是吧?"

"对对对,呵呵,小刘同志你的用词很准确嘛。"杨菲菲笑嘻嘻地拍了拍刘立冬的肩膀。

刘立冬点上了一根烟,问道:"然后呢?"

"然后我就把自己关在家里一年,玩命地学法语,我和我爸妈说,等我毕业之后,肯定能把蓝带勋章拿回来,到时候挂在咱家小餐馆的墙上,咱家的小西餐厅就是中国唯一拥有蓝带大厨的小餐馆了。"

刘立冬又好奇地插嘴道:"蓝带勋章是什么啊?"

杨菲菲一脸向往地说:"蓝带勋章是西餐和西点专业最高的荣誉,自从1578

年法国国王亨利三世创立圣灵骑士团后，这些由国王亲自任命的皇家骑士们身上都佩有一枚系着蓝带的十字勋章，而他们则是专门为宫廷庆典准备美味佳肴的，从此以后，蓝带就成为卓越厨艺的象征。"杨菲菲说起自己专业上的事，如数家珍一般。

"哇，那我和我闺女实在是荣幸啊，我俩跟那个亨利三世有一拼啊，都吃到过正宗的皇家法式大餐啊。"

杨菲菲听完叹了口气："唉，可惜我没能毕业啊。"

这次刘立冬没有接着插嘴问为什么，因为他很清楚，杨菲菲身上故事的高潮来了。

杨菲菲从刘立冬手里拿过烟盒，从里面抽出一支烟点燃。刘立冬知道，杨菲菲平时不抽烟，只要一提到以前，她肯定是要郁闷地抽上一根的。

杨菲菲深深地吸了一口烟，被呛得咳嗽了两声后，继续开始了讲述："后来我以第十名的成绩顺利地考上了蓝带学院，等我到了法国后，我发现一切都变了，原来没有任何联系的朋友们同学们兄弟姐妹们都忽然冒了出来，所有人找我都只有一个目的，那就是帮忙代购各种奢侈品。从那以后，我这个穷学生的账户里经常是几万欧几万欧的进出，周末休息的时候，白天我穿梭在老佛爷和香榭丽合大街，一次扔完几万欧之后，所有的店员几乎都是在门口列队鞠躬欢送我离开，可晚上我却在饭馆里端盘子，就为了拿到那少得可怜的 SMIC，还经常受到训斥。"

杨菲菲说到这，看到刘立冬一脸茫然，明白了刘立冬没明白 SMIC 的意思，杨菲菲解释道："SMIC 就是最低工资标准，法国规定，打工学生的工资标准只能按照 SMIC 走，而蓝带学院是一家私人学校，所以学费极高，我父母的积蓄交完学费后就所剩无几了，所以平时的生活费只能靠我自己勤工俭学了。"

刘立冬听完感同身受地点了点头，确实这样的生活让人很纠结，等于每天都要当一次灰姑娘，而结局却压根儿就没有王子来解救。

"这种反差极大的生活让我慢慢变了，我开始羡慕起我的那些同学和朋友们，我开始怀疑起自己的生活，大家都是二十岁，为什么她们就能背着 CHANEL2.55，用着 lamer 海蓝之谜呢？而我为什么要为了那一小时的六个欧元低三下四呢？我承认我是个坏女人，我虚荣我嫉妒我拜金……"

刘立冬打断了杨菲菲："菲菲，我理解你，说句实话这不是你的错，我想任何一个年轻女孩，如果每天都白天当公主，晚上当灰姑娘的话，那么对生活感到迷茫是必然的，绝对是人性使然。"

杨菲菲凄然一笑："如果光是怀疑就好了，可是我却没有经受住诱惑，最后踏上了一条不归路，因为他出现了。

刘立冬此时已经猜出杨菲菲口中的他是谁了，刘立冬问道："是萧居正？"

杨菲菲点了点头："说起来我和他的相识很俗，无数电影电视里的男女都是这么相识的。当时我在餐厅里当服务员，他是顾客，我不小心把菜撒了他一身，而他不但没有生气，还劝说他的同伴别找我的麻烦，然后我们就认识了，然后就……就好了。后来他告诉我说他结婚了，可是我知道之后竟然没有跟他分手，而是……而是放弃了学业和他回国了，当了一个衣食无忧，也能买得起名牌奢侈品的小三了。"

杨菲菲说完，又点了一根烟。

"不过说出来你可能不信，我一开始确实是为了钱才和他在一起的，当时我也没打算退学，可是他回国后没多长时间，我就发现我真的爱上了他，他不在的时候我会想他，没有他的夜晚我一宿一宿地失眠，最后我实在受不了这种煎熬，和父母闹翻后就直接办了退学手续，回国和他长相厮守了。说起很可笑，当时的想法很简单，我觉得我爱的是他这个人，他能不能给我家庭无所谓，只要是他能经常陪陪我就成。没想到后来我变了，我变得想要家庭了，想要稳定的生活了，甚至还想要给他生个孩子，所以我说我是个坏女人，一个不知廉耻的小三！"

"菲菲，作为局外人我说句实话吧，你固然有你做得不对的地方，可是我觉得最可恶的是那个萧居正，他就是个纯骗子啊！"刘立冬愤愤不平地说道。

杨菲菲叹了口气，继续说道："唉，事情要是这么简单就好了，他要真的是个纯骗子，跟我在一起就是为了上床就好了，我也不至于像现在这么痛苦了。"

"哦？难道他也有故事？"刘立冬问道。

杨菲菲点了点头，继续说道："他是永善彝族人，他们那里的婚姻都是父母在小时候就订好的娃娃亲，只要是订了婚约，那就必须得遵守，如果毁约的话，整个家族的人都会抬不起头来，都会被人戳脊梁骨。"

刘立冬听完惊讶地问道："啊？这都是不合法的啊，婚姻法里面明确规定了婚姻恋爱自由啊。"

"是啊，可是在他们那儿，这种约定俗成的准则要比婚姻法管用得多，他就是这种法外制度的牺牲品。他是个很努力很上进的人，从小就刻苦努力地读书，靠着自己的努力考上了北京的大学之后，又省吃俭用地去英国皇家法学院读完了博士。每当他和我说起自己的婚姻时，他都很无奈，他说其实他自己就是个笑话，学了一辈子法律，用法律帮无数人解决了问题，可是他自己最大的问题却无法用法律解决。他在认识我之前试着和家人提出过离婚，没想到他那个当族长的父亲听完后，因为怕违背祖训，差点上吊自杀。从此以后，他再也不敢提离婚的事了，而我如果还想和他在一起的话，就只能当一辈子小三。所以，在我们相识四年的纪念日时，我扔掉了他送给我的礼物，呵呵，就是那个我这辈子唯一扔过的爱马仕包，自从我们两个那天和平分手之后,我就努力地想回到原来的生活轨道上,可是……可是很难。"杨菲菲说不下去了,黯然神伤。

"明白了,他应该也是一样,感情这事确实不是说走出去就能走出去的,所以你跟他说我是你的新男朋友,也是为了让自己快点走出这段感情吧?"听完杨菲菲的故事后,刘立冬全明白了。

杨菲菲看着刘立冬先点了点头之后,又摇了摇头:"其实也不全是,今天既然把话都说开了,那我也不打算隐瞒你什么了,我是很喜欢你,但是请你放心,我不会再犯同样的错误了。这两年多的时间让我明白了一个道理,那就是喜欢一个人未必要怎么样,有没有结果不重要,重要的是一定要做对得起自己对得起别人的事。"

杨菲菲说完后站起身来,深深地吸了一口气开心地对刘立冬说道:"好啦,我的故事讲完了,真轻松啊,从明天开始我也要忙起来了,行啦,我走了啊,拜拜!"杨菲菲说完就要走。

刘立冬叫住杨菲菲:"你要忙什么啊?"

杨菲菲回过头说:"忙着挣学费啊,我爸还等着我把蓝带勋章带回去呢!"

杨菲菲说完,蹦蹦跳跳地走了。

杨菲菲走后,刘立冬也很轻松地伸了个懒腰,自嘲地对自己说道:"呵呵,刘立冬啊刘立冬,你想得太多啦,人家小姑娘可是有分寸得很啊。"

9

傍晚时分,联华士多总裁办公室门外,总裁助理 Amy 已经下班,柴东林独自一人在办公室里。藤静在走廊里踱着步,她几次走到办公室门前想进去向柴东林表明心迹,但是每每抬手想敲门,却又都退缩了。

这时办公室的门忽然打开了,柴东林一边穿着西服外套一边从办公室走了出来,看来是工作完成准备回家了。

柴东林看到走廊里的藤静,不由得问道:"哟,你怎么在这儿啊?找我?"

藤静这下躲不了了,只能硬着头皮对柴东林点了点头。

"走,屋里说。"柴东林说完转身回到了办公室,藤静深吸一口气,像上战场一样地跟着柴东林走了进去。

藤静走进柴东林办公室后回身就把门关上了,没等柴东林反应过来,藤静就直接扑到了柴东林怀里。

柴东林猝不及防,向后一趔趄,两个人差点摔倒,藤静虽然失去了重心,却丝毫没有要放手的意思,柴东林为了扶稳藤静,本能地用双手环住了她。

电光火石般的两秒钟内，藤静的表白就完成了，再无需任何语言。

柴东林待二人站稳后，立刻松开了抱住藤静的双手，说道："藤静……"

藤静："不，我不认为感情和生意有什么冲突。"

柴东林不得不佩服藤静对自己的洞悉，藤静抢先说出的话，确实准确地回应了自己还未说出口的拒绝辞令。

柴东林办公室里还黑着灯，他返回后还没来得及开灯呢。两个人就这么在黑暗中站着，其间柴东林打算推开藤静，可是刚扳住藤静的肩膀，还没发力，他就感觉到自己的胸口湿润了，藤静这是在无声地哭，可以想象这姑娘已经压抑很久了，于是柴东林一犹豫，就把手垂了下来。

藤静见柴东林不再进一步拒绝，心里便有了些底，终于脱口而出："东林，我爱你。"

柴东林还是没反应，藤静于是就开始盘算下一句话说什么好了，由于天性谨慎，一时想不到能够一招制敌的完美措辞，只好暂时抱着猎物不动。

其实柴东林并不是容易心软的人，特别是对女人，他之所以任由这个女人抱着自己，是因为他重视她，或者应该说他重视自己和藤静的合作关系。天秤座的柴东林开始权衡，他心中的那杆小天平忽左忽右，努力地寻找着世界上最得体、最有分寸、最双赢的言辞，当然，是拒绝对方的言辞。

于是，在漆黑的房间里，两个智商水平不相上下的人僵持着，与这暧昧气氛极不协调的是他们高速运转的头脑。如果他们是两台电脑主机，那么此时CPU的热度应该已经激活了风扇，但只有上帝能听见那风扇转动的"嗡嗡"声。这两台电脑此时都明白，谁先发出指令，谁就多一分胜算，谁慢一步，谁就多一分被动。

柴东林先动了，他用右手轻轻搂住了藤静的肩膀，拥着她走向了什么地方，藤静还是将头埋在柴东林胸口，紧张地猜测着柴东林的目的地。

"啪"，灯亮了，柴东林把灯打开了。危险的信号，藤静知道，不能再思考了，她想起了爸爸说过的话："如果有一天遇到了你爱的人，那么一定要做你自己，不要因为害怕失去而掩饰真实的自我，只有真实的才是长久的。"

藤静撤出了柴东林的怀抱，开口了，很诚恳："东林，请你听听我的心里话，好吗？"

柴东林心说坏了，求爱的话匣子一旦打开，要关上它就不容易了，自己已经被动了。

藤静："东林，你知道吗？有了我之后，你的计划会更快地实现，我可以成为你最好的帮手，你有了我之后在资金上会更游刃有余，你说你一直把我当成合作伙伴，没问题，在这三五年之内，我可以做你的合作伙伴，可是三五年之后呢？

你一定比谁都清楚，这世界上只有永恒的利益，没有永恒的朋友，更不可能有一成不变的合作伙伴。为了实现你的计划，你必须不断地寻找能够给你带来资金的合作者，不断地猜疑、判断、磨合，东林，那样是很累的，不是吗？难道你不愿意轻松一点吗？"

说到这里，藤静真诚地看着柴东林，等待着柴东林的回答。而此时的柴东林已经松了一口气，因为面前的女人选择了这世界上最犀利、最有效的进攻方式，可在爱情面前，也是最愚蠢、最无效的方式。

藤静见柴东林竟然微笑了，于是心中一喜，继续道："东林，我们可以比合作伙伴更亲密的，对吗？你比我聪明，你一定知道如果拥有了我，你就拥有了你所需要的一切，成功的男女关系在本质上都是一样的，那就是两个人必须是真正的利益共同体。"

看着藤静坚定而自信的目光，柴东林决定，必须把自己和这个女人之间的暧昧迅速抹杀干净，他知道该说什么了，他要让藤静主动将今晚的这一幕从记忆中除去。

柴东林："完全同意……"说着这话，他轻轻拉起了藤静的一只手，藤静的手是冰凉的。

柴东林继续："可是藤静，我觉得这样对你有点不公平。"

藤静完全摸不着头脑，疑惑地看着柴东林，问道："为什么啊？"

柴东林："你这么优秀的女人，应该拥有幸福的婚姻，你不应该把青春全部花费在……怎么说呢，花费在建立一个稳固的利益共同体上。现在你已经知道我的最终目标了，我是要用我的一生去实现它的，可你和我不一样，你用不着做这种牺牲，你是女人，你应该追求完全纯粹的爱情和婚姻，而不是像我一样活在战场上。"

藤静觉得一定是自己的表达方式出了问题，可却来不及辩解了。

柴东林："我明白你很好强，你愿意为你的家族牺牲自己，你把事业看得比爱情和婚姻还重……"

此时藤静已经知道，柴东林完全曲解了自己的意思，于是拼命摇头，可刚想开口就又被柴东林抢先了。

柴东林："藤静，我是男人我无所谓，可是你要是选择牺牲婚姻成全事业，这确实可惜了，而且说实话，我还是打算结婚的……"

藤静急了："我也……"

柴东林丝毫不给藤静说话的机会："不过是和我爱的人，纯粹的婚姻，不掺杂半点利益关系的婚姻，我等待着那一天，况且这个人我也已经找到了，我是说我已经找到我心爱的女人了。我希望你也找到属于你的爱情，真的，藤静，做个伟大的女人并不轻松，你应该自私一点，对自己好一点。"

藤静半天说不出话来，她明白机会已经眼睁睁地从眼前溜走了，她默默地将自己的手从柴东林手中抽了出来。

柴东林："你刚才要说什么？"

藤静凄然地一笑，低声回答道："我想说，我也……我也觉得你说得有道理。"

柴东林笑了笑，友好地拍了拍藤静的肩膀，他这番话可谓滴水不漏，既表达了自己，又给对方留足了面子，今晚的一切都可以顺利清零了。

藤静想了想，然后抬头给了柴东林一个自信的笑容："好吧，那我向你学习，努力追求纯粹的……爱情，呵呵。"

柴东林点了点头，这次确实是真诚的。

柴东林："好了，回家吧，你可要注意休息啊。"

柴东林说完，径直向门口走去，一切都显得光明磊落起来。

藤静叫住了柴东林："东林！"

柴东林回头。

藤静："我能问你个问题吗？你说的那个人，是韩雪儿吗？"

柴东林笑了笑，将食指放在嘴唇上，示意藤静保密，而后转身走出门去了。他默认了，藤静站在空荡荡的办公室里，心里非常难过，爸爸的话又在她耳边响起。

"如果不幸你爱的人并不爱你，那么，就让他永生永世记住你，那么他的身体给了别人，灵魂却永远是属于你的。孩子，我们佐藤家的女人，不能输。"

两行眼泪顺着藤静的脸颊滑落下来，她呢喃道："放心吧爸爸，我不会输的。"

藤静已经知道该怎么做了，她要在柴东林的心里留下一个永远的印记，或者说留下一道伤疤。伴随着这个重大决定的诞生，藤静的心也碎了。

但是，无论如何，她不能输。

10

夜幕降临，初夏的北京城在万家灯火的点缀下，散发出夜晚独有的气息。随着气温回归到怡人的温度，喧闹了一天的城市也渐渐地安静下来。环路上车不堵了，地铁上人不多了，忙碌了一天的大部分人纷纷脱去工作的外套，摘掉压力的帽子，岁数小的聚集在工体附近开始夜生活了，岁数大的泡完脚后准备洗洗睡了，单身的在电影院和商场开始约会了，结婚多年的检查完孩子作业后准备吵架了，男的坐在沙发上开始看球了，女的站在镜子前准备护肤了，屌丝躺在床上开始刷微博了，高

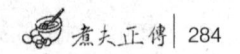

帅富坐在跑车里准备约炮了……

可这城市里还有一小部分人，却不得不为了生存为了理想为了欲望而继续挣扎在工作的岗位上。

刘立冬家的书房里，刘立冬就着一盏昏暗的台灯正在疯狂地敲着键盘。

手机响了起来，刘立冬看了一眼表，九点整，他看都不用看就知道是沈超导演催稿的电话，刘立冬怀疑沈超是不是每天不给自己打个电话催催稿他都睡不着觉。

刘立冬接起电话："导演，明天天亮前再给您一集，放心吧。"

"立冬，出事了，情况有变！"沈超导演焦急的声音从听筒里传了出来。

"啊？怎么了？"刘立冬大吃一惊。

"那个栾总变卦了，她现在非要等出完全剧本才能开机，唉，这演员合同都签了，摄像灯光录音场工也都找完了，她这么一变全乱了！"

"这……这怎么办啊？"

"立冬，现在我们就全靠你了，你给我句实话，要是按照原定日期开机的话，28号前你能不能把全剧本给趟出来？"

刘立冬听完犯难了，现在离28日只有不到二十天的时间了，而加上自己现在正在写的这第十二集剧本，离二十五集完整剧本的指标还差整整十三集呢，就算自己现在精神百倍的话，这不到二十天时间完成十三集剧本的任务，也是不可能完成的啊，更何况现在自己已经累成个半残了。

"导演，这……这确实是没办法完成啊。"刘立冬为难地说道。

"唉……"沈超导演长长地叹了口气，"立冬，那你说说现在怎么办？全组小一百口子人可都眼巴巴地等着你呢。"

"这……这……我也不知道了，导演，您就算是逼死我，我也完不成啊。"

刘立冬说完，电话那边沉默了许久，沈超导演说道："唉，这样吧，你呢也别写二十五集了，你按二十集写。刚才我算了算，你剧本里故事量挺大的，我这拍的时候稍微抻一抻，剪辑的时候再做做手脚，最后在集数上应该是没什么问题的。

现在我手里一共有十一集剧本，加上你刚才说的明早能交的第十二集，现在还差八集，这八集二十八号之前你能不能给趟出来？"

"啊？这……这样行吗？那个栾总能干？"刘立冬疑惑道。

"你别管这样行不行了！你就告诉我，你能不能完成吧！那个姓栾的我去对付！"沈超的口气已经有点急了。

"能，要是八集的话肯定没问题！"刘立冬信心满满地答应了。他心想真是靠着大树好乘凉啊，这事儿幸亏有沈超在那儿扛着，否则因为自己而导致不能开机的话，那自己可就成了全剧组的罪人了。

"行！那可就全靠你了，咱们一言为定啊！哦，对了，要是那个姓栾的给你打电话，你别搭理她，我还不信治不了她了！"沈超导演生气地说完，没等刘立冬回答就挂断了电话。

刘立冬放下手机，深深地吸了口气，带着士为知己者死的干劲儿，继续开始码字。

一间堆满了印刷品的仓库里，韩雪儿手里拿着几张纸正在和印刷厂的经理掰扯着。

"这次加印的宣传单页和我们要求的有色差啊，你看看，这也差太多了吧？"韩雪儿拿着手里的纸递给印刷厂的经理。

经理苦着脸回答："你们要求用的这种康戴里欧维斯一百克的特种纸我们以前没用过啊，吸墨性和铜版纸差得太多了，你要求一点色差都没有是不可能的，再说了，以前你们用铜版纸用得不是挺好的吗？干吗非要换纸啊？"

韩雪儿摇了摇头："宣传单页就是一个公司的门面，客户拿到手时那一瞬间的手感就有可能决定他对公司的第一印象，你想想都什么公司才用铜版纸当宣传单啊？卖饲料的乡镇企业，卖内存的中关村二道贩子，还是野鸡大学的招生简章？细节决定一切！咱们多试印几次不就完了？今天晚上不把这个色差的问题解决我就不走了，我陪着你们试印。"

韩雪儿不容置疑的语气，让经理苦着脸点了点头。

某星级酒店的后厨操作间里，一个经理模样的男人正在教训着杨菲菲，一边站着一个面色铁青带着大厨高帽子的中年男人。

"你说说你就是一个新来的总厨助理，总厨说让你干什么你就干什么呗，谁让你自作主张就把烘焙时间缩短的？"经理教训着杨菲菲。

"可是……可是……"杨菲菲还没说完就让经理打断了，"可是什么啊？赶紧向总厨道歉，真是可笑，你一个连厨师证都没有的小丫头有什么资格说话啊？"

杨菲菲叹了口气，无奈地转过身去，向总厨鞠了个躬。

"港股恒指今日高开，部分地产股和消费股领涨蓝筹。恒生指数涨54.64点，报23,653.54点，涨幅为0.23%；国企指数涨49.46点，报12,145.23点，涨幅为0.41%，大市成交26.66亿港元。恒生分类指数2升2跌，金融分类指数涨0.43%、工商业分类指数涨0.10%，而公用事业分类指数跌0.14%、地产分类指数跌0.01%……"

空无一人的房间里，电视上正在播放着香港财经类节目，一个笔记本电脑放在书桌上，电脑屏幕上显示着不断变化着的美国股市实时K线图。

这时，门打开了，穿着浴袍的柴东林边拿毛巾擦着头发边走进房间，他一屁股坐在电脑前，仔细地研究起那个地球另一端正在如火如荼地交易着的股票市场。

伸手不见五指的京郊荒地里，蟋蟀的叫声此起彼伏，一个黑影拿着手电正在四处搜索着。忽然，这个黑影停了下来，只见他慢慢地蹲下身去，轻轻地扒开杂草，手猛然一扣，高兴得哈哈大笑。这个人就是勉强也算正在勤奋工作着的，新加里森鸣虫文化传播有限责任公司的总经理，刚刚抓到一只"黑金刚"的……老黄。

11

"啪"，一个晶莹剔透的红酒杯在大理石地面上摔得粉碎。

还是那家情调优雅的红酒吧里，藤静还是坐在当初爱上柴东林的那个位置上。

侍者被杯子摔碎的声音引了过来，刚要说话就被站在一旁的藤静助理拦住了。

藤静助理拉开手包，从里面抽出几张百元钞票塞了过去，小声地对侍者说道："摔坏的东西我照价赔偿，赶紧再送过去一个杯子。"

侍者见怪不怪地点了点头，把钱放进兜里，拿起一个红酒杯就送了过去。在这家消费超高的红酒吧里工作了两年多的侍者，已经看过无数富人们的新鲜事了，今天藤静的举动在他眼里不算是新鲜的，和上次一富家小姐失恋喝多了之后的表现相比，今天藤静绝对算是正常的。上次那个富家千金在喝了两瓶拉菲之后，让他立刻出去买把锄头和一束鲜花，说是想去院子里刨个坑把花埋了，同时，顺手也把爱情埋葬了。侍者在陪着姑娘玩了一次"手把花锄出绣帘，忍踏落花来复去"的黛玉葬花后，拿到了一千块小费。

侍者将红酒杯静静地放在桌上，帮藤静倒满酒，然后好奇地看了一眼这个女人，只见这个女人一脸痛苦地盯着对面空着的座位，正在用日文自言自语着。侍者心想，估摸这又是一个为情所困为爱狂奔的天涯沦落有钱人吧？看样子今天的小费又少不了了。

桌上放着好几个空了的红酒瓶，地上满是玻璃碎片。此时藤静的脸上已经看不出任何痛苦了，只见她一口喝完杯子里的酒，这一次没有再将杯子狠狠摔烂，而是轻轻地放在了桌上。

"给胜和的人打电话，约他们明天上午见面。记住，是以佐藤资本的名义约。"

藤静助理连忙从包里掏出纸笔记录着。

藤静继续说道："然后给我买明天下午回东京和两天后晚上去纽约的机票，给纽约分公司打电话，让他们帮我把华尔街最有影响力的做空机构找出来。"

藤静说完，对着那空着的座位，露出了一个冷冷的笑容："亲爱的，对不起了。"

第十一章　糟糕透了的二十八号

1

二十七日傍晚，距离开机日期还剩不到一天的时间，刘立冬终于完成了不完整的《物业那些事儿》的剧本。之所以说是不完整的剧本，是因为最后两集刘立冬努出血来也写不下去了，他从精力到体力，从精神到肉体都已经处在了崩溃的边缘。在得到沈超导演的首肯后，刘立冬用颤抖的双手把最后两集剧本的故事大纲打了出来，算是勉勉强强地完成了那不可能完成的任务。

发出最后两集大纲后的刘立冬扶着墙从书房里走了出来，他一屁股坐在沙发上，觉得身心都得到了释放，他抬头看了看表，五点四十分。刘立冬半眯着双眼掏出手机，拨通了韩雪儿的电话，他隐约记得，他老婆韩雪儿好像已经两天或者三天没回家了。

"对不起，您拨打的电话正在通话中，请稍后再拨。"刘立冬习以为常地摁下挂断键之后，又拨通了父母家的电话，他想和父母分享自己完成第一部作品后的喜悦。

伴随着电话接通后的"嘟……嘟……"声，刘立冬忽然特想吃一碗老妈做的炸酱面。这些天没黑没白地忙着，刘立冬一直都没时间回家看看父母，现在忽然肩膀上的担子没了，刘立冬顿时异常地想念起父母、老婆和闺女来。

奇怪，父母家怎么没人接电话啊？按理说这个时候父母都应该在家啊，老妈在厨房里忙活着做饭，老爹可能还在院里陪着奶奶说那些永远也说不完的故事。

刘立冬正在奇怪，敲门声响了起来，老黄在门外喊着："刘立冬，我们给你送饭来啦！"刘立冬笑了笑，起身打开了门，自从上次自己和杨菲菲谈过之后，每次杨菲菲来家里照顾自己时都要带上老黄，两人谁都没有说破，可是刘立冬很清楚，杨菲菲这么做是为了避嫌。

杨菲菲一进屋就开始忙活，把随身带的餐盒往餐桌上摆着，老黄看刘立冬没像往常一样，开完门就跑回书房里，笑眯眯地拍了刘立冬一下："咋样啊？剧本弄完啦？"

刘立冬点了点头，如释重负地说道："嗯，完了，终于完了，今晚上咱仨好好庆祝庆祝。"

杨菲菲这时已经把餐盒都码放完毕了，她对老黄和刘立冬说道："你们俩慢慢吃吧啊，今天晚上我约人去看房子，看完房子我还得去上夜班，就不和你们庆祝了，我先走了啊。"

话音没落，杨菲菲就着急忙慌地跑了出去。

"看房子？她看房子干吗啊？她不住你那儿了？"刘立冬奇怪地问老黄。

老黄挠着后脑勺傻乐着，破天荒地不好意思起来："嘿嘿，我……我……"

"你怎么了？吃毒蘑菇啦？"刘立冬看见老黄后觉得精力恢复了不少，又开始和老黄耍贫嘴了。

老黄听完后更加腼腆了，讪笑着说："嘿嘿，哥们要结婚啦，所以以后和小左菲菲他们没法一起住了。"

刘立冬听完傻了："结婚？你？对方是女的吗？"

老黄听完挺不高兴，撇着嘴说道："啧！真是狗嘴里吐不出象牙，废话，当然是女的了！"

"可以啊你，这婚结的够闪的啊，快讲讲。"刘立冬说着拉着老黄坐到桌边，拿出一瓶酒来问老黄，"喝点！"

"必须的必啊！喝！"看着哥们终于完成了那不可能完成的任务后，老黄的心情也很好。

2

韩雪儿此时可没有刘立冬那么好的心情，她现在急得像热锅上的蚂蚁一样。

自从三天前一个同事请了婚假后，连续三天，韩雪儿每天都会收到来自人事部的通知，每次通知都是同事们不重样的请假申请和人事部批准休假的意见。

两个负责发布会前期筹备的同事一个请了婚假，另外一个老婆早产。负责监督厂家施工和租赁音响设备的同事出了车祸，负责现场协调的同事老家的二舅去世了，负责组织礼仪小姐接待的同事说老婆要跟他闹离婚，所以把这三年攒的年假都用了，据说和老婆去马尔代夫再度蜜月去了……最离谱的是一个负责邀请媒体的女同事，说昨晚上不小心吃了毒蘑菇，今天是她妈妈拿着病假条来公司请的假。

韩雪儿清点了一下剩下的还"健在"的同事后，有点傻眼了。明天就要开发布会了，今天晚上就要进场开始布置了，而此时联华士多市场部还能动换的人，除了韩雪儿之外，就剩两个负责邀请媒体的人了。

而现在市场部的老大Linda沈也失踪了，韩雪儿数次拨打Linda沈的手机都是关机。韩雪儿此时有了一种非常不好的预感，她感觉自己掉进了一个精心设计的圈套里，她想向柴东林求救，可是她不知道怎么开口。柴东林曾经问过韩雪儿无数次关于发布会进展的问题，每次韩雪儿都回答说异常顺利，现在在这当口上，自己怎么向柴东林张嘴求救呢？

韩雪儿努力地理清了思路，现在的当务之急不是向柴东林求救，而是如何克服眼前的困难，顺利地把发布会开下去。韩雪儿很清楚，柴东林一直需要的都是一个帮他解决问题的帮手，而不是一个向他提出问题的职员。

韩雪儿连忙找到市场部仅存的那两个负责邀请媒体的同事，在又确认了一遍那张媒体清单上的媒体百分之九十都会来参加发布会后，韩雪儿叮嘱那两个同事道："麻烦你们再和所有的媒体都确认一遍，我现在要马上赶去现场，刚才酒店来电话了，说施工公司已经准备开始进场了。"

那两个女同事异口同声地答应了韩雪儿的要求，韩雪儿不放心地又嘱咐了一遍后，抓起包就跑了出去。

在等电梯的时候，韩雪儿抽空给自己老公发了一条短信，告诉他自己今晚又不能回家了。

3

老黄兴致勃勃地正在给刘立冬讲着自己的情史："上个礼拜我出去办事，结果光记着带钱包，忘记带钱了。办完事我饿了，就找个夜市说想吃点东西，可是我没现金啊，我就挨个问那些路边摊哪个能刷卡，问到一个麻辣烫摊的时候就碰上了她。"说到这儿老黄有意卖关子，停了下来。

"呵呵，够浪漫的啊，人家小姑娘是不是看你可怜，就赏了你碗麻辣烫吃，然后你俩就吃出爱情麻辣烫了？"刘立冬挤兑老黄。

"喊！我黄某人岂是能吃嗟来之食的？当时是那姑娘嘴欠，我问摊主说，你这儿能刷卡吗？没等人家摊主回答，这姑娘乐了，直接甩给我一句，哎，你怎么不问能不能白吃啊？我一听就急了，嗨，跟我拽词，这丫头还嫩得很！我一看她戴着个眼镜，就恶心她说，哟，大姐，您这嘴可够个儿的啊，吃饭都堵不住，啧啧啧，估计您这眼神不太好使吧？哎，您是不是摘了眼镜之后看世界就是个平面啊？三十米开外雌雄同体，五十米内人畜不分啊？"

刘立冬听完老黄那一口地道的北京话后，忍俊不已。

老黄继续说道："我说完挺美地就想走，结果这姑娘跟我较上劲了，麻辣烫也不吃了，追上来就开始恶心我。嘿嘿，后来我俩不打不相识，然后就……"老黄说到这儿，竟然又腼腆起来。

刘立冬对于老黄和姑娘是如何好上的并不关心，他现在对于那姑娘怎么恶心老黄的倒是很有兴趣："哎，那姑娘追上你后，怎么恶心你的啊？"

"嗨，不是什么好话，你甭问了，来来来，喝酒喝酒。"

"说说呗，我倒真想知道知道什么话能恶心着你？"刘立冬追问道。

"唉，说来惭愧啊，我黄某人纵横江湖几十载，竟然输给这么个小丫头片子了。那姑娘也是一口京片子，丫追上来就问我，您内心是不是受到什么创伤啦？这么猥亵的表面都无法掩盖住您内心那蓬勃的变态了。真的，大叔，我劝您多吃点核桃补补脑吧。哎，对了，记住了啊，别吃被门夹过的啊。"

刘立冬听完哈哈大笑，老黄也是不以为杵，跟着傻乐。两人正在说话间，刘立冬手机的短信进来了，刘立冬拿起手机看了一眼，没有回复，直接把手机扔到一边。

老黄看完挺好奇，问刘立冬道："哟，这杨菲菲的风波刚过去，咋？又弄出一姑娘大晚上的给你发起短信来了？"

"放屁吧你！这发短信的大姑娘是我媳妇！"

"啊？你老婆啊？她要回来啦？那我走了，不耽误你们俩庆祝胜利了。"老黄说着抬起屁股就要走。

刘立冬一把拉住老黄："你踏实待着吧啊，我老婆说她今晚上不回来了。"

"干吗去啊？这大晚上的不回家你也不管管？我跟你说啊，这帮白领的生活可乱着呢，你可得看紧了你媳妇，像你老婆那么漂亮的 OL 去上班，整个就是一个羊入虎口啊。"

看老黄那一脸的热情，刘立冬在心里苦笑着，他想到了柴东林和那条暧昧不清的短信，刘立冬决定，等韩雪儿把手头的事忙完，两个人应该坐下来好好谈谈了。

刘立冬心里虽然这么想，可是嘴上却不能承认，他对老黄说道："哪的事啊？我老婆你还不知道啊？她就是属于那种往家门外头轰都轰不走的……"刘立冬正说着，看见老黄一脸的不屑，他发现自己这话说得挺没底气的，连忙补充道："再说了，她老公我现在啊……是吧？现在顺风顺水，这才几个月时间啊，挣了二十多万。哼哼，我跟你说啊，这女人就是得拿钱砸，等我这二十多万放到她韩雪儿面前时，别说什么白领圈乱了，就算把我老婆给扔泥坑里，她照样能出淤泥而不染！"刘立冬说完后，觉得底气十足，他满意地冲老黄撇了撇嘴，一口喝掉了面前的酒。

老黄点头称是："这倒确实是个实在话。哎，立冬，这个物业的戏明天开机啊？你明天带我去看看开机发布会呗。说句实在话，哥们也算是在影视圈混过多年的了，可是……嘿嘿……可是这开机发布会却从来没参加过。你现在怎么也算是个主创人员了，明天带我开开眼呗，顺便帮我引荐一下导演，我跟他好好喷喷，看看能不能让我本色出演一下。"

刘立冬听完这话，瞬间底气又不足了，他不是没想过去参加开机发布会的事，可是到现在为止，还没人邀请他去参加呢。刘立冬想打电话问问沈超导演，可是却不知道该怎么开口，好像自己跟"文人"这个称呼沾上边了之后，就不该去过问一切有关于名利的事了，刘立冬挺害怕自己在沈超导演那里留下追名逐利的印象。在刘立冬眼里，沈超导演无疑就是天上掉下的伯乐，他绝对不允许任何不利于自己的印象，留在这个他等了十多年的"伯乐"心中。

刘立冬在脑子里自我安慰式地，努力帮沈超导演找出至今仍未邀请自己参加开机发布会的原因。

"这个……这个怎么说呢，明天的开机仪式我就不参加了。"

"啊？为什么啊？这多好的一个扬名立万的机会啊，干吗不参加啊？"

此时刘立冬已经帮沈超导演找到了原因，他摆出一副看淡名利的样子，教育老黄道："电视连续剧注重的是团队间的合作，是大家努力的结晶，怎么能说是我个人扬名立万的机会呢？我不去参加的原因主要是因为投资方，那个女的是个新人行的，别的不懂，一天到晚就是唧唧歪歪地，这不，我和导演正一起对付她呢。明天我去了发布会的话，她一见着我又得对剧本胡说一通，所以我才不去的。再说了，这开机发布会有啥可参加的？等我这戏拿到了年度收视冠军的时候，那领奖去才是扬名立万呢。"

老黄长叹一声："唉，我本来还打算能从这戏里面捞个角色演演呢，现在看来也是悬了。"

"你开了那么多新加里森的各种公司，你还有工夫演戏？"

"倒也是，现在天天忙忙乎乎的，也确实没工夫。唉，算了，等你火了之后下个戏再说吧。咱们俩的政策就是允许一个人先火起来，以先火带动后火，最终咱俩走向共同火，嘿嘿。"老黄现在收入多了，自然心态也好了，他拍着刘立冬的肩膀说出了"先火带动后火"的理论后，挺满足地吃了口菜，吧唧吧唧地一边嚼着一边满足地喝了口酒。

4

当韩雪儿着急忙慌地赶到五星级的海宇大酒店后门时，只见两个保安站在门口，一辆箱式货车停在路边，几个工人模样的人懒散地靠在车上聊着天。

韩雪儿问其中一个工人："你们是给明天联华士多新闻发布会布场的吗？"

"是啊。"工人点了点头。

韩雪儿急了："你看看，这都几点了？怎么还不赶紧进去布场啊？酒店夜里两点后就不能施工了，这哪还来得及啊？"

工人不以为然地指了指站在后门的保安："他们不让进，都说了半天了。"

韩雪儿气得够呛，连忙走到保安面前："你好，我是联华士多市场部的，明天要在你们酒店宴会厅开发布会，我们现在要进去开始布场。"

"请出示证件。"保安挺客气地说道。

韩雪儿连忙从包里找出名片递给保安："这行吧？"

保安摇摇头，把名片还给韩雪儿："我得看了施工证才能让你们进去。"

"施工证？什么施工证啊？你们酒店就没有给过我施工证。"韩雪儿一头雾水。

"不可能，我们这又不是第一次开发布会了，管预订的经理提前就会问你们有几个人要进去布场，然后会按人数把施工证快递给你们的。"

韩雪儿听完一下子就明白了，她回忆起昨天确实有一个给负责联系酒店的同事的快递，之前一天那个同事就请假了，而同事请假时压根儿就没和韩雪儿交接有关于施工证的问题。

"你们别走啊，在这儿等我，我马上回来。"韩雪儿对那几个工人说完后，一路小跑着离开了，她现在只能立刻赶回公司，去取那个还躺在快递信封里的施工证。

韩雪儿一边跑着一边火噌噌地往上冒，这也太不靠谱了，请假就请假吧，您怎么着也得把工作给交接清楚吧？除了临走前扔下的那一句"全没问题"之后，人立刻就消失了，这也对工作太不负责任了！

韩雪儿现在除了抱怨之外，她只能接受这个现实，她一点儿也没想到，联华士多市场部的同事竟然能如此的不专业和不负责。韩雪儿不得不加快奔向那一公里以外停车场的脚步，酒店停车场一小时十五块，韩雪儿为了能省点停车费而把车停在了附近一个收费便宜的商场里。

5

老黄和刘立冬的庆功宴已经结束，老黄吃完后抹抹嘴就走了，丝毫没有帮助刘立冬收拾残局的意思。当然，刘立冬也没这个意思，他准备明天一早起床后，叫个小时工来收拾收拾就成了。

此时的刘立冬正站在镜子前，手里拿着两套西装往身上比画着。

自从老黄走后，对于开机发布会为什么不邀请自己参加的问题，在刘立冬心里就像长了草一样，让他坐立难安。刘立冬一会儿觉得是因为沈超导演太忙了，所以忘记了邀请自己，一会儿又觉得是不是投资方那边对剧本又有意见了？

刘立冬犹豫不决，他不知道是不是该给沈超导演打个电话，他也不知道如果打这电话的话，自己该怎么开口，是直接就问开机的事呢，还是问问剧本的事呢？

刘立冬烦躁极了，这种如坐针毡的感觉让刘立冬决定了：打电话！直接问！

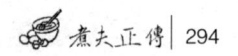

"喂，导演，我是立冬啊，您忙呢吗？"刘立冬小心翼翼地问道。

"哦，立冬，你稍等一会儿啊……哎，人脸上没光啊，灯光！来点面光！对对对，咱们一会儿先走一遍啊……"

听着电话那端嘈杂的背景声音，刘立冬茫然了，《物业那些事儿》难道已经开机了？

"喂，立冬，有什么事啊？我这儿忙着呢。"

"哦，没什么事，导演，您现在正导戏呢？"刘立冬问道。

"嗯，是啊，前几天你忙着趟剧本就没和你说，物业这戏三天前就已经开机了。"

听完沈超导演的话后，刘立冬放心了，看来投资方对于剧本应该是没有什么意见了，否则那个栾总是不会答应开机的。

"哦，太好了，开机了就好啊。"刘立冬依旧是不知道该怎么开口问开机发布会的事，他只能说了一句很没有营养的话。

"跟你说了多少次了？这场号千万不能弄乱了，你看看，这怎么回事啊？赶紧重新整理好！"电话那边的沈超导演数落完场记后，对刘立冬说道，"立冬，你有事吗？没事我先挂了啊，马上要拍下一场戏了。"

"哦，导演，我……我就是想问一下明天那个开机发布会的事。"刘立冬被逼上梁山似的终于问出了那个最想问的问题。

"发布会？哦……那个开机发布会的事我也不知道，都是栾总她们搞的，具体的事我也不太清楚。哎，不和你说了啊，好，灯光摄像都准备好了？……预备……开始……"

电话那头传来了忙音，刘立冬放下手机，看着沙发上摊着的那两套西装笑了。他在笑自己的沽名钓誉，他在笑自己的胡思乱想，他还在笑自己刚才试衣服的行为，想起沈超导演为了艺术现在正在现场忙活着，可自己却为了是不是去参加发布会而绞尽脑汁。

想到这儿，刘立冬释然了，忽然一股疲惫袭来，刘立冬打了个哈欠，走进了卧室。

6

一间小小的屋子里，Linda 沈目光呆滞地坐在桌边。门打开了，一个身穿警服的警察拿着一个用黑布裹着的方盒和一个小布包走了进来。

警察将手里的东西悉数放到桌上后，对 Linda 沈说道："他的遗物和骨灰都在这儿了，沈女士，麻烦你清点一下后签收，由于发现尸体时已经高度腐烂，所以根据我国火化的传统，他们就把遗体做了火化处理。"

Linda 沈没有触摸眼前的任何一样东西，她面无表情地问道："在哪签收？"

警察递给 Linda 沈一张表格，用手指了指右下角，Linda 沈木然地在表格上签下了名字，抱起那些东西就要离开。

警察说道："沈女士，我们在对犯罪嫌疑人进行审讯的时候，她对犯罪行为供认不讳，她提出唯一的一个要求就是希望能再见你一面。"

Linda 沈还是面无表情淡淡地说道："我律师会去见她的。"

警察可能是感觉到了眼前这个女人那冷静背后的悲痛欲绝，他安慰 Linda 沈说："您节哀顺变。"

而 Linda 沈却像没有听见一样，没做任何回应，魂魄一样地飘出了房间。

7

没吃晚饭的韩雪儿此时坐在宴会厅里正在一边吃着饼干一边运气，台上几个工人正在搭着用来绷宝丽布的背板桁架。

刚才韩雪儿着急忙慌地跑回公司，找到那个装着施工证的快递信封后，立马傻眼了，只见信封里只有三张施工证，不用想都知道，那个负责和酒店协调的同事肯定是没和人家说清楚，今晚一共有多少人需要进场。

最后韩雪儿只能偷渡一样地先把两个工人带进场，然后拿着余下的两张施工证翻墙出去，再偷渡进两个工人。韩雪儿低头看了看自己那已经被刮得脱了丝的丝袜，哭笑不得。

韩雪儿看了下表，已经晚上十点多了，音响租赁公司的人该来送音响设备了。韩雪儿走到工人身边："麻烦你们把那两张施工证给我，我还要出去接人。"

一个工头模样的人看了韩雪儿一眼后，把施工证递给了韩雪儿。此时工人们已经把桁架搭建完毕，两个工人展开宝丽布，准备进行背板搭建的最后一步了。

韩雪儿看到被展开的宝丽布上，公司的 LOGO 极其模糊，不满地说道：

"啧！你们这喷绘的质量也太差了吧？怎么能把公司的 LOGO 弄得这么模糊啊？"

那个工头模样的人不以为然地说道："这跟我们可没关系，你看看别的地方，都喷得没问题吧？就是你们公司的 LOGO 喷不清楚，为什么啊？我倒还想问问你们呢，你说你们这么大个集团，怎么连个 LOGO 的矢量图都不能提供啊？用 JPG 格式的文件要能喷清楚了，那才叫见鬼了呢！"

韩雪儿一看，确实如工头所说，宝丽布其他地方的图案都做得不错，除了那个联华士多的 LOGO 之外。韩雪儿无话可说，她相信工头说的话，那就是联华士多这么个大集团的市场部，还真的非常有可能连个矢量格式的LOGO图都提供不出来。

虱子多了不咬，债多了不愁，此时回天乏术的韩雪儿已经不要求明天的发布会尽善尽美了，她只求明天能够先蒙混过关，这市场部的若干问题，还真的不是一次小小的改革就能解决的。

8

二十八日上午，阳光明媚。

刘立冬经过一晚上充足的睡眠之后，显得神采奕奕。此时他正在电脑前面鼓捣着，他在起床后查到了《物业那些事儿》的开机发布会将在网上进行直播，于是就开始鼓捣起摄像头来了，刘立冬希望能把自己创作的第一部戏和取得的第一个成就用摄像头记录下来。

凌晨的时候，韩雪儿回了趟家，她看了眼一片狼藉的餐桌，还有沙发上摊着的两套西装，然后她发现自己没有一丝多余的精力再去责备丈夫了，韩雪儿匆匆忙忙地换了套衣服后就离开了。

说来也巧，刘立冬《物业那些事儿》的开机发布会和韩雪儿的联华士多上市新闻发布会都定在了十一点开始。

十点整。

刘立冬已经学会如何用软件录制网上直播的视频了，摄像头被扔在了一边。

韩雪儿最后又检查了一遍发布会现场所有的细节，然后站到了接待台前，开始恭迎各大媒体记者的光临。

半小时后。

刘立冬又一次拨通了父母家的电话，电话响了很久才被母亲接听，刘立冬兴高采烈地述说着自己得到肯定后的喜悦，而立冬母亲却没有像以前一样，一边笑着一边分享着儿子的快乐，立冬妈匆匆说了两句后就挂断了电话，刘立冬很疑惑。

韩雪儿冷汗直流，因为截至到目前为止，那些答应来参加发布会的媒体一家都没来，韩雪儿不死心地对着市场部那唯一"健在"的、也是唯一来参加发布会的、负责邀请媒体的同事问道："这……这怎么回事啊？怎么媒体一家都没来啊？"

女同事无所谓地回答："我也不知道啊，在电话里明明都说好的嘛，他们怎么这么不讲信用啊。"

韩雪儿面对如此的解释，彻底失望，彻底无语，彻底无从发火。

什么《时代》周刊，什么《纽约时报》，全是他们合起伙来蒙自己的，像蒙大傻子一样地蒙着自己，而自己却竟然还能相信他们说的一切顺利。韩雪儿明白，这世界上没有任何一家媒体的记者会白纸黑字地回复说自己将参加贵公司的新闻发布会，而他们就是利用了这一点才让韩雪儿落入如此境地的。

韩雪儿现在已经非常确定一件事了，那就是这次自己百分之百地是掉到了Linda 沈的圈套里。

十一点整。

《物业那些事儿》开机发布会正式开始，刘立冬坐在电脑前，看着直播画面里那座无虚席的台下，刘立冬异常兴奋地睁大了双眼。

联华士多成功上市新闻发布会正式开始，韩雪儿站在角落里，看着摆满宴会厅的座椅上，零零星星的、十个手指头都能数得过来的那几个人。

此时柴东林上台了，韩雪儿绝望地闭上了眼睛。

9

电脑屏幕上，手拿麦克风的沈超导演站在舞台中央正在侃侃而谈："这次我们的新戏《物业那些事儿》，无论从制作班底还是演员阵容，都是经过再三权衡，集结了两岸三地的高水平制作团队，不惜血本选择最高品质的道具和外景，在演员造型服饰方面也是力争上游，全部是根据演员角色不同进行设计，量身定制，全力打造精美妆容。最重要是，这次我们运用了独特的视角来诠释现代都市题材的电视剧，我们不再洒狗血，也不再婆媳斗，相信这一部戏在完成后，能给人眼前一亮的感觉，我坚信这部戏在明年一定能够大火！"

沈超导演说完，现场掌声一片。

刘立冬在电脑前，也情不自禁地跟着鼓起掌来。

主持人接过话筒后继续说道："刚才沈导说了，这部新戏的视角很独特，我相信这一定都归功于沈超导演的金牌搭档——沈静编剧，现在有请《物业那些事儿》的编剧，沈导的妹妹——沈静编剧上场！"

现场又是掌声一片，这次刘立冬没跟着兴高采烈地鼓掌，他愣住了。

半响，刘立冬才回过味来，他看着电脑屏幕上正在侃侃而谈的沈超导演的"金牌组合"。

"其实呢我一直在想着突破，如何突破自我，如何突破现在国产电视剧的瓶颈。最后，我终于找到了，我在写这部戏的时候，总是写着写着就觉得我变成了一个物业公司的总经理，每天要面对的都是一群难缠的客户和下属，每天发愁的都是怎么才能收上物业费来。呵呵，这里面有很多好玩的故事，希望大家以后能够多多关注，我相信这部立意新颖的戏，在拍完之后，一定能给中国电视剧市场打下一针强

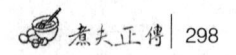

心针！"

现场掌声如潮，可是电脑边的刘立冬却不知去向。

10

柴东林走上台来，他环视了一圈，明白了今天发布会的惨状后，镇定自若地开始了讲话："今天，我们联华士多集团在香港成功上市，可是现场却没有多少人，这是为什么呢？"

柴东林说完，笑眯眯地顿了顿，他看到了缩在角落里的韩雪儿。韩雪儿痛苦地闭上了眼睛，她在等着发布会结束后直接被炒鱿鱼。

"呵呵，对于这个问题，我也很是奇怪。"柴东林继续说道，"抱着这个疑问，我刚才打电话问了一下香港那边的经纪公司，他们说联华士多的股票在开市后不到两个小时的时间里，就上涨了一点二个百分点，我听完之后一下子就明白了，为什么今天会没人呢？是因为大家都不在乎这个发布会了，为什么不在乎这个发布会呢？那肯定是因为有了更在乎的事情，那什么是大家更在乎的事情呢？呵呵，那就是大家都着急去买我们的股票了，谁有工夫来这个发布会啊？"

柴东林说完，台下传来了稀疏的笑声。韩雪儿对于柴东林的随机应变佩服得是五体投地。

柴东林刚想继续讲话，忽然紧绷在桁架上的宝丽布像一张大幕一样地落了下来，把柴东林整个盖在了下面，现场的笑声比刚才要大得多，场面大乱……

韩雪儿愣住了，一秒钟之后，韩雪儿紧紧咬着牙以控制自己不要立刻哭出来，她快步向外走去。

刚出宴会厅，就碰上了酒店预订部经理。

经理一脸焦急地问韩雪儿："韩经理，刚才你打电话说要把今天的自助餐会取消？"

韩雪儿没说话，冲经理点了点头，她害怕自己一张嘴就立刻哭出来。

经理很为难："要是取消的话，定金可是不能退的了。"经理指着不远处餐台上的摆着的几瓶酒继续说道，"还有这已经开了的十几瓶酒也是不能退的。"

韩雪儿从包里掏出信用卡递给经理："这酒我买单！"

话音刚落，韩雪儿已经是泣不成声。

11

气愤的刘立冬漫无目的地站在街头，他此时心里像吃了苍蝇一样的恶心。刘立冬想立刻找到沈超导演，面对面地质问他为什么剽窃了自己的作品。

刘立冬掏出电话，拨了出去。

"喂！导演，我是刘立冬，我看了刚才发布会的直播，编剧怎么变成你妹妹了？你这是什么意思啊？"极度的气愤让刘立冬已经不去考虑什么语气问题了。

"我什么意思？我哪知道这是什么意思啊？这事我也是今天才知道的，那个栾总说你没有名气没有作品，怕片子拍完之后电视台不买，她就提着礼物去了好几趟我妹妹家，好说歹说地让我妹妹把名字给署上了，她也很为难，你也知道，现在多少家公司求着我妹写剧本啊！你以为她愿意啊？你要问怎么回事，你就去问那个栾总去！"沈超导演气哼哼地挂断了电话。

刘立冬听完心里更憋屈了，他能在一个多月的时间里完成这小三十万字的作品，靠的就是一股劲，一股不认输的拼劲，可是现在这股劲完全没有了。取而代之的是一种压抑，一种憋屈，一种被人强奸了还得嗷嗷叫床的感觉。

没有作品？没有名气？当初一个字都没写的时候你干什么去了？那时候你怎么不提这事啊？现在全部剧本交上去了，你倒开始嫌弃了？

刘立冬红着双眼拨通了栾总的电话。

"姓栾的！我是刘立冬，我现在立刻要见你，你要是说个不字的话……"

没等刘立冬把威胁对方的话说完，电话那边的栾总打断了刘立冬："我正好也有事找你呢，半小时后，第一次见面的咖啡馆见。"

刘立冬听着电话里的忙音迷惑了，他不知道这个嘉和中天的栾总葫芦里卖的是什么药。

12

联华士多发布会现场一片狼藉，少数的来宾都已经走光了，只剩下一些酒店的服务员在收拾着场地。

柴东林站在台下，看着背板施工公司的工人们在台上拆桁架。这时，那个工头拿着一截断掉的绳子走到柴东林面前。

"这绳子是被人割断的，你看看这断口，这可不是我们施工质量有问题啊。"

柴东林拿着那截绳子看了看，只见断口处很平整，一看就知道是让人用利器割断的。

"好，我知道了，确实不是你们的原因。"

工头听完放心地接着干活去了。柴东林左右看了看，没有看到韩雪儿的身影，他拿出电话，给韩雪儿拨了过去。

电话接通后不久，听筒里就传出了"您所拨打的用户现在暂时无法接通，请稍后再拨。"

很明显，韩雪儿现在不想接听自己的电话，柴东林摁下重拨键，又给韩雪儿打了过去。

"对不起，您所拨打的电话已关机。"

柴东林笑着叹了口气，他明白，这次韩雪儿应该是很受打击，他也没想到Linda沈能这么狠，竟然能将不破不立运用到这么极致。原本柴东林以为Linda沈最多就是让这个发布会冷冷清清，不过就是小小打击一下韩雪儿。结果没想到，她连自己都没有放过，幸亏今天没有媒体来，否则自己这个面子可是栽大了。柴东林在心里不得不提高对于元老团的警戒等级，看来想通过一招一式就扳倒元老团是不可能的了。

柴东林走出宴会厅，他现在最关心的是韩雪儿到底怎么样了，柴东林感觉韩雪儿现在应该就在附近，他想试着找找看。

13

刘立冬赶到咖啡厅的时候，栾总已经等候多时了。

刘立冬这次一点没客气，上来就开门见山地质问道："栾总，我都听导演和我说了，你这么干是不是太操蛋了啊？"

"我要是操蛋的话我就不会见你了，你可以出去随便告我，真的，你试试看能不能告赢，而且就算是你赢了官司又能怎样？我现在立刻可以把《物业那些事儿》的片名换成《物业这些事儿》，然后说这是两个项目，你的项目我也在推进，只不过现在开机的项目是另一个而已。"栾总更加开门见山地回击刘立冬。

"不是！你这不是不讲理吗？这都是我原创的，咱们也都签合同了，合同里白纸黑字地写明白了，我拥有署名权，凭什么你说让别人署名我就得闭嘴啊？"

"说实话，这事我干得确实是不地道，你们编剧都是弱势群体，我也真的很可怜你，这么短时间能写出这么好的东西来，真的，很不容易！可是我也是被逼无奈啊！我今天约你出来，就是想和你谈谈怎么补偿你。"

刘立冬皱着眉头看着栾总，疑惑地问："你也是被逼无奈？你被逼什么了啊？片子拍完了吗？你就觉得它卖不出去？你怎么就知道电视台只认沈超他妹妹不认我啊？就是因为我没作品没名气？"

没想到栾总听完反而笑了："是不是沈超这么说的啊？说我怕没有电视台买片子，三番五次地登门去求他妹妹署名吧？"

刘立冬隐约感觉到眼前这个女人不让自己署名应该有隐情，他点了点头，对栾总说道："是啊，难道沈超说错了吗？难道你不是吗？"

"唉，咱俩啊都是受害者，我说的你可能不信，毕竟你是他沈超带来的人，所以呢我劝你这事就别追究了。现在赶紧谈谈给你补偿的问题吧，说句实话，等跟你谈完了，我还得赶紧去组里呢，呵呵，又出事了。"栾总说着摇了摇头。

"真的，你现在别忽悠我，有话就说有屁就放，别想趁着我迷糊，给点补偿就不了了之了，我知道你的如意算盘，等我把补偿一拿，你就有理了，对不对？"

"我还是那句话，你要想谈补偿，咱们就现在谈，你要是不想谈，那就算了，你要想去告我们的话，说实话也不是个坏事。还有我确实是被逼的，你知道吗？光沈超的导演定金他就拿走了五十万，这数目可只是定金啊！而且自从咱们签完编剧合同之后，我连剧本都看不见，只知道你交上去了多少集，每次我想从沈超那要剧本看看的时候，他都不给我，有几次说急了，人家立刻就说，那这项目没法进行了，你知道要是我敢和他较劲翻脸的话，那五十万就没了！这还不算付给演员的、副导演的、你的，还有各种杂七杂八工作人员的定金呢！"

听完栾总的这一番话，刘立冬倒吸了一口冷气，他有些明白事情的真相了。

"十几天前，你说不拿出完整剧本就不开机是怎么回事？"

"放屁吧！我哪敢不开机啊？我是盼星星盼月亮地盼着能顺利开机啊，我不是跟你说了嘛，我这么做都是被逼的！五天前沈超跟我说开不了机了，因为剧本有问题，我赶紧问是什么问题啊？他也不正面回答我，就说有很大问题，我就急了，我问他，那怎么办？怎么能保证二十八号顺利开机，他勉为其难地说只有他妹妹才能改好，我顿时就明白了，这是要钱呢！"

"要钱？什么意思？"

栾总冷笑道："哼哼，都说我是这圈里的新手，我看你比我还新，你以为让他妹署名不要钱啊？修改费一集五万！你以为我在乎编剧署名是谁啊？爱他妈是谁是谁！只要能顺顺利利地把这戏给拍了就成！我傻逼啊我？我乐意多花那一百五十万啊？"

"一百五十万？"

"废话，跟你是按二十五集签的，跟她当然得按三十集签了。你出去打听打听去，现代都市题材的谁一集写四十场戏两万五千字以上啊？我当时一看沈超给我你的编剧合同之后乐坏了，花二十五集的钱，能拿到三十多集的量，我当然高兴了，可是谁知道大头在后面啊！里外里给你这二十五万等于白花！"说起自己的委屈来，栾总比刘立冬还生气。

刘立冬听完彻底明白了，他掉进了一个沈超导演精心设计的、运作熟练的圈套里，刘立冬站起身来，神色木然地向外走去。

"哎，你还谈不谈补偿啊？我真是看你可怜才约你的！"

刘立冬对于栾总的话充耳不闻，木偶一样地走了出去。

14

人来人往的街上，刘立冬神色木然地走着，他不知道自己的目的地是哪里，他现在只想走，只想漫无目的地走……

自己的心血这么简单地就让一个连面都没见过的"金牌编剧"给剽窃了，刘立冬心里很愤怒，他抄起手机就想给韩雪儿拨过去，他觉得委屈极了，刘立冬现在立刻马上需要向一个人述说自己的委屈，否则他觉得自己快要憋爆了。

号码刚刚拨出去一半，刘立冬就停了下来，他不知道是不是应该让韩雪儿帮自己分担这些负能量，再说今天也是韩雪儿的大日子，她现在可能正在接受着鲜花和掌声呢。刘立冬觉得异常挫败，可是当手机刚刚放回兜里后，刘立冬立刻又把手机拿了出来，没办法，现在除了自己的老婆，还能对谁说呢？

"对不起，您所拨打的电话已关机。"

这一句听上去热情实则冷冰冰的话语，像引线一样地点燃了刘立冬心中的火药库。憋屈、失败、被欺骗、被利用……各种负面的情绪充斥着刘立冬的整个躯壳。

这时一辆出租车停在了路边，车上的乘客正在结账。刘立冬三两步跑到出租车边，拉开车门就坐了上去。

一种想吃一碗妈妈做的炸酱面的欲望，前所未有地占据着刘立冬的全部身心。

偌大的地下停车场里没有几辆车，一辆蓝鸟孤零零地停在车位里。

韩雪儿坐在后排座位上，默默地喝着那几瓶本应该是发布会成功结束后用来庆功的、可是现在却因为已经开封而不能退款的酒。

韩雪儿想起了一句话：自己酿的苦酒自己喝。

她自嘲地笑了笑，又灌下去了一大口酒。韩雪儿的大脑在酒精的作用下，开始怀疑主人做过的一切……

为什么不能放下所谓的原则，然后和市场部的同事们同流合污呢？那样自己现在可能也在一边吃着好几百块的套餐，一边谈论着各种自己连碰都没碰过的奢侈品了。

为什么就不能在家好好当个家庭妇女或者乖乖上班呢？为什么要希望能通过自

己的努力而改变生活呢？多少女人选择了前者之后是那么的幸福，每天在微博上晒晒自己孩子的成长，发几张乱七八糟不知所谓的照片多好啊？

为什么要这么固执地不把抚养女儿的权力交给上一辈呢？身边多少家庭都是这么做的，为什么自己偏偏要特立独行呢？如果当时生完妮妮坐完月子就继续回OBT上班的话，怎么会与职场脱节，怎么会被边缘化呢？

想到这儿，韩雪儿忽然觉得异常凄惨，她意识到自己已经进入到一个循环里，自己为了阻断上一辈对孩子的负面影响而抛弃了一切，自己单纯地认为如果妮妮由自己带的话就会蓬勃地往好的方向发展，可是结果呢？弄得老公疲于奔命，弄得自己筋疲力尽，弄得妮妮连出去旅游一次都不行！自己当时还天真地认为妮妮能够享受到真正的爱和尊重，还天真地觉得妮妮能成为她自己，天真地希望妮妮能有生活的热情和真正的爱好，可是回头看看，别说妮妮了，就连自己都做不到！

自己有爱好吗？没有！

自己有热情吗？有！但没用！正是因为热情才让自己落入如今这个境地。

自己能做自己吗？能！做了之后就只能等着被欺负被排挤被欺骗被戏耍。

韩雪儿想起一个微博上的段子：这世上有几种笨鸟，一种是先飞，一种是不飞，还有一种是下个蛋，把希望寄托在下一代身上。

韩雪儿笑了，笑得很大声，笑得连眼泪都流了出来。

一个连自己都达不到的境界，为什么要求自己的孩子达到呢？确实，自己阻断了老一辈对后代所谓的负面影响，可是却无法抹除自己对后代的负面影响。韩雪儿忽然想明白了，只要自己一天还对妮妮有期望有要求，那么妮妮就不可能真的成为她自己。等妮妮长大了，就会总结出一大堆父母对她造成的负面影响，父母给她留下的阴影，而此后妮妮就会想法设法地再对下一代按照她的逻辑去培养去教育……

韩雪儿很绝望，因为她意识到自己的逻辑从始至终就是错的！

韩雪儿想到最近很流行的一个说法：我死循环了！

死循环了的韩雪儿喝了一大口酒，她笑着，笑声没有刚才那么大了，但是更凄惨，凄惨到韩雪儿都觉得眼泪滑过脸颊的时候，如同刀子一般割得她生疼。

车门打开了，是柴东林，他钻了进来，坐到了方向盘前。

"柴……柴总？"韩雪儿很惊诧。

"叫我柴东林或者东林。"柴东林一边说一边发动了汽车。

没等韩雪儿说话，柴东林就把车开了出去。

"别说话，我带你去个地方，酒留着去那儿喝。"柴东林的语气不容置疑。

坐在后排的韩雪儿本能地乖乖点了点头。

15

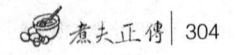

傍晚，京郊小院。

从出租车上下来的刘立冬已经不像刚才那么绝望了，一路上他想了很多，他不打算妥协，虽然稿费还欠着一大半，但是刘立冬依然不打算妥协。

现在是信息时代，是微博时代，刘立冬打算利用微博把事实的真相说出去，他不信这个世界上就没有一个正直的人。刘立冬同时也做出了最坏的打算，那就是正义仍然得不到伸张，《物业那些事儿》该署人家的名字还是署人家的，而自己却连那点经济上的补偿也将失去。

可是刘立冬没有害怕，他想起了小时候父亲送给自己的第一本小说海明威的《老人与海》，他想起了那句自己最喜欢的话人并不是为了失败而生的，一个人可以被消灭，但不能被打败。他还想起了那个名叫"桑地亚哥"的老渔民，最后他的马林鱼虽然被鲨鱼吃光了，可是他却把骨架拖了回来，结果并不重要，重要的是信念和勇气。

刘立冬觉得自己就是那个八十四天都没有打到鱼的老渔民，在第八十五天打到了一条不止一千五百磅重的大马林鱼——自己人生中的第一部电视连续剧，可是却被鲨鱼沈超盯上了，虽然最终成果将被鲨鱼吃光，可是刘立冬相信，自己这个老渔民并没有被真正打败，因为他虽败犹荣，他和那个名叫"桑地亚哥"的老渔民一样，纵然是失败依然勇敢无比，因为他们在精神上都没有输给鲨鱼。

刘立冬推开小院的大门，那个熟悉得不能再熟悉的小院让刘立冬大吃一惊。

平日里饭菜的香味没了，取而代之的是一股浓烈的中药味；平日里永远坐在院里嗑瓜子的奶奶没了，取而代之的是母亲见到儿子突然回家后的一脸慌张。

"妈，怎么熬中药啦？奶奶病了？"

"立冬，你……你怎么突然回来了？今天不忙啊？"

"我爸呢？"刘立冬问完，对着屋里大喊道，"爸，奶奶，我回来啦……"

立冬妈连忙捂住刘立冬的嘴，一把将刘立冬拉到了厨房里，刚一进厨房，立冬妈的眼泪就掉了下来。

"妈，到底怎么了？"

立冬妈低声地抽泣着，没有回答儿子的问题。

16

一间日式餐厅的包房里，欢声笑语，所有联华士多市场部的员工席地而坐。"哈哈，今天你们是没看到韩雪儿的那张脸，尤其是背景板的宝丽布掉下来之后，盖住总裁的那一刻，哈哈，她害怕得连眼睛都闭上了。"说话的是今天唯一在场的女同事。

"啊？这么热闹啊，太爽了，想想就高兴。"那位老婆早产的同事兴高采烈。

"哎，咱们老大呢？怎么还没来啊？"另一位要去老家给二舅奔丧的同事问道。

"估计堵车呢吧，呵呵，咱们这次能成功阻击韩雪儿全靠老大啊。"误食毒蘑菇的这位同事看来也已经痊愈了。

"就是，哎对了，你们的医院证明都是哪弄的啊？"那个休年假要去马尔大夫陪老婆再度蜜月的同事问道。

"你可够土的，万能的淘宝啊，上面什么都能买到，一张假条二百块。"出了车祸的同事回答道。

"啊？我查了怎么没有啊？唉，早知道我就不浪费婚假了，这下倒好，我老婆高兴了，一直逼婚都没成功，这次倒是让韩雪儿帮了她忙了。"请婚假的同事一脸懊恼。

"淘宝可能是有人举报了，现在都下架了，不过还有万能的无底线无节操的百度啊，喏，你看。"吃毒蘑菇的女同事说着就拿出手机，在百度上输入"代开病假条"后，出来的结果全是各类服务机构。女同事随便点了一条搜索结果，念道："本中心与多家北京医院合作，提供代开病假条服务，代开各类诊断证明、处方、病例、化验单，北医三院、宣武医院、朝阳医院、协和医院、友谊医院等各类三甲医院病假条，任选保真。"

众人哄笑，纷纷对网络时代的伟大加以歌颂。

包房的日式拉门忽然"砰"地一声被重重打开了，众人一愣，只见Linda沈面色冷峻地站在门外。

"呀！老大你可来了，堵车吧？"

Linda沈没说话，走进包房后从包里掏出一摞现金扔在了桌上，其他人你看看我，我看看你，都不知道Linda沈葫芦里卖的是什么药。

"这些大概是三十多万，你们按照三倍工资标准自己拿钱。"Linda沈冷冷地说道。

众人听完后更加莫名其妙，谁也没敢拿钱。

"明天一早你们全都去人事部交辞职报告，不愿意去的人后果自负！这些钱是按劳动法规定的三倍标准补偿你们的！"Linda沈说完转身离开，屋里众人全傻了。

17

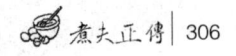

"你爸病了，肺癌。"立冬妈抽泣着说道。

刘立冬听完愣住了："这……这你们怎么不告诉我啊？我爸严重吗？"

立冬妈点了点头："挺严重的，发现的时候就是晚期了，你爸死活不让告诉你，说怕耽误你写东西，奶奶让二叔他们接走了，我实在是照顾不过来了。"

"不是，这……唉，算了，你怎么还给我爸吃中药啊？肺癌不是得去医院做化疗吗？"

"他不去，说怕花钱。"立冬妈说着忍不住又抹了把眼泪。

"你们不是参加那个什么新农合了吗？不是能报销吗？"

"是参加了，而且原来大病范围还不包括肺癌呢，政策刚改，刚把肺癌也加进大病范围里了。"

"那还不去医院？不行，我跟他说去，这叫什么事啊，有病就得治啊！"刘立冬说着就要往外走。

立冬妈一把拉住儿子，说："儿子啊，算了，你爸说的也不是没道理，治了白受罪，还治不好。"

"什么意思？"

"像你爸这样的非小细胞肺癌，用药在新农合报销的范畴里，很多都是基础药物，治疗性不足，有一种特效药叫易瑞沙，英国产的，太贵了，吃不起，一片五百多，一天一片。这种药我也找了，听说网上有一种印度产的易瑞沙，能便宜不少，可是一片便宜的太多了，才五十多一片，我不敢让你爸吃啊。"

立冬妈话音刚落，立冬爸那伴随着咳嗽的声音在屋外响了起来："老太太，我刚才怎么听见立冬的声音啦？"

立冬爸说着推开了厨房的门，三个人都愣住了。

屋里，立冬爸靠在床上，刘立冬坐在床边。

"儿子啊，刚才我不是都跟你说了吗？这病啊，我不治了，我这一辈子没什么本事，没法把你变成什么官二代啊，富二代的，临老了就别拖累你们了。这种病啊，就算花个倾家荡产都不一定治得好。"

"谁说治不好的？您病了不去医院治病，哪有这个道理？我这个当儿子的心里多难受你知道吗？爸，你听我一句啊，咱们去医院吧。"

"你难受什么啊？立冬，爸知道你是个孝顺孩子，可是这孝顺是什么意思啊？就是要顺着我的意思对吧？这病我是真的不想治了，你要是真孝顺的话，就好好生活努力工作，听爸爸的话！你逼着我去医院才是不孝顺呢！"

刘立冬低头不语，他很清楚父亲的性格，父亲认准的事情谁也改变不了，他得好好想想如何劝说固执的父亲。

立冬爸继续说道："再说了，我这辈子值了，儿子这么有出息，是吧？我啊，能活到看着你写的电视剧，在电视上播出的那一天就够了，我的身体我知道，这点信心我还是有的。"

刘立冬听完，刚才那股要战斗不要妥协的情绪完全消失了。他很清楚，他不能让父亲连最终的愿望都落空，他不能去影响剧组的进度，父亲很可能没有多少时间了。

这时立冬妈端着一碗中药走了进来。

"老头子，你先把药喝了。"立冬妈说完，偷偷冲刘立冬打了个手势，示意刘立冬跟自己出来一下。

刘立冬看了一眼正在喝中药的父亲，跟着母亲走出房间。

"怎么了，妈？"

立冬妈点了点头，压低声音对刘立冬说道："立冬，你最近是不是不忙了？"

刘立冬点了点头："嗯，不忙了，你是不是想让我多陪陪爸，好劝他去医院乖乖治病？我也是这么想的，爸这人倔，咱们得讲究方式方法，怎么着也得先劝他把手术做了，然后……"

"没用，立冬，已经没用了，别劝了。"立冬妈将刘立冬拉到院子里，确保立冬爸听不见后，继续道，"医生已经不建议做手术了，只能保守治疗，就是吃那个贵得要死的药。"

刘立冬不解："为什么啊？"

立冬妈："查出来的时候已经扩散了，肝上、淋巴上……都……"立冬妈说不下去了。

刘立冬万箭穿心，医生已经给父亲判了死刑，而因为当儿子的没本事，连缓刑的机会都被剥夺了。刘立冬此刻大脑一片空白，双腿发软几乎站都站不住了，耳朵边"嗡嗡嗡"地一直响，耳鸣声把妈妈接下来说的话隔绝得似乎是从远处传来的靡靡之音。

立冬妈："这事啊我看没人能劝得动他，我本来也不同意不吃那个药的，可是你不知道啊，就因为我不同意，你爸都和我闹了好几次了，又是离家出走又是吵架的，他的病给气得严重了不少。你爸有多倔你也知道，现在我就想啊，算了，不惹他了，他说的也不是没有道理，立冬，你也别劝他了，咱们就让他舒舒服服地过完

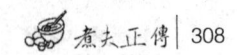

剩下的这些日子吧。"

刘立冬了解自己的父母，刚才母亲说的闹了好几次虽然轻描淡写，可是他能想象到当时为了劝父亲花钱吃药，父母吵得有多激烈。

"我明天就住回来陪你们。"刘立冬觉得自己只能说这么一句话，真应该被天打五雷轰。

"不用啦，你要是住回来的话，你爸也得给你轰走，你没事多回几趟家就成，我叫你出来主要是想求你个事。"

"妈，你说。"刘立冬尽量简化自己的发言，因为他压抑着的悲痛就要决堤了。

"你爸这辈子就想去海明威的故乡看看，我俩都不懂英语，想去都不知道该怎么去，妈想求你带你爸去一趟美国，上那个海明威纪念馆看看，也算了他一份心愿吧。"

刘立冬突然大声喊道："什么！妈你脑子没病吧？有那闲钱去美国还不如给我爸买药呢！再说了，他现在这身体状况能去美国吗？你这都什么逻辑啊！把那药名给我！你不愿意管我爸了，我来管！"

刘立冬的情绪终于爆发了，吓了立冬妈一跳，屋里头传来了阵阵咳嗽声。

刘立冬不管不顾地向立冬妈又补了一刀："你怎么这么狠心啊，妈！"

刘立冬像濒死的小动物一样，本能似乎让他觉得，伤害别人能让自己死得痛快一些，而立冬妈的眼泪也"刷"地流了下来。

立冬妈捂着嘴，用最后一点意志力，压低声音继续说道："我可以把病历给你，孩子，你自己去肿瘤医院问问医生吧，我和你爸下这个决心用了两个月的时间，该想的我都想过了。"

屋子里传来了立冬爸不悦的声音："老太太，你让他走，让他立刻走！"接着又是咳嗽声。

刘立冬哭了，使劲儿把妈妈抱进了怀里，紧紧地抱着……

刘立冬："行，我这就去了解一下美国签证怎么办。"

立冬妈拍拍儿子的后背，用对小孩子说话的语气说道："乖。"

院子里起风了，刘立冬的心冰冷冰凉的。

院门外，立冬妈送刘立冬出门，刘立冬站在院门口迟迟不愿走。立冬妈从围裙里拿出一个鼓鼓囊囊的信封，塞到刘立冬手里。

刘立冬知道信封里肯定是钱，他把信封塞回给母亲："妈，你这是干什么啊？带你们出去玩还能要你们的钱？你放心，我有钱，我写这戏挣了二十多万呢！"

立冬妈看着刘立冬，慢慢地点了点头，把信封收了起来。

此时刘立冬心里已经打定了主意，他完全放弃斗争了，现在他只想尽快拿到尾款，圆父亲一个梦，让父亲能像那个海明威笔下的老渔民一样，在重压下依旧能保持着优雅的风度。在这些面前，一部小小的电视剧署名在此时刘立冬眼里连个屁都不算。

刘立冬知道父亲最喜欢的小说就是海明威的《老人与海》，他心目中的父亲也一直都是那个打不败的老渔民，可是一想到父亲为了不拖累孩子，连自己的生命都可以无视的时候，刘立冬的心在隐隐作痛。他很清楚，父亲一直没有认输，哪怕到了最后，也要用生命作为武器来向命运大声地宣战：人并不是为了失败而生的，一个人可以被消灭，但不能被打败！

18

韩雪儿的蓝鸟车停在了路边，柴东林走下车，把已经喝得迷迷糊糊的韩雪儿从后排架了出来。

"雪儿，你看看，这是哪儿？"

眼前的景象让韩雪儿酒一下就醒了不少，只见眼前是一个破破烂烂的操场，操场上立着一个和环境极其不协调的高级玻璃篮球架，虽然已经是夜里，可操场上却被灯光照得亮如白昼。此时酒鬼店长正站在罚球线上准备投篮，自闭收银坐在一边，嘴里开玩笑地数落着父亲。

"跟你说了多少遍了啊？肘部再提高一点，用腕子的力量把球弹出去。"

酒鬼店长很不服气："你小子懂个屁啊！练这个罚球姿势有啥用？你老子我玩篮球的时候，你小子还撒尿和泥呢！来来来，咱俩再比比，我还不信了，就进不去两个球。"

自闭收银轻蔑地对酒鬼店长笑了笑，走到三秒区，挑衅地说道："来吧，我只用左手防你。"

酒鬼店长气得不轻，怪叫着运起球就向自闭收银冲去……

韩雪儿连忙回头，向马路对面那个熟悉的第171号分店看去，只见店里亮着灯，货品摆放十分整齐，店门口的玻璃门上贴着一张纸，上面写着：不暂停营业，买东西朝对面小学喊一声。

眼前这一切让韩雪儿的心一下就温暖起来，柴东林笑眯眯地从车里拿出两瓶红酒，递给韩雪儿一瓶后，一屁股就坐在了马路牙子上。

看到韩雪儿还愣在那儿，柴东林说道："坐吧，我没事就过来看他们打球，店长现在进步挺快，一开始一个球都进不去，现在偶尔能蒙进去一个了。"

韩雪儿点了点头，坐到柴东林身边，小声地说道："柴总，对不起，我……"

"啧！不是说过了吗？别叫我柴总，来来来，今天不谈工作的事，咱们一边喝酒一边看他们父子俩打球。"

韩雪儿拿着酒瓶坐到了柴东林旁边，不过距离很远。

柴东林看了一眼两人的距离，笑了笑，拿着酒瓶伸手和韩雪儿碰了一下后，说道："呵呵，坐这么远啊？干杯多麻烦啊？"

韩雪儿尴尬地笑了笑，向柴东林身边挪动了一点。

柴东林："对，离我近点，放心我不会责怪你的，不管你闯了多大的祸。"

他抿了一小口红酒，低声把自己的话说完，"因为我舍不得。"

柴东林这最后半句话，声音极轻，却字正腔圆，字字如同炸雷在韩雪儿耳边炸响。

此时韩雪儿就算再大大咧咧，她也知道今天晚上将会发生什么了，她忽然明白了自己为什么会被总裁重用，那都是因为眼前这个男人喜欢上了自己，她毫不掩饰地瞪大眼睛看着柴东林，于是柴东林也就知道韩雪儿听懂了。

柴东林这突如其来的表白，看似不经意，其实极其讲究，因为此时的韩雪儿已经被发布会的失败打落到了谷底，这个脆弱的女人对于外界已经很难设防了。在这危机四伏的世界上，她如同受伤的小动物一般蜷缩在角落里，如果此时有一个强有力的人能够给她提供一个安全的藏身之处，这小动物就会毫不犹豫地投向这安全的堡垒。

柴东林何止能够让韩雪儿暂时藏身？他是唯一操控着韩雪儿生杀大权的那个人，而他爱她，这是多么地让人难以抗拒。

韩雪儿看着柴东林，她确实被打动了，如果她不是已婚女人，如果她没有家没有刘立冬没有妮妮，那么柴东林的求爱已经成功了，因为女人的天性就是屈从于强者，没有女人能够免俗。

但是韩雪儿就是个已婚女人，她有家有老公有孩子，她在奢侈地享受了两秒钟柴东林带给她的柔情蜜意之后，立刻意识到那柔情蜜意背后的危险。或者说，在那柔情蜜意背后，隐藏着无数的麻烦，在这一点上，已婚女人和已婚男人没有区别，谁喜欢自找麻烦呢？

不管怎么说，韩雪儿的酒是已经醒了，她清了清喉咙，准备招供，即使柴东林会恼羞成怒，她也必须招供了。

韩雪儿："柴总……"

柴东林摇了摇头，歪头看着韩雪儿，扬了扬眉毛，意思是提示她换个称呼。

韩雪儿急了："柴总，我真的还是叫您柴总比较合适……"

柴东林笑着打断韩雪儿："那么这是拒绝我的意思了？"

韩雪儿一愣，尴尬地笑了笑，不知道怎么回答好。

柴东林："很为难吗？是就点头，不是就摇头。"

韩雪儿点了点头。

柴东林："也就是说，你明白我的心意了，但是你拒绝我，对吗？"柴东林此时心里并没有什么挫败感，因为他觉得韩雪儿只不过是一时慌乱，有点反应不过来罢了，这个女人的反应速度向来不快，于是他继续问道，"我很好奇啊雪儿，关于我喜欢你这一点……"

"别别别！"韩雪儿明确地听到"我喜欢你"这几个字后像触电一样连连摆手。

柴东林都不禁乐了："呵呵，雪儿，你别这样好不好？我这个人你也知道，嗯……不对，你不会知道的，不过我现在可以告诉你，我其实不太会对女人表白的。"柴东林不知怎么的也有点语无伦次，"你这样我也紧张，本来我没紧张，所以你先别这样，你等我说完……"

韩雪儿更加客气了："对不起对不起，我不是故意的柴总，我没别的意思。"

柴东林看着张牙舞爪的韩雪儿，突然忘了该说什么了，他讨厌失控的感觉，很少有人能够让他失控，可是这个韩雪儿能。

柴东林自嘲道："你看看，全被你弄乱了。"

韩雪儿："您说发布会？"

柴东林揉了揉太阳穴："韩雪儿，你从现在开始先别说话，好吗？"

韩雪儿闭上了嘴，认真地点了点头。

柴东林："接着刚才的说吧，我想知道，关于我喜欢你这一点，你是现在才意识到呢？还是早就意识到了？"

韩雪儿不说话。

柴东林叹了口气："说吧。"

韩雪儿接下来的话让柴东林彻底无语了，她说："我当然是不知道啊，知道的话我早就跟你说了，我……我已经结婚了。"

长久的沉默。

韩雪儿："柴总，对……对不起，我真的不是故意隐瞒的，当初入职的时候……"

柴东林摆了摆手，示意韩雪儿不要解释："你一定有你的原因，不用对我解释了。"

韩雪儿被罪恶感搞得如坐针毡，今天她先是用宝丽布把总裁盖在了发布会现场，然后又用谎言陷总裁于如此尴尬的境地，她如果不被开除，那就没天理了。

韩雪儿很沮丧："柴总,我明天就去人事部交辞职报告。"

柴东林苦笑了一下,人事部?如果他能够允许自己犯一次浑的话,他真想开了人事部的所有员工,可是他不仅不能犯浑,他连责怪韩雪儿都做不到,因为他真的舍不得。

19

刘立冬站在路边,一盏昏黄的路灯将刘立冬的影子投射在马路上,异常悲凉。

一辆奥迪驶来,停在了刘立冬面前,栾总从车上下来了。

"你这么着急找我谈什么?你不是要告我们吗?"

"栾总,我仔细想过了,我不告了,我错了,谁署名都无所谓,我只有两个条件。"

"哦?什么条件?你说说。"

"我希望您能马上把欠我的尾款给我。"

"行啊,没问题,第二个条件呢?"

"我想等这戏杀青之后,您能不能给我一份编剧署名是我的DVD?"

"什么?这可不行,我给了你这份DVD,不就等于我承认编剧是你了吗?到时候你要再去法院告我,我可就被动了。"

"我可以写一份声明,声明沈超的妹妹是这部戏的编剧,与我刘立冬一点关系都没有,我签字,我按手印都可以,我还把咱们的合同带来了,只要您答应,我立刻就把合同撕了,您放心,我就是想要一套我署名的DVD当做纪念。"

栾总疑惑地看着刘立冬,她有点不太相信,这么棘手的问题竟然就这么解决了?

栾总将信将疑地点了点头:"好,我答应你。"

刘立冬从包里拿出协议,说道:"栾总,这事一点都不会妨碍到您的利益,就是多花您几百块钱的事,就麻烦请您一定别再骗我了,我就要一份DVD,真的。"

刘立冬说完,凄然一笑,一下子把手里的合同撕成了两半,他看见栾总的嘴边控制不住地浮现出一丝笑意。刘立冬没想到,撕毁合同的一瞬间,他的心居然还是被狠狠地刺痛了,他本以为自己为了父亲已经豁出去了,已经无所谓了,可是当他真的执行自己的决定时,他还是被那种深深的屈辱感淹没了。他觉得自己整个人被罩在了一片无边无际的黑雾中,整个世界变得虚无、绝望、荒凉,没有一丝暖意,而自己从娘胎里带出来的所有勇气此刻都无影无踪,他只能身无片甲地任由这彻骨的寒冷蹂躏他脆弱的躯体。

"栾总,麻烦您尽快把尾款给我打过来,谢谢。"刘立冬冲栾总挤出了一丝比哭还难看的笑容后，转身走了。

"刘立冬，你出什么事了吗？"连栾总都觉得这情景有些悲壮。

"我没事，就是想通了。"刘立冬没回头，继续向黑暗里走去。

刘立冬觉得刘立冬死了，刘立冬怀疑刘立冬还能不能活过来，刘立冬不知道活过来的刘立冬还是不是刘立冬了……

莫名其妙地，刘立冬突然想起了前几天看的一个电影，那是一部好莱坞大片，叫做《少年派的奇幻漂流》，刘立冬突然懂了，为什么当那只老虎头也不回地走向密林时，那名少年会伤心欲绝。刘立冬此时就是那名少年，他眼睁睁地看着从前的刘立冬，正毅然决然地离他而去，他发现自己原来是如此地依赖着那个刘立冬，他那么欣赏他，那么信任他，那么执着地呵护着他，可他说走就走，连告别的机会都不给自己，完全不理会自己对他有多么不舍。

这么想着，走着，刘立冬从心底里感到了恐惧，因为他已经不认得自己了，现在的他到底是谁呢？"

第171号分店门口的马路边，韩雪儿一个人站在那儿，她正在焦急地东张西望，只见柴东林躺在不远处的蓝鸟车里，似乎已经睡着了，而路边的几个红酒瓶子是空的，看样子柴东林是喝多了。

这里本来就偏僻，时间又这么晚了，根本打不到出租车，韩雪儿本想去171号分店求助，可是又羞于向店长解释这一切，只好硬着头皮在寒风中等待奇迹出现。

"雪儿！"是柴东林的声音。

韩雪儿忙不迭跑到车旁，俯身查看柴东林，只见柴东林即使是喝多了酒，也仍然不失风度。

柴东林："雪儿，你回家吧，不用管我，不然你老公该着急了。"

韩雪儿："柴总，这里打不到车啊。"

"那你开车回去，不用管我，不然你老公该着急了。"

"我也喝酒了，不能开车啊。"

"那你打电话让你老公来接你，不用管我。"

"那也不行啊，我不能把你一个人丢在这里啊。"

柴东林温柔地看着韩雪儿，酒精毕竟令他失去了掩饰和伪装的功能，言谈举止的分寸也有些模糊了，他轻轻握住了韩雪儿的手。

柴东林："谢谢你，雪儿，你能给我这种……友情，已经很好了。"

韩雪儿心里一热，不禁也用力握了握柴东林的手，算是认可了对方口中的"友

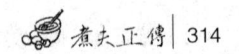

情"二字，而柴东林说完这句话，就沉沉睡了过去，没有了声息。

韩雪儿的心里有些轻松了，她很佩服柴东林的心胸和自制力，也很感谢他最后为二人的关系，下了一个有礼有节的定义，刚才看柴东林一直埋头喝酒，她还担心此事不好收场呢，看来是自己多虑了。

马路拐角处灯光一闪，只见一辆出租车开了过来，韩雪儿忙从柴东林身边跑开，拦住了那辆出租车。

20

刘立冬坐在家门口的花坛边，他拿着一个啤酒瓶子正在往嘴里灌酒，杨菲菲坐在旁边，正着急地一遍遍地拨打着韩雪儿的电话，周围地上摊着十几个空酒瓶。

刘立冬一口酒喝完，醉醺醺地冲杨菲菲说道："菲菲，你别给她打电话了，没用，现在我老婆心里根本没我，她心里只有工作，她不会接电话的。"

杨菲菲知道刘立冬喝多了，懒得理他，应付道："好好好，我知道，我没给你老婆打，我给我老婆打呢啊，你啊，乖乖喝酒，别废话了啊。"

刘立冬认真地点了点头："嗯，好，你老婆好，我老婆不好！"刘立冬说完后，又喝了一大口酒。

杨菲菲一直没有放弃给韩雪儿打电话，她一边拨着电话一边问道："立冬，你到底怎么了？你写的电视剧开机了也不至于高兴成这样吧？"很明显，杨菲菲还不知道今天白天发生的一系列事情。

"我不是高兴，我是难受．我心里特难受，我没用，我输了，我服了，我估计我是这天底下最没用的男人，嘿嘿嘿嘿……"刘立冬一边傻乐一边摇头，因为他搞不清楚自己到底输给了谁？老天爷吗？这事真越想越好笑。

这时一辆出租车驶来，停在了刘立冬家楼下。韩雪儿从车上下来，又跑到出租车的另一侧，拉开车门，从车里架出了柴东林。

杨菲菲眼尖，一眼就看见了韩雪儿，她对刘立冬说道："哟，你老婆回来了。"没等刘立冬反应过来，杨菲菲对着不远处的韩雪儿大喊，"嫂子，刘立冬喝多了，你快过来看看吧。"

还没等不远处架着柴东林的韩雪儿明白过来，刘立冬已经颤颤巍巍站了起来，向韩雪儿走去。

"他是谁啊？"没等韩雪儿回答，刘立冬就认出柴东林了，"哦，原来是你们那个英俊潇洒的富二代柴总啊。"

韩雪儿连忙解释："立冬，今天发布会出事了，柴总他喝多了，我也不认识他们家在哪儿,所以只能把他带回家来了,你这是怎么了?怎么喝这么多酒啊?"

"我没怎么!我喝点酒怎么了?我说你怎么不开手机呢,敢情是忙着跟你们柴总幽会呢哈!"

"刘立冬,你怎么说话呢!"

今天经历了太多变故的刘立冬听完这话,火一下就上来了,他大声对韩雪儿吼道:"我怎么说话?我今天一肚子话想跟你说,你可倒好,人没了!和他喝酒去了!"

刘立冬的吼声很大,柴东林迷迷糊糊地睁开了眼睛看着刘立冬。

柴东林转向韩雪儿:"这……这就是你老公?他……他怎么对你这么厉害啊?"

柴东林说完,一把挣脱开韩雪儿,凑到刘立冬脸前说道:"你不能对你老婆不好!"

刘立冬不客气地回答:"我跟我媳妇怎么说话,你管得着吗?"

一边的韩雪儿看不下去,冲刘立冬说道:"刘立冬,你别闹了,我一会儿跟你慢慢解释。"

在两个眼睛已经红了的男人面前,韩雪儿的话丝毫没有起到任何镇定作用。

柴东林也没客气:"你对雪儿不好就是不行,你知道你老婆有多好吗?"

"我老婆好不好关他妈你丫屁事啊?"刘立冬已经怒了。

柴东林是真喝多了,他好像没感觉到刘立冬的敌意一般,凑到刘立冬面前看了看,问道:"你怎么看着挺眼熟啊?"

刘立冬却把柴东林的一系列行为看成是挑衅,他怒气冲冲地说:"呵呵,眼熟吧?我跟你说啊,老子我叫刘立冬,要不是因为你傻逼,老子我是不会丢了工作的,老子我要是不丢工作,今天就不会被人欺负!"

"雪儿是多好的一个女人啊,刘立冬是吧?我告诉你啊,我是不是傻逼你管不着,但是对雪儿不好你就是傻逼!"柴东林很少说脏话,"傻逼"二字从他嘴里说出来,显得异常生硬。

"你他妈才傻逼呢!"刘立冬说着,一拳打在了柴东林脸上。

从刚才的话里,刘立冬明显听出了柴东林对自己老婆的好感,这让今天已经非常失落的刘立冬变得歇斯底里起来,尤其是当他得知韩雪儿不开手机是为了和柴东林喝酒后,心里那股失落瞬间就变成了熊熊燃烧的妒火。

柴东林喝得着实不少,挨了刘立冬这一拳后,柴东林酒劲上涌,刚要还手,腿一软,自己摔倒在地。

"刘立冬,你疯了?"韩雪儿也急了,她扶起柴东林后,对刘立冬大吼着。

"我他妈是疯了!你说今天你干吗带他回家啊?你是不是想让他看我笑话啊?"

你是不是想让他看看你老公到底有多无能到底有多惨啊？"

"你有病吧？他喝多了，我也不知道他家在哪儿，怎么着，我带他回家我错了？难道我跟他开间房就对了？刘立冬，你今天到底怎么了？你别一天一天地把无能挂在嘴边，我什么时候嫌弃过你？"

刘立冬刚要说话，杨菲菲连忙拉住了刘立冬："嫂子，别吵了，赶紧回家吧。"

刘立冬一把推开杨菲菲："是！你是没明着说过你嫌弃我，可是你心里呢？你要不是嫌我无能，你会去上班？我要是不无能的话，我他妈至于成今天这个样儿？要不是你死活不上班，非要自己带妮妮的话，我妈我爸至于……"刘立冬说不下去了，掩面痛哭。

杨菲菲刚要继续劝架，韩雪儿也急了，把手里扶着的迷迷糊糊的柴东林往杨菲菲身边一推，和刘立冬吵了起来："我怎么了？要不是你当初非要让我生孩子，我至于今天让人当成弱智一样耍吗？要不是我当初辞了工作，我至于对他们忍气吞声吗？"

"好，真好，这他妈日子过的，你还一肚子委屈了，这她妈日子没法过了！"刘立冬把手里的酒瓶子狠狠地摔在地上，气急败坏地回身就要走。

杨菲菲一手扶着柴东林，一手连忙拉住了刘立冬，劝道："立冬，你别说了，嫂子，他喝多了，你别跟他生气，他今天肯定出什么事儿了，心里不痛快……"

刘立冬连连挥手："没有，什么事儿也没有！菲菲你别告诉她，咱不告诉她！"

杨菲菲哑然失笑："我靠，我也不知道你出什么事儿了啊大哥！"

刘立冬自顾自地坚持着："就不告诉她，她是我什么人啊她？"

杨菲菲劝解的话丝毫没有起到作用，韩雪儿气势汹汹一字一顿地问道："刘立冬，你刚才说什么？你再说一遍！"

"我说，这他妈日子没法过了！韩雪儿，我忍了你不是一天两天了！"刘立冬也是一字一顿地回答韩雪儿。

韩雪儿听完，一言不发地盯着刘立冬，刘立冬同样也是一言不发地盯着韩雪儿。

"离吧！"几秒钟的对视之后，韩雪儿说出了这两个字，转身就走。

"离就离！谁怕谁啊？"刘立冬在身后大喊道。

韩雪儿闻言猛地一回头，怒视着没完没了的刘立冬。

刘立冬："怎么了？我就是不怕啊，离呗，没有你我过得更好，是吧菲菲？"

刘立冬说完这话后，为了强化效果，干了一件匪夷所思的事。他一把搂过杨菲菲，在杨菲菲脸上结结实实地亲了一口，如果说这荒诞的行为还可以用酒醉来博取原谅的话，那么接下来杨菲菲的反应就不好解释了。只见她脸刷地一下红了，她咬着嘴唇捂着脸,愣愣地看着刘立冬,目光中突如其来的温柔和羞涩根本无法掩饰。

为了圆场,杨菲菲伸手捶了刘立冬一拳:"干吗呀你!真讨厌!"可这一拳的效果是越描越黑。

此时的刘立冬是没有足够的智商去理解杨菲菲的心思了,可韩雪儿的酒早就醒了,她看懂了,于是她什么都没说,扭头向家门对面的方向走去。

刘立冬一副混不吝的样子,扭头向相反的方向走去,也不知是要去哪里。

杨菲菲看看自己怀里醉得已经神志不清的柴东林,急得直跺脚。

不远处的树后,一个男子把相机放进包里,掏出手机,拨了出去。

"里昂先生,关于联华士多总裁的情报是正确的,柴东林的私生活果然很精彩。"

五星级酒店总统套房里,一个金发碧眼的中年男人拿着手机笑了。

"很好,你把藤静小姐送我的礼物,转交给那个叫韩雪儿的女人。"里昂操着一口不算流利的中文说道。

里昂说完,放下手机,冲坐在对面的人笑着说:"OK,start our project!(好,开始我们的计划吧!)"

"Sure!(当然了!)"坐在里昂对面的竟然是藤静!

"用他们中国人的话说,水浑了,才好摸鱼,对吧?"

藤静不置可否地微笑着。

第十二章..........阴差阳错

1

刘立冬是昏睡到第二天中午才起床的。

他揉着脑袋睁开眼睛,发现自己是在家里的床上,于是从床头拿过手机,手机上有一条未读信息,是银行发来的,提醒刘立冬说,今天上午有一笔十三万的汇款到账。

刘立冬先给银行打了个电话,预约了今天下午去提款后,他打算给韩雪儿打个电话,不管怎么说,父亲病了的事还是得告诉老婆的。但犹豫再三,这电话还是没有打出去,因为他不想先服软,他打算等一等,看看韩雪儿会不会主动给自己打电话。

之后刘立冬很忙,忙着给旅行社打电话,让他们帮忙代办美国签证。然后就是给母亲打电话,告诉母亲自己会尽快带她们去美国海明威的故乡。立冬妈很高兴,她说这事是应该抓紧办,趁着立冬爸的身体状况还比较稳定。

一通事忙下来,两个多小时过去了,可刘立冬一直没能如愿等来韩雪儿服软的电话。刘立冬有些坐不住了,他拨通了妻子的电话。

电话刚刚接通就被韩雪儿挂断了,刘立冬一脸奇怪,接着又打了过去,还是被挂断。

不多时,韩雪儿的短消息来了,上面写道:我不想再和你说什么了,也无话可说了,离吧,房子归你女儿归我,这几天我住我妈家了,过些天我把离婚协议发给你,你看看没意见的话,咱们就去办手续。

刘立冬读完短信后心中五味杂陈,他给韩雪儿又打了一个电话,依旧是挂断,再打,对方关机了,气得刘立冬把手机狠狠地扔在了沙发上。

如果刘立冬知道今天上午发生了什么事的话,相信他一定会立刻找到韩雪儿,把所有的事情都一五一十地讲给韩雪儿听。可是没有如果,命运就是这样,你该知道的它全不让你知道,你不该知道的,它却会想方设法地让你知道。

2

凌晨六点。

躺在花坛边的柴东林醒转。在刘立冬和韩雪儿吵完架各奔东西后,杨菲菲很不厚道地把柴东林扔下了,可怜的柴东林在路边睡了半宿。

柴东林搞清楚自己的处境后,第一件想到的事情就是,韩雪儿的老公一定为难韩雪儿了,不然她不会就这么把自己扔下不管。先不论他和韩雪儿之间的友谊,就

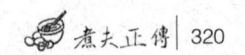

是出于礼貌,韩雪儿也不会这么干,那么原因就只有一个了,那就是这个女人被责罚了,无法自保了,所以才顾不上妥善安置他这个醉汉了。

柴东林于是开始自责,同时也开始讨厌起那个刘立冬来,他已经想起来刘立冬是谁了,就是当初气势汹汹硬闯自己办公室的告状者,一共就见过两回,两回都是一副躁狂症的模样,韩雪儿嫁给了这么一介莽夫,真是可惜了。

韩雪儿在母亲家静静地坐在妮妮床边,妮妮睡得很熟,韩雪儿在默默地流着泪。

她从包里拿出一张白纸,郑重地在纸上写下了"辞职申请"四个字。

Linda 沈抱着一个两岁左右的小姑娘,敲开了房间的门。对一个岁数不大的男孩说道:"你的行李收拾好了吗?"

男孩点了点头。

刘立冬在床上睡得很死。

早上八点。

柴东林西服革履地从一间别墅里走了出来,他揉着脑袋,昨晚的酒精让柴东林的头很疼。

餐桌边,雪儿妈正在张罗着早饭,韩雪儿坐在桌边,看着妮妮。

"吵架啦?"雪儿妈问道。

韩雪儿没说话,点了点头。

"没事,你在我这儿踏实住着,晾他刘立冬几天就老实了。"雪儿妈恶狠狠地帮女儿撑着腰。

韩雪儿还是没说话,点了点头。

Linda 沈坐在沙发上打着电话,身边都是收拾好的行李。

"喂,赵律师啊,我是 Linda,这是我新的手机号,你不要告诉任何人,以后你联系我就打这个电话吧。警察说那个人想见我,你去一趟吧,我不想见她,你告诉她,让她把孩子生下来吧。"

刘立冬在床上睡得很死。

上午十点。

柴东林接到了藤静的电话。藤静在电话里公事公办地要求柴东林按照协议规定,同意让佐藤资本的财务审查人员进入联华士多财务部。柴东林答应了,自从上次藤静向柴东林表白遭拒后,人就消失了,如今藤静回归得这么平静,让柴东林松了一口气。

他认为藤静已经放弃了对他的情感,或许藤静的消失是因为她需要一点时间来疗伤,那么显然,她已经痊愈了。

韩雪儿走进联华士多人事部的办公室,把辞职报告递了上去。人事专员拒绝接受韩雪儿的辞职，说总裁特地嘱咐的，不许她辞职。人事专员还很紧张地告诉韩雪儿，今天市场部的所有人员都辞职了，Linda沈也不知去向。

韩雪儿点了点头，她打算收拾好东西后，自己去和柴东林说辞职的事儿，她已经决定了，从今天开始，联华士多所有的问题都跟自己无关了。

Linda沈一手拖着行李一手抱着小孙女从别墅里走了出来，小孙子也拖着个小小的箱子紧跟着Linda沈。

别墅门口站着一个年轻男人，Linda沈冲他点了点头，没说话，头也不回地离开了。

那个男人待Linda沈走后，把一张纸贴在了别墅的大门上，纸上写着：此房急售。

刘立冬在床上睡得很死。

中午十二点。

空荡荡的市场部办公室里，韩雪儿正在缓慢地收拾着东西，她一边收拾一边想着一会儿如何向柴东林提辞职的事情。

"你好，麻烦找一下韩雪儿，有快递。"快递员的声音打断了韩雪儿的思绪。

韩雪儿签收后打开了包裹，只见里面是一个大信封，封面上什么都没写，韩雪儿打开信封一看，是一叠照片，韩雪儿将照片掏了出来，默默地看着。

照片拍摄的都是杨菲菲和刘立冬相处的场面，如果看照片的人不是韩雪儿，那么一定会觉得照片中的主人公是一对恩爱的夫妻。韩雪儿仔细地看了看包裹的寄出地址，却没看到任何有价值的信息。

这些照片出自萧居正之手，被藤静的私家侦探截获，又经由藤静交给了里昂，现在里昂把它们送到了韩雪儿手上，如此一番周折，似乎只为了将那最后一根稻草压到韩雪儿头上。

韩雪儿拿着一张杨菲菲和刘立冬在自己家厨房里的合影，照片里的杨菲菲一手端着一份已经做好的牛排，一手正在自拍，而刘立冬则是站在杨菲菲身后，笑得非常灿烂。

自己离家上班后的事，像过电影一样地在韩雪儿脑中划过。她明白了妮妮为什么会知道那么多连自己都不知道的西餐菜名；她想起了妮妮在草地上大声地管这个女人叫妈妈；她想起了刘立冬附在自己耳边说这个女人是同性恋之后，自己就傻乎乎地信任了刘立冬；她甚至还想起了那次从这个女人家里接小问时，小问再也不是像原来那样疯跑着扑进自己怀里，而是恋恋不舍地、一步三回头地从这个女人怀里走了过来。

当然，还有昨天晚上的那一幕，杨菲菲看刘立冬那柔情似水的眼神，其实已经能够说明一切了。男女之间微妙的关系是无法掩饰的，而自己出于对刘立冬的信任，居然还选择了忽略自己女人的直觉，居然还等待着刘立冬能给自己一个满意的解释。

掩耳盗铃，掩耳盗铃啊韩雪儿！

韩雪儿很愤怒很伤心也很绝望，愤怒的是那种被替代的屈辱感，伤心的是就连这个自己最亲的、最信任的老公都像别人一样地欺骗了自己，绝望的是这世界上居然没有一个人是可以依靠的，除了自己。

韩雪儿放下照片，从桌上拿起了辞职报告，将它撕成两半后扔进了垃圾桶。

"怎么样？我上次跟你说的问题，你们考虑得如何了？"藤静笑脸盈盈地问道。

"这事真的能像你说的那样神不知鬼不觉吗？我们有什么理由冒这个险？"

说话的是胜和超商集团的秃顶老板。

"收购价至少溢价百分之十，这就是你们冒险的理由。"

藤静的话明显打动了胜和的老板，他使劲地咽了咽口水："你为什么帮我们？你不是联华士多的股东之一吗？"

"我是股东没错，可你别忘了，我更是一个玩资本运作的人，我真正追求的只有一点，那就是获利，谁让我们获利多，谁就是我们的朋友，佐藤资本衡量事物的唯一标准就是利润的多少。"藤静说着耸了耸肩膀，继续说道，"你们慢慢考虑吧，反正离收购也不远了，如果你们还没考虑好的话，那我只能帮联华士多压价了，只不过帮他们比帮你们获利少一点而已。"

藤静说完起身就要离开。

"等等，佐藤小姐，我……我答应你！我们合作！"

藤静笑了。

机场候机大厅。

"奶奶，我们什么时候回家啊？"小男孩问 Linda 沈。

Linda 沈慈爱地摸了摸男孩的头，说道："乖，我们以后不回来了。"

"我们不回家的话，我养的鱼该死了。"小男孩焦急地说道。

Linda 沈仰起头轻轻地叹了口气，喃喃自语地说道："死了就死了吧，死了比活着好。"

刘立冬终于醒了。

下午两点。

联华士多总裁办公室里。

"你哭了？"柴东林问。

眼睛肿了的韩雪儿没说话，点了点头。

"对不起，昨天我喝多了，给你添麻烦了。"

"没关系。"韩雪儿面无表情。

"要不我去找他谈谈？别让他误会了。"

"不用了。"

韩雪儿的回答很简短，柴东林不知道该说些什么，场面很尴尬。

这时，韩雪儿的手机响了起来，韩雪儿看了一眼后直接摁下了挂断键。不多时，手机又响了起来，韩雪儿再一次挂断。

"要不你接吧，是你老公吧？"柴东林说出这话就后悔了，怎么搞得自己和韩雪儿跟偷情似的。

韩雪儿没说话，低下头给刘立冬发着短信。

柴东林坐在韩雪儿对面觉得尴尬，他一边说着："哎呀，喝多了之后可真难受啊"，一边故作轻松地站了起来，伸展着手臂在屋里溜达开了。

柴东林缓缓走到韩雪儿背后，伸头偷看韩雪儿正在写着的短消息，柴东林很想知道昨晚自己喝多之后，韩雪儿家里到底发生了什么事情。

韩雪儿写道：我不想再跟你说什么了，也无话可说了，离吧，房子归你女儿归我，这几天我住我妈家了，过些天我把离婚协议发给你．你看看没意见的话，咱们就去办……

"雪儿！哦，不，韩雪儿，你……你等一下，如果是因为我的话，我去向你老公解释。"柴东林看到韩雪儿发的内容后，忍不住说道。

韩雪儿没说话，继续输入了"手续"二字之后，摁下了发送键。

"柴总，这事和您没关系，不是因为您。"韩雪儿顿了顿，继续说道，"柴总，我们谈工作吧。"

柴东林点了点头，没有像以前一样纠正韩雪儿对自己的称呼，他坐回到椅子上，准备不再干涉韩雪儿的离婚事件了。说实话，当他看到韩雪儿把那条离婚通牒发送出去的时候，心里甚至有一丝高兴，他连忙打消了这个不厚道的念头，开始切入正题。

"好的，谈工作吧，市场部的人莫名其妙地全辞职了，连Linda沈也失踪了，这个事情太蹊跷了，但是总不能因为这种莫名其妙的事情就停止市场部的工作吧？韩雪儿？"

韩雪儿："啊，是，我在听。"

柴东林郑重地看着韩雪儿，短暂的沉默后，他问道："我想问问你，你有没有承担起集团市场部总监职位的信心？"

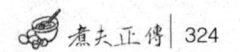

韩雪儿吃了一惊，这才抬起头来看着柴东林，她发现总裁的表情非常认真，没有半点开玩笑的意思。

韩雪儿："我有！"

刘立冬家客厅里，刘立冬再一次拨通了韩雪儿的电话，被挂断后，刘立冬又打了过去，这次韩雪儿关机了。

刘立冬在手机上输入着：你要愿意离婚我成全你，但是妮妮归我！

刘立冬摁下发送键后，长叹一声，痛苦地用双手使劲搓着头皮，他本来是想把父亲生病的事告诉韩雪儿的，他本来是需要韩雪儿和他一起牵着手迈过这个难关的，可现在千言万语都被生生堵在了心里。

回想这段时间发生的事情，刘立冬其实很清楚自己和韩雪儿正在渐行渐远，可他一直硬着头皮回避问题，就是因为他在等待自己的剧本完成，等待自己完成一件能让韩雪儿竖大拇指的、能让韩雪儿刮目相看的事情。他相信到了那一天，他就有能力挽回一切了；他就能挺起腰杆、大大方方地作为一家之主，去规划整个家庭的未来了；他就能堂堂正正地用事实告诉韩雪儿，男人就应该在前方冲锋陷阵，而不是躲在家里当煮夫，女人就应该在后方被保护、被照顾、被疼爱……

可是，苦心经营的计划落了空，等来等去终于等到的结果却是白忙一场，作品被别人抢走了，挣到的那笔"巨款"还不知道够不够给父亲花的呢。已经三十四岁的刘立冬早已明白，是非对错根本无所谓，人和人之间的鸿沟并非是由误会造成的，那到底是什么隔开了他和韩雪儿呢？刘立冬没法总结出一个简单的答案来，他只知道，自己此时不想面对韩雪儿，他不能面对韩雪儿，他失去了那个说不清道不明的支点。

想到这刘立冬站了起来，环顾着这熟悉的房间。

他想，自己和韩雪儿这辈子有五件大事要办，头四件大事是送走四位老人，最后一件大事是送走自己的老伴儿。刘立冬不敢想那最后一件事，天知道到了那天，有没有人送自己一程，就说眼前的吧，看来这第一件大事，刘立冬得自己去完成了。

3

广东番禺附近的小镇街道上，老柴总坐在院子里正在悠然自得地喝着功夫茶。

小院的门被缓缓推开了，老柴总一愣，发现来人是 Linda 沈后，笑了，他将身边的椅子往后拉了拉，意思是给 Linda 沈让座。

"老柴，我来了。"Linda 沈的语气很平静，就像是拜访邻居一样。

老柴总一边替 Linda 沈泡茶，一边答道："来了就好，来了就好啊，老沈，这是你的孙子和孙女啊？呵呵，他们出生之后我都没见呢。"老柴总对于 Linda 沈的突然到访一点也不意外，似乎这一天早就在他的意料之中一般。

Linda 沈很慈祥地看了看见到生人后有点羞涩的孙子孙女："乖，叫柴爷爷。"

"柴爷爷好。"小孙子很听话地向老柴总问好。

"哎，真乖啊，来．让爷爷抱抱。"老柴总说着张开双臂就要抱，小孙子还是没有适应和陌生人打交道，羞涩地躲到了 Linda 沈的身后。

"呵呵，小孩认生，以后熟了就好了，老柴啊，我有事儿想和你聊聊。"

老柴总点了点头，对屋里喊道："小燕，麻烦你带小孩先玩会儿。"

那个四十多岁的保姆从屋里走了出来，从 Linda 沈手里接过抱着的小孙女，拉着小孙子的手走了。

Linda 沈坐在了老柴总对面，老柴总给 Linda 沈倒了一杯茶。

"这次回来还走吗？"老柴总问道。

"不知道呢，以后的事我还没想清楚呢，我现在只想跟你说说话。"

"怎么了？出事了？"

Linda 沈点了点头，两行清泪无声地流了下来。

"我儿子死了。"

老柴总还是有些吃惊的，他没说话，低下头也不知是在想些什么，半晌之后，他长长地叹了一口气，还是没有说话。

Linda 沈苦笑道："呵呵，还是老朋友懂我啊，老柴，这时候说什么安慰的话都是没有意义的了，对吧？"

老柴总默默地喝了一杯茶："还是说说吧，太多的事憋在心里，人是会病的。"

Linda 沈长出一口气，如释重负般地开始了述说："他这是第三次度蜜月了，你也知道，这孩子太……唉，不批评他啦，他是死在阿姆斯特丹的酒店里的，被荷兰警察发现的时候，尸体已经高度腐烂了。"

老柴总默默地点了点头，Linda 沈喝了口茶后继续说道："他是被我儿媳妇杀死的，唉，你也知道，阿姆斯特丹这地方卖淫是合法的。据我儿媳妇的口供说，他到了荷兰之后就一直泡在红灯区，也不管他那已经怀孕的老婆了，儿媳妇天天在酒店以泪洗面，结果这孩子还嫌在红灯区玩得不过瘾，带着三个姑娘回酒店了，他老婆忍不了了，两人吵了起来，按他的脾气应该是会打老婆的，结果我儿媳妇就失手把我儿子……唉。"

Linda 的叙述就这样以一声叹息结束了，从她的叙述里听不出一点激动和悲痛，她完全像是在说一个外人的故事，或许这样的结局她早已经想到了，或许在她儿子身上发生什么事都无法出乎她的意料了。

老柴总长叹了一口气，默默地给 Linda 沈又倒了一杯茶。

"老柴，你别叹气，我没事，人绝望到头的时候就没感觉了，再说了，还有两个孩子等着我呢。呵呵，我身体还挺好，还有机会去弥补我以前的错误，老柴啊，我对不起我儿子，现在回头想想，我的上半辈子就是个错误啊。"

"不能说是错误，你也弥补不了什么，不过我建议你换一种活法吧。"

"对，你说得对，我是要换一种活法。" Linda 沈说着从包里掏出一个牛皮纸袋，放在了桌上。

"老柴，我贪了集团不少钱，现在没用了，这些是集团给我的股份，还给你吧，我已经留够了这两个孩子要花的钱了。"

老柴总拿起纸袋看了看，没说话，又放回了桌上。

Linda 沈站起身来，对老柴总说道："好了，我心里舒服多了，走了。"

"别走了，住回来吧，咱俩还像以前一样住对门，我把以前咱们这帮老朋友的房子都留下来了，你的、老李的、老谭的、还有老钱他们的，人老了去哪儿都不如回家好。"

Linda 沈没说话，也没动。

老柴总拿起纸袋，递给 Linda 沈："这些东西你给我，我也没用，这样吧，还是先放你那儿吧，以后我要用得着的话再管你借。"

Linda 沈没接纸袋："老柴，我做了错事，你不怨我？"

"呵呵，怨你干吗？你不也是有苦衷的嘛，再说了，有你们这帮老朋友帮我锻炼东林，我很放心。"

老柴总这句话说得多少有点双关语的意思，Linda 沈听得不免有些内疚，她不好意思地接过了纸袋："唉，老柴啊，你比我们都聪明，知道该什么时候放手。"

老柴总笑了，拍了拍 Linda 沈的肩膀："走，叫上俩孩子，我带你们去看看你家，呵呵，和以前一模一样，你那台老雪花冰箱都还在呢。"

Linda 沈咬着嘴唇，冲老柴总点了点头。

4

刘立冬拉着一个旅行箱站在楼下花坛边，他看到昨晚被自己摔碎的酒瓶子已经被清扫干净了，地上还依稀能看到一些细碎的玻璃渣，刘立冬摇头苦笑。

杨菲菲一路小跑着过来了。

"立冬，你找我？哎，你拿行李干吗啊？"

"我父母家出了点事，我回去住一段时间。"

"你和嫂子和好了吗？她不生气了吧？"

刘立冬轻叹一声："没，她气还没消呢。"

"那你还走？这时候你就应该多哄哄她，女人嘛，都是要用哄的。"

"我是真的没时间也没精力哄她了，菲菲，我今天叫你过来是想让你帮我个忙。"

"你说吧，没问题。"

刘立冬从包里掏出一串钥匙和一个信封递给了杨菲菲："这是我家钥匙，我可能要走一两个月，雪儿也住到她妈妈家去了，你不是还有一个多月就要走了吗，你也别出去租房住了，就住我这儿吧，一是帮我看家，二是……二是你嫂子肯定得回来拿东西，如果她回来了，麻烦帮我把这封信给她，她现在不接我电话也不想理我，所以只能用这种方法了。"

"不用住你家了，我房子都找好了，你把信放在家里明显的地方吧，到时候嫂子回家自然会看见的。"

"菲菲，你就别跟我客气了，我知道你现在正使劲攒学费呢，你挣钱也不容易，就别再浪费租房的钱了，再说了，你在我最困难的时候帮过我，我这个当哥哥的，怎么能一点忙都不帮你啊？本来还想赞助你一些学费呢，可是现在……唉，算了，不说了。"刘立冬叹了口气，从兜里把手机掏出来，关了机，递给了杨菲菲。

杨菲菲很奇怪，问道："你把手机给我干吗啊？"

"手机你帮我放家里吧，说实话，雪儿她现在正跟我闹离婚呢，我怕她给我打电话的时候，我们两个话赶话说急了吵起来，让我爸妈听见就麻烦了，所以我给她写了封信，有时候文字这东西比人理智得多，到时候你把信给雪儿，告诉她我回我父母家了，她看完信之后就会明白的。"

杨菲菲还要说什么，刘立冬挥了挥手："好啦，别说了，我走了。"

杨菲菲点了点头没说话，刘立冬拉起旅行箱就要走。

"立冬，我走的时候你能来送我吗？"

刘立冬回过头："你什么时候走啊？"

"八月八号。"

刘立冬强笑着点头说道："好，没问题，到时候我一定去机场送你。"

5

韩雪儿这些天过得很辛苦，重建市场部的工作把她白天的上班时间都占用了。下了班之后，韩雪儿更难受，因为自从那天收到刘立冬的短信后，这个刘立冬就像是消失了一样，打电话关机，发短信不回，发邮件也没有反应，韩雪儿很讨厌事情

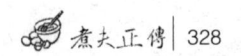

这么不明不白地胶着着。

韩雪儿这些天一直住在母亲家，前几天还好，母亲每天高高兴兴地照顾着女儿，可是时间一长，雪儿妈就开始有意见了，每天对韩雪儿不是长吁短叹就是絮絮叨叨，韩雪儿觉得自己和刘立冬是和还是分的事必须尽快做个了结。

今天下班之后，韩雪儿没有直接回娘家，而是开车到了自己家楼下。

当韩雪儿在楼下从包里找钥匙时，看到了那份每天都随身带着的离婚协议，这时她犹豫了，这些天韩雪儿不止一次地想过刘立冬和杨菲菲的事是不是个误会。她决定一会儿上楼之后，一定要给刘立冬一个解释的机会，虽然这个可恶的刘立冬瞒了自己不少事情，可是韩雪儿还是觉得，刘立冬未必就那么十恶不赦，他也许有他的苦衷。

特别是那份来历不明的匿名邮件，事出必有蹊跷，冷静下来后的韩雪儿反复思量，觉得最大的可能性就是，那是杨菲菲寄给自己的，目的嘛很明显，就是要宣战，可这战书水平着实一般，毕竟并没有床照啊。

分析出包裹事件的"真相"后，韩雪儿的气其实已经消了一半，剩下的那一半是对刘立冬招惹了这么一个姑娘的怨恨，就算这姑娘是自作多情，可想必刘立冬当煮夫期间，也检点不到哪儿去。

韩雪儿这么想着，就从电梯里走了出来，突然，她听见从自己家传出了摇滚乐的声音，韩雪儿皱了皱眉头，心想这个刘立冬竟然还有心情听什么摇滚乐，也不知道他到底是没心没肺啊，还是真那么光明磊落无所畏惧呢。

韩雪儿一边用钥匙开着门，一边为等会儿的会谈打着腹稿。

当门打开的那一刻，韩雪儿的心彻底凉了。

一个只穿着性感内裤的白花花的屁股正对着门外的韩雪儿，而这个白屁股的主人背对着大门，只穿着胸罩和内裤，正跪在地上跟着摇滚乐的节奏擦着地，而不远处的洗手间里传出了"哗哗"的水声。韩雪儿不用看脸，就知道这个白屁股的主人是杨菲菲。

杨菲菲："宝贝儿别着急啊，我擦完地就来，你乖乖的，先自己泡一会儿啊。"

当趴在地上擦地的杨菲菲有所察觉回头时，只见屋门敞开着。杨菲菲奇怪地站起身来，关上了门，一边关门一边自言自语道："奇怪，刚才忘了锁门吗？"

杨菲菲关好门，走到洗手间门口推开门，只见水龙头正在放水，而浴缸里是一只全身湿透了的金毛寻回犬。

杨菲菲露胳膊挽袖子地走向那只金毛："来吧小宝贝儿，既然你妈妈愿意为我的学费出资五十块钱，那我就好好给你洗洗！"

金毛冲杨菲菲咧嘴笑着，对于自己刚才给人类世界惹出的祸全然不觉。

第十二章　大决战

1

八月三日,墓地。

刘立冬和母亲一身缟素地站在墓碑前,墓碑上写着慈父刘建军之墓。

立冬妈:"立冬,有些事你别太放在心上,虽然你爸最后没能看到你写的电视剧,可是我知道在他心里,你是最棒的,他相信你。"

刘立冬没说话,也没哭,他默默地将手里的骨灰盒轻轻地放在了墓穴里,然后给父亲的墓碑鞠了三个躬。

墓地的工作人员问道:"刘先生,现在可以封墓了吗?"

刘立冬点了点头。

工作人员盖上了墓穴的大理石盖后,拿起搅拌好的水泥就要封墓。

"麻烦您等一下。"刘立冬开口了。

工作人员停下手头的工作,看着刘立冬。

"请问这个封上之后,以后还能再打开吗?"

工作人员点了点头:"能,就是很麻烦,你要放进去什么纪念品最好现在就放。"

"我想放进去的东西现在还没有呢。"刘立冬长叹了一口气。

"那封吗?"工作人员问道。

"我再跟我爸说句话。"刘立冬说完,一下子跪倒在地上,低声地和父亲说道,"爸,对不起,我骗了您,不过您放心,我一定会把我的第一部作品给拿您看的,您再给我点时间,您放心不会等太久的。"

几滴眼泪落在了冰冷的大理石板上。

刘立冬站起身,对工作人员说道:"先封上吧,麻烦您了。"

2

联华士多总裁办公室,柴东林脸色很不好地讲着电话:"注入胜和超商的那笔资金来源什么时候能查清楚?这已经不是收购不收购他们的问题了,现在市场上全是我们要收购胜和的利好消息,如果现在没有一个充分的理由的话,你知道我们的股价会跌多少吗?"

敲门声响起。

"进来!"韩雪儿抱着一摞文件走了进来,柴东林向韩雪儿摆摆手,示意等自己讲完电话。

"我让你立刻马上去查！立刻马上给我查清楚！"柴东林怒气冲冲地挂断电话。

"胜和又抬价了？"韩雪儿一边问着柴东林，一边把手里的文件夹打开，放在了柴东林面前。

柴东林点了点头，拿起笔一边在文件上签字，一边说道："嗯，韩总监，这个月你们市场部做得不错，希望下个季度你们能在继续缩减预算的基础上，保持现在的宣传力度。"

"柴总，这个预算已经很低了，我们能做成这样已经很不容易了，现在全市场部人员已经是强弩之末了，您要是再压预算的话，那这活真就没法干了。"

柴东林像所有老板一样地回答："不会的，办法总是有的嘛，我相信你，韩总监。"

柴东林说着签了字，把文件夹合上递给了韩雪儿。韩雪儿叹了口气，无奈地接过了文件夹。

"反正这个月的预算少不了，老柴总的书已经完成了，造神计划这个月就启动。"

"嗯，这样吧，书的事你们先等一等，等成功收购了胜和集团之后，利用这个新闻点一起宣传。"

"好，听您的。不过柴总我有个问题想问您，胜和现在已经溢价百分之十了，我们现在还要收购它有什么意义呢？它的价格已经远远地超过了它的价值了。"

"开弓没有回头箭，联华士多要收购胜和进军大型卖场的消息满天飞，正是因为这个我们股价一路走高，它胜和涨价我也得买，没办法，如果我不买的话，就不能给别人信心，别人没信心了，股价就会跌。"

"明白了，这资本的事我也不懂，总之您说什么时候让我们市场部开始，我们就什么时候开始吧。柴总，要是没其他事的话，我就先走了。"韩雪儿说完就要离开。

"哦，对了，你稍等一下，刚才忘了告诉你，我父亲今天来了，他想找你聊聊书的事，好像是有几处需要修改一下。"

"哦？好啊，没问题。"韩雪儿一听老柴总来了还是挺高兴的，尤其是读了老柴总的故事之后，韩雪儿对于这个极有人格魅力的老人很有好感。

"那你今天只能加个班了，下班后去我家里聊吧？我今天白天的事都安排满了。"

"行，没问题，下班后我等您电话。"

3

杨菲菲从走廊的电梯里出来后吓了一跳，只见刘立冬正靠在门边等着自己，身边还放着一个行李箱。

"呀！立冬，你回来啦？"

刘立冬点了点头："是啊，回来了，你不是八号就要走了吗，我答应去机场送你的。"

杨菲菲甜甜地笑了，连忙掏钥匙开门。

"菲菲，这么长时间你嫂子都没回来？"刘立冬刚一进屋就急迫地问道。

杨菲菲摇了摇头，从茶几上拿起那封信递给了刘立冬。

"嫂子没回来过，不过来过一个律师，说要和你谈离婚的事。"

刘立冬听完脸色一下子就黯淡了。

杨菲菲递给刘立冬一杯水，关切地问道："你父母那边的事处理完了？"

刘立冬一愣，随即点头。

"立冬，我觉得这事你应该去和嫂子当面谈谈，总是这么捉迷藏一样，两边都不知道对方是什么意思，猜着猜着就该猜出问题来了，你应该把这封信当面交给你老婆。"

刘立冬听完认真地点了点头。

杨菲菲把钥匙放在餐桌上，对刘立冬说道："行啦，你回来我就该走了，钥匙你拿走吧，一会儿我收拾完东西就住回到老黄那儿了。"

刘立冬一愣："啊？住回老黄那儿？"

"是啊，老黄闪婚闪离，现在又变成单身了，小左下个月也住回来了。"

刘立冬苦笑着摇了摇头，心想自己走的这么长时间真是发生了不少事啊。

"立冬，我是八号上午十点的飞机哦，你答应我的事可不许反悔啊。"杨菲菲说完，蹦蹦跳跳地进屋收拾东西去了。

刘立冬看着手里的那封信，思绪万千。

4

联华士多楼下，刘立冬站在写字楼对面的路边。

他一遍遍地看着表，现在已经是晚上六点三十分了，按说联华士多也应该下班了，可是刘立冬却依旧没有看到韩雪儿的踪影。

刘立冬一屁股坐在路边公交站的椅子上，虽然已是盛夏时分，可是冰冷的不锈钢椅面仍然让刘立冬浑身起了一层鸡皮疙瘩。

这时韩雪儿从写字楼的大门里走了出来，刘立冬看见了她，刚站起来想迎上去笑容就僵住了。刘立冬没有动，站在原地看着街对面。

因为和韩雪儿一起出来的还有柴东林。

两个人谈笑风生地向柴东林那辆停在路边的奔驰跑车走去，先帮韩雪儿拉开了车门，等韩雪儿坐进去之后，柴东林很绅士地才坐进驾驶室。

看着那辆黑色的奔驰跑车绝尘而去，刘立冬愣了一秒钟，下意识地冲向一辆刚刚被别的人叫停在路边的出租车。

没等那人拉开后车门，刘立冬一委身就坐进了副驾驶的位置，那人刚想咒骂刘立冬这种野蛮的抢车行为，但看到了刘立冬的表情后，就默默地关上了车门。

"跟上前面那辆奔驰！"刘立冬低声说道。

出租车司机看了一眼刘立冬，也被刘立冬的气场震住了，挂挡起步，出租车箭一样地冲了出去。

一栋别墅前，黑色奔驰停了下来。

不远处的出租车里，刘立冬看着韩雪儿的一系列动作，拉开车门，下车，和柴东林并肩走进别墅。韩雪儿的脸上挂着笑，和柴东林有说有笑地走进了那栋——就算刘立冬把心肝脾胃肾全卖三遍也买不起的大别墅里。

这时刘立冬心里的滋味恐怕只有他自己才知道了，看着韩雪儿那一系列轻车熟路的动作，和脸上那种暖洋洋的笑容，刘立冬不得不认为，这必然不是韩雪儿第一次来柴东林家了。

一个单身的高帅富，一个着急离婚的漂亮女人，在同一个公司工作，下班时坐同一辆车离开，回到同一栋别墅里……

这种情况任谁看到估计心里都只有一个结论，那就是这两个人已经同居了。

出租车里的刘立冬，痛苦地用手揉着突突直跳的太阳穴，司机可能也明白了个大概，轻轻地拍了拍刘立冬，说了句极其辞不达意但却异常应景的话。

"哥们，节哀顺变吧。"

5

一间四周全是落地玻璃的小会议室里，藤静和里昂面对面坐着，两人身后各自站着自己的助理。透过会议室的玻璃能看到外面的大办公区，办公区里摆着五六台电脑，屏幕上都是红红绿绿实时变动着的股市信息，每台电脑前面都坐着一个西装革履严阵以待的人。

一台大屏幕液晶电视挂在正中的墙上，电视上的股票数据静止不动，显示的是已经闭市的香港股市。

"里昂先生，我们开始吗？"说话的是藤静。

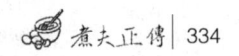

里昂点了点头，问道："你那边都准备好了？"

"是的，我们佐藤资本百分之九十的资金都已经调过来了。"

"我问的不是钱的事，佐藤小姐，我想确认一下你这边的计划是否能够万无一失。"

藤静笑道："我已经利用在开曼共和国的私募基金，将资金注入了胜和集团，我为我们争取到了时间。现在联华士多总裁柴东林私生活糜烂，甚至还破坏别人的家庭，这样的丑闻一旦传出去，联华士多的形象将毁于一旦，证据呢你们已经到手了。而联华士多近三年的财务报告你们也拿到了，他们偷税漏税恶意欺诈的所有证据都有了，我不知道里昂先生还有什么不放心的呢？"

里昂轻蔑地说道："佐藤小姐，你找到我们之前应该知道，我们是华尔街最大的做空机构吧？你难道以为我们会天真地相信你交给我们的财务报告吗？据我所知，这份联华士多近三年的财务报告里显示的问题，都是你自己修改的吧？等我们的唱空报告一出，联华士多把真实的财务报告一公布，到时候股价会怎么样？根据我们的调查，联华士多的财务太干净了，我觉得你和柴东林都是天才，竟然能想出利用我们来拉高你们的股价。呵呵，假装做空实际做多，唉，不过很可惜，你们低估了我们的专业性。"

"里昂先生果然厉害，不愧是在美国 IPO 成功狙击了无数中国概念股，让它们在一天之内至少暴跌百分之四十的人啊。在中国有一句话叫做'明人面前不说暗话'，我可以很坦白地告诉你，联华士多的财务报告确实是我篡改的，他们所有的问题也都是我自己加上去的。但是，我可以百分之百地确定一件事，那就是等你们的唱空报告一出，联华士多是没有办法公布出他们真实的财务报告的。"

"哦？为什么？我怎么相信你？"

"因为在唱空报告发出的前十二小时，我的人就会销毁所有联华士多的财务数据，他们要想恢复的话，至少需要七十二小时，而利用这三天时间，联华士多的股票至少会暴跌百分之五十，这样你们做空的利润就有了。里昂先生，你可以不相信我，但是你应该相信你自己的人吧？在我销毁联华士多财务数据之后，你的人有十二小时去调查我是不是真的销毁了，等你确认之后再发出唱空报告，您认为这个理由可以让你相信我吗？"

里昂听完，认真地想了想后，站起身来微笑着对藤静伸出手："合作愉快。"

"合作愉快！"藤静和里昂握手。

"好吧，佐藤小姐，那我们接着讨论一下具体的问题吧，你的目的是不是要趁着股价暴跌之后扫货，然后入主联华士多？"

藤静点头。

"好，但是我要求你在股价跌到百分之五十五的时候再开始扫货，否则你的行为就变成帮联华士多护盘了。"

"百分之五十五都太高了，我的钱只够等跌幅达到百分之五十八的时候，才能扫够入主联华士多的货。"

"如果联华士多自己护盘呢？你是怎么打算的？"

"里昂先生，这一点您不用问我了吧，您不是已经做好准备了吗？否则您为什么现在就已经利用您背后的对冲基金，开始借入联华士多的股票而建立空头头寸了呢？而且您还让柴东林发现了一些注入胜和资本的那笔神秘资金的蛛丝马迹，我相信就算今天没有我们这场谈话，从明天开始市场上就会出现大手卖单了，柴东林必然会注意到，而您却牺牲了我在开曼共和国的私募基金，不就是为了让柴东林识破胜和集团的诡计，从而拿出大量资金去收购胜和，导致最终没钱护盘吗？"

里昂笑而不语。

藤静也笑了："刚才不是都说好了吗，咱们明人面前不说暗话。"

里昂听完哈哈大笑："哈哈哈哈，佐藤小姐不愧是佐藤老先生的女儿啊，我很佩服。那我们就这么定了吧，佐藤小姐做出一点牺牲，你在开曼的那一点点私募基金和这次你要获得的利润比起来，牺牲了也是值得的。我预计不出五天，柴东林必然会以低价成功收购胜和集团，他成功收购的那一天就是我们唱空报告发出的那一天，不知道佐藤小姐意下如何啊？"

藤静点头不语。

里昂很高兴地站起身来，推开会议室的大门走了出去，对着办公区里的人大声说道："Let'srock（我们开始）！"

藤静脸色很不好，她小声地对助理说道："立刻冻结开曼的那只基金，做得隐蔽点，这点钱也不能损失！把注资渠道暴露给柴东林，瞒不了多久了。"

藤静说完，立刻换上一脸的笑容，走出了会议室。

6

老黄家的客厅里，刘立冬、老黄和杨菲菲围坐在一起，沙发前的茶几上摆着几个小菜和两瓶酒。刘立冬坐在沙发上，一仰头喝光了一杯酒，老黄和杨菲菲坐在一旁，老黄是一脸茫然，杨菲菲则是心疼地看着刘立冬。

"不是，刘立冬，你到底是怎么了？说要喝酒却一直喝闷酒，问你半天怎么连个屁都不放啊？"老黄忍不住开口了。

"唉,一言难尽啊。"刘立冬说着,又给自己倒了一杯酒。

"一言难尽你多说几句不就完了?谁让你讲一句话故事了?菲菲和我说了,你老婆要和你离婚,你告诉我,你下午去找你老婆时,是不是谈崩了?"

刘立冬摇了摇头。

"没谈崩这不是好事吗?你他娘的跟我这个已经离婚的人面前,装什么痛苦范儿啊?"

"没谈。"

"不是,刘立冬,你多说几个字会死啊?我可跟你说啊,我这闪婚闪离的人目前情绪非常不稳定,你要么就说要么就滚!"老黄急了。

"老黄,你别逼立冬了,下午肯定是有事伤他心了。"杨菲菲说道。

刘立冬长叹一口气,再次喝光了一杯酒后,探身拍着老黄的腿说道:"老黄啊,哥们心里难受啊!"

老黄和杨菲菲都没说话,他们知道刘立冬要开始述说了。

刘立冬给自己又倒了一杯酒,说道:"今天下午,我看见我老婆下班之后跟柴东林回家了。"

"啊?同居啦?"老黄脱口而出。

"老黄,你别瞎说,弄不好嫂子是去老板家里办事呢。"杨菲菲继续对刘立冬说道,"立冬,这弄不好是误会,你应该在那儿多待会儿,说不定嫂子一会儿就出来了呢。"

刘立冬苦笑道:"呵呵,我也想多待会儿啊,我也想亲眼证实这是个误会啊,可是像咱这样的屁民,压根就没这个资格。"

"啊?怎么了?"老黄问道。

"呵呵,待了没五分钟,我就让保安给轰出来了,人家那是大别墅区!是戒备森严的富人区!是咱这辈子也不能在里面待着超过五分钟的地方!"

"操!这事儿要我说有个毛误会啊,就是她妈韩雪儿看上人家有钱人了,要不干吗死活要离婚?我跟你说啊,这女人就他妈没一个好东西!结了婚之后就该拿条大铁链子,给她们丫全拴客厅的暖气片上,让她们丫一个有钱人都碰不上!"刚离婚的老黄越说越激动,此时在老黄眼里,女人这种生物就应该立刻从地球上消失。

"姓黄的,你别跟这儿胡说,嫂子不是那种人!"杨菲菲厉声呵斥老黄后,柔声对刘立冬说道:"立冬,真的,你听我的,你一定要和嫂子好好谈谈,如果嫂子真的是……是喜欢上别人了,那时候你再……"

刘立冬挥了挥手,打断了杨菲菲:"唉,谈什么啊?自取其辱!她做得还不够明白吗？如果光是因为那晚吵架的话，她怎么着也得回家来看看吧，我要跟她说的话，全都写在这封信里了，可是人家呢？压根就不会给你这个穷B机会，人家跟你玩上流社会的那一套，人家让律师来上门！多牛B啊！"

刘立冬这一番话把在座的人都刺激到了，现场陷入了沉默。

刘立冬举起杯，刚要喝光杯中酒，老黄也默默地举起了杯，和刘立冬碰了一下后，两个男人默默地一饮而尽。

"唉，想想就可笑，我还想跟人家争妮妮呢，你们说说，我有什么资格争啊？怎么着，我把妮妮给争过来，然后让妮妮和他爸一样，我们父女俩一起过这种跟他妈流浪狗一样吃了上顿没下顿的日子？"刘立冬说完笑了起来，一边笑一边从兜里掏出手机，开始拨号。

"立冬，你要给谁打电话？"杨菲菲问道。

刘立冬继续拨着号码："我现在就给她打电话，告诉人家，我同意离婚，我同意女儿归她，我没资格让她和我闺女一起陪着我当流浪狗！"

杨菲菲一把抢下了刘立冬的电话。

老黄大声叫好："好！抢得好！凭他妈什么认输啊？她出轨在前，咱凭什么认怂啊？就算是狗，咱临死前也他妈得咬下她一块肉来！"

杨菲菲急了："你别放屁了行吗？我是不想让立冬在这么激动的情况下给他老婆打电话。"

老黄撇了撇嘴，没搭理杨菲菲，他问刘立冬："立冬，你跟哥们说句实话，你舍得妮妮吗？"

刘立冬长叹一口气，摇了摇头。

老黄重重地拍了刘立冬的肩膀一下："行了，这事你交给我吧，我保证让妮妮能在你身边。"

老黄转过头问杨菲菲："杨小姐，您说呢？这事上咱是不是该帮着立冬吧？"

杨菲菲想了想，冲老黄点了点头。

这时敲门声响了起来，老黄起身开门，只见老好人站在门外。

"听保安说立冬回来了，他在吗？"

老黄点了点头。

"我能和他单独说几句话吗？"

老黄没回答，看着沙发上的刘立冬。

刘立冬不知道这个怪老头又要找自己干什么，也没说话。

老好人说道："就说几句，不耽误你多长时间。"

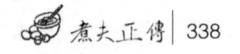

"那您进来吧。"

"还是你出来吧。"

刘立冬很无奈："大爷，我有点喝多了，还是你进来吧啊。"

老好人神秘兮兮地："那你更得出来了，我带你下楼吹吹风，清醒清醒，我要跟你说的话，很、重、要！"

刘立冬和老黄他们面面相觑，不过他也只得站起身来，冲老好人点了点头，跟着人家走了出去。

刘立冬刚一离开，老黄就拿起手机拨了出去。

"喂，小左啊，你立冬哥碰上事了，你得重操旧业了！"

7

等老柴总说完传记需要修改的地方时，已经是晚上九点多了，韩雪儿才离开了柴东林家，柴东林和老柴总站在门口，向韩雪儿挥手道别。

"韩总监，我让司机送你回去吧。"柴东林说道。

"好，谢谢柴总。"韩雪儿说完后上了一辆公务舱。

车开走后，老柴总撇着嘴对柴东林说道："你说说你买个那么贵的跑车有什么用？还让司机送人家回去，你怎么不自己送啊？还叫人家韩总监？儿子啊，你追求女人的速度可比你上市收购的速度慢太多了。"

柴东林笑了笑，问父亲："溜达溜达？"

老柴总点了点头，父子二人沿着路慢慢地遛着弯。

"爸，韩雪儿她已经结婚了。"

"什么？你小子连人家结婚没结婚都没弄清楚，就喜欢上人家啦？"老柴总很意外。

"呵呵，这里面故事很多，我慢慢给你讲啊。"

"唉，这姑娘不错，可惜啊，没缘分。哎，东林，我可提醒你啊，这事上你可不许犯错误，干缺德事啊！"

"爸，你不刚才还数落我管人家叫韩总监吗？"

"呵呵，这倒是，你小子在这些事情上，还是能让我放心的。"

柴东林笑了笑，一边走一边跟父亲聊了起来，父子两个一个认真讲，一个认真听，时不时地传来一阵笑声。

8

老黄家楼下,刘立冬和老好人坐在长椅上。

"事情就是这样,我父亲也没了,我老婆和闺女马上也就要没了,我的钱也花光了。"刘立冬给老好人讲完所有的事情后,觉得轻松了不少。

说来也怪,本来是老好人有话要对刘立冬说的,不知什么时候刘立冬却变成了主讲人,眼前这个老头身上好像有一种魔力,一种让人愿意对他敞开心扉的魔力。

老好人叹了口气:"生命中每天发生的事情都看似平淡无奇,我们于是随意地做出了很多选择,你知道什么叫做'蝴蝶效应'吗?"

刘立冬点点头,这个名词他上大学的时候学过,可当时他不以为然,觉得这种理论太夸张了。

老好人:"南半球的一只蝴蝶扇了扇翅膀,却引发了北半球的一场海啸。呵呵,这种说法并不夸张,我们所做的每一个选择,都会影响未来的生活轨迹,一些看似平常的小事叠加在一起,却有可能把一个人捧上天堂,当然,也有可能让他摔进地狱。立冬,这就是命运的呼吸啊。"

刘立冬觉得老好人的这一番话很有道理,正待细细品味,老好人又开口了:"立冬,你见过狗追汽车吗?"

刘立冬没明白,点头道:"见过啊,狗不是都喜欢追车吗?"

"那你觉得好玩吗?"

刘立冬不明就里地点了点头。

"呵呵,我也觉得特好玩,好多人也都觉得特好玩,那你知道狗为什么要追车吗?"

刘立冬更糊涂了,摇了摇头。

"我也不知道,狗也不知道,狗不知道追不追得上车,它更不知道追上了它要干什么,它还不知道车会怎么走,是直走还是拐弯,是一直跑还是突然刹车。"他说到这顿了一顿,忽然很严肃地对刘立冬继续道,"希望你以后写故事的时候,把人物当成这条追车的狗,把车当成不知道的命运,不要事先设计这辆车什么时候开,什么时候停,更不要强迫这辆车是往左开还是往右开,一切都跟着人物的命运走,不要留下人为的编的痕迹。"

刘立冬听完愣住了,只见老好人站起身来,继续说着:

"你要知道,从蝴蝶扇一下翅膀到大海啸,这里面有多少细节啊,除了老天爷,没有人有能力去操控这一切的,你能做的只是,听从你自己内心的声音,跟着它往

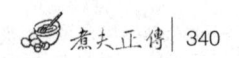

前走。"

刘立冬："您是谁啊？您以前是干什么的？"

老好人："对了，还记得那天晚上在你家书房，你一边写剧本一边跟我说过的话吗？如果你什么都没有了，你还写吗？"

刘立冬听完，那天晚上的情景瞬间浮现在了眼前。

刘立冬家的书房里。

老好人："如果你没有老婆，没有闺女，没有狗，只有你一个人，写东西还挣不到钱，也拍不成电视剧，更不能让你扬名立万，你还写吗？"

刘立冬停下手头的工作，转过身来看着老好人，认真地想了想之后，回答道："我写，我有很多东西想用文字来倾诉，呵呵，可是您说的这种情况根本就不会发生嘛。"

刘立冬从回忆中回过神来了，苦笑道："还真让您说中了，我现在就是什么都没有了，您这乌鸦嘴啊。"

老好人："我还是那个问题，那你还写吗？"

刘立冬："我写！而且我已经开始了，带我爸去美国的时候，我就已经抽空写了几万字了，我打算在网上开始连载。"

老好人："好样的！"他轻轻拍了拍刘立冬的肩膀，继续说，"明天把你写的东西拿给我看看吧。"

老好人说完，就背着手离开了。

刘立冬冲老好人的背影喊道："您到底是干什么的呀？"

老好人没听到一样径自走远了。

9

八月四日。

香港股市开市后的第二个小时，柴东林很郁闷，因为联华士多不断地出现大手卖单，交易额占比明显上升。

柴东林判断，这种情形明显是市场对联华士多的信心不足，而信心不足的最根本原因必然是迟迟没有成功收购到胜和集团。

想到这儿，柴东林烦躁极了，他死活也想不明白为什么明明胜和的资金链已经断裂，而他们却敢抬价百分之十。柴东林现在有些理解父亲为何迟迟不肯把联华士多上市的原因了，股市这摊浑水，真的不是一般人能玩的。

不过当听到从经济调查公司传来的消息后，柴东林心里稍微舒服了一些。

调查公司说注入胜和集团的那笔神秘资金已经有了头绪，最慢两天内就能调查清楚。

而刘立冬这边同样很郁闷，一方面刘立冬认为每个人都有选择好生活的权利，韩雪儿也不例外。另一方面刘立冬却感觉自己很失败，尤其当想到要把自己那个可爱乖巧的女儿拱手送给别人时，刘立冬就不甘心。

刘立冬最清楚的是自己什么也做不了，他想起昨晚老好人说的话后，感觉舒服了点，确实，自己就是那条爱追汽车的狗，而追得上还是追不上自己压根儿就不知道。

刘立冬自我安慰着，要不干脆就算了，老黄不是说有办法吗？要不就让老黄试试。

想到这儿，刘立冬轻松了一些，他不敢再往深了想，因为他知道，自己的这种行为完全就是一种逃避，可是现在除了逃避还能干什么呢？

为了能逃避得更彻底一点，刘立冬打开了电脑，把自己新写的那几万字的小说从头到尾又读了一遍，然后随便找了个免费的小说网站，发了上去。

10

新加里森物业办公室里，老黄把脚架在办公桌上正在讲电话。

"喂，蒋教授啊，麻烦您来公司一趟呗……对对对，有新活了，给一家公司做财务分析，什么？……不是，这次的公司绝对不是只有老板和她老婆……啧！我能骗您吗？您赶紧来吧……行，那我等您啊。"

老黄挂了电话，看着办公桌上的一个文件夹自言自语道："呵呵，这公司有六个人呢，俩外甥再加一个二叔和儿子。"

老黄话音未落，办公室的门就被推开了，小左风风火火地冲了进来。只见小左现在已经不留披肩的长发了，头发短短的，穿着一身西服，显得特别像个人。

小左忙不迭地从包里掏出一大摞纸放在了老黄面前。

"黄哥，我黑进那个柴什么林的邮箱了，和立冬哥老婆约会之类的邮件没有发现，里面全是一大堆我看不明白的破报告，反正公司的打印纸也不要钱，我顺手就都给打印了，你看看有什么有价值的东西吧。"

老黄翻了翻那一摞纸，只见上面乱七八糟都是一堆数据，自己同样也是完全看不明白。

老黄随手把那摞纸扔到了办公桌上，然后埋怨小左道："啧！邮箱里没有你黑他QQ啊，人家那种有钱人一般不用邮箱约会的。"

"可是……可是我不知道他QQ号啊，再说了，有钱人约会不用邮箱用QQ？那玩意不是咱屌丝的专利吗?"

　　老黄愁眉苦脸地说:"唉,那你说这事可咋办啊?人家黑客帝国里想偷啥偷啥,想知道啥就知道啥,你怎么就不行啊?"

　　"那玩意哪是黑客干的事啊?人家那是体力劳动,那是艺术夸张,你没看电影里他们还能嗖嗖地躲子弹吗?像我们这样真正的黑客,你扔块石头我们都躲不过去,算了不跟你说了,我得赶紧回公司去了,我不能老是黑进人事部电脑里改我考勤啊,万一被发现了,我就死了。"

　　"你们老板不是说不要求你坐班吗?"老黄问道。

　　"操!这帮资本家的话哪句能当真?"小左说着,风风火火地就要走。

　　老黄站起身来,跟着小左往外出走。

　　"你等会儿我,我跟你一起走,路上咱再商量商量还有啥办法能抓到出轨证据。"

　　老黄话音刚落,蒋教授就走了进来。

　　老黄着急忙慌地对蒋教授说道:"蒋教授啊,资料都在桌上呢,您自己拿吧,我有急事得赶紧出去一趟。"

　　老黄说完,冲等在门口的小左喊道:"哎,有了!你说能黑进他们服务器,看看他们的监控录像吗?"

　　老黄一边说着,一边就和小左风风火火地走了。

　　蒋教授撇着嘴一边抱怨一边翻起了资料。

　　"哼,我看看这回是什么破公司,唉,中国的家族式小企业啊……"

　　蒋教授抱怨到一半就抱怨不下去了,因为他误把小左打印的那摞纸当成老黄派给自己的任务了。

　　蒋教授眼睛都瞪圆了,口中喃喃自语:"联华士多?这小子哪接的活儿啊?"

　　蒋教授说完,抱着那摞资料像抱着宝贝一样地快步离开了物业办公室。

11

　　八月六日。

　　联华士多总裁办公室。

　　"啪"地一声,柴东林把一摞资料狠狠地摔在办公桌上。沉思片刻后,柴东林拿起座机,说道:"Amy,你来一下,叫韩雪儿也过来。"

　　话音刚落,柴东林的助理Amy就走了进来。

　　柴东林连珠炮一样地吩咐着:"Amy,你立刻把这份文件传真给香港分公司,让他们政府关系部的人拿着这份资料在CCB门口等我电话。"

Amy一边拿个小本记录着总裁的吩咐，一边问道："CCB？"

"商业罪案调查科。"

柴东林正说着，韩雪儿也敲门进来了。

"韩总监，你稍等。Amy，你立刻给胜和集团打电话，说我在两小时后要过去开会，让他们的CEO必须参加，口气强硬一点。"柴东林继续吩咐道。

"好的，柴总，还有其他事吗？"

"没了。"柴东林说着，把那份文件递给Amy，Amy离开。

"韩总监，我问你，如果要开成功收购胜和集团的新闻发布会的话，你的部门最快什么时候能完成。"

韩雪儿想了想，回答道："如果从现在开始的话，最快两天。"

"那也就是八月八号？"

"对，最快是八号下午晚一些的时候。"

柴东林点了点头，对韩雪儿说道："好吧，你等我电话，四个小时内我告诉你是不是要开这个发布会。"

"好，没问题，不过柴总，我能问问为什么要这么着急吗？"

"注入胜和集团的那笔资金来源查明白了，是开曼共和国的一只私募基金旗下的一个汽车公司干的。"

韩雪儿听完愣了一下，问道："汽车公司？"

柴东林无奈地笑了笑："是，汽车公司，胜和跟他们签了进口五百辆汽车的协议，然后汽车公司故意违约，他们俩在开曼共和国的一个小法院里打了场官司，目前资金正以违约金的形式分期分批地打进胜和的账户。呵呵，五百辆汽车，真是可笑，胜和难道开的是汽车超市？"

韩雪儿目瞪口呆："这……这也太匪夷所思了，可是……可是他们为什么呢？就是为了提高收购价？"

"我猜胜和也是被利用了，要查清开曼这只私募基金背后的人还需要一段时间。我想应该是联华士多的股票被某个庄家看上了，他想利用拖延我们收购胜和的时间，来换取股价的震荡，他先以低价扫货，等他认为时机到了，再冻结那笔基金，胜和没钱了，自然也就收购成功了，收购成功的利好一发出，股价势必大涨，他再趁机玩一把货源归边，大捞一票。"

柴东林嘴里的专业术语韩雪儿几乎一句都没听懂，但是她听出来一个意思，那就是联华士多的股票会涨。

韩雪儿问道：柴总，这也不错啊，虽然是被操控了，可是股价也会涨啊，这……"

柴东林笑了："是会涨，可是唯一的问题是，鬼知道那个庄家什么时候才愿意让涨，他拖得起，我拖不起啊，对于我来说，同样是涨，为什么要先跌再涨呢？让他操控我们股价的最终结果就是，我们花大钱白玩了一次收购，他挣得眉开眼笑。"

柴东林这次的话让韩雪儿听明白了，韩雪儿心想这资本市场还真是复杂啊，自己还是老老实实地干市场部这点事吧。

"好，我明白了，那我等您电话吧，您确认要开发布会的话，我这边立刻开始筹备。"

柴东林点了点头，韩雪儿刚要离开，柴东林叫住了韩雪儿。

"哎，对了，一会儿你买张充值卡给 Amy，不用多说，就说是你送给她的。"

韩雪儿又是一头雾水地问了句："啊？"

"呵呵，我每天都在干什么让你知道比让别人知道好，等我处理完手头这些事，再慢慢给你讲吧。"

韩雪儿傻乎乎地没太明白，点了点头后离开了。

韩雪儿走后，柴东林从心底里感到了一股疲倦，他累了。作为一个人人羡慕的高帅富的他，彻底累了。就连一个小小的秘书都不敢换的集团总裁彻底累了。柴东林不是没有想过开除 Amy，可是开除了又能怎样？换一个？对于柴东林来说，Amy 的欲望至少是有价的，一个月最多几百块充值卡而已。换一个的话，又要重新探查她心中欲望的价码，柴东林不想把有限的精力投入到如此无聊的事情中去。

柴东林苦笑了一声后，准备好好想想一会儿该怎么去威胁和集团，可是他却完全投入不了。柴东林心里不自觉地开始比较起韩雪儿和藤静来。作为合作伙伴，柴东林选藤静一百次也不会选韩雪儿一次，因为韩雪儿除了踏实肯干之外，心眼太少，每天还傻乎乎地挺高兴。可是如果作为妻子的话，柴东林宁愿单身一辈子，也不会选择藤静的，因为藤静是一匹狼。

12

刘立冬这两天被老好人那套"狗追车"的理论折磨得不轻，他越想越有道理，越觉得有道理就越想，结果越想越深，从写作上想到了生活中。

这套理论用在写作上的话，就能彻底体现出人物的命运感，而且编的痕迹几乎没有，因为就连自己都不知道下面会发生什么，一切都是跟着命运呼吸的节奏走，自然而然就能达到一个讲故事的最高境界——情理之中，意料之外。

刘立冬发觉自己过去写东西太用力了，所以导致用力过度了，回看自己《物业那些事儿》的剧本，刘立冬感觉每一页、每一场戏都有着雕琢的痕迹，而那种浑然天成的感觉却被各式各样的技巧所掩盖。狗追车没技巧，就是努力地跟着跑，但是既真实又有趣，刘立冬忽然意识到，真诚朴实地讲一个故事，比用尽花招更能打动人。

而如果把这套理论用在生活中的话，刘立冬就感觉不太好了，太灰暗了。

其实生活中的每一个人都是狗，都在追车，可是人和狗不同的就是，狗跑累了就算了，追不追得上无所谓，可是人就不一样了，宁可跑死也要追上。可是追上了之后呢？这一点人和狗是一样的，都不知道该干什么，所以人和狗做出了同样的选择，继续再找一辆车追……

可是如果不追车的话呢？问题又来了，不追车的话干什么呢？吃喝拉撒，躺在草地上晒太阳？这些都可以，可问题是无论狗在干什么，车永远会自动出现在狗的生活里，而狗只要看到车就会追，所以狗只能追车。

想到这儿，刘立冬笑了，他掏出一根烟点上，决定好好向狗学习，从今以后，真诚努力地追车，不去想追不追得上，也不去想追上了该干什么。事来心应，事去心止，车来了就追，努力地追，追不上了就休息，老老实实等着下一辆车的出现……

13

两小时后，柴东林准时地出现在胜和集团的会议室里。

刚一进会议室，柴东林就把那摞调查报告扔在了桌上，他决定用简单粗暴的方式速战速决。

"我的人拿着这份报告现在正在商业罪案调查科的门口，如果我没记错的话，你们胜和集团也是在香港注册和上市的吧？你们财报里的营业利润应该不是靠倒卖汽车挣的吧？现在我一个电话打过去，他就会把报告送进去，后果可能会比较严重，你们被摘牌的可能性倒是不大，不过股价可能会跌不少。但是我在打电话之前，想问你们一个问题，那就是现在你们是不是愿意减价百分之十让我收购？我等你们五分钟！"

柴东林说完，一屁股坐下，似笑非笑地看着胜和老板。

胜和老板气急败坏地冲柴东林喊道："你们这才是欺诈呢！你和那个佐藤静子串通一气，害我掉进你们的陷阱，然后逼我降价！"

柴东林听完心里一凛，佐藤静子？难道那笔神秘的私募基金背后的人是她？

可他转念一想，又怕这是对方的诡计。此时柴东林的大脑如同飞速运算的计算机一样，各种利益关系在飞快地加减乘除着。

如果真的是藤静的话，那么她这么做的目的是什么？佐藤资本有联华士多百分之十一的股份，如果藤静想利用操纵股价的方式来获利的话，那么她至少要投入两亿元扫货，才能让她不白忙活，更何况这样的算法还没有考量风险系数呢。

一分钟之后，柴东林的大脑告诉了他运算的结果，背后庄家是藤静的可能性小于百分之四十。

柴东林轻轻地敲了敲桌子："你们还有三分钟。"

胜和老板颓然坐倒在椅子上："好！柴东林，你够狠！我认了！"

"好，两天后，八月八日我会召开收购胜和的发布会，收购合同今天下午五点之前，我会让我的秘书发给你。"柴东林说完转身就要走。

"等等！我要求签约之后的三小时内，你把收购款的百分之五十打过来。"

柴东林稍作思考后，回答道："好，我答应你。"

那辆黑色奔驰跑车停在路边，柴东林坐在车里掏出手机，给藤静打了过去。

电话刚一接通，藤静就接听了："喂，东林啊，你找我？"

"最近你怎么没来公司啊？忙什么呢？"柴东林一边说着一边觉得自己特虚伪。

"哦，我在日本呢，我父亲的病最近严重了，我在医院陪他呢，怎么了？有事吗？"听筒那端藤静的声音显得异常自然。

"哦，没什么事，就是表达一下对集团大股东的关心，呵呵。"柴东林黑着脸开玩笑道。

"要是没事我先挂了，日本的医院里不让打手机的。"

"好，那再见啊，有事你给我打电话。"柴东林挂断电话，紧接着又给韩雪儿拨了过去。

"韩总监，收购确认了，你们部门开始准备吧。"

"哦，好的，我知道了。"

"另外立刻联系媒体发新闻，就说在八月八日我们跟胜和集团签约，我要求越快越好，最晚不能晚于明天香港股市开市。"

"好！没问题，现在是下午两点，最早今晚就能见报，最晚明天一早。"韩雪儿说完后挂断电话。

柴东林拿着手机想了想，又拨了出去。

"喂，我是柴东林，调查出开曼那只私募基金背后的人最快需要多久？"

拿着电话的柴东林脸色更黑了，显然，那边的回答不能让他满意。

柴东林有一种感觉，一种阴森森的让人后背发冷的感觉，这种感觉让柴东林再次拨通了韩雪儿的电话。

"喂，韩总监，发新闻时先别说明是要跟胜和签约了，找个香港的股评人，说得含糊其辞一些，就说八月八日我们集团将有大动作。"

14

晚上十点。

还是那家格调优雅的红酒吧里,还是那个位置上。

藤静拿着一杯红酒正在自斟自饮。助理拿着一份报纸走了进来。

"联华士多的事见报了,不过说得含糊其辞,只说八月八日晚上有大动作,没有说明是成功收购胜和集团。"

藤静没有接过助手递来的报纸,喝了口酒,慢悠悠地说道:"没关系,只要确定了时间就可以,你通知他们吧,明天晚上入侵服务器,把所有数据都删了,别光删财务报告。"

"这样会不会打草惊蛇啊?提前二十四小时就删?"助理问道。

"惊了蛇也没关系,它没地方跑,咱们对洋鬼子那边得拿出点诚意来啊,早点删了他们早点踏实。"

"柴东林要是够警觉,后天临时决定不收购胜和的话,里昂他们那边不会变卦吧?要不要我找人去盯着?"

"不用了,欧债危机让那帮洋鬼子穷得和狗一样,现在好不容易有顿饱饭吃了,他才不会那么轻易放弃呢。那个里昂很会算数的,他一算就能明白了。就算是柴东林不收购的话,他的钱也不够护盘,呵呵,我估计里昂先生现在正在一边骂我一边算数呢。"

"啪"一份报纸摔在桌上,伴随着一句英文脏话:"Sonofbitch!"

果然如藤静所料,里昂现在气得正在骂娘。

里昂又骂了几句脏话之后冷静下来,他拿起电话,吩咐道:"明天盯紧了,数据删除后马上通知我,准备好唱空报告,数据一删我们就发报告,不按照原计划八日晚上再发出了。通知所有人,明天开始出货,把预期跌幅从百分之五十五改成百分之四十五,我们不管别人之间的恩怨,挣够钱我们就走!"

里昂挂断电话后,对着报纸又气急败坏地骂了句脏话。

15

八月七日。

下午三点。

刘立冬懊恼地删除了那篇在网上刚刚开始连载的小说。自从想透了"狗追车"的理论后,刘立冬怎么看自己新写的小说怎么难受,他觉得一切都安排得太刻意了。

这几天刘立冬逃避得非常彻底,他仿佛看到了一个新境界。在这个崭新的世界里,刘立冬忘掉了老婆要离婚,女儿要换爸爸等一切烦心的事,刘立冬感觉自己就像那只狗一样,现在安静地趴在路边等着汽车的出现。

可是刘立冬不知道的是,汽车即将出现,而且不止一辆……

刘立冬的手机响了,刘立冬看了一眼,陌生的号码。刘立冬觉得可能是韩雪儿的律师打来的,他不知道是不是该接。

手机还是响着,而刘立冬却从兜里掏出一枚硬币。

"国徽接,一块不接。"刘立冬一边念叨着一边把硬币抛向空中。

国徽!第一辆"汽车"开出来了。

刘立冬摁下接听键:"喂,谁啊?"

"立冬啊,是我,你小说的开头我看完了,你过来一下呗。"

老好人?他哪来的我的手机号码?刘立冬心里想着,嘴上就答道:"您让我去哪儿啊?怎么了?"

老好人:"你到我家里来一趟,就你们小区隔壁,你来,我跟你商量点事。"

刘立冬记得贝勒爷说过,老好人就住在隔壁那个破破烂烂的小区里,倒是不远,反正闲着也是闲着,倒不如去赴这个约,听听老好人说的那些玄妙的话,再顺便看看老好人他们家长什么样。刘立冬记得上大学的时候,老师反复教导,说写戏一定要抓住两点,一是典型人物,二是典型环境,他于是决定去看看老好人生活的环境,没准这是个什么人就一目了然了。

产生了好奇心的刘立冬,这么多天来第一次感觉到有活力注入了自己的身体,于是他简单收拾了一下,屁颠屁颠地追他的车去了。

16

下午三点十分。

老黄家。

杨菲菲在客厅里打包着行李,老黄站在一边看着。

杨菲菲收拾好一个行李箱后,对老黄说:"行了,这个完事了,你拎到门口去吧。"

老黄一脸不乐意:"喊!你咋不叫你立冬哥来给你搬行李啊?"

杨菲菲一瞪眼:"你今天晚上还想不想吃饭了?"

老黄不敢惹杨菲菲了,拎起行李老老实实地往门口挪。忽然,大门被推开了,门一下子撞到老黄正低着的头上。

"我操！"老黄抬起头刚要开骂，就看见了一脸兴奋的小左。

小左拿着一个笔记本电脑在老黄面前晃着："黑进去了！"

老黄忘了疼，连忙和小左一起坐到沙发边，杨菲菲好奇，也凑了过来。

小左打开笔记本电脑，只见屏幕上是柴东林办公室的画面，而柴东林面色凝重地坐在电脑前，一动不动地盯着屏幕。

小左很得意："怎么样？厉害吧？"

杨菲菲问道："你们这是干吗啊？"

老黄骄傲地回答："帮立冬抓他老婆出轨的证据啊，经过我们研究，这下属和老板幽会一般都选在老板的办公室，所以我让小左黑进他们监控系统，咱来一招釜底抽薪。"

杨菲菲不屑地说："哼，还釜底抽薪呢，你们俩整个是一钻木取火引火烧身，你们这样犯法知道吗？"

小左一听害怕了："这……这……"

老黄打断小左："这啥啊这？你忘了，咱俩上回被抓进去的时候，人家警察说了，法律规定，违反国家规定，侵入计算机信息系统，造成危害的，情节轻微的，处五日以下拘留，情节较重的，处五日以上十日以下拘留，咱就跟这儿看看，能造成啥危害啊？再说了，我们犯罪还不是为了你的立冬哥啊？"

小左听完踏实了，杨菲菲也没话了。

17

下午三点三十分。

刘立冬按照老好人的指示，从自家小区出来，穿越了隔壁的破小区，来到了该小区最南端的南门，翘首寻找着老好人的身影。

"立冬，这儿呐！"

循声望去，只见老好人拎着个塑料袋，站在铁门外面，正冲自己招手呢。

老好人："走，上家里慢慢聊。"

刘立冬看这意思是让自己从铁门出去，敢情他不是住这里啊，于是刘立冬走出铁门跟老好人会合。

老好人晃了晃手里的塑料袋："正好下楼买几个咸鸭蛋，顺便接你一下，家里的对讲机坏了，我怕他们不让你进。"

刘立冬心里有点犯嘀咕，他们不让进，他们是谁啊，保安？不至于吧……

老好人边说边带着刘立冬向对面的别墅区走去，来到大门口，他冲保安打了个招呼，就走了进去。

刘立冬不免有些吃惊，这个叫做"怡景园"的别墅区他太知道了，这是方圆五公里之内最高端的住宅区啊，这里难道就是他家？

看着拎着咸鸭蛋走在前面的，那个其貌不扬的小老头，刘立冬想不出合理的解释，要说他是这里的保安那也太老了点儿，要说是住家保姆那就更扯淡了，可是刘立冬又没法开口问，那样会显得他看不起人似的。

二人一路无话，终于来到了一栋独门独院的别墅门口，老好人掏出钥匙开了门，将刘立冬让进了屋。

一进屋，谜底就揭开了，只见宽敞的客厅里，在正对门口的墙上挂着一幅人物肖像油画，画中的人明显就是中年时期的老好人，没有人会这么爱戴他们的住家保姆的，这里肯定就是老好人自己的家了。

刘立冬觉得此时发问已经没有什么不合适的了。

"嚯！您家可真够气派的啊！您也太真人不露相了吧？"

老好人连连摆手："嗨，买得早，便宜着呢，2003年买的，你猜多少钱一平米？不到五千块钱。"

刘立冬："恕我冒昧问一句啊，您到底是干哪行的呀？"

老好人换好了鞋，引领着刘立冬向房子里走着，他答道："跟你是同行，码字儿的。"

刘立冬用目光丈量了一下房子的面积，粗略地用五千块钱乘以了一个六百平米，得出的数字让他心里有点沮丧，不带这么寒碜人的呀！

老好人拎着咸鸭蛋，走进了一个比刘立冬整个家还大的厨房，猫腰把咸鸭蛋放进了橱柜最底下的抽屉里。

"呵呵，我们家阿姨比较会来事儿，不让我吃咸鸭蛋，说这也致癌那也致癌，所以都得藏起来。走，咱趁她买菜还没回来，赶紧上楼，不然让她知道我要跟人聊剧本，又得一遍遍进来检查我有没有抽烟了。"

什么是完美生活？这就是完美生活啊！豪华的住宅，闲适的时光，忠肝义胆的保姆……刘立冬不禁在心中唏嘘起来，他估计自己这辈子也不可能通过码字儿达到这种高度了，不过同时，他也注意到了老好人刚才话里的意思，这位前辈说要跟自己聊剧本，难道是看上了自己的小说，想把它变成剧本？

藏匿好违禁食品的老好人，带刘立冬上楼进了书房，待刘立冬落座后，开始切入正题了。刘立冬则是紧张地等待着下文，他隐约觉得一个好机会有可能要降临到他头上了，同时他又不自觉地拒绝相信自己的幻想，自从被沈超导演坑了之后，他毕竟比以前谨慎多了。

老好人开腔了:"立冬啊,你的小说开头我看了,写得真不错。"

刘立冬:"您过奖了,我哪儿敢在您面前班门弄斧啊。"

刘立冬自己都觉得自己这话说得够市侩的,人家对方什么背景,有什么作品,甚至叫什么名字还都不知道呢,自己就尊他为祖师爷了,依据是什么?不就是人家殷实的家底吗?这种把经济实力和个人能力直接画等号的本能,让刘立冬有点羞愧,于是他忙调整了一下自己的心态。

刘立冬:"嗯……请问我该怎么称呼您啊?"

"我姓郝。"

"郝老师,说实话我并不知道您是谁,而且在今天之前,我也不知道您是位编剧,您岁数比我大,那就是我的前辈了。今天您约我来聊我的作品,我特别高兴,我真的很想听听您的意见或者建议,我现在什么都不想想了,只想踏踏实实地完成我的小说。"

刘立冬这话是诚恳的,在迅速克服掉追名逐利的浮躁情绪之后,他真的希望这位郝老师能够给自己一点建议,给自己一点力量,至于小说卖不卖得出去,那不是现在要考虑的事,他告诫自己,决不能阴沟里翻两次船,他不想再次一叶障目了,那片叫做欲望的叶子,他要把它扔掉。

"立冬你太谦虚了,我不是什么前辈,我也给不了你所谓的意见或者建议,要说我能够给你点什么帮助的话,也无非就是拿你的小说开头去给我的朋友们看看,哦对,这个……没问题吧?"

"那有什么问题啊,又不是商业机密,本来我就已经发到网上去了。"

"那就好那就好,其实我今天找你来呢,是想让你帮我一个忙的。"

刘立冬有点摸不着头脑,他看见老好人起身去写字台上拿了几页稿纸,向自己走来。

老好人将稿纸放在刘立冬的腿上,继续道:"这是我写的剧本,请你看看,给我点建议吧。"

"什么?"刘立冬看着面前的那份手写的剧本,简直不敢相信自己的耳朵。

"不怕你笑话,就这么几页纸,我憋了五六年才写出来,而且我还不知道该怎么往下写了。"

"那……那您以前都是怎么写的啊?"

"以前……啧,以前把笔放在稿纸上,笔自己就写了啊。"

刘立冬彻底无语了,老好人刚建立起来的前辈形象,在他心中土崩瓦解了,他甚至觉得这个郝老师，比沈超导演还不靠谱。

两个小时之后，刘立冬从老好人的别墅里出来了，手里多了几页稿纸，肩上多了一个任务，那就是帮老好人修改剧本，并且提出有价值的建议。回想刚才临出门前，老好人握着自己的手，千恩万谢的样子，刘立冬不禁纳闷儿，这个家伙到底写过剧本没有啊？这房子是他拿什么买的？真是匪夷所思，天知道有钱人的钱都是怎么来的，不过人家讳莫如深，自己也懒得去刨根问底了。

刘立冬一边往家走，一边暗暗可惜自己浪费掉的这一下午，有这工夫还不如想想自己的小说呢。

18

下午四点半。

香港股市闭市半小时后。

刘立冬家小区里，蒋教授抱着一个笔记本电脑和一摞资料着急地在前面跑着，后面一个穿着沾满面粉的围裙的老太太，手里拿着擀面杖正紧紧地追着蒋教授。

老太太一边追一边喊道："姓蒋的，你给我站住！"

蒋教授回头喊着，可是脚底下却没停："你慢点追我，别一会儿血压又高了。"

"我现在已经高了！你赶紧给我站住！"老太太脚底下加快了速度。

蒋教授看到老伴离自己的距离越来越远，生怕老伴血压飙升，加上自己也确实跑不动了，就停了下来，他扶着膝盖气喘吁吁地说道："哎呀，我去公司有急事，晚了可能损失会上亿啊！"

老伴看蒋教授停了下来，连忙也站住了，一边大口大口地喘着粗气，一边还没忘了挤兑老伴："上亿？冥币吧？你说说你，和那个姓黄的弄个破公司，别的没学会，净跟他学忽悠人了。我跟你说啊，你赶紧跟我回家包饺子去，儿子儿媳好不容易回来一趟，你今晚哪儿都不许去，老老实实跟我在家待着，明天你爱去哪儿吹牛就去哪儿吹牛，我管不着！"

"哎呀，明天就来不及了，这案例是典型的国外做空机构在捣鬼啊。当年香港73股灾的时候，老外们在市场上疯狂抢钱，那时候我刚到香港留学。我太年轻太没经验了，对他们这种巧取豪夺的行为一点办法都没有，可是现在不一样了，你现在让我走，我就能救一家中国的企业啊！"蒋教授慷慨激昂地说着，好像对方不是一个满身面粉的、拿着擀面杖的、逼自己回家帮忙包饺子的老太太，而是华尔街的某位金融大亨。

老伴听完后面色凝重地站直了，慢慢地、一步一步地向蒋教授走去。

蒋教授的眉头舒展开来，他认为自己那种对于民族企业的责任感打动了老伴，蒋教授也缓慢地站直了身体。

如果现在能有背景音乐的话，最合适的当属非贝多芬的命运交响曲第一乐章了。

蒋教授看着自己的老伴慢慢地走来，一手拿着擀面杖，另外一只手在沾满面粉的围裙上擦了擦，缓缓地抬了起来。蒋教授也缓缓地伸出手，准备和老伴进行同志般的握手，然后奔赴到那个拯救本土企业的战场上去……

两只手越来越近，蒋教授的脸上绽放出笑容……

就在两只手即将握住之际，命运交响曲戛然而止，老伴一把抓住了蒋教授的手腕。

"你先救救你们家的饺子吧啊！明早之前，你哪儿都不许去！"老伴紧紧抓住蒋教授的手腕。

"我能给小黄打个电话吗？"蒋教授无奈地妥协了。

老伴没说话，举起了擀面杖，蒋教授乖乖地从兜里掏出手机，交给了老婆。

蒋教授被成功缉拿归案，一顿饺子，让联华士多错过了翻身的机会，不知道柴东林知道后，是会哭还是笑，想必是哭笑不得吧。

19

晚上十点。

距离香港股市开市十二小时。

黑白监控画面中，柴东林面色凝重地站在落地窗前，很显然，柴东林昨天让韩雪儿发布的利好新闻没能刺激市场信心，今天一天，大手卖单不减反增。

"啊……"一个长长的哈欠从老黄的嘴里冒了出来，老黄从沙发上站起身来，使劲地伸了个懒腰，沙发前的茶几上摆着一个笔记本电脑，屏幕上显示着柴东林办公室的黑白监控画面。

小左坐在不远处，也抱着一台笔记本电脑，正在津津有味地看着。

"哎哟，这富人也够无聊的，大晚上的不赶紧约会亲嘴，跟这个破窗户前面一站就是一个多小时，真是想不明白啊，我要是像他那么有钱，我天天得乐得跟包子一样。"老黄一边抱怨着，一边溜达到小左身后，打算看看小左那儿有什么好玩的。

只见小左正在电脑上一张张地翻看着联华士多的人事登记表，每翻到一个美女时，目光都会停留半天。

"哟，干吗呢？看美女呢？"老黄问道。

小左一本正经地点了点头："唉，亏了！"

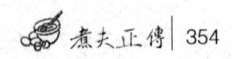

"什么亏了？"

"嘖！上班上亏了啊，我当时就是因为老板跟我说，公司有好多美女我才去上班的，结果我们老板那叫什么审美标准啊，你看看，人家联华士多才叫美女如云呢！"

两人正说着，杨菲菲头上裹着浴巾从浴室里走了出来。

"你们俩可真够无聊的，我服了，纯宅男什么样我算是领教了。哎，老黄，你说这事上你怎么这么有毅力啊？快七个小时了吧？你看人家联华士多总裁看得是不是都快爱上他了？"

"放屁！老子这叫为朋友两肋插刀！"老黄气宇轩昂地插着腰说道。

"得了吧，我还不知道你，你不就是因为被你老婆骗了，所以才把满腔的怒火喷向了天底下所有的雌性动物。你哪是想帮立冬啊，你整个就是报复女性社会呢！"

"前妻啊，杨菲菲女士，请注意您的用词。"老黄被拆穿后，恬不知耻地纠正起杨菲菲的口误来。

"哎呀，这几个意思？"坐在一旁的小左惊呼道，继而满脸兴奋地迅速在键盘上敲击了起来。

老黄和杨菲菲迅速围拢在小左身后，伸头向电脑屏幕看去，只见屏幕上全是看不懂的各种命令提示符。小左噼里啪啦地敲着键盘，电脑屏幕上的各种字符疯狂地飞舞着。

"左儿，怎么了？"老黄问道。

"嘿嘿，真是强盗遇上贼爷爷了啊，有人也黑进来了，正删服务器上的数据呢！"

"啊？删数据？谁啊？"

"不知道，我这不正查他IP是哪儿的吗。"

"不是，你小子他妈缺心眼啊？还查他是哪儿的干吗啊？人家删数据呢！全他妈删光了咱俩就傻逼了！就造成危害了，就造成经济损失啦！咱俩就又得回网监处了！"老黄急眼了，连珠炮似的说着。

"我操！谁啊？这么狠！对对对，肯定是前几天我在黑客论坛上骂的那孙子，小丫挺跟踪我IP了，哼哼，想玩我？操得嘞，爷让你看看啥叫黑客间最远的距离，那就是你和我之间的距离！"小左一边骂骂咧咧，一边更迅速地敲击着键盘。

老黄紧张地问小左："咋办？能制止他删吗？"

"不管他，让丫删！我现在赶紧把剩下的数据都备份下来，等他删完了，觉得能黑死我开始得瑟的时候，我再把数据都恢复了，让论坛上的哥们看看，啥叫抱着铁耙子亲嘴——自找钉子碰！"

20

八月八日零时四十分。

距离香港股市开市九小时二十分钟。

里昂坐在那间全玻璃的会议室里焦急地等待着，虽然已是深夜，会议室外面的办公区里，每个电脑前的工作人员全是严阵以待。

里昂放在桌上的手机无声地震动起来，他迫不及待地接起了电话。

一分钟之后，里昂满面笑容地放下手机，走到外面的办公区，站在墙上挂的一块写有"目标：跌幅55%"的白板前，对所有人说道："立刻发出唱空报告，从现在开始，所有人都不许离开这个房间。"

里昂说完，用手把白板上55%的字样抹去，拿起笔，写下了大大的几个字：45%。

"原计划改变，联华士多的股价跌到百分之四十五的时候就立刻开始回收！"里昂说完，对助手招了招手，助手跟着里昂回到会议室。

"把联华士多总裁那条绯闻也发出去，他仗势欺人，与已婚女员工搞暧昧，破坏别人家庭，就是一个不务正业的纨绔子弟，就这么写。"

助理点头道："好的，我马上给网络传播公司发过去。"

里昂笑道："记住啊，一定要配上图片，哈哈，柴东林挨了一拳的那张照片太精彩了。"

助理问道："老板，我们提前发出唱空报告的消息要不要通知佐藤她们？"

里昂摇头："呵呵，都这么晚了，就不要打扰她休息了，明天一早让她和柴东林一起惊喜一下吧。"

助理点了点头后，打开笔记本电脑，放到里昂面前："老板，视频已经剪好了，您请看。"助手说着，双击鼠标打开了桌面上的一个视频文件。

藤静出现在电脑屏幕上。

"我可以很坦白地告诉你，联华士多的财务报告确实是我篡改的，他们所有的问题也都是我自己加上去的……"视频跳了一下后，藤静继续说道："联华士多的股票至少会暴跌百分之五十……"视频又跳了一下，里昂本人出现在镜头里，只见视频里的里昂义正词严地说道'佐藤小姐，你这样做是犯法的，是操控股价，我们太天真了，竟然受到了你的蒙蔽………

视频到这里忽然就断了，很明显，这是一个被剪辑后移花接木的视频片段。

里昂拿着鼠标，把播放进度条挪到自己出场的时间，他指着屏幕说道："这里的亮度和前面的还是有差别,你让人再调整一下。"

"好的。"助理合上了笔记本。

里昂对助理挥了挥手,助理离开。

里昂向外看了看,只见外面的办公区里没人注意到会议室里的情形,于是拿起手机,拨了出去。

里昂对着手机低声说道:"Thomas, are you in Tokyo now?……OK, make sure everything is ok,our next target–Sato Capitalo"(托马斯,你现在在东京吗?……好的,做好准备,我们下一个目标佐藤资本。)

21

八月八日凌晨六点。

距离香港股市开市四小时整。

老黄家,昨晚上忙着备份了一宿数据的老黄和小左在沙发上睡成一团。杨菲菲房间的门轻轻打开了,杨菲菲看着眼前的这一对活宝笑了笑,她轻轻地在茶几上放下了一张字条,上面写着:老黄,小左,谢谢你们照顾我!

杨菲菲看了看表,六点整,到了她和刘立冬约好去机场的时间了。杨菲菲轻轻地走到大门边,把门打开了一条缝。

不多时,刘立冬准时到达。刘立冬看了一眼沙发上睡得和死猪一样的两人,小声地对杨菲菲说道:"昨晚上他们干吗了?"

杨菲菲笑了笑,没有对刘立冬说出老黄的壮举,她淡淡地说道:"走吧,去机场吧。"

刘立冬看了一眼表,问道:"这也太早了吧?你不是十点的飞机吗?"

"立冬,早点去吧,我想在机场找个咖啡馆和你说点事。"

刘立冬听完点了点头,拎起放在门边的行李就要走。

这时楼道里响起了急促的脚步声,蒋教授风风火火地冲了进来。

"坏了坏了,小黄啊,你怎么还睡呢啊!快快快,你赶紧通知前几天让你帮着做财务分析的客户,他们被做空机构盯上了,唱空报告都发了,再不迅速补救的话,他们的股票就完蛋了!至少损失上亿啊!"蒋教授刚一进门,就大呼小叫地把老黄和小左都吵醒了。

老黄揉着眼睛问道:"什么?股票?上亿?我靠,这年头真是人不可貌相啊,那么点个小公司都能损失上亿啦?"

刘立冬一听又是老黄那些新加里森各种公司的破事,顿时没什么兴趣继续听下去了,他拎起杨菲菲的行李就要离开。

蒋教授说道:"什么?联华士多这么个大集团还算小公司?那你以前找的那些公司算什么?"

"联华士多"这四个字让刘立冬停住了脚步,他问老黄:"联华士多?老黄,他是你客户?"

老黄愣了一下,马上就明白了误会的根源,他说道:"嗨!乱了套了!资料拿错了,立冬,我晚点再跟你解释吧。哎,蒋教授,你刚才说啥?啥做空唱空的?什么情况啊?"

蒋教授重复:"做空机构!唱空报告!"

蒋教授说完,只见屋子里的人全是一脸茫然,他明白了,这屋里除了自己以外的所有人,都是金融白痴。蒋教授不愧为复旦大学世界经济系的教授,他耐心开始了一堂股票知识普及课程。

"做空是一种股票、期货的投资术语,是股票、期货市场的一种操作模式。和'做多'是相反的,理论上是先借货卖出,再买进归还。做空是指预期未来行情下跌,将手中股票按目前价格卖出,待行情跌后买进,获取差价利润。其交易行为特点为先卖后买,实际上有点像商业中的赊货交易模式。"

蒋教授说完原来在课堂里一样,习惯性地环视了一圈,只见屋里的人全是大眼瞪小眼。老黄甚至打着哈欠就要接着睡个回笼觉了,而刘立冬似懂非懂地点了点头,感兴趣地看着自己。

蒋教授咳嗽了一声,继续说道:"你们买股票是不是都是低价买进,高价卖出啊?"

众人点头。

"这就是做多!"蒋教授没辙了,虽然他知道"做多"的含义并不局限于此,可是面对着这么一帮金融白痴,他也只能简化简化再简化了。"做空正相反,我给你们举个例子吧,立冬上市了,股价是十块一股,我手里有十股,价值一百块,对不对?"

蒋教授一边说着一边观察着众人的神情,只见众人纷纷点头,于是觉得终于找到一个能让人立刻明白这些复杂名词的方法了,白痴股市学习班继续开课。

"这时候,小黄抓住立冬做假账偷税漏税的证据了,这些证据如果大家都知道了的话,那立冬的股价就会跌,但是小黄公布出这些证据之后一分钱也挣不到,纯属学雷锋对不对?"

众人点头。

老黄插嘴道:"那我也公布,这事我爱干,小时候,我最喜欢玩捉迷藏,等别人藏好了,我就回家吃饭……"

"啧!别废话,好好听蒋教授讲!"杨菲菲和刘立冬异口同声地打断了老黄。

这破学生要在我的课堂上,早把他乱棍打出去了,蒋教授心想。

"但是有一种方法能让小黄挣到钱,那就是小黄先来找我,把我手里的这些价值一百块的十股借走,他马上卖掉,换成一百块现金,然后……"

"然后再公布消息,我的股票就跌价了,他再用低价买回这十股还给您,这样,中间的差价他就能挣到手了。"这次是刘立冬忍不住插嘴了。

蒋教授欣赏地对刘立冬点了点头,继续说道:"对,这样呢,小黄就叫'做空机构',这些证据就叫唱空报告。当然了,这里面的事没这么简单,一般他们都是充分利用对冲基金和股指期货,首先建立空头头寸,然后再……"蒋教授停下了,因为他发现众人又回到了白痴状态。

"这帮孙子够阴损的啊,这么能钻空子挣钱。"那个小时候等别人藏好后就回家吃饭的老黄,听到别人挣钱的路子竟然如此匪夷所思后,顿时不无嫉妒地义正词严了起来。

"谁说的,做空机制是一种能够监督市场的机制,它能让市场透明化合法化。你们想啊,如果有无数人天天在暗地里调查你盯着你,等你犯错误,谁还敢做假啊?"蒋教授皱着眉头数落着老黄。

"蒋教授,您刚才说联华士多被做空机构盯上了?"刘立冬关心地问道,他对于股票市场合法化和透明化没有任何兴趣,他只对那个可能成为自己继任者的人感兴趣。

蒋教授点头道:"是啊,唱空报告都发出来了,自从我八月四号拿到联华士多的资料后,就一直观察着香港股市的动态。我发现联华士多一直都在推要收购胜和集团的利好消息,可是股市上却不断出现大手卖单,这一点让人很容易被蒙蔽,按照一般惯性思维,人们都会觉得这是因为联华士多迟迟没能成功收购胜和而导致市场信心不足造成的,可是根据我的判断,这正是做空机构的高明之处,他们借着预收购消息的掩盖,偷偷地出货,然后再趁着今天晚上联华士多要开发布会的时机发出唱空报告,不过有几点我至今想不明白。"

"哦?什么?"刘立冬问道。

"第一点就是他们发出唱空报告的时间,为什么要今天凌晨发呢?虽然联华士多的新闻里没有正式地说他们已经成功收购了胜和,可是我想也是八九不离十了,如果他们等到今晚联华士多开完发布会后再发多好啊。第二点就是从他们的唱空报告里披露的财务报告来看,联华士多整个就是一个无恶不作的企业啊,根据我对联华士多这个企业的了解,他们虽然有可能在账上做一些手脚,但是绝对不会这么大胆的。这企业一直以来都是挺规矩的啊,我临退休之前还去他们那儿考察过呢,挺规范的一个集团啊,他们现在可以立刻找一家国际上认可的审查机构进入,把历年的财务报告都从服务器里调出来,让审查机构出具一份……"

"服务器?那他们可调不出来了!"这次插嘴的是小左。

小左拍了拍自己的笔记本电脑,说道:"他们服务器里的数据都在这儿呢。"

不知情的刘立冬和蒋教授都愣住了。

"这到底是怎么回事?"刘立冬问。

"立冬哥,黄总让我……"小左刚要解释,老黄就使劲地推了一把小左,低声威胁道,"网监处啊!"

小左撇了撇嘴,不敢说话了。

老黄笑着解释道:"嘿嘿嘿,这事说来话长啊,总之呢就是昨晚上我和小左在网上正巡查呢,想看看有什么非法行为,结果就碰上了个黑客正入侵联华士多的服务器呢,然后我就让小左赶紧学雷锋做好事,把他们服务器上的数据都备份下来了。"

小左连忙补充道:"对对对,不过没有全备份,我只抢救出来三分之二的数据,呵呵。"

蒋教授一听,一把抢过小左手里的笔记本电脑,看起联华士多的数据资料来。

杨菲菲翻着白眼阴阳怪气地说:"是吗?黄总?您两肋插刀地仇视女性的事不提了?"

老黄一脸讪笑:"嘿嘿嘿嘿,菲菲啊,我借给你那一万块钱学费不着急还啊。"

刘立冬听到这儿,已经大概明白了事情的原委,他低声对老黄说道:"哥们,谢谢你了!"

老黄在嘴上比画了一个噤声的手势,小声对刘立冬说:"别让这个老正经知道,要不他非得把我和小左扭送公安机关去。"

刘立冬会意地点头,而蒋教授那边却爆发了。

"诈骗!这是赤裸裸的诈骗!不行,我得把这些交给联华士多,咱们国家的本土企业不能再让这帮洋鬼子欺负了,哼!欧债危机闹得他们没饭吃,他们就来我们这儿巧取豪夺!这和当年八国联军有什么区别?!"

老黄笑嘻嘻地拍了拍蒋教授:"对对对,咱得拯救咱们的民族企业。这样吧,小左,你赶紧把这些都拷到 U 盘里,立冬,你不是认识他们总裁吗?一会你赶紧给他们的柴总把东西送过去。"

老黄说完,恶狠狠地低声对刘立冬补充道:"给不给他你看着办,或者拿这个威胁他去!不过别敲诈他啊,要不我跟小左就该给他们造成损失了,我俩又得回网监处了。"

刘立冬看了看手里那事关重大的U盘,木然地点了点头,这一些来得都太突然太戏剧化了,他觉得自己就像好莱坞的那个2B青年,被蜘蛛咬了一口之后,直接跳过普通青年阶段,变成了飞檐走壁会吐丝的文艺青年一样。

22

上午八点,距离香港股市开市两小时。

联华士多楼下聚集着大量的记者,每个人手里都拿着各类长枪短炮似的摄影摄像器材。

柴东林的车刚一停在楼下,记者们就蜂拥而至,把车围得水泄不通。

柴东林费了老大的劲才把车门打开,刚一下车就被围了起来,这时大厦里冲出几个保安,拨开人群就来到了柴东林身边,保安们拉起柴东林要护送他进入大厦。柴东林摆了摆手,从容自若地面对着频频闪动的闪光灯,记者们七嘴八舌地问开了。

"柴总,您对那份长达五十七页的唱空报告有什么想说的吗?"

"据我们了解,税务局和工商局已经开始重视联华士多的问题了,请问您打算如何应对?"

"柴东林先生,请问那位叫做韩雪儿的员工为何能在这么短的时间里就升任市场总监,是因为你们之间的恋情吗?"

"现在离香港股市开市还有两个小时,您有什么想对被你们蒙蔽和欺骗的股民说吗?"

"请问韩雪儿的女儿是不是你的私生女?"

"你接手联华士多集团刚刚几年时间,就制造出如此大的信任危机,你是否后悔上市这个决定?"

柴东林站在人群当中,既不回答问题也不逃避,而是面无表情地站着。

各类问话的声音渐渐小了,只有闪光灯还在不停地闪着。

这时,柴东林开口了:"各位记者朋友,这次的做空计划是一次蓄谋已久的、无中生有的诈骗,我们联华士多没有任何问题,请各位让我回到我的办公室,因为我马上就要邀请国际上最知名的、最有信服力的审计机构进驻我们集团,我相信他们出具的审查报告是最好的证明,关于我私生活方面的问题,我有权不回答。"

话音刚落,记者们的问题又涌了上来,柴东林冲身边的几个保安一挥手,保安们拨开人群，护送着柴东林快步走进大厦。

柴东林快步走向总裁办公室，路过助理Amy工位时，柴东林脚步没停地吩咐道："立刻让财务部总监过来。"

23

"啪"地一声，笔记本电脑被重重地合上。

藤静揉着太阳穴恶狠狠地说道："里昂这条疯狗！"

藤静助理默默地站在一旁，她知道，这时候万万不要多话。

藤静长出了一口气后，随手拿起桌上的纸笔，计算起来。

半响，她平静地对助理说道："我猜里昂已经把原来百分之五十五的预期跌幅降低十个百分点了，我们不能等，改变原计划，等联华士多的股价跌到百分之四十五的时候就开始扫货！"

"可……可是钱不够啊，如果按您说的，我们所有的钱只够扫到最多百分之八的股份，加上我们已经有了的十一个百分点，才刚刚占到联华士多百分之十九的股份啊，就算不说管理层拥有的百分之十五的股份，我们也比柴东林父子拥有的百分之二十五股份少六个百分点啊。"

藤静不耐烦地回答："这个我知道，还用你说吗？我算了，只要超过柴东林父子持有的股份就可以了，他们的管理层就是那帮元老们，柴东林已经把他们都得罪了，谁会站到他那边？呵呵，联华士多的元老们看到股价暴跌后唯一会做的事，就是立刻抛光手里的股份套现。钱的事你别管了。"藤静说着，看了看表，北京时间上午八点三十分。

藤静咬着牙继续说道："现在是东京时间九点三十分，日本的股市已经开市一个多小时了，立刻出手一部分佐藤资本的股票套现，哼，联华士多这场收购战我是打到底了！"

就在藤静狠狠合上笔记本电脑的同时，联华士多总裁办公室里也是发出了一声巨响。

柴东林狠狠地拍了一下桌子，冲刚进屋的财务总监吼道："什么？服务器的数据全没了？你立刻叫IT部的头儿过来，我倒是想问问他到底是干什么吃的！"

一旁的Amy低声说："柴总，他……他手机关了，联系不上了，今天早上他知道服务器被黑后就失踪了。"

柴东林长叹一声，跌坐在椅子上，他冲财务总监和Amy无力地挥了挥手，示意让他们离开。忽然，他想到了一个人，一个叫做佐藤静子的女人。柴东林的直觉

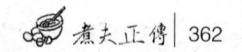

告诉他,这个日本女人就是这一切事件的幕后黑手。

"你们俩等等。"柴东林的声音不大,财务总监和Amy连忙站住,齐刷刷地看向柴东林,等待着总裁的命令。

柴东林看了一眼手表后,指着财务总监说道:"日本股市已经开市了,你马上去盯着佐藤资本的股票有没有大手卖单,如果有的话,立刻告诉我。Amy,你立刻通知韩雪儿,原定于今天下午五点开的新闻发布会提前到下午两点,主题未定,让她自己想办法解决!"

柴东林话音刚落,总裁办公室的门被推开了,只见老柴总缓缓地走了进来,财务总监和Amy连忙向老柴总微微鞠躬。

柴东林一下子从椅子上站了起来:"爸,我……"

老柴总微笑着摆了摆手,柔声对柴东林说:"东林,没关系,世界上的所有事儿都有解决的办法,别着急,往东走走不通,咱们就往西走。"

柴东林点头,对老柴总说道:"现在只有护盘了。"

老柴总没说话,走到柴东林身边,轻轻地把手搭在柴东林的肩膀上,老柴总手上加了一些力,让柴东林坐在了总裁的座位上,笑着对柴东林说:"这个位子是你的,你来权衡。"

柴东林感激地冲父亲点了点头,对Amy说道:"立刻召开股东大会,半小时后,让人事部和行政部立刻找人恢复服务器里的数据,越快越好!"

24

刘立冬和杨菲菲去机场了,小左去上班了。屋里只剩下老黄和蒋教授两个人。

"哎,蒋教授,您给我就着联华士多这个案例,给我普及普及金融知识呗。"老黄笑眯眯地一屁股坐在蒋教授的身边。

蒋教授立刻被老黄的求知欲感动了,他感兴趣地说道:"哦?好啊,你想了解哪方面的呢?要不我从指数开始给你讲起吧。"

"不不不,您给我讲讲那个啥冲基金和什么什么期货的知识呗,我主要是想了解了解现在这种情况下,怎么能挣钱。"

蒋教授听完立刻明白了,老黄哪是为了学习啊?他纯粹就是为了浑水摸鱼。蒋教授摇了摇头,不屑地说:"孺子不可教也!那叫对冲基金和股指期货!"

"对对对,就是这俩玩意,您说像咱这样的普通人能玩玩这两样东西吗?"

"玩不了!"蒋教授不耐烦地回答道。

"真的吗?"老黄坏笑着搂住了蒋教授,"我说蒋教授啊,最近咱公司业绩很差啊,您也知道,啥钱没挣,咱公司要是挣不到钱的话,您最近的私房基金是不是会有些小问题啊?前几天不是还听您说想买个新笔记本电脑玩呢吗?这事估计悬了吧?"

不学无术的老黄最擅长的学科就是人学,老黄说完后,蒋教授果然软了下来。

"唉,这对冲基金肯定不是咱们能玩得起的,不过要说股指期货嘛,那倒是可以考虑考虑的。"

老黄一听立刻乐得五官都拧在了一起,果然像他自己说的,跟包子似的。

"哎,您快说说,这玩意咋玩,需要多少钱?"

"钱越多越好,没有上限,股指期货这东西就跟赌场里押大小差不多,它不是买股票,而是买指数。唉,给你举例子吧,要不我看你也完全听不明白,比如现在立冬把数据交给联华士多了,那么在现在这样对联华士多不利的大环境下,只有咱们知道,只要联华士多披露真实的财务报告后,那它的股票价格就不会继续跌了,还有可能会涨,这样咱们就可以把钱压在联华士多股价上涨里,然后就能挣钱了。"

听完蒋教授的话,老黄喜形于色,心中暗想自己也跟电影里一样了,歪打误撞地就也能像那帮大亨一样操控股价了。

蒋教授看到老黄的表情后,误以为老黄真的以为股指期货就是赌场里押大小了,连忙解释道:"我刚才就是个比喻,股指期货和赌场还是不一样的,它是科学的。"

"对对对,科学,特别科学,蒋教授,那我问问你,如果……就是如果啊,立冬没把数据给它们的话,那咱就得压在联华士多的股价暴跌上了吧?"

蒋教授点头。

老黄一跃而起,冲进了自己的房间。

蒋教授纳闷,跟了过去,只见老黄正在翻箱倒柜地找着东西。蒋教授问道:"小黄啊,你找什么呢?"

"找房产证呢,我出去找个立马能放款的典当行去,这事咱得趁机捞一票啊,蒋教授,你可不能关键时刻掉链子啊。这事要是弄完了,您后半辈子想买新电脑就买新电脑,那些又贵又厚的英文财经书,您买一本撕一本都行,我这可不是为了一己私利啊,我是为了您能更好地为中国金融做贡献添砖加瓦!"

老黄说着找到了房产证,一溜烟地跑了出去。

蒋教授长长地叹了口气,虽然觉得趁机浑水摸鱼的这种行为不对,可是刚才老黄的话却也并非完全没有打动他。蒋教授想着那些动不动就标价一百多美金的书来,心想偶尔浑水摸一下鱼也是可以的嘛。

当然,飞奔中的老黄没有忘记操控股价的事,他给刘立冬发了一条短信,让刘立冬在决定是否把 U 盘交给联华士多之后，务必告诉自己一声，那样他才能决定，到底是押大还是押小。

25

上午九点。开市前一小时。

联华士多能容纳二十多人的大会议室里，稀稀落落地坐着几个人。

椭圆形会议桌的一端单独摆着一把转椅，很明显，这是董事长的位置。柴东林站在转椅后面，双手撑着椅背。这次，他面前没有摆着咖啡。

老柴总坐在几个股东中间，和其他人一样，他也没有说话，会议室里一片沉默。

这时，门打开了，原采购部总监李永全推门走了进来，只见他下身穿一条短裤，上身是一件运动背心，样子极其不庄重。

李永全进屋后环视一周，对柴东林说道："东林，哦，不不不，柴董事长，您早上好啊！"

在场的人一看这架势，就知道是来者不善了。

李永全转头对老柴总说："哟，老柴，你也来了？啧啧啧！是不是发生什么大事了？要不你怎么可能出现在股东会上啊？哎哟，是不是联华士多快破产了啊？"

老柴总对李永全笑了笑，没说话，李永全见没人敢惹他，就得意洋洋地坐到了位子上。

柴东林轻轻地咳嗽了一声后，开口了："联华士多的各位股东们，各位叔叔伯伯阿姨们，我们现在面临着一个巨大的危机，想必大家也都知道了吧……"

李永全不客气地打断柴东林："啊？什么危机啊？我怎么不知道啊！那些乱七八糟的报告我看不懂，我唯一能看懂的就是你把人家老婆给睡了！哈哈哈哈……"

李永全说完，幸灾乐祸地看着柴东林。

柴东林没有发火，继续平静地说："关于我私生活方面的问题，我承认我确实有做得不周全的地方，这一点作为董事长，我为因为自己的行为而导致我们集团名誉受损表示歉意，不过请各位放心，和现在我们面临的危机相比，关于我个人那些捕风捉影的花边新闻是微不足道的，是非常容易澄清的。"

柴东林说完，对着众位股东深深地鞠了一躬，李永全重重地哼了一声，老柴总则是依旧什么话都没说。

"现在离开市只有不到一个小时的时间了，因为服务器里的财务数据都被黑客删除了，所以我们目前无法让审计机构进入，也就是说我们失去了最有力的回击武器。根据我刚刚从日本股市得到的消息，我可以确定，这次危机不是一个简简单单的做空计划，而是佐藤资本蓄谋已久的，和我们之间的收购战。"

柴东林话音刚落，众股东都开始窃窃私语。

柴东林顿了一顿，继续说道："现在我希望各位能相信联华士多，相信我。我们可以成功地化解这次危机，请各位不要失去信心，现在如果我们内部乱了的话，正好就中了佐藤资本的诡计了，她最希望看到的结果就是，在座的各位纷纷抛售手里的股份，然后她们就可以趁机扫货，最终入主联华士多了。"

柴东林说完，看着众人的反应，只见众股东都沉默着，甚至连看都不看自己一眼。

"一会儿开市的时候股价势必暴跌，你说说怎么办？"一位股东问道。

"现在唯一的方法就是拿出资金来护盘了，我们回购市场上的散股，让股民们看到我们的信心，但是集团目前能立刻拿出来的资金不多，我个人已经把所有的资产都抵押给银行了，目前我个人能筹措到的资金加上集团的，只有不到六千万，而要想护盘的话，至少需要两个亿。"

柴东林话音刚落，李永全拍案而起："哦，我明白了，说白了就是现在你捅了娄子，然后让我们出钱来给你擦屁股，对不对？哎呀，东林啊，不是李叔我说你，当初你让我滚蛋的时候怎么就没想到有这么一天呢？各位，这江山是咱们帮着老柴一起打下来的，老柴对咱们怎么样那绝对是没得说！可是他儿子呢？卸磨杀驴，过河拆桥，念完经打和尚啊！东林，李叔我问问你，这次我们帮你度过危机了，是不是等你歇过来又该回过头来弄我们了？"

"李永全！你怎么说话呢？柴哥还坐在这儿呢！再说了，你现在这样都是因为你自己做的！你自己想想你管采购的时候黑了多少钱！走的时候东林给足了你面子，走之后一分钱集团都没少给你，你还想怎么着？"一位股东看不过去，说话了。

"呵呵，好，是，我李永全是贪心，我承认！我现在能颐养天年我挺高兴，可是别人呢？别的咱们不说，Linda 沈呢？她现在是活着还是死了咱都不知道，鬼知道柴东林为了让 Linda 沈让出位子下了什么狠手！我刚才说那些话不是为了我自己，我是为了你们！你们一个个的都好好想想吧啊，你们能像我这样善终吗？"

李永全说完，环视了一周，众股东都低下头，不说话了。

柴东林刚要开口，李永全不客气地就打断了柴东林，他站起身来，走到老柴总身边，问道："老柴，你有什么想说的吗？"

老柴总缓缓地站起身来，对李永全说："你小子火气还是挺大啊，呵呵，以后别在北京待着了。北京太干燥，待的时间长了容易上火，回来吧，回来没事喝喝凉茶煲煲汤。"

老柴总说完轻轻地拍了拍李永全的肩膀，慢慢地走到了董事长的位置旁，他站在柴东林的身边,对众人说道:"我没什么想说的,就一句话,长江后浪推前浪,我们这帮人迟早会被淘汰,不是被东林就是被别人,自然法则而已!"

李永全:"好,老柴,你岁数比我大,我叫你一声柴哥,我李永全这辈子谁都不服,就服你。既然您都发话了,那我就不多说了,老规矩,咱们投票吧!愿意掏钱帮着柴东林护盘的举手!"

李永全说完,现场一片沉默,没人举手。

"呵呵,现在人都没到齐呢,怎么投票啊?咱们这帮老哥们老姐们里还少俩人呢。"老柴总说话了。

众人一愣,一个股东问道:"您是说还有……"

老柴总笑道:"对啊,还少一个刻薄的老太太和一个酒鬼呢!行啦,先歇会儿吧,等他们来了接着开!这次呢不开股东会了,资本的事我也不懂,你们也不懂,就照永全说的办,咱们还按老规矩,投票!东林,一会儿你就别参加了,让我们这帮老家伙自行解决吧,生死有命富贵在天!咱们在这儿慢慢喝茶等着吧。"

老柴总走到门边,拉开门,对外面喊道:"把我带来的功夫茶拿来,谢谢啊。"

26

北京首都机场。

刘立冬拖着一个小行李箱和杨菲菲走到安检通道前。刘立冬把小行李箱交给杨菲菲后,嘱咐道:"菲菲,只能送你到这儿了,登机牌和护照可一定收好啊。"

杨菲菲点了点头,没说话,一双大眼睛盯着刘立冬看。

刘立冬笑了:"呵呵,你看我干吗啊?到法国之后照顾好自己,这次可不许再半途而废了,你必须把那个蓝带勋章给拿回来,听见没有?"

杨菲菲还是没说话。刘立冬有些尴尬:"呵呵,行啦,快进去吧,弄不好海关和安检的人特多,别再误了飞机。"

杨菲菲低下头,拉住了刘立冬的手,刘立冬感觉手里头多了一张纸条。

"立冬,这是我家小饭馆的地址,你答应我,两年之后你一定要来找我,好吗?"

刘立冬点了点头。

杨菲菲没抬头,喃喃地说道:"立冬,我……我看了你的那封信,我想跟你说,如果你和嫂子不能和好的话,我……我……"

杨菲菲说不下去了,她抬头看了看刘立冬,只见刘立冬也正在看着自己,杨菲菲忽然一下子扑到刘立冬的怀里,嘴唇轻轻地在刘立冬嘴上吻了一下。

这轻轻的一吻胜过了千言万语。

没等刘立冬反应过来，杨菲菲转身就跑开了，在安检通道尽头，杨菲菲回过头，冲刘立冬挥了挥手："立冬，你答应我了，两年之后一定来找我啊！"

刘立冬笑着对杨菲菲也挥了挥手。

刘立冬看着杨菲菲的背影消失在通道里，他转过身，默默地向外走去。路过垃圾桶的时候，刘立冬手一挥，那张字条轻轻地飘落了进去……

27

上午十一点。开市后一小时。

联华士多会议室里，老柴总悠然自得地冲茶泡茶倒茶分茶，动作娴熟如行云流水，渐渐地，每位股东的面前都摆上了一杯功夫茶，但是却没有人喝。

"别愣着啊，喝茶喝茶，最好的安溪铁观音，我一直没舍得喝。"老柴总笑眯眯地说道。

可是在场的人里，没有一个有心情喝茶的，所有人都在暗暗地计算着自己的资产在以何种速度缩着水，以及到底会缩水多少，那摆在面前的小小茶杯里装着的，似乎是可怕的毒酒，一旦饮下，将会命丧黄泉。

老柴总不再劝，而是埋头自顾自地喝起茶来，他的手在微微发抖。

柴东林在办公室里焦躁不安，开市才刚刚一个小时，他就眼看着联华士多的股价暴跌了百分之十五，而他除了坐在办公室里等待一个虚无缥缈的结果之外，别无他法。

看着时间一分一秒地流逝，看着那挂满了市场并且还在不断增加的卖单，柴东林绝望地闭上了眼睛。

此时此刻，没有任何一个人能够猜到，真正能够决定所有人生死存亡的那个小小的U盘，正静静地躺在刘立冬的手里，而刘立冬已经站在了联华士多总部的楼下。

可是刘立冬却并不着急进去，他仰头看着这座大楼，太阳在玻璃外墙上形成的反光使他眯起了眼睛，他笑了。

此情此景是那么的熟悉，上一次，自己也是站在这里，手里拿着那叠告发李总监的票据，如同拿着一份状纸站在衙门口，忐忑地猜测着公堂上坐着的到底是不是包青天。那时候，他不知道柴东林是否能高抬贵手救自己一命，而今天，他明确地知道，自己能救柴东林。

这种巨大的反差，却并没有让刘立冬沾沾自喜，他并没有像个得志的小人一样耀武扬威起来，他也并不需要柴东林八抬大轿敲锣打鼓地恭迎自己。

此刻的刘立冬，一点也没因为手握生杀大权而乐昏了头，正相反，他的心思从未如此澄明过。他知道自己其实比上次更傻逼，上次起码还有现实的利益可图，可这次不仅对自己一点好处没有，甚至还将把自己推向万丈深渊，因为他要救的，是那个抢走了自己妻子的人，可为什么他仍然决定闯进去，见到柴东林，并拯救他呢？

人的追求真是奇怪啊，刘立冬这么想着，人活着到底是为了什么？功成名就、封妻荫子吗？他摇了摇头，然后突然有些明白了。

在这分秒必争的时刻，在这生死攸关的时刻，在别人都在为了生存而厮杀的时刻，他刘立冬还能够淡定地站在阳光里，享受着安宁和平静，不急不躁、不慌不忙，多么美好的时刻啊！上一次站在这里，他是生活的奴隶，这一次，他是自己的主人。

刘立冬有点明白狗为什么要追车了，也许就是为了在追完了一辆车，而下一辆车还没来的时候，能够享受那片刻的宁静。每个人都不过是贱命一条，都是狗，而大家追求的就是能够在有的时候，也当一回人。

享受完这奢侈的五分钟后，刘立冬从兜里掏出 U 盘，向联华士多的大楼内走去。

阳光洒在前面的道路上，刘立冬走得很坚决，他感觉到从前的那个刘立冬又回到了他身体里，刘立冬终于又和刘立冬在一起了，这一刻他自由了。

活着，就是为了这一刻……

28

总裁办公室的门被一脚踢开了，柴东林一惊，只见门外的刘立冬被几个保安架着正在往外拖，他那条肇事踢门的腿还高高地抬着，总裁助理 Amy 站在一旁催促着保安，不远处围着的众多员工正在窃窃私语。

这一切的一切，都让柴东林和刘立冬好像穿越回到了从前一样。

不过这一次不同的是，没等刘立冬说话，柴东林就开口了："让他进来吧。"

保安们松开了手，刘立冬整理着衣服，走到了柴东林面前。

"这是给你的！"刘立冬话音刚落，就一拳将柴东林打倒了。

紧接着刘立冬俯下身去，把 U 盘塞到了柴东林手里："这也是给你的，你们的财务数据全在这儿，记住了，对韩雪儿和我闺女好一点，否则……"

柴东林忘了疼，看着手里的 U 盘，将信将疑地问道："这是……真的？"

刘立冬轻蔑地一笑："呵呵，有本事你别信啊，你要是更有本事的话，就信了也别用啊，哼！"

刘立冬站起身来，从怀里掏出了那封写给韩雪儿的信，轻轻放在了桌上。

"这个，麻烦你替我交给韩雪儿，谢谢了。"刘立冬说完，俯身拍了拍柴东林的肩膀，转身离开了。围观的众人自觉地闪出一条路来，没有人拦住刘立冬，也没有人敢说话。

柴东林揉着被打得生疼的下巴，又看了看手里的 U 盘，愣了片刻后，起身追了出去。

"啪"地一声，一个功夫茶杯在地上摔得粉碎。

"老柴，我不能再陪你耗着了，股价已经快跌到百分之十八了，百分之十八啊！你知道我亏了多少钱吗？香港股市跟咱们的可不一样，他们没有跌停板！我要是再不抛的话，你让我以后拿什么当棺材本？"

说话的是李永全，他说完后起身就要离开。

"谁说棺材的事呢？"Linda 沈的声音响了起来，众人回头向会议室大门的方向看去，只见 Linda 站在门口，脸上是像往常一样自信的神情。不仅如此，她的身边还站着一个人……酒鬼店长。

Linda 沈缓缓走进会议室，看着李永全说道："哦，你啊！这些年你从联华士多弄的钱，够买一火车皮的棺材了！你说你死就死，要那么多棺材干吗？呵呵。"

李永全愣住了，一时说不出话来。

Linda 沈回头冲门口招呼着："站那儿干吗，快进来啊。"

酒鬼店长于是冲会议室里的股东们点了点头，算是打过了招呼，然后走了进去，他还穿着 171 号分店的工作服，看上去跟这个严肃的场合很不协调。

当酒鬼店长走到会议桌旁的时候，一位股东站了起来，一把抱住了酒鬼店长，使劲在他后背上拍了拍，看得出来这位股东有些激动。

酒鬼店长嘿嘿一笑，也用力握了握那位股东的手，好像要说点什么，却终于什么也没说。

就这样，某种情怀在会议室里蔓延开来，酒鬼店长所到之处，人们纷纷起身，和他拥抱、握手，有个女股东甚至转身去擦拭眼角的泪水。这一切都在无声中进行着，始终没有人说一句话，终于，酒鬼店长来到了老柴总面前。

老柴总："坐吧。"

"哎？老柴你这是干吗？他来这儿算怎么个意思？"发难的又是李永全。

酒鬼店长没搭理李永全，他对老柴总说道："老柴啊，你叫我来干吗啊？我手里早就没有联华士多的股份了，我是没资格参加股东会的。"

老柴总笑着回答："你喝酒把脑子喝傻了吧？当年你缺钱要把股份卖给我的时候，我不是说了嘛，钱算你借的，股份我不要。"

Linda 沈："我可以作证，虽然我没亲眼看见，但是我相信老柴肯定是这么干的，因为就在不久以前，老柴也跟我说了一模一样的话。在座的各位，你们都了解我是个什么样的人，我是咱们这些人里最没有安全感的人，可是现在我变了，我心里踏实得不得了，因为我知道只要有老柴在，我就饿不死。"

老柴总向Linda沈笑着点了点头，以示感谢，转而对酒鬼店长说道："坐吧，这里永远有你的位置，这些年你的股票加上分红，东林都给你留着呢，你看看要是不够的话，有什么要求就提出来。"

酒鬼店长谦逊地摆了摆手，看着全体股东说道："呵呵，人这辈子要是较起真儿来，有多少才算是够啊？其实就像老沈说的那样，一副棺材板儿才几个钱啊，是吧？"

Linda沈："就是，谁怕将来没有棺材本儿，谁怕将来自己不能善终，谁就是心里有鬼！"Linada沈说这话的时候，眼睛毫不避讳地看着李永全。

李永全瞪眼说不出话来，只好说了一连串的"你你……你你你"以示不满。Linda沈不耐烦了："行了行了行了，老柴，别棺材长棺材短的没完没了了，显得咱多老似的，我现在时间很紧，我得赶紧回家照顾我孙子孙女去，把他们放在你家我不放心。"

老柴总点头："嗯，我家保姆确实不太会照顾小孩。"

"什么？老沈，你回老家了？你孙子孙女在老柴家？"说话的是李永全。

"你管得着吗？管好你自己就行了啊！"Linda沈毫不客气地挤对着李永全。

Linda沈说着，从包里掏出一张银行卡扔在桌上："这里面有我刚卖掉别墅的两千多万，晚点我再打过来三千万，你让东林拿去护盘吧，反正这钱也本来就是他的。还有啊，老柴代替我投票了，他选啥我就选啥，我得赶紧去机场了！"Linda沈说完转身就走，留下一屋子的唏嘘感慨。

老柴总端起一杯茶，喝完后开口了："行吧，虽然来了就走，勉勉强强也算是凑齐人了，来，咱们投票吧，愿意出钱帮我和我儿子的举手。"

29

刘立冬快步走出了联华士多的办公大楼，背后传来了柴东林的喊声，刘立冬刚一回头，柴东林就追了上来，不由分说地给了刘立冬一拳，刘立冬被打倒在地。

"刘立冬，上次在你家楼下，我就白挨了你一拳，那次我喝醉了没法揍你，这次你就别想再占便宜了！"

刘立冬一下子就急了，爬起来就要和柴东林开打。

柴东林一把推开刘立冬，揉着拳头说道："刘立冬，你先把话说清楚再打，虽然打架这事我不擅长，可是我愿意陪你！"

"说清楚？跟你这种人还有什么可说的！"

"我这种人？你这么讨厌我为什么还要把那个U盘给我？"

"哼！我是想让你欠我一辈子的，从今天开始，你吃的，你喝的，你住的房子，你开的名车，你和韩雪儿睡的床都是老子给你的！要是没有我，从今天开始，你连个屁都不是！"

"我和你老婆睡的床？你有病吧？"

"柴东林，我发现你可真会装孙子啊，都跟我老婆同居了还在这装呐？"

柴东林哑然失笑："我说刘立冬，你写剧本写疯了吧？我什么时候跟你老婆同居了？"

"你问谁呢你？我哪儿知道你什么时候下的狠手啊。"

柴东林忍不住伸手指着刘立冬，半晌说不出话来，他想起了敌人对自己私生活的攻击，还有那公布出去的自己被打的照片，顿时心里气不打一处来。

"刘立冬，你这个人啊……你给我惹了大麻烦了，我真是觉得奇怪，你对我和韩雪儿有误会，那为什么不直接去问你老婆呢？你跟她就这么不能沟通啊？为什么要把这么简单的事情复杂化呢？"

刘立冬让柴东林说得一愣，他还真没从这个角度思考过自己和韩雪儿的关系。

"说实话刘立冬，你还真别觉得自己特别伟大，你这无非就是大男子主义而已。"

"放屁！你要是再胡说八道我就把U盘要回来了啊，有本事你还给我？"刘立冬反复使用着他的杀手锏。

看着怒气冲冲的刘立冬，柴东林强压着怒火让自己冷静下来，他想到刚才刘立冬恶狠狠地说出想让自己亏欠他一辈子的话，柴东林判断，这U盘里的数据应该是真的，可是他为什么要说自己已经和韩雪儿睡到一张床上了呢？

柴东林判断，这里面肯定有误会，可是眼前这个男人在短时间内是明显不能冷静下来听自己说明白的，而对于自己来说，现在流走的每一分每一秒都是钱啊。

他之所以愿意浪费时间跟刘立冬在这说话，是因为他也不知道为什么，自己非常想跟这个男人较劲，他不想在这个男人面前低头，哪怕这个男人正在救自己。

"刘立冬，我现在没时间教训你，你要真是个男人的话，下午两点半到海宇酒店找我！我下午在那开新闻发布会，韩雪儿也在，你惹的祸希望你自己来擦屁股，另外你也应该还韩雪儿一个清白。"

柴东林说完转身向大楼内走去，突然又停了下来，回头冲刘立冬挥了挥U盘。

"这个，唉，算了……"柴东林犹豫再三，最终"谢谢"二字没有说出口。

刘立冬看着柴东林的背影，脑子也没闲着。多年销售锻炼出的察言观色的能力告诉刘立冬，这个柴东林虽然爱装 B，可是刚才应该是没装孙子。

男人间的感觉就这么奇怪，刘立冬竟然有着和柴东林一样的感受，那就是非常想和这个爱装 B 的富二代较劲，就算是对方资产上亿，自己完全没有任何办法击败他，可是刘立冬也不想在这个男人面前低头，他打算去赴下午的约。

30

当柴东林再次打开会议室的大门时，里面的气氛让柴东林大吃一惊。只见众位股东围坐在以老柴总为中心的周围，正热火朝天地喝茶聊天呢。

"老柴啊，你们俩真的住对门啊？我记得她三十八岁刚离婚的时候，好像对你有点意思啊，哎，是不是旧情复燃了？"一个老头八卦地问道。

"啧！老蒋啊，你怎么还是跟八婆似的。老柴，我的老房子现在怎么样了啊？"李永全说话的时候有点阴阳怪气，看来虽然是投降了，可心里还不太舒服。

"呵呵，前年下大雨，你房子漏得可厉害了，估计离塌不远了。"老柴总说道。

"什么？哎，柴哥，你这事儿办得可够不地道的，你帮老沈那老娘们修房就不帮我是吧？喊！我觉得老蒋说得对，你们俩就是有问题。"李永全说完，嘴撇得跟八万似的。

这时，老柴总看到了门口目瞪口呆的柴东林，连忙招呼道："哟！东林来了，坏了，一聊天就把正经事给忘了。来来来，你赶紧进来，先说正经事啊，这帮老家伙天天哭穷，他们比谁都有钱，我们这儿一共凑了三个亿，今晚前到账，你拿着护盘去吧。"

三个亿！柴东林的眼珠子差点掉到地上，他反应了一会儿才回答道："这……这钱不用了，数据找回来了，我也已经安排审计公司来查账，危机解除了！这次做空机构反而帮了我的忙，让所有人都知道我们联华士多是干净的、守信的。"

在场的所有人听完都喜形于色，除了老柴总。

"东林，那么说这次做空机构挣不到钱了？"

"对，不但挣不到钱，他们还可能会赔得倾家荡产。"

"哦，你能联系上这家做空机构吗？"

柴东林听完一愣，他想了想后说道："应该可以，找到他们的老板不是什么难事，爸，您找他们干吗？"

老柴总笑了，没有回答柴东林的问题，他对众人问道："哎，生意场上的事咱们这辈子几乎都玩过了，就是还没玩过资本，怎么样，要不要临死之前玩它一把？"

"当然了！要是你带头的话，我第一个参加！"第一个表态的就是李永全。

众股东纷纷表示同意。

"东林,帮我联系一下这家做空机构,你跟他们说,我拿着三个亿要和佐藤资本打收购战,要是他们想跟着一起挣钱的话,就让他们出一份关于佐藤资本违规操作股市的唱空报告。"

柴东林愣了一下,随即兴奋地说道:"这招太厉害了!爸,你是怎么想的啊?"

"呵呵,老人家嘛,反应都会慢一点,不像你们年轻人,每个人都有自己计划,我只不过是稍加利用你们每个人的计划而已。东林,让你助理帮我们订一下飞东京的机票,呵呵,我还没去过东京呢。你们这帮老家伙愿意一起去的赶紧报名啊,咱们组一个联华士多老年团,第一站,东京股市三日游!来来来,接着喝茶。"老柴总说完,又给在座的所有人都倒了一轮茶。

柴东林心悦诚服地看着父亲。

31

八月八日下午差十五分钟两点。开市后三小时四十五分钟。

柴东林提前十五分钟到达了发布会现场,只见场地上座无虚席,和上次上市时的新闻发布会简直是天壤之别。

柴东林刚一到场就引发了记者的骚乱,他立刻被记者围了起来。

柴东林大声地说着:"媒体的朋友们,请你们静一静,新闻发布会马上就开始了,到时候你们所有的问题都将得到解答。"

柴东林重复了好几遍,记者们丝毫没有买账,依旧是七嘴八舌地围着柴东林问问题。

"媒体的朋友们,联华士多新闻发布会将于十分钟后开始,届时柴东林总裁将会一一解答各位的问题,现在开始发放提问顺序编号,请记者朋友们来我这里领取。"韩雪儿站在台上拿着麦克风帮柴东林解围了,记者们又拥向韩雪儿,只见韩雪儿拿着一张A4纸,在A4纸上写一个数字后撕下一块,交给记者,这简陋至极的人肉排号系统很有效,现场的秩序立刻好了。

柴东林在心里暗暗佩服着韩雪儿的现场把控能力,同时也想起了刘立冬留下的那封信,于是从怀里掏了出来,冲韩雪儿招了招手。

韩雪儿看到了柴东林,柴东林晃了晃手里的信,把信交给了身边的一位同事,又在同事耳边说了句什么,就连忙跑上了主席台。

柴东林看了看背景板,只见背景板上的字以一种很奇怪的方式排列着,上面的字居中分成了两行,第一行挺正常,在背板居中的位置写着"联华士多"四个字,

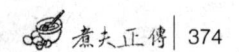

而第二行"新闻发布会"五个字就奇怪了，离第一行老远，这种别扭的排版很引人注目。

再走近一点，柴东林就发现了背板的秘密，只见中间一行确实是有字的，只不过是被胶布贴上了，柴东林轻轻地撕开了胶布的一个角，胶布下面还是一层胶布，但是这层胶布上有字了，写着一个"创"字。柴东林继续撕开第二层胶布的一角，这次下面没有其他胶布了，露出了一个"成"字。

柴东林略加思索后立刻明白了，自己一开始让韩雪儿开的是成功收购的发布会，所以最原始的背景板上的文字应该是：

联华士多

成功收购胜和集团

新闻发布会

而后自己又让韩雪儿做两手准备，那时候才重新做背板喷绘肯定是没时间了，所以聪明的韩雪儿用胶布盖住了原来第二行的字，改成了：

联华士多

创始人传记图书揭幕

新闻发布会

而今天上午，柴东林又让韩雪儿把发布会提前了三个小时，而且主题未定，所以最后背景板上的标题就变成了：

联华士多

新闻发布会

看着正被记者围在中间，手忙脚乱地发号施令的韩雪儿，柴东林又温柔地笑了。爱情就是如此，对方干什么你都会觉得有意思，不过柴东林明白，对于韩雪儿，自己此生恐怕是只能远观了。

说实话，他不是没想过取代刘立冬的位置，特别是在他断定刘立冬是个彻头彻尾的混蛋之后，他非常愿意用后半生让韩雪儿见识一下，什么才叫真正的好男人。可是这种想法在两个小时前，被刘立冬彻底扼杀在了摇篮里，刘立冬交出U盘的那一刻，柴东林就明白了，这个男人一点儿不比自己差劲。

此时，刘立冬写的那封信已经由同事交到了韩雪儿手上，韩雪儿正缩在一个没人的角落里埋头看着，柴东林看见韩雪儿在用手擦眼泪，过了一会儿，竟然大哭起来，她把头埋在信纸里，双肩不停地颤抖着。

柴东林不知道信的内容，不过他觉得，刘立冬已经赢回了韩雪儿的心，自己还是祝福他们吧。

两点整，韩雪儿拿着麦克风上台了，她神采奕奕，除了眼睛相当的肿。

"联华士多新闻发布会正式开始，下面有请总裁柴东林上台。"

台下没有掌声，各路记者拿着照相机纷纷抢占着拍照的有利地形。

柴东林上台："呵呵，在说正题之前我想先说一个题外话，今天的这个新闻发布会，估计将是各位参加过的发布新闻最多的一次新闻发布会。"

台下鸦雀无声，气氛并不友好。

柴东林："好吧，废话不说了，立刻进入正题。两个半小时前，国际上最知名的、出具的审查报告最有说服力的，永道公司的审查人员，已经进入到联华士多，目前他们已经开始审查财务数据了，这一点我就不多做说明了，说多了就像是狡辩了，下面有请永道公司大中华区的总经理上台。"

柴东林话音刚落，台下一个外国人就站了起来，记者们的镜头立刻调转了方向。永道老总上台后，操着一口不流利的中文说道："柴先生说得不错，根据我们初步的调查显示，联华士多的财务状况没有任何问题，那份五十七页的唱空报告里提到的若干问题，我们可以初步断定，完全是属于无中生有，我们会在十五个工作日内出具一份完整的审查报告，给大家一个交代。"

台下异常安静，柴东林接过话筒继续说道："好，第一件事说完了，下面是第二件事。"

柴东林说完，转身一下撕掉了背景板上的胶布，果然如柴东林所料，第二行字是"创始人传记图书揭幕"。

柴东林的动作很利落也很潇洒，引得台下发出了小规模的惊呼声，看来大家对这个新颖的形式很感兴趣，闪光灯一阵狂闪。

"下面就交给联华士多市场部总监韩雪儿女士了，有请韩总监。"柴东林说完，对着台下的韩雪儿笑了笑。

韩雪儿愣了一下，连忙走上台去。

柴东林趁着韩雪儿在台上主持的当口，走到台下坐着的助理 Amy 身边，他看了一眼表，下午两点二十分，快到了他和刘立冬约好的时间了，于是低声对 Amy 说道："你带上两个保安出去看看，今天早上闯进我办公室那个人来了吗，要是来了的话，你就算架也得把那个人给架进来！"说到底他还是对刘立冬不太放心，生怕这家伙临阵脱逃。

Amy 吓了一跳，忙点了点头，小跑着离开了。

这时韩雪儿在台上的发言已经接近尾声，柴东林笑着走回到台上，他刚站定，就看见 Amy 在一旁张牙舞爪地冲自己猛挥手，他顺着 Amy 手指的方向，一眼就看见了刘立冬。刘立冬正大摇大摆地从外面走进来，走到门口还冲柴东林扬了扬眉毛，算是高调地打了个招呼，然后找了个没人的位子，一屁股坐下了。

此时韩雪儿也看见了刘立冬，二人四目相对，维持了两秒钟后，又都各自将视线移开了。

台下响起了掌声，是老柴总上台了。

"媒体的朋友们，你们好啊，放心，我这个老头子很识时务的。我知道你们对一个老头的生平没兴趣，我尽量少啰嗦啊。你们开始计时吧，超过五分钟可以哄我下台，我不生气。"

台下响起了笑声。

老柴总继续："其实我这本传记里没什么高深莫测的大道理，我想说的就一句话。这样吧，我给你们讲个事，这本书刚写完的时候呢，我约韩总监来跟我谈修改方案，当时是为了找到一个准确的副标题……"老柴总边说边指了指韩雪儿，韩雪儿回报了一个微笑。

"当时韩总监也不知道是怎么了，一脸的愁云惨雾，心不在焉的样子，我们的谈话几乎无法进行下去。那天呢是在我儿子的家里聊的，当时已经很晚了，大家都累了，为了快点把这位无心工作的韩总监放走，我就突然灵机一动，想到了合适的副标题，也就是我今天想告诉大家的那句话，除死无大事。我想把这句话送给所有的读者，希望能给他们力量，勇敢地往前走吧，因为人这辈子，除死无大事！"

台下响起了雷鸣般的掌声，刘立冬坐在观众席上，耳边嗡嗡直响。老柴总的一番话让他心中豁然开朗，倒不是因为那句大道理，而是他终于知道韩雪儿那天去柴东林家干什么了，他顿时感到浑身轻松，一块压在心头的大石头不见了。

此时，柴东林终于撕下了最后一块胶布，"成功收购胜和集团"的字样出现在眼前，现场轰动了。

"今天是我们联华士多的一个里程碑，从今天开始，我们将向大型卖场进军了，下面有请胜和集团董事长。"

胜和老板走上台来，低声对柴东林说道："我以为又被你们耍了呢！"

柴东林笑了笑，用手捂住麦克风，低声道："我们董事会决定了，还是按照原来的价格收购，不过呢，多出来的那百分之十可不是用现金哦，股权置换。"

胜和老板听完后高兴坏了，眉开眼笑。

柴东林与胜和老总坐在台上的一张条桌旁，各自在收购协议上签字。礼仪小姐帮着互换协议后，双方再次签下了自己的名字。

柴东林与胜和老总各自手里拿着一份协议，站在台上握着手，台下的闪光灯再次闪成一片。

"好的，下面是自由提问时间，请刚才拿到一号的记者朋友提问。"韩雪儿拿着话筒站在台边说道。

台下一位记者站了身来："柴先生，请问您对于明天开市后联华士多的股价是如何判断的？"

"这一点我不好判断，不过据我所知，明天一早香港的八大投行都会发布评级报告，我对此非常有信心，他们对于联华士多必然会给出买入评级，而且今天下午在永道的审查团队进驻我们集团后，我先后接到了德意志银行、美银美林、摩根大通、瑞信、瑞银、麦格理证券、星展银行这几家权威机构的电话，他们对于联华士多这次积极快速的应对表示了信心，我相信明天的这个时间，会有更多对我们有利的消息出现。"

第一个提问的记者满意地坐下了。

"下面有请第二位提问。"韩雪儿说道。

"柴东林先生，请问这次你们会不会采取报警的方式呢？对于做空机构你们会采取什么措施反击？"

"就在我来这里的路上，我和这次发出唱空报告的机构负责人里昂先生通了电话。经过充分的沟通后，我了解到他其实也是被某些人蒙蔽了，里昂先生表示会尽快做出回应，目前我们没有任何想要报复和反击里昂先生的念头，因为只有在一个完善的做空机制的监督下，股票市场才能是公正的、透明的！对于联华士多而言，从今天起，我们财务室的大门永远会对所有的做空机构敞开！"

第二个记者坐下了。

"有请第三位提问。"韩雪儿话音刚落，台下拿到三号的记者冲韩雪儿摆了摆手，示意没有问题了。

"我想今晚我们集团总裁的回答，已经能够解答大部分记者朋友的问题了，如果大家没有异议的话，下面就不按顺序提问了。"韩雪儿说完，看着台下的记者们，她见没有人有意见，就继续说道，"今天柴总事先交代了，一定要做到让每一个记者朋友的问题都得到解答，让每一位都能满意而归。好的，请还有问题要问的记者朋友举手。"

柴东林很欣赏地看着韩雪儿，这个市场部总监太称职了，抓住每一个机会加强大家对联华士多的好感。

这时，台下一个记者举起了手。

"柴总，韩总监，你们好，我不是一个财经类媒体的记者，所以对于你们刚才说的不太感兴趣。我最想知道的就是，关于柴东林先生和韩雪儿女士的恋情，请问柴东林先生，您是否破坏了韩雪儿女士的家庭？某些网站上发布的那些您被韩女士丈夫殴打的照片，是不是真的，希望您的回答能让我满意而归。"

柴东林心想，果然来了，于是他看向了台下的刘立冬。刘立冬见状一愣，立刻就明白了柴东林所说的，自己惹祸自己擦屁股是什么意思了，他平生头一次承认，这个世界上确实是存在蝴蝶效应的。

柴东林："这件事吧，说来其实很可笑，我和韩总监的丈夫早在韩总监进公司之前就认识了，不过我们不是朋友，也不是敌人，我们是一对冤家。这事说来就话长了，要不……立冬，你自己上台解释解释，那天你为什么给了我一拳？"

记者们没想到柴东林来了这么一句，都非常震惊，大家顺着柴东林的目光，急迫地寻找着那位焦点人物，很快，所有的闪光灯都对准了刘立冬。

刘立冬心里把柴东林骂了个成百上千遍，他尴尬地挥了挥手，说道："哎呀，不用上台了吧。"

刘立冬的声音没有经由话筒传出去，轻得大家都听不见，一位记者忙挤过去，把自己手里的话筒塞给了他。

刘立冬："我说，就不用上台了吧，柴东林，你小子又不是给我颁奖！"

记者们对刘立冬豁达的态度大为好奇，都紧张地等待着下文。

柴东林笑了："你就说说嘛，好歹还我个清白。"

刘立冬："有什么好说的，这么简单的事儿……原因就是仨字儿，喝多了。"说完自己也忍不住笑了一下。

现场的气氛终于轻松了起来，在闪光灯的疯狂轰炸下，刘立冬看向了台上的韩雪儿，只见韩雪儿脸上却一点笑意都没有，有的只是冷漠和平静。

发布会圆满结束了，刘立冬和韩雪儿在记者的高度关注下，是手拉着手走出酒店大堂的，而韩雪儿脸上，仍然是看不到一点笑意，刘立冬当众不好说什么，只是心里暗自思忖着，那封信她到底看了没有呢？

32

刘立冬开着车，韩雪儿坐在副驾驶的位子上，她将头转向窗外，默默无语地看着华灯初上的城市。她脸上带着点疲惫，刚才盘起的长发此刻散落在肩上，刘立冬用余光瞟了一眼，觉得韩雪儿这段日子以来变得更有女人味了，家庭主妇的痕迹已经从她身上彻底消失了，可她脸上的冷漠却也让刘立冬感到陌生。

"雪儿，那封信……"刘立冬忍不住先开口了，这压抑的气氛让他很受不了。

"看了。"

"哦，看啦。"

沉默……

"雪儿，杨菲菲已经走了，飞法国去了，反正这人这辈子咱是见不着了，我信里也都跟你解释清楚了，我们俩从认识到现在到底是怎么回事，我觉得这页可以翻过去了吧？"

"能理解，可以。"

沉默……

"雪儿，那你……什么时候跟妮妮一起回家啊？"

"刘立冬，我想问你个事儿。"

"好啊，韩女士请讲。"自觉光明磊落，跟老婆再无芥蒂的刘立冬开起了玩笑，"你在信里说，你之所以和杨菲菲走得那么近，就是因为我太忙了，对吧？"

刘立冬点了点头，很紧张。

韩雪儿继续："你说有的时候，你很孤独，你需要有人倾听，所以你偶尔就把杨菲菲当成了我，对吧？"

刘立冬其实很不想听韩雪儿在那一句句重复他信里的内容，他觉得不好意思，当初情之所至写出的文字，现在听来反而有些肉麻，没想到韩雪儿对那些字字句句还真往心里去。

刘立冬："我那意思是，写剧本的时候，我希望你能看，结果你不看。杨菲菲爱看，我就挺感谢她的。她是我唯一忠实的读者，仅此而已，我是专指这件事。"

"没别的了？"

"没了。"

韩雪儿长叹了一口气，说道："你停车。"

"干吗呀？"

"停车！"

熙熙攘攘的三环路上，刘立冬的车被迫靠边停了下来，韩雪儿从车上下来了，刘立冬也钻出汽车，冲韩雪儿喊道："雪儿，你到底怎么了？"

韩雪儿不理会刘立冬，径自向远处走去。

刘立冬急了："你这抽什么疯呐！该解释的我不都解释清楚了嘛！我还写了那么多甜言蜜语，你看了就这反应啊！哎，说句话行不行啊！"

韩雪儿回身："刘立冬，你知道吗？看了你的信之后，我觉得其实我比你更孤独，而这一切都是你造成的。"

说完这话，韩雪儿一闪身，从一座天桥上走了下去，消失不见了，刘立冬回头看了看停在路边的车，这时候是追也不是，走也不是。

"韩雪儿！我最讨厌女人跟我玩冷战了！"

刘立冬站在车旁，一筹莫展，他努力地在脑海中搜索那封信上的每一句话，想找出到底是哪里出了岔子。

这时手机响了起来，刘立冬掏出来一看，这才想起来除了杨菲菲，他还有一个更忠实的读者。电话是老好人打来的，这老头好像总能在刘立冬最倒霉的时候准时出现。

"立冬啊，你来，跟你商量点事儿。"电话那端吩咐道。

刘立冬心说这种独居别墅怪老头真是不能招惹啊，烦死人了！

"郝老师，我没在家，也没时间。"

"那你在哪儿啊？"

"东三环！三元桥！堵车堵得半死！哪儿也去不了！"刘立冬没好气儿地说道。

"那正合适，你过来跟我们一起吃饭吧，就在三元桥边上，错过了堵车点儿你再走，四川会馆102包房，等你啊，哎你能吃辣吧？"

"我不能……"

"也没关系，有不辣的，快来吧，全等着你啊。"

电话挂断了，刘立冬要不是从小家教良好尊老爱幼，他就直接骂娘了，怎么就这么巧自己被堵在了三元桥上呢！全等着我，什么意思？一帮写不出剧本的文学爱好者大聚餐啊？沈超导演敲骨吸髓起码还给点儿钱呢，这帮老头莫不是要……唉。

刘立冬咬牙切齿地回到车上，狠狠地发动了车子，悲壮地赴宴去了。

那条熟悉的街道旁，昏黄的路灯下，韩雪儿从远处的出租车上下来，她站在那个小农家院门口，深吸了一口气，推门走了进去。

四川会馆102号包房，刘立冬一进门就暗叫不妙，屋里的老头还真不少，一个个红光满面精力充沛的样子，刘立冬顿时有了一种即将被虐得很惨的预感。

老好人一见刘立冬，立刻起身热情地将他让到了座位上，于是刘立冬进一步见证了这帮老头的不靠谱，他们吃的是四川火锅，中间红彤彤的一个大麻辣锅蒸腾着热气，所以今晚无论刘立冬吃什么，都势必是辣的，老好人把不能吃辣的刘立冬生忽悠来了。

老好人："来来来，我给大家介绍一下啊，这就是刘立冬，我常跟你们提的那位，优秀青年编剧，文章写得好啊。"

"别别别，您太过奖了，还得向各位前辈们多学习。"涵养使得刘立冬还是说出了一串客套话。

老好人拍拍身旁的一个老头,说道:"老秦,怎么样?人我给你带到了,你自己说说吧。"

老秦慢慢说道:"呵呵,唉,什么叫无耻啊?这就叫无耻,老郝你自己说,我白白等了你多少年?快六年了吧?你给了我几个字?不到两万字吧?现在你撂挑子不干了,你这真是害人不浅啊!"

"哎呀,他写不出来了呀,你逼死他也没用,人家这不是给你找来下家了吗?小刘的东西我看了,没问题,真的。"有人打圆场。

刘立冬越听越糊涂,于是看向老好人。

老好人:"啊,快说正事儿,别吓着人家。"

老秦:"小刘,你的新小说开头我看了,我挺喜欢的,不知道你愿不愿意写完之后,把影视改编权卖给我?当然,改编成电视剧的活你也得包了,你不是写过剧本嘛。"说着老秦转向老好人,问道,"对吧?沈超那新戏是他写的没错吧?那戏写得不错啊。"

老好人:"是是是,这傻孩子把合同撕了,不过我现在逢人就说,骂我也能骂死沈超那小子。"

刘立冬有点蒙,他结结巴巴地说道:"郝老师,您叫我过来是给我介绍活儿吗?我没太听明白,您能说得具体点儿吗?"

老秦:"别着急,具体的等会儿去公司说,公司就在对面,一会儿咱吃完走过去就行了,小刘你等会儿不着急走吧?"

刘立冬顺着老秦手指的方向,看向了马路对面,只见对面的大楼上那公司名称异常显眼,刘立冬不敢相信自己的眼睛,这家影视制作公司他不可能不知道,这公司在电视剧界的崇高地位,可谓无人能敌。刘立冬又将视线移回到餐桌上,心说面前这些精力旺盛的老头们,究竟是什么人呢?

老好人:"对对,先吃饱了再说,吃过这顿饭,咱就是一家人了啊,立冬,记住这几位老师的名字啊……"

老好人接下来把在座各位的名号都向刘立冬报了一遍,有制片人,有编剧,还有经纪人,等等。

老秦热情地将一大块肉从锅里捞了出来,放进了刘立冬的碗里。

"小刘,吃!不管什么时候,都不能委屈了自己的肚子,这世界没有过不去的坎儿,你要相信,这个圈子里还是好人比较多的,我们决不会让你再受那样的委屈。"

刘立冬说不出话来,他感觉自己的眼眶有点湿润了,于是夹起碗里那块红彤彤

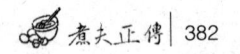

的肉片，一口塞进了嘴里。

刘立冬不好意思地解释道："呵呵，辣！"

33

韩雪儿走进刘立冬父母家的小院，院里没人，到处弥漫着韩雪儿从未在这里见过的冷清，她默默地走进了堂屋。

堂屋正中的桌子上，端端正正地摆放着立冬爸的遗像。

韩雪儿"扑通"一下，跪在了遗像前，眼泪像断了线的珠子一般滚落下来。

"爸，我来晚了。"

立冬妈悄无声息地出现在了门口，她见到儿媳跪在那里，不禁一愣。

"爸，您在天有灵，能不能告诉我，我还算不算是刘家的儿媳妇，您儿子还把我当做亲人吗？"说到这里，韩雪儿已是泣不成声。

"雪儿……"

韩雪儿回头看见了立冬妈，，一头扑进了老太太的怀里。

"妈，我想去看看爸爸，我心里好委屈啊！"

接下来的几个小时里，刘立冬如同做梦一般。

菜鸟级的刘立冬，在饭馆的洗手间里，用手机上的搜索引擎搜出了刚才听到的所有人名，包括老好人的名字，他终于明白了自己今天身处的这个饭局里聚集了多少的业界精英啊！他明白了自己有多么有眼不识泰山。

他知道了事情的来龙去脉，老好人不是写不出剧本了，他是写不出能让自己满意的剧本了，于是他把六年前欠下的工作让给了自己，老秦把稿酬打了个对折，但是仍然很可观。

他在那影视界响当当的公司的会议室里，将自己对新小说的构思阐述了出来，他的口齿从来没有这么清晰过，他的表达能力从来没有这么优秀过，他知道他遇到了对的人，他知道自己可以心无杂念地投入工作了。

他甚至还见到了那将来有可能执导自己作品的导演，那位导演岁数不大，还口口声声地称自己为刘老师，刘立冬受宠若惊。

刘立冬此时很想去看看父亲，他想告诉父亲，他的诺言就要兑现了，这回，他能拍着胸脯打保票了！

34

清晨的墓园里，几乎没有什么扫墓的人，一来这不是什么祭扫的日子，二来天还下着小雨。刘立冬撑着伞，缓缓地向父亲的墓碑走去，他很满意今天这里的冷清，因为他想单独和父亲说说话，他可能要在这里待很久，他不想被打扰。

可就在父亲的墓碑出现在刘立冬的视线中时，他看见了墓碑前站着一个人，不，是跪着一个人。那是个一身缟素的女人，那女人的背影刘立冬太熟悉了，是韩雪儿。

韩雪儿没有撑伞，她就那么跪在雨里，刘立冬走近了一点，终于看清楚韩雪儿在干什么了，她在抽自己的耳光，一下一下地，木然地，使劲儿地……

刘立冬犹如被闪电击中了一样，突然明白了韩雪儿为什么看完信之后更生气了，因为自己在信中写了父亲去世的事情。他也明白了韩雪儿昨晚说的话，她比他更孤独，因为他将这段日子里最重要的事情隐瞒了起来，只为了一些莫名其妙的情绪。

刘立冬顿时万箭穿心，他扔掉雨伞，向韩雪儿奔了过去。

他太混蛋了，他居然觉得只要把杨菲菲的误会解释清楚，韩雪儿就会回家；他居然用如此肤浅的男女之情去揣度自己的老婆；他居然忘了韩雪儿是自己的亲人，忘了亲人是打断骨头连着筋的伴侣；他居然没有意识到，在韩雪儿心里，他刘立冬、妮妮还有他们各自的父母，是一个不可分割的整体。这才是韩雪儿重视的，在乎的，早已根植于每一条血管、每一根神经中的感情。

刘立冬冲到韩雪儿身边，一把抓住了韩雪儿的手，他看着韩雪儿脸上汹涌的泪水，还有那红肿的脸颊，觉得心都要碎了，他将韩雪儿紧紧地抱进了怀里。

韩雪儿一边挣扎，一边拼了命地捶打着刘立冬，刘立冬任凭韩雪儿发着疯，只是想法设法地去拥抱她。

韩雪儿终于累了，她靠在刘立冬身上，哭着说道："立冬，我恨你，这个坎儿我怕是真的过不去了。"

刘立冬抱着韩雪儿，答道："没事儿，过不去我陪你一起过。"

细雨迷蒙的墓园中，两个浑身湿透的人坐在地上，一直就在那里推推搡搡，这两人看上去，毫无疑问就是一对夫妻。

35

若干月后的一个普通得不能再普通的周日下午，韩雪儿像往常一样在家里打扫着卫生，刘立冬像往常一样躺在客厅的沙发上，就着午后暖人的阳光呼呼大睡，女儿妮妮像往常一样在餐桌边写着作业，不过不同的是妮妮的胸前戴上了一条红领巾。那条名叫小问的小狗，也像往常一样睁着眼睛摊在客厅中央的地板上如同一坨肥肉。

这一切，都和上个周日、上上个周日、上上上个周日毫无区别。

韩雪儿一边弯着腰用吸尘器吸着沙发前面的地毯，一边看着刘立冬那睡得有些

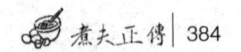

扭曲的脸，突然气就不打一处来了。

韩雪儿快步走到冰箱旁，一把拽下一张贴在冰箱门上的出租协议。韩雪儿同时还看到了那张同样贴在冰箱门上的、已经发黄了的保证书般的"不平等条约"，她忽然感到这个场景好像似曾相识。

韩雪儿一个飞踹将刘立冬踢醒，刘立冬睁开带着眼屎的惺忪睡眼，耳边传来了老婆那熟悉的训斥："睡！睡！睡！你就知道睡，不是说好帮我大扫除吗？刘立冬，你自己看看，还有五天租客就要进来了，新买的房也还没收拾完，过几天搬过去了，你妈又和咱们一起住，我不得提前把房间收拾好啊？到时候你妈该觉得我这个媳妇太懒了！刘立冬，你怎么又睡了！你到底是怎么回事啊？"

"哦！老婆，我记得好像是说找小时工来收拾啊，咋忽然又变成我帮你大扫除了？真的，今儿我查黄历了，万事不宜自己动手。"

"那黄历你自己写的吧？赶紧的！去洗衣机里把衣服拿出来晾上，趁这两天太阳好，赶紧晾干了我好收拾搬家的东西。"

刘立冬拖着依旧在睡眠状态中的身体，一步一步地挪到了洗衣机旁边。

"手脚麻利点啊，一会儿等妮妮写完作业，咱们还得去趟我妈家呢。"韩雪儿冲刘立冬喊道。

韩雪儿开着车，小问人模狗样地坐在副驾驶座位上，妮妮和刘立冬坐在后排，刘立冬一副快要困死了的表情，无奈地听着妮妮唠唠叨叨地、大有韩雪儿风范地给他讲着学校的事。

这时，刘立冬的手机响起，刘立冬眯着双眼从兜里摸出电话。

"刘立冬，你赶紧给我过来！我有事儿问你！"柴东林愤怒的声音从听筒里传了出来。

刘立冬眯着的双眼顿时睁大了："你嚷嚷什么你？老子又怎么你了？"

电话那头的柴东林依旧很愤怒："我告诉你啊，半小时之内我见不到你，你就等着收法院的传票吧！"

电话挂断了，韩雪儿关切地看着刘立冬。

"嘿，这家伙说要告我！他没毛病吧他！"

"怎么了？谁啊？"

刘立冬眼珠一转，鬼主意涌上心头。

"唉，说了你也不认识。雪儿，我不能去你妈家了，这是一制片人打来的电话，可能闹了点误会，我得赶紧去公司看看，我保持了这么久的行业信誉，不能折在他手里啊。"

韩雪儿撇着嘴看了一眼刘立冬那讪笑着的脸,一脚刹车把车停在了路边。

"嘿嘿,我打车去,你带着狗不方便打车。"刘立冬说着,潜意识里觉得这场景似曾相识,但是他没多想,找各种理由不去丈母娘家对于刘立冬来说,似曾相识的场景比比皆是。

车开走了,刘立冬掏出手机。

"柴东林,你等着啊,我现在就找你去!"

"说吧,你又哪根筋儿搭错了?"刘立冬大大咧咧地坐在柴东林别墅客厅的沙发上。

此时的柴东林完全没有了平时总裁的严肃,他从包里掏出一本书,扔在了刘立冬身上。

"这书是你写的吧?火了吧?这本小说改编的电视剧也是你写的吧?也火了吧?这我还不能告你啊!"

"不是,这书是我一个字一个字写的我自己的经历,我自己的故事,有你什么事儿啊!"

"要是没有我联华士多这条这么精彩的商战故事线,你这破书能火?电视剧能有人看?你能新买个大房子?你这叫侵权你懂不懂?你得到我允许了吗你就这么写!"

"不是,我是写上你联华士多的名字了,还是写上你柴东林的名字了?你要这么说我一个字儿都甭写了!写什么都是侵权啊!我说柴东林,你不能这样啊,隔三差五地老找我茬。"

"那怎么了,没有我能有你现在的幸福生活吗?你能让人天天追着屁股后面,一口一个编剧老师地求着你写剧本啊?你欠我的,你就得受着。"

这时老黄叼着根雪茄从里屋走了出来:"嘿嘿,东林啊,我尝尝你书房的雪茄啊,古巴的吧?"

刘立冬看到老黄后,像抓到了救命稻草一般地反击柴东林道:"对!老黄、小左和蒋教授的事是你欠我的!"

"这事儿跟你有什么关系啊?人家老黄的新加里森集团愿意帮我,这商业上的事跟你个码字的有个屁关系!"

"第一,新加里森这个名是我起的;第二,要是没有我,你能找到这么多牛人帮你?小柴啊,你就认了吧啊,你这辈子都欠我的,真的。"刘立冬特真诚地说着,希望能用天底下最真诚的态度感染到柴东林,让柴东林能觉得亏欠自己。

一边的老黄实在听不下去了:"不是,你们两个大老爷们怎么每次见面都这

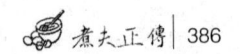

唧唧歪歪的啊？天天争这些先有鸡后有蛋，还是先有蛋后有鸡的事累不累啊？

我跟你俩说啊，这一系列你欠他他欠你的事里面，我是最了解根源的，这事吧就是……

老黄说到一半不说了，故意卖关子。

"柴东林，你听听人家老黄说的，老黄作为旁观者最公正！"

"好啊，老子洗耳恭听！"柴东林和这帮人待的时间长了，也潜移默化地爱把自己叫老子了。

老黄深深地吸了口雪茄后，走到大门边，对二人说道："这事吧，要是他妈没有老子，你们俩全喝西北风去吧啊！你们俩这辈子都欠我的！"

老黄说完，拉开门就跑了。

刘立冬和柴东林一愣，追了出去。

老黄在前面跑着，刘立冬和柴东林在后面追，三个人嘻嘻哈哈、骂骂咧咧的。

"走吧，吃点喝点去？你们俩赶紧请客吃饭谢谢我！"老黄回头，对追着自己的二人说道。

"成！没问题，我请客！立冬作陪！"

"凭什么啊？我请！你陪！柴东林，我告诉你啊，我突然想起来了，前两次吃饭都是你们俩喝多了，我结的账，你他娘欠我两顿饭钱！"

"那你们家新买的房子还是我托朋友帮你打折的呢！你请两顿破饭是应该的！"

三个加起来一百多岁的中年男人就这么扯着闹着追着打着……

不远处的一辆车里，韩雪儿和妮妮看着渐渐远去的三个男人的背影。

"妈妈，爸爸骗我们，他不好！"

"妮妮，你记住了，男人全是骗子，不过呢有大骗子和小骗子之分，大骗子会骗女人一辈子，可是小骗子就不一样了，他只会骗我们一阵子。"

"那爸爸呢？是大骗子吗？"

韩雪儿笑了："对！大骗子！你爸爸就是这世界上最大的骗子！"